普通高等教育重点教材

中国新诗史论

ZHONGGUO XINSHI SHILUN

方长安　著

高等教育出版社·北京

图书在版编目(CIP)数据

中国新诗史论 / 方长安著. —北京：高等教育出版社，2020.8
ISBN 978-7-04-054928-7

Ⅰ.①中… Ⅱ.①方… Ⅲ.①新诗—诗歌史—中国—教材 Ⅳ.①I207.209

中国版本图书馆CIP数据核字(2020)第151586号

| 策划编辑 | 张晶晶 | 责任编辑 | 宇文晓健 | 封面设计 | 张文豪 | 责任印制 | 高忠富 |

出版发行	高等教育出版社	网　　址	http://www.hep.edu.cn
社　　址	北京市西城区德外大街4号		http://www.hep.com.cn
邮政编码	100120		http://www.hep.com.cn/shanghai
印　　刷	当纳利（上海）信息技术有限公司	网上订购	http://www.hepmall.com.cn
开　　本	787mm×1092mm　1/16		http://www.hepmall.com
印　　张	20		http://www.hepmall.cn
字　　数	402千字	版　　次	2020年8月第1版
购书热线	010-58581118	印　　次	2020年8月第1次印刷
咨询电话	400-810-0598	定　　价	45.00元

本书如有缺页、倒页、脱页等质量问题，请到所购图书销售部门联系调换
版权所有　侵权必究
物　料　号　54928-00

前　言

如何叙述历史，相当程度上取决于述史者所拟想的读者，取决于著述目的。《中国新诗史论》主要供高校中文专业高年级学生以及汉语言文学专业研究生使用，旨在拓宽其新诗知识面，深化其新诗史认识，引导其开展新诗专题研讨，培育其诗学探讨兴趣，属于学术性研究型教材。于是，本书在体例设计、内容安排上，突出了学术探讨性。它由上编"综论"和下编"诗人作品论"构成。

"综论"是对新诗发生与演变过程中重要的专题性问题展开讨论，诸如新诗概念的内涵与外延、新诗发生语境与动力、新诗建构与中外诗歌关系、新诗传播接受与经典化等，它们直接影响对新诗史知识的定位与新诗发展规律的把握；"诗人作品论"属于个案研究，就是对新诗历史发展过程中具有代表性的诗人诗作进行历史性分析，以中国与世界、现代与传统、诗歌与历史为坐标，阐述其诗学价值与历史贡献。

研究型教材定位决定了述史的特点是拷问现象、剖析问题，本书在重要问题展开中重构新诗知识，重建新诗历史脉络，所以每章大体由"现象与问题""专题论述""诗学文献与研究参考"和"思考题"构成。"现象与问题""专题论述"是主体内容，以专题为单元，重新透视新诗历史现象，发掘与阐释新诗发展的核心问题，进行专题性研究；"诗学文献与研究参考"不仅以文献目录形式呈现新诗历史，而且为教材使用者开展学术研究提供参考资料。它们关注的重点不同，或偏重个体诗人风格，或聚焦诗美，或爬梳被遮蔽的新诗知识，或发掘内在诗学，其中都包含着对新诗史的重新认知和新的思考空间，旨在对学生进行史与诗的训练，培育其学术创新思维能力。

研究型教材定位决定了《中国新诗史论》不追求对历史常识点面结合的完整叙述，而是围绕核心问题梳理新诗历史脉络，论析诗人诗作，相比于新诗史知识叙述，更重视新诗史拷问。新诗史包括诗潮史和创作史，本教材侧重于二者对话关系,在史中叙述诗人的诗学追求,评述诗人创作个性,同时以个人化创作为问题审视新诗潮流,追究诗体变革现象,突出史实与诗美的对话,重视史识与审美训练。新诗既是过去时,又是现在进行时,所以在述史中要突出现在与过去的对话,并以新诗的当下发展状况回望历史现场,沟通创作史与传播接受史,努力在问题展开中反思新诗传播建构史,深化对新诗史和诗学史的认识。

笔者长期在武汉大学讲授中国新诗史,本书是在课堂讲义基础上修改而成的,毋庸讳言,其中肯定存在着不少需要改进的地方,真诚期待使用本教材的老师和同学批评指正。教材中的少量专题论文是与我的学生合作完成的,特致谢意。本书能够面世,得到了高等教育出版社的鼎力支持,尤其是策划编辑和责任编辑倾注了极大的热情,尽心尽力,在此谨致谢忱!

方长安
2020 年 2 月 10 日
于武汉南湖

目 录

上编 综 论

第一章 中国新诗解题 003
第一部分　现象与问题 003
　　一、何谓诗？ 003
　　二、中国新诗解题 009
　　三、诗人身份问题 011
第二部分　专题论述 012
　　百年新诗元问题重释 012
第三部分　诗学文献与研究参考 023
思考题 024

第二章 新诗发生论 025
第一部分　现象与问题 025
　　一、外在语境 025
　　二、内在逻辑 026
　　三、清末"新学之诗" 026
　　四、胡适倡导、实验新诗 027
　　五、《新青年》的运作 028
　　六、早期新诗理论举要 035
　　七、新诗发生的非诗性特征 037
第二部分　专题论述 038
　　文化生态与新诗发生机制 038
第三部分　诗学文献与研究参考 044

思考题 046

第三章　新诗与外国诗歌的关系　047

第一部分　现象与问题　047

一、与日本明治启蒙诗歌的关系　047

二、与西方意象派的关系　051

三、诗歌翻译问题　052

四、中国新诗史是否应包括中外诗歌关系内容？　055

第二部分　专题论述　056

译诗与中国诗歌转型　056

第三部分　诗学文献与研究参考　060

思考题　063

第四章　新诗与旧诗的关系　064

第一部分　现象与问题　064

一、革命与联系　064

二、新诗与旧诗之异　066

第二部分　专题论述　069

新诗与民族诗歌传统之关系逻辑　069

第三部分　诗学文献与研究参考　074

思考题　075

第五章　纯诗理论与非诗现象　076

第一部分　现象与问题　076

一、倡导背景　076

二、穆木天、王独清的纯诗观念　076

三、理想与不可能性　078

四、非诗之势与力　078

第二部分　专题论述　079

论成仿吾的"诗之防御战"　079

第三部分　诗学文献与研究参考　087

思考题　088

第六章 传播接受与新诗经典化 089

第一部分 现象与问题 089

一、读者与新诗经典化 089

二、语境与新诗经典化 090

三、经典化与现代意识生产 091

四、新诗经典化与现代审美精神的培育、建构 092

第二部分 专题论述 094

中国现代诗歌传播接受与经典化向度 094

第三部分 诗学文献与研究参考 100

思考题 103

第七章 新诗史客观演变与主观构建 105

第一部分 现象与问题 105

一、客观演变史 105

二、主观建构史 105

三、新诗发生发展的复杂性 106

四、多维新诗讲述史 106

第二部分 专题论述 107

中国现代文学史重写与新诗经典化——以钱理群等的《陕西教育》连载版《中国现代文学》为中心的考察 107

第三部分 诗学文献与研究参考 120

思考题 123

下编 诗人作品论

第八章 胡适的《尝试集》 127

第一部分 现象与问题 127

一、白话诗理论 127

二、《尝试集》的旧质与新变 128

三、《尝试集》价值估衡 128

四、新诗发展与《尝试集》意义生成 129

第二部分 专题论述 129

选本中的新诗"尝试者"形象 129

第三部分　诗学文献与研究参考　143

思考题　145

第九章　郭沫若的《女神》　146

第一部分　现象与问题　146

一、《尝试集》到《女神》的内在话语链问题　146

二、个体心理表达与期待视野融合　147

三、生命原初经验呈现与转化　148

四、《女神》中的"西方"　149

第二部分　专题论述　150

还原郭沫若诗创作的本真起点　150

第三部分　诗学文献与研究参考　157

思考题　159

第十章　李金发的象征主义诗歌　161

第一部分　现象与问题　161

一、象征与象征主义辨析　161

二、李金发自画像　164

三、李金发的象征主义与中外诗艺的关系　166

四、李金发诗歌的时空　169

五、李金发诗歌的晦涩现象　170

六、象征主义诗歌研究中的本末倒置现象　171

第二部分　专题论述　172

李金发的"西方"——以《题自写像》和《弃妇》为考察对象　172

第三部分　诗学文献与研究参考　181

思考题　182

第十一章　新格律诗人闻一多　183

第一部分　现象与问题　183

一、新格律诗理论倡导语境　183

二、新诗之格律含义　183

三、自由与限制——新格律诗　184

　　　　四、文人与政治——闻一多现象　185
　　第二部分　专题论述　185
　　　　闻一多的民族主义思想　185
　　第三部分　诗学文献与研究参考　192
　　思考题　193

第十二章　徐志摩论　194
　　第一部分　现象与问题　194
　　　　一、评说举要　194
　　　　二、研究反思　201
　　　　三、另一个徐志摩　202
　　　　四、徐志摩诗歌的文学史意义　204
　　第二部分　专题论述　204
　　　　读者视野中的徐志摩　204
　　第三部分　诗学文献与研究参考　217
　　思考题　218

第十三章　废名论　219
　　第一部分　现象与问题　219
　　　　一、废名的新诗学　219
　　　　二、废名诗歌创作的知识背景　221
　　　　三、诗歌之思想空间和艺术表达　222
　　　　四、废名诗歌与中西诗歌之不同　222
　　　　五、废名诗歌何以是现代主义的？　223
　　第二部分　专题论述　223
　　　　废名诗作解密　223
　　第三部分　诗学文献与研究参考　228
　　思考题　230

第十四章　卞之琳论　231
　　第一部分　现象与问题　231
　　　　一、诗创作资源　231

二、同代人评说 232
三、新的智慧诗 233
四、卞之琳的造诗方式 234
第二部分 专题论述 237
选本与《断章》的经典化 237
第三部分 诗学文献与研究参考 246
思考题 248

第十五章 冯至的诗 249

第一部分 现象与问题 249
一、时势与诗变 249
二、进入冯至的一种路径 250
三、"中国最为杰出的抒情诗人"问题 250
第二部分 专题论述 251
冯至诗歌中的"我"与"我们" 251
第三部分 诗学文献与研究参考 259
思考题 260

第十六章 戴望舒的诗 261

第一部分 现象与问题 261
一、从李金发到戴望舒：新诗的一脉走向？ 261
二、《望舒诗论》 262
三、从《雨巷》到《我底记忆》 262
四、后期诗歌 263
第二部分 专题论述 264
选本与《雨巷》的经典化 264
第三部分 诗学文献与研究参考 274
思考题 275

第十七章 艾青的诗 276

第一部分 现象与问题 276
一、吹芦笛的诗人 276

二、"土地"诗人　277

　　三、"太阳"诗人　277

　　四、从胡适到郭沫若再到艾青　278

　　五、艾青的诗论　278

　　六、读者对艾青形象的塑造　279

　第二部分　专题论述　280

　　《大堰河——我的保姆》经典化现象论　280

　第三部分　诗学文献与研究参考　287

　思考题　289

第十八章　穆旦的诗　290

　第一部分　现象与问题　290

　　一、同代人评说　290

　　二、诗歌创作资源　292

　　三、战争与诗　292

　　四、"新的抒情"诗学　293

　　五、穆旦诗中的"我"　293

　　六、穆旦对新诗发展的贡献　295

　第二部分　专题论述　296

　　穆旦被经典化的话语历程　296

　第三部分　诗学文献与研究参考　303

　思考题　306

上 编 综论

第一章
中国新诗解题

第一部分　现　象　与　问　题

　　诗是人类文化史、文学史上的千古之谜,千百年来人们不断思索诗、言说诗。诗是何物、诗在何处、诗何为等问题一直困扰着人们。我们吟诗赋诗,为诗激荡,为诗疯狂,为诗沉醉。我们知道诗在诗章之中,在旋律之中,并感觉到它的存在,但事实上我们听不到、摸不着、看不见,我们听到的是声音,看见的是文字,不是诗本身。诗无色无味无形,但我们又能感觉到它。诗是人类永恒的审美现象,中外文化史上所有的诗学理论都是对"何谓诗"这一根本问题的回答,但很多只是自言自语、自圆其说。

一、何谓诗?

　　研究中国新诗,首先也必须追问"何谓诗"这一悬置千年的古老问题,因为中国新诗也是诗,是诗这一古老大树上生长出来的新枝,是诗的最新形态。在学习、研讨中国新诗史过程中,我们应时时不忘"何谓诗"这一根本问题。如果本课程结束后,大家经由自己的思索、叩问,对"何谓诗"这一命题有自己独特的认知,形成自己的理解与言说框架,有一个别样的界定指向甚至答案,哪怕这种认知、框架、指向与答案在别人看来是多么不可靠、多么不具有普遍性也没有问题。因为诗是个人产物,诗的感受与认知也是个人化的。研究新诗,除梳理新诗历史、了解新诗史地貌、探寻其现代品格外,归根结底是研究诗歌,是从新诗的角度揭示诗之奥秘,追问诗为何物的问题,是叩问与尽可能接近诗之本质(如果诗有本质)。也许没有一个本质的东西客观存在着,但一定有一个叫作"诗"的幽灵在宇宙游荡,或者暗藏于生命深处,阅读者窥探、感知它,与之相望或者对话,就是一次最有意味的精神之旅。换言之,这个叫作"诗"的东西存在于主客相遇彼此激荡的时空。

　　什么是诗歌?自古以来众说纷纭。诗人、理论家乃至广大普通读者无不为其所困扰,为其所激动,古今所有的诗话从根本上说,都是围绕这一问题而展开的。进而言之,"何谓诗"这一问题的展开史就是不同文化的构建史,也是人类生命自我审视、把握的历史。

(一) 中国古代诗为何物观的两大基石

1. "诗言志"

中国是一个诗歌历史悠久的国度,中国人喜欢诗歌,以诗抒情达意,承载、表达生命感受与体验,以诗传达自我心性,融通人与自然,交朋结友,以诗为重要的存在方式和个体身份的象征。

中国先民从个体生命体验与言说关系的角度形成了对诗歌的独特认知。《尚书·尧典》中的"诗言志,歌永言,声依永,律和声;八音克谐,无相夺伦,神人以和"回答了何谓诗、诗之功能、诗与歌以及声律的关系等,认为诗是客观存在物,是可以把捉的,具有神奇魅力。朱自清认为这段话的核心有两点:"一是诗言志,二是诗乐不分家。"①古代诗歌是合乐的,有"乐语"之说。用歌词表达情意,谓之"乐语"。朱自清说:"以乐歌相语,该是初民的生活方式之一。那时结恩情、做恋爱用乐歌,这种情形现在还常常看见;那时有所讽颂、有所祈求,总之有所表示,也多用乐歌。人们生活在乐歌中。乐歌就是'乐语',日常的语言是太平凡了,不够郑重,不够强调的。明白了这种'乐语',才能明白献诗和赋诗。"②诗是用来歌唱的,创作诗歌时,一定要注意其合乐性、音乐性,于是平仄押韵等就特别重要。献诗就是用诗歌进行讽谏或赞颂,诗经中就有献诗,必须合乐,献诗后来演变为一种政治文化传统。赋诗就是吟诗,古代宾主往往通过赋诗表达意愿,赋诗是要吟唱的。现在这种情况已经变了,诗与歌相分离,诗歌创作也不特别追求歌唱性,平仄押韵不再是诗歌的必要元素。现代少数诗如《教我如何不想她》《梦与诗》等被谱成曲传唱,但绝大多数诗只是以文字形式存在着。当代歌词追求合乐性,但歌词作者不等于诗人,诗人多不以歌词作者自居,甚至认为写歌词有点"下里巴人"。

《说文》云:"诗,志也。"闻一多认为这里的"志"有三义,即记忆、记录、怀抱,在他看来,"志与诗原来是一个字",但到了"诗言志"和"诗以言志","志"就是"怀抱"之意③。这里有一个从客观到主观、叙事到抒情、动词到名词的理解问题。

《诗大序》云:"诗者,志之所之也。在心为志,发言为诗。情动于中而形于言;言之不足,故嗟叹之;嗟叹之不足,故永歌之;永歌之不足,不知手之舞之,足之蹈之也。情发于声,声成文谓之音……故正得失,动天地,感鬼神,莫近于诗。先王以是经夫妇,成孝敬,厚人伦,美教化,移风俗。"诗歌,发于心,动于中,形于

---

① 朱自清:《诗言志辨》,广西师范大学出版社2004年版,第1页。
② 朱自清:《诗言志辨》,广西师范大学出版社2004年版,第7—8页。
③ 朱自清:《诗言志辨》,广西师范大学出版社2004年版,第2页。

言,嗟叹之,永歌之,舞蹈之,具有正得失的功能;要求它经夫妇、成孝敬、厚人伦、美教化、移风俗,维系社会与人心,诗与政教联系在一起,参与政教活动,由是搭建起功利主义诗歌观念的基本框架。

子曰:"小子何莫学夫诗?诗可以兴,可以观,可以群,可以怨。迩之事父,远之事君,多识于鸟兽草木之名。"(《阳货》)他强调的是诗歌所具有的释放情感和平衡人际关系的功能,认为它是维系社会人伦关系的核心力量。"诗三百,一言以蔽之,曰'思无邪'"(《为政》);"温柔敦厚,诗教也"(《礼记·经解》)。儒家观念相当程度上缩小了诗"志"的内涵,强调"志"之无邪性、"志"之温柔敦厚特征,将诗歌之"志"与人之教化、人格塑造联系起来。这是中国早期对诗歌的一种权威阐述,一种影响深远的诗学传统,不仅左右了中国诗歌创作走向,而且参与了中国文化精神的铸造,塑造了中国读书人独特的文化人格。

2."诗缘情"

曹丕认为"诗赋欲丽",陆机在《文赋》中对曹的观念作了发挥:"诗缘情而绮靡,赋体物而浏亮。"陆机第一次明确提出"诗缘情而绮靡",一定程度上体现了创作主体的自觉与文体的自觉。以绮靡论诗,进一步强调了诗歌"丽"的特征。"诗缘情"的提出既是对此前抒情诗歌观念与实践的总结,又是对此后诗歌创作的一种规范。它将诗与情联系起来,发掘出诗歌缘情而发的特性,也就是突出诗的主体性、情感宣泄性,突出其审美感,使诗歌与其他文体区别开来,彰显了诗歌的独特品格。

陈伯海说:"'志'和'情'这对范畴共同建构起诗歌生命内核中的最基本的张力结构,'言志'与'缘情'这两条路线便也在诗学发展史上并行不悖了。"[①]几千年来,中国诗歌观念不断演变,不同时代有不同个性的表述,留存着不同时代的政治与人文印痕,但"诗言志""诗缘情"是不变的内核,成为中国诗学的两大基石,后世的感兴、意象、意境、境界、气韵、神思、妙悟、声律、体式等都与之相关。它们高度概括了诗人的创作心理和目的、诗歌的表现内容和功能等,二者既有区别,但又往往难以完全区分开来。

从中国传统两大诗学基石及其展开看,相当程度上,诗为何物的问题并没有从诗之为诗的层面展开理性辨识,注重的主要是诗的外在目的性和写作修辞问题,探讨的是诗歌作用于社会人际伦理的问题和技术格式问题,形而下的规范压制了对形而上的追问。在回答什么是诗的时候,绕道而行,或者过于粘连于现实,对人伦关系抓握太紧,对诗人所想象、体验的那种诗意的存在缺乏理性的把握,言不及义,会导致并没有从本体论层面对诗在何处、诗是何物的问题展开讨论,没有提供一种直指主体生命审美的令人寻味的答案,滞后于中国古代丰富的诗歌创作实践,同时也影响了诗歌创作对生命本体的开掘与表达。

---

① 陈伯海:《中国诗学之现代观》,上海古籍出版社2019年版,第48页。

是诗歌创作未能提供直指诗本身的经验,还是诗歌观规约了诗歌创作,二者之间到底是怎样的关系,需要以事实为依据进行辨析。

(二) 西方诗为何物观举要

地理气候、生态环境,特别是人种的不同,生成演变出不同的文明,人类社会由是出现了不同构造与指向的审美观念体系,不同审美体系中的人对于诗歌的理解自然有很大的差异,形成不同的诗学观念。"西方"作为一个不同于东方和中国的他者,其异质审美理念与趣味对中国固有的思维与诗学形成了巨大的冲击,改变与丰富着我们的知识与精神生活,对我们思考研究中国现代诗歌意义重大。它们是我们审视中国现代诗歌必须具有的一种"非中国"的、可以启迪我们思考的知识背景。

柏拉图在《理想国》中说:"你可千万不要告诉悲剧诗人和其他模仿者们,在我看,凡是这类诗对于听众的心灵是一种毒素,除非他们有消毒剂,这就是说,除非他们知道这类诗的本质真相。""性欲,忿恨,以及跟我们行动走的一切欲念,快感的或痛感的,你可以看出诗的模仿对它们也发生同样的影响,它们都理应枯萎,而诗却灌溉它们,滋养它们。""我们就可以辩护我们为什么要把诗驱逐出理想国了;因为诗的本质既如我们所说的,理性使我们不得不驱逐她。"①柏拉图是本质论者,认为诗与理性对立,其本质是有害的,是鼓动人的邪恶的感性欲念。他从理想国建构角度认知诗歌,看到了诗歌对维系社会秩序、塑造理想人格的破坏性。孔子也看到了诗歌的强大影响力,但却认为可以理性控制、规范与引导之,他要求诗人做到思无邪、温柔敦厚,以尽善尽美的内容去教化民众。

亚里士多德在《诗学》中认为:诗人之所以是诗人,是因为他是模仿者,而不是因为他是某种格律的使用者。在他看来,格律不是诗的主要因素。"一般说来,诗的起源仿佛有两个原因都是出于人的天性。人从孩提的时候起就有模仿的本能(人和禽兽的分别之一,就在于人最善于模仿,他们最初的知识就是从模仿得来的),人对于模仿的作品总是感到快感。""而音调感和节奏感(至于'韵文'则显然是节奏的段落)也是出于我们的天性,起初那些天生最富于这种资质的人,使它一步步发展,后来就由临时口占而作出了诗歌。"②他将诗人定义为模仿者,强调艺术的模仿性,将诗歌起源归结于人的模仿能力、音调感和节奏感等特别的天性,肯定这种天性的表达。在这个意义上,诗就是一种模仿品。"诗人的职责不在于描述已发生的事,而在于描述可能发生的事,即按照可然律或必然律可能发生的事。历史学家与诗人的差别不在于一用散文,一用'韵文'。""两者的差别在于一叙述已发生的事,一描述可能发生的事。"③"与其说诗的创作者是

---

① 伍蠡甫、胡经之:《西方文艺理论名著选编》(上),北京大学出版社 1985 年版,第 22—39 页。
② 伍蠡甫、胡经之:《西方文艺理论名著选编》(上),北京大学出版社 1985 年版,第 48—49 页。
③ 伍蠡甫、胡经之:《西方文艺理论名著选编》(上),北京大学出版社 1985 年版,第 60 页。

'韵文'的创作者,毋宁说是情节的创作者;因为他所以成为诗的创造者,是因为他能模仿,而他所模仿的就是行动。即使他写已发生的事,仍不失为诗的创作者。"①如果说柏拉图看到的是诗歌固有的"邪恶的"本质力量,那么亚里士多德则少受道德主义羁绊,他也认同诗人的模仿性,但特别重视诗人与历史学家的区别,认为诗人是创作者,模仿、描述可能发生的事情,具有前瞻性、预见性,赋予诗人主体性力量。换言之,诗是行动的模仿,表现可能发生的事情。

《歌德谈话录》:"我的全部诗都是应景即兴的诗,来自现实生活,从现实生活中获得坚实的基础。我一向瞧不起空中楼阁的诗。""必须由现实生活提供作诗的动机,这就是要表现的要点,也就是诗的真正核心。"②"哲学思辨对德国人是有害的,这使他们的风格流于晦涩,不易了解,艰深惹人厌倦。"③"诗人应该抓住特殊","从这特殊中表现出一般","有什么必要下那么多的定义?对情境的生动情感加上把它表现出来的本领,这就形成诗人了"④。歌德强调诗歌与现实的关系,强调现实生活对诗歌创作的意义,认为诗人创作的动机来自生活,现实生活是诗歌的核心,对德国人的哲学思辨与诗歌创作关系进行了质疑性拷问,要求抓住特殊以表现一般,认为诗人就是那些能将在情境中产生的情感有效地表现出来的人。这些是针对德国当时诗歌创作倾向而发出的声音。歌德在谈话录中还同情性地谈到中国人的思想、行为、情感与艺术,认为在中国"人和大自然是生活在一起的",中国诗人则"彻底遵守道德"。⑤这些话语句句掷地有声,是真正的诗话,它们在过去的一个世纪的某些时段深受中国诗人欢迎,其"艺术是生活反映"的观点产生了重要影响。这种影响是跨文化诗学旅行、对话的结果。

雪莱的《为诗辩护》中说:"一般说来,诗可以解作'想象的表现';自有人类便有诗。"诗人们"不仅创造了语言、音乐、舞蹈、建筑、雕塑和绘画;他们也是法律的制定者,文明社会的创立者,人生百艺的发明者,他们更是导师。""诗是神圣的东西。它既是知识的圆心又是它的圆周;它包含一切科学,一切科学也必须溯源到它。""诗人是世间未经公认的立法者。"⑥雪莱将诗理解为"想象"的表现,突出诗人的主观性、主体性,认为诗人是立法者,艺术的创造者、发明者,是文明的创立者,这就否定了诗人只是模仿者的观念,赋予诗人前所未有的创造者地位,赋予诗本身神圣性,给诗以自身独立性、主体性,即认为它是神圣的客观存在物。这在西方诗学史上是一次观念的变革与超越,一次飞跃。这些话真有些吓人,如果将他们与具体的诗人联系起来,好像很不切实际。换言之,生活中很少有诗人能达到这种境界。历史地看,对诗人想象性、创造性的重视使得雪莱在"五四"中国

---

① 伍蠡甫、胡经之:《西方文艺理论名著选编》(上),北京大学出版社1985年版,第62页。
② 伍蠡甫、胡经之:《西方文艺理论名著选编》(上),北京大学出版社1985年版,第432页。
③ 伍蠡甫、胡经之:《西方文艺理论名著选编》(上),北京大学出版社1985年版,第439—440页。
④ 伍蠡甫、胡经之:《西方文艺理论名著选编》(上),北京大学出版社1985年版,第443页。
⑤ 伍蠡甫、胡经之:《西方文艺理论名著选编》(上),北京大学出版社1985年版,第445—446页。
⑥ 伍蠡甫、胡经之:《西方文艺理论名著选编》(中),北京大学出版社1986年版,第67—81页。

文化思想界颇受欢迎,"雪莱"成为一个代表浪漫、现代的文化符号,影响了中国新诗自由精神的建构。

捷克斯洛伐克诗人塞弗尔特(1901—1986)说:"诗既不应该是思想性的,也不应该是艺术性的,它首先应该是诗。就是说诗应该具有某种直觉的成分,能触及人类情感最深奥的部位和他们生活中最微妙之处。"[1]这是一种诗歌本体论观念,强调诗就是诗,一种与人类生活、情感中最微妙最深奥的某种东西相关联的存在物,而不是别的东西,更不是附属物。

墨西哥诗人奥·帕斯(1914—1998)1990年获得诺贝尔文学奖,在他看来,诗"是一个具有众多答案的问题。答案取决于每个诗人——和每个读者"。"在现代社会的价值和诗之间存在着一种根本的对立状态,资本主义社会的文化基本上是以有无益处为基础的。而诗歌总是一种消费品,一种消耗物。在资产阶级道德(节俭的道德)和诗的道德(给予的道德,消费的道德)之间存在着一个无法并存的问题。""现代社会的诗是一种否认社会权力的诗。我们时代的一切伟大诗人都以自己的方式表示反叛。""诗的用途在于使我们记住无用的事物的最高价值。比如说性爱的热情、自由、对强者说'不'的勇气、欣赏。""诗歌的用途正是体现在赞扬人类那种本质的、表面上看来无价值的东西上。""诗人是这样的人:他对我们说,他真正讲述的东西是不可衡量的。诗歌表述的某些经验是没用的。""数学家和诗人的基本素质是直觉。""我佩服那些消失在自己的作品后面的诗人。他们是真正的大师。"[2]这是一种典型的现代诗学观,有几层重要含义:一是何为诗的答案在每个人心中没有统一的标准,这是对个体人的尊重;二是诗与现代社会价值观不相容,现代伟大的诗人都是叛逆者,现代诗歌敢于对社会权力说"不";三是诗无现实功利性,其所表述的经验是无用的,它的用途在于使我们记住无用的事物的最高价值;四是强调诗的直觉性,这是一种与传统功利主义诗学观完全不同的诗歌理念,突出诗人的个人性、不合作精神,突出诗歌以逆向的方式无现实功利诉求地参与人心建设的意义,突出诗歌的无用之用。

意大利诗人尤金尼奥·蒙塔莱(1896—1981)1975年获得诺贝尔文学奖,他在授奖仪式的书面演说中说:"诗虽然是无用的产品,但总不是有害之物,这是它崇高的原因之一。""诗绝对不是商品。""诗作为一种事物,是由于最初在民族的音乐中需要加上声音,久而久之,语言与音乐便有所区别。于是诗文出现,但仍与音乐接近。""在大众传播下,诗还能生存吗?这也是许多人的问题,当我深思熟虑后,答案是肯定的。"[3]与柏拉图相比,他认为诗是无害的;与中国功利主义诗学相比,他认为诗没有实际用处,不是有用的商品,不能批量生产;在今天这样的消费时代,诗的生存空间虽然被挤压,但它可以生存下去,不会死亡,诗歌是崇

---

[1] 潞潞:《面对面——外国著名诗人访谈、演说》,北京出版社2003年版,第71页。
[2] 潞潞:《面对面——外国著名诗人访谈、演说》,北京出版社2003年版,第138—141页。
[3] 潞潞:《面对面——外国著名诗人访谈、演说》,北京出版社2003年版,第315—318页。

高的。这是一种现代诗学观。

海德格尔在论荷尔德林诗歌时说："这些诗歌就像一个失去神庙的圣龛，里面保藏着诗意创作物。在'无诗意的语言'的喧嚣声中，这些诗歌就像一口钟，悬于旷野之中，已然为一场轻飘的降雪所覆盖而走了调。""也许任何对这些诗歌的阐释都脱不了是一场钟上的降雪。""为了让诗歌中纯粹的诗意创作物稍为明晰地透露出来，阐释性的谈论势必总是支离破碎的。"①"为了充分地领悟诗歌，我们就必须与之亲熟。可是，真正与诗歌和作诗活动相亲熟的，唯有诗人。与诗歌相合的从诗歌而来的道说方式，只可能是诗人的道说。""诗人是诗意地表达诗歌的特性。"②"诗的本质必得从语言之本质那里获得理解"，"诗乃是一个历史性民族的原语言（Ursprache）"③。在海德格尔看来，存在着纯粹的诗意创作物，它是神秘的，阐释性语言无法把捉，只有诗人才能接近它，只有诗人的道说才可能不破坏这种诗意的创造物；诗是一种民族的原语言。海德格尔还借荷尔德林诗句对诗歌写作作了解释，"作诗是'最清白无邪的事业'"，"作诗是完全无害的。同时，作诗也是无作用的；因为它不过是一种道说和谈话而已。作诗压根儿不是那种径直参与现实并改变现实的活动"④。这是一种不同于传统的诗歌观念，在他看来，写诗是无害的，诗歌是神圣的，是无实际用途的崇高的存在。

布罗茨基在诺贝尔文学奖授奖仪式上的演讲中说："一个阅读诗歌的人比不阅读诗歌的人更难战胜。"⑤这是从诗歌与人的精神力量关系角度理解诗歌的文化价值。

总之，中国也好，外国也罢，诗歌观念林林总总，很难有一种定义能够令人满意，即诗是不可界定的。每个有诗歌经验的人都有自己心中的诗意、诗性，无法统一，也没有必要统一。诗为何物？诗人的规定性何在？诗人何为？古今中外莫衷一是。古今诗学著作浩如烟海正是这种不可统一性的体现，是诗之为诗的丰富性、复杂性与魅力的表现。换言之，诗最简单，三岁小儿胸中都有诗；诗最复杂，无论什么大哲高人，都无法看透言尽诗的世界。

立足现实，广泛阅读，尊重自我体验，以既有诗话为知识背景，开放胸襟，独立思考与体味，是我们应持有的一种姿态。

二、中国新诗解题

中国新诗是一个现代概念，古代话语里没有这一术语，何为中国新诗是一个现代性问题，在古今关系范畴里，中国新诗可以置换为"中国现代诗歌"，中国新

---

① 海德格尔：《荷尔德林诗的阐释》，孙周兴译，商务印书馆2000年版，第2—3页。
② 海德格尔：《荷尔德林诗的阐释》，孙周兴译，商务印书馆2000年版，第227—228页。
③ 海德格尔：《荷尔德林诗的阐释》，孙周兴译，商务印书馆2000年版，第47页。
④ 海德格尔：《荷尔德林诗的阐释》，孙周兴译，商务印书馆2000年版，第37页。
⑤ 潞潞：《面对面——外国著名诗人访谈、演说》，北京出版社2003年版，第368页。

诗解题其实就是解释何谓中国现代诗歌。中国现代诗歌是一个大家耳熟能详的术语,一个司空见惯的概念,但它的内在规定性是什么?我们真的知其所指吗?

(一)中国

在这里,"中国"既是一个地理学概念,更是一个历史文化术语。但无论是地理概念还是文化术语,均是以世界地理、历史为背景的。作为一个国别概念,在我们的话语链里,它暗含着一种民族意识、民族身份。古代中国遵循的是天下主义,而不是民族主义。所谓"中国者,天下之中也"。将黄河、长江流域称为"域内",将其他地区看作虚化的"方外""化外",19世纪中叶以前,中国人仍持这种观念。中国古人一直强调"天下兴亡,匹夫有责",要求"修身、齐家、治国、平天下",主张"先天下之忧而忧,后天下之乐而乐",以"天下为公"。近代西方的入侵打破了当时人"天朝上国"的美梦,天下主义破灭,民族主义情绪开始觉醒,此后的中国才真正成为民族主义意义上的国家概念。

对现代诗歌来说,中国这一概念颇为重要,因为新诗从一开始便是以外国诗歌为主要参照物和借鉴对象而发生、发展起来的,烙上了外国文化、诗歌的许多印迹,从外国诗歌中能找到中国新诗的某些"技术"源头。然而,新诗在根本上是民族的,是民族生活、文化、情感的反映。所以,面对新诗,要有一种世界性眼光,同时有一种强烈的中国意识,在世界背景下,以世界诗歌为参照审视之,读出其中的中国性。所谓中国性包括诗歌中的中国民族生活、历史文化与情感等,包括书写中国历史和现实的体现民族文化属性的现代汉语,包括想象与表现中国形象的民族思维和语法修辞,等等。

(二)现代

所谓"现代",一是时间概念,指1917—1949年;二是文化术语,规约了新诗的性质。新诗是相对于旧诗而言的,是指1917—1949年间出现的新型诗歌[①],新诗的基本品格是"现代";"现代诗歌"则是相对于"古典诗歌"而言的。人们谈到现代诗歌,其参照对象往往就是古典诗歌。古典诗歌主要是指以文言书写的格律诗歌,文言与格律是其基本特征,往往具有贵族性,是一种远离民间的庙堂文学,追求雅驯;现代诗歌则是用白话书写的自由诗,白话与自由是其基本特征,所谓"现代"主要就是由白话和自由体所规约的。白话是一种大众语,具有内在的大众启蒙属性,自由则不单与格律相对,而且体现了反规范、反专制的意义,所以白话、自由不仅是新诗"现代性"的重要体现,而且是"现代性"生成的重要源泉。

[①] 新诗起点问题并没有被真正解决,1917年是一个通行的被普遍认可的起点,但其实也可以往前推几年。

我们面对新诗应不断地追问其现代品格为何，分析其现代性的基本维度与表现，应自觉地研究新诗与古诗的关系，考察古诗的一些基本范畴是如何转换到新诗中的。我们还应摒弃长期以来的一种错误的审美态度，即以古诗标准衡量新诗、否定新诗。其实，新诗与古诗属于两种不同形态的诗歌，新诗具有古诗完全没有的一些审美规范，应建立新诗自身的评价尺度，并以之审视新诗、评估新诗。

（三）诗歌

我们已经习惯于将"诗"和"诗歌"互换使用，其实二者是有区别的。"诗歌"由"诗"和"歌"组成，突出了其"歌"的特征；而今天的"诗"可以合乐，也可以不合乐，"诗歌"的合乐属性被今天的"歌词"所承续。这里存在着历史演变与诗歌文化的生成问题，还原演变、生成过程，也许特别有价值与意义。诗歌是关键词，是我们必须永远叩问的问题，一个需要不断探寻、追求答案的命题，一个永远也无法找到普适性答案的问题。

我们对"诗歌"貌似太熟悉了，面对它几乎不会去思考其本义，然而我们其实没有自以为的那么熟悉它、理解它，或者说在根本意义上，我们并不真正了解它，所以最好将它作为一个陌生者看待。在思考"诗歌"的时候，不能忘记它与"诗"的区别。对"诗歌""诗"，我们可以从本体论的层面去思考求证，也可以从读者角度去思索与表述，可以从特定历史时期创作实践维度归纳之，也可以以古今中外诗歌为背景作理性概括。本书具体章节的研讨都是指向"诗歌"和"诗"这一核心命题的，通过不断地追问走近新诗、认知"新诗"为何物。

三、诗人身份问题

所谓诗人的身份问题不同于一般的社会角色、地位等决定的身份问题。诚然，每个人都有自己不同的身份，如民族身份、国家身份、政治身份、文化身份、职业身份、性别身份、家庭身份等，不同的身份规约着个体的行为与话语，给予其相应的存在空间与限度；但这里所谓的诗人身份不是这些层面上的，而是"诗"的意义上的。如前所言，诗几乎无法定义，所以判定一个人是否为诗人、是否具有诗人身份相当困难。诗人无疑是写"诗歌"的人；然而，写"诗歌"的人并不都是诗人。中国是一个自古以来毛细血管里流淌着"诗"的国度，吟诗、写诗是一种活法，一种有意义的生存方式。历史上涌现出屈原、李白、杜甫、李商隐、王维等一批又一批伟大的诗人，但是历朝历代平庸者无以计数，有些人终其一生写"诗"，但没有写出一首真正的诗，那就不能称他们为诗人。现代中国写"诗"的人同样很多，但他们中的不少人并不具有诗人素质与品格，也没有写出真正的诗歌作品，那他们就不是真正的诗人，不能赋予其诗人身份。

那么,如何判定一个人是诗人呢?有一点非常重要,就是主体写作时其主导意识必须是诗的,他必须自觉地将自己的写作限定在诗歌创作的范围里,写作时应有一种情感冲动与体验,处于一种诗歌创作状态,具有诗歌的感悟力、想象力,以诗的方式感悟与表现世界。诗歌可以抒写自我情绪,也可以表现外在社会人生,但这种表现必须是经过主体过滤后的表现,以自我表现社会,以诗美营造为核心。那个所谓的"诗"的东西可以不明确,事实上也难以明确,但创作主体必须心向往之,甚至将之神性化。诗人应植根于现实人生,以诗美为诉求,心无二用地创作,以"自以为是"的诗心透视、思考人生与自我,以营造诗意氛围为目的,构词造句,沉醉于创作之中,以至于模糊乃至忘却上述各种固有身份;当然,诗人别的身份还存在,但它们只是不自觉地或者说无意识中参与写作,隐隐约约,支持但不左右其创作。他必须创作出读者认可的具有诗意诗性的作品。这样的写作者才称得上"诗人"。

以此衡量现代"诗歌"写作者,可以发现不少人虽然写作了很多所谓的"诗歌",但并不属于真正的诗人;有些人在一些时候是诗人,但在另一些时候又不是诗人。这是一个极为复杂的现象。大家可以结合诗歌发展史实与诗歌文本认真辨识。

第二部分　专题论述

百年新诗元问题重释

本文不是要论证何为百年新诗的元问题,而是要辨释百年新诗元问题的含义。自胡适等倡导新诗以来,什么是新诗就成为现代诗学探讨的核心问题,百年来围绕这一问题发表了无以计数的论说文章,被人们时常提起的有代表性的就有百余篇,诸如胡适的《谈新诗——八年来一件大事》、俞平伯的《社会上对于新诗的各种心理观》、宗白华的《新诗略谈》、康白情的《新诗底我见》、梁实秋的《新诗的格调及其他》、臧克家的《论新诗》、叶公超的《论新诗》、冯文炳的《新诗应该是自由诗》、袁可嘉的《新诗戏剧化》、公刘的《关于新诗的一些基本观点》、余光中的《新诗与传统》、郑敏的《我们的新诗遇到了什么问题?》等①。新诗是一个世界性的现象,美国20世纪初出现了他们的"新诗"运动,日本明治维新后出现了欧化的新诗,在欧洲,自文艺复兴开始尤其是二战以后,新诗成为重要的文学现象,中国20世纪初期出现的新诗运动是世界新诗大潮的组成部分。上述胡适、宗白

---

① 这些新诗文论均收入谢冕、吴思敬主编的《中国新诗总系(第9卷)·理论卷》,人民文学出版社2009年版。

华等人所论"新诗"的全称应该是"中国新诗"。百年来也有很多诗人、研究者谈论新诗时没有省略"中国"二字,用的是全称"中国新诗"。例如金克木的《论中国新诗的新途径》①、艾青的《中国新诗六十年》②、王光明的《中国新诗的本体反思》③等,具有世界诗歌视野;1848年曹辛之、唐湜、陈敬容、辛笛等创办《中国新诗》月刊,显示出一种自觉的"中国新诗"意识;钱理群等所著《中国现代文学三十年》,明确将1940年代后期出现的青年诗人穆旦、郑敏、杜运燮、袁可嘉、王佐良、唐湜、陈敬容等称为"中国新诗派"④,这既是历史事实的反映,同时也在世界新诗史上彰显了中国身份与贡献;陆耀东、龙泉明的新诗史研究著作分别为《中国新诗史》⑤《中国新诗流变论》⑥,在新诗前都加上"中国",以与他国新诗相区别,同时突出了"中国新诗"的世界性。毫无疑问,"中国新诗"是中国百年来新诗的元概念、元问题。

新诗诞生百年之际,之所以重提这一元问题,是因为百年新诗演变史、历史成就与诸多具体问题以及未来发展等都与对这一元问题的理解有关,一个人心中的"中国新诗"观念或者说形象决定了其新诗想象、创作追求与风格。"何为中国新诗",听起来是一个本质主义问题,但我要申明的是,我只是期待通过辨析、认知与观看"中国新诗",尽可能敞开其内在秘密,并不是试图去定义"中国新诗"。任何定义都是危险的,但不去定义并不意味着无须追问它是什么;如果只是智慧性地追问并回答"中国新诗"不是什么,自然不会陷自己于某种言说的可能性陷阱,但那样则只可能在"中国新诗"外围言说,不可能走近更不用说走进"中国新诗"。

事实上,现在许多人心中,"中国新诗"是一个不言自明的概念,无论是专家学者还是一般大众都在不假思索地使用它,很少有人去思考何为新诗、何为中国新诗这类根本性问题。大家谈论"中国新诗"时多是以对这个概念的印象式理解为基础,以一种表层认知为依据。提到"中国新诗"联想到的往往是具体诗人诗作,诸如郭沫若的《女神》、戴望舒的《雨巷》、徐志摩的《再别康桥》、闻一多的《死水》,联想到舒婷的《致橡树》、海子的《面朝大海,春暖花开》,甚至不少人还会想到梨花体、羊羔体等。显然,对"中国新诗"的这种认知是以新诗史上的诗人、诗作为依据的,是一种模糊性的感知印象。这种模糊性对欣赏新诗作品没有什么影响,甚至还可能为读者打开一个更为开阔的新诗视域、更为多义的诗歌空间;但是,这种模糊性认知并非以科学理性为前提,以致新诗创作史上出现了大量写作者自以为是但事实上并不具有新诗属性的作品,使一些文学史著、新诗史论著

---

① 柯可(金克木):《论中国新诗的新途径》,《新诗》第4期,1937年1月10日。
② 艾青:《中国新诗六十年》,《文艺研究》1980年第5期。
③ 王光明:《中国新诗的本体反思》,《中国社会科学》1998年第4期。
④ 钱理群等:《中国现代文学三十年》(修订本),北京大学出版社1998年版,第579页。
⑤ 陆耀东:《中国新诗史》(1—3卷),长江文艺出版社2005—2015年版。
⑥ 龙泉明:《中国新诗流变论》,人民文学出版社1999年版。

大谈特谈那些不属于新诗范畴的作品。新诗史有百年了,新诗创作和研究还在进行,重释"何为中国新诗"这一元问题,有助于推进对百年新诗史上诸多具体问题的认识与判断。

(一) 时空存在与意识

"中国新诗"发生、发展于特定的时空场域,它既是时间向度上的存在者,是特定时间域的产物,烙上了时代印迹,同时又赋予自己所处时代特殊标记,使所属时代获得不同于其他历史时期的诗意。但同时它又是空间的存在者,无法逾越特定的空间,它既呈现所处空间里的人、事与话语,又使所属空间充满自己的符号、韵律与声音,充满自己的情感、想象与思想,从而变得更为丰富、复杂。

具体言之,"中国新诗"作为历史上发生的新型的诗歌形态,它有自己的起点和终点,构成其生存的时间向度。起点在何处?对于一般事物而言,也许比较容易判断,但作为一种历史文化事件,其发生究竟在何时与对其本质的认识、定位相关,于是就没有那么容易判断,以至于对中国新诗的发生起点,至今有多种观点:一是将新诗的发生视为新文化运动的组成部分,视新诗为具有新文化特质的诗歌,将其起点定位为1917年初,这是目前学术界的普遍看法;二是以1919年为起点,将新诗纳入新民主主义历史叙述框架论述,20世纪50至70年代的文学史著作基本上以此构筑新诗历史;三是以晚清"诗界革命"为起点,从维新维度判定新诗发生历史,"欧洲意境"是那时新诗的一个标志[①],20世纪20至30年代出版的某些文学史著作持这种看法[②];还有人将新诗起点追索到鸦片战争。任何新生事物的发生都有一个过程,就是所谓的量变到质变的过程,而量与质如何界定则与对该新生事物性质的认识分不开,就是说新诗的起点问题与新诗质的规定性联系在一起,而何为新诗质的规定性则取决于对新诗的界定与想象,取决于新诗的历史实践及其创作成果,所以不同的起点之说是由不同的诗歌观念尤其是新诗观念决定的,在这个意义上,各种建立在事实基础上的起点之说都有属于自己的言说逻辑与合理性。笔者认为,"中国新诗"最基本的特性是白话自由体,这是它与旧诗最显在也是最根本的区别,结合发生期的相关史料和诗作特征,则将"中国新诗"的起点定在1917年初更为合适一些[③]。

那么,"中国新诗"的下限在哪里呢?这似乎不是一个问题,因为大家都会不假思索地认为白话新诗还在延续,属于正在进行时态,下限就是当下。然而,我想追问的是新文化运动中所发生的新诗真的还在延续吗?今天一些作者所创作的白话新诗还是早期倡导者所想象、所预期的新诗吗?这同样牵涉到对新诗本

[①] 方长安:《新诗传播与构建》,中国社会科学出版社2012年版,第13—16页。
[②] 例如陈子展的《中国近代文学之变迁》(上海中华书局1929年版)、谭正璧的《中国文学进化史》(光明书局1929年版)、张长弓的《中国文学史新编》(开明书局1935年版)等,均将现代新诗起源追索到近代的诗界革命。
[③] 1917年1月,胡适在新文化运动的摇篮《新青年》刊发《文学改良刍议》,主张革新语体,废除文言,以白话写作;2月,《新青年》第2卷第6号发表他的《白话诗八首》,它们可以视为中国新诗的起点。

质的认识。如果说20世纪初发生的新诗之历史已经终结,那是什么意义上的终结?结束点在何处?应该如何理解这一问题?如果说新诗历史还在延续,属于正在进行时态,那如何梳理、阐释其历史进程的绵延性或者说延续性,其内在绵延不变的血脉是什么?如何对其进行历史分期与阐述?"中国新诗"之下限问题所引发出的这一系列子问题非常复杂,我虽提出这些问题,但目的不是要给出答案,而是为警醒自己,警醒谈论新诗的人们,同时也是为敬告当下的新诗写作者。这些问题可以推进我们对"何为中国新诗"这一元问题的思考,推进我们对"中国新诗"本质的叩问、思考,进而使我们重审百年诗歌史上的诸多现象与具体问题。

早期倡导者特别强调新诗形式特征,将形式视为使新诗"是其所是"的根本属性,在这个意义上,我个人倾向于认为新诗历史并未终结。所谓形式特征是指新诗的外在形式,即白话和自由体,这是区别于文言格律诗最显在的标志,是中国诗歌自新文化运动开始绵延至今且成为主流的形式,在这个意义上可以将"中国新诗"定位为白话自由体诗歌,这样就可以断定20世纪初发生的新诗之历史仍在延续,属于正在进行时。当然,如果不以形式为决定性因素,则答案可能要复杂很多。

那么,什么是"中国新诗"的空间维度呢?简单说就是"中国",即1917年至今的"中国",它是"中国新诗"作为文学历史存在的空间场域。这似乎是一个无须言说的常识,然而事实并没有看起来那么简单。对任何事物而言,与时间相比,空间的意义更大,时间离不开空间独立存在,或者说时间依赖于空间,空间发生的事件赋予时间以长度,所以作为空间的"中国"对现代新诗而言具有不可替代的意义。那么,如何理解此处的"中国"呢?"中国"一词有其语义生成变化的复杂历史,据冯天瑜考证,"中国"一词较早出现于周代,乃"中央之城"的意思,后又衍变出"中等之国""中央之国"等含义;北宋时它作为具有国家意味的概念出现于处理与辽、西夏事务的文件中;而国体意义上的"中国"概念"是在与近代欧洲国家建立条约关系时正式出现的",近代以前是在"华夷秩序"中使用"中国",近代后才在"世界国家秩序"中使用这一概念,以前那种"居四夷之中""中国者,天下之中"的含义才渐渐淡化[1]。至此,地理空间概念才真正上升为区别世界上国与国的国别空间概念。所谓国别空间概念,就是以一国身份出现在新的世界秩序中。

1917年前后开始不断向未来延伸的时间向度是一条直线性的开放型的时间轴、一个进行时态的时间过程;"中国"则是不同于古代"天下"的现代国别概念,是以现代世界为背景的空间场域,是相对于世界中的其他国家而言的国别概念。在这样的"中国"空间和一百年的时间向度里,发生了围绕传统与现代、启蒙与救亡、科学与民主、改革与开放等主题的无以计数的历史事件,且仍在发生之

---

[1] 冯天瑜:《"中国"、"中华民族"语义的历史生成》,《河南大学学报(社会科学版)》2012年第6期。

中，使抽象的时间空间具体化、事件化，使生活在如此时空的诗人具有了相应的时空感觉与观念，使不同的时间向度、不同的空间区域的诗人具有了与具体历史事件相关的心理体验与文化心理；换言之，"中国新诗"所存在的时空是中国古诗所不具有的发生、发展时空，是中国由旧向新、由封闭向开放、由天下之中心向世界之一国转型的时空，是中国历经苦难起起伏伏、坎坎坷坷由弱变强的时空，它使诗人及其作品具有一种不同于古典诗人、古典诗歌的时空意识，其特点就是时间观念上的开放性、延展性和未完成性，空间认知上的世界性、全球化。这种时空意识一方面使"中国新诗"成为一百年来世界新诗大潮的重要组成部分，参与世界诗歌的大合唱；另一方面，新的时空意识又使"中国新诗"具有一种强烈的民族性、国家身份，具有了突破中国传统循环论时间意识、封闭的农耕空间的功能，得以参与了一百年来中国的文化建设、审美建构。时间意识上具有了开放延展的现代特征，空间观念上获得了世界性视野，白话自由体诗歌由此成为一种开放的未完成的诗歌潮流，"中国新诗"仍在路上，未完成也就是未完型，这使它有一种历史宿命即不确定性和不定型，但未完型意味着探索，意味着生机与生命力，这也是"中国新诗"魅力之所在。

（二）文化气象与本质

"中国新诗"发生于中国由传统社会向现代社会转型过程中，生成、发展于1917年至今一百多年间的中国，且仍在延续，这一时空场域赋予中国新诗独特的面相，使之具有与自己所处时空相应的文化气象与本质，概而言之有三：一是新旧转型性，二是现代性，三是中国实践性[1]。

所谓新旧转型性是其生来具有的特征。鸦片战争后，中国被迫开始全球化，由封建农耕社会开始向半封建半殖民地社会转型，文学、诗歌被迫随着时代大变而变。晚清维新变革侧重的就是一个"新"字，随后的新文化运动特征也是"新"，新诗之"新"也就是这种文化大趋势意义上的"新"，这应该是"中国新诗"的本质诉求和文化气象。当然，"新"是相对于"旧"而言的，旧的社会结构、旧的文化导致中国落后挨打，所以需要变革，需要一种新质的文化取而代之。这种取而代之就是一种革新，一个复杂的历史过程，也就是通常所说的新旧转型过程。这个过程中，新文化与旧文化不断博弈、较量，新旧文化处于一种混杂状态，诞生于这一历史过程中的"中国新诗"天然地具有这种转型时代新旧杂糅的特征，这是其文化宿命。胡适倡导文学革命、白话新诗运动之前的"诗界革命"，文化上的一大特征就是新旧杂糅，或者说是中国书写经验与"欧洲意境"相遇所导致的半旧不新的特征[2]。到胡适时代，新是历史大势，也是新诗文化上的核心诉求，人们希望以新的形式表现新的文化理念、新的生活、新的心理，但转型过程中旧的势力、旧

---

[1] 我不是本质主义者，但我也不反对本质说。本质在词源上来自"存在"，决定事物是其所是的东西就是本质，但谈论本质不能离开事物具体的存在状况、展现方式与历史过程。
[2] 方长安：《新诗传播与构建》，中国社会科学出版社2012年版，第13—16页。

的文化依然强大，所以客观效果上不可能做到完全新，例如胡适的诗歌创作就是这样，《尝试集》就是从外到内新旧杂糅的作品，当然"新"占主导地位。早期白话诗人刘大白、沈尹默、康白情等人的诗作都留有旧文化的痕迹；周作人等在反对旧体诗歌大传统的同时，眼光还是无法完全离开传统，还是欲在歌谣等小传统中寻找资源；甚至后来的闻一多在探寻新诗形式规范时，仍然离不开格律诗的思维，仍在旧诗形式机制里寻找新诗出路；再后来的戴望舒、林庚、卞之琳等仍然热衷于或者说无法摆脱中国旧诗意象、意境等的诱惑，一些诗歌仍有新旧糅合的特征；即便是1950年后，新诗发展进入一个全新的历史时期，但向古典和民歌学习仍是新诗求新过程中的一种艺术策略。换言之，新诗诞生期历史转型所带来的新旧杂糅性是新诗一个突出的文化特征。

现代性是新诗自发生时起就自觉追求的一种文化品格，是新诗之"新"的内在标志，或者说是新诗内在的文化气象与本质诉求，正是在这个意义上，"中国新诗"也常常被置换成为"中国现代新诗"。这里的"现代"既是时间概念，即指现代历史时期，更是文化概念。胡适、陈独秀、刘半农、李大钊等在倡导新文学、进行新诗实验时，就将"现代"视为新诗的一种文化身份和价值诉求。那么，究竟什么是"现代"呢？这似乎是一个太普通的问题，但又是一个最棘手的难题。作为一个常用词，"现代"具有一种不言自明的特点，人们都在不假思索地使用它，文章里、日常交流中开口闭口讲"现代"，如同谈论日常生活中的"蔬菜""米饭""大衣"等有明确所指似的。不仅如此，以之为词根，还生成出许多派生词，诸如现代化、现代社会、现代民族、现代文明、传统现代转化、现代人、前现代、后现代、现代艺术等。然而，事实上它并不是一个可以自明的词，它的意蕴并没有自我敞开，像很多概念一样，人们热衷于使用它们，但并不十分清楚它们的内涵是什么，多数时候是用个别外延事物置换之。理论言说中核心概念内涵不明确是许多交流、对话不畅的重要原因。

"现代"如其能指所标明的那样是现代社会才出现的概念，从我们的认知和阅读视野看，中西文化界有很多关于现代、现代性、现代化等问题的讨论，但分歧大于共识。我以为，探讨"现代"问题时如以"中国新诗"为审视、言说对象，有几点则是明确的，或者说对于我们理解"现代"和"中国新诗"至关重要。第一，"现代"是相对于"古代"而言的，是一个与时间向度相关的语词，进入现代社会后出现的事物才能称为现代事物，古代社会里的事物不属于现代事物，不具有现代性。那种因某种相似就将古代作品阐释为现代性作品、从古代现象中发掘现代性的论说行为是一种不明现代时间刻度的混乱思维的产物。"现代"是现代社会的存在物，古代社会某些存在物可能与"现代"存在相似的地方，但不能因此说它们就是现代的，中国传统社会的诗歌不具有现代属性，"中国新诗"存在于现代时间向度上，所以才可能具有"现代"特征。第二，"现代"从历史起源看发端于西方，是自然科学发展到一定程度后带来的一套新的文化理念，是西方社会由蒙昧走向光明的理念,是一种科学理性精神。它具有祛昧的本质属性,代表着进步、发展、文明,是一种新的文化价值理念。这是"现代"的本质属性,也是"中国新诗"所自觉诉求的精神特征,所以"中国新诗"在文化上应具有祛昧的功能,是一种以启蒙理性为内核的新文化、新诗歌,这是其文化气象与本质特征。第三,从文化传播看,"现代"由西方不断向世界各地传播、扩展,这种传播曾有一种强迫性,甚至以战争开道,就是说"现代"在世界各地的传播带有侵略性,很多民族、国家遭遇"现代"时并没有做好接受的心理准备,缺乏接受的文化基础,只是被动地反应,有一种无可奈何感,所以抵制、反抗是时有的现象。"中国新诗"与西方诗歌有着学习借鉴的关系,其中不乏西方元素,这与西方现代文学跨文化旅行分不开;但它与西方之间不只是借鉴关系,还有一种抵抗性,所以民族认同与西方艺术经验之间往往构成一种矛盾张力。第四,"现代"作为人类历史特定发展阶段的故事与相应的价值理念,有其历史局限性,它随着历史实践与全球扩展,逐渐显示出某些负面功能,所以"超越现代"乃至"反现代"早已成为世界性的文化潮流。中国诗歌在现代化过程中不断遭遇固有文化、文学的抵制,百年"中国新诗"历史进程中,"现代"与"封建"不断纠葛、较量,时有精疲力竭之感,以至于"现代"在有的时期被抑制,特征不分明,与"封建"较量的艰难性决定了现代性讲述是许多诗人的自觉行为,以至于"反现代性"也就是反思"现代"的声音在百年"中国新诗"史上很弱。"现代"在中国成为一种肯定性价值立场与标准,但它在西方早已暴露出固有的问题,所以我们也要警惕其可能的隐患。

　　与这些特征相关,"中国新诗"第三个突出的文化气象与特征是中国实践性,它在相当程度上规约了其本质。所谓"中国实践性"指的是来自西方的"现代"文化与艺术经验以诗歌为载体在中国的实践,这是一种跨文化实践特征。就是说,"中国新诗"的"现代"是西方"现代"理念进入中国后生成的新概念,具有新的内核,是中国近代以后社会文化转型过程中出现的一种新的文化,是中国大的历史实践的产物,它是具体的而不是抽象的,具有一种实践品质。在"现代"中国化过程中,中国原有的文化参与进来了,改变着其固有的观念结构,赋予其中国元素,或者更准确地说,使其成为中国的一种新质文化。鲁迅、郭沫若、胡适、闻一多、戴望舒、穆旦这些人多来自没落的家庭,带着家族没落感到海外留学,接受西方现代文化熏染,家族没落记忆、国家危亡感与对"现代"的不适应性糅合在一起,在这样的复杂语境、心理状态下思考中国问题,向中国叙述,引进西方现代文化理念,于是他们所介绍的"现代"是中国化的变形的"现代"。就是说,中国的"现代"一开始是在病态背景下展开的,各种力量相较量,形成相互渗透、撕扯、让步的复杂关系,这样中国的"现代"与中国原有的文化糅合在一起,感伤乃至没落是其中的重要元素,且与现代进取精神纠结在一起;随着时间向度的延伸,中国社会实践内容不断变化,无产阶级、社会主义作为新的力量改变着历史实践的走向,使"现代"的内容和本质发生很大的变化,中国化程度更高,或者说使之成为世界现代化潮流中新兴的最重要的一翼。质言之,这种"现代"是中国的"现代",具有跨文化实践特征,赋予"中国新诗"一种中国化的"现代"内容与特征,使其具有独特的民族个性与文化张力。

从文化本质上看,这种中国化的"现代",既不是纯粹西方的,也不是纯然中国的,不是全新的,但又绝不是旧的,具有中西新旧杂糅的特征,它是"中国新诗"区别于此前历代诗歌最本质的特征。胡适的《威权》、郭沫若的《我是一个偶像崇拜者》里面张扬的反权威、反偶像的思想,郭沫若的《天狗》、冯至的《我是一条小河》、沈尹默的《月夜》、徐志摩的《雪花的快乐》等表现的个性解放思想和自我意识,胡适的《人力车夫》、艾青的《大堰河——我的保姆》里面的劳工神圣思想,闻捷的《天山牧歌》反映的社会主义理想实践,舒婷的《致橡树》、海子的《亚洲铜》等反映的是新时期故事与心理,这些又与中国固有的文化存在着某种历史关联性。总之,1917年以来的"中国新诗"反映了中国被迫进入现代社会过程中读书人心灵焦虑、阵痛、创伤、修复与奋起等复杂的心路历程,是希望、无助、绝望与抗争的表达,其内核是中国化的"现代",它是"中国新诗"所独有的文化气象与本质。

(三)诗学特征与品格

"中国新诗"首先是诗,这是它不同于小说、散文、戏剧等文体的质的规定性;然后才是新诗,一个"新"字将它与"旧"诗区别开来。新诗作为不同于旧诗的一种诗歌存在,其"是其所是"的诗学特征与品格是什么呢?

"新诗"这个词在中国古代就出现了,即新写的诗,如陶渊明的"春秋多佳日,登高赋新诗",杜甫的"新诗改罢自长吟"[①],这里的"新"是标注时间先后顺序的词,不具有性质定位含义,那时所谓新写的诗,其实还是旧体诗,且在文化本质上没有什么变化。"五四"前后,新诗这个概念有了新的含义,这个"新"不再是标识写作时间先后的语词,而是新文化、新文学意义上的"新",是形式革命、文化革新意义上的"新"。在本体意义上,"五四"新诗的基本构造发生了历史巨变,变到让传统读书人瞠目结舌的程度。具体言之,就是写诗的语言形式发生了变化,开始用白话而不是文言书写;诗歌的呈现形式发生了变化,破除了格律,采用自由体形式书写。

白话书写与文言书写是两个相对立的概念,白话是未经雕琢精细化的言语,与民间、大众联系在一起,与新文化传播相适应,属于启蒙大众的语言;文言则是有文之言,是去粗取精的结果,充满之乎者也,与读书人、有闲阶级、士大夫联系在一起,与上层社会趣味联系在一起。文言与白话之别,一定程度上是庙堂与江湖之异。在现代语言学视域里,语言不仅仅是交流的工具,而且是文化本身,不同的语言意味着不同的身份,这也是孔乙己放不下之乎者也的原因;进而言之,语言决定了人的言说方式与存在方式,是语言在讲人,制约着人的表达。在这个

[①] 陆耀东:《中国新诗史》,长江文艺出版社2005年版,第10页。

意义上，白话书写不只是形式问题，它意味着一种民间立场、民间身份，一种大众化、平民化言说，以白话写诗，赋予白话表达以合法地位，无疑包括一种大众化、平民主义立场和平等意识，体现了反叛传统文言书写的一种现代精神。白话写诗决定了写诗者的存在方式，在这个意义上，白话诗学具有一种民间、平等的诗学品格。自由体是相对于格律体等不自由的体式而言的，诗体不断解放是胡适从中国诗歌史上总结出来的一条进化规律①，是他论证自由体诗歌历史必然性、合法性的逻辑策略。自由诗体与人的情感自由表达联系在一起，体现了一种自由解放精神，张扬了一种自由解放的现代诗学品格。

白话书写与自由体式相结合，就是白话自由体，这是"五四"新诗最显著的"新"，是新诗区别于旧诗的最突出的也是最基本的特征。白话书写和自由体构成"中国新诗"两个基本的诗学品格，是"中国新诗"的元诗学，规范了中国现代诗学的基本走向，派生出相应的分支诗学，诸如胡适的"有什么话，说什么话；话怎么说，就怎么说"②的创作主张，袁可嘉的新诗戏剧化写作观念③，艾青的散文化诗学理论④，以及解放区的大众化诗歌主张，新中国初期新诗的民歌路线，新世纪口语诗歌观念，等等。这些围绕如何写新诗、新诗何为等问题而展开的具体的诗学主张，其实是白话自由体这一元诗学所决定的，或者说是其在不同诗人、诗派那里的具体展开，所张扬的是一种民间价值取向和现代大众化、平民化精神。

这里有一点需要特别强调，就是"中国新诗"概念成立的前提是诗，必须具有诗性、诗意，这是最根本的诗学问题。一个文本不管是用什么语言、形式写的，也不管思想价值、情感取向如何，如果没有诗性、诗意，就不能称为诗。白话书写、自由体式是新诗相比于旧诗最突出的外在形式特征，白话自由体文本可以是诗性、诗意浓厚的诗作，近百年的新诗创作史证明了这一点。然而，白话书写和自由体这两大诗学品格以及相应的诗学主张，也使新诗之诗性、诗意成为百年诗歌发展过程中突出的问题。首先，以文言、格律创作诗歌，中国人积累了深厚的经验，有一套行之有效的抒情言志的方法，而如何以白话、自由体写诗则基本上无可法之范本，以至于很多白话自由体文本虽名为诗，其实没有诗意、诗味，并不能称之为诗。其次，白话写作和自由体形式，使新诗发展中延伸出口语诗学、民间诗学、散文化等重要的创作倾向，而这些与日常生活往往粘连得很紧，日常化程度高，难以给读者以陌生感，对读者审美神经的冲击力往往有限，这样的作品往往诗意不足，甚至有一种非诗化的倾向。再次，中国人的审美经验、诗歌观念与趣味，基本上是由文言格律诗歌培养起来的，对白话诗歌、自由体诗歌有一种近乎天然的排斥，所以新诗认同感一直是一个阅读审美问题；而且何为诗性、诗意，这本身就是一个极为复杂的问题，"五四"

---

① 胡适：《谈新诗》，《中国新文学大系·建设理论集》，上海良友图书印刷公司1935年版，第298—299页。
② 胡适：《尝试集·自序》，《胡适文集》(9)，北京大学出版社2013年版，第79页。
③ 袁可嘉：《新诗戏剧化》，《诗创造》第12期，1948年6月。
④ 艾青：《关于诗的散文美》，《艾青全集》(第3卷)，花山文艺出版社1991年版，第461页。

以后白话所对应的现代社会场域里的诗性、诗意与文言所对应的传统社会里的诗性、诗意虽有重合的地方,但差异占了主要方面,它们的边界无法重合。总之,白话书写、自由体是"五四"以后新诗基本的诗学主张与品格,这一品格使诗是什么、如何写诗成为一个突出的问题,使一百年来诗学的核心问题几乎萎缩为如何写新诗这一问题了,从胡适、郭沫若、闻一多到戴望舒、艾青、穆旦,再到郭小川、闻捷、李季,直至海子、西川、王家新等,都在苦苦思索、追问这一问题,而又难以获得共识,所以新诗的诗学历史虽然不长,但历史分歧却很大,这一特征从另一方面看,又使中国新诗史呈现多元探索的局面。

(四) 内涵与中国新诗标准

"中国新诗"作为一个文学史术语有其质的规定性,上述时空存在与意识、文化气象与本质以及诗学特征与品格即其内在属性。严格意义上说,具有这三大特征的文本就是"中国新诗"的外延。内涵和外延之间是一种反比关系,内涵越丰富,外延越小,"中国新诗"的三大属性内涵相当丰富,限制了其必须是一百年来中国人创作的作品,必须具有一种现代时间观念,必须是白话创作的自由体诗歌,在文化维度上张扬科学、民主、开放等现代理念,必须具有诗意诗性,这些都限定了其外延范围。内涵外延这种反比关系对认识百年来的新诗史、判定百年来不同时期不同作者所书写的文本是否属于"中国新诗"范畴颇有价值。但事实上,长期以来,学界似乎忘记了这样一种认知、分析思路,常常失去了诗歌判断力;读书界更是面对大量的"诗作"进退失据,不知所措;创作界往往看似繁荣,实则相反,社会上流行的一句话即写诗的比读诗的人多也可能是事实的反映,这说明一是人们不太愿意再读诗,尤其是新诗;二是新诗创作门槛过低,谁都可以写新诗,一些人甚至根本不知道"何为诗""何为新诗"就敢写,更敢拿出来与人分享,以致伪新诗泛滥成灾。

那么,如何从"中国新诗"内涵与外延关系审视百年新诗创作现象,尤其是如何判定一个具体文本是否属于"中国新诗"作品呢?在实际操作中,简言之,就是要看具体文本是否具有上述三大属性。就百年来以白话书写且分行呈现的大量文本而言,文化语境决定了它们基本上都具有一种内在开放的直线性时间意识,都具有一种以世界看中国的视野(当然如何看是另外一回事),都具有一种现代时空特征(即便写作者不具备现代时空意识,时代语境规约也使其书写成为一种现代时空意义上的表达);于是,判断那些白话自由体文本是否属于"中国新诗"作品,就看它们是否具有另外两大属性,即诗意、诗味和现代文化意蕴,对于具体诗人诗作而言,这两点判断起来并没有那么容易。

审视百年来浩如烟海的白话自由体文本,不难发现大体上有几类作品。一是具有"中国新诗"三大属性的文本,诸如郭沫若的《晨安》《天狗》、周作人的《小河》、徐志摩的《雪花的快乐》《再别康桥》、戴望舒的《雨巷》、卞之琳的《断章》、艾青的《雪落在中国的土地上》《旷野》、穆旦的《森林之魅——祭胡康河上的白骨》、舒婷的《致橡树》等,都属于世界视域里的中国文本,突破了传统循环式的时间模式,表现了一种不可逆回的进化意识,彰显或者内含科学、民主、平等、爱国等观念,以现代汉语分行抒发现代诗性,营构出不同于旧诗的诗味。时间意识、现代文化本质和诗学品格三者构成一种相互渗透彼此影响的完型关系,形成一种新的诗性空间结构,这种诗性空间大于它们的简单相加,具有一种结构性张力,这种张力是中国古代诗歌所不具有的,也是"五四"以降的旧体诗歌所不具备的,这些诗歌属于"中国新诗"之外延,也就是典型的"中国新诗"作品。二是不具有现代意识的作品。现代文化诉求与表现,或者说现代底蕴、现代性,是"中国新诗"之"新"的体现,这是至关重要的方面,一首白话自由体诗歌即便形式再美,甚至具有诗意,但是如果观念是封建的腐朽的、支撑其言说的思想是非现代的,诸如蔑视女性、宣传农奴制、主张包办婚姻、反对或不尊重科学理性等,那这样的诗歌就不能称为新诗。是否具有"新"的品格是我们判定一个文本是不是"中国新诗"作品的一个重要依据。徐志摩的《别拧我,疼》曾受到一些人的批评,认为其表现了男女之间的低级趣味,甚至蔑视女性,就是从思想趣味立论,也就是认为这个作品不具有现代性。当然,这个作品内容属于特写镜头,写两性间的情话,虽然没有什么社会意义,但也很难说它就是一种低级趣味。20世纪50年代的一首民歌《大花生》曰:"花生壳,圆又长,两头相隔十几丈,五百个人抬起来,我们坐上游东海。"其中的夸张具体而又不伦不类,不符合生活常识和文学想象逻辑,违背了现代科学理性,这样的文本就不具有"中国新诗"所要求具备的现代理性,不属于"中国新诗"范畴。三是具有白话和自由体这两个基本特征,且所表现的情感、思想都属于现代范畴,但不具有诗性、诗味的作品,这样的作品很多。诗性、诗味与诗歌的形式和思想没有必然关系,这是常识。格律是以前中国诗人探索出来的以汉语营造诗意的有效方法,但不是所有格律诗都有诗意,格律诗培育了中国人的诗性观和审美趣味,但代代相传、陈陈相因,模仿多于创作,于是格律反而成为不利于诗意创造的形式,在这个意义上,白话自由体作为对文言格律体的反动,有助于突破既有的诗歌创作套路,营造诗意,加之白话自由体与思想启蒙话语表达相契合,因此受到欢迎、提倡。同理,白话自由体也只是写诗的一种新的语言体式,与诗性、诗意同样没有必然关系。思想、情感的现代性同样不意味着必然的诗意。一百年来,不是所有写诗的人都有这样的常识,有这种诗学常识的人有时又忘记了这一常识,他们常常只是醉心于形式的经营,将形式锤炼等同于诗意创造,或者以为有高尚的思想就等于有诗意,于是出现了大量诗人自以为属于诗歌的白话自由体作品,其实它们不是诗歌,当然也不是新诗。在白话诗歌诞生初期,这种现象很普遍,那主要是由于很多人还没有能力以白话自由体创作出诗性诗意的作品;而20世纪30年代后,如何以白话自由体写诗的问题较上一时期一定程度地被解决,但别的时代问题又凸显出来了,诗意、诗味让位于以作品传达时代主题的需要,于是诗味不足也成为普遍现象;至于当下,情况也不乐观,自命为诗人的很多,以为白话分行书写就是写诗,自媒体时代又为发表提供了新的渠道,早上一睁眼就写诗,晚上上床睡觉时也写诗,每天都写很多,写诗变成了一种习惯。爱诗写诗的人多固然是好事，但不少人根本就不知道什么是诗、什么不是诗，他们的作品根本就没有诗意、诗味，不属于"中国新诗"范畴，只能算是分行排列的文本而已。在这个意义上，我认为当前急需开展一场普及新诗知识的诗学启蒙运动。

（本文作者　方长安）

第三部分　诗学文献与研究参考

1. ［清］孙星衍撰，陈抗、盛冬铃点校：《尚书今古文注疏》，中华书局 1986 年版。
2. ［清］何文焕辑：《历代诗话》，中华书局 1981 年版。
3. ［汉］毛公传，郑玄笺，［唐］孔颖达等正义：《毛诗正义》，上海古籍出版社 1990 年版。
4. 王力：《现代诗律学》，中国人民大学出版社 2004 年版。
5. 李泽厚、刘纲纪：《中国美学史》（第 1 卷），中国社会科学出版社 1984 年版。
6. 萧华荣：《中国古典诗学理论史》（修订版），华东师范大学出版社 2005 年版。
7. 郑敏：《诗歌与哲学是近邻：结构-解构诗论》，北京大学出版社 1998 年版。
8. 杨匡汉、刘福春：《中国现代诗论》（上编），花城出版社 1985 年版。
9. 杨匡汉、刘福春：《西方现代诗论》，花城出版社 1988 年版。
10. 中国作家协会、诗刊社：《中国新诗百年志·理论卷》（上、下），中国工人出版社 2017 年版。
11. 谢冕：《中国新诗总论》（6 卷本），宁夏人民教育出版社 2019 年版。
12. ［古希腊］柏拉图：《理想国》，郭斌和、张竹明译，商务印书馆 1986 年版。
13. ［古希腊］亚理斯多德、［古罗马］贺拉斯：《诗学·诗艺》，罗念生、杨周翰译，人民文学出版社 1962 年版。
14. ［德］黑格尔：《美学》（第 2 卷），朱光潜译，商务印书馆 1979 年版。
15. ［德］爱克曼辑录：《歌德谈话录》，朱光潜译，人民文学出版社 1978 年版。
16. ［德］海德格尔：《荷尔德林诗的阐释》，孙周兴译，商务印书馆 2000 年版。
17. ［英］艾略特：《传统与个人才能》，《艾略特文学论文集》，李赋宁译注，百花洲文艺出版社 1994 年版。
18. ［俄］鲍里斯·托马舍夫斯基：《诗学的定义》，《俄国形式主义文论选》，方珊等译，生活·读书·新知三联书店 1989 年版。
19. ［阿根廷］豪尔赫·路易斯·博尔赫斯：《诗艺》，陈重仁译，上海译文出版社 2011 年版。

20. [法]加斯东·巴什拉:《梦想的诗学》,刘自强译,生活·读书·新知三联书店 2017 年版。
21. [美]刘若愚:《中国文学理论》,杜国清译,江苏教育出版社 2005 年版。
22. 李维:《诗史》,东方出版社 1996 年版。
23. 王易:《词曲史》,东方出版社 1996 年版。
24. 朱自清:《诗言志辨》,广西师范大学出版社 2004 年版。
25. 俞陛云:《诗境浅说》,中华书局 2010 年版。
26. 袁行霈等:《中国诗学通论》,安徽教育出版社 1994 年版。
27. 袁行霈:《中国诗歌艺术研究》,北京大学出版社 1987 年版。
28. [美]刘若愚:《中国诗学》,韩铁椿、蒋小雯译,长江文艺出版社 1991 年版。
29. 叶维廉:《中国诗学》,生活·读书·新知三联书店 1992 年版。
30. 叶嘉莹:《风景旧曾谙:叶嘉莹谈诗论词》,广西师范大学出版社 2008 年版。
31. 肖驰:《中国诗歌美学》,北京大学出版社 1986 年版。
32. 袁可嘉:《现代派论·英美诗论》,中国社会科学出版社 1985 年版。
33. 王文生:《诗言志释》,生活·读书·新知三联书店 2012 年版。
34. 陈良运:《中国诗学体系论》,中国社会科学出版社 1992 年版。
35. 张晖:《中国"诗史"传统》,生活·读书·新知三联书店 2012 年版。
36. 陈伯海:《中国诗学之现代观》,上海古籍出版社 2019 年版。
37. 蓝棣之:《现代诗歌理论:渊源与走势》,清华大学出版社 2002 年版。
38. 丁放、袁行霈:《宫廷中的诗人与盛唐诗坛——盛唐诗人身份经历与创作关系研究之一》,《文学遗产》2009 年第 1 期。
39. 陶丽萍:《多维空间下的历史性建构:现代传播与诗人身份的确定》,《江汉论坛》2007 年第 7 期。

思考题

1. "诗"是一种客观存在物吗?如何理解语言与"诗"的关系?
2. 诗之为诗的内在根据是什么?
3. 是什么使一段文字成为具有"诗意"的文本?
4. 诗在何处?
5. 什么不是诗?
6. 怎样的作者才能被称为诗人?诗人何为?
7. "诗"是读者创造的吗?
8. 简论"诗意"与个体经验的关系。
9. 如何理解诗之"用"和"无用"?

第二章
新诗发生论

第一部分　现　象　与　问　题

新诗发生成为问题的一个前提是此前没有"新诗",但事实上,"新诗"概念古已有之,这就需要界定区分古今"新诗"概念。古代"新诗"指的是新写出来的诗,如陶渊明《移居》曰"春秋多佳日,登高赋新诗",杜甫更是多次使用"新诗"概念,如"新诗改罢自长吟"(《解闷》)[①];而现在所谓的"新诗",简言之,指的是"五四"前后发生并延续至今的白话自由诗。

一、外在语境

百年前,中国遭逢"三千年未遇之大变局",西方文化无情地撕裂、嘲弄中华文明,中国一时无法适应这个变化。无法适应也是一种反应,但这种反应是被动的,甚至是本能的、无力的,其结果是不断挨打受辱;后经几度内外调整,中国开始有意识地反应,也就是学界所谓的"冲击—反应"说。诗歌乃民族文化最重要的载体,或者说其本身就是民族文化之根本,自然被卷入历史的漩涡,被知识分子祭出以承担超负荷的民族历史使命,这成为一种世纪性文学政治化现象。

政治、文化这种"大变局"就是新诗发生的外在语境。语境在过去的一个世纪里具有无限的力量,虽然个体参与了语境的制造,是其基本音符,但语境又是其生存、表达的空间,规约着个体的文化、文学创造。个体既是语境的组成部分,又生存于语境之中,这种特别的关系生成出复杂而动人的景象。现代新诗的发生是在"大变局"语境中展开的,"变局"促其萌动,无形中又规定了其发生的路径、方式与指向,而新诗潮又反过来照亮语境,使其更为丰富、迷人。

---

① 陆耀东:《中国新诗史》,长江文艺出版社2005年版,第10页。

二、内在逻辑

中国诗歌发展演变有其内在逻辑,这一逻辑虽然受到政治、经济与人文变化的影响,但自身的话语生成力很大,逻辑演变自成体系。按胡适的说法,中国诗歌经历了一个由繁到简不断进化的过程。1919年,他在《谈新诗》中说:"我们若用历史进化的眼光来看中国诗的变迁,方可看出自《三百篇》到现在,诗的进化没有一回不是跟着诗体的进化来的。"而诗体进化也就是诗体"解放",走过了几个漫长的时期,一个时期向另一时期转换遵循的便是"自然"的法则,如:"《三百篇》究竟还不曾完全脱去'风谣体'(Ballad)的简单组织,直到南方的骚赋文学发生,方才有伟大的长篇韵文。"这是第一次解放。"但是骚赋体用分些等字煞尾,停顿太多又太长,太不自然了。故汉以后的五七言古诗删除没有意思的煞尾字,变成贯串篇章,便更自然了。"这是第二次解放。"五七言诗是不合语言之自然的,因为我们说话绝不能句句是五字或七字。诗变为词,只是从整齐句法变为比较自然的参差句法。唐五代的小词虽然格调很严格,已比五七言诗自然得多了。"这是第三次解放。后来,词变为曲,曲又不断变化,"逐渐删除词体里所剩下的许多束缚自由的限制","但是词曲无论如何解放,终究有一个根本的大拘束;词曲的发生是和音乐合并的,后来虽有可歌的词,不必歌的曲,但是始终不能脱离'调子'而独立,始终不能完全打破词调曲谱的限制"。直到新近新诗的发生,完全破除旧的一切限制,这是"第四次的诗体大解放"。"这种解放,初看去似乎很激烈,其实只是《三百篇》以来的自然趋势。"①诗体不断解放是胡适概括出的中国诗歌自身发展的重要特点,白话新诗不过是这一历史进化逻辑链条上一个必然的环节,具有历史的必然性与合理性。白话新诗不是人为倡导出来的,而是中国诗歌内在变革的逻辑必然。

三、清末"新学之诗"

梁启超在戊戌变法前,曾与夏曾佑、谭嗣同等倡导"新学之诗"。1896—1897年维新派均好为之。它借诗歌传载"新学",满篇新名词,"颇喜挦扯新名词以自表异"②,语句生涩,令人费解。梁曾自道:"尝有乞为写之且注之,注至二百余字乃能解。"③到日本后,受日本通俗化启蒙诗歌影响,他开始反省、告别昔日那种"苟非当时同学者,断无从索解"④的"新学之诗",开始将革新传统诗的基础设定

---

① 以上均引自胡适的《谈新诗》,《中国新文学大系·建设理论集》,上海良友图书印刷公司1935年版,第298—299页。
② 梁启超:《饮冰室诗话》,人民文学出版社1959年版,第49页。
③ 梁启超:《夏威夷游记》,《饮冰室合集》(第7卷),中华书局1989年版影印本,第190页。
④ 梁启超:《饮冰室诗话》,人民文学出版社1959年版,第49页。

为"欧洲之意境语句"①，努力使诗变得通俗易懂。他对新名词虽仍充满激情，但已不使用一般人无法读解的偏僻之词，而是有节制地选择使用频率极高的日本译西书之语句。然而，这种欧洲意境的诗歌从语词、诗体到内在精神仍不属于白话自由诗，梁启超等人只是为新诗真正出现作了初期披荆斩棘的工作，那些作品起到了一种新旧诗过渡的作用。"新学之诗"不是真正的现代新诗，但考察、探究新诗发生问题，又不能绕开它，若不谈"新学之诗"，后来的新诗发生现场就不够清晰，新诗的特征就无法完全彰显，清理新诗发生的脉络就会变得困难。

四、胡适倡导、实验新诗

"新学之诗"后，胡适是自觉倡导和实验白话新诗的第一人。20世纪初，他在美国留学时即倡导文学革命，而文学革命的重要环节，或者说核心维度，就是倡导以白话为诗，写作白话新诗。1917年2月1日，《新青年》第2卷第6号发表了他的《白话诗八首》，即《朋友》《赠朱经农》，以及《月》三首、《他》《江上》《孔丘》；1918年1月15日，《新青年》第4卷第1号发表了他的《鸽子》《人力车夫》《一念》《景不徙》等。它们标志着现代新诗的出场。

胡适为什么要写白话新诗？为何要倡导白话新诗？他是如何倡导白话新诗的？他的白话诗学主张是什么？这些都是新诗源头性问题。在《我为什么要做白话诗——〈尝试集〉自序》（《新青年》第6卷第5号）、《谈新诗——八年来一件大事》（《星期评论》纪念号1919年10月10日）、《逼上梁山》（《中国新文学大系·建设理论集》，上海良友图书印刷公司1935年版）等文中，他对这些问题作了具体说明。

总体而言，他那些诗作很不成熟，诗意不足，诗学主张也很稚嫩，但它们却是历史地标性的存在，在诗歌史、文化史上具有重要意义。后来，他将自己早期作品结集出版，即《尝试集》，它是中国第一本个人新诗结集。他那些幼稚的新诗作品和诗学理论以独特的方式影响了此后中国新诗的走向与发展。这种影响太复杂，值得慢慢琢磨。

换言之，他是新诗的开疆拓土者，但与历史上的诗歌革新者不同。他在美国吃了面包、奶酪后，回来重新耕种中国的麦地稻田，在中国诗歌山水里撒下留有异域因子的种子，结果他的实验田像一块飞地，那么不协调，那么没有诗意，甚至杂草丛生，然而春风吹过漫山遍野，原来的山水里处处新绿，分不清是杂草还是粮食作物，以至于近百年来很多读者不断发问，原来诗意的山水在哪里？新的就有诗意吗？胡适的耕种是活化了中国古老的诗歌土壤还是令其板结？关于胡适

---

① 梁启超：《夏威夷游记》，《饮冰室合集》（第7卷），中华书局1989年版影印本，第189页。

的实验、影响,陆耀东有详论,此处不赘述①。

这里还有一个问题,即梁启超之后,与胡适同期或者稍早的一大批有海外留学经历的人,他们置身的历史文化语境相同,为何只有胡适那么明确地提倡文学革命和白话新诗?除具体的事件刺激外,还有没有更为深刻的原因呢?

五、《新青年》的运作

《新青年》是最早刊发白话新诗的杂志,为白话新诗的发生进行了自觉而有效的运作。《新青年》1915年9月15日创刊,陈独秀主编,为月刊,第1卷名为《青年杂志》;第2卷改名《新青年》,由上海群益书社发行;第6卷(1918年1月)改组编委会,由陈独秀、钱玄同、高一涵、胡适、李大钊、沈尹默轮值编辑;从第8卷起成立新青年社,独立发行,仍由陈独秀编辑;从第10卷起改为季刊,为纯粹的政治刊物。《新青年》一直重视文学革命,倡导、运作白话新诗。

(一)为新诗出场提供依据

中国古代虽也有白话诗,但文言诗歌观念居于读者诗歌意识系统的中心,白话诗并未获得存在的合法性。《新青年》同人意识到这一问题,创刊伊始便自觉地为白话新诗替代文言诗探寻话语依据。

早在1915年,陈独秀就在《现代欧洲文艺史谭》中从进化立场叙说欧洲文艺从古典主义向理想主义、写实主义、自然主义递进的历史②,为白话文学替代文言文学提供历史依据。1917年初,胡适在《历史的文学观念论》中提出"历史的文学观念",即"一时代有一时代之文学"③,同样以进化论为思想资源言说白话文学之合法性,为白话诗出场制造舆论。在他们那里,白话诗替代文言诗被理解成历史逻辑的必然,具有历史理性之力量。

不仅如此,《新青年》还从中国古代诗歌创作中寻找白话诗取代文言诗歌的依据。胡适在《旅京杂记》中特意介绍南宋张九成的《论语绝句》,认为其中多为白话诗,尊称他为"专意作白话诗的一位老前辈"④。张九成进士出身,喜作白话诗,可见白话诗在古代也是有魅力的,这对那些崇古而反对白话新诗的旧派文人是一个有力的回击。1918年第5卷第2号《新青年》中《诗》栏目刊有刘半农的补白,记述启明自绍兴来函内容,"今日天气热,卧读寒山和尚诗,见一首甚妙",该诗为:"有个王秀才笑我诗多失:云,不识'蜂腰',仍不会'鹤膝',平仄不解压,

---

① 参见陆耀东的《中国新诗史》第一卷第一章"中国新诗的诞生和第一个十年述略",《中国新诗史(1916—1949)》,长江文艺出版社2005年版。
② 陈独秀:《现代欧洲文艺史谭》,《青年杂志》第1卷第3号,1915年11月15日;第1卷第4号,1915年12月15日。
③ 胡适:《历史的文学观念论》,《新青年》第3卷第3号,1917年5月1日。
④ 胡适:《旅京杂记》,《新青年》第4卷第3号,1918年3月15日。

凡言取次出。我笑你作诗,如盲徒咏日!"①刘半农认为该诗"可代新青年新体诗作者答人批评之用"。这同样是一种话语策略,旨在借古代诗人作品回击时人反新体诗之观念。

他们还从外国诗歌中寻找诗歌语言革命依据。1918年4月,《新青年》刊发了胡适翻译的苏格兰女诗人安妮·林德赛的《老洛伯》(Auld Rodin Gray)。胡适认为:"此诗向推为世界情诗之最哀者。全篇作村妇口气,语语率真,此当日之白话诗也。"②且正是这首"白话诗"开风气之先,将英国诗歌引向革新成功之路。这对当时那些崇尚西方而又反对白话新诗的人来说同样是一记重拳。

《新青年》这些策略性活动为白话新诗出场扫清了道路、开辟了场地。

(二) 探寻资源

在《新青年》同人的想象中,白话新诗是一种与古代白话诗、文言诗完全不同的新型诗歌,它必须具有一种有效参与现代多元对话、表现现代人审美需求的美学特质,所以必须整理、开掘诗学资源,以满足新诗创作需要。那么资源在哪里呢?

从《新青年》同人积极译介外国诗歌看,他们首先将眼光转向国外,力图从域外引入异质资源。一为思想资源,《新青年》最初译介的诗歌多为爱国诗与情诗,旨在输入现代爱国、爱情观念。1915年第1卷第2号刊发了陈独秀翻译的美国国歌《亚美利加》,它表现的是爱国与自由观念:"爱吾土兮自由乡。祖宗之所埋骨。先民之所夸张。颂声作兮邦家光。群山之隈相低昂。自由之歌生抑扬。"将爱国与自由相联系,这种观念正是中国文化、诗歌所缺失的。紧接着刘半农的《灵霞馆笔记·爱尔兰爱国诗人》《灵霞馆笔记·阿尔萨斯之重光马赛曲》分别刊于第2卷第2号和第6号,均为译介外国爱国诗人及其爱国作品。爱国诗歌形态、精神成为他重点关注、介绍的内容。第3卷第2号则将刘半农的《灵霞馆笔记·咏花诗》列为封面要目,它译介的是西方咏花诗歌,这些诗歌咏花意在歌吟爱情,如咏紫罗兰之诗"都用以代表高洁之爱情"③。第4卷第4号刊发了胡适翻译的苏格兰女诗人创作的《老洛伯》,"此诗向推为世界情诗之最哀者"④。刘半农曾说:"余尝谓中国无真正的情诗与爱国诗,语虽武断,却至少说中了一半。"⑤无疑,《新青年》对外国爱国诗、爱情诗的译介旨在输入新的诗歌类型与观念,为白话新诗创作提供新的思想资源。

与思想资源同样重要的是形式资源。刘半农在第3卷第2号发表《灵霞馆

---

① 刘半农:《诗·补白》,《新青年》第5卷第2号,1918年8月15日。
② 胡适:《老洛伯·引言》,《新青年》第4卷第4号,1918年4月15日。
③ 刘半农:《灵霞馆笔记·咏花诗》,《新青年》第3卷第2号,1917年4月1日。
④ 胡适:《老洛伯·引言》,《新青年》第4卷第4号,1918年4月15日。
⑤ 刘半农:《诗与小说精神上之革新》,《新青年》第3卷第5号,1917年7月1日。

笔记·咏花诗》,称英国诗人摩亚氏的《最后之玫瑰》"立言忠厚,措辞平易",是一首值得借鉴的优秀作品。而上述胡适译介的《老洛伯》,其"村妇口气"更是被胡适视为西方诗歌的一大特征而加以介绍,认为它是中国白话新诗应直接仿效的。《新青年》第4卷第2号发表了周作人的《古诗今译》,翻译的是两千年前的希腊古诗。在译诗前面的《Apologia》中,周作人认同"翻译如嚼饭哺人"的观点,他的"哺人"意识非常强烈,也就是以希腊古诗哺育中国新诗。这首希腊诗歌以甲乙对话形式展开,对话体可谓周作人着力介绍的一种外国自由诗形式。

输入异域诗歌形式是一个非常复杂的问题,《新青年》最初基本上是以文言诗歌形式翻译外国诗歌,看重的是思想资源,到后来译诗形式意识觉醒了,不断强调平易性、"村妇口气",开始以白话口语译诗,并尝试直译,"意中颇欲自造一完全直译之文体"①,力图尽可能地呈现外国诗歌的基本形式,以冲击、改变中国诗人的诗体观念,为他们的白话诗写作提供参照或模仿资源。

在探寻诗歌资源时,《新青年》同人发现了歌谣这一"小传统"对白话新诗创作的价值,并予以开掘。1918年《新青年》第4卷第3号刊登了沈尹默、刘半农、周作人、沈兼士、钱玄同等共同署名的《北京大学征集全国近世歌谣简章》,强调:"歌辞文俗,一仍其真,不可加以润饰;俗字俗语,亦不可改为官话。"要求尽可能地保持其"俗"的本真面貌。征集歌谣的一个重要目的在于为白话诗创作注入民间诗歌的活力。1919年《新青年》第6卷第4号发表了苏菲用民歌体翻译的《德国农歌》,胡适以白话自由体翻译的波斯诗人的作品。1920年《新青年》第8卷第3号刊有周作人的译诗23首,均为白话翻译,且多为外国民歌。自此以后,歌谣传统一直受到诗人们的重视。

关于诗歌资源问题,还有一个非常重要的对象值得关注,那就是词。词以其较为自由的形式,本可以作为白话新诗创作充分挖掘、利用的传统资源。然而,从新诗史实际情形看,词并未受到足够重视,更未被充分开掘、利用。何以如此?《新青年》给了一个直接的答案。

胡适最初构想白话新诗未来形态时,对词的资源价值相当重视。1917年2月,他在《新青年》发表《白话诗八首》,不久即在《新青年》第3卷第4期发表一组《白话词》,将白话词写作视为新诗实验的重要环节。然而,《新青年》同人对词的资源性价值的认识却存在分歧,1917年7月钱玄同致函胡适:"日前独秀先生又示我以先生近作之'白话词',鄙意亦嫌太文。且有韵之文,本有'可歌'与'不可歌'二种。寻常所作,自以'不可歌'者为多。既不可歌,则长短任意,仿古新创,无所不可。至于'可歌'之韵文,则所填之字,必须恰合音律,方为合格。'词'之为物,在宋世本是'可歌'者,故各有其名。后世音律失传,于是文士按前人所作之字数、平仄,一一照填,而云'调写某某'。此等填词,实与做'不可歌'之韵文无

---

① 刘半农:《我行雪中·译者导言》,《新青年》第4卷第5号,1918年5月15日。

异。""玄同之意以为与其写了'调写某某'而不知其调,则何如直做'不可歌'之韵文乎?"①钱玄同反对填词,亦不认同白话词实验。

对于钱玄同之批评,胡适很快予以回应。"先生与刘半农先生都不赞成填词",然而"词旧名长短句。其长处正在长短互用,稍近语言之自然耳","此决非五言七言之诗所能及也。故词与诗之别,并不在一可歌而一不可歌,乃在一近言语之自然而一不近言语之自然也。作词而不能歌之,不足为病","词之重要,在于其为中国韵文添无数近于言语自然之诗体","词之好处,在于调多体多,可以自由选择"②。胡适认为词是一种"近于言语自然之诗体",是白话新诗创作可借鉴的重要资源。

但钱玄同并不罢休,他立马给胡适回信:"惟我之不赞成填词,正与先生之主张废律诗同意,无非因其束缚自由耳。""总而言之,今后当以'白话诗'为正体(此'白话',是广义的,凡近乎言语之自然者皆是。此'诗',亦是广义的,凡韵文皆是),其他古体之诗,及词曲,偶一为之,固无不可,然不可以为韵文正宗也。"③他还紧接着在《尝试集序》里进一步阐释自己的看法:"现在做白话韵文,一定应该全用现在的句调,现在的白话。那'乐府''词''曲'的句调,可以不必效法。'乐府''词''曲'的白话,在今日看来,又成古语,和三代汉唐的文言一样。"④胡适所看重的"白话"词在他这里被理解成为"古语""文言",失去了表现力,无法有效言说现代人复杂的情感世界。胡适后来虽也偶尔借用词的形式创作白话新诗,但总地看来不再坚持自己原来的立场,他的态度也影响到了那个时代其他新诗探索者,于是词便逐渐淡出了新诗草创者的视野,其形式特征在新诗形体创格过程中没有受到应有的重视,当然也就谈不上被有效地转化、利用了。

(三)诗歌实验

《新青年》自1917年2月第2卷第6号发表胡适的《白话诗八首》,至1922年7月第9卷第6号,几乎每期都刊发新诗,对新诗进行了长期实验,是新诗最重要的探索场地。其同人不仅自己实验,而且相互切磋、探索,主要表现为:

第一,以外国诗歌、中外歌谣为摹本进行实验。在新诗实验过程中,《新青年》同人将模仿、学习外国诗歌史上那些近于自然的作品及中外歌谣作为创构中国现代白话新诗的重要途径。1918年《新青年》第4卷第2号发表了周作人的《古诗今译》,翻译的是两千年前的希腊古诗。他认为"中国只有口语可以译他","口语作诗,不能用五七言,也不必定要押韵;只要照呼吸的长短作句便好。现在所译的歌,就用此法,且来试试;这就是我的所谓'自由诗'"⑤。他将译诗视为白

---

① 钱玄同:《通信》,《新青年》第3卷第6号,1917年8月1日。
② 胡适:《论小说及白话韵文》,《新青年》第4卷第1号,1918年1月15日。
③ 钱玄同:《通信——论小说及白话韵文(附信)》,《新青年》第4卷第1号,1918年1月15日。
④ 钱玄同:《尝试集·序》,《新青年》第4卷第2号,1918年2月15日。
⑤ 周作人:《古诗今译》,《新青年》第4卷第2号,1918年2月15日。

话自由诗实验,力求借翻译将希腊古诗神韵化入中国白话新诗。他的《小河》既与波特莱尔的散文诗"略略相像",内容又"大致仿那欧洲的俗歌"①;而其《秋风》则是从日本元禄时代的俳句变化而来的②;至于《儿歌》则为直接"仿儿歌而作的",他深信"俗歌——民歌与儿歌——是现在还有生命的东西,他的调子更可以拿来利用。"③刘半农等人在这方面也作了积极的探索。

那一时期,模仿外国诗歌与中外歌谣进行白话诗实验几乎成为一种风气,它使初期新诗显得清新、自然,一扫旧诗陈腐气息。一定程度上讲,是《新青年》开启了中国新诗西化与歌谣化的方向,对后来诗歌发展影响甚大。

第二,同题诗歌创作。新诗没有统一的形式要求,诗人们从自己的知识背景、诗学观念出发进行实验,在充分尊重诗人创作自由的前提下,《新青年》同人曾进行过同类题材诗歌写作,最重要的一次是第4卷第3号上发表的沈尹默、胡适、陈独秀、刘半农等创作的同题诗《除夕》。题材相同,题目相同,但主题、形式不同,纪实、抒情、议论与哲思各有所重。沈尹默在叙写多年来除夕之喜乐消长经验后,落笔于"将以前所有的欢喜,今日都付你",境界极高;胡适以平实笔调回叙除夕与朋友吃饭、喝茶及谈天的情形,从容自如;陈独秀则追问了"我是谁""他是谁""他何为""我何为"这类古老而相当"现代"的问题,显然中国新诗在源头上种下了接续古人话题而走向现代主义的种子,不过陈独秀当时话语的落脚点仍是中国社会现实,不同于西方同类主题作品的一味抽象;刘半农记述了除夕与周氏兄弟谈天之事,最后一句——"地上只一个我!天上三五寒星!"倒是耐人寻味。

以诗相唱和是中国古代诗人热衷的表达方式,其中多有游戏意味。而《新青年》同人这种同题唱和则是一种相当严肃的话语行为,他们不单是以诗抒情言志,而主要是探讨白话诗这一事关中国启蒙、诗歌转型的文化课题,诗歌本体实验的庄严性取代了传统唱和的游戏氛围,而以《新青年》这一公共空间展示白话诗歌本体实验则改变了传统唱和的私人性,向读者展示了白话的诗性魅力。

第三,改诗。《新青年》的新诗实验还有一个非常重要的环节,那就是对已经发表的白话新诗进行修改。1918年初,王敬轩致信《新青年》:"贵报之白话诗,则尤堪发噱,其中有数首,若以旧日之诗体达之,或尚可成句,如'两个黄蝴蝶'改为'双蝶','飞上天'改为'凌霄','不知为什么'改为'底事',则辞气雅洁,远乎鄙倍矣。此外如胡君之《他》,通首用他字押韵,沈君之《月夜》,通首用着字叶韵,以及刘君之《相隔一层纸》,竟以老爷二字入诗,则真可谓前无古人,后无来者。"④显然,他是站在旧派文人立场按文言诗歌规范修改白话新诗。

对此,刘半农作了针锋相对的驳难:"承先生不弃,拟将胡适之先生《朋友》一

---

① 周作人:《小河·引言》,《新青年》第6卷第2号,1919年2月15日。
② 周作人:《秋风·后记》,《新青年》第8卷第4号,1920年12月1日。
③ 周作人:《儿歌·后记》,《新青年》第8卷第4号,1920年12月1日。
④ 王敬轩:《文学革命之反响·王敬轩君来信》,《新青年》第4卷第3号,1918年3月15日。

诗,代为删改;果然改得好,胡先生一定投过门生帖子来。无如'双蝶''凌霄',恐怕有些接不上;便算接得上了,把那首神气极活泼的原诗,改成了'双蝶凌霄,底事……'的'乌龟大翻身'模样,也未必是'青出于兰'罢!又胡先生之《他》,均以'他'字上一字押韵;沈尹默先生之《月夜》,均以'着'字上一字押韵;先生误以为以'他''着'押韵。"至于"《相隔一层纸》以'老爷'二字入诗",他认为不仅符合诗歌的现代发展趋向,甚至从传统诗文中也可找到依据:"且就'老爷'二字本身而论,《元史》上有过'我董老爷也'一句话;宋徐梦莘所做的《三朝北盟会编》,也有'鱼磨山寨军乱,杀其统领官马老爷'两句话。——这一部正史,一部在历史上极有价值的私家著作,尚把'老爷'二字用入,半农岂有不能用入诗中之理。"①

这次通信改诗是《新青年》同人策划的一个重要事件,关涉白话诗的语言、押韵等问题,刘半农的回击表明白话诗有自己不同于文言诗的规律,倘以文言诗规则对其进行修改,就会扰乱它的内在脉络,使其失去生命活力。

同年5月刘半农写了首"斗方派"诗寄呈周作人、鲁迅,请求指教,诗云:"苍天万丈高,/翠柏千年古。/我身高几何?/我寿长几许?/以此问夕阳,/夕阳黯无语!"鲁迅看完后觉得"形式旧,思想也平常";周作人也认为"不大好",并和诗一首,诗云:"'苍天'不知几'丈高',/'翠柏'也不知几'年古'。/'我身'用尺量,/就知'高几何';/'我寿'到死时,/就知'长几许'。/你去'问夕阳',/他本无嘴无耳朵,/自然是'黯无语'。"②显然,周作人是借"和诗"方式改诗,就是将刘半农的"斗方诗"修改扩充为白话自由诗。

刘半农还曾以记者身份同笔名为Y.Z.的读者就白话诗歌问题进行过切磋,对Y.Z.的作品进行修改。Y.Z.将自己试作的白话诗寄赠刘半农,恳请指教,并坦言自己的作品"是我学步你们的"③,也就是仿学《新青年》同人的白话诗。刘半农对它们一一点评,并认为其中《小河呀》一首不错,代为修改,刊发在《新青年》第5卷第3号上。Y.Z.发表在《新青年》第5卷第6号上的《恋爱》一诗也是经刘半农修改过的。1918年,李剑农"套袭"胡适的《你莫忘记》创作了《湖南小儿的话》,请胡适指教、修改④,该诗后经修改发表在《新青年》第5卷第4号上。

《新青年》的改诗活动无疑起了推广经验的示范作用,一定程度上规范了白话新诗的走向与初期形态。

（四）诗学探寻与批评

在创作实验的同时,《新青年》不断开展白话诗歌讨论与批评,及时探寻现代白话诗艺术,总结经验教训,为白话新诗写作提供新的诗学资源。

---

① 刘半农:《文学革命之反响·半农回信》,《新青年》第4卷第3号,1918年3月15日。
② 刘半农:《补白》,《新青年》第4卷第5号,1918年5月15日。
③ Y.Z.:《对于〈新青年〉之意见种种》,《新青年》第5卷第3号,1918年9月15日。
④ 李剑农:《诗——湖南小儿的话·来函代序》,《新青年》第5卷第4号,1918年10月15日。

以白话写诗,语言媒介是创作者遇到的首要问题。为提升白话表现力以有效地呈现主体丰富复杂的内心世界,初期白话诗人自觉地化用文言语汇与外来语,这一现象引起不少人的关注与讨论。1917年8月钱玄同致函胡适:"惟玄同对于先生之'白话诗',窃以为犹未能脱尽文言窠臼。如《咏月》第一首后二句,是文非话。《咏月》第三首及《江上》一首,完全是文言。又《赠朱经农》一首,其中'辟克匿克来江边'一句,以外来语入诗,亦似可商。"①他反对文言入诗,也不赞成使用外来语,主张以地道的现代白话为诗。这种看法在当时有一定的代表性。

对此观点,胡适于1918年初作出回应:"先生论吾所作白话诗,以为'未能脱尽文言窠臼'。此等诤言,最不易得。吾于去年(五年)夏秋初作白话诗之时,实力屏文言,不杂一字。如《朋友》《他》《尝试篇》之类皆是。其后忽变易宗旨,以为文言中有许多字尽可输入白话诗中。故今年所作诗词,往往不避文言。"②他认为白话创作中可以夹杂几个明白易晓的文言字眼以提升白话的表现力。不过,他还是认同钱玄同的如此观点:"应该尽量用白话去做才是。倘使稍怀顾忌,对于'文'的一部分不能完全舍去,那么便不免存留旧污,于进行方面,狠有阻碍。"并说:"我极以这话为然。所以在北京所做的白话诗,都不用文言了。"③显然,胡适对于文言能否入诗头脑非常清醒,他个人觉得文言入诗可以扩展白话诗的诗性空间,但在转型期还是不用文言为好。至于外来语问题,倒是钱玄同作了妥协,1918年初,他在为胡适的诗集作序时表示:"我以前觉得以外来语入诗,似乎有所不可;现在仔细想想,知道前此所见甚谬。"他开始坚信:"不但方言,就是外来语,也可采用。"④就这样,胡适与钱玄同在文言、外来语能否入诗问题上统一了观点。语言取舍关乎文化的择取,舍文言取外来语体现了《新青年》向世界吸取现代养分以促使中国文化转型的价值立场,对白话新诗初期形态的确立与发展产生了直接影响。

文言诗歌,特别是近体诗,在历史发展中逐渐形成了许多写作范式,不少人谈到诗首先想起的便是形式格律,以为诗就是一种文字游戏,这种传统诗歌观念致使一些人呼吁为白话诗拟定相应的规则。1918年朱经农致函胡适,提出"'白话诗'应该立几条规则"⑤,否则无规可循,白话诗的发达难以想象。对此观点,胡适不以为然,他说:"即以中国文言诗而论,除了'近体'诗之外,何尝有什么规则? 即以'近体'诗而论,王维、孟浩然、李白、杜甫的律诗又何尝处处依着规则去做?"文言诗歌为他提供了话语依据;接着他指出:"白话诗的大宗旨,在于提倡'诗体的释放'。有什么材料,做什么诗;有什么话,说什么话;把从前一切束缚诗神的自由的枷锁镣铐,拢统推翻:这便是'诗体的释放'。"所以,他不赞成给白话

---

① 钱玄同:《通信》,《新青年》第3卷第6号,1917年8月1日。
② 胡适:《通信·论小说及白话韵文》,《新青年》第4卷第1号,1918年1月15日。
③ 胡适:《通信·论小说及白话韵文》,《新青年》第4卷第1号,1918年1月15日。
④ 钱玄同:《尝试集·序》,《新青年》第4卷第2号,1918年2月15日。
⑤ 朱经农:《通信·新文学问题之讨论》,《新青年》第5卷第2号,1918年8月15日。

诗制定规则。而且,他认为当时尚处在白话诗尝试时代,连"我们自己也还不知什么叫作白话诗的规则"①,又如何制定规则呢?诗的生命来自创造性、独特性,与统一规则不相容,看来胡适是懂诗的。白话诗遵循的是自由、开放的诗学原则,它后来被称为自由诗与这一原则密不可分。

到1919年,《新青年》对白话诗学的探索向前迈进了一大步,这年3月俞平伯以诗人身份发文为白话诗拟出三大条件:一是"用字要精当,造句要雅洁,安章要完密";二是"音节务求谐适,却不限定句末用韵";三是"说理要深透,表情要切至,叙事要灵活"②。这无疑是针对初期白话诗过于粗糙而言的,是一个更高的要求,此可谓初期白话诗由"白话"向"诗"转变的一篇重要文章。胡适对俞平伯的思考予以了肯定:"我对于俞君所举的三条,都极赞成。"③看来包括胡适在内的《新青年》同人已将思考重心由破除文言、倡导白话转向了白话的诗性问题。为白话诗拟定精致的诗学原则,意味着《新青年》对新诗的运作、思考进入了一个新的阶段。

六、早期新诗理论举要

早期白话新诗理论文献主要有:胡适的《谈新诗》《寄沈尹默论诗》《〈尝试集〉自序》《〈尝试集〉再版自序》《〈尝试集〉四版自序》《逼上梁山》,康白情的《新诗底我见》,周无的《诗的将来》,郭沫若的《论诗通讯》,俞平伯的《社会上对于新诗的各种心理观》《白话诗的三大条件》《〈冬夜〉自序》,宗白华的《新诗略谈》,钱玄同的《〈尝试集〉序》,郑振铎的《论散文诗》,李思纯的《诗体革新之形式及我的意见》,等等。

其中,胡适的早期白话新诗理论最具代表性,影响最大。他说:"诗国革命何自始?要须作诗如作文。"④"作诗如作文"就是他从古典诗歌中挖掘出的一个诗学传统。这一传统来自宋诗,"由唐诗变到宋诗,无甚玄妙,只是作诗更近于作文,更近于说话","我那时的主张颇受了读宋诗的影响"。⑤ 虽然志在诗歌现代化,自觉以西方诗歌为借鉴对象,但胡适的眼睛似乎从未离开中国古代文本,从民族传统中挖掘可以进行现代转换利用的资源是胡适当年的主要做法。"作诗如作文"就是一个从传统诗学中获得的将诗歌从庙堂拉向广场的宣言,一个将诗歌创作还原到日常生活的诗学理论,一个对古典"大雅"的叛逆话语,换言之也是一个将诗创作权利还给民众的口号,一个无形中与现代启蒙主义相契合的观念。

---

① 胡适:《通信·新文学问题之讨论》,《新青年》第5卷第2号,1918年8月15日。
② 胡适:《通信·白话诗的三大条件》,《新青年》第6卷第3号,1919年3月15日。
③ 胡适:《通信·白话诗的三大条件》,《新青年》第6卷第3号,1919年3月15日。
④ 胡适:《尝试集·自序》,《胡适文集》(9),北京大学出版社2013年版,第71页。
⑤ 胡适:《逼上梁山》,《中国新文学大系·建设理论集》,上海良友图书印刷公司1935年版,第8页。

胡适说:"诗体的大解放就是把从前一切束缚自由的枷锁镣铐,一切打破:有什么话,说什么话;话怎么说,就怎么说。这样方才可有真正的白话诗,方才可以表现白话的文学可能性。"①这真是大胆之言,"有什么话,说什么话"就是题材上无禁区,彻底开放,什么都可以写,也许胡适自己都没有意识到这是一个将诗歌创作从古典主义推向现代主义的口号,其影响将扩展到他自己都无法想象的地步;"话怎么说,就怎么说"就是你想怎么说就怎么说,就像平日口语交流,不须琢磨怎么说,怎么顺嘴就怎么讲,不要遵循那些既有的作诗规则,如此方可能有真正的白话诗。"不但打破五言七言的诗体,并且推翻词调曲谱的种种束缚;不拘格律,不拘平仄,不拘长短;有什么题目,做什么诗;诗该怎样做,就怎样做。"②胡适如今给人的印象是文质彬彬、温文尔雅的一位改良主义者,然而当日那些白话诗创作方法论实则是大胆的叛逆语,是"推翻"旧律且不要新规的革命性话语。有什么话说什么话,写诗就是说话,并且话怎么说就怎么说,完全不顾及传统规范,不顾及诗之为诗的特殊性,将诗从传统诗歌写作规范中"解放"出来,将诗歌从神秘高雅的殿堂中拉下来,使之大众化、平民化,使任何人都可以写诗,这些可以说是没有原则的诗学原则。

1920年初,宗白华发表《新诗略谈》,认为:"新诗的创造,是用自然的形式,自然的音节,表写天真的诗意与天真的诗境。新诗人的养成,是由'新诗人人格'的创造,新艺术的练习,造出健全的、活泼的,代表人性国民性的新诗。"③他强调诗歌的"自然"与"天真",就是不要做作,认为"自然"的形式是通往"天真"诗意、诗境的途径,这是"五四"新诗学的一个共同特点。他还特别提到"人性""国民性",这两个概念值得辨析,颇有意味。传统诗歌以温柔敦厚为原则教化人,宗白华则认为新诗是为塑造健全的活泼的人,塑造一种从未有的"人性""国民性",就是让人成为具有独立人格的人、具有国民意识而不是臣民意识的人,这是一种灌注着西方现代理念的诗学观。

康白情亦认为:"新诗所以别于旧诗而言。旧诗大体遵格律,拘音韵,讲雕琢,尚典雅。新诗反之,自由成章而没有一定的格律,切自然的音节而不必拘音韵,贵质朴而不讲雕琢,以白话入行而不尚典雅。新诗破除一切桎梏人性底陈套,只求其无悖诗底精神罢了。""以热烈的感情浸润宇宙间底事事物物而令其理想化,再把这些心象具体化了而谱之于只有心能领受底音乐,正是新诗底本色呵。""诗要写,不要做;因为做足以伤自然的美。不要打扮,而要整理;因为整理足以助自然的美。""最戕贼人性的是格律,那么首先要打破的就是格律。"④强调

---

① 胡适:《尝试集·自序》,《胡适文集》(9),北京大学出版社2013年版,第78—79页。
② 胡适:《谈新诗》,《中国新文学大系·建设理论集》,上海良友图书印刷公司1935年版,第299页。
③ 宗白华:《新诗略谈》,杨匡汉、刘福春:《中国现代诗论》(上编),花城出版社1985年版,第31页。
④ 康白情:《新诗底我见》,胡适:《中国新文学大系·建设理论集》,上海良友图书印刷公司1935年版,第324—331页。

的也是诗歌形式与内容的自然美,以人性为原则。

俞平伯在《〈冬夜〉自序》中写道:"我不愿顾念一切做诗底律令……我只愿随随便便的,活活泼泼的,借当代的语言,去表现出自我。"①以当代语言表现自我,就是要与古代作诗原则区别开来,与古代压抑自我的诗歌律令区别开来。

郭沫若早期对新诗有自己的理解:"我想我们的诗只要是我们心中的诗意诗境底纯真的表现,命泉中流出来的 strain,心琴上弹出来的 melody,生底颤动,灵底喊叫;那便是真诗,好诗,便是我们人类底欢乐底源泉,陶醉底美酿,慰安底天国。我每逢遇着这样的诗,无论是新体的或旧体的,今人的或古人的,我国的或外国的,我总恨不得连书带纸地把他吞了下去,我总恨不得连筋带骨地把他融了下去。""古人用他们的言辞表示他们的情怀,已成为古诗,今人用我们的言辞表示我们的生趣,便是新诗。"②在他看来,诗是生命诗意诗境的表现,是自然的流露与表达,真正的诗,无论新旧皆然;言辞也极为重要,用古人的言辞表现生命的诗意那便是古诗,今人的言辞表现生命的诗意便是新诗。生命中有诗意的存在物,在这一点上古今没有区别,区别在于表达的言辞。

以上是早期新诗理论文献内容举要。

七、新诗发生的非诗性特征

"非诗性"具有两层意思,一是反诗性,二是不具有诗性。在古典诗学体系里,大概不存在明确的非诗性命题,换言之,"非诗性"是新诗兴起后出现的重要问题。从发生学角度看,新诗坛存在着非诗化特征,使早期诗歌创作出现了一种非诗性倾向。

胡适倡导新诗、实验新诗,他不是以新诗艺术本体建构为核心诉求,而是为证明白话可以写新诗。胡适诗歌理论的核心是话怎么说,诗就怎么写,以文为诗,以话为诗,而不是以诗为诗。当时的新诗写作者重视的是白话,是诗歌的书写媒介,而不是新诗艺术本身;诗歌创作重视的是事实描述,是说理。这便过于粘连于现实,沉迷于理,缺乏天马行空的大精神,想象力不足,不重视诗意物的创造,放逐了诗歌飞翔的精灵。

如何理解这种非诗性?它对新诗发展的影响如何?能否说非诗性就是新诗的一个特征,一个累积起来的新传统?这种非诗性认定是相对什么而言的,是古典诗歌还是诗本身?或者说它就是白话新诗的一种"诗性"?

这些问题涉及对新诗本质的认识,请参看梁实秋的《新诗的格调及其他》(《诗刊》创刊号,1931 年 1 月 20 日)、梁宗岱的《诗与真二集·新诗底纷岐路口》

---

① 俞平伯:《冬夜·自序》,孙玉蓉:《俞平伯研究资料》,知识产权出版社 2010 年版,第 114 页。
② 郭沫若:《论诗通信》,胡适:《中国新文学大系·建设理论集》,上海良友图书印刷公司 1935 年版,第 347—349 页。

(中央编译出版社2006年版)、俞平伯的《社会上对于新诗的各种心理观》(《中国新文学大系·建设理论集》,上海良友图书印刷公司1935年版)、闻一多的《〈冬夜〉评论》(《闻一多全集》2,湖北人民出版社1993年版)、艾青的《诗的散文美》(《艾青全集》第3卷,花山文艺出版社1991年版)等。新诗发生的反诗性或者不具有诗性的问题,与其发生的文化语境、启蒙目的相关,作为一种源头性特征,产生了深远影响。一百年来新诗的种种争论、理论探索与实践问题,不同程度地与这一源头特征相关。从新诗内部建构和外部关系两个维度反思这一特征,是百年新诗研究的一个重要课题。

第二部分 专题论述

文化生态与新诗发生机制

中国是一个诗歌传统深厚的国家,诗与中国人的价值理念培育、审美趣味形成等有着最为密切的关系,"诗教"参与整个社会结构、文化形态的建构,或者说它本身就是社会文化结构的体现。清末民初,中国诗歌开始由文言格律诗向白话自由诗转型,这个转型从严格意义上讲,不只是诗歌的问题,不只是文人的问题,而是中国文化转型发展的必然环节,是包括经济结构、政治统治、社会风尚、文化趣味等在内的广义的文化演变的重要构成部分。在这个意义上,新诗发生的生态不只是文学生态,而是系统的文化生态,文化生态的改变催生了白话自由诗。

(一)

自然生态环境由地下土壤和地上大气环境等组成,它们共同决定了世界上各类生命的发生与繁衍,决定了生命的种类、特点与构成系统。从人类生物发展历史看,土壤、大气的变化,地理面貌、内在结构的改变,造就了生命的种类构成与演变史。二者之间形成一种动态的因果关系。如此类推,文化生态环境则由潜在和显在两大部分构成,潜在部分指的是已经发生的历史内容、文化传统甚至种族记忆等,它是深层的文化传统密码,即文化生态系统的基石;显在部分则包括处于进行时态的社会思潮、政治运动、文化风尚、经济民生现状及社会心理诸方面,是文化生态系统的主体部分。显在和隐在两部分之间不是简单相加,而是既各自独立又相互对话、影响,相互改变着对方的存在形式,相互赋予对方以新的结构性功能、存在价值与意义,或者说相互照亮。任何新质文化的孕育、萌芽与生长均受制于这二者所构成的复杂的文化生态系统。

文化生态是一个完整复杂的活态系统,当它固有结构没有发生本质变化时,其生物链一般不会发生大的改变,但如果某些部分或结构的组织发生变异,则会导致生物种类的改变，或者影响物种的发育、生长，使其或疯长，或衰微，或畸变。中国新诗作为一种不同于旧诗的新生的文化形态，是一个文化变种，虽然本质上还是诗，还是与人的精神、情感及其表达相对应的艺术形态，但言说表达的载体、形式结构发生了根本性改变，所以其所承载或者说生产出的"诗"与旧诗所表达、生产的"诗"在内涵上有着很大的不同①。这种新型的诗歌形态的出现一定与文化生态的改变相关，是新的文化生态系统催生了新诗。那么，新诗到底发生于怎样的文化生态环境呢？它同文化生态的关系究竟如何？二者关系对新诗的历史发展影响又是怎样的呢？这当然是牵涉很多维度的极为丰富、复杂的问题。

　　新诗发生于西方对中国军事、经济的侵略之后，即西方文化的强行侵入震荡、动摇、改变了中国文化固有的生态结构之后，也就是发生在中国文化生态与西方文化生态整体相比处于弱势、言说无力的情势下，或者说发生在中国文化在世界文化生态谱系中失去了原有序位的历史时期。这对于那时的中国人而言几乎是一个无法想象、难以接受的事实。此前，中国在世界格局中处于强势位置，当然那是在没有交往的封闭状态下的所谓强势，或者说是一种自我想象、一种无知的妄想，这种妄想就是自以为是天下的中心，是"天朝"，是承"天命"，是天下文化的缔造者，老大帝国心理十分明显，这是一种致命的文化心理。那时的中国文化生态处于封闭状态，生长机制基本上来自内部的自我运作，自生自产，自食其力，稳固而保守；鸦片战争后，中国这种旧的文化生态在与西方文化生态比较中显得相当衰微无力，失去了内部发动机制，或者说原有的动力机制面对新的世界格局失去了固有的力度，难以运作。这表明新诗发生于中国文化生态处于病态的历史情势里。这种历史情势是长期积弱的结果，是变动发展的，未形成相对稳固的结构形态，这决定了它所催生的新诗缺乏生长的根基，也只能处于悬动之中，营养不足是先天特征。新诗随着病态的文化生态而生，未定型的文化生态赋予新诗变动不居的特征，二者在某种意义上形成一种互动关系，新的生态决定了新诗的发生，新诗又参与修复病态的生态，在修复中改善自己的处境，使自己不断成长、走向健康。

　　众所周知，中国传统文化生态中，也可说诗歌处于中心位置，诗是中国文化最重要的构成部分之一，诗与国运、与边疆形势、与民生状况紧密联系在一起，成为政治、经济、民生生态中的精神部分、情感部分。或者说是以农耕文明、半开放型大河文化等为基本特点的生态孕育出了中国传统诗歌。"五四"前后胡适等人

---

① 新诗之"诗"与旧诗之"诗"内涵不同，这里的"诗"指的是诗意、诗味、诗美。这种不同导致读者理解上出现分歧，习惯旧诗的读者对新诗之诗意、诗美不敏感，难以发现其诗意、诗美，甚至反感；而喜欢新诗的一些读者对旧诗之诗意、诗味也多有排斥。这是不同年龄、文化认同的读者之间常常发生审美冲突的原因，而这种冲突在功能上具有重建、重组中国人诗歌审美意识的作用。经过一百年的冲突与对话，今天的读者大都不再简单地排斥新诗或者旧诗，即他们既能欣赏新诗之诗意、诗美，又能体味旧诗之诗味、诗美，新诗旧诗这种百年冲突、对话扩大了中国人的阅读审美空间。这是一种审美观念的发展，是一种文化进步，它使人们开始真正意识到新诗旧诗都是诗，二者之间不是排斥关系，而是相容的。换言之，今天，新诗旧诗终于握手言和。

对具有悠久历史、辉煌成就的诗歌进行革命,是源于对世界文化大势的了解、对中国在世界格局中位置的清醒认识,源于对中国命运的把握,所以诗歌革命的主要目的是修复、改善、培育中国文化生态,使处于劣势的中国文化生态重新获得旺盛的生命力。在他们那里,诗歌本身不是根本目的,诗意不是诗创作的直接目的,这是新诗发生时的一个重要特征,一个在认识新诗历史时不能忘记的源头性特征。这一特征赋予新诗生来具有的崇高性和外在的文化责任感,诗人们既写诗,也写社会性小品文,一只眼盯着诗坛,一只眼瞭望社会,他们是社会观察者、文化启蒙者,诗创作与社会变革、文化启蒙联系在一起,诗承载着过重的历史使命,可以毫不夸张地说,新诗的诸多得失均与此密切相关。

(二)

诗歌革命的目的不在诗歌本身,不在诗性本身,而在整体的文化生态上,那么它是如何救治衰微的文化生态的呢?这是一个对新诗人而言十分沉重的问题,或者说是压在新诗头上的一个让它几乎喘不过气来的问题。当然,传统诗人也有家国使命感,诗要兴、观、群、怨,诗也与民生联系在一起,厚人伦,美教化,与维系社会联系在一起,但他们还是有相当大的遣兴抒怀的空间,还有一定的距离让自己"怨";但现代新诗发生的动力本身就是救治民族文化生态系统,这个目的太直接、太急切、太仓促,过于清晰、强烈,几乎未给诗人们留下观察、表达自己的空间,自我表达一定要与外在目的联系在一起,或者说缘于外在需要的刺激,这也就是有些诗人稍微游离于社会总体目的就会遭到他人指责的原因,而且这一特点随着历史演进越来越强烈。徐志摩曾经无助地自我辩解说:"你们不能更多的责备。我觉得我已是满头的血水,能不低头已算是好的。你们也不用提醒我这是什么日子;不用告诉我这遍地的灾荒,与现有的以及在隐伏中的更大的变乱,不用向我说正今天就有千万人在大水里和身子浸着,或是有千千万人在极度的饥饿中叫救命;也不用劝告我说几行有韵或无韵的诗句是救不活半条人命的;更不用指点我说我的思想是落伍或是我的韵脚是根据不合时宜的意识形态的……这些,还有别的很多,我知道,我全知道;你们一说到只是叫我难受又难受。我再没有别的话说,我只要你们记得有一种天教歌唱的鸟不到呕血不住口,它的歌里有它独自知道的别一个世界的愉快,也有它独自知道的悲哀与伤痛的鲜明。"[①]"五四"文学、"五四"新诗被称为个性解放的文学、个性解放的诗歌,但在根本上又不接受个人游离于社会主潮,不习惯"个我"性的哀怨与表达,这是一种看不见的文化、文学悖论。

当时中西文化对话、对抗的结果,加之当事人的留学经历、西方知识背景等,特别是席卷大地的社会文化思潮,也就是我前面所说的显在的文化生态,决定诗人们在价值取向上认同西方文化,认为中国落后的原因在于传统文化本身,所以

---

① 徐志摩:《猛虎集·序》,邵华强:《徐志摩研究资料》,知识产权出版社2011年版,第182页。

希望借助外力革除中国传统文化的惰性，这样新诗在发生时就与传统文化生态形成了一种革命性关系，而非一般意义上的文化改良。中国历史上的诗歌革新也有受影响的焦虑，也有反叛，但基本上没有明确而彻底地反传统。新诗发生时期，新诗人的具体做法是在文化思想层面以西方自由、民主、平等、科学等观念替代中国传统的儒道文化，用现代进化论等思想刷新国人传统的儒释道心理；在诗歌体式层面废除文言格律诗，倡导并实验白话自由诗。这是一种旨在救治民族文化生态的革命，而不是一般意义的革新，几乎是一种釜底抽薪。

那如何创作白话自由诗？如何使诗歌在艺术上延续历史上的辉煌？如何营造"诗意"？于是，新诗创作的资源问题凸显出来了。初期的倡导者、实验者尽管也意识到中国文学中某些边缘小传统的价值，如民间歌谣，并作了一些实验，如刘半农、刘大白、周作人等的某些诗歌行为与探索实践，但当时的主导倾向是向外国诗歌学习，这是一种不约而同的认识，或者说是如火如荼地向外学习的社会文化思潮所构成的显性文化生态所决定的历史趋势。那时新诗的弄潮儿都有传统文化、传统诗歌的背景，但明确的资源取向则是域外，是他者，希望由他者获得一种自我更新、救治的力量与方案。例如胡适、闻一多对西方意象主义的认同，对意象主义诗歌写作原则的崇尚与实验；郭沫若对惠特曼浪漫豪放诗歌艺术的借鉴；李金发对法国象征主义的传播与理解，诗歌创作中的法国象征主义元素等，无不是希望以外力来发展自己，创作出新的诗歌。而向外国诗歌学习在他们那里往往又与反传统合而为一，即以异域诗质颠覆中国传统文言格律诗，颠覆中国传统的诗歌创作经验。就是说，从总体趋势看，新诗破土而出是以反根深蒂固的传统文化为基本取向的。

这是一个值得深思的现象与问题。新诗以异域文化为养分，自觉与母语诗歌传统拉开距离，甚至以背叛母语诗歌写作经验为前提，这对具体的诗歌创作，某种意义上说，是一种自设陷阱，是自己给自己挖一个坑，一种虚化历史的表现。这是需要勇气与胆识的。勇气有了，胆识够不够则是一个值得怀疑的问题。同属东亚文化圈的日本推行明治维新，向西方学习，他们是没有负担地学习借鉴，但他们并没有反自己的文学传统，没有觉得传统是一种包袱，而是将之看成一种保持自我身份的支撑力。中国新诗发生初期在焦虑中不约而同地反传统，相当程度上使新诗成为无源之水、无本之木，使千年来未有的空前的诗歌革命失去了固有根基。这好似一边无序地乱伐自然，破坏原有的生态土壤，一边又忙着栽种、培植，试问在被破坏的自然生态下单靠外在养分能培植出多少茁壮的生命呢？以破坏而不是改良土壤为前提进行耕种，无论种子多么优良，无论多么勤劳，甚至无论多么风调雨顺，也难有好的收成。新诗发生期优秀作品不多与乱伐固有的文化生态、诗歌生态是有关系的。

新诗发生的重要动力机制是改变衰微的民族文化生态，这是一个复杂的系统工程，从新诗参与当时文化启蒙、新文化建设的角度看，这一诉求或者说目的一定程度上得到了实现。在当时整个新旧文化转型、变革的过程中,胡适、郭沫若等为代表创作的新诗确实一直是急先锋,是非常重要的一股力量,尤其是因为诗歌一直是中国文化中的核心成分,所以在旧诗向新诗的转变、新诗对旧诗的置换中,它对中国文化新旧转型的影响力、作用力是其他力量所无法比拟的。在政治、经济、文化等现代观念的传播和人的现代意识的启蒙过程中,在人的现代审美意识的培育过程中,《威权》《凤凰涅槃》《天狗》《教我如何不想她》《弃妇》等新诗所起的作用确实很大。但是,如上所言,新诗对民族传统的反叛、对固有的诗歌生态系统的破坏又是毋庸置疑的事实,这种破坏相当程度上是不利于新的生态的培植与建设的。破除民族传统以建构新的生态秩序,在"破"中"立",从那时起就成为中国现代文化建设的一个重要特点,或者说变为一种新的文化生产传统,但今天看来这一新的传统值得反思,可以在"破"中创造,但在这种模式之外是不是还另有更合理的路径呢?尤其是对诗歌创作而言,"破"中"立"肯定不是最好的方式,我以为在传承中创造也许是诗歌生态修复、建设更理想的思路与方法。

（三）

早期新诗在生态学层面看,一定程度上犹如无源之水、无本之木,那发生期为什么还是有少数好的作品呢?例如周作人的《小河》、沈尹默的《月夜》、刘半农的《教我如何不想她》等就是优秀的作品。这是为什么呢?从文化生态学上应该怎么理解?其实,上述所言的革命性关系只是问题的一个方面,而文化生态问题是人的问题,与人的精神结构、情感形式等缠绕在一起,人有多复杂,文化生态结构及其功能就有多复杂,所以文化生态学反对无视生命复杂性的顾此失彼,反对单向的简单思维。就是说发生期诗歌创作具体生态不只是单面关系所能概括得了的,且诗歌创作是人的主体活动,是人的"个我"力量的释放,所以在关注主流现象时一定要注意问题的矛盾复杂性,在这里我们最起码要注意下述情况：

一是上述文化生态被破坏是就内在文化生态而言的,这只是文化生态构成的一个方面;外在文化生态中则存在利于新诗写作的力量。当时外在社会思潮、文化运动、时代政治主题等相当复杂,是千年未有之大变局,属于历史上的大时代,苦难与机遇并存,新诗倡导者、实验者都是这个时代的参与者、弄潮儿,他们个人的郁积与民族、国家的命运联系在一起,焦虑、希望、无望、绝望与反抗同在,这些折磨着他们,使他们对世界、民族、自我有了一种空前的感受与理解,他们的心灵之苦是古代诗人无法想象的。亡国灭种之感与文化转型纠结在一起,这使他们的文化认知、生命体验空前深刻,"个我"与民族、国家"大我"融为一体,这使他们的写作冲动是文化层面上的、生命层面上的,创作成为个体生命的文化苦旅。同时,当时的社会文化思潮给予他们一种自由的感觉、一种无拘无束表达的自由、一种尽情探索的自由,于是他们所写出的作品多有一种自由精神与意蕴。虽然如何写的问题没有解决好,没有理想的写作范本,但刻骨铭心的生命体验与自由场域的结合正是诗歌创作所需要的，在这样的情势下创作出一些具有感染力的诗歌是情理中的事。他们的一些诗歌回荡着生命的激情，一种大时代特有的博大胸怀赋予这些新诗撼人的情愫，如郭沫若的《凤凰涅槃》《天狗》《晨安》等。

二是他们虽然自觉反传统，背离千百年来汉语诗歌创作经验，但20世纪初的中国还处于传统向现代转型过程中，传统像一片汪洋大海，诗人们试图驾驶着一叶扁舟驶离大海其实很难。早期那批诗人成长于中国传统文化土壤，他们血管里流淌着传统的血液，或者说他们大多是浸润在传统中高喊反传统，甚至是以传统的方式反传统，所以很难真正地反掉生命中根深蒂固的民族诗歌传统。他们尝试以白话写作自由体新诗，自觉逃离文言格律诗的表达方式，逃离旧诗诗意经营的模式，但在意象的运用、组合上，在意境的创制上，在韵律节奏的运用上，常常自觉不自觉地回到了传统，胡适、鲁迅、周作人、沈尹默、俞平伯、刘半农、刘大白、康白情等人早期的不少作品就有中国旧诗的韵味。胡适曾说："新体诗中也有用旧体诗词的音节方法来做的。最有功效的案例是沈尹默君的'三弦'。""这首诗从见解意境上和音节上看来，都可算是新诗中一首最完全的诗。"①沈尹默《月夜》的意象、氛围同样也是传统的，但又蕴含着一种现代人个性独立解放的思想。中国旧诗存在着表达程式化、固化的问题，存在着文字游戏的缺陷，但它在抒情遣性、意境经营上也有自己成功的经验，尤其是在表达读书人个人哀怨上的优势特别突出，这些被早期诗人不自觉地传承下来了，所以发生期还是有一些优秀的诗作，它们可以说是诗人们在反传统中写作又不经意间被传统照亮的作品。

三是新诗发生期，许多诗人置身海外倡导、实验新诗，是在异域也就是在别的文化生态环境下思考、创作中国新诗，这是一个必须重新重点思考的现象。在本土思考、写作与置身非中国文化生态中的思考、创作绝对是两码事，这里面的跨文化冲突、心理冲突具有独特的魅力，既有的新诗研究对此关注不够，或者说大多把问题简单化了。在异文化生态下思考中国文化改造问题，在异文化生态中反传统，写作汉语新诗，那不是简单地受某种思潮影响所能表述得清楚的。那是一种跨文化、跨文学的生命感受与体验，是一种张扬主体自我意识又撕裂主体固有经验的情景。胡适在美国审视中国旧文化、旧诗歌，受意象主义冲击的同时倡导、实验新诗；郭沫若在日本阅读西方诗歌，隔海观察中国新诗坛，创作汉语新诗；李金发在法国认知象征主义，写作新诗，这些都不是简单地受某种外国文化、文学思潮影响，而是系统的文化生态问题。在异域写汉语诗歌，而且是新诗，并且承担着文化救助的使命，那是怎样一种复杂动人的情景？一个人在中国文化生态环境中成长而在他乡思考故土文化问题，进行创造性生产，不同文化生态之间如何拒绝、跨越、融合等种种情景非语言所能简单而清晰地表述清楚。我们曾

---

① 胡适：《谈新诗》，《中国新文学大系·建设理论集》，上海良友图书印刷公司1935年版，第303页。

经将问题描述、揭示得非常清晰,非常富有逻辑性,但也许问题就出在这里,过于清晰,过于符合逻辑,因为受谁的影响所以具有什么特点,这种认知思路其实是无视跨文化生态创作的复杂性的。对诗歌写作而言,创作主体跨文化生存、体验,跨文化观察、思考与表达,跨文化诗意体认,应该说是一种有利因素,或者说是构成新诗内在的矛盾张力发生的重要机制。这种生态环境置换现象是重新认识早期新诗得失时必须研究的问题。曾有人说新诗是用汉语写作的西方诗歌,是西方诗歌的延伸,其实不能这样认为,注意到中国人在异文化生态下写作,注意到这个过程中主体内在的中国文化的作用,注意到主体创作时的文化关怀与目的诉求,就不会简单地称新诗是外国诗歌的延伸,或者可以说新诗是世界不同文化撞击较量情势下以民族文化建构为诉求的跨文化生态写作的结果,它不是外来物种,而是中国现代化早期的一种特有的诗歌。

新诗旨在改善、创造新的民族文化生态,这种独特的发生机制使得中国新诗的问题一开始就不是纯粹的诗歌修辞问题,不是简单的诗人自我情感表达问题,而是与整个民族文化神经、民族历史命运联系在一起,所以那些理解了这一特点且将自己的写作拉入这一问题框架的诗人往往更能被读者接受,反之就容易受到质疑与诟病。就诗歌艺术而言,这一发生机制成就了中国新诗,使它在起源上就有一种文化胸襟与大情怀,许多诗人、诗歌作品有一种文化的大格局;但是,新诗的问题往往也与之相关,不以诗歌艺术本身为目的导致不少诗人不去思考诗之为诗的独特性,不去思考新诗的诗性问题,在不知道何为诗的情势下写诗,其实所写的往往不是诗,这是新诗诗意、诗味不足的发生学缘由。

(本文作者　方长安)

第三部分　诗学文献与研究参考

1. 梁启超:《饮冰室诗话》,人民文学出版社 1959 年版。
2. 梁启超:《夏威夷游记》,《饮冰室合集》第 7 卷,中华书局 1989 年版影印本。
3. 胡适:《谈新诗》,《中国新文学大系·建设理论集》,上海良友图书印刷公司 1935 年版。
4. 胡适:《逼上梁山》,《中国新文学大系·建设理论集》,上海良友图书印刷公司 1935 年版。
5. 康白情:《新诗底我见》,胡适:《中国新文学大系·建设理论集》,上海良友图书印刷公司 1935 年版。
6. 周无:《诗的将来》,胡适:《中国新文学大系·建设理论集》,上海良友图书印刷公司 1935 年版。

7. 田寿昌、宗白华、郭沫若：《三叶集》，上海亚东图书馆 1923 年版。
8. 鲁迅：《诗歌之敌》，谢冕、吴思敬：《中国新诗总系(第 9 卷)·理论卷》，人民文学出版社 2009 年版。
9. 叶绍钧：《诗的泉源》，谢冕、吴思敬：《中国新诗总系(第 9 卷)·理论卷》，人民文学出版社 2009 年版。
10. 俞平伯：《社会上对于新诗的各种心理观》，胡适：《中国新文学大系·建设理论集》，上海良友图书印刷公司 1935 年版。
11. 闻一多：《〈冬夜〉评论》，《闻一多全集》(2)，湖北人民出版社 1993 年版。
12. 宗白华：《新诗略谈》，杨匡汉、刘福春：《中国现代诗论》(上编)，花城出版社 1985 年版。
13. 郭沫若：《论诗》，谢冕、吴思敬：《中国新诗总系(第 9 卷)·理论卷》，人民文学出版社 2009 年版。
14. 周作人：《论小诗》，谢冕、吴思敬：《中国新诗总系(第 9 卷)·理论卷》，人民文学出版社 2009 年版。
15. 郎损：《驳反对白话诗者》，谢冕、吴思敬：《中国新诗总系(第 9 卷)·理论卷》，人民文学出版社 2009 年版。
16. 西谛：《论散文诗》，谢冕、吴思敬：《中国新诗总系(第 9 卷)·理论卷》，人民文学出版社 2009 年版。
17. 胡适：《我为什么要做白话诗》，《新青年》第 6 卷第 5 号，1919 年 5 月 15 日。
18. 俞平伯：《白话诗的三大条件》，《新青年》第 6 卷第 3 号，1919 年 3 月 15 日。
19. 李思纯：《诗体革新之形式及我的意见》，《少年中国》，1920 年第 2 卷第 6 期。
20. 成仿吾：《诗之防御战》，《创造周报》第 1 号，1923 年 5 月 13 日。
21. 朱自清：《中国新文学大系·诗集·导言》，上海良友图书印刷公司 1935 年版。
22. 新诗社：《新诗集》(第一编)，上海新诗社出版部 1920 年版。
23. 胡适：《尝试集》，上海亚东图书馆 1920 年版。
24. 许德邻：《分类白话诗选》，上海崇文书局 1920 年版。
25. 北社：《新诗年选(一九一九年)》，上海亚东图书馆 1922 年版。
26. 新诗编辑社：《新诗三百首》，上海新华书局 1922 年版。
27. 潘漠华等：《湖畔》，湖畔诗社 1922 年版。
28. 俞平伯：《冬夜》，上海亚东图书馆 1927 年版。
29. 康白情：《草儿》，上海亚东图书馆 1923 年版。
30. 刘大白：《旧梦》，商务印书馆 1924 年版。
31. 汪静之：《蕙的风》，上海亚东图书馆 1922 年版。
32. 朱自清等：《雪潮》，上海商务印书馆 1922 年版。

33. 冰心：《繁星》，上海商务印书馆 1923 年版。
34. 冰心：《春水》，新潮社 1923 年版。
35. 胡适：《白话诗八首》，《新青年》第 2 卷第 6 号，1917 年 2 月 1 日。
36. 胡适：《白话词》，《新青年》第 3 卷第 4 号，1917 年 6 月 1 日。
37. 王哲甫：《周作人的诗》，陶明志：《周作人论》，上海北新书局 1934 年版。
38. 赵景深：《周作人的诗》，陶明志：《周作人论》，上海北新书局 1934 年版。
39. 孙玉石：《中国现代诗学丛论》，北京大学出版社 2010 年版。
40. 刘纳：《嬗变——辛亥革命时期至五四时期的中国文学》，中国社会科学出版社 1998 年版。
41. 龙泉明：《中国新诗流变论》，人民文学出版社 1999 年版。
42. 杨联芬：《晚清至五四：中国文学现代性的发生》，北京大学出版社 2003 年版。
43. 姜涛：《"新诗集"与中国新诗的发生》，北京大学出版社 2005 年版。
44. 陆耀东：《非诗化戕害新诗的生命》，《海南师院学报》1995 年第 2 期。
45. 龙泉明：《"五四"白话新诗的"非诗化"倾向与历史局限》，《文学评论》1995 年第 1 期。
46. 葛兆光：《从宋诗到白话诗》，《文学评论》1990 年第 4 期。
47. 方长安：《传播与新诗现代性的发生》，《学术月刊》2006 年第 4 期。
48. 梁笑梅：《中国新诗发生期新诗集序的媒介价值》，《文学评论》2009 年第 5 期。

思考题

1. 简论现代新诗发生的语境。
2. 分析中国古诗向新诗转换的内在动力。
3. 试论早期白话新诗发生的阻力。
4. 简述白话新诗发生过程中的非诗性因素。
5. 评估个人因素在新诗发生期的作用。
6. 简论译诗与新诗发生的关系。
7. 简论新诗之"新"。
8. 现代新诗的起点在哪儿？

第三章
新诗与外国诗歌的关系

第一部分　现　象　与　问　题

中国新诗的发生有其自身逻辑。清末民初，中国诗歌内部形成了一股强大的寻求突破的力量，这股力量与外在环境构成对冲形势，如此情势下，外国诗歌作为一种异质因素，引导或者说加快了中国新诗破土而出的进程。朱自清在《真诗》中说："但是新文学运动实在是受外国的影响。胡先生自己的新诗，也是借镜于外国诗，一翻《尝试集》就看得出。"[①]康白情认为辛亥革命后"日本英格兰美利加底'自由诗'输入中国，而中国底留洋学生也不免有些受了他们底感化"[②]。外国诗歌助推中国新诗的发生，这是毋庸置疑的事实，也是审视研究中国新诗不可回避的现象与问题。于是，中国新诗的一些问题不仅仅是中国自身所引起的，还与中国历史全球化相关，与世界文学相关。离开世界文明史、文学史，就难以说清楚中国新诗发生、发展的问题。

一、与日本明治启蒙诗歌的关系

新诗的萌动可以追索到戊戌变法时期，也就是"诗界革命"期，那时的诗潮与创作与日本新诗有着直接关系。晚清"诗界革命"的发生、发展一方面受制于政治改良运动对文学的具体诉求，受制于当时诗歌内在演进、发展的需要，是近代进步诗歌潮流的新发展；另一方面又一定程度地受到了日本启蒙诗歌浸润，获得了一种全新的世界性视野，从而以新的运变范式、特征而与传统诗歌的"革命"、演进方式区别开来。

日本启蒙诗歌起自1882年，以自由民权运动为背景，以启蒙理想为前提，以反映启蒙时代精神为内容。1882年，外山正一、井上哲次郎等编辑出版了

---

① 朱自清:《真诗》,《新诗杂话》,广西师范大学出版社2004年版,第57页。
② 康白情:《新诗底我见》,胡适:《中国新文学大系·建设理论集》,上海良友图书印刷公司1935年版,第326页。

他们的西方译诗及创作诗合集《新体诗抄》,拉开了启蒙诗发展的序幕。启蒙诗歌以西诗为楷模,反对旧的汉诗与和歌,经过多年实验探索,涌现出了不少优秀作品,如山田美妙的《新体词选》,到1889年北村透谷的《楚囚之诗》形成高潮。

晚清诗界革命的主要成员,如黄遵宪、梁启超、康有为等,大都去过日本,深谙日本诗坛现状,自觉以日本启蒙诗歌为参照,审视中国诗界。黄遵宪1877年赴日任参赞,1887年完成《日本国志》,可谓中国第一"日本通",其诗歌革新主张及诗创作深受日本启蒙诗歌影响。梁启超去日前作诗不多,曾自述:"余向不能为诗,自戊戌东徂以来,始强学耳。"①他在日期间著《饮冰室诗话》,大力倡导"诗界革命"。康有为曾以诗疾呼:"更搜欧亚造新声。"②这里的"亚"便是以"脱亚入欧"开始现代化进程的日本。日本启蒙诗歌在一定程度上强化了中国诗界的改良意识,使他们更加坚信中国诗的出路在于改变同光体的拟古倾向,拓展视野,给诗歌注入时代内容与激情,以承担开化民智的使命。具体言之,日本启蒙诗歌为晚清诗界提供了重要的变革范式——向西方诗歌学习。

日本启蒙诗歌现代性建构走的是学习西诗的道路,西诗是日本启蒙诗歌生成、发展的文本资源。《新体诗抄·序》曰:"生活在新日本巨大潮流中的国民,要抒发其情意,就不能不采取以当代日语写作的欧化诗型。"③力倡"欧化诗型",也就是主张诗歌欧化。黄遵宪置身日本,耳濡目染,得风气之先,不仅洞察出日本"近世文士,变而购美人诗稿,译英士文集矣"(《日本国志·学术志》)之现状,而且自觉借鉴日本启蒙诗歌学习西诗以实现新旧转型的建构经验,身体力行,创作出"皆纯以欧洲意境行之"④的《锡兰岛卧佛》《今别离》等实验诗。《今别离》中农业社会意象与现代文明精神交相辉映,思妇的感受性时间观与近代科学时间观相遇合,典型地体现了晚清改良诗歌的中西诗歌对接、融合的特征。

梁启超到日本后对戊戌以前自己与夏曾佑等一起倡导的"新学之诗"作了深刻检讨,并参照日本启蒙诗歌发展范式、经验,得出中国诗歌应向欧洲诗歌学习的结论:"今欲易之,不可不求之于欧洲,欧洲之意境语句,甚繁富而玮异,得之可以陵轹千古,涵盖一切。"⑤"欧洲之意境语句"成为诗界革命发展的重要范式与方向。他曾称赞郑藻常的诗《奉题星洲寓公风月琴尊图》乃"全首皆用日本译西

---

① 梁启超:《饮冰室诗话》,人民文学出版社1959年版,第52页。
② 康有为:《与菽园论诗兼寄任公孺博曼宣》,郭绍虞:《中国历代文论选》(第4册),上海古籍出版社1980年版,第188页。
③ [日]西乡信纲等:《日本文学史——日本文学的传统和创造》,佩珊译,人民文学出版社1978年版,第234页。
④ 梁启超:《夏威夷游记》,《饮冰室合集》(第7卷),中华书局1989年版影印本,第189页。
⑤ 梁启超:《夏威夷游记》,《饮冰室合集》(第7卷),中华书局1989年版影印本,第189页。

书之语句,如共和、代表、自由、平权、团体、归纳、无机诸语"。①"日本译西书之语句"与欧洲意境相结合,使梁启超看到了中国传统诗歌变革的可行性方式与希望。由此认识出发,他创作了许多具有"欧洲意境"的诗,频频运用"日本译西书之语句",如《壮别二十六首》中的诗句:"自由成具体,以太感重洋。""天骄长政国,蛮长阁龙洲。"在"阁龙"一句下加注:"哥仑布,日本人译之为阁龙。"在某种程度上,日本启蒙诗歌将中国晚清诗界革命引上学习西诗之道路,使中国新诗获得了世界视野与胸襟。

然而,如果从诗歌精神内质看,晚清"诗界革命"之诗歌与日本启蒙诗歌相比,虽然同样学习西诗,但"欧洲意境"却不同。日本启蒙诗人能将西诗的现代精神与形式相当程度地化为自己的血肉。他们面对西诗时少有被同化以至湮没自我存在的焦虑,对西诗他们的态度是全面地积极摄取,这种摄取态度、方式正如日本学者依田熹家所云:"日本在摄取他国的文化时,不只是技术,包括文学艺术在内,都加以全面吸收。而且不是分散的,经常要成套地吸收。"②河田悌一也说过:"以明治维新为起点的日本近代化,设定以西欧为模式,全力以赴寻求如何去接近西欧之道。"③正因此,日本启蒙诗歌,例如岛崎藤村的《嫩菜集》,便能获取西欧现代自我意识,张扬个性,形式上力求西化,尽管其自我意识与西诗相比尚有距离。

与之相比,中国晚清启蒙诗人虽然自觉走日本式的学习西诗的道路,但由于开风气之先,如同摸着石头过河,战战兢兢,唯恐民族文学传统丢失,因而在学习过程中有一种原发性恐惧,一种被他者同化的焦虑感始终伴随着他们。面对西诗,他们采取的是一种消极摄取方式,一面学习,一面又采取警惕拒斥态度。江上波夫在《文明转移》中谈到过中国学习他国文化时的情形:"中国接受的时候,总是想作为自己过去传统的中国文化的一部分来理解,所以文化的本质丝毫不会变化。"④这种态度决定了他们不可能像日本诗人那样获得西诗的精髓。黄遵宪等人的诗歌虽有如梁启超所谓的欧洲意境,但这种意境往往是由"日本译西书之语句"构成,也就是说,他们更重视的是一些新的词汇,如自由、团体、社会等。意境被语词化了,变为一种不伦不类的"欧洲意境",与日本启蒙诗歌的西诗风格迥异。这些"欧洲意境"所寄托的是晚清诗人民族复兴的梦想,西方式的自我意识与个性主义精神被放逐,或者说自我完全附着于民族利益与群体意识。因而,从他们的诗中,我们很难发现现代知识者真正独立的批判

---

① 转引自夏晓虹:《觉世与传世——梁启超的文学道路》,上海人民出版社1991年版,第87页。
② [日]依田熹家:《日中两国现代化比较研究》,卞立强等译,北京大学出版社1997年版,第189页。
③ [日]河田悌一:《中国近代思想与现代》,日本研文出版社1987年版,第112页。转引自《现代化与社会文化》,学林出版社1995年版,第47页。
④ 转引自[日]依田熹家:《日中两国现代化比较研究》,卞立强等译,北京大学出版社1997年版,第189页。

人格。

不过,日本式的西诗道路虽然未能使晚清诗坛孕育出真正的现代新诗,但它所具有的开放意识与世界视野搅乱了传统诗人的诗歌创作心理与诗学观念,动摇了封闭的传统诗坛格局,从而为中国诗歌现代化创造了条件,预示了某种新的可能性。

开启民智这一维新使命决定了日本启蒙诗歌将诗歌形式的大众化、通俗化作为一种理想境界来追求。井上哲次郎倡导新体诗时号召:"栖息于新日本的文学潮流里的国民,欲借此发挥情志,则应该用现时的国语所作的欧化的诗形;应该选择用平常的语言作成的诗形。"①用"现时的国语""平常的语言"作诗,旨在追求诗歌形式的大众化、通俗性,做到言文一致。《新体诗抄》中的诗便是言文一致的大众化、通俗化的诗。

这种通俗化诗歌影响了晚清诗界革命。黄遵宪去日之前,虽然已痛感传统诗坛拟古主义之危害,在《杂感》一诗中大胆宣称:"我手写我口,古岂能拘牵?即今流俗语,我若登简编,五千年后人,惊为古烂斑。"但这还只是"少年兴到之语"②。到日本后受日本言文一致运动的冲击和新体诗洗礼,他才真正深切地感到中国文言诗变革的必要性与紧迫性。在《日本国志·学术志》中,他参照日本言文一致理论,提出了"直用方言""语言文字,几几乎复合矣"的观点,以变革中国文学包括诗歌的滞后现状,同时倡导"适用于今通行于俗"的诗体,让天下普通百姓皆能通晓。他的一些诗作在这方面作了实验,如《拜曾祖母李太夫人墓》《山歌》《军歌》《小学校学生相和歌》等,语言素朴,喜用方言俚语,力求言文一致,通俗易懂。可以说,日本启蒙诗歌通俗化、大众化倾向,不仅强化了黄遵宪原有的现实主义文学理念,而且启迪他提出了更实在的诗界革命主张,并使其诗形向通俗化迈出了更为坚实的步子。

梁启超在戊戌变法前曾与夏曾佑、谭嗣同等人倡导"新学之诗",1896年至1897年维新派均好为之。这种新诗是以诗歌形式传载"新学"精神,满篇新名词,"颇喜挦扯新名词以自表异"③,语句生涩,令人费解。梁曾自道:"尝有乞为写之且注之,注至二百余字乃能解。"④到日本后,受日本启蒙诗歌通俗化特征影响⑤,他开始反省、告别昔日那种"苟非当时同学者,断无从索解"⑥的"新学之诗",将改革传统诗的基础设定为"欧洲之意境、语句",努力使诗变得通俗易懂。他对新名词虽仍充满激情,但已不使用一般人无法读解的偏僻之词,而是有节制地选择使用频率极高的"日本译西书之语句",其作品如《壮别》等已初具通俗化、

---

① 谢六逸:《日本文学》,商务印书馆1931年版,第127页。
② 参阅何德功:《中日启蒙文学论》第3章,东方出版社1995年版。
③ 梁启超:《饮冰室诗话》,人民文学出版社1959年版,第49页。
④ 梁启超:《夏威夷游记》,《饮冰室合集》(第7卷),中华书局1989年版影印本,第190页。
⑤ 作为诗界革命倡导者,他不可能不关注日本启蒙诗歌,并受其启示。
⑥ 梁启超:《饮冰室诗话》,人民文学出版社1959年版,第49页。

大众化特征。

所以,从一定意义上说,日本启蒙诗歌加速了晚清诗界革命运动,有助于晚清诗歌开启通俗化、大众化进程,获取言说新思想的现代性形式。

二、与西方意象派的关系

20世纪初,美国出现了"美国诗歌复兴"(American Poetry Renaissance),开启了美国现代诗歌的大幕,具有划时代意义。其起点,按通常看法是1912年底哈丽特·蒙罗在芝加哥创办杂志《诗刊》(Poetry),《诗刊》海外编辑是庞德。这场新诗运动与中国诗歌相关,其代表诗人玛丽安·莫尔认为:"新诗似乎是作为日本诗——更正确地说,中国诗——的一个强化的形式而存在的,虽然单独的(specific)、更持久的对中国诗的兴趣来得较晚。"①"作为一个强化的形式而存在的"体现了一种全球艺术史观。哈丽特·蒙罗认为新诗运动的最大功绩是发现了中国诗歌:"分析到底,意象派可能是追寻中国魔术的开始,而这种追寻会继续下去,我们将会越来越深地挖掘这个长期隐藏的遥远的宝石矿。"②中国诗歌是他们眼中"遥远的宝石矿",发现中国诗歌是一种跨国家文化发现,是文化全球化时代,当代对历史的照亮与赋义。在蒙罗看来,新诗运动中的意象主义与中国诗歌关系非常密切。庞德说过,只要读一下他翻译的中国诗,"就可以明白什么是意象主义"③,即意象主义建构与对中国诗艺的发掘、利用分不开。他还说过中国诗歌"是一个宝库,今后一个世纪将从中寻找推动力,正如文艺复兴从希腊人那里找推动力"。④ 杜甫、李白、寒山等人的诗歌被翻译到美国,如庞德的《古中国》、韦理的《中国诗170首》等,它们深深地为意象派诗人所喜爱,是他们于惊异中发现的异域诗学资源。

有意味的是,胡适等留学美国时,正是意象主义(imagism)诗潮极盛期,意象主义诗歌受中国诗歌影响,又反哺中国新诗。梁实秋曾说:"这一派十年前在美国声势最盛的时候,我们中国留美的学生一定不免要受其影响。试细按影象主义者的宣言,列有六条戒条,主要的如不用典,不用陈腐的套语,几乎条条都与我们中国倡导白话文的主旨吻合。所以我想,白话文运动是由外国影响而起。"⑤这是从文学交流对话角度言说白话文和新诗的

---

① 转引自赵毅衡:《诗神远游——中国如何改变了美国现代诗》,上海译文出版社2003年版,第15页。
② 转引自赵毅衡:《诗神远游——中国如何改变了美国现代诗》,上海译文出版社2003年版,第15页。
③ 转引自赵毅衡:《诗神远游——中国如何改变了美国现代诗》,上海译文出版社2003年版,第15页。
④ 转引自赵毅衡:《诗神远游——中国如何改变了美国现代诗》,上海译文出版社2003年版,第17—18页。
⑤ 梁实秋:《现代中国文学之浪漫的趋势》,《浪漫的与古典的》,新月书店1928年版,第6页。

发生。

胡适的"八不主义"与意象派的"六条原理""三条原则"有着直接关系,在《藏晖室札记》卷十五中,胡适录有《六条原理》英文原文,并注曰:"此派所主张,与我所主张多相似之处。"①闻一多对意象主义十分青睐,1922年,他在致梁实秋的信中说:"Mr. Fletcher 是 Imagist School 中一个健将。他是设色的神手。他的诗充满浓丽的东方色彩。""我崇拜他极了。""佛来琪唤醒了我的色彩的感觉。"②在书信《致亲爱的朋友们》中,他则抄录了意象派的一些信条,如"1. To use the Language of common speech; 2. To create new rhythm_as the expression of new mood; 3. To allow absolute freedom in the choice of subject ……6. Finally most of us believe that concentration is the very essence of poetry"。他认为它们对中国白话诗非常有用,可以纠正其空疏、肤浅、单薄的倾向③。他的诗中留有意象派的痕迹。

胡适、闻一多均认同意象主义诗学,但倾向不同,胡适看重的是意象派使用日常口语、自由体、具体写诗的特点,而闻一多欣赏的是色彩、意象等。有学者指出:"1925年之前留学美国的诗人,胡适、陈衡哲、徐志摩、罗家伦、汪敬熙、黄仲苏、闻一多、许地山、梁实秋、冰心、林徽因、刘廷芳、甘乃光、朱湘、饶孟侃、陆志韦、孙大雨、陈梦家、方令孺等,都接触过意象派诗歌。"④确实,中国白话新诗的发生、建构与意象派有着密切的关系,它为研究新诗内在结构提供了重要线索。

三、诗歌翻译问题

诗歌不能翻译,这是历来多数人的共识。弗罗斯脱认为诗就是"在翻译中丧失掉的东西",摩尔根斯特恩认为诗歌翻译"只分坏和次坏的两种"⑤。但是,不能翻译,还是要翻译,古往今来翻译诗歌多如牛毛,所以诗歌翻译是一个值得研究的跨文化文学现象。

胡适倡导新诗时也有意识地翻译过西方诗歌,他曾在《尝试集·再版自序》中称《关不住了》是"我的'新诗'成立的纪元",而这首诗歌是一首译诗。原诗是美国女诗人梯斯黛尔发表在美国《诗刊》(Poetry)1916年第3卷第4期上的作品。原诗如下:

---

① 胡适:《胡适留学日记》(第四册),商务印书馆1947年版,第1073页。
② 闻一多:《致梁实秋(十二月一日)》,孙党伯等:《闻一多全集》(12),湖北人民出版社1993年版,第118页。
③ 闻一多:《致亲爱的朋友们》(八月二十七日),孙党伯等:《闻一多全集》(12),湖北人民出版社1993年版,第54—62页。
④ 王光明:《现代汉诗的百年演变》,河北人民出版社2003年版,第125—126页。
⑤ 参见钱锺书:《七缀集》,生活·读书·新知三联书店2002年版,第143页。

Over the Roofs

I said, "I have shut my heart,
　　As one shuts an open door,
That Love may starve therein,
　　And trouble me no more."

But over the roofs there came
　　The wet new wind of may,
And a tune blew up from the curb
　　Where the street-pianos play.

My room was white with the sun
　　And Love cried out in me,
"I am strong, I will break your heart
　　Unless you set me free."

它的主题与"五四"前后中国青年的文化诉求相吻合,因而受到较大关注,被译为中文。有意味的是,20 世纪 20 年代出现了该诗的文言译本和白话译本,这对我们理解诗歌翻译问题颇有价值。下面是该诗的文言译本:

爱　　情①

摄心如闭门,防我情奔逸。
春风不解事,又送琴声入。
春晖淡荡中,爱情为我说:
不让我自由,便使你心裂。

下面是胡适的白话译本:

关不住了!②

我说"我把心收起,
　像人家把门关了,
　叫'爱情'生生的饿死,
　也许不再和我为难了。"

---

① 胡怀琛:《小诗研究》,上海商务印书馆 1924 年版,第 12 页。
② 胡适:《尝试集》,《胡适文集》(9),北京大学出版社 2013 年版,第 132 页。

但是五月的湿风,
时时从屋顶上吹来;
还有那街心的琴调
一阵阵的飞来。

一屋里都是太阳光,
这时候"爱情"有点醉了,
他说:"我是关不住的,
我要把你的心打碎了!"

  胡怀琛在《小诗研究》第三章"中国诗与外国诗"中提到该诗,其目的是论述中外诗之异。他说:"中国诗里的感情是含而不吐的,外国诗里的感情,是充分说出来的。外国诗里的感情,比较中国诗里的感情,要热烈得多;其实中国诗里的感情,并不淡漠;不过一则含而不吐,一则尽情发挥罢了。"①他认为梯斯黛尔这首诗感情炽烈:"这样热烈的感情而这样质实的说出来,在中国诗里,是没有的。"②他的论述不无道理,虽然其"外国诗"特点概说过于笼统。我这里感兴趣的是白话翻译与文言翻译之异,因为它牵涉的是白话诗与文言诗的不同,是白话新诗本体定位问题。

  该译诗现象可谓一个世纪性的话题,胡适直接将自己翻译该诗的译文视为自己新诗成立的"纪元",就是一个需要打开的问题,耐人寻味。首先,有一个版权问题。《关不住了》是一首译诗,胡适将它称为自己新诗成立的"纪元",就是将它视为自己的诗。不只是胡适,"五四"时期将译诗视为中国诗的观点很普遍,很多白话新诗选本就大量收录译诗。为什么会这样?这种做合法吗?如果说译诗就是中国诗,那么译诗还算是外国诗吗?或者说外国诗只是充当了中国诗人创作的一种特别触媒或者说创作材料?其次,说它是新诗成立的"纪元",就是承认其开创性,承认其源头性地位。新诗至此成立了,这是多么高的一个评价啊!《关不住了》在哪些意义上能承担如此的历史定位?评价的依据是什么?其基本主题、精神结构和形式构造有什么特点?如何理解它的"新诗"品格?其三,翻译本身的问题。胡适是白话新诗的实验者和理论探索者,《关不住了》作为一首译诗,既然是其新诗成立的"纪元",那它是否体现了其理论主张?对比译诗与原语诗歌,可以发现它是意译与直译的结合。我们可以一一对比,看哪些是意译,哪些是直译,效果如何?可以研究一下关键词的翻译情况,看看语气、语态与情态的翻译情况,看看押韵节奏变化情况,体味诗性的变化与生成。通过原语诗和译

---

① 胡怀琛:《小诗研究》,上海商务印书馆1924年版,第8页。
② 胡怀琛:《小诗研究》,上海商务印书馆1924年版,第17页。

诗的文本对比，我们可以看看译诗多大程度上传达了原语诗歌的精神、情感与诗意，在诗性上丢失了什么又增加了什么？我们能否由译诗辨认出原语诗歌的样貌？这些都值得研究。不仅如此，该诗的文言译诗和白话译诗从形式到内容完全不同，所译出的"诗意"完全不同，无法辨认出它们译自同一首英文诗，这反过来对我们理解文言诗和白话诗的异同问题具有重要的价值。该诗的文言译本与白话译本之异同值得认真研习、辨识，由此参悟白话和文言各自在营造诗意上的优势与缺陷。

四、中国新诗史是否应包括中外诗歌关系内容？

中国新诗自发生那天起就与外国诗歌关系密切。梁启超等倡导"诗界革命"就受日本启蒙诗歌影响；胡适的白话新诗理论与美国意象派原则相关；郭沫若与歌德、雪莱、惠特曼等构成诗学共鸣关系；闻一多的新诗主张、创作实践与丁尼生、济慈乃至艾略特相关；徐志摩喜爱拜伦、罗曼·罗兰、济慈、雪莱等，作品中留有他们的印记；卞之琳翻译过艾略特的《传统与个人才能》，其创作自觉实践艾略特"非个人化"原则；戴望舒、穆旦既是西方诗歌译者，创作中又有意无意化用西诗经验。

无疑，中国新诗是在与外国诗歌对话中发生发展的，这是不争的事实，问题是应如何看待这种现象。20世纪20年代初，茅盾谈到外国诗歌翻译输入时说："我以为翻译外国诗是有一种积极的意义的。这就是：借此（外国诗的翻译）可以感发本国诗的革新。我们翻开各国文学史来，常常看见译本的传入是本国文学史上一个新运动的导线。"①他立足"五四"诗坛乃至世界文学史言说译诗之作用——"感发本国诗的革新"，换言之，外国诗歌是引发白话新诗运动的导火线，是一种酵母、牵引力。这是从发生学角度论中国新诗与外国诗歌之关系。郭沫若论及自己的诗歌翻译时说："译雪莱的诗，是要使我成为雪莱，是要使雪莱成为我自己。""我译他的诗，便如像我自己在创作的一样。"②道出了译者与原诗作者、译诗与创作之间相互融通的关系，揭示出外国诗歌通过翻译而作用于创作主体的特征，即创作与翻译在诗人译者那里合而为一的关系，这就道出了外国诗歌与中国新诗之间的深刻关联。梁实秋的观点更直接与激进，他认为胡适"开始写新诗时候，他对于诗的基本观念大概是颇受外国文学的影响的"；认为徐志摩、闻一多的诗歌观念是外国的，"在艺术上大半是模仿近代英国诗"；认为《诗刊》上要实验的是用中文来创造外国诗的格律，来装进外国式的诗意。在他眼中，没有外国诗就没有中国新诗。"我一向以为新文学运动的最大的成因，便是外国文学的

---

① 茅盾：《译诗的一些意见》，《文学旬刊》第52期，1922年10月10日。
② 郭沫若：《〈雪莱诗选〉小序》，谢冕、赵振江：《中国新诗总论》（6），宁夏人民教育出版社2019年版，第44页。

影响;新诗,实际就是中文写的外国诗。"①他将中国新诗看成中文写的外国诗,也就是将中国新诗看成外国诗歌的支流,抹杀了中国新诗的中国性。无独有偶,20世纪20至30年代的一些文学史也称白话新诗是"西洋体诗"或"西洋律体诗"②。

中国新诗发生发展史是一部与外国诗歌碰撞、对话的历史,那么,究竟应该如何阐述这一历史现象呢? 我们的中国新诗发展史著述是不是应该包括诗人译诗这一内容,是不是应该包括大量的外国诗歌译介输入现象? 在这个意义上看,既有的中国新诗史著作因为不包括外国诗歌翻译、影响内容,存在将历史简单化处理的问题,因而显得不完整也不太可靠。

第二部分 专题论述

译诗与中国诗歌转型

中国诗歌在"五四"前后完成了由传统文言格律诗向现代白话自由诗的转型。这个转型并非静态的瞬间现象,而是一个在19世纪后期业已启动的动态的历史过程。这个过程非常复杂,它的发生、走向与形态特征等是多重合力共同作用的结果,其中外国诗歌翻译同转型的关系相当密切,译诗也许是促使中国诗歌转型发生、完成最为重要的力量。

鸦片战争以后,诗歌翻译成为中国诗坛引人瞩目的重要现象,许多重要的政治人物、思想家、文化人士有意无意地参与了外国诗歌的翻译活动。清末民初逐渐出现的大量报纸杂志上,外国译诗同政治、经济、文化等方面的文章一同刊发,占据相当的版面。政治、文化人士从事文学活动是近代以来文坛的重要特点,不过在他们那里,文学活动不再只是一种个人消遣行为,而是政治、文化活动的重要组成部分,他们翻译外国诗歌同样不再是一种传统意义上的诗歌行为,而主要是借以表达某种政治理想,抒发政治情怀,所以近代报刊等公共领域传播的译诗一开始并非主要为了诗歌本身的建构。

然而,外国译诗毕竟是一种新型的诗歌,且许多重要人物参与了译诗活动,使译诗成为一种新的诗歌景象,所以它不可能不影响中国诗歌的演变与走向。于是,我们不禁要问,晚清以降的译诗到底经历了怎样的一个流变过程? 它对中国诗歌的转型、发展究竟起了怎样的作用? 或者说译诗与中国诗歌转型之间到底存在着一种怎样的关系?

---

① 梁实秋:《新诗的格调及其他》,《诗刊》创刊号,1931年1月20日。
② 方长安、郑艳明:《现代文学史著作对"新诗"的命名》,《福建论坛(人文社会科学版)》2019年第3期。

就现有资料看,鸦片战争以后最早的一首汉译外国诗歌不是出于中国人笔下,而是外国人所为,英国人威妥玛于1864年以汉语翻译出美国诗人朗费罗的《人生颂》,该译诗后经中国人董恂修改,题为《长友诗》。威妥玛以一种较为自由、无韵的汉语诗体翻译《人生颂》,其译文诗味明显不足;董恂则以七绝形式译之,营造出了某种诗意,但他的诗意完全来自中国传统七绝,散发着中国古气息,且诗体又不自由,所以经他修改后的译诗失去了原诗的韵味①。从当时的诗坛状况看,该译诗并未触动中国人的诗学观念,没有动摇既有的古诗创作格局,其影响主要表现在外国诗歌翻译上,即开了以古诗体翻译外国诗歌的风气。

清末民初外国诗歌翻译者大都为忧国忧民的志士,他们对外国诗歌中那些具有民族主义、爱国主义思想倾向的作品极感兴趣,诸如拜伦的《哀希腊》、裴多菲的《故国》、丁尼生的《哀波兰》等,法国的《法国国歌》(即《马赛曲》)、德国的《祖国歌》等也备受青睐。王韬1871年与人合译出《法国国歌》,其中反复咏叹如此诗句:"奋勇兴师一世豪,报仇宝剑已离鞘。进兵须结同心誓,不胜捐躯义并高。"这表现了反封建专制、争取民族独立的精神,感人肺腑。他的另一译诗《祖国歌》中则不断回响着"谁为日耳曼之祖国兮"这一诗句,以激励国人意志。据称蔡锷曾为之动容,曰:"吾读其《祖国歌》,不禁魄为之夺,神为之往也。德意志之国魂,其在斯乎!其在斯乎!今为录之,愿吾国民一读之。"②那一时期,胡适译了堪白尔的《军人梦》;梁启超、胡适、马君武、苏曼殊等均翻译过拜伦的《哀希腊》,他们从该诗中获得了一种精神上的共鸣,翻译该诗旨在宣传民族独立思想。

当时这些译者大都青春年少,又接受了现代西方个性解放思想,不满中国传统的婚姻观念,渴望真正的爱情,所以在忧国忧民同时,他们的爱情意识开始觉醒,于是爱情题材的诗歌成为又一翻译热点。苏曼殊翻译过雪莱、拜伦、彭斯、歌德等人的爱情诗,在当时颇引人注意;鲁迅翻译了海涅的《少女的爱》;黄侃翻译了拜伦的《留别雅典女郎》;马君武也译了一些情诗,如雨果的《重展旧时恋书》,其中有如此诗句:"百字题碑记恩爱,十年去国共艰虞。茫茫天国知何处?人世苍黄一梦如。"这种将人生意义与爱情相结合的情诗在清末民初译诗中颇具代表性。胡适也翻译过海涅的情诗。

上述两类题材、主题的外国译诗,在今天看来,自然没有什么特别的地方,但在当时中国诗歌语境中却令人震惊,甚至给人以惊世骇俗之感。为什么会这样呢?因为中国自古以来崇尚的是天下主义、家族主义,以天下为公,以家族为立足之地,中国人追求的是修身、齐家、治国、平天下,而所谓的"国"也是天子的"国",这就是说,中国传统社会只有空泛的天下主义,没有真正的民族主义,所以

---

① 参见郭延礼:《中国近代翻译文学概论》,湖北教育出版社1998年版,第79—81页。
② 参见郭延礼:《中国近代翻译文学概论》,湖北教育出版社1998年版,第87页。

文学创作上几乎没有真正意义上的民族主义、爱国主义作品。在男女关系上,中国传统社会讲究的是父母之命、媒妁之言,男女情感受压抑,文学上正面而直接表现爱情的作品不丰富。对这些特点,20世纪初中国知识分子所感很深,刘半农就曾说过:"余尝谓中国无真正的情诗与爱国诗,语虽武断,却至少说中了一半。"①朱自清亦曾严肃地指出:"中国缺少情诗,有的只是'忆内''寄内',或曲喻隐指之作;坦率的告白恋爱者绝少,为爱情而歌咏爱情的更是没有。"②刘朱二人"语虽武断",但还是颇有道理的。中国古代诗歌非常发达,但古代诗歌中表现爱国主义和直接歌咏爱情的作品却很少,现代意义上的民族主义诗歌更是无从寻觅。这一诗歌背景决定了上述翻译诗歌的重要性。就是说,清末民初的外国诗歌翻译者从个人兴趣出发所翻译的那些表现民族独立主题、爱国主题和青年男女爱情自由主题的诗歌,有意无意间为中国诗坛输入了西方现代的民族主义、爱国主义和爱情自主观念,震撼了中国传统诗坛,动摇了中国旧诗坛的精神结构与价值取向,即翻译诗歌为中国诗坛引入了一股全新的思想活水,为中国诗歌在思想层面上的转型开启了一扇闸门。日后,中国诗歌的转型,一个重要的表现就是诗歌内在思想主题的转型,如果没有这些翻译诗歌打前站,中国诗歌要完成由所谓的"天下主义"诗歌、"忠君"诗歌和"忆内""寄内"诗歌向现代民族主义、爱国主义诗歌和爱情诗歌的转型,那是难以想象的。

当然,清末民初那些译诗并非真正的现代诗歌,它们最致命的问题是诗体形式仍是传统的。几乎所有的译者都是以中国古代文言诗歌的形式翻译外国诗歌,译语是文言,形式是五言、七言或词曲,讲究押韵、对仗,追求整齐划一,所使用的语词基本上是传统诗歌中惯用的意象词,这样许多译诗便失去了原语诗的味道,成为地道的中国诗歌。梁启超对此感受颇深,他曾谈到译拜伦《哀希腊》的体会:"翻译本属至难之业,翻译诗歌尤属难中之难。本篇以中国调译外国意,填谱选韵,在在窒碍,万不能尽如原意。"③以中国调翻译西方诗歌,自然无法真正传达西方诗的神韵。当时之所以采用古诗词形式翻译外国诗歌,主要是由于多数译者心中古代文言诗歌仍是最理想的诗歌,他们的认识尚未上升到革新古诗形式的高度。

近代译诗开启了中国诗歌变革的大门,但形式上的归化特点决定了它无力真正完成中国诗歌的转型,事实上近代外国诗歌译者也没有真正意识到译诗形式对于诗歌转型的意义,他们尚未完成中国诗歌转型的志向。随着时代发展,到"五四"前后,一些人开始认识到翻译诗歌语言、形式的重要性,对过去那种以文言古诗体述译、意译外国诗的做法进行了反思。周作人在《点滴·序》中就认为:

---

① 刘半农:《诗与小说精神上之革新》,《新青年》第3卷第5号,1917年7月1日。
② 朱自清:《中国新文学大系·诗集·导言》,上海良友图书印刷公司1935年版,第4页。
③ 梁启超:《新中国未来记》,阿英:《晚清文学丛钞·小说卷一》(上册),中华书局1980年版,第61页。

"此后译本应当竭力保存原作的风气习惯,语言条理,最好是逐字译,不得已也应逐句译。宁可中不像中,西不像西,不必改头换面。"①他认识到了直译不是简单的语言问题,而是思维、文化问题,"不必改头换面"强调的是对他者的完整引入,也就是希望以外来文学的语词、思维、诗学真正冲击中国文言诗学体系,扩展中国诗歌的内在张力,以促使中国诗歌的更新。这种直译观念无疑建立在对晚清以降述译、意译理性反思的基础上,它带来的将不只是译诗形式的变化,而且将改变译诗与新诗的关系,促使中国诗歌完成由传统向现代的转型。

"五四"前后《新青年》的翻译诗歌是中国现代直译诗歌的先行者,代表了当时译诗的最高成就,由它们可以看出译诗与中国诗歌转型的实质性关系。事实上,《新青年》的翻译诗歌并非一开始就是直译,其最初几年的译诗多为文言古诗,沿袭的是梁启超、苏曼殊等人清末民初时的述译、意译方法,对外国诗歌进行了归化处理;到"五四"前后,随着其成员的文学革命意识日渐清晰,特别是白话自由诗创造意识开始觉醒,《新青年》的译诗语言、形式便随即作了大的调整。这一时期,《新青年》仍然致力于翻译爱国主义诗歌和情诗,例如刘半农翻译的《马赛曲》(第2卷第6号)和胡适翻译的苏格兰女诗人安妮·林德赛的《老洛伯》(第4卷第4号),继续向中国诗坛"输入现代爱国、爱情观念"②,输入现代民族主义思想和婚姻自主意识,但译诗语言发生了很大的变化,由文言变成了白话,形式也解放了,由格律诗变成了自由诗。胡适曾谈到《老洛伯》这首诗,认为它"向推为世界情诗之最哀者",是经典情诗,而其语言则是苏格兰"白话","全篇作村妇口气,语语率真,此当日之白话诗也"③。胡适看重的是原诗的"村妇口气",推崇其白话诗形式,所以将它转译成汉语白话自由诗,以传达其情感意蕴。刘半农的译诗在近现代翻译诗歌史上地位很高,他在《新青年》上发表了大量译作,其《马赛曲》较之以前王韬等人对该诗的翻译更符合原语诗歌的神韵,他的直译意识非常明确,且不断实践,用他自己的话说,就是要在中国诗坛"自造一完全直译之文体"④。"直译的文体"就是尽量保持原语诗歌的文体,也就是一种新的汉语诗歌样式,直译文体意识的自觉意味着对既有诗歌文体的不满,它的出现有力地冲击、改变了中国诗人的诗体观念,成为他们白话诗写作时新的参照对象和模仿资源。

如果说清末民初的外国诗歌译者其文学意识尚未真正觉醒,尚未将译诗作为中国诗歌自身建构的重要环节;那么"五四"前后《新青年》的外国诗歌译者,则自觉地将外国文学翻译纳入中国文学革命进程中,将译诗与新诗创作视为同一问题进行思考,译诗成为新诗创作主要的参照对象,二者在互动中相互渗透、发展。1918年,《新青年》第4卷第2号发表了周作人的《古诗今译》,即两千年前

---

① 周作人:《点滴·序》,北京大学出版部1920年版。
② 方长安:《〈新青年〉对新诗的运作》,《学术研究》2006年第1期。
③ 胡适:《老洛伯·引言》,《新青年》第4卷第4号,1918年4月15日。
④ 刘半农:《我行雪中·译者导言》,《新青年》第4卷第5号,1918年5月15日。

的希腊古诗的译作。在译诗前面的 Apologia 中，周作人认同"翻译如嚼饭哺人"这种观点，在他看来，译诗即是为了"哺人"，也就是哺育中国新兴的白话自由诗，这是译诗与新诗创作间的一种直接关系。在谈到希腊诗歌时，他还指出："中国只有口语可以译他"，"口语作诗，不能用五七言，也不必定要押韵；只要照呼吸的长短作句便好。现在所译的歌，就用此法，且来试试，这就是我的所谓'自由诗'"。① 这段话尤为重要，它不仅表明周作人已经深刻地意识到口语翻译诗歌优于文言翻译诗歌，更表明他开始将外国诗歌翻译视为自己的新诗创作实验，开始将诗歌翻译等同于新诗创作，开始将译诗看成新诗，使译诗与汉语新诗合二为一了，这是一种全新的诗歌翻译观念，它意味着译诗与新诗创作间的关系已超越了前述二元性的哺育关系，译诗即新诗，二者浑然一体了。

当时，不只是周作人如此看待译诗与新诗关系，其他主要的译者在实践上也是这样做的，其中最富代表性的是胡适及其译作《关不住了》。胡适将它翻译成白话自由诗，刊登在《新青年》1919 年第 6 卷第 3 号上。胡适对自己的译诗非常满意，甚至掩饰不住内心的惊喜，说："《关不住了》一首是我的'新诗'成立的纪元。"② 这一表述颇有意味。倘若用今天的版权标准看，胡适似乎属于剽窃他人成果，但诗歌翻译不同于一般文类翻译，它本身就是一种创造性生产，且胡适当年确实是以自己多年来所积累的白话诗创作经验创造性地翻译这首诗的，他是以创作新诗的原则翻译这首诗的，从译诗中不难看出其白话诗的痕迹。

中国白话新诗成立的标志在哪里？中国诗歌由传统向现代转型的标志是什么？严格意义上讲，我们确实很难找到一个为大家所公认的答案。然而，胡适毕竟是新诗的倡导者、开拓者，他的言论与作品无疑是有相当权威性的，就是说从狭义上讲，我们可以认同胡适的观点，将其译诗《关不住了》看成现代新诗成立的"纪元"，看成中国诗歌转型的标志。然而，这个"纪元"却并非他的原创，而是一首翻译诗歌，这确实耐人寻味，但有一点却是可以肯定的，即"五四"时期译诗与新诗创作在相互渗透中合而为一了，新诗的探索、发展离不开译诗的哺育，译诗对中国诗歌转型的贡献似乎是无论怎样形容都不过分的。

（本文作者　方长安）

第三部分　诗学文献与研究参考

1. 闻一多：《致亲爱的朋友们》（书信），《闻一多全集》（12），湖北人民出版社

---

① 周作人：《古诗今译》，《新青年》第 4 卷第 2 号，1918 年 2 月 15 日。
② 胡适：《尝试集·再版自序》，《中国新文学大系·建设理论集》，上海良友图书印刷公司 1935 年版，第 315 页。

1993 年版。

2. [美] 勃利司·潘莱：《诗之研究》，傅东华、金兆梓译，上海商务印书馆 1923 年版。

3. 成仿吾：《论译诗》，谢冕、赵振江：《中国新诗总论·翻译卷》，宁夏人民教育出版社 2019 年版。

4. 刘半农：《关于译诗的一点意见》，谢冕、赵振江：《中国新诗总论·翻译卷》，宁夏人民教育出版社 2019 年版。

5. 朱自清：《译诗》，谢冕、赵振江：《中国新诗总论·翻译卷》，宁夏人民教育出版社 2019 年版。

6. 查良铮：《谈译诗问题》，谢冕、赵振江：《中国新诗总论·翻译卷》，宁夏人民教育出版社 2019 年版。

7. 郑敏：《英美诗创作中的物我关系》，《思维·文化·诗学》，河南人民出版社 2004 年版。

8. 谢冕、赵振江：《中国新诗总论·翻译卷》，宁夏人民教育出版社 2019 年版。

9. 卞之琳：《新诗和西方诗》，《人与诗：忆旧说新》，生活·读书·新知三联书店 1984 年版。

10. 卞之琳：《译诗艺术的成年》，《人与诗：忆旧说新》，生活·读书·新知三联书店 1984 年版。

11. [德] 瓦尔特·本雅明：《译者的任务》，陈永国：《翻译与后现代性》，中国人民大学出版社 2005 年版。

12. [法] 雅克·德里达：《巴别塔》，陈永国：《翻译与后现代性》，中国人民大学出版社 2005 年版。

13. 阿克塞尔·布赫勒：《作为阐释的翻译》，陈永国：《翻译与后现代性》，中国人民大学出版社 2005 年版。

14. [美] 史书美：《现代的诱惑：书写半殖民地中国的现代主义（1917—1937）》，何恬译，江苏人民出版社 2007 年版。

15. 方长安：《选择·接受·转化：晚清至 20 世纪 30 年代初中国文学流变与日本文学关系》，武汉大学出版社 2003 年版。

16. 赵毅衡：《诗神远游——中国如何改变了美国现代诗》，上海译文出版社 2003 年版。

17. 陈旭光：《中西诗学的会通——20 世纪中国现代主义诗学研究》，北京大学出版社 2002 年版。

18. 王家新：《翻译与诗建设》，《黄昏或黎明的诗人》，花城出版社 2015 年版。

19. 熊辉：《隐形的力量：翻译诗歌与中国新诗文体地位的确立》，广西师范大学出版社 2017 年版。

20. 陈独秀：《现代欧洲文艺史谭》，《新青年》第 1 卷第 3 号，1915 年 11 月

15 日。
21. 玄珠：《翻译问题》，《文学旬刊》第 52 期，1922 年 10 月 10 日。
22. 李璜：《法兰西诗之格律及其解放》，《少年中国》第 2 卷第 12 期，1921 年 6 月 15 日。
23. 刘延陵：《现代的平民诗人买丝翡耳》，《诗》第 1 卷第 3 号，1922 年 5 月。
24. 刘延陵：《美国的新诗运动》，《诗》第 1 卷第 2 号，1922 年 2 月 2 日。
25. 刘延陵：《法国诗之象征主义与自由诗》，《诗》第 1 卷第 4 号，1922 年 7 月。
26. 田汉：《平民诗人惠特曼的百年祭》，《少年中国》第 1 卷第 1 期，1919 年 11 月 20 日。
27. 郭沫若：《未来派的诗约及其批评》，《创造周报》第 17 号，1923 年 9 月 2 日。
28. 郭沫若：《太戈儿来华的我见》，《创造周报》第 23 号，1923 年 10 月 14 日。
29. 徐志摩：《译菩特莱尔诗〈死尸〉的序》，《语丝》第 3 期，1924 年 12 月 1 日。
30. 徐志摩：《征译诗启》，《晨报副刊》1924 年 3 月 22 日。
31. 周作人、沈雁冰：《翻译文学书的讨论》，《小说月报》第 12 卷第 2 号，1921 年 2 月 10 日。
32. 陈德征、雁冰：《译名统一与整理旧籍》，《小说月报》第 13 卷第 6 号，1922 年 6 月 10 日。
33. 王统照：《太戈儿的思想与其诗歌的表象》，《小说月报》第 14 卷第 9 号，1923 年 9 月 10 日。
34. 茅盾：《译诗的一些意见》，《文学旬刊》第 52 期，1922 年 10 月 10 日。
35. 朱湘：《说译诗》，《文学周报》第 290 期，1927 年 11 月 13 日。
36. 卞之琳：《"五四"以来翻译对于中国新诗的功过》，《译林》1989 年第 4 期。
37. 《美国国歌·亚美利加》，陈独秀译，《新青年》第 1 卷第 2 号，1915 年 10 月 15 日。
38. 《灵霞馆笔记·阿尔萨斯之重光马赛曲》，刘半农译，《新青年》第 2 卷第 6 号，1917 年 2 月 1 日。
39. 《灵霞馆笔记·咏花诗》，刘半农译，《新青年》第 3 卷第 2 号，1917 年 4 月 1 日。
40. [苏格兰] 安妮·林德赛：《老洛伯》，胡适译，《新青年》第 4 卷第 4 号，1918 年 4 月 15 日。
41. 周作人：《石川啄木的短歌》，《诗》第 1 卷第 5 号，1922 年 10 月。
42. 王统照：《夏芝的诗》，《诗》第 2 卷第 2 号，1923 年 5 月。
43. 周作人：《古诗今译》，《新青年》第 4 卷第 2 号，1918 年 2 月 15 日。
44. 《关不住了》，胡适译，《新青年》第 6 卷第 3 期，1919 年 3 月 15 日。
45. 《杂译诗二十三首》，周作人译，《新青年》第 8 卷第 3 期，1920 年 11 月 1 日。
46. 《杂译日本诗三十首》，周作人译，《新青年》第 9 卷第 4 期，1921 年 8 月 1 日。

47. 罗钢：《"五四"时期及二十年代西方现代主义文艺理论在中国》，《中国社会科学》1988年第2期。
48. 方长安、纪海龙：《〈新青年〉译诗与早期新诗的生成》，《江汉论坛》2010年第3期。
49. 王家新：《翻译与中国新诗的语言问题》，《文艺研究》2011年第10期。
50. 方长安：《译诗与中国诗歌转型》，《学习与探索》2007年第5期。
51. 罗振亚、陈爱中：《翻译与现代新诗命名》，《学习与探索》2007年第5期。
52. 张林杰：《外来诗歌的翻译与中国新诗的发生》，《学习与探索》2007年第5期。
53. 朱宾忠：《卞之琳的翻译与诗歌创作关系》，《学习与探索》2007年第5期。
54. ［日］铃木义昭：《闻一多与胡适"八不主义"——以意象主义为中介》，《徐州师范大学学报》1997年第2期。

思考题

1. 简述外国诗歌对中国新诗发生的推动力。
2. 分析译诗与创作之间的动态关系。
3. 简论西方诗歌强势"入侵"对民族传统资源现代转换、利用的负面影响。
4. 简析新诗的中国性问题。
5. 简论中国现代诗学话语建构与外国诗学的关系。
6. 辨识中国现代诗学话语中的他者元素。
7. 简论中国新诗的翻译体问题。

第四章
新诗与旧诗的关系

第一部分 现象与问题

一、革命与联系

新诗作为一种新的诗歌形态,其发生与建构是以反旧诗规范为重要前提的,自觉革文言旧诗之命,以白话自由体取代文言格律体,构成新诗与旧诗的革命性关系。在精神空间和形式结构上,新诗自觉建构一种新的诗性品格,以白话自由体适应现代社会的情感表达需要,是其不同于旧诗的最基本也是最根本的特征。

然而,传统并不是能够完全反得掉的,新诗还是与旧诗有着或隐或显的联系。首先,现代诗人们的生存处境在相当程度上是传统的。那时的中国还是一个传统的农业大国,城市实际上是被农业文明所包围的小岛,诗人们无法完全割断与"传统"中国社会的关系。新诗人尽管接受了许多现代西方思想,宇宙观、人生观发生了很大变化,但他们所面对的本体问题,特别是生命存在问题没有根本的变化,都是中国的,或者说是从传统血脉中流转出来的。其次,他们从小所接受的传统教育,特别是传统的诗文知识,已经化为生命中的血肉,是其精神结构的一部分,无法摒弃,这是他们从事新诗创作的隐在基础——先在的诗文审美结构。再次,诗歌作为一种艺术在本质上是相通的,新诗作为一种新型诗歌样式,虽然有自己独特的品格诉求,但在诗之为诗这一点上与古诗是相通的。

龙泉明认为:"古代诗歌最突出的传统就是以'抒情言志'为本,以'教化'为功,以意境的创造为最高审美追求,以赋比兴为一般表现手段,以格律美为最高形式追求。"现代诗歌在现代意义上"改造与融会"了这些特征[①]。

那么新诗究竟是如何改造与融会旧诗传统的呢? 这是一个值得深思的问题。我们可以对照研究一些在题材上具有相似性的作品,诸如卞之琳的《道旁》与贺知章的《回乡偶书》等,以体味新诗人改造与融会旧诗经验的奥秘。下面请

---

① 龙泉明:《中国新诗的现代性》,武汉大学出版社 2005 年版,第 5 页。

认真阅读比较贺知章的《回乡偶书》和卞之琳的《道旁》。

回乡偶书

[唐] 贺知章
少小离家老大回，
乡音无改鬓毛衰。
儿童相见不相识，
笑问客从何处来。

道　旁

卞之琳
家驮在身上像一只蜗牛，
弓了背，弓了手杖，弓了腿，
倦行人挨近来问树下人
（闲看流水里流云的）：
"请教北安村打哪儿走？"

骄傲于被问路于自己，
异乡人懂得水里的微笑；
又后悔不曾开倦行人的话匣
像家里的小弟弟检查
远方回来的哥哥的行箧

　　两诗题材相似，但表达的情感、思想却有很大的差异。前诗是诗人少小离家老大回的"偶书"，离家——回家是一个时间过程、空间位移，一个复杂的时与空的变化，乡音未变但两鬓斑白，孩子不识，将自己看作客人，叹人生易老，世事沧桑。后一首也写少小离家，但自我迷失，不知家在何处，回不了家。"倦行人"代表离家追求异样生活的人、不满现实的人，其结果是疲惫不堪，成为"异乡人"；而"树下人"闲看白云流水，悠哉自在，面对"倦行人"有一种内心深处的骄傲，甚至后悔没有善意地嘲笑"倦行人"。他们经历了两种不同的人生，一个安于现状，一个不满现实，结果不满现实者踏上了一条不归之路，狼狈不堪，不知家在何处，自我在何处，而安于现实者却悠哉闲适。这首诗以道旁发生的生活小片段，对传统与现代两种不同的人生进行反思，质疑了时人的生存方式与价值理念。

　　两诗题材相似，但立意完全不同，它们之间不只是文言格律与白话自由体的不同。前者属于个人感怀，是一种光阴流逝带来的变化与慨叹，主体画面中有一个"笑"；后者的"倦行人"与"树下人"构成一种生存对话关系，通过个体之间的变与不变形成一种张力,以反思传统与现代两种不同的生活方式与理念,有一种反思性苦涩。

二、新诗与旧诗之异

新诗诞生于中国近现代历史转型期,是新文明、新情感的载体;旧诗是相对新诗而言的古典诗歌,是中华文明内生的表达固有文明、情感的载体;新诗以现代白话作为书写媒介,旧诗则多为文言格律诗。它们的内与外、形与质都有很大的不同。当然,最显著的差异体现在文言与白话上。这种书写媒介的不同看似外在,实则是导致新诗与旧诗差异的主要原因。"白话受了西洋文法结构的影响,又有了很繁复的变化"①,具有更多的印欧语系的特点,它虽保留了传统白话的一些特征,但形成了自己的新品格,与文言的距离更大了。文言语法灵活,词性多元而模糊,"超脱英文那类定词性、定物位、定动向、属于分析性的指义元素"②,词与词之间关系较松散,换位灵活,这些特点,现代白话已经不多了,古代回文诗是这一特点的体现。关于文言与现代白话的不同导致新诗与旧诗之异,叶维廉先生在《中国现代诗的语言问题》《中国古典诗中的传释活动》中有精彩的论述③。关于二者的差异,结合叶维廉先生的观点,概述如下:

第一,旧诗没有跨句,每一行意思完整;新诗有跨句。这是最显著的形式差异。旧诗充分利用中国象形文字的优势,通过字词的组合构造画面,形成想象性的诗性关系,每行诗内涵丰富,意思完整,诗性自足;白话诗很少利用汉字的自足优势,在西方语言影响下,追求逻辑性、严密性与清晰性,为了将某种"关系"表达清楚,往往需要跨行陈述。

第二,旧诗一般没有人称代名词如"你""我""他"(当然不能一概而论,《诗经》中就有大量的"我",但随着历史演进和儒家思想的影响,诗歌中的"我"逐渐消失了);新诗的人称代名词非常普遍。"人称代名词的使用往往将发言人或主角点明,并把诗中的经验或情境限指为一个人的经验和情境;在中国旧诗里,语言本身就超脱了这种限指性(同理我们没有冠词,英文里的冠词也是限指的)。因此,尽管诗里所描绘的是个人的经验,它却能具有一个'无我'的发言人,使个人的经验成为具有普遍性的情境,这种不限指的特性,加上中文动词的没有变化,正是要回到'具体经验'与'纯粹情境'里去。"④人称代名词的缺席使欣赏时主客能够自由换位,每一个读者都能参与其中,进行想象与创造。没有人称代名词使传统诗歌基本上是"以物观物",这是它的一大传统,诗人淡出,让读者自由

---

① 叶维廉:《中国诗学》,生活·读书·新知三联书店1992年版,第246页。
② 叶维廉:《中国诗学》,生活·读书·新知三联书店1992年版,第16页。
③ 叶维廉:《中国诗学》,生活·读书·新知三联书店1992年版。
④ 叶维廉:《中国诗学》,生活·读书·新知三联书店1992年版,第247页。

感受;新诗人称代名词的大量运用是"以我观物",限制读者的阅读,读者被强烈地控制在某种范围里。

第三,旧诗中基本上没有表时态的词语;新诗受西方语言影响,时间词语极为常见,如"现在""曾""已经""过""将""着"等,使诗歌书写的人、事处于明确的过去时、将来时、现在时、进行时之中。叶维廉认为:"中文的所谓动词则倾向于回到'现象'本身——而现象本身正是没有时间性的,时间的观念只是人加诸现象之上的。"①旧诗没有时态变化,使诗人所表现的经验给人一种常新的感觉,具有普遍性,而时态的出现使情感独特,具有暂时性特征。

第四,旧诗极少使用连接性词语;新诗中连接词很多,如"已经""只是""依然""虽然""仍然""但是""就像""是"等②。旧诗没有连接词,也就是省略一些知性的文字说明,能借意象的直接呈现,将诗人的经验以电影蒙太奇方式表现出来,如李白的"风去台空江自流",自然也无须跨句。这种看似松散的关系也使读者能够根据自己的经验,"在物象与物象之间作若即若离的指义活动"③。叶维廉举例,"落花人独立,微雨燕双飞",诗中景物自现,合乎真实世界里我们可以进入的空间,而一旦翻译成白话,就有了一个解说者,景物就不是自现,戏剧性呈现的特点就没有了,景物的客观独立性没有了,经验变味,也就没有什么诗味。整首诗的例子如马致远的《天净沙·秋思》:"枯藤老树昏鸦,小桥流水人家,古道西风瘦马。夕阳西下,断肠人在天涯。"柳宗元的《江雪》:"千山鸟飞绝,万径人踪灭。孤舟蓑笠翁,独钓寒江雪。"它们省略了必要的关系词,意象直接呈现,诉诸人的感觉而不是思考。新诗中连接词的使用不断地叙述与演绎某种逻辑"关系",不仅不精练,而且给读者留下的空间很小。

叶维廉谈到王力在《汉语诗律学》中以西方文法分析中国诗的问题,这其实是一个旧诗与白话新诗的问题。王力将杜甫的"绿垂风折笋,红绽雨肥梅"翻译成"风折之笋垂绿,雨肥之梅绽红"。叶维廉认为:"在诗人的经验里,情形应该是这样的:诗人在行程中突然看见绿色垂着,一时还弄不清是什么东西,警觉后一看,原来是风折的竹子。这是经验过程的先后。""'绿——垂——风折笋'正是语言的文法配合经验的文法,不可以反过来。'风折之笋垂绿',是经验过后的结论,不是经验当时的实际过程。当王力把该句看为倒装句法的时候,是从纯知性、纯理性的逻辑出发(从这个角度看我们当然可以称它为倒装句法),如此便把经验的真质给解体了。"④"在我们和外物接触之初,在接触之际,感知网绝对不是只有知性的活动,而应该同时包括了视觉的、听觉的、触觉的、味觉的、嗅觉的和无以名之的所谓超觉(或第六感)的活动,感而后思。""要呈现的应该是接触时

---

① 叶维廉:《中国诗学》,生活·读书·新知三联书店1992年版,第247页。
② 叶维廉:《中国诗学》,生活·读书·新知三联书店1992年版,第247—251页。
③ 叶维廉:《中国诗学》,生活·读书·新知三联书店1992年版,第18页。
④ 叶维廉:《中国诗学》,生活·读书·新知三联书店1992年版,第21—22页。

的实况,事件发生的全面感受。""不要让'思'的痕迹阻碍了物象涌现的直接性。"①"在实际的经验里,所谓时间、空间、因果原是不存在的,我们把一个原是浑一不分的整体现象打破,然后将一些片面的事物选出,再把它们利用人为的分类观念——时间、空间、因果——串连起来,定位、定义。中国古典诗人,因为了解到思维中这些元素会减缩我们原有的较全面的感觉,所以在表物的过程中'尽量'保持语法中的自由——所谓'若即若离'的指义行为。"②叶维廉这些观点颇有道理。古诗中那些视觉性强烈的作品与中国人的直觉性思维方式有关,若翻译成白话,就是白话诗,也就失去了其绘画美、视觉性,且往往将立体性混沌的时空变成了直线性的时间表述,所表述的经验也就不那么完整、丰富,更谈不上耐人寻味。不过,古诗虽能将现象、经验呈现出来,但往往是瞬间的静态性存在,对于动态的现实表现不够,至于现代人复杂的内心世界更是难以清晰地表达。

第五,旧诗大多为格律诗,讲究平仄、押韵;现代新诗主要是自由诗,注重内在情绪的表达。旧诗富有音乐性,读起来抑扬顿挫、朗朗上口;现代新诗没有太多的音乐追求,歌的特点几乎没有,这是现代新诗遭遇诟病的主要原因。当然,现代新诗也有押韵的,参看王力的《现代诗律学》③,此不赘述。

第六,旧诗重视意境的经营,意境是旧诗主要魅力所在;现代新诗相对来说对这一点注意不够,它重视思与理,哲思性、心理活动表现突出,逻辑性强。当然,现代诗歌也有不少作品重视意象。然而,古代诗歌意象直呈,相互关系"松散",但意蕴统一,所形成的意境多为天人合一、和谐宁静,往往是一幅美的画面,诗中有画,给人审美愉悦感。现代新诗的意象组合往往较为离奇,给人荒诞感,从传统诗学看,里面充满怪力乱神,不和谐,理解起来往往较为困难,如象征派作品,这也是现代新诗受人指责的一个原因。

第七,旧诗书写的多是日常生活内容,与人们的伦理情怀相关,诗人的经验很少超越世俗维度,情感大都是人伦的,具有日常世俗性,能被多数读者所接受、认同,如"举头望明月,低头思故乡""每逢佳节倍思亲""朱门酒肉臭,路有冻死骨"等。现代诗歌的意蕴、情感既有与上述内容一致的地方,更有其独特性,它们更注重对个体复杂情感、情绪的书写,诸如孤寂感、瞬间即逝情绪、矛盾乃至分裂心理,既有理性的,也有非理性的;尤其重视表达现代性思想,诸如个性主义、人道主义、自由主义、马克思主义、新人文主义等,重视象征性与哲理性。这些给读者的阅读理解带来困难。

第八,创作目的、传播方式之差异。旧诗多发生于友人唱和,或士人、歌伎酬唱,或宫廷唱和,或民间乐府等,表情性突出,但这种情往往借自然书写得以表现,说教性不强,当然也重视兴观群怨。现代新诗总的看来,走出了个人小圈子,

---

① 叶维廉:《中国诗学》,生活·读书·新知三联书店1992年版,第22—23页。
② 叶维廉:《中国诗学》,生活·读书·新知三联书店1992年版,第23页。
③ 王力:《现代诗律学》,中国人民大学出版社2004年版。

发表在报刊上,大众性、讲述性、功利性突出,出现了一些新的句式,诸如"我要……""啊,……""也许……""你……""某某是……"等,人格表演性突出,表意的内在张力大。

新诗与旧诗这些内外差异致使它们营造出不同的"诗意""诗味",前者是现代的,后者是古典的。"诗意""诗味"的不同才是新诗和旧诗最根本的区别。这一区别冲击着读者的审美感受,冲击着中国固有的审美意识系统。随着新诗的发展与阅读接受,新的"诗意""诗味"不断被认同,中国原有的"诗意"系统随之更新,这意味着中国文化的深刻变迁,或者说现代化。

第二部分　专题论述

新诗与民族诗歌传统之关系逻辑

新诗虽为现代白话诗,与古典诗歌之间存在着明显分野,但新诗并没有真正切断与民族诗歌传统的关系,对民族传统诗歌稍有了解的读者不难从现代新诗中发现其时显时隐的影迹。这种影迹是如何留下的？人们可以将之简单地归结为主体无意中的承传,因为传统根深蒂固,不是任何主体能够轻易摆脱得掉的。然而,考察新诗萌动、生长历史,又不难看出传统并非完全是无意识的自然留存,而是创作主体的自觉沿传。那么现代诗人究竟是以怎样的态度、立场审视、择取与沿传民族诗歌传统的？

总体而论,我以为现代诗人遵循启蒙逻辑审视、择取民族诗歌传统。所谓遵循启蒙逻辑,指的是诗人们在西方现代启蒙思想浸染下,以思想启蒙为诉求革新中国诗歌,努力使诗歌走向民众,成为启蒙利器。是否有利于启蒙是他们审视、择取民族诗歌传统的基本原则。早在晚清诗界革命时期,黄遵宪就曾在《杂感》一诗中宣称:"我手写我口,古岂能拘牵？即今流俗语,我若登简编,五千年后人,惊为古烂斑。"他主张摆脱古典诗歌陈旧范式的束缚,以当代俗语为诗,使诗歌走出泥古迷津,成为传播维新思想之利器。到"五四"时期,胡适、傅斯年、刘半农、俞平伯、康白情、郑振铎、郭沫若等更是自觉持守启蒙立场以审视、择取古典诗歌传统。

那么,究竟什么是启蒙逻辑呢？中国现代思想启蒙说到底就是要将人从封建蒙昧状态中解救出来,赋予人尊严与自由,崇尚自然,强调人的自然本性,而启蒙的一个重要依据和思想武器便是西方的进化论,所以"自然"与"进化"构成了现代启蒙逻辑的核心。

胡适等人以启蒙眼光审视中国古典诗歌的一个基本特征,就是将中国诗歌史阐释成为不断走向"自然"的进化史。1919 年,胡适在《谈新诗》中说:"我们若用历史进化的眼光来看中国诗的变迁,方可看出自《三百篇》到现在,诗的进化没有一回不是跟着诗体的进化来的。"而诗体进化也就是诗体"解放",走过了几个漫长的时期,一个时期向另一时期转换遵循的便是"自然"的法则,如"骚赋体用兮些等字煞尾,停顿太多又太长,太不自然了。故汉以后的五七言古诗删除没有意思的煞尾字,变成贯串篇章,便更自然了","五七言诗是不合语言之自然的,因为我们说话绝不能句句是五字或七字。诗变为词,只是从整齐句法变为比较自然的参差句法"。①

古典诗歌这种向"自然""进化"的历史给胡适最大的启示就是以"自然"为基本尺度审视、择取古典诗歌资源以建设现代新诗,换言之,就是择取古典诗歌中那些他认为"自然"的因子,舍弃那些束缚情感、精神自由的非"自然"的传统,使中国诗歌进一步向"自然"进化,完成"第四次的诗体大解放"。那么,哪些是非"自然"性的传统呢?在他看来,五七言诗体、词调曲谱、格律、平仄等均属于非"自然"的因子,应统统打破,用他的话说,就是"不但打破五言七言的诗体,并且推翻词调曲谱的种种束缚;不拘格律,不拘平仄,不拘长短"②,使新诗创作真正做到"有什么话,说什么话;话怎么说,就怎么说"。③

既如此,古典诗歌中是否有在他看来属于"自然"性的传统资源可以利用呢?在《戏和叔永再赠诗却寄绮城诸友》一诗中,他说:"诗国革命何自始?要须作诗如作文。""作诗如作文"就是他从古典诗歌中挖掘出的一个以"自然"为诉求的诗学传统。这一传统来自宋诗,"由唐诗变到宋诗,无甚玄妙,只是作诗更近于作文,更近于说话","我那时的主张颇受了读宋诗的影响"。④ 不只是胡适接受了宋诗这一传统,那一时期绝大多数诗人都以"作诗如作文"为依据,追求诗歌创作的"自然"境界。1920 年初,宗白华发表《新诗略谈》,认为:"新诗的创造,是用自然的形式,自然的音节,表写天真的诗意与天真的诗境。新诗人的养成,是由'新诗人人格'的创造,新艺术的练习,造出健全的、活泼的、代表人性国民性的新诗。"⑤运用"自然"的形式,目的是造出"代表人性国民性的新诗",将诗与人的启蒙联系起来了。同年,康白情也认为:"诗要写,不要做;因为做足以伤自然的美。不要打扮,而要整理;因为整理足以助自然的美。""最戕贼人性的是格律,那么首先要打破的就是格律。"⑥"自然"的便是人性的,格律就是戕害人性,成为他面对

---

① 胡适:《谈新诗》,《中国新文学大系·建设理论集》,上海良友图书印刷公司 1935 年版,第 298—299 页。
② 胡适:《谈新诗》,《中国新文学大系·建设理论集》,上海良友图书印刷公司 1935 年版,第 299 页。
③ 胡适:《尝试集·自序》,《胡适文集》(9),北京大学出版社 2013 年版,第 79 页。
④ 胡适:《逼上梁山》,《中国新文学大系·建设理论集》,上海良友图书印刷公司 1935 年版,第 8 页。
⑤ 宗白华:《新诗略谈》,杨匡汉、刘福春:《中国现代诗论》(上编),花城出版社 1985 年版,第 31 页。
⑥ 康白情:《新诗底我见》,胡适:《中国新文学大系·建设理论集》,上海良友图书印刷公司 1935 年版,第 328—331 页。

传统言说诗歌的基本逻辑。1922年,俞平伯在《〈冬夜〉自序》中写道:"我不愿顾念一切做诗底律令……我只愿随随便便的,活活泼泼的,借当代的语言,去表现出自我。"①在他看来,"当代的语言"才是"自然"的语言、人性化的语言。同年,郑振铎也主张:"诗的主要条件,决不是韵不韵的问题。""诗之所以为诗,与形式的韵毫无关系了。"②古典诗歌所尊崇的韵成为与诗无关的形式。"作诗如作文"是他们从民族诗歌传统中获取的一大资源,成为那一时期他们共同的诗学立场。

除宋诗外,他们还将视线转向"元白"诗派和民间歌谣曲调,从中挖掘具有"自然"属性的资源。"元白"诗派强调"歌诗合为事而作","不求宫律高,不务文字奇",力求"言直而切",通俗平易,这种诗风深受胡适等早期白话诗人欢迎,成为他们倡导白话诗歌的重要资源。废名在《谈新诗》中就曾明确地道出这一现象:"胡适之先生于旧诗中取元白一派作为我们白话新诗的前例。"③与此同时,刘半农、沈尹默、周作人等人于"五四"前后曾大量征集、编辑歌谣,研究歌谣艺术,并以歌谣形式进行创作。后来中国诗歌会在新形势下也将视线转向民间歌谣:"我们要用俗言俚语,把这种矛盾写成民谣小调鼓词儿歌,我们要使我们的诗歌成为大众歌调,我们自己也成为大众的一个。"④由俗言俚语、民间歌谣等挖掘诗学资源实际上已演化为新诗的一个重要传统,20世纪40年代国统区、解放区的诗人均不同程度地开掘过民间诗歌传统,新中国成立后"大跃进"民歌就更不用说了。

当然,随着新诗探索的深入,也有不少人开始意识到这种启蒙逻辑的危害性。1923年,陆志韦针对自由诗的"自然"化取向指出:"自由诗有一极大的危险,就是丧失节奏的本意","文学而没有节奏,必不是好诗。我并不反对把口语的天籁作为诗的基础。然而口语的天籁非都有诗的价值,有节奏的天籁才算是诗。""诗的美必须超乎寻常语言美之上,必经一番锻炼的功夫。节奏是最便利,最易表情的锻炼。""节奏千万不可少,押韵不是可怕的罪恶。"⑤他清楚地意识到"口语的天籁"不一定有诗意,诗美生成于"超乎寻常语言美之上",所以节奏、押韵这种古典诗歌经验对现代诗美的建构非常重要。1926年,闻一多以更强烈的语气表达了自己对白话诗人择取古典诗歌、创造新诗的自然化启蒙立场的不满:"诗国里的革命家喊道:'皈返自然!'他们以为有了这四个字,便师出有名了。其实他们要知道自然界的格律,虽然有些像蛛丝马迹,但是依然可以找得出来。不过自然界的格律不圆满的时候多,所以必须艺术来补充它。""偶然在言语里发现一点类似诗的节奏,便说言语就是诗,便要打破诗的音节,要它变得和言语一

---

① 俞平伯:《冬夜·自序》,孙玉蓉:《俞平伯研究资料》,知识产权出版社2010年版,第114页。
② 郑振铎:《论散文诗》,王永生:《中国现代文论选》(第一册),贵州人民出版社1982年版,第48—52页。
③ 冯文炳:《谈新诗》,人民文学出版社1984年版,第28页。
④ 任钧:《关于中国诗歌会》,王永生:《中国现代文论选》(第一册),贵州人民出版社1982年版,第232—241页。
⑤ 陆志韦:《我的诗的躯壳》,王永生:《中国现代文论选》(第一册),贵州人民出版社1982年版,第66—70页。

样——这真是诗的自杀政策了。"①他认为诗是靠节奏激发情感的,而节奏就是格律,所以诗不能废除格律。同年,穆木天、王独清等表达了类似的观点,穆木天说:"现在新诗流盛的时代,一般人醉心自由诗,这个犹太人发明的东西固然好;但我们得知因为有了自由句,五言的七言的诗调就不中用了不成?七绝至少有七绝的形式的价值,有为诗之形式之一而永久存在的生命。"②他认为新诗应朝"纯粹诗歌"方向发展,认为古典诗人所创造的格律艺术是新诗创作的有效资源,而胡适的"作诗须得如作文"则是一种非诗主张。王独清与之相呼应:"求人了解的诗人,只是一种迎合妇孺的卖唱者,不能算是纯粹的诗人!"③这否定了新诗求人了解的这种启蒙主义逻辑。

周作人、梁实秋、陈梦家、何其芳等人后来均表达了对新诗审视、择取古典诗歌这种"自然"化立场的不满,他们对传统诗歌资源的挖掘、实验也一定程度地改变了新诗过于自然化的趋向。然而,由于胡适的观点是在新诗发轫期提出的,实际上成为"五四"新诗建构的"金科玉律",其影响相当广泛、深入,加之中国现代社会历史更适宜口语化、"自然"化诗歌的生长,如穆木天在20世纪30年代初诗歌主张就发生了变化,由纯诗立场转为倡导大众歌调,所以启蒙逻辑及其给新诗所带来的"自然"化、口语化倾向在总体上并未真正改变。

迄今为止,新诗已走过近百年的历程,我们究竟应该如何评说这一启蒙逻辑呢?诗贵自然是诗歌史给我们的一大启示,诗人们在创作中确实应持有一种自觉的"自然"意识,努力将诗歌写得自然而富有诗意。中国新诗在草创期及其后来不同历史阶段强调诗的"自然"性,对中国诗歌走出泥古倾向,走进"现代",拓展新的诗歌空间,创造"现代"话语,确实非常重要,其积极的诗学意义不可低估。然而,我们更不应该低估其深远的负面影响。胡适等人是在现代启蒙语境中言说"自然"的,他们的"自然"已经不是传统诗学中的"自然",而是着上了浓厚的启蒙色彩,是一个与封建"腐朽""落后"性相对立的具有"进步"内涵的概念。他们以为古典诗歌中那些具有"自然"特点的传统必然具有历史进步性,所以择取它们是一种合历史潮流的"进步"行为,而那些非"自然"的传统则是封建反动的,必须摒弃。这种启蒙逻辑使他们将"自然"性与现代诗性等同起来,以为"自然"的就是诗的,将"自然"视为评判诗歌的一个基本标准,一味地追求"自然"化。然而,自然的不一定就是诗性的,诗性的也不一定是"自然"的,这是常识,而启蒙逻辑的"进步"陷阱使他们在言说新诗与传统关系和评判诗歌时往往不顾常识。反常识性是现代启蒙逻辑常犯的一个通病。

那么,以"自然"立场审视古典诗歌传统,在创作中一味追求"自然"性,其问题究竟出在哪里呢?我以为在根本上是对古典诗歌"自然"诉求的语境、现代白话诗

---

① 闻一多:《诗的格律》,《闻一多全集》(2),湖北人民出版社1993年版,第138页。
② 穆木天:《谭诗——寄沫若的一封信》,《创造月刊》第1卷第1期,1926年3月16日。
③ 王独清:《再谭诗——寄给木天、伯奇》,《创造月刊》第1卷第1期,1926年3月16日。

与"自然"关系等问题缺乏一种真正学理性的考察与诗学层面的反思。古典诗歌以"自然"为诉求的革新是在文言写作这一言文分离的基本语境中进行的。文言是一种被提纯的知识分子话语，具有"贵族"化、非"自然"的特点，格律等艺术又是在文言语境中逐渐建构起来的，它们在催生诗意的同时又不同程度地制约着诗人，并使诗歌艺术不断地朝贵族化、人为化发展，这一诗歌语境导致古代诗歌史上不断兴起以"自然"为诉求的革新运动，以制约贵族化倾向的发展，所以古典诗歌的"自然"化诉求是非常必要的，正是因为这种不断向民间、向诗之外求"自然"的行为，中国诗歌才在总体上避免了陷入言语封闭的象牙之塔。文言语境中这种不断强调自然性的经验，对于倡导白话诗以取代文言诗是一个有力的依据，但当真正以白话进行诗歌写作时，古典诗歌以"自然"为诉求的经验就不一定有效，起码不能一味地强调自然性。因为白话本身就是一种极其自然的语言，用这种语言写出的诗歌有一种天生的自然属性，而这种自然性总体上看又有一种非诗性的倾向或者说特征，所以运用白话创作诗歌时应有意识地吸纳古典诗歌的审美经验与形式艺术，将其化入现代白话，丰富现代白话的表现力，使白话这种自然化的语言获得尽可能多的诗性成分，以改变白话诗歌因固有的自然性所产生的非诗性倾向。

然而，启蒙主义使胡适等人在拟构新诗发展路向、想象新诗未来时，考虑的仍是诗歌如何自然化、大众化的问题，对古典诗歌"自然"诉求的文言语境缺乏应有的考察，误以为现代白话诗歌创作完全可以照搬古典诗歌"以文为诗"这种散文化、自然化之经验，忽略了"以文为诗"发生的文言语境，特别是文言转换为白话所带来的诗性问题。他们择取古典诗歌中那些具有"自然"性的传统，而坚决摒弃"雅致"的传统，使白话这种自然的话语失去了必要的"雅化"处理，变得越发"自然"，也就是在"自然"路径上走向了极端，于是所谓的白话诗歌在许多人那里实际上成为一堆大白话。

这种启蒙逻辑给新诗发展带来的后遗症非常严重。由于古典诗歌中许多雅致的传统被视为非进步的因子，一代又一代的"青年"诗人（他们中的许多人已经成为老年）只热衷于以流畅的白话口语作诗，缺乏自觉吸纳古典诗歌形式艺术的意识。他们不读古典诗歌，不研究古典诗歌艺术，以至于今天绝大多数诗人不懂古典诗歌中那些优雅的艺术，几千年的汉语诗歌资源对他们来说在相当程度上变为无意义的存在，新诗自然化、口语化倾向愈演愈烈。一些人虽然也意识到这种自然化的非诗性问题，但他们往往借用西方现代主义诗歌的某些创作经验，如通过颠覆现有语法规则制造陌生感以生成诗意，这类探索当然不是没有成效，但仅靠这种方法显然是不够的。

白话新诗已有一个世纪的历史，它的许多艺术因子来自西方，或者是由自身不断再生出来的，它与民族古典诗歌已经不是近亲，而是相当疏远了，从优生学角度看，新诗也确实到了应自觉吸纳古典诗歌艺术的时候了。所以，新世纪诗人们面临的一个重要问题就是如何有效地发掘、吸纳古典诗歌艺术，以改变新诗要么过于口语化、要么过于晦涩的倾向，使新诗真正成为具有诗意、诗味的诗。

（本文作者　方长安）

第三部分　诗学文献与研究参考

1. 章炳麟：《答曹聚仁论白话诗》，王永生：《中国现代文论选》（第一册），贵州人民出版社1982年版。
2. 柳亚子：《新诗和旧诗》，王永生：《中国现代文论选》（第一册），贵州人民出版社1982年版。
3. 康白情：《新诗底我见》，胡适：《中国新文学大系·建设理论集》，上海良友图书印刷公司1935年版。
4. 郑敏：《关于中国新诗能向古典诗歌学些什么》，郑敏：《思维·文化·诗学》，河南人民出版社2004年版。
5. 卞之琳：《与周策纵谈新诗格律信》，《人与诗：忆旧说新》，生活·读书·新知三联书店1984年版。
6. 余光中：《新诗与传统》，谢冕、吴思敬：《中国新诗总系（第9卷）·理论卷》，人民文学出版社2009年版。
7. 沈从文：《我们怎么样去读新诗》，谢冕、吴思敬：《中国新诗总系（第9卷）·理论卷》，人民文学出版社2009年版。
8. 林庚：《谈谈新诗　回顾楚辞》，林庚：《新诗格律与语言的诗化》，经济日报出版社2000年版。
9. 林清晖、林庚：《林庚教授谈古典文学研究和新诗创作》，林庚：《新诗格律与语言的诗化》，经济日报出版社2000年版。
10. 吴奔星：《略论诗的"民族形式"》，谢冕、吴晓东：《中国新诗总论》（2），宁夏人民教育出版社2019年版。
11. 废名：《已往的诗文学与新诗》，谢冕、吴晓东：《中国新诗总论》（2），宁夏人民教育出版社2019年版。
12. 龙泉明：《中国新诗对传统的承传与变异》，《中国新诗的现代性》，武汉大学出版社2005年版。
13. 蓝棣之：《论新诗对于古典诗歌的传承》，谢冕、吴思敬：《中国新诗总系（第9卷）·理论卷》，人民文学出版社2009年版。
14. 罗振亚：《对抗"古典"的背后——论穆旦诗歌的"传统性"》，王家新：《新诗"精魂"的追寻：穆旦研究新探》，东方出版中心2018年版。
15. ［美］奚密：《诗的新向度：从传统到现代的转化》，《现代汉诗：一九一七年以来的理论与实践》，上海三联书店2008年版。

16. 陈超:《"正典"与独立的"诠释"——论现代诗人与传统的能动关系》,《打开诗的漂流瓶——现代诗研究论集》,河北教育出版社2003年版。
17. 叶维廉:《中国现代诗的语言问题》,《中国诗学》,生活·读书·新知三联书店1992年版。
18. 叶维廉:《中国古典诗中的传释活动》,《中国诗学》,生活·读书·新知三联书店1992年版。
19. 孙玉石:《新诗:现代与传统的对话——兼释20世纪30年代的"晚唐诗热"》,《中国现代诗学丛论》,北京大学出版社2010年版。
20. 陈伯海:《中国诗学之现代观》,上海古籍出版社2019年版。
21. 李怡:《中国现代新诗与古典诗歌传统》,西南师范大学出版社1994年版。
22. 邓程:《论新诗的出路——新诗诗论对传统的态度述析》,中国社会科学出版社2004年版。
23. 赵黎明:《古典诗学资源与中国新诗理论建构》,人民出版社2015年版。
24. 吴文祺:《对于旧体诗的我见》,《文学旬刊》第23号,1921年12月21日。
25. 郑敏:《中国诗歌的古典与现代》,《文学评论》1995年第6期。
26. 郑敏:《传统与现代:中国新文学研究的回顾与反思(笔谈)——重建传统意识与新诗走向成熟》,《文艺研究》1999年第1期。
27. 陆耀东:《"五四"新诗与中国古代诗词》,《湖南科技大学学报(社会科学版)》2004年第4期。
28. 方长安主持,郑敏、李润霞、刘复生、邓程、翟兴娥等:《重审新诗与民族诗歌传统关系》(专题讨论5篇),《河北学刊》2005年第1期。
29. 王桂妹:《缱绻与决绝:五四新文学家的"新诗"与"旧诗"》,《江汉论坛》2010年第8期。
30. 蒋寅:《中国现代诗歌的传统因子》,《文艺理论研究》2006年第3期。
31. 吴思敬:《在传统与现代间行进的诗学(1949—1976)》,《中国现代文学研究丛刊》2018年第7期。

思考题

1. 简述"五四"时期胡适与钱玄同等关于新诗与古代诗词关系的讨论。
2. 论"五四"诗坛旧诗观之偏颇。
3. 举例分析新诗与旧诗相同题材作品的差异。
4. 简述古典诗歌形式资源对新诗创作的价值与意义。
5. 如何理解在传统里写新诗的问题?
6. 简述格律与诗性生成的关系。
7. 摒弃民族诗歌大传统,在古代诗坛边缘寻找资源,是否不利于新诗发展?

第五章
纯诗理论与非诗现象

第一部分 现象与问题

一、倡导背景

"纯诗"这一概念来自西方。西方诗歌史上存在着为诗而诗的传统,20世纪20年代初,瓦雷里明确提出了"纯诗"概念。纯诗,顾名思义,就是将诗歌看作一种超功利的纯粹艺术。在现代中国,较早明确提出"纯粹诗歌"概念并加以阐述的是穆木天、王独清。

穆木天:"我们的要求是'纯粹诗歌'。我们的要求是诗与散文的纯粹的分界。我们要求是'诗的世界'。"[①]王独清在《再谭诗——寄给木天、伯奇》中[②],对穆木天的纯粹诗歌观念表以同情与支持。从他们的论述看,纯诗是相对散文而言的,联系中国新诗发展状况,纯诗倡导无疑是针对白话新诗的散文化,是新诗过于散文化这一诗坛背景催生了纯诗意识的自觉。

后来,梁宗岱、刘西渭、朱自清等结合中国新诗的创作问题,相继倡导过纯诗[③]。

二、穆木天、王独清的纯诗观念

穆木天《谭诗》中的观点:

(1) 诗的统一性。"一首诗是表一个思想。一首诗的内容,是表现一个思想的内容。中国现在的新诗,真是东鳞西爪;好像中国人,不知道诗文有统一性之必要。"

---

① 穆木天:《谭诗——寄沫若的一封信》,《创造月刊》第1卷第1期,1926年3月16日。
② 王独清:《再谭诗——寄给木天、伯奇》,《创造月刊》第1卷第1期,1926年3月16日。
③ 梁宗岱:《谈诗》,《人间世》1934年第15期;刘西渭:《卞之琳的〈鱼目集〉》,《大公报》1936年4月12日;朱自清:《新诗杂话·抗战与诗》,作家书店1947年版。

(2) 诗的持续性。"一个有统一性的诗,是一个统一性的心情的反映,是内生活的真实的象征。心情的流动的内生活是动转的,而它们的流动动转是有秩序的,是有持续的,所以它们的象征也应有持续的。一首诗是一个先验状态的持续的律动。""中国现在的诗是平面的,是不动的,不是持续的。"

上述两点在他看来是从物理学角度而言的,就是在形式上认为诗歌是"一个有统一性、有持续性的时空间的律动"。

(3) 诗是数学的、音乐的。"思想与表思想的音声不一致是绝对的失败","诗的律动的变化得与要表的思想的内容的变化一致","诗要兼造形与音乐之美。在人们神经上振动的可见而不可见可感而不可感的旋律的波,浓雾中若听见若听不见的远远的声音,夕暮里若飘动若不动的淡淡光线,若讲出若讲不出的情肠才是诗的世界"。

(4) 诗的世界是潜在意识的世界。"诗是要有大的暗示能。诗的世界固在平常的生活中,但在平常生活的深处。诗是要暗示出人的内生命的深秘。诗是要暗示的,诗最忌说明的。说明是散文的世界里的东西。诗的背后要有大的哲学,但诗不能说明哲学。""用有限的律动的字句启示出无限的世界是诗的本能","诗越不明白越好","诗是最忌概念的"。

"中国的新诗的运动,我以为胡适是最大的罪人。胡适说:作诗须得如作文。那是他的大错。所以他的影响给中国造成一种 Prose in Verse 一派的东西。""诗不是说明的,诗是得表现的。"

(5) 诗的韵越复杂越好;诗应废止句读。诗不押韵也有好处,但押韵越复杂越好,除了句尾,句中也可以押韵。"句读究竟是人工的东西。对于旋律上句读却有害,句读把诗的律,诗的思想限狭小了。""把句读废了,诗的朦胧性愈大,而暗示性因越大。"

(6) 诗的思维术,诗的逻辑学。他认为"得先找一种诗的思维术,一个诗的逻辑学",应"直接用诗的思考法去思想,直接用诗的旋律的文字写出来:这是直接作诗的方法。""用诗的思考法去想,用诗的文章构成法去表现,这是我的结论。"①

以上是穆木天的诗歌观念,是他对纯诗的理解。

王独清大体认同穆木天的看法,在《再谭诗——寄给木天、伯奇》中阐述了自己的诗观。他将自己理想中最完美的"诗"用公式表出,即"(情+力)+(音+色)=诗"。

他认为诗形有以下几种情况:

① 散文式的——无韵,不分行。

---

① 以上引文出自穆木天:《谭诗——寄沫若的一封信》,《创造月刊》第 1 卷第 1 期,1926 年 3 月 16 日。

②纯诗式的——有韵,分行;限制字数,不限制字数。
③散文式的与纯诗式的。

他倡导"纯粹的诗",认为"不但诗是最忌说明,诗人也是最忌求人了解",求人了解的诗人"不能算是纯粹的诗人"。

穆木天、王独清的诗观有一种纯诗论特点,相当程度上是对早期白话诗学的反动。

三、理想与不可能性

纯诗是诗人的一种理想,是诗本体崇拜心理的一种表达,一种想象性的理想追求。

无疑,纯诗是相对非纯诗而言的,这一概念在理论上暗含着一个认识论前提,即承认存在着一种不纯的诗,而不纯的诗就是非纯粹的诗,就是夹杂着非诗成分的诗,这在理论上似乎是不通的。诗是对一种文字的指认,不是诗的文字就不是诗,就是说要么是诗,要么不是诗,不存在纯诗与不纯的诗的问题。

纯诗作为诗人们的一种想望是合理的,或者说是一种崇高追求的表达、一种理想境界,但实践上是不可能为之的。考察诗人们对纯诗的一些表达、观点,诸如统一性、持续性、音乐性、暗示等,它们指的是营造诗歌的修辞手段和诗歌形式结构特点,而具有这些特点的文字其实并不一定是诗性的文字,不一定具有诗意,不一定是诗。换言之,他们所界定的纯诗只是他们自己的一种观念,他们所谓的"纯"在理论上与纯诗之"纯"之内涵并不真的吻合;或者说,他们所谓的纯诗之内涵只是他们自己的一种认识,与"纯"这一概念的能指是不统一的,且在实践上也找不到真正对应的作品。理论界定的困惑、矛盾、偏离源于概念本身的虚指,或者说源于一个伪命题,也就谈不上实践,没有实践的可能性。

纯诗概念的出现是因为确实存在非诗的创作现象。一些写诗的人将自己写的不是诗的文字说成是诗,社会思潮也导致一些读者将不是诗的文字说成是诗,这与读者的理解相关,而读者的理解为外在的社会思潮、文化目的、功利需要所制约、影响,也就是为一些诗之外的非诗歌的因素所影响。纯诗概念的出现与引入是历史现象,有其历史的必然性与合理性,但概念本身似不能成立。

四、非诗之势与力

势是多重内外因素所形成的集合,一种结构性力量、场域力量,一种趋向状态。构成非诗之势的因素最起码包括:支配诗人写作的外在社会运动、文化思潮;诗人非诗性的创作动机与目的,如胡适最初只为证明白话也可以写诗的写诗动机；诗人在特定语境中对诗的偏狭理解，如胡适提出的话怎么说、诗就怎么写的写作原则；诗人的私心杂念对诗歌写作所要求的自由心态的干扰，如一些诗人为达到个人的某种功利目的而写作，以至于诗歌写作成为功利性人格的表现等等。百年中国现代诗坛中，非诗之势特别强大，所形成的力制约着新诗的发生与演变，影响着诗歌文本的结构与特征，并相当程度地制约着新诗的传播接受。非诗之势与诗之势往往又缠绕在一起，形态结构相当复杂，不同的结构组合可能生成不同的意蕴空间，形成不同的诗意生成机制。非诗之势在某种结构组合中可能转变为诗之势，诗之势也有可能变为非诗之势，这些可能性情景是审视新诗历史时需要特别注意的。

第二部分 专题论述

论成仿吾的"诗之防御战"

1923年5月13日，《创造周报》第1号发表了成仿吾的《诗之防御战》，提出要进行一场关于诗歌的防御战，即反对新诗创作中出现的某些非诗倾向，革除新诗发展中存在的弊端。这是一个颇有意味的现象，它关涉彼时新诗理论探索和写作实践上的诸多问题。

（一）

为什么要进行诗歌防御战，这与诗坛现实及探索者对诗歌的理解有关。新诗从1917年登场到1923年已经有近7年的历史，关于诗歌革新的话语已经很多，胡适、郭沫若等人创作发表了大量作品，早期白话诗歌到郭沫若那里，已经越来越自由，越来越散文化，从传统审美尺度衡量，许多诗歌作品确实不像诗，没有诗意，缺乏诗味，正是在这样的情势下，成仿吾提出要开展一场诗之防御战。

他怎样评说当时的新诗呢？对既有新诗，他持完全否定的态度，认为新诗"王宫内外遍地都生了野草了，可悲的王宫啊！可痛的王宫！"并不惜大量引录新诗批驳之，如抄录《尝试集》中的《他》：

> 你心里爱他，莫说不爱他。
> 要看你爱他，且等人害他。
> 倘有人害他，你如何对他？
> 倘有人爱他，更如何待他？

在成仿吾看来："这简直是文字的游戏，好像三家村里唱的猜谜歌，这也可以说是诗吗？《尝试集》里本来没有一首是诗，这种恶作剧正自举不胜举。"他接着又抄录《人力车夫》，并嘲弄道："这简直不知道是什么东西。自古说：秀才人情是纸半张。这样浅薄的人道主义更是不值半文钱了。坐在黄包车上谈贫富问题，劳动问题，犹如抱着个妓女在怀中做了一场改造世界的大梦。"他又不厌其烦地抄录胡适的《我的儿子》：

> 我实在不要儿子，
> 儿子自己来了。
> "无后主义"的招牌，
> 于今挂不起来了！

在他看来，"这还不能说是浅薄，只能说是无聊"。

谈完胡适，成仿吾将笔锋转向康白情的《草儿》，引录其中的《别北京大学同学》，然后点评道："这实在是一篇演说词，康君把他分成'行子'便算是诗了！无怪乎《草儿》那么多，那么厚。"接着又抄录了《西湖杂诗》：

> 往熙去了；
> 少荆来了。
> 少荆去了；
> 舜生来了。
> 舜生去了；
> 葆青绛霄终归在这里。

他讥讽道："这确如梁实秋君所说是一个点名簿。我把他抄下来，几乎把肠都笑断了。"在一番讽刺后，成仿吾开始对新诗中的小诗、哲理诗大加批判，讽刺周作人、宗白华、冰心等人的作品。

关于小诗，他认为没有什么价值可言：其一，小诗——和歌、俳句在日本早已过时了，成了古董，正如中国的律诗、绝句，周作人将它翻译过来是对中国"诗官"的蹂躏；其二，俳句是日本文所特长的，但不适合于汉语；其三，俳句仅一单句，没有反复的音律，实在没有抒情的可能；其四，歌人的理想是闲雅，俳人的理想是洒脱、幽玄、静寂……闲雅是安于游乐的贵人的境地，静寂是脱离人生之苦恼的隐士的境地，所以不适合中国新诗。

关于哲理诗歌，他认为宗白华不过是把概念与概念联系起来，而冰心不过善于把一些高尚的抽象的文字聚拢来罢了，而"理论的或概念的，与过于抽象的文字，纵列为诗形，而终不能说是诗"，"我们玩赏诗歌，是为诗歌自己，他自有他内存的目的。如果哲理可以诗传，则科学的论文也可以诗来代替，教科书也可以用诗的形式写出"①。"诗的本质是想象,诗的现形是音乐,除了想象与音乐,我不知诗歌还留有什么。这样的文字也可以称诗,我不知我们的诗坛终将堕落到什么样子。我们要起而守护诗的王宫,我愿与我们的青年诗人共起而为这诗之防御战!"②显然,成仿吾是针对诗坛现状发起诗歌防御战的,其理由分明且充分。

(二)

那么,成仿吾倡导诗歌防御战的资源何在? 由其立论及言说逻辑看,主要来自日本作家夏目漱石的《文学论》。《文学论》于1907年5月由日本大仓书店出版,它是夏目漱石的文论专著,是继坪内逍遥的《小说神髓》之后,日本近现代文学史上又一个里程碑。1925年川端康成认为,《文学论》的见识是"出类拔萃的",漱石以后,在日本"已经找不到一本值得信赖的文学概论",他称夏目漱石为日本近现代最杰出的文学理论家。著名文学评论家吉田精一在1975年出版的《近代文艺评论史·明治篇》(至文堂)中也指出,《文学论》是"整个明治和大正时代唯一的最高的独创的"著作,"在思想的深刻性上,作家和文学家之中无人能及漱石"③。在中国,1931年神州国光社出版了张我军的译本,并附有周作人的序文,周称自己在《文学论》初版时就购得一册,虽未曾细读,但对夏目漱石的自序内容却记忆犹新。

至于成仿吾,我至今尚未发现他读过此书的直接记载,这可能是研究界无人论及他与《文学论》关系的主要原因。然而,如果从1910年成仿吾便去日本留学,深谙日本文学这一角度推测,他很有可能接触到当时日本青年学生、知识分子敬仰的大文豪夏目漱石的《文学论》。自1906年起,夏目漱石便于木曜日(星期四)下午在书斋里举行文艺沙龙活动,名曰"木曜会",直到1916年12月去世为止,影响培养了许多学者、作家和评论家,包括铃木三重吉、高滨虚子、江口涣、芥川龙之介等。而这期间成仿吾正好留学日本,热衷于文学事业,从常理看,他应该听说过"木曜会",并可能由此引起对夏目漱石的好奇与兴趣。不过,推测只是一种主观运思,我的观点并非只是建立在这种推测上,而主要来自对文本观点的对比。

成仿吾于1922年至1923年写作了几篇重要文学理论与批评文章,如《评冰心女士的〈超人〉》《〈残春〉的批评》《诗之防御战》《新文学之使命》《写实主义与庸俗主义》等,对"五四"以来文学中出现的哲学化、概念化和庸俗的写实倾向作了批评,提出了自己的救治方案。而如果将它们与夏目漱石的《文学论》相对照,便可发现其诸多立论与《文学论》相同,而这种相同,从基本概念、观点、论述方式等角度看,绝非跨文化语境的巧合,实属直接借用的结果。

夏目漱石构建了自己独特的文学理论体系,用公式表示是(F+f),《文学论》

---

① 成仿吾:《诗之防御战》,《创造周报》第1号,1923年5月13日。
② 成仿吾:《诗之防御战》,《创造周报》第1号,1923年5月13日。
③ 参见何少贤:《日本现代文学巨匠夏目漱石》,中国文学出版社1998年版,第1—4页。

就是对这一公式的阐释、解说。第一编第一章开门见山地提出了这一公式："大凡文学内容之形式,须要[F＋f]。F 代表焦点的印象或观念,f 代表附随那印象或观念的情绪。然则上举公式,可以说是表示印象和观念的两方面即认识的要素[F]和情绪的要素[f]之结合的了。"① 接下来,他将"我们平常所经验的印象和观念"分为三种:一是有 F 而无 f 的,即有智的要素而缺乏情的要素,如我们所有的三角形之观念,并没有附带什么情绪;二是随着 F 发生 f 的时候,例如对于花、星等的观念;三是仅有 f 而找不出与其相当的 F 的时候,如所谓的"fear of everything and fear of nothing",即没有任何理由而感到的恐怖之类。而在这三种之中,可以成为文学内容的,在他看来是第二种,即具有(F＋f)的一种。②

这一理论被成仿吾所借用,从《诗之防御战》中能得到证明[③]。① 成仿吾使用了两个与《文学论》相同的符号:F 和 f。"F 为一个对象所给我们的印象的焦点(focus)或外包(envelope),f 为这印象的焦点或外包所唤起的情绪",它们的意思与上述夏目漱石《文学论》中的 F、f 的意思完全相同。② 成仿吾用 $\frac{df}{dF}$ 表示出了夏目漱石对 F 与 f 关系的理解,他说:"这对象的选择,可以由 F 所唤起的 f 之大小来决定。用浅显的算式来表出时,便是我们选择材料时,要满足一个条件。如果 $\frac{df}{dF}>0$,这微分系数小于零时,那便是所谓蛇足。这算式所表出的意思,如用浅近的语言说出,便是诗中如增加一句一字,必是这一句一字能增加全体的情绪多少。"这里道出了两种情况,即 $\frac{df}{dF}<0$ 和 $\frac{df}{dF}>0$,并暗示出了第三种情况 $\frac{df}{dF}=0$,它们分别代表了上述夏目漱石所谓的"经验的印象和观念"的三种情形,即 $\frac{df}{dF}<0$ 表示"有 F 而无 f 的时候", $\frac{df}{dF}>0$ 表示"随着 F 发生 f 的时候", $\frac{df}{dF}=0$ 表示"仅有 f 而找不出与其相当的 F 的时候",这说明成仿吾对夏目漱石将"经验的印象和观念"分为三类的观点是认同的,只是换了一种表达方式而已。而且,如果从数学上说,成仿吾的 $\frac{df}{dF}>0$ 这一公式比夏目漱石的(F＋f)公式要准确简练一些, $\frac{df}{dF}>0$ 是一个科学的表示法,而(F＋f)在数学上是讲不通的,它只是一种文学性的公式罢了。 $\frac{df}{dF}$ 表示的是定量关系,而 F＋f 则意味着一种定性关系。③ 在三种关系中,成仿吾看取的是 $\frac{df}{dF}>0$,与夏目漱石认为的可以成为文

---

① ［日］夏目漱石:《文学论》,张我军译,神州国光社 1931 年版,第 1 页。
② ［日］夏目漱石:《文学论》,张我军译,神州国光社 1931 年版,第 1—2 页。
③ 成仿吾:《诗之防御战》,《创造周报》第 1 号,1923 年 5 月 13 日。

学内容的是"随着F发生f的时候"这一种,即具有(F+f)的一种是一致的。④ 关于微分系数,通常的表示法是$\frac{dy}{dx}$或者$\frac{df}{dx}$,而没有$\frac{df}{dF}$这一种,成仿吾使用$\frac{df}{dF}$,用dF替代dx,也就是用F代替x,显然是受了夏目漱石[F+f]的启发、影响,希望以其表示出F+f的含义。由此可见,成仿吾的《诗之防御战》与夏目漱石的《文学论》在文学观上的一致性绝非超文化语境的认识巧合,实属直接借鉴的结果。

这一结论还可以从成仿吾其他作品中的某些观点与夏目漱石《文学论》观点的相同得到进一步的佐证。如在《〈残春〉的批评》中,他说:"一个文艺的作品,总离不了内容(即事件)与情绪"①,这一观点实际上是对夏目漱石《文学论》中"F+f"观点的一种文字表述。在论及文艺情绪时,他以几何图形说明"情绪不可不与内容并长;因为内容增加时,情绪若不仅不与他同进增加,反而减少,则此内容之增加,不啻画蛇添足",这种情绪随内容并长的观点显然与《文学论》所主张的"f与F的具体程度成正比例"相同②。又如在《写实主义与庸俗主义》中,他称:"在文学上最有效力的是关于人事,其次是关于感觉世界的,最后乃是理智的与超自然的。浪漫的文学取的多是最后的理智与超自然的内容,写实的文学才是赤裸裸的人事与感觉世界的表现。"③这种将文学内容分为人事、感觉、理智与超自然四类的做法同样与《文学论》相同。夏目漱石把一切能够构成文学内容的成分分成四类:感觉F、人事F、超自然的F和知识F。其中感觉以自然界为标本,人事以人的善恶美丑、喜怒哀乐为镜子,超自然的标本则是宗教,而知识则以有关人生问题为标本,这是他的独见。而在这四类中,他以为感觉的要素最值得注意,它是文学中最必要的因素之一,因为它最能唤起人们的情绪。从重要程度而言,接下来的依次是人事F、超自然F和知识F。由此可见,成仿吾的四类无论是能指还是所指都与夏目漱石的四类完全相同,这显然非巧合所能解释得通。不过区别也是明显的,夏目漱石以为感觉F最重要,因为它是以自然界为标本的,而知识F位于最后,因为纯粹的知识是不可能产生强大的情绪的。④ 而成仿吾则视"人事"为最有效力,"感觉"其次,"超自然"排在最后,因为它比"理智"更难引起情绪。这种差异与各自所归属的民族传统文化与审美趣味相关,同时也说明成仿吾在接受他国文学资源时能依据民族文化立场与文学现实发展需要⑤,对

---

① 成仿吾:《〈残春〉的批评》,《创造季刊》第1卷第4期,1923年2月。
② [日]夏目漱石:《文学论》,转引自何少贤的《日本现代文学巨匠夏目漱石》,中国文学出版社1998年版,第52页。
③ 成仿吾:《写实主义与庸俗主义》,《创作周报》第5号,1923年6月。
④ 参见何少贤:《日本现代文学巨匠夏目漱石》,中国文学出版社1998年版,第59页。
⑤ 成仿吾那时以激进的反传统著称,然而由他对人事、感觉、知识与超自然关系的理解、排序,不难发现儒家思想在他那里的确是根深蒂固,所以我才称他"依据民族文化立场"对他者经验作出相应的调整。不过,对他来说,"依据民族文化立场"主要还是一种不自觉的文化行为。自觉反传统与不自觉地亲和、表现传统是"五四"那一代知识者共同的特点,谁也无法逃避这种文化宿命。他们在反传统时声嘶力竭,可传统却在跟他们开玩笑,让他们常常以传统的方式、话语去反传统,这样,他们反传统的行为往往在本质上又是表现与维护传统,他们常常被置于这样一种自己没有意识到的矛盾、尴尬的境地中。

他者经验作出相应的调整,使之更有效地作用于中国文学的发展。

对于成仿吾来说,借用《文学论》的观点并非为了建构某种纯理论体系,着力点也不在理论探索,因为他当时没有纯理论研究的兴致。他是以《文学论》作为一种新的文学批评武器,来论析中国文学发展中亟待解决的问题,并试图依据《文学论》的基本观点探寻出解决问题以走出困境的方案。

(三)

成仿吾借用《文学论》关于情绪、情感为文学中心的观点质疑"五四"初期的小诗热。

《文学论》认为"文学内容以情绪为主,文学靠情绪才能成立","情绪是文学的骨子"①。情绪是夏目漱石估量文学内容价值的主要标准。这里的情绪就是feelings,②亦可译成情感。成仿吾接受了这种以情绪为文学骨子的观点,并以之为救治当时中国诗歌的主张。在《诗之防御战》中,他说:"文学是直诉于我们的感情。""文学始终以情感为生命的,情感便是他终始。"落实在诗上,则"不仅诗的全体要以他所传达的情绪之深浅决定他的优劣,而且一字一句亦必以情感的贫富为选择的标准"。这种情感中心说的立场使他称当时的诗坛为"一座腐败了的王宫",一座遍地野草丛生的可悲、可痛的王宫,他由是对胡适的《尝试集》起始的早期白话诗,包括康白情的《草儿》、俞平伯的《冬夜》、周作人的《所见》、徐玉诺的《将来之花园》等作了不留情面的批评、否定③。因为在他看来,这些诗未能写出真情,难以激起读者的感兴、情绪。

接下来,他将论说的中心移向"所谓的小诗或短诗"。小诗既指周作人介绍、倡导的日本小诗,又包括受这种日本小诗影响而成为中国诗坛时尚的"五四"小诗。成仿吾说过:"最初我听了这个名字时,很有点不明白周君所指的是什么;后来才知道就是日本的和歌与俳句。"由于"五四"小诗主要由日本和歌、俳句引起,所以成仿吾将注意力投向了日本和歌、俳句,而情绪乃文学生命的观点则决定了他对这种日本小诗的不满与否定,因为它们"可称为抒情诗的究是极小数,至少俳句是这般"。何以如此?理由是"日本语是多音节的,往往一个名字占四五个音,如杜鹃一个名字,在日语占五个音,莺一个名字,占四个音之类,和歌一首为五七五七七的三十一音,俳句更只五七五的十七音。以这样少数的语音,要写出抒情的诗句,在和歌或犹易为,在俳句却实很困难的"。这实际上是一个关涉 F 与 f 关系的问题,也就是"一个对象所给我们的印象的焦点"与"这印象的焦点或外包所唤起的情绪"间的关系问题。成仿吾在论证俳句难以成为抒情诗时,就是从这种关系角度立论的:"① 音数既经限定,字数自然甚少,结果难免不陷于极

---

① [日]夏目漱石:《文学论》,转引自何少贤的《日本现代文学巨匠夏目漱石》,中国文学出版社1998年版,第66页。
② 参见何少贤:《日本现代文学巨匠夏目漱石》,中国文学出版社1998年版,第42页。
③ 成仿吾:《诗之防御战》,《创造周报》第1号,1923年5月13日。

端的点画派（Punktierkunst）。② 同时又难免不陷于极端的刹那主义（Momentalismus）。③ 容积既小，往往情绪的负载过重。④ 刹那主义与点画的结果，最易陷于轻浮。"这四层的共同之处由第三层道出，即容积小难以负载过重的情绪，也就是情绪没有相应的支撑物，它接近于夏目漱石《文学论》中所谓的仅有 f 而找不出与其相当的 F 的情形，这样所抒发的情感大都陷于轻浮，其诙谐也多是浅薄的。这一结论使得成仿吾不解周作人何以要介绍、倡导日本小诗，何以要让小诗来"蹂躏"中国诗坛。

在论述小诗不适合中国文学时，成仿吾还谈到小诗不易译为汉语，并举出周作人所译芭蕉的名句"古池——青蛙跳入水里的声音"，认为周作人简直将诗的生命也译掉了："青蛙的'青'字是周君添的蛇足。俳句以粗略（simple or rough）见长，添上一个青字，亦不能于全体的情绪有所增加，倒把粗略的好处都埋没了。水里的声音的'里'字，也是周君添的蛇足，把原文的暗昧的美点也全失了。"成仿吾这里的"蛇足"之论，其依据是文章前面所主张的"诗中如增加一句一字，必是这一句一字能增加全体的情绪多少"，否则便是蛇足，也就是夏目漱石《文学论》中所谓的有 F 而无 f。成仿吾批评的主要是俳谐，但如他自己所言："关于俳谐所说的话，大抵都可以应用于和歌。"

对日本小诗的批评否定，实际上就是对"五四"初期译介日本小诗、创作上模仿日本小诗的"小诗热"的否定，这一点成仿吾说得很清楚："现在流行的小诗，不必尽是受了周作人的影响，然而我关于俳句所说的话，是可以应用于别的短诗的。"①

这里存在一个有趣的现象。坪内逍遥在《小说神髓》中认为，小诗是未开化社会的诗歌，只用三十一个音节无法表现出近代人复杂的情感，"所以还不能成为完全的诗"②。而深受《小说神髓》影响的周作人却极力倡导小诗，认为："这多含蓄的一两行的诗形也足备新诗之一体，去装某种轻妙的诗思，未始无用。"③夏目漱石《文学论》肯定俳句、和歌的单纯、精练，而成仿吾却根据《文学论》中情绪为文学骨子的观点，对和歌、俳句作了完全的否定。这一现象也许可以归结为文学跨文化接受影响中个人因素的作用。而正是这一作用使得不同时期乃至同一时期对异域某一文学的接受呈现出多元复杂的态势，并一定程度地促使本国文学的发展呈现出多元趋向。

（四）

成仿吾还借用《文学论》中关于智的要素难以引起人之情绪的观点，否定"五四"初期文学包括白话新诗侧重思想的哲学化倾向。

夏目漱石在《文学论》中认为，人们平常经验中的印象和观念可分三种，第一

---

① 以上未注明出处的引文均出自《诗之防御战》，《创造周报》第 1 号，1923 年 5 月 13 日。
② ［日］坪内逍遥：《小说神髓》，刘振瀛译，人民文学出版社 1991 年版，第 25 页。
③ 周作人：《日本的小诗》，《艺术与生活》，上海文艺出版社 1999 年版，第 133 页。

种是"有 F 而无 f 的时候,即有智的要素而缺情的要素的;例如我们所有的三角形之观念,并没有附带什么情绪",这种智的要素"仅作用于我们的智力,丝毫不叫起我们的情绪",而文学是以唤起读者情绪为主要目的的,所以它"不能视为文学的内容"①。成仿吾在《诗之防御战》开篇表述了类似的观点:"文学是直诉于我们的感情,而不是刺激我们的理智的创造;文学的玩赏是感情与感情的融洽,而不是理智与理智的折冲。""不是关于他的理智的报告",理智与情感在文学那里是一种矛盾关系,理智不仅难以引起人的情绪反应,还会破坏情绪的抒写。诗歌尤其如此,理智是诗"不忠的奴仆","是不可过于信任的"。诗"只在运用我们的想象,表现我们的情感。一切因果的理论与分析的说明是打坏诗之效果的","凡智的欢喜只是一时的,变迁的,只有真情的愉悦是永远的,不变的","中了理智的毒,诗歌便也要堕落了"。所以"我们要发挥感情的效果,要严防理智的叛逆"。这种关于理智与情感、与文学关系的"浅近的原理"显然主要来自夏目漱石的《文学论》。

接下来,他依据这些原理对"五四"时期以宗白华、冰心为代表的哲理诗人作了严厉的批评:"五四"哲理诗人"把哲理夹入诗中,已经是不对的;而以哲理诗为目的去做,便更是不对了","理论的或概念的,与过于抽象的文字,纵列为诗形,而终不能说是诗"。因为它们"使我们看了,如像在读格言,如像看了一些与我们不常会面的科学书籍,引不起兴致来",也就是无法激起我们的情感。而宗白华、冰心的哲理诗最具代表性,"我只觉得宗君不过把概念与概念联络起来,而冰心亦不过善于把一些高尚的抽象的文字集拢来罢了"②。它们只具有智的要素而不具备情的内质。这段评说颇似夏目漱石《文学论》中探求华兹华斯《义务颂》第一节失败原因的一段文字,即"远离了诗的本质,只不过是搜罗高尚的文字而已","具体的成分减少到极端就像是康德的论文、黑格尔的哲学讲义,或像欧几里得的几何学,不能使我们产生丝毫的兴趣"③。对这种哲理诗倾向,成仿吾深表不安,在借《文学论》观点批评了这种倾向之后,他说:"多少朋友们的活力已经消耗在这两种倾向之下了!我们如不急起而从事防御,我们的新文学运动,怕不要在这两种倾向之间沉滞起来了?"④

成仿吾本是拥护新诗革命的,但他站在自己的诗学立场上,对当时新诗实验之作不以为然,对它们进行猛烈的抨击。他的理论相当程度上来自日本,当然中国传统诗学观,如缘情说等对他也有很大影响。他的诗歌观念有一种纯诗的倾向,认为诗歌就是诗歌,应遵循诗歌规范进行探索。在思考小诗时,他能从语言特点出发进行分析,是有眼光的。他对哲理诗的看法也有可取之处。这种自觉

---

① [日]夏目漱石:《文学论》,张我军译,神州国光社1931年版,第1—3页。
② 均出自《诗的防御战》,《创造周报》第1号,1923年5月13日。
③ [日]夏目漱石:《文学论》,转引自何少贤的《日本现代文学巨匠夏目漱石》,中国文学出版社1998年版,第52页。
④ 成仿吾:《诗之防御战》,《创造周报》第1号,1923年5月13日。

的诗歌防御战对新诗建设具有积极意义。如果说闻一多的诗歌格律探索更富有建设性,那么成仿吾的诗歌防御战则可促使诗人们审慎而为,认真思考、探索诗之为诗的问题。

(本文作者　方长安)

第三部分　诗学文献与研究参考

1. [美]爱伦·坡:《诗的原理》,伍蠡甫等:《西方文论选》(下卷),上海译文出版社1988年版。
2. [法]波德莱尔:《再论埃德加·爱伦·坡》,郭宏安译,《波特莱尔美学论文选》,人民文学出版社1987年版。
3. [英]布拉德雷:《为诗而诗》,伍蠡甫等:《西方文论选》(下卷),上海译文出版社1988年版。
4. [法]瓦莱里:《纯诗》,杨匡汉、刘福春:《西方现代诗论》,花城出版社1988年版。
5. [法]瓦莱里:《诗》,杨匡汉、刘福春:《西方现代诗论》,花城出版社1988年版。
6. [美]沃伦:《论纯诗与非纯诗》,潞潞:《准则与尺度:外国著名诗人文论》,北京出版社2003年版。
7. [英]莫锐:《论诗》,杨匡汉、刘福春:《西方现代诗论》,花城出版社1988年版。
8. [奥]里尔克:《致一位青年诗人的信》,杨匡汉、刘福春:《西方现代诗论》,花城出版社1988年版。
9. 朱光潜:《文艺心理学》,复旦大学出版社2005年版。
10. 梁宗岱:《论诗》《谈诗》《歌德与梵乐希——跋梵乐希〈哥德论〉》《新诗底纷岐路口》《诗与真》,《梁宗岱选集》,中央编译出版社2006年版。
11. 朱自清:《新诗杂话》,作家书屋1947年版。
12. 解志熙:《美的偏至:中国现代唯美—颓废主义文学思潮研究》,上海文艺出版社1997年版。
13. 孙玉石:《"纯诗"化新诗本体观》,《中国现代主义诗潮史论》,北京大学出版社1999年版。
14. 吴晓东:《象征主义与中国现代文学》,安徽教育出版社2000年版。
15. 张洁宇:《荒原上的丁香:20世纪30年代北平"前线诗人"诗歌研究》,中国人民大学出版社2003年版。

16. 高蔚：《"纯诗"的中国化研究》，中国社会科学出版社 2008 年版。
17. 刘继业：《新诗的大众化和纯诗化》，北京大学出版社 2008 年版。
18. 朱晓进：《政治文化与中国二十世纪三十年代文学》，人民出版社 2006 年版。
19. ［美］詹姆生：《纯粹的诗》，佩弦译，《小说月报》第 18 卷第 12 号，1927 年 12 月 10 日。
20. 穆木天：《谭诗——寄沫若的一封信》，《创造月刊》第 1 卷第 1 期，1926 年 3 月 16 日。
21. 王独清：《再谭诗——寄给木天、伯奇》，《创造月刊》第 1 卷第 1 期，1926 年 3 月 16 日。
22. 洞美：《纯粹的诗》，《狮吼》第 4 期，1928 年 8 月 16 日。
23. 刘西渭：《书报简评〈鱼目集〉》，天津《大公报·文艺》第 122 期星期特刊，1936 年 4 月 12 日。
24. 施蛰存：《又关于本刊中的诗》，《现代》第 4 卷第 1 号，1933 年 11 月 1 日。
25. 吴晓东：《从"散文化"到"纯诗化"》，《中国现代文学研究丛刊》1993 年第 3 期。
26. 许霆：《论二、三十年代我国的"纯诗"观念》，《中国现代文学研究丛刊》1994 年第 3 期。
27. 段美乔：《实践意义上的梁宗岱"纯诗"理论》，《北京大学学报（哲学社会科学版）》2001 年第 2 期。
28. 陈太胜：《走向诗的本体：中国现代"纯诗"理论》，《社会科学》2005 年第 5 期。
29. 陈本益：《西方纯诗论考论》，《中山大学学报（社会科学版）》2012 年第 6 期。
30. 文学武：《跨越异域的彩虹——瓦雷里与中国现代纯诗理论》，《学术月刊》2013 年第 4 期。
31. 曹万生：《30 年代现代派对中西纯诗理论的引入及其变异》，《文学评论》2003 年第 2 期。

> **思考题**
> 1. 简析中国纯诗理论出现的原因。
> 2. 简析中国现代纯诗理论与西方纯诗理论的差异。
> 3. 论纯诗概念内在的矛盾与价值。
> 4. 论中国纯诗理论与纯诗实践的矛盾。
> 5. 论纯诗创作的可能性与限度。
> 6. 结合具体新诗文本，分析纯诗的特性。

第六章
传播接受与新诗经典化

第一部分 现象与问题

一、读者与新诗经典化

新诗经典化就是将一些新诗作品化为经典,是一个主谓结构,表一种行为,但这种行为不是主语"新诗"发出的,新诗自身没有主动行为能力,所以这个不及物的主谓结构相当特别。在这个结构之外,还有一个"第三者",是"他"心甘情愿地推动、实施并完成了"经典化"行为,那这个"第三者"又是谁呢?

所谓的"第三者"就是"读者"。从接受美学角度看,没有读者的阅读参与,诗人所创作的诗歌文本仅是静止的文字,是一种没有生成意义的存在,或者说是没有被激活的文字组合。读者的阅读、批评就像火柴一样点燃文本,使其进入人际网络,成为一种有生命的作品,成为真正的诗歌。所以,从一定意义上讲,一个文本是不是诗,主要不是作者说了算,而是读者。读者拥有裁决权,可以否定诗人所满意的"诗作",认为它毫无诗意;也可以将通常以为缺失诗性的文字,甚至某些商业广告、标语等指认为诗意的存在。所以,一段文字、一个文本是不是诗歌,取决于读者的阅读接受与再创造。

经典化是广大"读者"实施完成的,是一个阅读、传播与接受的行为过程。新诗从倡导、实验至今已有百年,新诗经典化相应地有了一个世纪的历史,新诗的"读者"指的就是一个世纪以来的新诗阅读批评者,"他"是流动变化的,不是单数,而是指不同时期、不同阶层的阅读者、批评者,是一个集合性概念,包括一般的新诗爱好者、大众读者和受专业训练的新诗批评者、研究者,有些读者甚至兼有诗人身份。不同时期的读者所处阅读语境不同,所受政治、文化思潮影响有别,自身的知识结构、审美意识、文化价值立场不同,阅读批评的出发点、目的也不一样。特别是大众读者与专业读者之间存在着很大差异。所以,阅读哪些诗人的诗作,不阅读哪些诗人诗作,他们的"选择"很不一样,阅读出的内容、言说的语态自然也千差万别,即 20 世纪新诗经典化历程内在形态、结构相当复杂,这种复杂性超出了我们的想象。考察研究固然是为了揭示现象内在的复杂性,但我们的研究其实很难真正敞开或还原问题的复杂性,因此必须时时警惕不要简单化地言说现象,不要粗枝大叶地处理问题。

二、语境与新诗经典化

语境是新诗经典化展开的场域,由中国百年来的时空历史构成,虽然作为个体的读者有自己的立场与趣味,但由政治、经济、文化思潮等所构成的语境相对于个体人而言太强大了,是个体生命难以抗拒、逃避的存在环境;况且中国人在文化性格上容易为潮流所动,被潮流所裹挟,换言之,即习惯于顺从语境潮流。其结果是,同一时代的读者,其阅读批评虽千差万别,但总体倾向又趋向一致,这是中国文学阅读史包括新诗批评接受过程的一个突出特点。不仅如此,中国最近的一百年又是一个语境力量特别强势的世纪:从近代维新变法到"五四"现代思想启蒙;从20世纪30年代无产阶级与资产阶级之争到三四十年代的民族救亡图存,再到国共内战;从50年代的社会主义改造与建设到"文革";从拨乱反正到改革开放。政治、文化运动和社会思潮一浪紧接一浪,而每一浪潮都有自己的主题,有自己的思想文化诉求。这些主题、诉求又往往是在鲜明的非此即彼的二元对立中凸显出来的,就是说具有明确的二选一的特征。在这样一个"二选一"性的世纪里,文学阅读、批评势必深受语境潮流制约,审美意识语境化,着上语境色彩,文学之外的因素时常参与对新诗的遴选与批评。虽然优秀的诗作还是被绝大多数时期的读者所欣赏与遴选出来,沉积为经典,但也有一些艺术成就不是很高的作品被语境浪潮所裹挟、托起,反复显现,令人耳熟能详。在这一过程中,还有一个特别的现象,就是一些所谓的专业人士在编选新诗选本和编撰文学史时,因为审美能力不足,或者因为懒惰和其他因素而照搬他人的选本或评说文字,缺乏自己的判断与辨识,没有作个性化的增删,致使一些因特殊社会思潮需要而受赞誉实则艺术水准不高的作品不断出现在文学选本或新诗史中,而一些优秀作品却长期被湮没,如此情形不断重复,以致某些水准一般的作品被读者惯性地视为重要作品,甚至尊为"经典"。

就是说,20世纪新诗经典化过程因外在语境影响致使一些非文学因素的参与而变得不可靠,所遴选出的有些"新诗经典"实则称不上经典。这一情形决定了清理、研究新诗经典化现象的重要性。通过大量的史料梳理、分析,可以弄清楚哪些重要作品的遴选主要是文学因素决定的,哪些则是非文学原因将其推为经典的,进而拨开历史迷雾,扫除沉积在文本上的尘埃,还原其真相,为作品重新定位寻找出可靠的依据,为文学史重写奠定基础。

诗人和诗作之所以被遴选出来,固然与其风格、诗性贡献分不开,但更与传播语境有着密切的关系,只有那些与语境特征相契合的诗人、诗作才能被遴选出来,被解读放大。近百年的历史是分段的,每一阶段有每一阶段的时代主题、语境特征,只有那些与近百年不同历史阶段中的不同语境反复契合的作品才可能被塑造定型成为"经典"。事实即如此,郭沫若、闻一多、徐志摩、戴望舒、卞之琳等诗人及其作品《凤凰涅槃》《死水》《再别康桥》《雨巷》《断章》等就是因为与多个历史阶段的语境相契合,与不同语境下读者的阅读期待相契合,才被遴选出来,被反复言说阐释,塑造成为经典。

三、经典化与现代意识生产

中国现代诗人、诗作被经典化的历程是一个意义生产过程、一个建构过程。建构了什么呢?大而言之,表现在两个层面,一是阐释、整合诗人及其诗作内在的情感、思想质素与文化价值等,将其凝结成为民族现代意识、现代精神;二是将诗人特别是其诗作中的形式艺术、诗美个性等揭示出来,阐释、凝结成为一种民族现代审美形式、审美意识。

中国现代新诗发生于民族历史转型期,从一开始就与反传统和学习西方联系在一起。新诗的倡导者、实践者,特别是一些后来被公认的重要诗人,诸如胡适、郭沫若、徐志摩、闻一多、刘半农、李金发、戴望舒、穆旦等,无不与西方现代文化有着密切的联系,现代思想文化价值是他们创作的立足点与主要资源所在,这决定了他们的诗作具有一种深层的现代性。不仅如此,这些诗人无不是有良知的中国读书人,他们忧国忧民,立志拯救中国,复兴文化、弘扬艺术是他们的理想,诗歌与个性解放、民族振兴深刻地联系在一起。他们的诗歌往往包含着一种深层的民族情感,他们的人生追求历程就是典型的现代性个案。中国新诗人及其新诗作品是现代的,具有新世纪文化品格,对他们的阅读、传播就是整合、凝结某种现代精神,或者说是更新中国文化意识的文学实践。

胡适在美国留学时期民族自尊心受到刺激,立志进行文学革命,倡导新诗,并身体力行地写作新诗,最终结集出版了《尝试集》。实事求是地讲,胡适的诗歌天赋不足,其新诗少有诗意甚至可谓乏味,然而近百年里人们不断地言说胡适的诗歌活动,反复出版《尝试集》,解读其中作品,新诗选本多选其诗,文学史、新诗史必谈《尝试集》。其实,读者认同的不是其诗本身,而是胡适那敢为人先的意识,是其尝试性的探索理念。一代又一代言说《尝试集》,其实是在塑造中华民族尝试者形象,凝结一种现代"尝试精神"。郭沫若的《女神》诞生于"五四"时期,表现了大胆破坏、创造思想,体现的是自我的更新、民族的新生。对《女神》的阅读传播,将《女神》经典化的行为,表现了古老的中华民族对自由创造的渴望与认同,阅读传播《女神》使其生成为经典的文学行为,可谓培育民族现代自由创造意识的实践活动。徐志摩离世后,胡适将其诗歌与人生概括为"爱""美""自由"所构成的"单纯信仰",后来的读者一般认可胡适观点,当然也有例外,如茅盾。但总体上看,对徐志摩《再别康桥》《雪花的快乐》等的解读活动,将徐志摩经典化为杰出诗人,是实实在在地整合、凝结一种现代"单纯信仰",是在重塑中国人的文化性格。在20世纪,闻一多的人生与诗歌被定性为爱国主义的,闻一多及其《死水》被经典化可谓一个规整现代知识分子批判意识、民族忧患意识、身体力行观念、爱国主义精神的过程。戴望舒是新诗读者几乎公认的优秀诗人,《雨巷》称得上真正的诗歌经典。戴望舒的诗歌既是个体的,又是民族的,是以个体书写民族情怀的大作;诗人以启蒙的心境与姿态,将自己与民族救亡联系在一起;《雨巷》哀而不怨、怨而不怒,象征了一种爱的执着、人生的执着、理想的执着,对戴望舒和《雨巷》的经典化凝结出一种不屈不挠的追求意识和现代执着精神。冯至是一位世纪性诗人,20世纪20年代被鲁迅赞为最杰出的抒情诗人,但他的创作后来不断变化,在否定中获得新生。大多数读者欣赏的还是《十四行集》,它普通而又奇特,把捉住一些难以把捉的东西,读者朗诵诗歌,品味着那些直指生命存在的诗意。总体看来,半个多世纪以来,《十四行集》阐释接受史完成了对生命"担当"精神的确认与定型。艾青是现代中国典型的知识分子,将追求真理与背离旧家庭联系在一起。《大堰河——我的保姆》是现代知识分子的"母亲颂",是读书人新型价值观的体现。近一个世纪以来对艾青诗歌的阅读,对艾青诗人形象的塑造,将艾青及其诗歌经典化,相当程度上是在发掘一种大地情怀,阐释、生产新的人文意义,凝结一种以大地、太阳、人民为诉求的文化认同,培育了中国现代知识分子的人文价值观及爱国情怀。穆旦的诗歌诞生于血与火的年代,与民族苦难紧密地联系在一起,关注现实但又不为现实所羁绊,表现了生命内在的苦痛,形式别样,很早就被认为代表了新诗现代化的方向,但后来却在诗坛、读者眼前消失了,几十年后才被重新发现,被重新阐释,穆旦甚至被认为是20世纪中国最伟大的诗人。穆旦由不在场到被经典化是一个重要的文化事件、诗歌事件。穆旦接受史、经典化过程是中国对现代性由误读到重新辨识、认定的艰难蜕变史,是一种文化整合与现代意义的生产。《黄河大合唱》是富有时间性又超越时间限制的民族精神叙事作品,是民族体力和心力的大爆发,是中国的大合唱,也是世界人民大合唱的主旋律;它的传播经典化过程再一次讲述了中国不死的生命故事,塑造、凝聚着民族不屈不挠、傲然独立的精神。

新诗阅读传播是个体行为,又是集体活动,是特定语境中的文化实践。不同时期遴选的作品不同,发掘出的思想文化价值也不一样。但不同语境中的读者所发掘出的价值与意义最终被放大、整合,沉积、凝结为具有普遍意义的中华民族现代精神,这就是意义生产。

四、新诗经典化与现代审美精神的培育、建构

中国古代审美意识、艺术精神主要是由传统经典塑造、建构起来的,对应的

是传统农耕社会的生活形态与生存方式，与传统文化价值观念相契合，规约着传统社会读者审美阅读取向，维护着传统社会意识形态秩序；进入现代社会后，仅有旧的审美意识显然是不够的，这也是那些缺少现代美学意识的读者面对现代艺术时迷茫、晕眩、不知所措的原因。民族审美意识的更新、升级途径很多，诸如传播现代哲学理念，译介西方现代文论，翻译现代主义小说等，其中中国新诗传播、阅读阐释这一经典化过程所起的作用很大，或者说新诗是培育、建构民族现代审美精神最重要的平台与力量。

当代读者，热爱古典精品者固然不少，但绝大多数还是习惯于现代艺术，当他们遭遇挫折、内心矛盾苦闷时，往往是凭借现代艺术释放情绪，在大多数情况下，一般现代人难以静心地欣赏慢节奏的古典艺术。就是说，他们的审美趣味、艺术意识相比于古代读者发生了根本性改变，他们所有的是现代审美趣味与精神。那么，在现代人审美意识生成过程中，新诗提供了哪些资源，发挥了怎样的作用？

郭沫若的新诗在形式上绝端自由，不受任何外在格律的束缚，想象超凡，不拘一格，天马行空，令"五四"时期的读者耳目一新。《女神》在20世纪绝大多数时期受读者欢迎，它的经典化过程是民族现代审美意识建构的重要环节，张扬了现代浪漫主义美学，培养了浪漫主义审美趣味，为"五四"以降的读者提供了新的审美眼光，凝结出一种全新的现代浪漫主义艺术质素。胡适的《尝试集》称不上艺术经典，这是不争的事实，但在20世纪它却被反复言说，起到了话语平台的作用。经由这个平台，读者讨论着何谓新诗、何谓非新诗的问题，讨论着白话诗歌创作标准问题，也许至今这些问题还没有令人信服的答案，但这个存在了一个世纪的无形平台，却让读者在听与说中形成了属于自己的新诗审美标准，或者说建构起了一种完全不同于古典诗歌审美取向的现代审美原则。闻一多诗歌接受史，从艺术上看，是探索传统形式与现代精神融通的过程，宣讲了由音乐美、绘画美、建筑美相融合以生成诗意的诗学，在均齐中实现艺术的自由，最终培植了读者跨越艺术门类以创作新诗的意识。徐志摩在想象中飞翔，在浪漫中体味苦痛，在追求理想中抒发不满，他的诗是现代艺术精灵。徐志摩形象塑造史、作品被经典化的过程，张扬了艺术独立、自由的现代观念，定型了一种空灵、飞扬的审美神韵。李金发是另一种离经叛道，受西方象征主义诗歌影响，将传统诗歌美学拒之门外的那些难登大雅之堂的内容作为书写对象，热衷运用暗示、象征、通感等修辞，赋予意象非常规含义，远取譬。他的《弃妇》可谓中国诗歌自古至今书写弃妇不幸人生最深刻的作品，它将弃妇放在反思、批判中国男权文化的框架里进行表现，可谓新诗的一大绝唱。晦涩使李金发获得了"诗怪"称谓，在百年的阅读接受过程中，"诗怪"含义不断变化，某种意义上讲，对李金发的阐释接受就是在辨识传统诗歌的"比""兴"与来自西方的"象征"之差异，就是在探索现代审美形式之秘密，培育了一批新型读者，使他们获得了一种现代主义的审美意识与欣赏眼光。戴望舒的《雨巷》既有古诗的幽婉、静美,又有现代的执着,接通古今,是一种新型诗歌美学的体现。百年来对戴望舒的阅读,对《雨巷》的赏析,将其经典化,体现了一种"美的执着",传播了一种现代"雨巷"情怀,塑造出蕴含现代性内涵的"雨巷"意象,培养了中国现代读者幽婉、凄美的审美心理。卞之琳是20世纪30年代的新智慧诗人,《断章》《距离的组织》《鱼化石》《道旁》等在新诗坛别开生面。他的诗句简单口语化,但合为诗体后,其境与意、诗与情则颇难理解,诗人自解《鱼化石》达千字,最后也难说清楚,只得作罢。《断章》四行看似简简单单,实则丰富深邃,展示了新诗相比于古诗的魅力,呈现的风景让读者流连忘返,它是一首富有经典内质而被经典化的诗歌。尽管卞之琳的一些作品不太好懂,但读者不舍,硬是为其打造出了一个现代主义诗人形象,参与放大了新诗坛那片新异的"断章"风景,凝结出读者向往而又似乎难以尽言的现代审美"断章",或者说培育了一种近似维纳斯风格的"断章美"。冯至是一位世纪性诗人,一位不断探索、更新诗歌风格的诗人,他有浪漫主义绝唱,更有现代主义杰作,不同时期的读者都能从他那里找到适合自己口味的作品。《十四行集》是其代表作,它在传播中扩大了自己的名声,被尊为现代诗歌上品。对《十四行集》的解读、经典化让读者接受了存在主义美学意识,接受了诗歌乃一面"风旗"——一面把捉住了某些把捉不住的东西的"风旗"。这是典型的现代审美观念。穆旦的诗歌想象丰富、特别,又不直抒胸臆,关注现实又直指生命存在,理性思辨又充满诗意,他被指认是现代主义诗人,但又与李金发、戴望舒、卞之琳、冯至等人不同,其诗歌将现实、象征、玄学融为一体。对穆旦的言说、传播,将穆旦经典化,是在肯定、张扬、培育一种现代诗学理性,凝聚着一种理性主义诗歌意识。

第二部分 专题论述

中国现代诗歌传播接受与经典化向度

中国现代诗歌(1917—1949)从发生至今虽只有百年历史,但一批诗作已成为人们谈论中国新诗绕不开的"经典"[①]。现在关于这些诗作的言说前提是承认它们为经典,很少有人质疑它们是否属于真正的经典,更没有人反思性地审视它们变为经典的历史。中国现代诗歌传播接受与经典化的途径、向度很多,但从作用和意义大小看,主要是在三个向度上展开与完成的:批评、选本和文学史著。

---

① 笔者认为,现在公认的那些新诗经典未必就是经典,它们还需要接受未来无数代读者的检验,所以需要打上引号。

（一）百年现代诗歌批评与文本意义揭示

中国现代诗歌批评与创作几乎同步展开，研究批评与新诗经典化的关系需要弄清谁在批评、为何批评、影响新诗批评走向的主要因素等问题。百年来，重要的批评者多为诗人、大学教授或文艺界领导人，且大都集诗人、理论家和批评者于一身。这种身份构成与中国新诗发生发展特点密切相关，从新诗发生之时起，新诗批评在很大程度上就是为新诗创作与发展探路。

选择批评言说对象，其实是在自觉思考新诗发展路径，帮助新诗爱好者、写作者遴选新诗精品，推介新诗阅读与创作范本。与古代诗歌批评不同，20世纪诗歌批评与创作分不开，它往往关注那些预示新诗发展方向的作品（不一定是精品），不断发掘出那些作品的诗学价值，使之获得更多读者的认可；不仅如此，这些作品因开启了新的创作方向，在新诗史中的地位得到了相应提升，其中一些作品也许称不上审美精品，但成为新诗发展史上的"经典"。

一般大众读者面对新诗文本，不一定能够理解其所言所指，而专业性新诗批评可以引导大众读者对新诗的阅读接受。这既是对读者审美趣味的培养，也使一些文本获得在大众读者中传播、认可的可能性，并逐渐沉积为新诗经典；从客观效果来看，不少作品包括一些晦涩之作确实因为被反复批评言说，诗意得到了彰显，成为不少新诗爱好者津津乐道的杰作，并逐渐化为"经典"。

现在那些公认的"经典"，相当程度上是不同话语借助于批评而遴选、阐释出来的。例如，"五四"时期是启蒙主义与封建主义话语相争的时期，批评自然瞄准了《尝试集》《女神》和《蕙的风》，这三部诗集作为启蒙现代性话语的体现者和早期白话诗学的承载者，因批评而广受关注，成为人们谈论"五四"新诗时绕不开的"经典"。

20世纪中国不同社会文化思潮与文学运动此起彼伏，各种话语的渗透导致出现了不同性质的新诗批评；但由于20世纪中国社会现实问题困扰着读书人，因此现实主义社会学批评成为"五四"至1980年代中期主流的诗歌批评；从1980年代中后期开始，总结一个世纪新诗成就的意识愈加强烈，浪漫主义、现代主义受到重视，历史文化批评、心理分析批评等成为审视新诗的重要方法，于是在现实主义社会学批评视野中被忽视的现代诗歌文本，例如《再别康桥》《雨巷》《十四行集》《诗八首》等被重新阐释，成为体现某种现代话语诉求的具有审美独特性和普遍性的现代新诗"经典"。

总之，一个世纪的新诗批评深受外在语境制约与影响。诗歌文本的解读、诗歌现象的评说、读者阅读的引导、诗歌范本的遴选等往往随着语境更替、话语消长、美学趣味的变化而改变，致使不同时期推崇的新诗范本不同。短短一百年中，新诗"经典"变动不居，现代话语参与遴选、塑造新诗"经典"，新诗"经典"也参与且将继续作用于中国现代文化建设，这一特点使其具有一种内在的生命力，有助于其继续被传播与诗意彰显，那些审美性突出的作品也因此具有了沉淀为真正经典的可能性。

（二）百年选本与重要诗人诗作遴选

本文所论选本是指收入中国现代诗歌的各种选集，不包括诗人自选集。那么，不同年代里，哪些人在编辑选本？目的何在？编辑了怎样的选本？它们对新诗经典的形成起了怎样的作用？

百年新诗选本的编选者主要由诗人、新诗批评者、理论家及学校教育工作者构成，新诗选本主要分为面向社会和学校两大类。

面向社会读者的选本浩如烟海，其中一些属于新诗史上的经典选集，如朱自清编选的《中国新文学大系·诗集（1917—1927）》（上海良友图书印刷公司1935年版）、闻一多的《现代诗钞》（收入《闻一多全集》，上海开明书店1948年版）等。它们既反映了过去新诗创作的实绩，又通过所选作品引领诗坛创作走向，从而在客观上使它们所承载的诗学不断获得诗坛和读者的认可与传播，所收录的作品的价值得以不断彰显与增加，换言之，开启了那些作品走向经典的大门。

不同时代有面向社会的不同选本，体现不同时代的诗歌眼光、诗学观念及对新诗经典的不同想象。例如在《中国新文学大系·诗集（1917—1927）》中，朱自清否定了此前诗歌选集的"选"诗原则，将新诗分为自由诗派、格律诗派和象征诗派，并以此为标准编选作品。此后，这三种诗派成为概括"五四"诗坛格局的基本框架，该选本也成为许多选家和史家述史的重要参考，所收录的许多作品更是被反复阐释、不断增值，逐渐沉淀为新诗"经典"。

不同时期面向社会的选本对新诗经典化的作用不同。20世纪20至40年代重要新诗选本的编选显示了这一时期的诗歌观念从"新诗""白话诗"到"现代诗"的演变，"现代诗"之命名逐渐被认可；同时，因对"现代诗"尚未形成统一看法，以之遴选诗歌致使此时选本所选作品重复率低，这意味着更多作品获得进入读者视野的机会和成为经典的可能性。50至60年代以臧克家编选的《中国新诗选（1919—1949）》（中国青年出版社1957年版）为代表，他站在社会主义现实主义立场上重构新诗发展史，重点选录具有"人民性"的作品，开启了现代诗歌经典化的新路径。1980—2010年的选本无以计数，它们努力站在历史和审美角度遴选现代诗歌，显示出独立地为一个世纪遴选经典的气度与眼光，这个时期所选作品重复率高，意味着我们民族对新诗的阅读感受、审美趣味等趋于一致。颇有意味的是，一些在民国时期鲜有选本收录的诗作，如《凤凰涅槃》《再别康桥》《雨巷》《断章》等在这时却备受重视，被绝大多数选本所收录，遴选为"经典"，这表明当代国人形成了对理想新诗范型的独立判断、想象与表达。

综上所述，百年来面向社会读者的新诗选本经历了三个时期，其选诗立场、原则与结果差异很大，各有特点。从传播接受层面看，这给予了不同文本平等的机会，有利于遴选出真正的新诗经典。

与此同时，百年来还有大量面向学校教育的选本。从时间上看，这类选本出现于20世纪20年代初,与面向社会读者的选本出现时间差不多;从量上看则比社会性选本多得多。这类选本不是为引导诗歌自身发展,而是将新诗作为一种新的语言文学读本和新知识向学生普及,因此多参考面向社会的选本,结合学校教学需要遴选作品,"选"的原创性往往不足,它们的个性体现在教学需要所决定的取舍上。相比于社会性选本,学校选本是新诗传播的核心媒介,在新诗传播过程中发挥了更大的作用。

总之,两类选本特点、功能不同,社会性选本在以其原创性的"选"推动新诗创作潮流的同时,通过向不同时期的大众读者提供新诗阅读范本,开辟新诗经典化路径,引领经典化方向;学校选本则以巨大的发行量,以向学生普及新诗知识的方式,讲授社会性选本所遴选出的新诗作品,传播作品所体现的诗学知识,改造民族固有诗歌经验,培养学生新诗鉴别能力与审美趣味。从相当程度上讲,社会性选本所遴选出的新诗范本是通过学校选本而真正成为家喻户晓的"经典"的。

(三)百年文学史著与诗人诗作历史定位

近百年各个时期的文学史著,包括新诗史著作,通过对新诗发生发展过程的叙述、对现代诗人诗作的评说与定位,成为影响现代新诗经典化的重要力量。为何述史、如何述史是关键问题。以这两个问题为角度切入,不难发现近百年文学史包括新诗史著对新诗经典的塑造,其方式和特点主要有四:

一是以中国文学为视野,将现代新诗视为诗歌进化史的必然环节,阐述其发生、发展的依据与合法性,在大文学史框架内评说现代诗人诗作,揭示其在"史"上的重要性与经典性。新诗发生后的第一个十年就出现了一批文学史著,例如胡毓寰的《中国文学源流》(商务印书馆1924年版)、赵祖抃的《中国文学沿革一瞥》(光华书局1928版)、赵景深的《中国文学小史》(光华书局1928年版)、谭正璧的《中国文学进化史》(光明书局1929年版)等,这些著作遴选并评说那些彰显进化思想、体现源流关系、具有历史进步意义的作品,赋予其稳固的文学史位置。著者一方面意识到新诗作品的尝试性与探索性,以及新诗史的开放性,在指认经典时相当谨慎;另一方面又以进化的文学史观审视新诗作品,将可能成为经典的作品都罗列出来,使其不被创作洪流所湮没。

二是在"新文学"的框架与逻辑中叙述现代新诗,重点阐释具有"新文学"特征、体现新诗艺术发展方向的作品,揭示其在新文学史、新诗史上的意义,使之在"史"的场域中彰显经典品格。这类史著的代表作有周作人的《中国新文学的源流》(人文书店1932年版)、王哲甫的《中国新文学运动史》(杰成印书局1933年版)、吴文祺的《新文学概要》(上海亚细亚书局1936年版)等,著者的目的不再是为新诗的合法性辩护,而是在"新文学"自身框架与逻辑中揭示新诗流变规律,找寻在诗艺流变中起过支撑作用的诗人诗作,阐发其意义,凸显其位置,客观上起到将它们经典化的作用。这类文学史著对新诗的择取、评述以现代白话自由诗的审美原则为尺度,从"新"的角度阐述其经典品格,突出其在诗学层面对新诗建构的贡献。

三是为新中国编纂文学史,重述新诗发生发展故事,遴选新的现代诗歌"经典"。进入20世纪50年代,文学史写作进入一个全新时期,述史成为新型话语建构的重要环节。50年代初期,教育部通过了《高等学校文法两学院各系课程草案》(以下简称《草案》)和《〈中国新文学史〉教学大纲(初稿)》,要求将一批作家作品解读成有助于新中国文化、文学建构的经典。王瑶的《中国新文学史稿》就努力以《草案》为"依据与方向"编撰新文学史①,开创了一种新的述史思路与模式,叙述诗人诗作时用力较平均,并没有将它们经典化的倾向。此后的一批文学史著,如张毕来的《新文学史纲》(作家出版社1955年版)、丁易的《中国现代文学史略》(作家出版社1956年版)、刘绶松的《中国新文学史初稿》(作家出版社1956年版)等,相较于王瑶本以更大的力度重写文学史,并以无产阶级与资产阶级的斗争为基本线索,所确认的"经典"诗人诗作色彩较为单一,往往思想性大于文学性。

四是以尊重新诗发生发展客观史实为原则,以再现现代新诗历史、彰显新诗演进规律为目的,建立述史框架,重新遴选诗人诗作,阐发其在新诗艺术史上的价值意义,使之经典化。20世纪70年代后期至今出现了两个系列的史著:文学史著和专门的新诗史著。文学史著的特点是强调回归文学史真实和现实主义传统。新诗史著属个人著述,虽述史角度不同,但对现代新诗史上有支点意义的诗人诗作的指认却大体一致。相比文学史著,专门的新诗史著以新诗艺术自身发展为逻辑遴选诗人诗作,以充分的史料和理论思辨揭示重要诗人及其诗作在"史"和"诗"两个层面的价值,确认其经典品质。两个系列的编撰者以一个世纪的文学、诗歌为视野,以历史和审美的眼光打量、评说新诗,共同塑造出了中国现代新诗"经典"。

(四)三重向度之关系

百年来,批评、选本和文学史著以不同方式、特征作用于现代诗歌的传播与接受,作用于诗人、诗作的汰选与经典化,形成了各自独立的展开史。但同时它们又彼此关联,构成特定的合作关系,以推动现代诗歌的经典化进程。大体而言,三者之间存在三重关系。

一是批评与选本相互合作,推进现代诗歌的经典化。每一时期的政治倾向、文化思潮和审美取向往往都借助于新诗批评发出声音,批评具有披荆斩棘、破旧立新的功能;同时期的新诗选本往往按照批评所彰显的时代风尚、审美趣味遴选作品。这种相互合作的关系表现为先"评"后"选"、"选""评"一体两种现象。选本与批评相呼应,实现乃至巩固了批评所引导的诗歌精神,使体现时代诗歌理想

---

① 王瑶:《中国新文学史稿·初版自序》,新文艺出版社1954年版,第1页。

的作品在读者传播中进一步接受检验。

二是文学史著（包括新诗史著）与新诗批评相互支持，共同遴选新诗"经典"。20世纪20年代初的新诗处于萌动展开阶段，其合法性还处于争辩之中，几乎与此同时，关于其历史书写的文学史著已经出现。它们一方面吸纳批评成果，以史书的权力将一些批评话语转换成"历史"话语，在赋予部分作品合法性的同时将其经典化；另一方面，著史者出于对新文学、新诗的感情，往往忽略述史的严肃性，以写批评的方式撰史，文学史著与新诗批评未拉开距离，使所遴选出的很多"经典"只能是自己时代的"经典"。

三是选本与文学史著或离或合，一同作用于现代诗歌经典化。有三种情况，第一种是有史无选，民国时期和20世纪50年代上半期的一些文学史著一般都没有相应选本。这些史著大都是个人著述，对如何述史、如何评判诗人与文本尚处于探索之中，加之没有相应的选本与之呼应，所以推动诗人及其作品走向经典的力量有限。第二种情况是有选本而无相应的文学史、新诗史著。其中一些选本中，每位重要诗人的代表作往往就是新诗发展史上重要关节点的代表，虽没有相应史著呼应性地凸显其地位，但以选代史的特点能让读者意识到其重要性；同时，选家往往是诗人或者新诗专家，选本中的作品大都艺术水准较高，得以经典化的概率较大。第三种情况是选、史配套，一般是高校中文系教材。这些选本与文学史教材相得益彰，传播面广，共同塑造着青年学生的新诗观和诗学观，现在公认的新诗经典作品大都是经由这类选本与史著而最终确认、传播与完成的。

（五）现代诗歌经典化历史反思

从浩如烟海的现代诗人、诗作中遴选出为数不多的"经典"，无疑是与现当代多重话语建构相关的文化事件。新诗批评、选本和文学史著在作用于经典建构过程中各自负载着文学和非文学诉求，以它们为主体力量所遴选出来的现代诗歌"经典"完全可靠吗？要回答这个问题，就必须对新诗经典化历史进行反思。

首先，这是一个与被经典化对象的诗美资质相关的问题。现代诗歌只有30多年历史，相对于成熟的古代诗歌艺术，现代诗美理想还在探索中，提供给选家、史家来遴选的优秀作品有限。此外，现代诗歌因属于白话自由体诗歌而受到旧式读者的质疑，于是现代新诗批评多论证新诗存在合法性和诗美探索的合理性问题，那些被反复批评的新诗作品可能只具有白话为诗的实验性和探索性，并非有内在诗美资质，其是否属于真正经典尚需打个问号。

其次，批评、选本和文学史著是由诗人、学者和理论工作者所承担完成的，他们专业的审美趣味有助于遴选出真正的新诗经典，但是我们还必须审慎地注意到另一面。第一，新诗批评者和选家多是正在从事新诗倡导与实践的诗人，他们的诗学观念还在探索中，所推举的作品只是符合他们当时的新诗理念与评判标准，其中一些作品不具有经典品格；第二，他们往往隶属于某个文学社团或认同某种创作潮流，取舍作品无法跳出文学小圈子，这不利于经典的遴选；第三，专家控制着批评话语权并按照自己的标准代替大众读者选诗,所遴选出来的不少作品不能雅俗共赏。所以它们是否能成为超越时空的经典,也需打个问号。

再者,近百年来以新诗批评、选本和文学史著为主体所推动的经典化历程是在多重因素共同构成的场域中展开的,这个场域影响着新诗的传播与接受。启蒙、救亡与革命是20世纪中国最大的主题,也是构成文学传播与接受场域中最核心的力量,从20世纪20年代起,随着时代的交替、场域核心力量的消长,传播接受场域的基本风貌和性质也随之变化,致使不同时代遴选出不同的经典诗人诗作,缺乏相对稳定的沉积期,不利于新诗经典的沉淀,所以近一个世纪里被各个时代共同认可的经典诗歌其实很少。

最后,中国是一个传统文化深厚的国度,作用于新诗传播接受与经典化的不只是现实层面的话语,还有传统话语,且二者往往无形中形成合力发生作用。例如,中国古代民为邦本思想与20世纪启蒙和革命主题结合,使书写底层民众生活的现实主义诗作常被青睐;中国传统诗学中的功利主义观念与20世纪"为人生"、社会革命话语相结合,使书写现实革命主题的诗歌受到眷顾;中国是一个诗教传统深厚的国家,现代社会诗教的实施途径主要被学校教育所取代,于是编写供学生使用的选本与文学史教材成为重要现象,那些适合学校教育的作品受到重视。

批评、选本和文学史著作为现代诗歌传播与接受的三重向度,确实有力地推进了新诗的经典化,为不同时代遴选出了新诗经典;但如上所言,专家视野、变动不居的传播接受场域、外在话语的参与等,致使新诗经典化历程中存在着一些问题,所遴选出的某些经典作品及对其经典性的阐释也并不完全可靠。今天,我们应同情性地理解百年来现代诗歌经典化的历程,反思性地审视被批评、选本和文学史著所指认的那些新诗经典,并充分意识到现代诗歌经典化只是一个刚刚展开的开放性的历史过程。

(本文作者 方长安)

第三部分 诗学文献与研究参考

1. [美]詹姆斯·W. 凯瑞:《作为文化的传播:"媒介与社会"论文集》(修订版),丁未译,中国人民大学出版社2019年版。
2. [德]H. R. 姚斯、[美]R. C. 霍拉勃:《接受美学与接受理论》,周宁、金元浦译,辽宁人民出版社1987年版。
3. [美]斯坦利·费什:《读者反应批评:理论与实践》,文楚安译,中国社会科学出版社1998年版。

4. ［法］雅克·德里达：《文学行动》，赵兴国等译，中国社会科学出版社 1998 年版。
5. ［法］米歇尔·福柯：《知识考古学》，谢强、马月译，生活·读书·新知三联书店 1998 年版。
6. ［美］哈罗德·布鲁姆：《影响的焦虑》，徐文博译，生活·读书·新知三联书店 1989 年版。
7. ［美］哈罗德·布鲁姆：《西方正典》，江宁康译，译林出版社 2011 年版。
8. ［英］特里·伊格尔顿：《如何读诗》，陈太胜译，北京大学出版社 2016 年版。
9. ［美］克里格：《语境批评的存在主义基础》，伍蠡甫、胡经之：《西方文艺理论名著选编》（下卷），北京大学出版社 1987 年版。
10. ［比］普莱尔：《阅读现象学》，伍蠡甫、胡经之：《西方文艺理论名著选编》（下卷），北京大学出版社 1987 年版。
11. ［俄］古米廖夫：《读者》，潞潞：《准则与尺度：外国著名诗人文论》，北京出版社 2003 年版。
12. ［墨］帕斯：《谁读诗歌》，潞潞：《准则与尺度：外国著名诗人文论》，北京出版社 2003 年版。
13. 胡适：《中国新文学大系·建设理论集》，上海良友图书印刷公司 1935 年版。
14. 郑振铎：《中国新文学大系·文学论争集》，上海良友图书印刷公司 1935 年版。
15. 知堂：《关于看不懂（一）（通信）》，谢冕、姜涛：《中国新诗总论》（1），宁夏人民教育出版社 2019 年版。
16. 沈从文：《关于看不懂（二）（通信）》，谢冕、姜涛：《中国新诗总论》（1），宁夏人民教育出版社 2019 年版。
17. 洪子诚：《学习对诗说话》，北京大学出版社 2010 年版。
18. 新诗编辑社：《新诗三百首》，上海新华书局 1922 年版。
19. 北社：《新诗年选》（一九一九年），上海亚东图书馆 1922 年版。
20. 秋雪：《小诗选》，文艺小丛书社 1933 年版。
21. 沈仲文：《现代诗杰作选》，上海青年书店 1932 年版。
22. 刘半农：《初期白话诗稿》，书目文献出版社 1984 年版。
23. 赵景深：《现代诗选》，上海北新书局 1934 年版。
24. 王梅痕：《中华现代文学选第二册·诗歌》，中华书局 1935 年版。
25. 朱自清：《中国新文学大系·诗集》，上海良友图书印刷公司 1935 年版。
26. 孙望、常任侠：《现代中国诗选》，南方印书馆 1943 年版。
27. 闻一多：《现代诗钞》，《闻一多全集》（4），生活·读书·新知三联书店 1982 年版。
28. 臧克家：《中国新诗选 1919—1949》，中国青年出版社 1956 年版。

29. 北京大学、北京师范大学、北京师范学院中文系中国现代文学教研室：《新诗选》(第 1 册)，上海教育出版社 1979 年版。
30. 上海文艺出版社：《中国现代抒情短诗 100 首》，上海文艺出版社 1981 年版。
31. 谢冕、杨匡汉：《中国新诗萃：20 世纪初叶—40 年代》，人民文学出版社 1988 年版。
32. 张永健、张芳彦：《中国现代新诗三百首》，长江文艺出版社 1992 年版。
33. 罗洛：《新诗选》，上海书店 1993 年版。
34. 张同道、戴定南：《二十世纪中国文学大师文库·诗歌卷》，海南出版社 1994 年版。
35. 谢冕、钱理群：《百年中国文学经典》，北京大学出版社 1996 年版。
36. 谢冕、孟繁华：《中国百年文学经典文库·诗歌卷》，海天出版社 1996 年版。
37. 谢冕：《中国百年诗歌选》，山东文艺出版社 1997 年版。
38. 谭五昌：《中国新诗三百首》，北京出版社 1999 年版。
39. 牛汉、谢冕：《新诗三百首》，中国青年出版社 2000 年版。
40. 张新颖：《中国新诗(1916—2000)》，复旦大学出版社 2001 年版。
41. 龙泉明：《中国新诗名作导读》，长江文艺出版社 2003 年版。
42. 杨晓民：《百年百首经典诗歌(1901—2000)》，长江文艺出版社 2003 年版。
43. 伊沙：《现代诗经》，漓江出版社 2004 年版。
44. 谢冕：《中国新诗总系》，人民文学出版社 2010 年版。
45. 洪子诚等：《百年新诗选》(上、下)，生活·读书·新知三联书店 2015 年版。
46. 洪子诚、程光炜：《中国新诗百年大典》，长江文艺出版社 2013 年版。
47. 草川未雨：《中国新诗坛的昨日今日和明日》，海音书局 1929 年版。
48. 朱自清：《新诗杂话》，生活·读书·新知三联书店 1984 年版。
49. 王瑶：《中国新文学史稿》，开明书店 1951 年版。
50. 蔡仪：《中国新文学史讲话》，新文艺出版社 1952 年版。
51. 张毕来：《新文学史纲》，作家出版社 1955 年版。
52. 刘绶松：《中国新文学史初稿》，作家出版社 1956 年版。
53. 丁易：《中国现代文学史略》，作家出版社 1955 年版。
54. 朱自清：《中国新文学研究纲要》，《文艺论丛》第 14 辑，上海文艺出版社 1982 年版。
55. 唐弢：《中国现代文学史》，人民文学出版社 1979 年版。
56. 废名：《谈新诗》，新民印书馆 1944 年版。
57. 钱理群等：《中国现代文学三十年》，上海文艺出版社 1987 年版。
58. 朱栋霖：《中国现代文学史 1917—2010》(精编版)，北京大学出版社 2011 年版。
59. 尚永亮等：《中唐元和诗歌传播接受史的文化学考察》(上、下)，武汉大学出版社 2010 年版。

60. 陈文忠：《中国古典诗歌接受史研究》，安徽大学出版社 1998 年版。
61. 王兆鹏：《唐宋词史的还原与建构》，湖北人民出版社 2005 年版。
62. 吴相洲：《唐诗创作与歌诗传唱关系研究》，北京大学出版社 2004 年版。
63. 谭新红：《宋词传播方式研究》，武汉大学出版社 2010 年版。
64. 姜涛：《"新诗集"与新诗传播空间的生成》，《"新诗集"与中国新诗的发生》，北京大学出版社 2005 年版。
65. 方长安：《新诗传播与构建》，中国社会科学出版社 2012 年版。
66. 黄修己：《中国新文学史编纂史》，北京大学出版社 1995 年版。
67. 吴秀明：《重返文学的"历史现场"》，浙江大学出版社 2018 年版。
68. 陈仲义：《现代诗：接受响应论》，中国社会科学出版社 2018 年版。
69. 王卫平：《接受美学与中国现代文学》，吉林教育出版社 1994 年版。
70. 陈绍伟：《中国新诗集序跋选（一九一八——一九四九）》，湖南文艺出版社 1986 年版。
71. 俞平伯：《社会上对于新诗的各种心理观》，《新潮》第 2 卷第 1 号，1919 年 10 月 30 日。
72. 王统照：《对于诗坛批评者的我见》，《诗》第 1 卷第 3 号，1922 年 5 月。
73. 梁宗岱：《诗·诗人·批评家》，天津《大公报·文艺》第 145 期诗特刊，1936 年 5 月 15 日。
74. 朱光潜：《心理上个别的差异与诗的欣赏》，天津《大公报·文艺》第 241 期，1936 年 11 月 1 日。
75. 吴秀明：《后现代主义语境中的知识重构与学术转向——当代文学"历史化"的谱系考察与视阈拓展》，《文艺理论研究》2016 年第 4 期。
76. 王本朝：《重写文学史：一段问题史》，《广东社会科学》2003 年 5 期。
77. 高玉：《文学史作为中国文学教育基本模式之检讨》，《文学评论》2017 年第 4 期。
78. 方长安：《传播与新诗现代性的发生》，《学术月刊》2006 年第 4 期。
79. 李怡、苏雪莲：《大众传媒与中国新诗的生成》，《学术月刊》2006 年第 4 期。
80. 鲍焕然：《新诗传播媒介与建构》，《学术月刊》2006 年第 4 期。
81. 陶丽萍：《新诗传播与经典化》，《学术月刊》2006 年第 4 期。

思考题

1. 简述传播媒介对诗人创作心理的影响。
2. 简述现代传播语境里新诗读者类型。
3. 简述现代传媒对新诗情感趋向的作用。

4. 简述现代传媒对新诗表达方式的影响。
5. 简述传播对新诗历史发展的作用。
6. 简述读者的阅读接受与新诗经典化的关系。
7. 简述新诗传播接受的维度、功能与特点。
8. 如何打通新诗的内部研究与外部研究?
9. 简述传播接受研究对重写新诗史的价值。

第七章
新诗史客观演变与主观构建

第一部分　现象与问题

一、客观演变史

新诗走过了百年历程,风风雨雨,坎坎坷坷。百年中,诗潮一浪又一浪,诗人诗作无数。有人反对,有人赞誉。反对者中有守旧派,也有新派,守旧者多站在文化守成立场否定新诗潮,而一些新文化中人基于特别的诗歌观念而诟病新诗。赞誉者也很复杂,他们文化观各异,审美趣味不同,有的从文明进化角度论诗,有的从政治理想出发评诗,有的则以纯诗立场论诗,林林总总。

新诗发生发展潮流客观存在,推动新诗历史演进的因素很复杂,有外在的政治运动、社会思潮、读者阅读期待,有诗歌内部的演变力,内外因素形成结构性关系,决定着新诗的流变。历史已经定型,新诗潮、新诗人、新诗作品作为事实客观存在着,不可改变。然而,造成历史事实的个中因由需要认真清理。哪些是诗的因素,哪些是非诗因素?诗与非诗的因素又是如何发生的?后面的推手是谁?诗的因素和非诗的因素在新诗流变中的关系如何?各自起了怎样的作用?这些都需要以史实为依据进行梳理、研究,以为百年新诗诗美得失寻找出令人信服的答案。研究新诗史,就是要理出历史的头绪,反思历史现象,寻觅出新诗流变的内在逻辑及其依据。

二、主观建构史

百年新诗客观存在,历史著述是一种话语行为,不可能完全真实地反映事实。首先,叙述者面对的是有限的事实,在这一层面就舍掉了许多"真实";面对有限的新诗事实,叙述者有一个选择的角度、价值与立场问题,这些影响着他的择取;择取之后,如何讲述,受到言说语境、述史目的、诗学观念等制约,影响着叙述语气、轻重取舍与价值评判等。所以,任何既有的历史教科书都并非事实的完全真实的反映,很可能只反映了某一面、某一点,甚至是扭曲、变相的事实等。

既有的新诗史知识作为话语讲述的结果,有的以思潮发展为框架,有的以流派演进为结构,进化的逻辑贯穿史的叙述,将新诗史叙述成不断前进的历史,但事实不一定是这样,从诗意的角度看更不是这样。大体而言,新诗史叙述受20世纪现代文化观念影响很大,新的、进步的、现代的、革命的受到重视;边缘的、传统的、倒退的、思古守旧的或被删除,或被批判,或成为支持进化史的反面材料。所以,现有的新诗史著中的重要诗人、诗作有些不一定重要,有些杰出的诗人诗作可能只是临时话语选择的结果,随着话语改变就会被摒弃。

新诗知识相当程度上是主观建构的结果,新诗史是一部主观建构史。

三、新诗发生发展的复杂性

能否找到一种简单的话语结构以言说复杂的事实?诗人郑敏曾在谈论诗歌复杂性时提出"将一首诗看成一个句子"的观点,其主语由"矛盾着的几股力量"构成,谓语是"矛盾的行动,即各力量间的冲突与亲和",宾语及补语就是"行动的结果和矛盾的解决及对诗中人物的影响"[①],一首诗就是主谓宾补内容之和,非常复杂。这是解读诗歌复杂性的一种模式,用它来言说新诗发生发展历史的复杂性也应该是有效的。中国新诗的倡导者、创作者胡适、鲁迅、郭沫若、闻一多、李金发、徐志摩、蒋光慈、蒲风、田间、李季等分属不同的文化阵营,对新诗创作目的、价值构造、诗美特征的理解存在很大分歧,属于矛盾着的主体,导致新诗史上出现了不同的诗学主张,不同姿态、风格的诗人,其创作方法、造诗方式不同。例如文学研究会的诗人与创造社诗人之间、新月派诗人与中国诗歌会诗人之间,在写诗行为上常常发生冲突,当然也有亲和的时候,情况很复杂。其结果是中国新诗史上出现了不同的新诗流派、不同的新诗运动、不同的诗歌实验行为。主体及其行为的复杂性进而带来了诗创作结果的复杂性。谓语有及物和不及物两种,有的新诗倡导主体可能只有理论行为而没有创作实验,没有创作出作品;有的则既有创作主张又有诗歌作品。不仅如此,不同的创作主体、不同的创作行为更导致诗歌作品面目各异,作品诗美呈多种样态,水平参差,如冰心的诗与郭沫若的诗、李金发的诗与徐志摩的诗、李季的诗与穆旦的诗,内容和形式完全不同,它们对读者的影响也不同,与读者构成不同的矛盾张力关系。总之,新诗历史虽然不长,但外在形态与内在构造非常复杂,这是言说新诗史时应该具有的知识背景与认识前提。

四、多维新诗讲述史

新诗讲述史就是被讲述出来的新诗历史,什么时候讲、谁讲、为何讲、在哪里

---

① 郑敏:《诗人与矛盾》,杜运燮等:《一个民族已经起来——怀念诗人、翻译家穆旦》,江苏人民出版社1987年版,第30页。

讲,决定了讲述的立场、原则与语气,因而形成了不同的新诗讲述史。历史性地看,主要有四种。一是新诗第一个十年间出现的文学史著作,诸如凌独见的《新著国语文学史(中等学校用)》(商务印书馆1923年版)、谭正璧的《中国文学史大纲》(泰东图书局1925年版)、赵景深的《中国文学小史》(光华书局1928年版)等,以中国文学为视野,将现代新诗视为诗歌进化史的必然环节,阐述其发生、发展的依据与合法性,在大文学史框架内评说现代诗人诗作,叙述新诗历史。二是20世纪30年代出现的一批文学史著作,诸如周作人的《中国新文学的源流》(人文书店1932年版)、王哲甫的《中国新文学运动史》(杰成印书局1933年版)、吴文祺的《新文学概要》(上海亚细亚书局1936年版)等,在"新文学"的框架与逻辑中叙述现代新诗的历史,突出新诗"新"的特征。三是20世纪50年代编纂的文学史著作,诸如1951年开明书店出版的王瑶的《中国新文学史稿》(上)、1953年新文艺出版社推出的《中国新文学史稿》(下)、1955年作家出版社出版的张毕来的《新文学史纲》、1956年作家出版社出版的丁易的《中国现代文学史略》、1956年作家出版社出版的刘绶松的《中国新文学史初稿》等,依据新民主主义历史框架和话语逻辑重构新诗发生发展史。四是70年代后期以降出现的史著,主要有唐弢的《中国现代文学史》(人民文学出版社1979年版)、黄修己的《中国现代文学简史》(中国青年出版社1984年版)、钱理群等的《中国现代文学三十年》(上海文艺出版社1987年版)、程光炜等的《中国现代文学史》(中国人民大学出版社2000年版)、孙玉石的《中国现代主义诗潮史论》(北京大学出版社1999年版)、陆耀东的《中国新诗史》(长江文艺出版社2005年版)等,强调回归文学史真实,回归现实主义传统,在一个世纪新诗现代性建构框架中叙述新诗史。

这是按照历史时间所归纳出的四种新诗史,但实际情况还要复杂,从不同的观念范畴出发,还有不同类型的新诗叙述史,例如浪漫主义诗歌史、象征主义诗歌史、抗战诗歌史、左翼诗歌史、白话诗歌史、国语诗歌史。

新诗史可以多维讲述,每一种都有其存在的合理性,有其独特的发现,但也有遮蔽性,这是我们应该警惕的问题。

第二部分　专　题　论　述

中国现代文学史重写与新诗经典化——以钱理群等的《陕西教育》连载版《中国现代文学》为中心的考察

"历史都是当代史",王瑶的《中国新文学史稿》出版至今的70年里[①],中国

---

① 王瑶:《中国新文学史稿》上册,开明书店1951年版;下册,新文艺出版社1953年版。

现代文学史、中国新诗史被不断重写，其价值在不同观念视域里生成与增加，意义不断彰显。1980年代，在新知识不断生成的语境里，现代文学、现代新诗研究获得了诸多新的突破，重叙文学史、新诗史成为时代课题。1982年，《陕西教育》杂志"应广大教师和青年读者要求自学的强烈愿望"①创办自修大学栏目，邀请名家编写教材，王瑶受邀负责现代文学部分。杂志社希望他"开设一个专栏，系统介绍中国现代文学的有关知识，作为当时流行的函授大学的教材"②。但由于当时"王先生没有精力来做这件事情"③，同时为了给年轻人创造机会④，更重要的是笔者以为他希望由他的《中国新文学史稿》奠基的中国现代文学史旧的述史体例能够被突破，期待现代文学的价值能够得到更充分的发掘，于是他将这一任务分配给了年轻的学者钱理群、温儒敏、吴福辉、王超冰⑤。1983年，《陕西教育》第10期开始连载钱理群等编纂的"中国现代文学"，直至1985年第3期，共计25讲，笔者称之为"《陕西教育》版《中国现代文学》"。这部由青年学者执笔的文学史著虽然当时未能引起太多关注，但后来以它为基础修改而成的《中国现代文学三十年》却不断再版，累计发行逾一百三十余万册⑥，成为改革开放以来影响最大的中国现代文学史教材。那么，这部文学史著作建构出了怎样的述史框架？它是如何重组新诗知识板块的？从新诗传播接受与经典化维度看，其功能性价值何在？

（一）

1978年以后，"为应教学工作的急需"⑦，出现了一批在旧作基础上修改而成的现代文学史著作，重要的有唐弢、严家炎主编的《中国现代文学史》（三卷本）⑧、田仲济、孙昌熙主编的《中国现代文学史》⑨、中南七院校的《中国现代文学史》⑩、林志浩主编的《中国现代文学史》⑪，以及王瑶、刘绶松等个人文学史著作

---

① 《〈自修大学〉答问》，《陕西教育》1982年第5期，第46页。
② 李浴洋：《中国现代文学研究的道路、方法与精神——钱理群教授、温儒敏教授、吴福辉研究员访谈录》，《文艺研究》2017年第10期。
③ 李浴洋：《中国现代文学研究的道路、方法与精神——钱理群教授、温儒敏教授、吴福辉研究员访谈录》，《文艺研究》2017年第10期。
④ 钱理群曾回忆，王瑶先生安排这件事情主要有三方面的考虑：一是钱理群曾给北大中文系的学生讲授过现代文学史，有现成的讲稿和一定的基础；二是当时的年轻人面临发表文章困难的问题，王瑶先生也为了给他们创造机会；三是出于对女儿王超冰在学术上的期待。见李浴洋：《中国现代文学研究的道路、方法与精神——钱理群教授、温儒敏教授、吴福辉研究员访谈录》，《文艺研究》2017年第10期。
⑤ 王瑶这种安排埋下了一个历史伏笔，即该文学史著作可能突破《陕西教育》所预设的函授大学教材的定位。
⑥ 李浴洋：《中国现代文学研究的道路、方法与精神——钱理群教授、温儒敏教授、吴福辉研究员访谈录》，《文艺研究》2017年第10期。
⑦ 《说明》，林志浩：《中国现代文学史》（上），中国人民大学出版社1979年版，第1页。
⑧ 唐弢：《中国现代文学史》（一）（二），人民文学出版社1979年版；唐弢、严家炎：《中国现代文学史》（三），人民文学出版社1980年版。
⑨ 田仲济、孙昌熙：《中国现代文学史》，山东人民出版社1979年版。
⑩ 中南七院校：《中国现代文学史》（上·下册），长江文艺出版社1979年版。
⑪ 林志浩：《中国现代文学史》（上）（下），中国人民大学出版社1979、1980年版。

的重版或修订再版。它们的特点是恢复了现代文学史的新民主主义性质,突出"无产阶级领导的人民大众的反帝反封建的文学"主流①,勾勒"革命文学与反动文学、革命文艺思想与反动文艺思想斗争"的书写线索②。这一变化不仅使巴金、老舍、曹禺等具有反帝、反封建思想的民主主义作家重新获得了文学史主流地位,而且使一些在思想上有进步意义的资产阶级作家重新受到关注。但是,随着现代文学研究的进一步深入,人们逐渐发现反帝反封建的定位依然是用社会革命标准衡量文学的结果,思维方式与过去相比并没有本质区别,尤其当面对那些社会性并不突出但是在艺术上颇具特色的作家时,这一历史定位偏离文学的可能性就表现出来了。因此,钱理群等青年学者"已经不再满足于单纯根据《新民主主义论》来进行文学史研究了"③,他们试图通过历史重叙系统地表达自己的观点④,寻求对现代文学认识的新突破。那么,《陕西教育》版勾勒出了一部怎样的中国现代文学史呢⑤?

  首先,重审现代文学起点,重新思考现代文学性质问题。现代文学的历史起点在哪? 性质是什么? 不同历史时期的文学史家持有不同的看法。新文学发生之初,文学史著作如胡毓寰《中国文学源流》⑥、谭正璧《中国文学史大纲》⑦、赵祖抃《中国文学沿革一瞥》⑧等,都是将新文学、新诗作为中国文学史的有机组成部分进行讲述,均十分看重新文学与晚清政治革命的关系,强调梁启超、王国维等是文学革命的先驱者,表达了将晚清作为新文学发端的看法。20世纪30年代以后,人们对新文学有了更深入的认识,一些文学史著意识到1917以来的文学革命对文学观念、体式和语言的变革具有界碑性意义,如王哲甫《中国新文学运动史》⑨、谭正璧《新编中国文学史》⑩、霍衣仙《最近二十年中国文学史纲》⑪、李一鸣《中国新文学史讲话》⑫等都重点描述了文学革命以及主要提倡者胡适的功绩,认为文学革命是新文学的开端。与此同时,以贺凯《中国文学史纲要》⑬、吴

---

  ① 唐弢:《绪论》,《中国现代文学史》(一),人民文学出版社1979年版,第8页。
  ② 唐弢:《绪论》,《中国现代文学史》(一),人民文学出版社1979年版,第11页。
  ③ 李浴洋:《中国现代文学研究的道路、方法与精神——钱理群教授、温儒敏教授、吴福辉研究员访谈录》,《文艺研究》2017年第10期。
  ④ 吴福辉认为《陕西教育》的约稿使他们有机会系统表达自己的观点,自然十分乐意。参见李浴洋:《中国现代文学研究的道路、方法与精神——钱理群教授、温儒敏教授、吴福辉研究员访谈录》,《文艺研究》2017年第10期。
  ⑤ 为叙述方便起见,以下称《陕西教育》版《中国现代文学》为"《陕西教育》版"。
  ⑥ 胡毓寰:《中国文学源流》,商务印书馆1924年版。
  ⑦ 谭正璧:《中国文学史大纲》,泰东图书局1925年版。
  ⑧ 赵祖抃:《中国文学沿革一瞥》,光华书局1928年版。
  ⑨ 王哲甫:《中国新文学运动史》,杰成印书局1933年版。
  ⑩ 谭正璧:《新编中国文学史》,光明书局1936年再版。
  ⑪ 霍衣仙:《最近二十年中国文学史纲》,北新书局1936年版。
  ⑫ 李一鸣:《中国新文学史讲话》,世界书局1943年版。
  ⑬ 贺凯:《中国文学史纲要》,新兴文学研究会1933年版。

文祺《新文学概要》①、李何林《近二十年中国文艺思潮论》②、苏雪林《中国文学史略》③、蓝海《中国抗战文艺史》④为代表的文学史著则将"五四运动"视为新文学的起点。

不同起点反映了史家认知新文学的视野差异，并关涉新文学性质问题：① 晚清起点说，重视文学发展的内在连续性，重视晚清维新变革与"五四新文化运动"的内在关系；② 文学革命起点说，表现了史家对新文学史实的尊重，对新文学现代性的重新理解；③ "五四运动"起点说，侧重于将新文学置于新民主主义革命体系里把握。1949年7月第一次文代会的召开，改变了众说纷纭的状况。郭沫若在《为建设新中国的人民文艺而奋斗》的会议报告中指出："五四运动以后的新文化是无产阶级领导的人民大众反帝反封建的新民主主义的文化，五四运动以后的新文艺是无产阶级领导的人民大众反帝反封建的新民主主义的文艺。"首次对新文化和新文学的性质作了统一规定，明确了现代文学的新民主主义性质。这一性质决定了中国现代文学的历史是"三十年的新文艺运动"的历史，⑤与新民主主义革命的历史同步，上限是1919年，下限是1949年。此后，几乎所有的文学史著都以"五四"前后新民主主义革命的发生作为现代文学开端，以1949年第一次文代会的召开作为这段历史的终结。而《陕西教育》版则突破了现代文学的"五四起点说"，它在1983年10月发表的第一讲《中国现代文学的发端》中就提出："中国现代文学以一九一七年发难的文学革命为开端。"⑥由此，被剥离出去的一些旧民主主义文学内容再度被纳入新文学史叙述，现代文学史就变成了三十二年的历史。谈及这一变化，钱理群表示："我们当时认为现代化是一条更为根本的叙述线索。"⑦这表明他们在20世纪80年代初期就已经开始重新思考现代文学的性质问题，但并没有形成明确的看法。于是，他们一方面认为现代文学"是近代文学发展的结果"，"是适应新民主主义革命而诞生的产物"⑧；但另一方面不纠缠于对文学性质的辨析，突破既有文学史著作的述史框架，侧重于从文体、翻译、观念变迁等层面叙述现代文学发展史，这无疑是一种述史策略。换言之，他们在努力探索叙述现代文学历史的新范式。

其次，调整现代文学史的历史分期和内容。现代文学史的分期与述史语境密切相关。1957年3月，高等教育出版社出版了《中国文学史教学大纲》，正式

---

① 吴文祺：《新文学概要》，上海亚细亚书局1936年版。
② 李何林：《近二十年中国文艺思潮论》，生活书店1947年版。
③ 苏雪林：《中国文学史略》，国立武汉大学1938年版。
④ 蓝海：《中国抗战文艺史》，现代出版社1947年版。
⑤ 参见郭沫若：《为建设新中国的人民文艺而奋斗——在中华全国文学艺术工作者代表大会上的讲话》，《中华全国文学艺术工作者代表大会纪念文集》，新华书店1950年版，第35—37页。
⑥ 王瑶主编，温儒敏执笔：《第一讲 中国现代文学的发端》，《陕西教育》1983年第10期。
⑦ 李浴洋：《中国现代文学研究的道路、方法与精神——钱理群教授、温儒敏教授、吴福辉研究员访谈录》，《文艺研究》2017年第10期。
⑧ 王瑶主编，温儒敏执笔：《第一讲 中国现代文学的发端》，《陕西教育》1983年第10期。

确立现代文学的历史分期规范：① "五四"时期及第一次国内革命战争时期(1919—1927)，② 第二次国内革命战争时期(1927—1937)，③ 全面抗日战争时期(1937—1942)，④ 抗日战争后期及第三次国内革命战争时期(1942—1949)①。这一分期遵循了现代文学历史与新民主主义革命史同构的基本性质，影响深远，此后三十年的文学史著几乎都沿用了这一模式。《陕西教育》版未使用这一历史节点意义鲜明的划分方法，而是以年代顺序为线索②，重新描述现代文学历史。在对第一个阶段(1917—1927)的文学发展概述中③，它主要从近代文学改良运动、文学革命的发生发展、外国文艺思潮的涌入和新文学社团的蜂起、对封建复古派的斗争和新文学统一战线的分化四个方面入手，还原了现代文学从诞生到发展初期的艰难历史。这一时期，以萧楚女、邓中夏、恽代英等革命理论家和《十二月革命歌》《五卅小调》等歌谣作品为代表的初期革命文学还处于萌芽状态，在文坛上影响十分微弱，所以并未被重点提及。《陕西教育》版主要叙述了鲁迅、汪敬熙、杨振声、冰心、叶圣陶、郁达夫、废名、朱自清、周作人、郭沫若、胡适、冯至、闻一多、徐志摩、李金发、蒋光慈等作家及其作品，叙述的视角也发生了变化。例如，对鲁迅的《呐喊》和《彷徨》，它不再从社会革命角度入手，而注重体现其艺术成熟的四个特点，肯定这两个集子广泛吸收古今中外文学成果、创造改造民族灵魂文学的先锋性；对周作人，不因其思想面貌否定其艺术成就，从事实出发，陈述其对散文建设的贡献；对李金发的诗歌避开内容解读，从艺术视角发现了李诗独特的感觉书写和暗示修辞特点。第二个阶段由20世纪30年代的小说和诗歌、三四十年代的散文，以及二三十年代的现代话剧组成。这一时期，茅盾、老舍、巴金、丁玲、沙汀、艾芜、吴组缃、叶紫、肖红、夏衍、田汉、洪深、沈从文、刘呐鸥、穆时英、殷夫、蒲风、陈梦家、徐志摩、戴望舒等作家成为叙述重点。较为明显的变化是，《陕西教育》版以设立专节的方式突出了沈从文、新感觉派作家，以及后期新月派和现代派诗人的文学史地位；同时，删除了对瞿秋白等革命文艺理论家、革命根据地歌谣，以及柔石、胡也频、李伟森、冯铿等左联烈士的专门介绍。在此前的文学史著作中，沈从文、穆时英、陈梦家等作家由于社会政治身份长期被删除或者批判，《陕西教育》版则从正面发掘了沈从文作品中的湘西世界，解析了穆时

---

① 参见中华人民共和国高等教育部审定：《中国文学史教学大纲》，高等教育出版社1957年版，第238页。

② 这部文学史在专章论述部分作家之外，对小说、散文、诗歌的发展历史均根据年代编叙，年代特征较为明显的章目有：第一个十年的小说创作(上)(下)、三十年代小说(上)(下)、三四十年代的散文，二三十年代现代话剧的发展，三十年代诗歌的发展，新文学第三个十年国统区诗歌创作。不明显的章目有：解放区的小说创作(上)(下)、国统区小说(上)(下)、解放区的戏剧和诗歌创作。这实际上也是根据抗战以后的文学创作情况划分的。

③ 这部文学史虽未明确提出具体的分期，但在具体的章节中有所涉及，例如在1983年第11期第三讲中，它就明确提出了第一个十年的小说史是指"1917—1927"。整体来看，这部文学史所涉及的第一个阶段就为1917—1927年间文学创作，主要包括前七讲：《中国现代文学的发端》《鲁迅的〈呐喊〉和〈彷徨〉》《第一个十年的小说创作》(上)(下)、《"五四"时期的散文》《五四时期新诗的历史发展》《郭沫若的〈女神〉及其他诗作》。

111

英在心理描述和小说叙述节奏上的创新,肯定了后期新月派和现代派诗人揭示内心隐藏情感的表现手段,简洁清晰地呈现了这些作家的文学个性及创作特征,使文学史叙述更为丰富复杂。第三是由解放区与国统区创作活动组成的战争阶段[1]。这一时期,《陕西教育》版不再使用"在民族解放旗帜下的文学创作"以及"沿着工农兵方向前进的文学创作"等标题,大幅削减了报告文学、街头诗、抗日短剧等文学的篇幅,重点讲述了赵树理、孙犁、丁玲、周立波、欧阳山、柳青、柯蓝、张天翼、沙汀、艾芜、艾青、冯至、郑敏、陈敬容等作家,以及《白毛女》《王贵与李香香》《漳河水》、七月派小说、孤岛和沦陷区小说等作品。可以看出,《陕西教育》版对入史对象的选择看重的是艺术性,而不是社会功能,所以忽略了那些思想性较强但艺术水平不高的作家作品,重新发现了冯至、《九叶集》派诗人等艺术成就较高的作家。

再者,《陕西教育》版不再以文学揭示社会革命主潮,它在文学发展史的各个阶段中,主要以小说、散文、诗歌、话剧作为基本划分依据,探讨文学本体特征和发展规律。例如,在第三、第四讲谈论第一个十年的小说创作时,先从文学革命发生和文学期刊繁荣的实际背景出发,阐述这一阶段小说创作高潮出现的原因;再根据其主要特点划分出问题小说、乡土小说和抒情体小说几个主要类型;在此结构中,分析不同作家的创作风格、内容主题、叙事技巧等,呈现这些作家作品的个性特点。可见,在文体划分的尺度下,与文体相关的作家主体、创作经验、时代语境、形式特征等均被纳入文学史的观照视野,文学本体意识被凸显出来,文学史叙述也有了更为内在的诗学精神和艺术追求。

由上可知,《陕西教育》版以1917年为现代文学起点,以年代分期,从书写源头改变了以反帝反封建作为衡量、评价现代作家作品的基本标准。在书写线索上,它以文体发展的文学性线索取代在革命斗争中前进的历史线索;在评价方式上,它从意识形态的共性描述转向对现代文学的个性发掘,弱化对作家作品思想意识的解读和批判,突出他们的艺术成就和文学贡献;在对象选择上,它不再突出文学的社会性功能,更为强调文学的艺术性,不仅省略了那些艺术成就不高的作家作品,还重新发现了一批艺术水准较高的作家。这些探索是几位青年学者在新的历史语境中重构文学史的努力和尝试,有助于引领当时的文学史写作走出"虽展新姿仍存旧痕"的困境[2],也为新诗历史的重新叙述、新诗代表作品的遴选和评价提供了前提与依据。

(二)

在20世纪80年代初思想解放的语境里,《陕西教育》版《中国现代文学》基

---

[1] 整体来观,文学史的第三个阶段比较明晰,主要包括解放区和国统区的小说、戏剧、诗歌创作,由最后八讲组成:《〈在延安文艺座谈会上的讲话〉和革命文艺的新阶段》《解放区的小说创作》(上)(下)、《解放区的戏剧和诗歌创作》《国统区小说》(上)(下)、《四十年代国统区戏剧运动与创作》《新文学第三个十年国统区诗歌创作》。

[2] 黄修己:《中国新文学史编纂史》,北京大学出版社1995年版,第200页。

于新的述史框架与逻辑,是如何重解、评估20世纪初发生的新诗的?重点叙述了哪些诗人、诗作?拼构出了一幅怎样的新诗史地图?

第一个板块是"五四"新诗。《陕西教育》版所述"五四"时期,从"新诗运动的第一个先驱者"胡适1917年前后倡导的新诗运动开始①。它选讲了胡适的《蝴蝶》《老鸦》《人力车夫》、刘半农的《相隔一层纸》、康白情的《草儿》、周作人的《小河》等作品,概述这些诗歌的个性解放精神、偏于写实和说理的艺术手法,以及散文化形式特点。由此,初期白话诗被合理地叙述进了新诗史。

在编者看来,"五四"时期的代表性诗人是郭沫若,将郭沫若单列一章,从《女神之再生》《梅花树下醉歌》《匪徒歌》②《立在地球边上的放号》《天狗》《晨安》等具体作品出发,勾画它们所表现出的大胆创造、个性解放、面向世界的自我抒情主人公形象。显然,这部文学史对郭诗的选评,着意突出了个性解放和自我意识,于是此前文学史所突出的《凤凰涅槃》没有成为关注的重点。这一时期重要的诗人还有湖畔诗人、冰心、冯至、闻一多、徐志摩、李金发和蒋光慈。相较于以前的文学史著作,《陕西教育》版对这些诗人形象的解读和诗歌作品的评价特点相当鲜明。他们称湖畔派诗人是"五四所唤起的一代新人"③,并选择《妹妹你是水》《伊的眼》④和《过伊家门外》等,肯定这些作品所展示的天真、自我的主人公形象。在新月派诗人中,提高了徐志摩的流派地位,认为他是一位"潇洒空灵的个性与不受羁绊的才华和谐地统一"的诗人⑤,重点解读其《雪花的快乐》,着力分析这首诗所表现出的飞动飘逸的艺术风格、美的理想、情感与形象,而像《这是一个懦怯的世界》《太平景象》等表达反抗、揭示社会惨象的诗歌则被删除。同理,闻一多那首著名的表达爱国思想和民族悲愤的《洗衣歌》也不再被谈论。关于李金发,他们不再认为其诗形式畸形怪异、内容浅陋、感情没落,而通过对《弃妇》的详析,赞誉象征诗派"强调表现人的内心感觉,突出'暗示'在诗歌艺术中的地位"⑥这一手法之特别。很明显,《陕西教育》版笔下的"五四"诗人张扬自我、贴近时代、个性鲜明,他们的作品形象明朗、情感灵动、艺术特性突出。值得注意的是,《陕西教育》版还将此前文学史常以专节突出的蒋光慈和象征派诗人列入同一节,并选择蒋光慈《自题小像》《莫斯科吟》这类前期诗作进行分析。这一安排避免了不切实际地拔高一些革命诗人的地位,在文学的意义上确认了他们的位置。

显然,《陕西教育》版通过重叙新诗发生起点,调整革命诗人的诗史位置;通过重新选评郭沫若、徐志摩、李金发等诗人的作品,重构出一幅彰显个性、重视诗艺探索、多种创作倾向交互发展的"五四"新诗地图。

---

① 王瑶主编,钱理群执笔:《第六讲 五四时期新诗的历史发展》,《陕西教育》1984年第2期。
② 应为《匪徒颂》,原文有误。
③ 王瑶主编,钱理群执笔:《第六讲 五四时期新诗的历史发展》,《陕西教育》1984年第2期。
④ 应为《伊底眼》,原文有误。
⑤ 王瑶主编,钱理群执笔:《第六讲 五四时期新诗的历史发展》,《陕西教育》1984年第2期。
⑥ 王瑶主编,钱理群执笔:《第六讲 五四时期新诗的历史发展》,《陕西教育》1984年第2期。

第二个板块是20世纪30年代诗歌。《陕西教育》版认为，30年代的新诗"出现了以殷夫、蒲风为代表的革命现实主义诗歌，以徐志摩、陈梦家为代表的后期新月派浪漫主义诗歌，与以戴望舒为代表的现代派象征主义诗歌"[①]，这是一个"三大流派鼎足而立"的时期[②]。实际上，后期新月派与现代派在审美趣味和艺术风格上有相近之处，将它们置于相对的位置并不十分准确，但这是文学史第一次将新月派、现代派诗歌与革命现实主义并立纳入同一章，对于凸显这两个诗歌流派的诗史地位意义重大。50年代初以来的现代文学史著作通常集中批判以梁实秋、徐志摩为代表的新月派团体，只重点描述蒋光慈的《哀中国》《血祭》、殷夫的《别了，哥哥》《一九二九年的五月一日》、革命根据地的群众歌谣、蒲风的《茫茫夜》、杨骚的《记忆之都》、任钧的《战歌》、温流《卖菜的孩子》和臧克家的《老马》《罪恶的黑手》等作品，完全以现实主义诗歌作为诗史的主流。此前文学史著中的叙述主流变成了《陕西教育》版中的一节：在"三十年代诗歌的发展"这一章中，它以三分之一的篇幅叙述了以左翼诗歌为主的革命现实主义流派[③]，并由殷夫《一九二九年的五月一日》《我们》《呵，我爱的》、蒲风《钢铁的海岸线》等作品，总结出这一流派紧贴现实生活、反映时代题材、强调自我与集体的融合、强调歌谣形式的特点，删除了这一时期的红色歌谣。它将左翼诗人放入新诗流派中进行归纳总结，体现出鲜明的文体意识，不仅突出了新诗本身的变化特点，也是诗史研究方法的新尝试[④]。这一章的余下两节主要叙述了这一时期新月派与现代派的理论贡献和诗歌作品，重新发现了后期新月派在追求主观感情的真实、重视外在现实与内心情感呼应、反对直接抒情等方面的理论主张，且肯定了陈梦家的《一朵野花》、徐志摩的《再别康桥》和《两个月亮》表达真情、揭示内心的艺术表现力。目前来看，这是新时期以来后期新月派第一次以正面形象进入现代文学史。对于现代派的诗人诗作，此前的文学史著作通常只选择戴望舒的现实主义诗歌，强调诗人歌颂抗日、热爱祖国、反映革命的特点和品质，否定他早期的诗篇，批判其感伤的情绪；但《陕西教育》版没有提及《断指》《狱中题壁》《我用残损的手掌》等诗歌，反而选择了诗人前期的作品《雨巷》，充分挖掘这首诗歌暗示、多义的象征主义特点，认为以戴望舒为代表的现代派所创造的冲破格律、协调情绪变化的诗律形式，对现代诗歌形式的发展有重要意义。很明显，《陕西教育》版对这两个流派的叙述，不再以阶级意识、反帝反封建、现实主义为准则，而是置重诗歌的"情感与形式"问题。

30年代新诗已经进入相对繁荣时期，太阳社诗人、中国诗歌会诗人、后期新

[①] 王瑶主编，钱理群执笔：《第十三讲　三十年代诗歌的发展》，《陕西教育》1984年第8期。
[②] 王瑶主编，钱理群执笔：《第十三讲　三十年代诗歌的发展》，《陕西教育》1984年第8期。
[③] "三十年代诗歌的发展"这一章共分为三部分：革命现实主义流派的诗歌创作、后期新月派的浪漫主义诗歌创作、现代派象征主义的诗歌创作。革命现实主义流派占三分之一章的内容。
[④] 赵凌河在《一部颇具新意的中国现代文学史——读〈中国现代文学三十年〉》中认为，此著流派研究的方式不仅颇具特色，还是首创。参见《社会科学辑刊》1988年第1篇。

月派诗人、现代派诗人等都登上了历史舞台。但是在以左翼、大众化的现实主义诗歌为叙述中心的文学史著作中,许多诗人和作品被排除于主流之外。《陕西教育》版以流派为单位归纳左翼诗人、新月诗人与现代派诗人,将革命现实主义流派与后期新月派、现代派共同视为30年代诗歌发展的主流,颠覆了单一的叙述维度,展示出一个诗学意识自觉,现实主义、浪漫主义与现代主义并行,诗歌"情感与形式"相统一的新诗发展时期。

第三个板块是战时诗歌。1937年以后,在解放区、沦陷区和国统区,艾青、田间、臧克家、绿原、阿垅、冯至、卞之琳、袁水拍、袁可嘉、陈敬容、穆旦、南星、朱英诞等各类身份的诗人都在进行新诗创作,战时诗歌形成不同的风格。不过,20世纪50年代以来的文学史著通常以《在延安文艺座谈会上的讲话》为节点,将1937—1949年分为两个阶段,即1937—1942和1942—1949。因此,全面抗日战争前期的田间、柯仲平、臧克家、艾青,以及解放区工农群众和李季、阮章竞的诗歌成为叙述重点;对国统区诗歌,通常只关注以袁水拍的《马凡陀的山歌》为代表的政治讽刺诗。冯至、中国新诗派等诗人和作品则缺席了这一时期的新诗历史叙述。不同于此前的史著,《陕西教育》版将这一时期的诗歌分为解放区和国统区两部分,在具体论述中,以两小节内容叙述解放区诗歌,以整章重点叙述国统区诗歌,这一章节变化表明它对战时诗歌主体的认识发生了变化。先看解放区诗歌,《陕西教育》版主要选择了十余首特点突出的工农群众诗作,总结出解放区诗歌的两个特点:一是规模盛大,二是叙事诗繁荣。它不再特别提及表现农村阶级斗争、表达农民翻身喜悦的农村作品,歌唱革命连队、歌唱人民战争的部队作品,以及反映紧张劳动、颂扬新社会的工人作品。关于《王贵与李香香》和《漳河水》,不再分析王贵性格的阶级特征、李香香和荷荷等妇女形象的反封建性,而从艺术探索角度出发,认为它们积累了"现代新诗向民歌学习,实践民族化方向的可贵经验"[①]。相比而言,国统区的艾青、田间、冯至、七月诗人、袁水拍、《九叶集》诗人的诗歌创作构成了这一时期诗歌创作的主体部分。在谈及艾青时,《陕西教育》版以"艾青的诗绪""艾青诗的艺术"两部分专门论述其忧郁的特质,以及诗人对象征主义手法的运用,艾青诗歌的现代主义特征开始获得正面诠释。不仅如此,现代派的艺术技巧也被认为"丰富与发展了现实主义的艺术表现力"[②],所以,直接受到西方现代主义影响的冯至、袁可嘉、郑敏、陈敬容等诗人也被重新发现,相关作品如冯至《十四行诗》的联想特点、哲理思索、商籁体形式等诗歌特征也受到重视[③]。这一板块中,《陕西教育》版改变了以革命现实主义为标准的评价思路,大幅弱化了对解放区工农群众诗歌的叙述,同时又扩展了国统区诗歌

[①] 王瑶主编,王超冰、温儒敏执笔:《第二十一讲 解放区的戏剧和诗歌创作》,《陕西教育》1984年第12期。
[②] 参见王瑶主编,钱理群执笔:《第二十五讲 新文学第三个十年国统区诗歌创作》,《陕西教育》1985年第3期,第63页。
[③] 应为《十四行集》,原文有误。

篇幅,重新发掘了现代主义诗人和作品。

总之,《陕西教育》版在文学史重写的基础上开始重叙新诗发展史,重估新诗成就,重组出个性鲜明、流派意识较为突出、风格多元的新诗知识板块。

(三)

有学者认为,文学史即意味着"某种坚硬的、无可辩驳的事实描述,这样的描述避免了种种时尚趣味的干扰而成为一种可以信赖的知识"①。从这个意义来看,现代文学史著的新诗史叙述,不仅是历史话语和个人趣味的呈现,知识控制的权力还赋予了这一行为塑造经典的功能。《陕西教育》版在思想解放、文学自觉的语境里重叙新诗历史,重新遴选诗人诗作,重新阐释现代新诗经典。这种重释主要是相对于新时期以来的几部文学史著作而言的,而"唐弢本"《中国现代文学史》(三卷本)是其中的代表②,所以下面将二者进行对比(表7-1),以揭示《陕西教育》版在塑造新诗"经典"方面所起的作用与意义。

表7-1 唐弢主编的《中国现代文学史》和《陕西教育》连载的
《中国现代文学》重点关注的作品比较

诗　人	唐弢主编的《中国现代文学史》重点关注的作品	《陕西教育》连载版《中国现代文学》重点关注的作品
胡适	《鸽子》《蝴蝶》《老鸦》《上山》《威权》《乐观》《周岁》《人力车夫》《你莫忘记》	《鸽子》《关不住了》
康白情	《送客黄浦》《日观峰看浴日》《江南》《庐山纪游三十七首》《女工之歌》	《草儿》
郭沫若	《炉中煤》《梅花树下醉歌》《匪徒歌》《晨安》《女神之再生》《湘累》《光海》《凤凰涅槃》《三个泛神论者》《地球,我的母亲》《献诗》《洪水时代》《天上的市街》《我们在赤光之中相见》《太阳没了》《我想起了陈涉吴广》《黄河与扬子江对话》《如火如荼的恐怖》《战取》《民族复兴的喜炮》《抗战颂》《们》《血肉的长城》《罪恶的金字塔》	《炉中煤》《梅花树下醉歌》《匪徒歌》《晨安》《女神之再生》《湘累》《光海》《立在地球边上放号》《巨炮之教训》《我是个偶像崇拜者》《天狗》《浴海》《创世工程之第七日》《洪水时代》《天上的街市》《春莺曲》《力的追求者》《歌笑在富人们的园里》
湖畔派诗人	《寂寞的国·时间是一把剪刀》《听玄仁槿女士奏伽倻琴》《江之波涛》《黄浦江边》《轿夫》	《妹妹你是水》《伊的眼》《过伊家门外》
冰心、宗白华	冰心《繁星·一二》《繁星·一五九》	宗白华《夜》
冯至	《吹箫人的故事》《帷幔》《蚕马》《蛇》《晚报》《我是一条小河》《狂风中》《哈尔滨》《中秋》《Pompeji》	《蛇》《吹箫人的故事》《帷幔》《蚕鸟》③《十四行诗》④

---

① 南帆:《文学史与经典》,《理论的紧张》,上海三联书店2003年版,第153页。
② 由于这部文学史主要由唐弢主编,黄修己在《中国新文学史编纂史》(北京大学出版社1995年版,第202页)中就简称其为"唐弢本",此处沿用这一说法。
③ 应为《蚕马》,原文有误。
④ 应为《十四行集》,原文有误。

续 表

诗 人	唐弢主编的《中国现代文学史》重点关注的作品	《陕西教育》连载版《中国现代文学》重点关注的作品
闻一多	《发现》《口供》《李白之死》《剑匣》《色彩》《孤雁》《忆菊》《太阳吟》《洗衣歌》《静夜》	《发现》《口供》《末日》《死水》《红烛》
徐志摩	《这是一个怯懦的世界》《太平景象》《雪花的快乐》《沙扬娜拉》《她是睡了》《"一条金色的光痕"》《残诗》《婴儿》《再别康桥》	《婴儿》《雪花的快乐》《两个月亮》
李金发	《有感》《过去与现在》	《弃妇》
蒋光慈	《莫斯科吟》《临列宁墓》《血祭》《寄友》《我应当归去》	《莫斯科吟》
殷夫	《一九二九年的五月一日》《我们》《别了,哥哥》《议决》	《一九二九年的五月一日》《我们》《别了,哥哥》《呵,我爱的》《祝——》
中国诗歌会诗人	蒲风《茫茫夜》《六月流火》;杨骚《乡曲》;任钧《战歌》;穆木天《流亡者之歌》;柳倩《震撼大地的一月间》《生命的微痕》;石灵《新谱小放牛》《码头工人之歌》;王亚平《十二月的风》;温流《卖菜的孩子》	蒲风《六月流火》《我迎着狂风和暴雨》《钢铁的海岸线》;杨骚《乡曲》
臧克家	《生活》《不久有么一天》《枪筒子还在发烧》《老马》《歇午工》《洋车夫》《天火》《罪恶的黑手》《胜利风》《冬天》	《生活》《不久有么一天》《象粒砂》《变》《炭鬼》
陈梦家		《一朵野花》《在蕴藻浜的战场上》
戴望舒	《断指》《我底记忆》《村姑》《游子谣》《狱中题壁》《我用残损的手掌》	《我的记忆》①《雨巷》
解放区诗人	《王贵与李香香》《漳河水》《东方红》《十绣金匾》《古树开花》《送子出征歌》《我们的骏马》《选好人》《帮助抗属去打场》《妇女们,生产忙》《晋察冀小姑娘》《赵清泰诉苦》《揭开石板看》《移民歌》《我是个贫苦的孩子》《一枝钢笔一枝枪》等	《王贵与李香香》《漳河水》《边区人民要一心》《移民歌》《东方红》《十绣金匾》《十二月唱革命》《再把刀刃加些钢》《"运输队长"蒋介石》《刘巧团圆》《晋察冀小姑娘》
艾青	《大堰河——我的保姆》《乞丐》《向太阳》《雪落在中国的土地上》《火把》《马赛》《巴黎》《北方》《手推车》《他起来了》《风陵渡》《吹号者》《他死在第二次》《起来,保卫边区!》《雪里钻》《土轮的反抗》《反侵略》《时候到了》《人民的狂欢节》《欢呼》《布谷鸟》《送参军》	《大堰河——我的保姆》《乞丐》《向太阳》《雪落在中国的土地上》《火把》《我爱这土地》《复活的土地》《春雨》《黎明的通知》《树》《旷野》《老人》

---

① 应为《我底记忆》,原文有误。

续 表

诗 人	唐弢主编的《中国现代文学史》重点关注的作品	《陕西教育》连载版《中国现代文学》重点关注的作品
田间	《给战斗者》《呈在大风砂里奔走的岗卫们》《她也要杀人》《义勇军》《曲阳营》	《给战斗者》《呈在大风砂里奔走的岗卫们》《她要杀人》①
七月诗人	绿原《雾》《旗》《悲愤的人们》《你是谁?》《轭》《复仇的哲学》《终点,又是一个起点》;邹荻帆《中国学生颂歌》《幽默的人》《我底迁都计划》	绿原《给天真的乐观主义者》;阿垅《纤夫》《不要恐惧》;孙钿《雨》;彭燕郊《小牛犊》;冀汸《跃动的夜》《我不哭泣》;芦甸《在动乱的城里》《我活得象棵树了》;杜谷《江·车队·巷》;牛汉《鄂尔多斯草原》;鲁煤《牢狱篇》《一条小河的三部曲》
袁水拍	《抓住这匹野马》《主人要辞职》《万税》《这个世界倒了颠》《公务员呈请涨价》《大人物狂想曲》《一只猫》《发票贴在印花上》《洋狐孀哭七七》	《人咬狗》
《九叶集》诗人		杜运燮《追物价的人》;郑敏《鹰》;陈敬容《力的前奏》

两本文学史著作的取舍增删,不仅透露出两代学者文学史观的不同,而且彰显了他们学术背景的差异,前者的"言说"建立在20世纪50年代以降三十年间的学术话语背景上,后者的"表达"则是在70年代末至80年代初中期不断开放的学术语境里展开。两相对照,不难发现《陕西教育》版的特征。

首先,《陕西教育》版从诗学立场出发,重新翻检、审视新诗史,遴选出一批新诗代表作,或曰"经典",它们与唐弢本所侧重的作品重叠。例如胡适的《鸽子》,郭沫若的《梅花树下醉歌》《匪徒歌》《晨安》《女神之再生》《炉中煤》,冯至的《帷幔》《蚕马》《吹箫人的故事》《蛇》,闻一多的《发现》《口供》,蒋光慈的《莫斯科吟》,殷夫的《一九二九年的五月一日》《我们》《别了,哥哥》,中国诗歌会诗人的《六月流火》《乡曲》,臧克家的《生活》《不久有那么一天》,李季的《王贵与李香香》,阮章竞的《漳河水》,艾青的《大堰河——我的保姆》《乞丐》《向太阳》《雪落在中国的土地上》《火把》,以及田间的《给战斗者》《呈在大风砂里奔走的岗卫们》《她也要杀人》,等等。这些作品大都是革命文学史叙述十分看重的、表现反抗精神的现实主义作品。《陕西教育》版在叙述上尽量剥离它们的思想性标签,进一步敞开文本的诗性意义。譬如《鸽子》的写实主义风格,《梅花树下醉歌》张扬自我的精神,《口供》所体现的主观感情客观化的创作手法,《给战斗者》鲜明的诗歌形式和节奏,《雪落在中国的土地上》的情绪渲染等艺术特点,均得到较为充分的阐释。这一努力使它基本上摆脱了原来的叙述、评价逻辑,使它们成为新诗史而非社会革

---

① 应为《她也要杀人》,原文有误。

命史意义上的"经典"。

其次,《陕西教育》版以新的文学性眼光,发掘出一批以唐弢本为代表的文学史著作所否定或淘汰的诗人诗作,尽量在诗性体系里论述它们,开启了它们在当代的经典化历史。主要包括:胡适的《关不住了》,湖畔派诗人的《妹妹你是水》《伊底眼》《过伊家门外》,冯至的《十四行集》,闻一多的《死水》《末日》,徐志摩《雪花的快乐》《再别康桥》《两个月亮》,李金发的《弃妇》,陈梦家的《一朵野花》,戴望舒的《我底记忆》《雨巷》,艾青的《树》《老人》,以及《九叶集》诗人的作品。这些诗作在1949年新中国成立至改革开放近三十年的历史中,大都没有获得广泛传播的机会。在它们面临着被埋没和遗忘的境遇下,《陕西教育》版重新考察了它们的诗学价值,并将它们推介给新时期的文学史读者。后来的事实也证明了此著的"经典"眼光,比如较少被此前文学史关注的《十四行集》和《雨巷》,《陕西教育》版分别用一整段的篇幅陈述了它们的重要性,后来这两部作品更是被许多选本指认为百年新诗的"经典"之作①。再如《弃妇》《再别康桥》《雪花的快乐》《死水》《末日》《一朵野花》《我底记忆》《两个月亮》《伊底眼》《九叶集》诗人的作品,也逐渐在选本、批评和文学史著作的推介中被广大读者熟知,多成为今天人们谈论新诗时提及的代表作。这些诗人和作品经历了三十年的沉潜还能再度浮出水面,并逐渐成为新的"经典",固然与自身的艺术成就有直接关联,但是这一切都建立在被"重新发现"的基础上。《陕西教育》版第一次集中地为这些诗人和作品提供了读者检验的机会,使他们获得了敞开自我价值和走向经典的可能性,意义重大。

值得注意的是,《陕西教育》版在重新遴选、阐释"经典"的过程中,也忽略了唐弢版《中国现代文学史》重点叙述的许多作品。主要包括四类:一是反映农村苦难、关心农民生活的作品,如蒲风《茫茫夜》、臧克家《老马》等;二是表达革命斗争情绪和爱国主义的作品,如郭沫若《战取》、蒋光慈《临列宁墓》《血祭》《寄友》、殷夫《赠朝鲜女郎》、戴望舒《狱中题壁》等;三是表现社会黑暗、渴望民族新生的作品,如郭沫若《凤凰涅槃》、闻一多《静夜》《洗衣歌》、徐志摩《太平景象》等;四是被用以揭示诗人阶级立场和颓废情绪的作品,如康白情《女工之歌》、汪静之《寂寞的国》、李金发《有感》《过去与现在》等。这些作品中,像《老马》《我用残损的手掌》《寂寞的国》《凤凰涅槃》等诗歌都具有很高的艺术水准。《陕西教育》版未能仔细分辨其中的优劣,在叙述历史、阐释"经典"过程中,不可避免地存在着一些问题。此外,它还直接淘汰了柯仲平、萧三、陈辉等比较出色的解放区诗人、诗作,这些均值得商榷。

---

① 比如说,在王一川等主编的《二十世纪中国大师文库·诗歌卷》(海南出版社1994年版)、谢冕等主编的《百年中国文学经典》(北京大学出版社1996年版)、谢冕等主编的《中国百年文学经典文库·诗歌卷》(海天出版社1996年版)、洪子诚等主编的《中国新诗百年大典》(长江文艺出版社2013年版)这些重要的选本中,《十四行集》中的诗作和《雨巷》均占有十分重要的位置。

从新诗经典化角度看,这种大刀阔斧的重写具有特别的价值与意义,但也值得深思。淘汰许多艺术水平不高的诗人和作品,这是一种十分必要的精简,有助于文学史发现更具代表性的诗人和精华作品、提升文学史叙述的整体水平,有利于优秀诗人诗作的经典化。那些被忽略、淘汰的诗人诗作,有些是以前的文学史重点叙述的表现反帝反封建思想的"经典",《陕西教育》版要重构文学史,要遴选出符合新的文学观念的新诗经典,就必须删除旧框架中的某些代表作,遴选出更加适合新的叙述框架的诗人和作品,这一行为本身在新的逻辑框架里是合理的,具有重塑"经典"的历史价值;但这种取舍是否与历史事实相符,也需要谨慎考虑。文学史、新诗史可以有不同的述史框架与逻辑,但逻辑与事实之间的关系一定要处理好。换句话说,就是要从不同维度充分拷问对诗人诗作取舍的合理性。

总之,《陕西教育》版《中国现代文学》一方面通过对新诗作品的再发现、再遴选与再解读打破了固有观念,为许多诗人和作品创造了被重新阅读检验的机会,也为新时期读者提供了阅读"经典"的线索,具有正面价值与意义;另一方面,当这种敞开的力量与重构的意识合流无形中也产生了新的排斥与遮蔽,导致某些具有重要意义的诗人和优秀的作品无法得到充分的关注。从文学经典化的角度来看,这种敞开与遮蔽值得深入考察,它们也许是这部文学史著作塑造新诗"经典"的重要功能所在。

(本文作者　方长安、陈柏彤)

第三部分　诗学文献与研究参考

1. 草川未雨:《中国新诗坛的昨日今日和明日》,海音书局1929年版。
2. 鲁迅:《致窦隐夫》,《鲁迅全集》(第13卷),人民文学出版社2005年版。
3. 周作人:《中国新文学的源流》,人文书店1934年版。
4. 朱自清:《中国新文学研究纲要》,《文艺论丛》(第14辑),上海文艺出版社1982年版。
5. 萧三:《新诗歌的一些问题》,中国作家协会、诗刊社:《中国新诗百年志·理论卷·上》,中国工人出版社2017年版。
6. 穆木天:《目前新诗运动的展开问题》,原载《开拓者》1937年8月;《穆木天文学评论选集》,北京师范大学出版社2000年版。
7. 穆木天:《诗歌朗读与诗歌大众化》,原载《时调》1938年第3期;《穆木天文学评论选集》,北京师范大学出版社2000年版。
8. 穆木天:《论诗歌朗读运动》,原载《战歌》第1卷第4期,1938年11月21日;《穆木天文学评论选集》,北京师范大学出版社2000年版。

9. 孙玉石：《结语：东方现代诗的构想和建设》，《中国现代主义诗潮史论》，北京大学出版社1999年版。

10. 郑敏：《中国新诗八十年反思》，《思维·文化·诗学》，河南人民出版社2004年版。

11. 龙泉明：《中国新诗的现代性追寻：在中外古今的交汇中发展自身》，《中国新诗流变论》，人民文学出版社1999年版。

12. 程光炜：《文学史二十讲》，东方出版中心2016年版。

13. 骆寒超：《论新诗的本体规范与秩序建设》，中国文史出版社2007年版。

14. 周无：《诗的将来》，《少年中国》第1卷第8期，1920年2月15日。

15. 饶孟侃：《新诗的音节》，《晨报副刊·诗镌》第4号，1926年4月22日。

16. 李思纯：《诗体革新之形式及我的意见》，《少年中国》1920年第2卷第6期。

17. 梁实秋：《新诗的格调及其他》，《诗刊》创刊号，1931年1月20日。

18. 施蛰存：《又关于本刊中的诗》，《现代》第4卷第1期，1933年11月。

19. 刘梦苇：《中国诗底昨今明》，《晨报副刊》1925年12月12日。

20. 何德明：《近年来中国新诗论》，《大夏期刊》1933年第3期。

21. 柯可（金克木）：《论中国新诗的新途径》，《新诗》第4期，1937年1月10日。

22. 林庚：《诗与自由诗》，《现代》第6卷第1期，1934年11月。

23. 孟英、袁勃：《诗歌的新启蒙运动》，《诗歌杂志》1937年第3期国防诗歌讨论特辑。

24. 可非：《新诗歌运动在现阶段的四个特点》，《中国诗坛》第1卷第6期，1938年1月15日。

25. 穆木天：《建立民族革命的史诗的问题》，《文艺阵地》第3卷第5号，1939年6月16日。

26. 叶公超：《论新诗》，《文学杂志》1937年5月创刊号。

27. 常任侠：《五四运动与中国新诗的发展》，《中苏文化》半月刊，第6卷第3期，1940年5月5日。

28. 纪弦：《五四以来的新诗》，《诗领土》第4号，1944年9月15日。

29. 闻一多：《新诗的前途》，《火之源》第1卷第5—6期，1945年12月。

30. 袁可嘉：《诗底道路》，天津《大公报·星期文艺》第14期，1947年1月18日。

31. 袁可嘉：《新诗现代化》，《大公报·星期文艺》1947年3月30日。

32. 王佐良：《一个中国新诗人》，《文学杂志》第2卷第2期，1947年7月。

33. 唐湜：《诗的新生代》，《诗创造》第8辑，1948年2月。

34. 郭沫若：《开拓新诗歌的路》，《人世间》第2卷第4期，1948年3月20日。

35. 李白凤、刘岚山、王采等：《关于新诗底方向问题》，《新诗潮》1948年第3辑。

36. 徐迟：《抒情的放逐》，《顶点》第1卷第1期，1939年7月10日。

37. 胡风：《关于人与诗，关于第二义的诗人》，《诗创作》1942 年第 15 期。
38. 高兰：《诗的朗诵与朗诵的诗》，《时与潮文艺》第 4 卷 6 期，1945 年 2 月 15 日。
39. 李广田：《谈写诗——文艺书简》，《中学生》第 188 期，1947 年 6 月 1 日。
40. 袁可嘉：《新诗戏剧化》，《诗创造》第 12 期，1948 年 6 月。
41. 唐湜：《论意象的凝定》，《大公报·文艺》1948 年 8 月。
42. 谢冕：《回望百年——论中国新诗的历史经验》，《诗探索》2005 年第 3 期。
43. 陆耀东、李怡、孙玉石等：《中国新诗成就与前景（笔谈）》，《学习与探索》2001 年第 2 期。
44. 郑敏：《新诗百年探索与后新诗潮》，《文学评论》1998 年第 4 期。
45. 郑敏：《语言观念必须革新——重新认识汉语的审美与诗意价值》，《文学评论》1996 年第 4 期。
46. 王家新：《中国现代诗歌自我建构诸问题》，《诗探索》1997 年第 4 期。
47. 朱晓进：《二十世纪中国文学史观的反思》，《中国社会科学》2006 年第 1 期。
48. 王光明：《中国新诗的本体反思》，《中国社会科学》1998 年 4 期。
49. 陈卫：《论中国新诗史上第一部新诗批评著作》，《长沙理工大学学报（社会科学版）》2013 年第 1 期。
50. 王国绶：《建构新诗史研究的深度模式》，《江汉论坛》2001 年第 6 期。
51. 张立群：《新诗史的分期及其文化逻辑——从世纪初新诗史的书写现象谈起》，《艺术广角》2009 年第 4 期。
52. 沈奇：《我们需要怎样的新诗史——关于中国新诗史写作的几点思考》，《诗探索》2005 年第 3 期。
53. 陈仲义：《撰写新诗史的"多难"问题——兼及撰写中的"个人眼光"》，《诗探索》2005 年第 3 期。
54. 程光炜：《知识·权力·文学史——关于中国现代文学史观的再思考》，《南京大学学报（哲学·人文科学·社会科学版）》2005 年第 1 期。
55. 温儒敏：《文学史观的建构与对话——围绕初期新文学的评价》，《北京大学学报（哲学社会科学版）》2000 年第 4 期。
56. 吴秀明：《批评与史料如何互动》，《文艺研究》2017 年第 12 期。
57. 王泽龙：《近三十年中国现代诗歌史观反思》，《文艺研究》2009 年第 3 期。
58. 王本朝：《白话文运动中的文章观念》，《中国社会科学》2013 年第 7 期。
59. 吕进：《论中国现代诗学的三大重建》，《文艺研究》2003 年第 2 期。
60. 吕进：《三大重建：新诗，二次革命与再次复兴》，《西南师范大学学报（人文社会科学版）》2005 年第 1 期。
61. 方长安、郑艳明：《现代文学史著作对"新诗"的命名——以 20 世纪 20—40 年代文学史著作中的"无韵诗"为中心》，《福建论坛（人文社会科学版）》2019

年第 3 期。

思考题
1. 既有的中国新诗史叙述可靠吗?
2. 论中国新诗述史模式与逻辑之批判。
3. 论文学史著作与"新诗"概念的建构。
4. 论进化论与中国新诗史的关系。
5. 论政治与中国新诗历史演进的关系。
6. 反思中国新诗史叙述批评化现象。
7. 论新诗运动史与新诗审美创造史的关系。
8. 中国新诗重建的出发点在哪?目的何在?如何重建?

下　编　诗人作品论

第八章
胡适的《尝试集》

第一部分 现象与问题

一、白话诗理论

胡适(1891—1962)自倡导新诗始,就一直在论证白话新诗发生的历史必然性和现实合理性问题,思考新诗与中国文化革命关系,与人的现代转型关系,探寻如何写作新诗的问题,新诗创作与理论建构同步展开,其重要的白话诗理论文献有《谈新诗》《尝试集·自序》《尝试集·再版自序》《蕙的风·序》《寄沈尹默论诗》以及后来的《逼上梁山》等,核心命题不是聚焦新诗本体,而是如何以白话创作自由体新诗,主要观点如下:

(1) 传统资源问题。在《戏和叔永再赠诗却寄绮城诸友》一诗中,胡适说:"诗国革命何自始?要须作诗如作文。""作诗如作文"就是从古典诗歌中挖掘出的诗学传统。这一传统来自宋诗,"由唐诗变到宋诗,无甚玄妙,只是作诗更近于作文,更近于说话","我那时的主张颇受了读宋诗的影响"[①]。胡适那时眼睛时常盯在中国传统文本上,这是一个值得重视的现象,因为很多人一谈新诗就谈外来资源。胡适谈古代白话文学现象、古文发展逻辑与特点,目的则是新诗发展问题。

(2) 如何写的问题。胡适说:"诗体的大解放就是把从前一切束缚自由的枷锁镣铐,一切打破:有什么话,说什么话;话怎么说,就怎么说。这样方才可有真正的白话诗,方才可以表现白话的文学可能性。"[②]"不但打破五言七言的诗体,并且推翻词调曲谱的种种束缚;不拘格律,不拘平仄,不拘长短;有什么题目,做什么诗;诗该怎样做,就怎样做。""诗需要用具体的做法,不可用抽象的说法。凡是好诗,都是具体的;越偏向具体的,越有诗意诗味。凡是好诗,都能使我们脑子

---

① 胡适:《逼上梁山》,《中国新文学大系·建设理论集》,上海良友图书印刷公司1935年版,第8页。
② 胡适:《尝试集·自序》,《胡适文集》(9),北京大学出版社2013年版,第78—79页。

里发生一种——或许多种——明显逼人的影像。这便是诗的具体性。"[①]推翻词调曲谱的束缚,有什么话说什么话,作诗如作文,这是一种渴求彻底解放的呐喊,一种要将中国诗歌写作从繁复的格律条文中解放出来的原则,可谓一种没有原则的新诗创作原则。

二、《尝试集》的旧质与新变

胡适属于过渡时期的人物,传统文化、文学根底深,虽然理性上要与传统拉开距离,但初期诗歌创作中还是留有旧文化、旧文学的某些痕迹,就如他自己后来所言,《尝试集》中的作品带有缠脚时代留下的血腥气。

其新质一眼即明,如区别于旧诗的自由诗体和白话,如诗中来自西方的资本主义思想:对个性解放的呼唤,对自由的向往,劳工神圣观念,对现代国家观念的表达等。那旧质有哪些呢?从近百年后的今天回望,这也许是一个更为重要的问题,它们是传统文人情怀?有旧体诗歌风味?承载民族古典文化的语词?含蕴民族审美趣味的意象?它们在诗歌整体构造中占据着怎样的位置?对诗人的现代性诉求是牵制还是推进?对现代诗美生成起了什么作用?与诗人主张的话怎么说、诗就怎么写的诗学关系是怎样的?

《尝试集》中的旧质与新变既是胡适的,也是那个时代的,是新诗的源头性现象与问题,且在其后的发展过程中始终缠绕在一起,新诗的得失与之关系密切。要弄清楚《尝试集》及其后来新诗发展中的旧质与新变问题,我们需要站在历史的地平线上,以现代意识为立足点,重读作品,调动诗歌知识与经验,认真辨识与思考。

三、《尝试集》价值估衡

这实际上是一个如何理解现代诗歌经典的问题。现代诗歌经典可以分为文学史经典和审美经典两大类。文学史经典不一定是审美经典,审美经典则应属于文学史经典。《尝试集》是新诗史中的经典,地位很高,它是旧诗与新诗不十分清晰的分水岭,是旧诗走向新诗的引桥,也是第一站。《尝试集》是中国新诗的源头,论述中国文学的新旧转变无法绕开《尝试集》,清理中国新诗的源与流、得与失,就必须深入研究《尝试集》的诗美特征,梳理研究其传播接受史与历史影响。

从诗质上看,《尝试集》所追求的"作诗如作文"的创作特点,被后来的一些诗

[①] 胡适:《谈新诗》,《中国新文学大系·建设理论集》,上海良友图书印刷公司1935年版,第299、308页。

人所承续,它所体现的话怎么说、诗就怎么写的口语性,在后来的诗歌史上也时有显现;但经一个世纪的广为传播,它的诗学价值却并未被广泛认可,不同时代的专业读者和大众读者虽然"被迫"反复阅读它们,言说它们,但并未遴选出被普遍认可的超越时空的审美性经典文本,这恐怕与其诗美不足有着直接而深刻的关系。

对于《尝试集》,必须从历史与审美二重维度去审视与评说,估衡其价值。

四、新诗发展与《尝试集》意义生成

胡适的《尝试集》是中国现代文学史、新诗史上的源头性存在,尝试就是开拓,就是探索,就具有意义延展性与生成性。《尝试集》的意义既基于其初时的破旧立新,其新旧杂糅品格,其开拓性;又在相当程度上源于后来的新诗创作,后来诗人的写作和作品赋予《尝试集》新的价值与意义,或者说后来的新诗创作不断发现、凸显了《尝试集》的开拓性和不成熟性,使它不断沉积着诗的话语价值,生成新的意义。一定意义上,后来的新诗写作史、诗话探索史,就是作为源头的《尝试集》之内涵不断敞开的历史。

百年新诗发展道路坎坷,胡适及其《尝试集》在不同的文学语境、诗歌话语空间的命运不同,其形貌或明或暗,位置或中心或边缘,诗美特征或赞或贬,百年新诗叙述史上或在场或隐身,其传播接受的历史就是新诗与社会发展的对话史,是新诗本体反思、构建的历史,也就是其价值与意义生成的历史。如何生成,生成出哪些意义,是需要以中国与世界、现实与传统、诗与史为坐标去叩问的重要问题。

第二部分 专 题 论 述

选本中的新诗"尝试者"形象

胡适将自己的白话新诗集命名为《尝试集》,他说:"我生求师二十年,今得'尝试'两个字。作诗做事要如此,虽未能到颇有志。作'尝试歌'颂吾师,愿大家都来尝试!"[1]这无疑是一种自我定位。自此,"尝试"二字与早期白话新诗联系在一起,与胡适联系在一起,"尝试者"成为胡适的一种身份标签。本文将以实证研究方法,以收录《尝试集》作品的各种选本为考察对象,爬梳、钩沉《尝试集》的选录情况,梳理、研究选本中胡适"尝试者"形象的构建史。

---

① 胡适:《尝试篇》,《尝试集》,人民文学出版社1984年版,第4页。

(一) 漫画化的"尝试者"

本文以1920年1月新诗社编辑部出版的《新诗集(第一编)》为始,以2010年9月人民文学出版社出版的《中国新诗总系》为终,对其间出版的众多新诗选本进行统计,计有218个选本选录了《尝试集》中总计41首诗作,具体入选情况如下(表8-1):

表8-1 入选总频次

诗 作	入选总频次	普通选本入选频次	高校教材入选频次
《人力车夫》	47	18	29
《蝴蝶》	47	32	15
《鸽子》	45	29	16
《威权》	37	18	19
《梦与诗》	33	29	4
《老鸦》	32	21	11
《一念》	26	25	1
《湖上》	21	21	0
《乐观》	17	13	4
《一颗星儿》	17	13	4
《上山》	14	10	4
《希望》	14	11	3
《一笑》	11	11	0
《四烈士冢上的没字碑歌》	9	8	1
《小诗》	9	9	0
《一颗遭劫的星》	10	9	1
《应该》	9	8	1
《看花》	5	5	0
《新婚杂诗》	5	5	0
《四月二十五夜》	5	5	0
《三溪路上大雪里一个红叶》	5	4	1
《江上》	4	4	0
《十一月二十四夜》	6	4	2
《老洛伯》	4	4	0
《关不住了》	4	4	0

续 表

诗　作	入选总频次	普通选本入选频次	高校教材入选频次
《十二月一日奔丧到家》	3	3	0
《他》	3	3	0
《你莫忘记》	3	3	0
《许怡荪》	2	2	0
《我们的双生日》	2	2	0
《周岁——祝〈晨报〉一年纪念》	2	2	0
《如梦令》	2	2	0
《虞美人》	2	2	0
《送叔永回四川》	1	1	0
《自题〈藏晖室札记〉十五册汇编》	1	1	0
《病中得冬秀书》	1	1	0
《论诗杂记》	1	1	0
《示威》	1	1	0
《"赫贞旦"答叔永》	1	1	0
《双十节的鬼歌》	1	1	0
《晨星篇》	1	1	0

入选频次最高的三首分别为《人力车夫》《蝴蝶》《鸽子》,何以如此？如果我们以胡适当年的自我阐释为参照,则发现这三首诗频繁入选,颇为特别,耐人寻味,因为它们并不是胡适自己满意的作品。在《尝试集》再版自序中,胡适列出了自己的满意之作:"我自己承认《老鸦》《老洛伯》《你莫忘记》《关不住了》《希望》《应该》《一颗星儿》《威权》《乐观》《上山》《周岁》《一颗遭劫的星》《许怡荪》《一笑》——这14篇'白话新诗'。其余的,也还有几首可读的诗,两三首可读的词,但不是真正白话的新诗。"①

先来看入选频次最高的《人力车夫》。这首诗不仅不是胡适的得意之作,相反,它在《尝试集》增订四版中还被胡适亲笔删掉。相对于《鸽子》《一念》《看花》等颇有争议的诗篇,这首诗在胡适的删诗事件中未引起任何波澜,也未见胡适引此诗作任何阐述。包括为胡适删诗的周氏兄弟、俞平伯等众贤也没有质疑《人力车夫》的去留问题。为什么这样一首后来被选家反复收录的作品在《尝试集》出版后不久竟然被胡适毫不留情地删掉？我们知道,胡适尝试白话新诗,最看重的

---

① 胡适:《再版自序》,《胡适全集》(第10卷),安徽教育出版社2003年版,第42页。

是不同于古诗文言的"新",可是,《人力车夫》在貌似自然的白话口语下采用主客问答体,其白话句式中回荡着四言古诗的节奏,同时,它所表达的对民生疾苦的关怀,全然是一种杜甫"三吏三别"、白居易《卖炭翁》似的新乐府的现代翻版。面对千年古诗巨大的"影响的焦虑",它的被删应是难逃的劫数。然而,这首被作者删除的诗作在20世纪80年代、90年代高校教材选本中的入选率竟然分别高达72%与62%[①],这同该诗所表现的主题与后来时代语境特别是与高校文学教育的思想诉求相契合有着直接的关系。

再来看入选频次居二的《蝴蝶》。仍然是在《尝试集》再版自序中,胡适说道:"第一编的诗,除了《蝴蝶》和《他》两首之外,实在不过是一些刷洗过的旧诗。"[②]就是说,《蝴蝶》的确呈现出一些新的气象,但胡适终于还是未将它列为自己满意的诗作,因为其新质有限。该诗借一只蝴蝶失去同伴后的孤单与惶惑书写个人寂寞苦恼的内心感受,较为口语化,但这种新诗气象却不幸没能与五言打油诗的诗形格调划清界限。如果说《人力车夫》的频繁入选还与其"劳工神圣"的进步思想有关,那么在选家与文学史家眼中,《蝴蝶》虽新犹旧,更具"尝试"的过渡性、实验性。选取该诗的选本数量众多,有兼具普及和学术参考两种功能、为一般读者广泛接受的鉴赏类辞典,如唐祈《中国新诗名篇鉴赏辞典》(四川辞书出版社1990年版);有专事新诗研究的诗人学者所编的选本,如朱汉、谢冕《新诗三百首》(中国青年出版社2000年版);有视野开阔的学人选本,如张新颖《中国新诗:1916—2000》(复旦大学出版社2001年版);也有诗人、作家或者诗歌权威机构编选的选本,如《诗刊》编辑部《中华诗歌百年精华》(人民文学出版社2002年版)、杨晓民《百年百首经典诗(1901—2000)》(长江文学出版社2003年版);还有低年级一般语文教育读本,如王尚文、曹文轩、方卫平的《新语文读本·小学卷》(广西教育出版社2002年版)。看来,《蝴蝶》被选之繁杂、影响之深广,是胡适始料未及的。

再看入选频次居三的《鸽子》。当谈到自己不成功的尝试时,胡适首先提到《鸽子》,他说:"我最初爱用词曲的音节,例如《鸽子》一首,竟完全是词。"[③]在《谈新诗——八年来一件大事》中,胡适又以《鸽子》为例说明"我自己的新诗,词调很多,这是不用讳饰的"[④]。入选频次如此之高的《鸽子》不仅不是其满意之作,反而成为他自我审视与检讨的证据。《鸽子》本已被胡适删去,是周作人、俞平伯极力保荐而得以存留。周作人、俞平伯何以看重它呢?也许是因为该诗活泼鲜丽的画面和流畅自然的口语吧,但它却被突然夹杂其中的一句"夷犹如意"的生硬文言给破坏了,仿佛鲜美的甜点里夹杂着一粒硌牙的沙子。这也是一种典型的"尝试"式过渡性特点。这首诗不仅入选频繁,而且还在中小学基础教育中普及,

---

① 笔者统计所得。
② 胡适:《再版自序》,《胡适全集》(第10卷),安徽教育出版社2003年版,第34页。
③ 胡适:《再版自序》,《胡适全集》(第10卷),安徽教育出版社2003年版,第36页。
④ 胡适:《谈新诗》,《中国新文学大系·建设理论集》,上海良友图书印刷公司1935年版,第300页。

如《中学生阅读文选(高中三年级用)》(山东教育出版社1999年版),益创教育科学研究所编《青少年诗词高手·新诗卷》(西苑出版社2001年版),乔正康、顾仲义《〈语文〉学习指导与练习》(东北财经大学出版社2003年版),人民教育出版社中学语文室《自读课本·第三册·在山的那边》(人民教育出版社2008年版)等大量中小学教辅书籍选取了该诗。

总之,这三首诗作都残留着这位新诗尝试者从旧体诗词里挣扎出来的鲜明胎记,最典型地代表了胡适自己所谓的"鞋样上总还带着缠脚时代的血腥气"的过渡时代尝试诗的特点。

这三首诗特别受青睐,与编选者所采用的"文学史"立场相关。一般而言,从文学史的立场选取诗人诗作,其选本常常采用两种不同的标准把两种诗人诗作编选进来:一是以佳作传世的优秀诗人及其代表作;再是诗作水平不高,但为诗歌发展作出了不容忽视的贡献的诗人诗作。从上述《尝试集》中三首入选频次最高的诗的情况来看,多数选家显然是将胡适归入后者,因而秉持的是后一标准。这意味着,编选者看取的不是胡适诗歌的审美价值,而是它们作为新诗尝试者尝试之作的文学史价值。编选者通过对这种特别具有文学史化石意义诗歌的选取,在有意无意之间凸显、塑造了胡适不同于其他诗人的独特的新诗"尝试者"形象——推动中国诗歌由文言格律诗向白话自由诗转型,身体力行地以白话口语实验写作自由新诗的"尝试者"。这个"尝试者"敢为人先,但诗艺并不高超,很少写出诗美意义上的优秀作品。选家关注其作品,选录《尝试集》中的作品,不是因为它们的诗性美,而是由于它们是最初的一批新诗,是过渡时代的开拓性作品,属于幼稚的尝试性作品。这个"尝试者"形象是一个诗歌新的探索者、开拓者形象,但不是纯诗美的创造者。

上述众多选本反复选取《人力车夫》《蝴蝶》《鸽子》这三首过渡性、实验性最为突出的典型的尝试诗,反复放大胡适新诗"尝试"的过渡性、实验性,使其成为"尝试者"形象最核心的内容。其实,任何诗人的性格、创作都有多面性,不可能是简单划一的,尝试者也有多重性,但一代又一代的新诗选本有意无意间反复呈现、放大胡适诗人形象的过渡性、实验性,无视其作为"尝试者"的别的性格,简化其特征,"放大"与"简化"致使胡适"尝试者"形象漫画化,就是说新诗选本合理塑造出了一位漫画化的"尝试者"形象。

(二)"尝试者"漫画像塑造史

历史地看,胡适漫画化的"尝试者"形象有一个形成过程。

下表(表8-2)显示218个诗歌选本收入其41首诗作的具体情况是:20世纪20年代8种,入选32首;30年代10种,入选24首;40—60年代未选;70年代末1种[①],

---

[①] 笔者在下文将1979年由北京大学、北京师范大学、北京师范学院中文系中国现代文学教研室编选的《中国现代文学史参考资料·新诗选》划分进新时期80年代选本。

入选6首;80年代51种,入选19首;90年代58种,入选20首;21世纪90种,入选23首。

表8-2 不同年代入选频次

诗歌 \ 年代	20	30	40—70	80	90	新世纪
《人力车夫》	3	0	0	24	16	4
《蝴蝶》	1	0	0	13	15	18
《鸽子》	3	2	0	6	12	22
《威权》	3	0	0	15	12	7
《梦与诗》	0	1	0	3	10	19
《老鸦》	4	2	0	13	6	7
《一念》	2	3	0	4	7	10
《湖上》	0	3	0	5	5	8
《乐观》	4	0	0	8	2	3
《一颗星儿》	1	1	0	3	5	7
《上山》	2	1	0	5	2	4
《希望》	1	2	0	0	2	9
《一笑》	1	3	0	1	3	3
《四烈士冢上的没字碑歌》	0	1	0	3	4	1
《小诗》	4	1	0	1	1	2
《一颗遭劫的星》	1	0	0	2	3	4
《应该》	3	2	0	1	3	0
《看花》	2	0	0	0	2	1
《新婚杂诗》	3	1	0	0	0	1
《四月二十五夜》	2	1	0	0	0	2
《三溪路上大雪里一个红叶》	3	0	0	1	0	1
《江上》	2	1	0	1	0	0
《十一月二十四夜》	0	2	0	0	0	4
《老洛伯》	3	1	0	0	0	0
《关不住了》	2	1	0	0	0	1
《十二月一日奔丧到家》	2	0	0	0	1	0
《他》	2	0	0	0	0	1

续 表

诗歌＼年代	诗歌选本					
	20	30	40—70	80	90	新世纪
《你莫忘记》	2	1	0	0	0	0
《许怡荪》	0	2	0	0	0	0
《我们的双生日》	0	2	0	0	0	0
《周岁——祝〈晨报〉一年纪念》	2	0	0	0	0	0
《如梦令》	1	1	0	0	0	0
《虞美人》	1	1	0	0	0	0
《送叔永回四川》	1	0	0	0	0	0
《自题〈藏晖室札记〉十五册汇编》	1	0	0	0	0	0
《病中得冬秀书》	1	0	0	0	0	0
《论诗杂记》	1	0	0	0	0	0
《示威》	0	0	0	0	1	0
《"赫贞旦"答叔永》	1	0	0	0	0	0
《双十节的鬼歌》	0	0	0	1	0	0
《晨星篇》	0	1	0	0	0	0

从20世纪20年代到21世纪，《人力车夫》在不同年代入选率分别为1.4%、0%、0%、11%、7.3%、1.8%；《蝴蝶》为0.4%、0%、0%、5%、6.8%、8.2%；《鸽子》为1.4%、0.9%、0%、2.7%、5.5%、10%。从不同时期的入选率来看，这三首诗都经历了一个起落回升的曲线变化过程。它们在20世纪20年代入选，30年代后很少受关注，40年代、50年代后完全消失，80年代开始重新受到重视。

由此，我们可以将胡适"尝试者"形象建构过程作如此归纳：20世纪20—30年代，《尝试集》的接受视野尚未定向化，胡适的诗人形象相对开放多元；40—70年代，胡适要么被排斥在主流诗界之外，要么被高度统一的政治意识形态所规约，其"尝试者"形象淡出历史舞台；70年代末以来，经由选家与文学史家合力，其诗人形象走向单一化、定型化，漫画化的"尝试者"形象被建构起来。

20世纪20—30年代的选家是作为参与者对历史进行描述。当事人虽然具有最真切的感受，但近距离观察文学现象，遴选作家作品，编纂文学史，就像坐在火车上观看眼前的树木房屋飞快地一晃而过，显得眼花缭乱，全然不如看远处山色景致在获得相对稳定的图像后形成简明的理性凝定。因而，这时候选家的眼光显得杂陈而多样，选诗的尺度宽容而模糊，致使《尝试集》中各种不同类型的诗歌都进入选家视野。

（1）从诗歌数量上看，这个时期虽然选本非常少，但收入《尝试集》的总篇目却多于后来年份。《分类白话诗选》(许德邻,上海崇文书局1920年版)选入35首,《新诗集(第一编)》(上海新诗出版部1920年版)、《新诗年选》(北社,上海亚东图书馆1922年版)、《中国新文学大系·诗集》(朱自清,上海良友图书印刷公司1935年版)分别选入9首,《现代新诗选》(笑我,上海仿古书店1936年版)选入8首,《(新式标点)新体情诗》(大中华书局1930年版)选入7首,《中学国语文读本》(世界书局1925年版)、《恋歌》(丁丁、曹锡松,泰东图书局1926年版)、《初期白话诗稿》(刘半农,北平星云堂书店1933年版)分别选入6首。像《老洛伯》《你莫忘记》《许怡荪》《我们的双生日》《晨星篇》《周岁——祝〈晨报〉一年纪念》《如梦令》《虞美人》《送叔永回四川》《自题〈藏晖室札记〉十五册汇编》《病中得冬秀书》《论诗杂记》《"赫贞旦"答叔永》这些在新时期选本中几乎绝迹的诗歌,都曾入选这个时期的选本。

(2) 从编选原则看,存在一个从最初的分类杂选到力图展现述史模式的演变过程。比如20世纪20年代初最早的两个选本——1920年1月新诗社编辑部出版的《新诗集(第一编)》与1920年8月崇文书局出版的《分类白话诗选》,均按写实、写意、写情类编选,前者选入《尝试集》9首,后者选入35首,选家的诗歌史主体意识尚未鲜明凸显。1922年上海亚东图书馆出版的《新诗年选》开始彰显严格选诗的愿望,但具体的选择标准仍模糊难辨。1928年泰东图书局出版卢冀野编的《时代新声》,序中言明:"求其成诵,求其动人,有情感,有想象,有美之形式,蜕化诗之沉着处,词之空灵处,曲之委婉处,以至歌谣鼓词弹词,有可取处,无不采其精华。"① 由此看出编者是以诗美为选择标准的。1933年上海亚细亚书局出版的《现代中国诗歌选》开始将十年诗歌历史划分为"尝试时期""自由诗时期""新韵律诗时期",试图以"诗歌进化的轨迹"为标准,所选诗作是《江上》《老鸦》《月夜》。从这几首诗看,后来的"尝试者"形象尚不清晰。1935年上海良友图书印刷公司出版的朱自清《中国新文学大系·诗集》是这个时期的权威性选本,其诗人位置大致按成名时间及影响编年排列,从中可以辨认出初期诗人从旧体诗词的镣铐里挣脱出来,借鉴外来经验、摸索新的诗歌语言的过程。朱自清力图展现线性的诗歌进化的过程,已具鲜明的史家眼光。在这样的标准下,该著选入《尝试集》9首,分别为《一念》《应该》《一颗星儿》《许怡荪》《一笑》《湖上》《我们的双生日》《四烈士冢上的没字碑歌》《晨星篇》。这里我们看到,80年代后频繁入选的《人力车夫》《蝴蝶》《鸽子》并未进入朱自清的视野。一方面,朱自清进行印象式扫描,透视各种诗风转移的特征,勾勒出新诗从草创到成熟的嬗变轨迹;另一方面,诗人兼学者的身份让朱自清在选诗时颇具开阔的视野,注重诗歌语言与形式的意味,尽力呈现白话诗歌的潜能,而不是像后来的许多选家更多地将《尝试集》的印象简单化、刻板化。

---

① 卢冀野:《时代新声》,泰东图书局1928年版,第6页。

从入选数量和编选原则看,旧体诗词意味浓重的"放脚体"诗和成熟的白话新诗,都能进入选家视野。可见,这一时期,选家带着个人的审美趣味选诗,较少受到外部因素的影响。因此,胡适的形象并没有定型,他多以新诗草创期的先锋诗人形象出现在读者面前。

20世纪40—70年代,胡适被排斥在选家视野之外。时代主潮、社会意识形态等外部因素将胡适逐出新文学的记忆之门。这个时期有两种重要的诗歌选本,一是闻一多的《现代诗钞》,二是臧克家的《中国新诗选(1919—1949)》。这两个选本均未选取胡适的诗。

20世纪40年代偏居西南一隅的闻一多编选的《现代诗钞》未选《尝试集》,这似乎为后来胡适文学史形象的建构埋下伏笔。此时,一方面浸淫于古籍,另一方面也偶尔腾出手来写《时代的鼓手》(1943)、《五四与中国新文艺》(1945)、《艾青和田间》(1946)等评论的闻一多,已显示出其思想的明显转变。试看他对田间的评价:"这些都不算成功的诗,(据一位懂诗的朋友说,作者还有较成功的诗,可惜我没见到。)但它所成就的那点,却是诗的先决条件——那便是生活欲,积极的,绝对的生活欲。它摆脱了一切诗艺的传统手法,不排解,也不粉饰,不抚慰,也不麻醉,它不是那捧着你在幻想中上升的迷魂音乐。""当这民族历史行程的大拐弯中,我们得一鼓作气来渡过危机,完成大业。"①深深感染着抗战情绪的闻一多在编选新诗集时,既立足个人的趣味,又试图有力地传达出时代声音。《现代诗钞》里收入65位诗人作品,其中早期白话诗人只有郭沫若(入选6首)、冰心(入选9首),入选作品最多的分别是徐志摩(13首)、穆旦(11首)、艾青(11首)和陈梦家(10首),明显偏重于新月派、现代派等诗人的诗作。这分明显示出闻一多的这个诗选本是撇开文学史眼界的,而更多地倾向于个人审美趣味与时代风潮。《尝试集》里那些素朴的早期白话诗,既不符合闻一多的审美趣味,又远离时代大众,因而无法进入闻一多的法眼。这大约也说明,在闻一多心里,《尝试集》中那些"尝试"性习作在新的时代已经没有什么艺术价值,无论是从审美的意义看,还是从其与当时生活的关联看,已经没有必要向读者推荐了。

臧克家的选本则以新的时代重新盘点新诗遗产的历史主人翁的姿态,将胡适作为已经不具有当代阅读价值的新诗"尝试者"形象凸显出来。

1956年臧克家主编的《中国新诗选(1919—1949)》是新中国成立后第一部极为重要的新诗选本,它不仅带有重新审定文学"遗产"的性质,而且还发挥着对新中国文学的性质和价值作出新判断、建立新规范的导向作用。在长篇代序《"五四"以来新诗发展的一个轮廓》中,臧克家将胡适定位为右翼代表大加批判,认为胡适对形式与内容关系的看法"鲜明地表现出了他的资产阶级形式主义的

---

① 闻一多:《时代的鼓手——读田间的诗》,《闻一多全集》(2),湖北人民出版社1993年版,第201页。

立场和观点","贬抑了作为新诗骨干的那种反帝反封建的思想内容,这和当时具有共产主义思想的知识分子所领导的文艺思想路线是敌对着的"①。他还总结《尝试集》内容只包括对自然风景的轻描淡写,对闺情式爱情的抒发,对美国生活深情留恋的表露,从诗集里可以"嗅到胡适的亲美的买办资产阶级思想掺和着封建士大夫思想喷发出来的臭味"。②臧克家的这种观点代表了20世纪50—70年代中期新中国文学对新文学"遗产"进行取舍的政治价值标尺。在这种标尺度量下,《尝试集》招致了从内容到形式的全盘否定。这种激烈的否定本身既体现了一种新时代"革命化"的史家意识与关注眼光,又十分决绝地否定了《尝试集》在新的时代的传播阅读价值。

这个重要选本多次重版,在1979年修订中,因为政治解冻,臧克家对《尝试集》重新作出了评价:"初次尝试,当然是不成熟的;他的思想感情当然也是资产阶级的,还带着洋味,但写得自然活泼。因此可以说,他在'五四'时期对新诗的创建与发展,是有一定作用和影响的,一本《尝试集》和他的新诗论文,就是佐证。"③《尝试集》重新获得了正面价值。但修订时,《尝试集》仍然没有入选。《新版后记》中臧克家这样说:"在这里,我必须再一次地郑重声明:这是专为青年读者编选的一个'读本',如果内容再扩大,按着新诗发展史把'五四'以来许多有成就的诗人们的作品统统包括进来,对于青年的消化力和购买力是不合适的;那样一个选本是需要的,应该由有关方面另行编选、出版。"④臧克家在这里以"青年"之"读本"的名义,仍然不选《尝试集》中的作品,表明他(或者那个时代)仍然认为《尝试集》中的众多诗并不具备当代传播阅读价值,但他却开始为《尝试集》在新的时代进入另外的新诗选本预留了空间——即从认知历史的角度着眼,《尝试集》作为新诗史的第一部开山诗集,虽已不具有当代传播阅读价值,但在文学史化石意义上还是有入选价值的。在此,"在'五四'时期对新诗的创建与发展,是有一定作用和影响"⑤,只具有文学史化石意义,而不具有诗美价值的"尝试者"形象,实际上已经凸显出来。

20世纪80年代前期,《尝试集》被选本定格为从传统诗词中脱胎、蜕变出的过渡性历史"标本"。臧克家之后的选本是传授文学史知识的高校教材。它们回望臧克家为胡适《尝试集》所预留的选择空间,主要选入《尝试集》中不具阅读价值而只具有文学史化石意义的诗作,不约而同地将眼光投向了《人力车夫》等三首过渡性特点鲜明的诗作,从而使胡适敢为人先地创作没有多少阅读价值的新诗之"尝试者"形象稳定下来。比如,1979年北京大学、北京师范大学、北京师范学院三校中文系中国现代文学教研室编选的《中国现代文学史参考资料》之《新

---

① 臧克家:《臧克家全集》(第10卷),时代文艺出版社2002年版,第220、221页。
② 臧克家:《臧克家全集》(第10卷),时代文艺出版社2002年版,第221页。
③ 臧克家:《臧克家全集》(第10卷),时代文艺出版社2002年版,第222页。
④ 臧克家:《中国新诗选(1919—1949)》,中国青年出版社1957年版,第336页。
⑤ 臧克家:《臧克家全集》(第10卷),时代文艺出版社2002年版,第222页。

诗选》，这是一个容量颇大的选本，它收录了《蝴蝶》《赠朱经农》《人力车夫》《鸽子》《老鸦》《威权》6首作品。在编选说明中，编者指出该选本依据文学史的脉络，"根据历史唯物主义的原则，考虑了教学的实际需要，对于资产阶级诗歌流派的作品，也少量选入，以供参考。对于胡适、周作人这种作者，则选的是他们从新文学阵营分化出去之前的作品"①。这显然承袭的是臧克家的思想，一方面将胡适定位成"资产阶级诗歌派"，另一方面从文学史的脉络，依据"历史唯物主义的原则"，从文学史意义的角度肯定胡适的尝试性行为。这种基于文学史眼光的编选原则在20世纪80年代被沿用下来。随后，1981年北京师范学院中文系现代文学教研室编选的《诗歌》，收录《蝴蝶》《人力车夫》《鸽子》《老鸦》《威权》5首，"以中国现代文学史教学中重点引用的史料、重点涉及和重点分析的作品为限"，进一步明确了胡适及《尝试集》作为教学史料的作用。1982年中国人民大学中国语言文学系中国现代文学教研室编选的《中国现代文学作品选》也收录同样的篇目。这些是容量相对大的教材型选本。容量小的，有些就选《人力车夫》一首。80年代以来，计有29种教材型选本收录了《人力车夫》，15种收录《蝴蝶》，16种收录了《鸽子》。并且，同一时期，计有15种一般性读本选录了《人力车夫》，29种选录了《蝴蝶》，24种选录了《鸽子》。可见，胡适诗歌的入选呈现出由教材型选本向一般性读本扩散的态势。

胡适那些不成熟的新旧过渡性诗歌的高频次入选，构成选本与选本间在时间延展中相同印象储存的循环叠加，而这种循环叠加的印象储存又与文学史叙述者惯用的编码规则相呼应，再构成一种认识的循环，形成一种深入人心的定型化效应，铸就了胡适漫画化的"尝试者"形象，并且使这一形象相当程度地刻板化了。

（三）漫画化"尝试者"形象之修正

"尝试者"形象的尝试性、实验性特征，加之人为的漫画化、刻板化，致使诗美价值不足成为《尝试集》的一种标签。20世纪90年代以降的诗歌选本中，胡适漫画化的"尝试者"形象依然鲜明，但与此同时，存在着修正其漫画化刻板印象的力量，这种力量来自另一倾向的众多选本，即主要作为文学欣赏读本的选本。

20世纪80年代后期以来，图书出版开始市场化，诗歌选家由大众读者的指引人反向受到大众阅读趣味的牵引，《尝试集》的市场阅读价值开始受到重视，许多作品从不同角度进入读者接受视野。打油诗集（程伯钧编《打油诗趣话》，贵州人民出版社1986年版）、抒情诗集（向明编《抒情短诗》，花城出版社1986年版）、爱情诗集（姜葆夫编《古今中外爱情诗歌荟萃》，广西教育出版社1990年版）、爱国诗集（陆耀东编《中国现代爱国诗歌精品》，武汉大学出版社1994年版）、哲理

---

① 北京大学、北京师范大学、北京师范学院中文系中国现代文学教研室：《新诗选》（第1册），上海教育出版社1979年版，说明第1—2页。

诗集(孙鑫亭编《古今中外哲理诗鉴赏辞典》,中州古籍出版社1997年版)等,均收录了《尝试集》中的作品,一定程度上修正了《尝试集》没有多少读者的观点,胡适漫画化的"尝试者"形象一定程度地得到修正与丰富。《梦与诗》《应该》《希望》等诗入选各种选本即是明证。

《梦与诗》是胡适的得意之作,他曾在《谈新诗——八年来一件大事》中津津有味地自赏过。该诗1932曾入选《现代诗杰作选》(沈仲文,上海青年书店),它再次进入选家视野是1985年,邹绛编选的《现代格律诗选》(重庆出版社)收录该诗。邹绛是诗人,看重诗形、诗性,"现代格律诗"突出的是诗的外在形式结构,他要编选的是一个把形式感放在头等重要位置的新诗读本。《梦与诗》的入选可谓20世纪80年代文学审美意识觉醒在胡适诗歌选本领域造就的一件大事,虽然这个选本在当时的影响还很有限,但它为修正胡适的文学史形象埋下了重要的伏笔。其后,一个特别重要的选本——谢冕、杨匡汉编选的《中国新诗萃:20世纪初叶—40年代》(人民文学出版社1988年版),收录了《梦与诗》。在"前言"中,编者指出:"我们的这项工作毕竟和文学史家有所不同……我们则侧重于宏观文化背景下进行诗美的判断……我们则侧重诗歌的审美功能、意义和价值,余者作为相应的参照……把审视点放在突破和扩大了审美习惯规范的一瓣瓣意蕊心香。"①审美性是其遴选诗作的依据,这是对《梦与诗》艺术价值的肯定,换言之,是对胡适"尝试者"漫画化形象的某种修正。接下来,谭五昌的《中国新诗300首》(北京出版社1999年版)收录了该诗。编者在序言中寄望于他这个本子"成为集中反映20世纪中国新诗创作最高成就的总结性选本",这表明他是将《梦与诗》视为具有"20世纪中国新诗创作最高成就"的杰作之一。它与1932年首次收录《梦与诗》的《现代诗杰作选》遥相呼应,挑战了一直以来关于胡适"有名著而无名篇"的观点②。进入21世纪,这首诗入选了彭燕郊的《中外著名诗歌诵读经典·中国现当代抒情诗》(湖南少年儿童出版社2001年版),黄智鹏的《你一生应诵读的50首诗歌经典》(北京图书馆出版社2006年版),上海辞书出版社编辑的《新诗三百首鉴赏辞典》(上海辞书出版社2008年版),朱克、朱威的《阳光情怀:现当代诗歌精品赏析》(人民教育出版社2008年版)等一批以"著名诗歌""经典""精品"等命名的大众读本;也进入了张新颖的《中国新诗:1916—2000》(复旦大学出版社2001年版),朱栋霖、龙泉明的《中国现代文学作品选1917—2000》(高等教育出版社2004年版)等重要的教材型选本;甚至普及到童庆炳、刘锡庆、王富仁主编,李霆鸣选编的《中学生阅读与欣赏:中国现当代诗歌卷》(四

---

① 杨匡汉:《序二:时代诗情与精神价值》,谢冕、杨匡汉:《中国新诗萃:20世纪初叶—40年代》,人民文学出版社1988年版,第17—18页。
② "有名著而无名篇"的观点,始于1929年草川未雨评价《尝试集》:"只有提倡时的价值,没有作品上的价值。"《中国新诗坛的昨日今日和明日》,海音书局1929年版,第53页)陈平原在《经典是怎样形成的——周氏兄弟等为胡适删诗考(一)》中说:"作为新诗人的胡适,有名著而无名篇,此乃目前中国学界的主流意见。"(《鲁迅研究月刊》2001年第4期)

川人民出版社2000年版)、王安忆、梁晓声选编的《课外名篇·高中版·诗歌卷》(湖南文艺出版社2001年版),郝昌明的《语文周计划·阅读》(北京艺术与科学电子出版社2006年版),《诵读中国·初中卷》(人民文学出版社2006年版)等中小学教辅读本。这首诗还被谱曲,经由风靡校园的台湾歌手孟庭苇的歌唱广泛传播,其经典诗句"醉过才知酒浓,爱过才知情重"被选入梅艳芳的流行歌曲《女人花》,更是传之久远。

　　《应该》是胡适多次论及的诗作。在《尝试集》再版自序中,他用该诗注释"独语"这种诗体:"《应该》一首,用一个人的'独语'(monologue)写三个人的境地,是一种创体。""以前的《你莫忘记》也是一个人的'独语',但没有《应该》那样曲折的心理情境。"①在《谈新诗——八年来一件大事》中,胡适如此自赏:"那样细密的观察,那样曲折的理想,决不是那旧式的诗体词调所能达得出的。""这首诗的意思神情都是旧体诗所达不出的。别的不消说,单说'他也许爱我,——也许还爱我'这十个字的几层意思,可是旧体诗能表得出的吗?"②在胡适心中,《应该》不仅具有情感魅力,而且彰显了现代白话的诗性。笔者统计,《应该》9次入选各种选本,其中20世纪20年代3次,分别为《分类白话诗选》《新诗年选》《恋歌》;30年代2次,分别为《(新式标点)新体情诗》《中国新文学大系·诗集》;20—30年代占去了一半之多,尤其是两个重要选本《新诗年选(一九一九)》和《中国新文学大系·诗集》收录该诗,足以说明它在诞生之初曾被一些专家读者所重视。它再次被收录,是1986年复旦大学中文系现代文学教研室编的《中国现代文学作品选》,该选本依次选了胡适的《人力车夫》《三溪路上大雪里一个红叶》《应该》。一方面,该选本呼应了80年代文学史书写的主流声音,将《人力车夫》排在第一位;但另一方面,它也选取了同一时期无人问津的《三溪路上大雪里一个红叶》《应该》。贾植芳在所作"前言"里反思了过去教材"审时度势"的特点,强调"正宗"以外的"旁宗",以及"正宗"内部的支流,要求既要从"政治大处上着眼",又要"注意艺术上的成就",二者"不可偏废"。编者显然意识到通行的文学史著作对胡适形象的描绘有所偏颇,试图去修正。但是这种微弱的声音被其后声势浩大的各种选本和教材覆盖了。

　　1990年4月,台湾业强出版社推出的陆以霖编的《恋曲99》收录了《应该》。在"前言"中,编者说:"五四"以来优美、感人的情诗为数不少,编者经过反复斟酌、淘汰,"勉为其难"割舍了许多珠玉之作,筛留下的99首,俱属技巧圆熟、构思巧妙,并散发艺术魅力的佳篇,可供读者细细咀嚼、玩味③。可见,陆以霖眼中的《应该》无论是从思想感情还是形式技巧上看,都属佳作。该选本收录胡适3首

---

① 胡适:《再版自序》,《胡适全集》(第10卷),安徽教育出版社2003年版,第35页。
② 胡适:《谈新诗》,《中国新文学大系·建设理论集》,上海良友图书印刷公司1935年版,第295—296页。
③ 陆以霖:《编序》,《恋曲99》,(台湾)业强出版社1990年版,第2页。

诗,另两首是《梦与诗》《秘魔崖月夜》。从审美角度看,这三首都是胡适诗作中成熟的作品。大陆之外的学者较少受到大陆对胡适《尝试集》刻板评价的影响,能够跳出既有文学史著作关于胡适新诗的定型化评价思路。大陆再次收录该诗的选本是1991年8月出版的姜葆夫编选的《古今中外爱情诗歌荟萃》(广西教育出版社),它也是从爱情与审美角度编选作品。值得一提的选本是1991年河北大学出版社选编出版的《大学生热点话题》丛书之《给你一片温柔:中国20—30年代著名爱情诗精萃》。该选本的独特之处在于其大众化的生产方式:它是在校园内用书面征求意见的办法,让学生选择自己喜欢的新诗篇名,然后由出版社按计票顺序列出选目。该选本的生产方式说明《尝试集》里的情诗在高校有着广泛的接受群体。高校学生的阅读取舍大多依凭选本和文学史教材,而前文已经论述,选本和文学史书写已经将胡适的"尝试者"形象漫画化、刻板化了,在各种高校教材中学生读到的多是《人力车夫》《蝴蝶》之类的诗作。而从这个选本所选的两首诗歌《蝴蝶》《应该》可以看出,在高校学生群体中,对胡适的诗歌接受已经突破了文学史教材给予他们的刻板印象,他们在"诗美"和"陶冶人的性情"上[①]肯定了胡适诗歌的价值。

我们再看《希望》。20世纪20年代许德邻的《分类白话诗选》(上海崇文书局1920年版)、30年代赵景深的《现代诗选》(上海北新书局1934年版)和笑我的《现代新诗选》(上海仿古书1936年版)曾经收录该诗。赵景深的选本是中学国语补充读本之一,精选了《十一月二十四夜》和《希望》两首。新时期最先收入该诗的是1991年罗洛编的《新诗选》(中华书局香港有限公司)。编者是诗人,他强调"过于晦涩难以鉴赏之作,一般不予收入"。看来编者欣赏的是《希望》一诗的清新自然。蔡世华、孙宜君编《大学生背诵诗文精选》(中国矿业大学出版社1997年版)、严军总、许建国编《课外现代文金牌阅读100篇·初二年级》(吉林教育出版社2005年版)、黄土泽编《中国语文·高一年级》(中国大百科全书出版社2006年版)等选本收录该诗,也都因其语言清新、质朴,意境平实、淡远。

《希望》一诗的特别之处在于,它曾于20世纪80年代被改编成歌曲《兰花草》,在海内外广为流传。"一九八〇年六月十六日的《参考消息》登载港报专稿——《第二个春天——读台报有感》中说,台湾《中国时报》在报道台湾当前流行的以胡适《希望》一诗作词的歌曲《兰花草》中透露:'由于《兰花草》一流行,许多模仿《兰花草》的歌也纷纷出笼。'"[②]《兰花草》在大陆最早见于1985年庄春江的《台湾歌曲》(中国文联出版公司)。笔者查找到新世纪就有17个歌曲选本收入《兰花草》。它们有的是经典的歌曲选本,如原今的《绝妙好歌·中外抒情歌曲》(江苏文艺出版社2003年版),李泯的《中学补充歌曲》(湖南文艺出版社

---

① 河北大学出版社:《给你一片温柔:中国20—30年代著名爱情诗精萃》,河北大学出版社1991年版,第3页。
② 石原皋:《闲话胡适》,安徽人民出版社1985年版,第43页。

2003年版)、李凌、李北的《同一首歌·80年代经典歌曲100首》(现代出版社2004年版)、薛范的《名歌经典·中国作品卷》(中国国际广播出版社2006年版)、乐夫的《又唱同一首歌·校园经典》(湖南人民出版社2008年版)、《相逢是首歌·毕业歌曲精选》(现代出版社2010年版);有的是音乐方面的教材,如晓丹的《全国少年儿童歌唱标准考级教材》(辽宁儿童出版2000年版)、吴子彪的《最易学的吉他速训初级教程》(中国戏剧出版社2006年版)、尤静波的《流行歌词写作教程》(大众文艺出版社2008年版)、许乐飞的《"老汤"简谱钢琴教程》(上海音乐学院出版社2009年版);有的是器乐演奏集,如宋小璐、闵元褆的《民谣吉他考级曲集》(上海音乐出版社2003年版)、《古筝怀旧金曲99首》(上海音乐出版社2007年版)、王小玲、何英敏、罗小平的《岁月如歌:流行歌曲钢琴演奏集》(花城出版社2008年版)、陈其妍、潘如仪的《简线对照成人钢琴小品集》(上海音乐出版社2009年版);还有儿童歌曲选本,如徐沛东的《童声飞翔·中华少儿歌曲精选》(现代出版社2006年版)、辛笛的《钢琴即兴伴奏·儿童歌曲68首》(上海音乐学院出版社2009年版)。一首诗经谱曲而广为流传,其原因虽不尽在其诗性,但流传本身就已成为该诗接受的历史。

一个"五四"诗人,其诗作在今天还能有这样的接受盛况,并且有两首诗能经谱曲流传坊间,许多著名的现代诗人好像没有这样的幸运。如果不是经过这样的选本考察,笔者也会停留在文学史著作关于胡适的固化叙述里,很难想象出这种流播情形。通常的选本研究是选择比较知名的经典选本作为论说案例,而本文力求将精英选本与市场化的通俗读本,甚至歌曲选本尽可能收入眼中,在更全面的文学流通中观察与理解历史。这对突破既有的文学史知识局限,重新认知《尝试集》,重建一个更丰满的"尝试者"形象,甚至重构文学史,有着不容忽视的意义。

(本文作者 方长安、余蔷薇)

第三部分　诗学文献与研究参考

1. 胡适:《五年八月四日答任叔永(尝试集代序一)》,《尝试集》,上海亚东图书馆1923年版。
2. 胡适:《尝试篇(代序二)》,《尝试集》,上海亚东图书馆1923年版。
3. 胡适:《尝试集·四版自序》,《尝试集》,上海亚东图书馆1923年版。
4. 胡适:《尝试集·再版自序》,《中国新文学大系·建设理论集》,上海良友图书印刷公司1935年版。
5. 胡适:《谈新诗》,《中国新文学大系·建设理论集》,上海良友图书印刷公司

1935年版。

6. 胡适:《逼上梁山》,《中国新文学大系·建设理论集》,上海良友图书印刷公司1935年版。

7. 胡适:《寄沈尹默论诗》,《中国新文学大系·建设理论集》,上海良友图书印刷公司1935年版。

8. 胡适:《谈谈"胡适之体"的诗》,陈金淦:《胡适研究资料》,知识产权出版社2010年版。

9. 钱玄同:《尝试集·序》,胡适:《中国新文学大系·建设理论集》,上海良友图书印刷公司1935年版。

10. 胡怀琛:《尝试集批评与讨论》,泰东图书局1923年版。

11. 朱湘:《中书集》,上海生活书店1934年版。

12. 苏雪林:《胡适的〈尝试集〉》,《苏雪林文集》(第3卷),安徽文艺出版社1996年版。

13. 胡适:《四十自述》,陈金淦:《胡适研究资料》,北京十月文艺出版社1989年版。

14. [美]格里德:《胡适与中国的文艺复兴——中国革命中的自由主义(1917—1937)》,鲁奇译,江苏人民出版社1996年版。

15. 吴奔星:《〈女神〉与〈尝试集〉的比较观》,陈金淦:《胡适研究资料》,北京十月文艺出版社1989年版。

16. 陆耀东:《新诗的开山人胡适的〈尝试集〉》,《中国新诗史(1916—1949)》(第1卷),长江文艺出版社2005年版。

17. 易竹贤:《胡适传》,湖北人民出版社1987年版。

18. 姜涛:《〈尝试集〉对"新诗"的塑造》,《"新诗集"与中国新诗的发生》,北京大学出版社2005年版。

19. 易竹贤:《评"五四"文学革命中的胡适》,陈金淦:《胡适研究资料》,北京十月文艺出版社1989年版。

20. 胡先骕:《评〈尝试集〉》,《学衡》第1期,1922年1月。

21. 式芬:《〈评尝试集〉匡谬》,《晨报副刊》1922年2月4日。

22. 胡怀琛:《胡适之新派诗根本的缺点》,《时事新报·学灯》1921年1月11日。

23. 子模:《新诗的出路与"胡适之体"》,《申报·文艺周刊》第11期,1936年1月17日。

24. 梁实秋:《我也谈谈"胡适之体"的诗》,《自由评论》第12期,1936年2月。

25. 姜涛:《"为胡适改诗"与新诗发生的内在张力——胡怀琛对〈尝试集〉的批评研究》,《北京大学学报(哲学社会科学版)》2003年第6期。

26. 刘廼银:《谈胡适〈尝试集〉中的几首译诗》,《中国翻译》1989年第5期。

27. 秦家琪:《重评胡适〈尝试集〉》,《南京师范学院学报(社会科学版)》1979 年第 3 期。
28. 周晓明:《重新评价胡适〈尝试集〉》,《破与立》1979 年第 6 期。
29. 蓝棣之:《中国新诗的开步——重评胡适的〈尝试集〉和他的诗论》,《四川师院学报(社会科学版)》1979 年第 2 期。
30. 陈方竞:《〈尝试集〉的问世与再版》,《华中师范大学学报(人文社会科学版)》2011 年第 3 期。
31. 朱德发:《论胡适早期的白话诗主张与创作》,《山东师院学报(哲学社会科学版)》1979 年第 5 期。

思考题

1. 简述胡适早期新诗创作与其新诗主张的关系。
2. 《尝试集》是中国新诗的起点吗?
3. 胡适如何评说《尝试集》?
4. 简述《尝试集》的功过。
5. 论《尝试集》的百年传播与意义生成。
6. 何谓"胡适之体"?
7. 胡适谈论古典文学的目的是什么?
8. 简述《尝试集》与"五四"新文化的关系。
9. 反思胡适的文学史观。

第九章
郭沫若的《女神》

第一部分 现象与问题

一、《尝试集》到《女神》的内在话语链问题

新诗从《尝试集》到《女神》，时间短，但发展变化很大。《尝试集》未脱尽旧诗词痕迹，旧诗特点若隐若现；《女神》则如诗人所言，形式上做到了绝端的自由，完全没有了旧诗格律影子，白话写作，自由体，彻底解放，形式上"一步（部）到位"。站在"五四"白话诗歌立场，单从诗歌形式革命角度看，这一现象是一种胜利，在中外文学变革史上实属罕见。

但站在诗歌审美角度看，问题似乎没有那么简单。胡适理论上倡导话怎么说，诗就怎么写，主张诗体解放，但实践上并未做到这一点，终为过渡性人物。郭沫若（1892—1978）绝端自由的诗歌，其实与胡适的理论没有多大关系，《女神》的自由体并不是胡适所倡导的那种解放了的诗体，郭沫若对白话自由诗的理解与胡适并不一样。换言之，《女神》并不是胡适诗学的产物，胡适的理论无法结出《女神》那样的果子。所以，从《尝试集》到《女神》，新诗由过渡性走向成熟，这种对新诗发展史的表述可能存在问题。即二者虽然都属于白话自由诗范畴，但从内在构造特点看，并不属于同一话语链。沈从文认为："他不会节制。他的笔奔放到不能节制。""做诗，有不羁的笔，能运用旧的词藻与能消化新的词藻，可以做一首动人的诗，但这个如今却成就了他做诗人，而累及了创作成就。"他指出了郭沫若的性格与作诗的关系，"缺少理智，不用理智，才能从一点伟大的自信中，为我们中国文学史走了一条新路"[①]。沈从文的判断并非没有问题，但他认为郭沫若为代表的创造社"走了一条新路"则是对的。郭沫若与胡适的性格不同，《女神》与《尝试集》抒情达意的笔法不同，形式特点及其所昭示的方向不同，从

---

① 沈从文：《论郭沫若》，王训昭等：《郭沫若研究资料》（中），知识产权出版社2010年版，第554—555页。

这些内外特点看,《女神》并不是沿着《尝试集》的逻辑发展而来的,它走的是另一条路径。

于是,胡适如何评价郭沫若那些诗体自由解放的诗歌,郭沫若又是如何评说胡适的《尝试集》,就成为需要考察的问题;从胡适到郭沫若的新诗史表述也成为需要重审的问题。

二、个体心理表达与期待视野融合

个人创作与社会阅读对话互动是现代文化、文学发展过程中的重要现象。翻开郭沫若的早期诗歌,一个极为醒目的事实是,以死亡为诗题或抒写内容的作品占了很大比例,如《死的诱惑》《火葬场》《死》《湘累》《凤凰涅槃》《Venus》《夜步十里松原》《夜》《心灯》《炉中煤》《司健康的女神》《胜利的死》《棠棣之花》《好像是但丁来了》《地震》《石佛》《太阳没了》《我们在赤光之中相见》,以及稍后的《瓶·第四十一首》《怀亡友》《如火如荼的恐怖》等。这些诗中反复出现的核心意象是坟墓、幽光、灵光、囚牢、地狱、孤舟、战栗、黑暗、夜、火、缥缈的天、地底等。显然,死亡是他当时关注的一个中心问题,是其新诗主题生成的起点。换言之,郭沫若早期诗歌是其死亡意识的表达,是死亡恐惧心理之表现,纯属个体生命体验的表现。

这种书写死亡意识的作品表现了个体生存意识的自觉与无奈,自我抒怀达意,使自我成为表达的中心,个体人被凸显,并直指生命本体,而书写形式又对应于生命所渴求的自由状态。这些书写个体生命感受、体验的诗作,与《天狗》《立在地球边上放号》《我是个偶像崇拜者》《匪徒颂》等一起,契合于"五四"时代人的解放主题,满足了"五四"读者渴望精神解放的心理,为"五四"知识分子所喜爱。他们以"五四"主流话语与修辞解读、揭示其价值。1920年1月3日,宗白华致信郭沫若,称其为天才,鼓励他完善"高尚的'诗人人格'""完满'诗的构造'",以成为中国文化中的"真诗人";1月7日又致信称其"凤凰正在翱翔空际","天狗又奔腾而至了","凤歌真雄丽,你的诗里以哲理作骨子,所以意味浓深。不像现在有许多新诗一读过后便索然无味了",肯定其诗超凡的价值。而后信中又赞曰:"《天狗》一首是从真感觉中出来的……你的诗意诗境偏于雄放真率方面,宜于做雄辉的大诗。所以我又盼望你多做像《凤歌》一类的大诗,这类新诗国内能者甚少,你将以此见长。"①肯定《凤凰涅槃》是"大诗",期待他继续作"大诗"。1920年2月,田汉也致信郭沫若,赞美《凤凰涅槃》死而更生的主题,并呼吁"我在这里等着你的'新我'NeWego啊!"希望郭沫若成

---

① 宗白华:《给郭沫若的信》,王训昭等:《郭沫若研究资料》(中),知识产权出版社2010年版,第579—580页。

长为一位新人";"你的诗首先是你的血,你的泪,你的自叙传,你的忏悔录啊。我爱读你这纯真的诗"①,在那个时期"纯真的诗"是一种最高评价。1922年,《新诗年选(一九一九)》收录郭沫若的《三个泛神论者》《天狗》《死的诱惑》《新月与白云》《雪潮》五首诗歌,编者愚菴评曰:"郭沫若的诗笔力雄劲,不拘拘于艺术上的雕虫小技,实在是大方之家。"②进一步赞誉郭沫若的新诗,包括《死的诱惑》这类作品。1923年,闻一多刊文《〈女神〉之时代精神》,称赞郭沫若的诗体现了"二十世纪时代的精神",反映了"二十世纪是个动的世纪""反抗的世纪"。在该文中,闻一多还专门阐述了郭沫若那些"死亡"诗歌的价值,他的逻辑是:《女神》揭示出"物质文明底结果便是绝望与消极",绝望意味着死亡,而这"绝望与消极之中又时时忘不了一种挣扎抖擞底动作","二十世纪是死的世纪",但是"这死是预言更生的死。这样便是二十世纪,尤其是二十世纪底中国",这就从死而更生的思路赋予了郭沫若那一系列诗歌时代价值。这一话语思路使他不满北社编辑的《新诗年选》将《死的诱惑》作为《女神》的代表作,认为北社编辑:"非但不懂读诗,并且不会观人。《女神》底作者岂是那样软弱的消极者吗?"③闻一多无疑是为郭沫若那些死亡题材作品辩护,而这种辩护其实是一种误读,将个人书写死亡感受、死亡恐惧的纯生命抒怀的文本误读成反映时代精神的大诗。这些辩护与误读反馈到年轻的郭沫若那里则成为一种暗示、一种鼓励、一种巨大的引导,使他自觉不自觉地与时代主流话语对接,融入时代洪流,不断地由个体存在之思转向对外在的时代主题的思索与书写,由此逐渐成为时代的弄潮儿。

总之,读者阅读反馈改变了郭沫若的诗歌创作方向,甚至引导了其人生走向。

三、生命原初经验呈现与转化

现代人类学认为,尚力是生命的原初经验,一种集体无意识记忆。人类早期神话,诸如中国神话、希腊神话均表达了对力的推崇。亚里士多德认为,象征性地表现自然的力量是一切早期神话的特点;马克思在《政治经济学批判·导言》中指出,任何神话都是用想象和借助想象征服自然力、支配自然,把自然力形象化;原型批评理论家弗莱在《批评的解剖》一书中同样认为,神话是关于神的故事,其人物性格具有最大可能的行动力量。

中国上古神话形象诸如女娲、夸父、精卫、后羿、大禹等均属于大力神,是

---

① 田汉:《给郭沫若的信》,王训昭等:《郭沫若研究资料》(中),知识产权出版社2010年版,第578页。
② 北社:《新诗年选(一九一九年)》,上海亚东图书馆1922年版,第165页。
③ 闻一多:《〈女神〉之时代精神》,《创造周报》第4号,1923年6月3日。

人类早期尚力意志的表现；但中国古典文学因儒家"思无邪""温柔敦厚"等审美原则的制约，未能真正地将神话精神原义承续下来，"强力"这一深远的文学精神原型在几千年的中国古典文学中，几乎一直没有找到真正显现自己本质的形式。《女神》时代的郭沫若则以自己的主观意志感应时代精神，在西方"泛神论"和个性解放思想激励下，自觉不自觉地与早期神话建立起某种心理联系，《女神》在超越封建文学的同时，将其精神回归到神话"强力"原型那里，将种族记忆中的"强力"以诗的形式显现出来，从而与人类的共同经验建立起直接联系。换言之，《女神》震撼灵魂的魅力源于对被人类"文明"所湮没神话"强力"原型的表现，也就是对人类生命固有的"强力"原型的书写与转化，《天狗》《立在地球边上放号》《我是个偶像崇拜者》《匪徒颂》以现代形式与生命原初经验进行对话，复活了生命"强力"原型，由此激活了读者潜意识中的"强力"记忆，使自己真正成为超越中国传统文化与诗学的现代文本。

现代意识与生命深处的"强力"之间构成内在的对话结构，赋予《女神》特别的魅力，这是值得注意的文学文化学问题。

四、《女神》中的"西方"

诗集《女神》中有一个特别的现象，即它以拼音文字、文化人物、民族国家、地域概念以及其他文化标签等"西方意象"塑造出了一个特别的"西方形象"。诗人郭沫若对真实的西方世界缺乏切身感受与体验，那些"西方意象"来自课堂与书本，不具备日常性、鲜活性与体验性；抒情主人公往往在认同中以比较的方式和张扬的语气言说"西方意象"，将赞美"西方"与阐扬民族文化精义相结合；"西方意象"的书本性影响了文本的艺术安排，使《女神》对"西方形象"的塑造过程成为诗人张扬自我主体性的重要环节。宣泄个人的郁积、民族的郁积是诗人创作《女神》主要的心理需求与动力，他在宣泄过程中竭力为民族涅槃、新生而歌唱。在宣泄与歌唱过程中，他引入了大量的具有超凡力量的西方神和体现西方现代文明的人，这些意象的出现颇有意义，如果没有这些西方意象，那《女神》的言说、抒情空间仍是传统意义上的"天下"视域，所使用的语词仍来自旧的谱系，其言说气势难以获得超越性。换言之，对那些他所崇仰的西方神、人等意象的掌控、安排，让他们成为诗人表达自我与价值认同的话语元素，让他们成为被动的倾听者、被赞美者，其客观效果是使诗人高高在上，诗人的自我意识得以尽情宣泄，获得了空前的主体性。在宣泄与歌唱中，诗人充分地掌控着西方的神或人，他们被诗人"断章取义"，被诗人删减或增补，形象被改造，于是文本中所生成的"西方形象"并没有形成自己的性格逻辑，而是一个被充分郭沫若化的"西方形象"。

第二部分 专题论述

还原郭沫若诗创作的本真起点

近一个世纪以来,郭沫若因其早期诗歌"绝端的自由"[①]的诗思与形式而被阐释成中国新诗的真正奠基人,这一结论自然是可信的,而且已被一个世纪的读者所接受。然而,问题是从"五四"思想革命这一外在角度对郭沫若早期诗歌"绝端的自由"的形成根源的解释,相当程度上偏离了作为个体的诗人创作时的真实心境,以至于对诗人早期诗歌的解读有时变为一种空洞的时代话语。本文旨在穿越启蒙话语的迷雾,还原诗人创作的本真起点,对其包括《女神》在内的早期诗歌创作的心理动力、内在逻辑等作一个全新的阐释。

翻开郭沫若早期诗歌,一个极为醒目的事实是以死亡为诗题或抒写内容的作品占了很大的比例,死亡是他当时关注的中心问题。他的第一首诗《死的诱惑》写于1916年,表现的是生的烦恼所激起的一种自杀冲动,死对诗人来说是摆脱痛苦的终极方式。他于1919年创作的《死》同样将死看成"真正的解脱"途径,将它比作"情郎",不过此时诗人的内心却充满矛盾,"我心儿很想见你,/我心儿又有些怕你"。诗人开始意识到了死亡的恐怖。同年,在《夜步十里松原》中,他禁不住吟道:"我的一枝枝的神经纤维在身中战栗。"置身古松原远望大海"白茫茫一片幽光",绝望的体验令生命战栗。这一时期,诗人整个被死亡所缠绕,死之恐惧与绝望驱使他不停地思考、写作,死之思与体验成为其诗抒写的基本内容:"我这瘟颈子上的头颅/简直好像那火葬场里的火炉;/我的灵魂儿,早已烧死了!"(《火葬场》)"黑暗的夜!夜!/我真正爱你,/我再也不想离开你。"(《夜》)"我怕我睡了去又来些梦魔来苦我。他来诱我上天,登到半途,又把梯子给我抽了。""我立在破灭底门前只待着死神来开门。""我们魂儿战栗不敢歌。"(《湘累》)"一枝枝的烟筒都开着了朵黑色的牡丹呀!"(《笔立山头展望》)"我把你这对乳头,/比成着两座坟墓。/我们俩睡在墓中,/血液儿化成甘露!"(《Venus》)他在想象中体验死亡,在死亡威胁中书写自我与死亡的关系,死亡意识不断强化自我的无力感。

生存的有限性使人无法回避对死亡的思考,但死亡意识的自觉在不同个体那里发生的年龄段不同,郭沫若在二十几岁的青春期思索死亡问题,是什么使他在人生花季体验无法逃避的死亡威胁呢?1923年,他谈到了这一问题:"寄居异乡,同时又蕴含着失意的结婚之悲苦的我,把少年人活泼的心机无形中倾向在玄

[①] 宗白华、田寿昌、郭沫若:《三叶集》,上海亚东图书馆1923年版,第49页。

之又玄的探讨上去了。民国五六年的时候正是我最彷徨不定而且最危险的时候。有时候想去自杀。"①现实的失意落魄使他想到自杀,希望以死亡解脱人生悲苦,这样死亡意识在他年轻的心灵中出现、生长,他开始思索玄之又玄的生命存在与死亡问题。自杀是主体的自觉行为,而必死无疑则是与人的主体意识无关的天理:"把我们的心眼睁开内观外察,我们会知道我们才是无边的海洋上一叶待朽的扁舟,我们会知道我们才是漫漫的黑夜里一个将残的幽梦,我们会知道我们才是没破的监狱内一名既决的死囚。"②"待朽的扁舟""将残的幽梦""既决的死囚"表述了诗人此时对生命有限性的无助体验与根本绝望,诗人生活在死亡的恐惧之中。

于是,如何摆脱死亡恐惧,便成为困扰诗人的"玄之又玄"的问题,冥思的结果是:"科学不能答应我们。答应我们这种问题的权能,在他的职分之外,也怕是在我们人类智力的范围以外。"③诗人意识到近代以来被视为神话的科学对人的生命现象只能作一些技术性的分析,未能给出一个根本的答案。对科学的失望使诗人将思考转向形而上和宗教的层面:"形而上学者假拟出一个无始无终的本体,宗教家虚构出一个全能全智的上帝,从而宗仰之,冥合之,以图既失了的乐园之恢复;但是怀疑尽了头的人,这种不兑换的纸币,终竟要失掉了他的效力。"④显然,哲学史上那些抽象的本体论无法说服他。他这里所说的宗教实为基督教,他因受过现代科学洗礼,主观意力又非常强烈,所以对基督的上帝之说也不相信。"不相信那缥缈的天上,/还有位甚么父亲"(《地球,我的母亲》),上帝无法拯救他。

怎么办?他没有停止玄思,终于发现必死无疑的"既决囚"只剩下三条路可走:"第一,便是自然的发狂,第二,便是人为的自杀,第三,便是彻底的享乐。"⑤历史上忧其命至于发狂者、自杀者不计其数,而没有发狂和自杀的人,大悟一番后便大都走上享乐之途。郭沫若是一个执着于生活的人,他没有自杀,亦没有发狂,而是选择了"享乐"作为生存方式。在他看来,享乐分积极和消极两种。所谓消极享乐就是意识到自己的"生存日月为一种眼不能见的存在所剥削",想到"身死之后,一切事业终归于己无有",便及时行乐,沉湎于酒。中国古代诗歌对此有大量的记载,如《古诗十九首》第三首曰:"人生天地间,忽如远行客。斗酒相娱

---

① 郭沫若:《太戈儿来华的我见》,饶鸿兢等:《创造社资料》(上),福建人民出版社1985年版,第334页。
② 郭沫若:《波斯诗人莪默伽亚谟》,饶鸿兢等:《创造社资料》(上),福建人民出版社1985年版,第282页。
③ 郭沫若:《波斯诗人莪默伽亚谟》,饶鸿兢等:《创造社资料》(上),福建人民出版社1985年版,第283页。
④ 郭沫若:《波斯诗人莪默伽亚谟》,饶鸿兢等:《创造社资料》(上),福建人民出版社1985年版,第283页。
⑤ 郭沫若:《波斯诗人莪默伽亚谟》,饶鸿兢等:《创造社资料》(上),福建人民出版社1985年版,第283页。

乐,聊厚不为薄。"刘伶的《酒颂》、李白的《春夜宴桃李园序》均表现了"浮生若梦""唯酒是务"的思想。在郭沫若看来:"酒便是他们的上帝,便是他们的解救者。""他们正于饮酒的行为之中,发出一种涅槃的乐趣。"①然而,这种消极的"享乐"未能解决郭沫若的生存困惑,他无法由此获得生的平静与满足,于是,他选择了一种积极"享乐"的生存方式。

什么是积极的"享乐"呢?他如此解释:"想陶醉于一种对象之中,以忘却此至可悲怜的自我。司皮诺若(Spinoza)陶醉于神,歌德陶醉于业,便是积极的一种。"显然,他所谓的积极享乐包括"神"与"业",是由"神"与"业"所构成的。

"业"是佛教术语,指一切有意识与目的的行为。郭沫若这里所谓的"业"指的则是歌德浮士德式的存在行为。歌德的宇宙观——"泰初有业"认为:"宇宙自有始以来,只有一种意志流行,只有一种大力活用。"由这种宇宙观演绎出来的人生哲学就是:"让汝一生成为业与业之连锁!"②歌德的"业"就是不断地追寻某种至真、至善、至美的境界。

这种"业"在郭沫若那里的具体表现形式就是诗歌创作。郭沫若曾说雪莱的诗是雪莱的生命,而他之所以翻译雪莱的诗就是要使自己成为雪莱,获得雪莱那样的生命体验。诗是雪莱的生命,所以也就是郭沫若的生命。郭沫若以诗歌创作为"业",以图充分领略自我内在的痛苦,宣泄胸中郁积,尽情燃烧自我,探索人生秘密,希望由此体验到一种"绝对的自由"③。

然而,这种"业"仍是一种现世行为,未能使郭沫若真正获得超越死亡的体验。所以,他没有仅仅在现实生活层面思考问题,而是努力为"业"注入某种形上的内容,使其获得超越性。这种形上的内容在他那里就是神。是什么神呢?他说得非常清楚,是"泛神"。

何谓"泛神"?"泛神"出现于16、17世纪的西欧,是当时人们的一种神学观,代表人物是荷兰的司皮诺若和意大利的布鲁诺。这种观念将神视为非人格的本原,并与自然界相等同,认为本体即神,神即自然,否认神是自然界的创造者。

郭沫若是如何理解"泛神"的呢?他为何要为"业"注入"泛神"?他说:"泛神便是无神。一切的自然只是神底表现,我也只是神底表现,我即是神,一切自然都是我的表现。人到无我的时候,与神合体,超绝时空,而等齐生死。"④显然,他既把握住了西方"泛神"论的基本思想,但又作了自己的阐释,提出了"我即是神"的看法。由"我"的出场不难看出这段话的重心其实在后面部分,即"人到无我的

---

① 郭沫若:《波斯诗人莪默伽亚谟》,饶鸿兢等:《创造社资料》(上),福建人民出版社1985年版,第285—288页。
② 郭沫若:《波斯诗人莪默伽亚谟》,饶鸿兢等:《创造社资料》(上),福建人民出版社1985年版,第284页。
③ 郭沫若:《雪莱的诗》,饶鸿兢等:《创造社资料》(上),福建人民出版社1985年版,第293—294页。
④ 郭沫若:《〈少年维特之烦恼〉序引》,饶鸿兢等:《创造社资料》(上),福建人民出版社1985年版,第274页。

时候,与神合体,超绝时空,而等齐生死",就是说他言说"泛神"不是为了做一种抽象的理论探讨,而是要将它引入自己的"业"中,使之获得超越性,以解决困惑自己的生死问题。

需要特别指出的是,长期以来人们在谈论郭沫若的泛神思想时,往往只引用这段话的前面几句,而舍弃了后面的"人到无我的时候,与神合体,超绝时空,而等齐生死"。这无疑是断章取义,没有把握住郭沫若言说泛神的真实心境与目的,自然也就没有看透"泛神"对于郭沫若的原初意义。

在那段话的后面,郭沫若继续写道:"人到一有我见的时候,只见宇宙万汇和自我之外相,变灭无常而生生死死存亡之悲感。万物必生必死,生不能自持,死亦不能自阻,所以只见得'天与地与在他们周围生动的力,除是一个永远贪婪,永远反刍的怪物而外,不见有别的'。此力即是创生万汇的本源,即是宇宙意志,即是物之自身——Ding an sich。能与此力瞑合时,则只见其生而不见其死,只见其常而不见其变。体之周遭,随处都是乐园,随处都是天国,永恒之乐,溢满灵台。"而"人之究竟,唯求此永恒之乐耳。欲求此永恒之乐,则先在忘我"。① 显然,郭沫若"泛神"论的内在思想资源非常复杂,它在西方原初的泛神论基础上,化入了王阳明"万物一体"的宇宙观、庄子"天地与我并生,万物与我为一"的思想,同时还融入了大乘佛教的"无住涅槃"。

以这种"泛神"为灵魂,"业"便获得了一种巨大的能量,追求"业"的过程便真正成为一种"享乐",这种"享乐"实际上就是一种超越性体验,用郭沫若的话说就是:"人生一切的痛苦都要在他内部的自我中领略,把一切的甘苦都积在胸中,把自身的小己推广成人类的大我。""把一己的全我发展出去,努力精进,圆之又圆,灵不偏枯,肉不凌辱,犹如一只帆船,既已解缆出航,便努力撑持到底,犹如一团星火,既已达到烧点,便尽性猛烈燎原。"② 其核心是"灵不偏枯""肉不凌辱",也就是进入"无我"境界,"与神合体","超绝时空"而"等齐生死"。这种超越性体验对于主观意志非常强的郭沫若来说,事实上是没有太多逻辑可言的,是中外多种思想资源所形成的结构性力量将为生死问题所困的诗人导入这种超越性境界的,它犹如一种天启。其实,在人类的情感、精神生活中,这是一种普遍性现象,最典型的就是宗教信仰,它是非理性的,是经不起逻辑推敲的,是没有太多道理可言的。

郭沫若的《凤凰涅槃》借阿拉伯神话诗化地呈现了这一形而上的存在体验。诗歌开篇"引言"写道:"天方国古有神鸟名'菲尼克司'(Phoenix),满五百岁后,集香木自焚,复从死灰中更生,鲜美异常,不再死。"菲尼克司死而复生、不再死的

---

① 郭沫若:《〈少年维特之烦恼〉序引》,饶鸿兢等:《创造社资料》(上),福建人民出版社1985年版,第274—275页。
② 郭沫若:《波斯诗人莪默伽亚谟》,饶鸿兢等:《创造社资料》(上),福建人民出版社1985年版,第284—285页。

神话与诗人的存在体验相契合,不仅为他的言说提供了场景与对象,而且进一步强化了他的体验与形而上的认识。

诗中的凤凰即诗人自己,诗歌对决定凤凰生命存在的时间作了清晰的展示——"他们的死期将近了""他们的死期已近了""死期已到了",这是无法逃避的时间宿命。正是这一宿命使凤凰质问自我生命所寄生的宇宙空间为何如此冷酷、黑暗,为何养育生命又将生命推向死亡深渊,使生命在绝望中感到宇宙有如"屠场""囚牢""坟墓""地狱",为何到处是"死尸",使生命仿佛如"一刹那的风烟",使"我们这缥缈的浮生"在孤独无援中不知"到底要向哪儿安宿",他悲愤地质问宇宙来自哪儿,为什么存在,而且"你的当中为什么又有生命存在"?时间意义上的死亡问题无法解决时,诗人便将它纳入空间去思考、探索,将对时间的不满情绪发泄到宇宙空间,而对诗人这一系列的质问,宇宙天地不应,实际上天地也无法回应,因为它们无法改变生命必死的现实。其实,发问只是绝望中悲愤情绪的表达,诗人并没有指望天地作答,质问体现了一种不屈的意志,他要自己驾驭死亡,自己选择死亡的方式,也就是集香木自焚。这样,死亡就成为由人的意志控制的一种行为,而这种自我控制主要还不是体现在死亡方式的选择上,而是死后的更生。"凤凰更生歌"是全诗的重心——"死了的光明更生了""死了的宇宙更生了""死了的凤凰更生了"。"凤凰更生"意味着在质问宇宙空间后成功地逃离了时间的控制,人战胜了时间,或者说打破了时间宿命。所以在诗歌结尾诗人用了很大的篇幅抒写凤凰更生后的欢唱情绪,它们在灵魂深处体味到自我生命的新鲜、净朗、华美、芬芳,感到从未有的热诚、挚爱、欢乐、和谐,体验着自我的生动、自由、雄浑和悠久,这是一幅生命死而复生的壮观图景。

正是因为现世的死亡问题被解决,诗人写作此诗时才获得了一种天启般的神秘体验:"上半天在学校的课堂里听讲的时候,突然有那诗的意趣袭来,便在抄本上东鳞西爪地写出了那诗的前半。在晚上行将就寝的时候,诗的后半的意趣又袭来了,伏在枕上用着铅笔只是火速的写,全身都有点作寒作冷,连牙关都在打战。就那样把那首奇怪的诗也写了出来。"[①]这是人战胜时间宿命时的一种情绪释放状态,一种生命更生时的阵痛,是人的意志力充分释放时的胜利感。

那么,死而复生对诗人来说意味着什么呢?它给诗人带来了什么?死而复生解决了生命的终极归宿问题。"死"不再可怕,因为它是获得更理想的"生"的一个环节,一种由人的意志力控制的行为,所以它实际上成为生的链条上一个促使生命升华的短暂过程。于是,死亡问题便转换成了"生"的问题,诗人的关注点也就随之转移到"生"上来了,就是说如何"生"便成为一个根本性的问题,人的价值、意义也只有在现世生活中去获得。此时的诗人已不再是死亡威胁中的无助

---

① 郭沫若:《我的作诗的经过》,王训昭等:《郭沫若研究资料》(上),知识产权出版社2010年版,第229页。

者,他具有战胜一切的意志力、超凡的自信心,自我无限膨胀,获得凌驾天地宇宙的力量。在这种超凡意志力驱使下,他创作了《天狗》《立在地球边上放号》《我是个偶像崇拜者》《匪徒颂》《太阳礼赞》《晨安》《巨炮之教训》等诗。自我在生命本原意义上被彻底解放了。"我崇拜偶像破坏者,崇拜我!"(《我是个偶像崇拜者》)"我赞美我自己!"(《梅花树下醉歌》)"我自由创造,自由地表现我自己。"(《湘累》)"我把全宇宙来吞了,/我便是我了!"(《天狗》)自我横空出世,将天地万物统摄在自己意志力下。对他来说,操纵生命存在的时间被打碎而失去意义,时间不再构成诗歌的基本意象与书写内容,而空间意象则大规模地出现,如地球、宇宙、日、月、星球、火、山岳、海洋、江河、万里长城、金字塔、太平洋、大西洋、恒河、喜马拉雅山等。它们是一些对人类来说尚未完全被认知或根本未被认知的物象,曾经对诗人构成巨大的威胁,令身为"既决囚"的诗人感到恐惧不安,而现在它们却被获得绝对意志力的诗人自由驾驭。在诗人眼中,它们不再是地狱、囚牢、坟墓,诗人由它们所感受到的不再是恐惧、陌生与冷酷,而是温暖和征服的快感。他自由地行走在宇宙万物间,宇宙万物已没有族性区别,只是相对于生命存在的空间,是生命展示精神力量的场景,甚至道具。自我力量既外射于物,又时时指向本身,"我剥我的皮,/我食我的肉,/我吸我的血,/我齿我的心肝"(《天狗》),对自我进行严峻的审视、追问,这是真正的自我解放者所具有的自信力与品格。

　　诗人的意志力穿透了宇宙天地,他心中也有天,但那不是西方上帝主宰的天,而是牛郎、织女"闲游"的"市街"乐园(《天上的市街》),具有人间性,是人间天堂。他不相信基督上帝:"我不相信那缥缈的天上,/还有位甚么父亲。"于是,他将目光由虚幻的上帝转向"实有性"的地球,相信地球是自我生命的摇篮与证人:"地球!我的母亲!/你是我实有性的证人,/我不相信你只是个梦幻泡影,/我不相信我只是个妄执无明。"地球看得见摸得着,给了他自我生存的所需与场景,确证了他生命的存在。他觉得是地球而不是上帝给了他灵魂的安慰,所以他要以劳动报答"实有性"的地球母亲(《地球,我的母亲》)。对上帝的不信是以强烈的自我意识为前提的,自我与上帝构成一种紧张关系:"你在第七天上为甚便那么早早收工,/不把你最后的草稿重加一番精造呢?/上帝,我们是不甘于这样缺陷充满的人生,/我们是要重新创造我们的自我。/我们自我创造的工程,/便从你贪懒好闲的第七天上做起。"(《创世工程之第七日》)上帝不可靠,只有靠自己,自我创造、自我完成成为此时诗人最重要的特征。

　　既然自我生命"永远不死"[①],那么如何生活、如何使永在的生命具有价值和意义就成为一个非常重要的问题,实际上也是郭沫若此后不断思索、探寻的中

---

① 郭沫若:《〈创造日〉停刊布告》,饶鸿競等:《创造社资料》(上),福建人民出版社1985年版,第490页。

心。他崇仰歌德,而"歌德不求之于静,而求之于动……自我之扩张,以全部的精神以倾倒于一切!"①歌德启示他选择了一种"动"的生活,这种生活的一个重要特征是无限崇拜强力,势以强力穿透一切:"力哟!力哟!""不断的毁坏,不断的创造,不断的努力哟!"(《立在地球边上放号》)他要以生命的强力毁坏旧的世界:"一切的偶像都在我面前毁破!/破!破!破!"(《梅花树下醉歌》)破除有碍生命存在、自由发展的既有社会秩序和价值体系,创造新的世界:"我要去创造个新鲜的太阳!"(《女神之再生》)"我创造尊严的山岳、宏伟的海洋,我创造日月星辰"(《湘累》),为生命创造理想的存在场景。他要以自我强力穿透宇宙人生,特别是艺术,"力的绘画,力的舞蹈,力的音乐,力的诗歌,力的律吕哟!"(《立在地球边上放号》)这种强力意志在客观上构成了对温柔敦厚、思无邪等传统的人格理想和诗学观念的挑战和反叛。他深信"人生之力,全由我们诗人启示"②,所以他要"借文学来以鸣我的存在,在文学之中便借了诗歌的这只芦笛"③。他要以诗歌作浮士德式的探寻,这是他认为的理想的生活。他宣称"二十世纪是文艺再生的时候","是艺术家赋与自然以生命,使自然再生的时候","艺术家不应该做自然的孙子,也不应该做自然的儿子,是应该做自然的老子"。④ 世界本无意义,通过自我的探寻以诗的方式赋予世界以生命、力量和意义,这个过程对于自我来说则是意志释放的过程,是自由本质获取的途径,更是自我价值和意义的实现。所以,他此时的文学观是非功利主义的:"可怜的是功利主义的无聊作家之浅薄哟!续貂狗尾,究竟无补于世!"⑤文学特别是诗歌在他看来是揭示、表现自我存在本质的圣业,是自我拯救的有效途径,而不是无关生命存在的某种工具。诗在他那里真正成为一种生命之思、一处灵魂的栖居地。

郭沫若认为:"生命底文学是个性的文学,因为生命是完全自主自律的。""创造生命文学的人只有乐观:一切逆己的境遇乃是储集 Energy 的好运会。Energy 愈充足,精神愈健全,文学愈有生命,愈真、愈善、愈美。"⑥郭沫若早期诗歌创作是由生命死亡问题所引起的,是死亡之思诗。死后能否更生在知识的层面上显然是一个问题,但信仰与知识不同,它不需要证明。"死而更生"作为一种生存信仰,使诗人逃离了时间的控制,获得绝对的乐观与力量,使生命的能量得以完全释放,获得绝对自由的形式,所以他的诗歌是真正关于生命的诗歌,他也

---

① 郭沫若:《〈少年维特之烦恼〉序引》,饶鸿兢等:《创造社资料》(上),福建人民出版社1985年版,第275页。
② 郭沫若:《自然与艺术——对于表现派的共感》,饶鸿兢等:《创造社资料》(上),福建人民出版社1985年版,第67页。
③ 郭沫若:《论国内的评坛及我对于创作上的态度》,饶鸿兢等:《创造社资料》(上),福建人民出版社1985年版,第14页。
④ 郭沫若:《自然与艺术——对于表现派的共感》,饶鸿兢等:《创造社资料》(上),福建人民出版社1985年版,第66页。
⑤ 郭沫若:《〈少年维特之烦恼〉序引》,饶鸿兢等:《创造社资料》(上),福建人民出版社1985年版,第279页。
⑥ 郭沫若:《生命底文学》,《郭沫若论创作》,上海文艺出版社1983年版,第4—5页。

因此成为一位真正的诗人。他后来的革命诗歌和革命的人生历程与他早期诗歌对生命的理解之间存在着内在的联系,就是说他后来的文学与人生是他早年对生存价值、意义探索的一个逻辑发展或变奏。

"五四"以来,许多人深刻地论述了郭沫若早期诗歌所具有的反偶像、自我表现、个性解放的精神,揭示出《女神》抒情主体的独特性格,其结论具有相当的思想穿透力。然而,他们的论述主要是从启蒙思想的角度进行的,未能冷静地弄清诗人创作时的真实心境与冲动,未能揭示出诗歌的死亡主题,个别论者偶尔谈到诗人的死亡书写,则往往"将个人性的死亡之思纳入社会意义空间进行论说,将其社会化,且大都是支离破碎的"[①],这样,他们对郭沫若早期诗歌的解读大都是在脱离诗人生命独特语境情况下的一种误读,他们所谓的"现代性"相当程度上是在脱离个体精神语境情势下被讲述出来的(当然,郭沫若早期诗歌在客观上确实具有"现代"性征,与当时时代趋向相暗合,这是它们被讲述的主要原因)。不过,"五四"时期的阐释、"讲述"对于郭沫若来说又起了一种极大的暗示与引导作用,使他不断地由个体存在之思转向对外在的时代主题的思索与书写,自觉地融入时代的洪流之中,由此成为时代的弄潮儿。

(本文作者 方长安)

第三部分 诗学文献与研究参考

1. 郭沫若:《我的作诗的经过》,王训昭等:《郭沫若研究资料》(上),知识产权出版社2010年版。
2. 郭沫若:《创造十年》,《沫若文集》(第7卷),人民文学出版社1958年版。
3. 宗白华、田寿昌、郭沫若:《三叶集》,上海亚东图书馆1923年版。
4. 郭沫若:《论节奏》,杨匡汉、刘福春:《中国现代诗论》(上编),花城出版社1985年版。
5. 郭沫若:《太戈儿来华的我见》,饶鸿竞等:《创造社资料》(上),福建人民出版社1985年版。
6. 郭沫若:《波斯诗人莪默伽亚谟》,饶鸿竞等:《创造社资料》(上),福建人民出版社1985年版。
7. 郭沫若:《雪莱的诗》,饶鸿竞等:《创造社资料》(上),福建人民出版社1985年版。
8. 郭沫若:《〈少年维特之烦恼〉序引》,饶鸿竞等:《创造社资料》(上),福建人

---

① 方长安:《对话与20世纪中国文学》,湖北人民出版社2005年版,第308页。

民出版社 1985 年版。
9. 郭沫若：《生命底文学》，《郭沫若论创作》，上海文艺出版社 1983 年版。
10. 郭沫若：《自然与艺术——对于表现派的共感》，饶鸿竞等：《创造社资料》（上），福建人民出版社 1985 年版。
11. 郭沫若：《未来派的诗约及其批评》，饶鸿竞等：《创造社资料》（上），福建人民出版社 1985 年版。
12. 洪为法：《评沫若〈女神〉以后的诗》，王训昭等：《郭沫若研究资料》（中），知识产权出版社 2010 年版。
13. 闻一多：《〈女神〉之时代精神》，《闻一多全集》（2），湖北人民出版社 1993 年版。
14. 闻一多：《〈女神〉之地方色彩》，《闻一多全集》（2），湖北人民出版社 1993 年版。
15. 郁达夫：《〈女神〉之生日》，《郁达夫文集》（第 5 卷），花城出版社、生活·读书·新知三联书店香港分店 1982 年版。
16. 朱湘：《郭君沫若的诗》，《中书集》，上海生活书店 1934 年版。
17. 沈从文：《论郭沫若》，黄人影：《郭沫若论》，光华书局 1931 年版。
18. 孙党伯：《郭沫若评传》，人民文学出版社 1987 年版。
19. 张光年：《论郭沫若早期的诗》，《风雨文谈》，上海文艺出版社 1982 年版。
20. 严家炎：《〈女神〉和五四时代精神》，《知春集：中国现代文学散论》，人民文学出版社 1980 年版。
21. 龙泉明：《郭沫若：新诗的第一次整合》，《中国新诗流变论》，人民文学出版社 1999 年版。
22. 朱寿桐：《现代主义与郭沫若文学的现代化风貌》，郭沫若故居、中国郭沫若研究会等：《郭沫若百年诞辰纪念文集》，社会科学文献出版社 1994 年版。
23. 郭沫若、蒲风：《郭沫若诗作谈》，《现世界》1936 年 8 月 16 日。
24. 郭沫若：《关于诗歌的民族化群众化问题——给〈诗刊〉的一封信》，《诗刊》1963 年 7 月号。
25. 谢康：《读了〈女神〉以后》，《创造》第 1 卷第 2 号，1922 年 8 月 25 日。
26. 郑伯奇：《批评郭沫若的处女诗集〈女神〉》，《时事新报·学灯》1921 年 8 月 21—23 日。
27. 郁达夫：《〈女神〉之生日》，《学灯》1922 年 8 月 2 日。
28. 蒲风：《论郭沫若的诗》，《中国诗坛》第 1 卷第 4 期，1937 年 11 月 15 日。
29. 穆木天：《郭沫若的诗歌》，《文学》新年号第 8 卷第 1 期，1937 年 1 月 1 日。
30. 周扬：《郭沫若和他的〈女神〉》，《解放日报》1941 年 11 月 16 日。
31. 孙玉石：《郭沫若浪漫主义新诗本体观探论》，《北京大学学报（哲学社会科学版）》1993 年第 4 期。

32. 刘纳：《论〈女神〉的艺术风格》,《中国现代文学研究丛刊》1982年第4期。
33. 蓝棣之：《论郭沫若新诗创作方法与艺术个性》,《北京师范大学学报(社会科学版)》1983年第2期。
34. 方长安：《强力原型与郭沫若的〈女神〉》,《人文杂志》1998年第3期。
35. 方长安：《郭沫若〈女神〉中的"西方形象"》,《福建论坛(人文社会科学版)》2011年第6期。
36. 方长安、仲雷：《〈凤凰涅槃〉在民国选本和共和国选本中的沉浮》,《福建论坛(人文社会科学版)》2016年第7期。
37. 商金林：《郭沫若建国初期对诗集〈女神〉的筛选》,《南京师范大学文学院学报》2011年第4期。
38. ［日］藤田梨那：《郭沫若与日本杂志的关连》,《郭沫若学刊》2011年第1期。
39. ［日］岩佐昌暲：《记日本对郭沫若〈女神〉的研究》,顾雯译,《郭沫若学刊》2012年第2期。
40. 黄曼君：《论郭沫若的诗集〈女神〉》,《华中师院学报(哲学社会科学版)》1978年第1期。
41. 王本朝：《郭沫若与侠文化》,《贵州社会科学》1993年第3期。
42. 李怡：《〈女神〉与中国"浪漫主义"问题》,《诗探索》2012年第1期。
43. 张林杰、龙泉明：《郭沫若诗歌的象征主义》,《文艺争鸣》1998年第4期。
44. 吴定宇：《中西文化交融的最初硕果——〈女神〉与〈尝试集〉文化价值比较》,《郭沫若学刊》1990年第3期。
45. 刘奎：《历史想象的分歧：郭沫若与墨学论争》,《郭沫若学刊》2016年第2期。
46. 余蔷薇：《郭沫若新诗史地位形成中的〈女神〉版本错位问题》,《文艺争鸣》2014年第5期。
47. 刘卫国：《鲁迅、郭沫若"笔墨相讥"史实再探》,《鲁迅研究月刊》2016年第11期。

思考题

1. 简论《女神》的形式结构。
2. 论《女神》中诗人的"郁结"释放与民族情感表达。
3. 论《女神》中的西方元素与民族意识的关系。
4. 论《女神》对民族现代精神和审美趣味的塑造。
5. 论《女神》内在的生命意识。
6. 郭沫若《女神》修改史考释。
7. 再论《女神》在文学史上的地位。

8. 论《女神》的创作资源与历史承传问题。
9. 闻一多在《〈女神〉之时代精神》中说:"若讲新诗,郭沫若君的诗才配称新呢!不独艺术上他的作品与旧诗词相去最远,最要紧的是他的精神完全是时代的精神——二十世纪时代的精神。"如何理解闻一多这种观点?
10. 在《〈女神〉之地方色彩》中,闻一多说:"我要时时刻刻想着我是个中国人,我要做新诗,但是中国的新诗,我并不要做个西洋人说中国话,也不要人们误会我的作品是翻译的西文诗。"请以中国新诗史为背景评述这段话语。

第十章
李金发的象征主义诗歌

第一部分 现象与问题

20世纪20年代初,象征主义诗潮开始在中国诗坛出现,其代表人物是李金发(1900—1976)。它不仅给中国传统诗坛以巨大的冲击,而且让不少早期白话新诗人有措手不及之感,只觉其怪,却找不到言说的语词与修辞。庆幸的是,"五四"新文化运动所营造的初具现代气息的开放包容的场域让另一些新兴诗人、读者接纳了它,将它视为新诗创作潮流中的新流,为其辩护,发掘其诗学价值与意义,这才有了朱自清后来对自由诗、新格律诗、象征派诗的论述。所以,以李金发为代表的象征主义诗潮的出现是一个突出的新诗创作现象,对中国传统诗学、民族审美观念、早期白话新诗学以及现代文化建设均构成巨大的挑战。

一、象征与象征主义辨析

象征和象征主义作为重要的艺术范畴,对于审美认知和文学史叙述颇为重要,其含义需要重新厘清。象征有广义、狭义之分。通用意义上的象征为广义,文学艺术领域中特定的"象征"则为狭义。象征一词源于希腊。希腊人将一块木板分成两份,各取半块,作为好客之信物,后来这两块木板被用来指那些参与神秘活动的人相互认识的一种凭证、秘语,并进而引申为有形对无形的暗示,也就是象征[1]。这个特别的起源对于我们理解象征含义非常重要,或者说使我们的认知变得更直观、具体。伽达默尔认为:"古代的通行证:这就是象征的原始的专门含义。它是人们凭借它把某人当作故旧来相认的东西。"[2]后来,象征有了较为宽泛、抽象的含义,指一切表现某种思想的形式,如某种仪式活动,某种特殊

---

[1] [爱尔兰]叶芝:《诗歌的象征主义》,黄晋凯等:《象征主义·意象派》,中国人民大学出版社1989年版,第94页。
[2] [德]伽达默尔:《美的现实性:作为游戏、象征、节日的艺术》,张志扬译,生活·读书·新知三联书店1991年版,第51页。

的发音、记号等。

在中世纪,象征与神性联系在一起。"象征的功能在中世纪便衍化为用感性的可见的具体事物来指喻超验的神性的存在。"[1]再到后来,康德、黑格尔的观点特别突出,受到更广泛的关注。吴晓东认为,在康德那里,"象征是对于超验的存在(上帝)以及抽象观念(悟性、意志等)的表现形式,正是象征使'不可能的东西'具有了显现的可能性,它是维系感性世界与理念世界的唯一桥梁"[2]。这一概括简洁、准确。

黑格尔的观点也值得认真体会。在他看来:"象征首先是一种符号。不过在单纯的符号里,意义和它的表现的联系是一种完全任意构成的拼凑。这里的表现,即感性事物或形象,很少让人只就它本身来看,而更多地使人想起一种本来外在于它的内容意义。例如在语言里,某些声音代表某些思想情感,就是如此。"[3]"象征就不只是一种本身无足轻重的符号,而是一种在外表形状上就已可暗示要表达的那种思想内容的符号。同时,象征所要使人意识到的却不应是它本身那样一个具体的个别事物,而是它所暗示的普遍性的意义。"[4]如狮子象征刚强,狐狸象征狡猾,圆形象征永恒等。"既然是象征,它也就不能完全和意义相吻合。""象征在本质上是双关的或模棱两可的。"[5]"意义与形象之间的联系不再是一种由意义本身决定的联系,像在前一阶段(崇高)里那样,而是或多或少地偶然拼凑的一种结合,取决于诗人的主体性,取决于他的精神渗透到一种外在事物里的情况,以及他的聪明和创造才能,——凭这些因素,他时而从一种感性现象出发,然后替它想出一个和它有联系的精神方面的意义,时而也可以从实际的或相对内在的观念出发,把它加以形象化,或是把它联系到另一个具有类似性质的形象上去。"[6]

在这里,我们的目的不是厘清不同历史时期中象征的含义,具体考辨象征语义史不是我们的任务。我们感兴趣的是象征的所指与能指建立联系的普遍方式。从起源意义上看,象征就是以有形表现无形,以具体表现抽象,以有限表现无限。在有形和无形、具体与抽象、形式与意义之间,如何建立起联系就非常重要。从历史与现实情形看,主要有两种方式。一是在特定历史时期特别的文化情境中形成的一种约定俗成的联系,就是一种有形符号的能指与其所指的含义是固定的,如中世纪的宗教象征符号——十字架、羔羊、鱼、雄鹿、凤凰、孔雀等与其所指之间的联系就是确定性的。"这样的象征对于没有知识的人具有无比的

---

[1] 吴晓东:《象征主义与中国现代文学》,安徽教育出版社2000年版,第11页。
[2] 吴晓东:《象征主义与中国现代文学》,安徽教育出版社2000年版,第15—16页。
[3] 黑格尔:《美学》(第2卷),朱光潜译,商务印书馆1979年版,第10页。
[4] 黑格尔:《美学》(第2卷),朱光潜译,商务印书馆1979年版,第11页。
[5] 黑格尔:《美学》(第2卷),朱光潜译,商务印书馆1979年版,第11—12页。
[6] 黑格尔:《美学》(第2卷),朱光潜译,商务印书馆1979年版,第99页。

慰藉和迷人的力量,因为它们已经成了传达共同经验和共同希望的工具。"①以这种方式运用象征手法创作的作品能为特定文化圈的人们所理解,具有公共性。另一种方式就是象征符号与其所指之间的联系是随意的、不确定的,或者说某一文本中符号的所指与其长期以来约定俗成的所指不一样,这是一种以主体的愿望或者瞬间思绪为依据建立起来的联系,这种方式是一种不顾社会约定俗成性而充分尊重主体自我的联系方式,以这种方式使用的象征具有特定性、唯一性,因而具有排他性,对他人而言,理解就有一定的困难,甚至对其使用者来说,因为最初的语境变了、思绪变了,要还原符号最初的瞬间所指也是困难的。这种象征符号所表达的不是共同经验,而是个体情绪,所以理解起来有一种天然的困难。不少现代主义艺术之所以难懂,就是因为使用了这种性质的象征。

一般文本中的象征是修辞意义上的、细节性的,是一种局部的修辞技巧,从文学起源时起,象征作为修辞就出现了,它只是强化局部的表达,并不改变整个文本主旨的倾向性、指义性。如果作者赋予时间、场景、情节、物象、人物乃至整个构思等独特的象征含义,那就关涉整个文本语义的指向性,读者在阅读时沿着文本语境所彰显的逻辑方向去体认、领悟那些具有象征性的情节、物象、人物等的含义,艺术的象征就发生了,或者说那个文本就是一个象征性的文本。象征主义的兴起与之有一种内在的逻辑关系。

相比于象征,象征主义通常是指一场自觉的文学运动、一段文学史形态。它源于法国,1886年9月15日诗人让·莫雷阿斯在巴黎《费加罗报》上发表《象征主义宣言》,称自己及其他一些人为象征主义诗人,他们是魏尔仑、马拉美以及更早的波特莱尔等,这些人通常被称为前期象征主义诗人。《象征主义宣言》曰:"象征主义诗歌作为'教诲、朗读技巧、不真实的感受力和客观的描述'的敌人,它所探索的是:赋予思想一种敏感的形式,但这形式又并非探索的目的,它既有助于表达思想,又从属于思想。同时,就思想而言,决不能将它和与其外表雷同的华丽长袍剥离开来。因为象征艺术的基本特征就在于它从来不深入思想观念的本质。因此,在这种艺术中,自然景色,人类的行为,所有具体的表象都不表现它们自身,这些富于感受力的表象是要体现它们与初发的思想之间的秘密的亲缘关系。"②这段话语对理解象征主义颇为关键。

波特莱尔是象征主义诗歌鼻祖,他的诗集《恶之花》于1857年问世。由于他将长期以来被排除在诗歌题材之外的"丑恶"事物,如"尸体""骷髅""撒旦""吸血鬼"等写入作品,将它们作为表现对象,他的作品在社会上引起很大震动,遭到不少人反对,认为它们伤风败俗。法庭为此开庭审判他,并判罚金300法郎。但他的诗歌观念改变了人们对诗歌的认识,直接影响、启迪了后来的象征主义诗歌运

---

① [英]鲍桑葵:《美学史》,张今译,商务印书馆1985年版,第169页。
② [法]莫雷亚斯:《象征主义宣言》,黄晋凯等:《象征主义·意象派》,中国人民大学出版社1989年版,第46页。

动。到20世纪20年代前后,一批新的象征主义诗人出现了,主要有瓦雷里、里尔克、艾略特等,他们被称为后期象征主义诗人。象征主义在法国出现后不久,便向欧洲其他国家蔓延,后来扩展到美洲、亚洲,成为一场全球性的文学运动。

二、李金发自画像

李金发被公认为中国象征主义诗人代表,曾留学法国,直接受法国象征派诗歌的启迪。那么,他与法国象征主义诗歌有着怎样的关系?他的诗歌观念是怎样的?其诗象征主义特征表现在哪里?与传统诗歌关系如何?先看其诗歌自画像:

题 自 写 像

即月眠江底,
还能与紫色之林微笑。
耶稣教徒之灵,
吁,太多情了。

感谢这手与足,
虽然尚少
但既觉够了。
昔日武士被着甲,
力能搏虎!
我么?害点羞。

热如皎日,
灰白如新月在云里。
我有草履,仅能走世界之一角,
生羽么,太多事了啊!

1923年,柏林

自写像就是自我画像、自我心灵写真、自我展示与表达。从作品中不难发现,诗人是一位在古与今、中与西文化夹击中的现代读书人,有一种置身西方时的文化想望、怯弱、矛盾与不自信;回望古代时,有一种孱弱感、无力感,没有古代勇士的气概,身体退化,苍白无力,有一种文化羞涩感;他迷惘,不知路在何处,进而质疑世界性视野里自我发展诉求的现代生存意识。这个自画像近似于郁达夫《沉沦》中"他"的自怜像,而不同于郭沫若《女神》中自况的"天狗",不同于去日时期鲁迅的《自题小像》。

自 题 小 像

灵台无计逃神矢，
风雨如磐暗故园。
寄意寒星荃不察，
我以我血荐轩辕。

　　这一形象既是自省者、思想者，又是承担者，敏感多思但不自怨、自怜，对自我与故国的关系有清醒认识，将自我价值实现与民族存亡联系起来。这个"我"不是郭沫若"天狗"那种无限膨胀的自我，不是李金发那种充满无力感的自我，而是具有主体性的承担者形象。在历史非常时期，自大、自怜和主动承担的人生选择具有很大的代表性，其结果也完全不同。

　　象征主义鼻祖波特莱尔有首《自惩者》，其后三节如下：

我的尖叫声含挖苦！
黑色毒药是我血液！
我是一面不祥镜子，
照镜的是一个泼妇。

我是伤疤，又是匕首！
我是耳光，又是脸皮！
我是车轮，又是四肢，
是受害者和刽子手！

我是心中的吸血鬼，
——一个永远脸上含笑，
但却怎么也笑不了，
了不起的被遗弃者！

　　自惩者既是受害者又是刽子手，是不祥的镜子和有"毒"的泼妇，是自戕的匕首与了不起的被遗弃者，这是现代西方人的自况。焦虑，不满，痛苦，矛盾，破碎，无所归依，无所适从，自我嘲讽。为什么自惩？如何自惩？自惩最终指向何处，意在何为？这牵涉整个西方现代文化的表现、命运及其历史反思，牵涉人类文明的进步与迷失，是文化的自我建构、发展与失败感，是真的人的文化压迫感、迷惘体验、理性自省与带血的呐喊。李金发的自我画像有波特莱尔式的色调与技法，

165

但内在生命气息又不同。

我们可以将李金发的诗歌自画像与中国现代其他作家的自画像、外国作家的自画像进行比较透视,以展示其独特的视角、线条、色彩、整体画面与神韵,揭示作者忧思、苦闷与矛盾的心绪,经由诗画的互文关系找到通往其诗歌世界的特殊通道,并通过这个特别的自画像认识那个时期一部分中国青年独特而复杂的精神世界。

三、李金发的象征主义与中外诗艺的关系

(一) 诗学与中外诗艺的关系

人之言、行多以其内在观念话语为支撑,诗人的创作相当程度上也反映了其对诗歌的特殊理解。李金发作为中国象征主义诗艺的探索者,其创作与诗学之间不一定都是直接的对应关系,偏离诗学的现象大有可能;但作为中国象征主义诗歌的鼻祖,其主要的诗学主张是怎样的? 与中外诗艺有着怎样的关系? 这些都是值得关注的问题。

"诗之需要 image 犹人身之需要血液。现实中,没有什么了不得的美,美是蕴藏在想象中,象征中,抽象的推敲中,明乎此,则诗自然铿锵可诵,不致'花呀月呀'了。"①这种观念与中国诗艺关系不大,主要来自西方象征主义,强调象征的重要性,视象征为诗之生命活力所在,认为现实中没有什么了不得的美,重视想象、象征与抽象把握,既挑战了现实主义的真实原则,又直指中国现代浪漫主义诗歌的柔弱无力。

"世界任何美丑善恶皆是诗的对象。诗人能歌人咏人,但所言不一定是真理,也许是偏执与歪曲。我平日做诗,不曾存寻求或表现真理的观念,只当它是一种抒情的推敲,字句的玩艺儿。"②将世界上任何事物,特别是将丑恶现象这种被传统诗歌所排斥、不屑的内容看成诗歌书写对象,这种诗学观无疑来自西方象征派。波特莱尔的理念经李金发移植到了东方——中国,冲击着这个儒道传统深厚的国度对诗歌的固有认知。诗所言也许"偏执"与"歪曲",乃"抒情的推敲""字句的玩艺儿",诗的目的不是生产真理,这些话道出了现代诗人创作的真相,一种不同于传统的诗歌观念。

"艺术是不顾虑道德,也与社会不是共同的世界。艺术上唯一目的,就是创造美;艺术家唯一工作,就是忠实表现自己的世界。所以他的美的世界,是创造在艺术上,不是建设在社会上。"③"我作诗的时候,从没有预备怕人家难懂,只求发泄尽胸中的诗意就是。时至今日,果然有不少共鸣的心弦在世上——我的作

---

① 李金发:《序文两篇——序林英强的〈凄凉之街〉》,《橄榄月刊》8月号第35期,1933年8月5日。
② 杜格灵、李金发:《诗问答》,《文艺画报》第1卷第3号,1935年2月15日。
③ 华林(李金发):《烈火》,《美育杂志》创刊号,1928年1月。

风普遍了。我绝对不能跟人家一样,以诗来写革命思想,来煽动罢工流血,我的诗是个人灵感的记录表,是个人陶醉后引吭的高歌,我不能希望人人能了解。"①他认为艺术家应忠实地表现自己的世界,认为艺术的唯一目的是创造美,将诗歌创作看作个人事业,与社会无涉;不顾他人阅读效果,不管读者是否能懂;不顾人伦道德;与政治革命保持距离。这种"纯"诗歌观念与中国传统尽善尽美、厚人伦、美教化等功利主义、道德主义的文学观不同,也与"五四"以来为人生的文学观、革命文学观迥异其趣,可谓诗人置身西方后形成的一种现代主义诗歌观念。

"余每怪异何以数年来关于中国古代诗人之作品,既无人过问,一意向外采辑,一唱百和,以为文学革命后,他们是荒唐极了的,但从无人着实批评过。其实东西作家随处有同一之思想、气息、眼光和取材,稍为留意,便不敢否认。余于他们的根本处,都不敢有所轻重,惟每欲把两家所有,试为沟通,或即调和之意。"②这段话颇有意味。读者印象中,李金发是一个西化程度非常高的诗人,仿佛觉得他只取西方,无视中国传统,也不懂中国传统,但他却明确表示对"五四"以来中国文学无视民族传统、一味向外择取倾向的不满与担忧,而且认为中西作家在根本上有许多相同的地方,也就是说文学本身对不同文化圈的人们来说是相通的,这是颇有见地的看法,而他自己努力沟通、调和中西艺术,表现出一种强烈的折中思维特征。所以,李金发诗学在本质上是中国的。

(二)作品与中外诗艺的关系

在李金发的诗歌中,我们能看到西方象征主义诗歌的种种印记,如对"丑恶"事物的表现、对直觉的书写、意象组合奇特、远取譬、象征暗示的个人经验性等;不仅如此,他的诗歌中,西方文化符号大量出现,如"上帝""耶稣""教徒"等,西方生活场景、故事以及生存法则比比皆是,以至于不少人称他的作品书写的是西方生活经验。其实,他的诗歌空间西方化,但内在情感仍是中国的;象征主义修辞、西方文化符号使他构筑了一个不同于中国传统诗歌的表现空间,或者说为中国诗歌拓荒出一个新的表意空间。

然而,另一现象是他有意地大量使用中国的文言词语,如"之""俱""遂""欲"等,这是与"五四"文学革命白话诉求相背离的。长期以来,研究者习惯于将这种倾向产生的原因归结为他对民族语言的陌生,而我以为对文言语词的使用是他自觉挖掘民族文学资源的探索性行为。像他这种深受西方文化熏染的诗人,自觉利用民族诗歌资源的意识往往是很强的,特别是在观察了新诗主要向外学习这一倾向后,这种意识会更强烈。所以,我们需要重新审视李金发的诗歌创作与

---

① 李金发:《是个人灵感的纪录表》,杨匡汉、刘福春:《中国现代诗论》(上编),花城出版社1985年版,第250页。

② 李金发:《食客与凶年·自跋》,《食客与凶年》,北新书局1927年版,第235页。

民族文学传统的关系。由《弃妇》可以看出他自觉沟通中西诗歌传统的意识。

弃　妇

　　长发披遍我两眼之前，
　　遂隔断了一切羞恶之疾视，
　　与鲜血之急流，枯骨之沉睡。
　　黑夜与蚊虫联步徐来，
　　越此短墙之角，
　　狂呼在我清白之耳后，
　　如荒野狂风怒号：
　　战栗了无数游牧。

　　靠一根草儿，与上帝之灵往返在空谷里。
　　我的哀戚唯游蜂之脑能深印着；
　　或与山泉长泻在悬崖，
　　然后随红叶而俱去。

　　弃妇之隐忧堆积在动作上，
　　夕阳之火不能把时间之烦闷
　　化成灰烬，从烟突里飞去，
　　长染在游鸦之羽，
　　将同栖止于海啸之石上，
　　静听舟子之歌。

　　衰老的裙裾发出哀吟，
　　徜徉在丘墓之侧，
　　永无热泪，
　　点滴在草地
　　为世界之装饰。

　　中国古代社会是一个男权社会，妇女没有独立的经济权、话语权，依附于男子和家庭，男子的好恶决定妇女的命运，弃妇现象非常普遍，书写弃妇的作品很多，诗歌中更是流淌着弃妇的血泪。有学者指出："把'空谷'与弃妇联系起来既始于杜甫，而用'空谷'作为弃妇栖身之处的诗又以《佳人》最为有名，流传也最广，连《唐诗三百首》也都收入，所以，李金发运用这一典故，当直接来自《佳人》诗。何况李金发的诗中还有'与山泉长泻在悬崖'之句，《佳人》则歌唱着'在山泉水清,出山泉水浊',可见两位弃妇都是与'山泉'相伴而存在的。""把个人的怨恨、痛苦等等寄托于飞鸟,在古代诗歌中是常见的手法,例如,顾况的《弃妇词》中就有'孤魂托飞鸟,两眼如流泉'之句。"①这种观点揭示出李金发《弃妇》与旧诗的深刻关系。不仅如此,李诗还大量运用文言词语如"之""遂""疾视""徐"等,使诗中回荡着淡淡的古诗韵味。这些表明李金发的古文修养并不像我们长期以来认为的那样差,不管他是自觉吸纳还是无意中沟通,都说明他的古诗功底不错。一定程度上讲,李金发是在传统中写作,依偎传统诗歌经验言志抒情。然而,诗中"与鲜血之急流,枯骨之沉睡""靠一根草儿,与上帝之灵往返在空谷里""夕阳之火不能把时间之烦闷/化成灰烬,从烟突里飞去"等所表达的内容则是中国传统诗歌中所没有的,是诗人西方文化经验的表达。上帝无法解救诗人,事实上是诗人不能完全信服西方文化的一种体现,而夕阳之火不能将时间之烦闷化为灰烬,又是一种西方基督时间观的表现,时间让人痛苦,痛苦来自时间,所以,西方文化带给李金发的是痛苦。现代许多知识分子经历了类似的来自西方文化经验的痛苦。

　　诗中的弃妇既可以理解为生活中真实弃妇的写照,更可以在象征意义上将其解读成为世俗生活所不能容忍者,或者说世俗社会的对立者,因而被放逐、遗弃,犹如弃妇。从这首诗中的弃妇形象,我们可以窥见中国传统诗歌原型、经验向现代转换的情景,看出中西文化的冲突与融合的心理现实。

四、李金发诗歌的时空

　　作品时空反映着主体的生存场景、感受与体验,对诗人而言,多维的时空世界是其全部生命体验的表达。如同历史上每位伟大的诗人,李金发有自己独特的时空感受,建构出特别的时空世界。时间上,他往往站在现在立场表现对时间消失的无可奈何感,作品中表时间意识的语词、诗句使用频繁,特点突出。"夕阳之火不能把时间之烦闷/化成灰烬,从烟突里飞去""衰老"(《弃妇》)。"应在时间大道上之/淡白的光影下我们倦伏了手足。"(《给蜂鸣》)"借来的时光,/任如春华般消散么?"(《下午》)"如同月在云里消失!""朦胧的世界之影,/在不可勾留的片刻中,/远离了我们,/毫不思索。"(《里昂车中》)"典礼告终了。"(《幻想》)"我惟有待冬天回来,/亲热地诉我的悲哀。"(《景》)"惟时间之火焰,/能使其温暖而活泼。"(《希望与怜悯》)"最欺人的,是一切过去。/她给我们心灵里一个震动,/从无真实的帮助与劝慰;/如四月的和风,仅刮去肌肤上的幽怨。"(《温柔》)"我不识大地的永远,/只觉春去秋来;忘记了今昔,/抹煞了需求。"(《Elegie》)"时间逃遁之迹/深印我们无光的额上。"(《爱憎》)"风与雨在海洋里,/野鹿死在我心里。/

---

① 谈蓓芳:《由李金发的〈弃妇〉诗谈古今文学的关联》,《复旦学报(社会科学版)》2002年第1期。

看,秋梦展翼去了,空存这委靡之魂。"(《时之表现》)"如今歌声渐在空间销散,/我便于严冬之下临风叩首。"(《临风叩首》)这些时间语词、句子大都是消散性的,是过去时态,不可回复,同中国传统循环性时间观不同,它们表达的不是迎着时间而进的主体力量,而是主体面对时间流逝的无能为力感,这与中国传统时间论被颠覆后生命不断消失的体验相关。

李金发诗歌中常用的表空间意识的语词、诗句,如:空谷、丘墓、江底、枯老之池沼、世界、高丘之坟冢、蝼蚁之宫室等。它们的色彩多为淡白、灰白、紫色、黑色、紫红、深紫等,且往往与乌鸦、黑夜等相连使用,大都指向死亡、生命衰微,营造出一种恐怖氛围。

如此空间里,时间又在不断地流逝,流逝的时间进一步强化了诗人对空间的恐惧。在如此时空世界里,作为预言家的诗人深感难有作为。"使命或说尽了,/忽地来了一诗人,/——一个命运预言者,/他伤心了,/以为是不可救药,/遂毁了其所欲写之笔,/蓦地走了,逃向何处?"(《故乡》)"逃向何处"表达的是无处可逃的无望感。于是,诗人不断地使用"惟有""战栗""烦闷""遂"以及"上帝"这类词表达主体的无助;在这样的时空中,"上帝"与"我"之间靠一根草儿相连,上帝也无法拯救"我"。由此可见,李金发的诗歌表现的是自己在现代社会的痛苦经验,是现代知识分子在中西文化挤压中的煎熬与恐惧。"逃向何处"这种无助的呼叫是诗人精神世界的显现。

流逝而黑暗的时空世界承载的是其世界观、生命观,是其创造的独特的诗歌世界。

五、李金发诗歌的晦涩现象

晦涩是一种阅读反应,是读者面对文本时的感受,反映了阅读口味、能力与文本的错位。这种错位与生活经历、知识背景、文化认同等相关,属正常现象。李金发诗歌一直以来被多数读者指认为晦涩,这与作者的思维术、诗歌材料、表达方式等相关,意味着读者的审美习惯、趣味与文本审美特征之间存在着较大距离。换言之,是古典主义、现实主义、浪漫主义等与象征主义在美学风格上的差异导致了李金发诗歌的晦涩现象。要弄清差异何在,必须明白象征主义诗歌独特的艺术法则:

第一,象征主义安身立命的本钱无疑是象征。波特莱尔认为,事物之间存在一种相互契合的关系,互为象征,外在世界是人的内在世界的象征。所以,象征派的诗歌写作相当程度上就是为某种情绪、观念寻找"客观对应物",也就是象征。这种象征的意蕴是诗人赋予的,不是普通语义上的,如鸽子象征和平,而是极为主观的,是诗人所独有的。象征主义诗歌就是一片"象征的森林",所以他人理解起来就很困难。第二,这种个人化的象征其实就是所谓的暗示,即借某种物象将自己的心绪或观念暗示出来,正如穆木天所言:"诗的世界是潜在意识的世界。诗是要有大的暗示能。诗的世界固在平常的生活中,但在平常生活的深处。诗是要暗示出人的内生命的深秘。诗是要暗示的,诗最忌说明的。"①象征派诗歌大量运用暗示,其诗的思维术的核心就是象征与暗示,正如朱自清所言:"他们虽用文字,却朦胧了文字的意义,用暗示来表现情调。"②李金发的诗歌中这种现象大量存在,暗示决定了晦涩成为其固有特征。第三,与象征密切相连的是比喻,比喻与象征的区别在哪? 比喻是纯修辞手法,而象征有时是一种修辞手法,更多时候又超出了修辞范围,标明作品的整体意蕴,属于本体论范畴(当然与读者的理解相关)。不过,象征与比喻常常又分不开,有时比喻就是一个象征。象征主义诗歌大量使用比喻,只是其比喻不同于一般的比喻,按朱自清的说法:"象征诗派要表现的是些微妙的情境,比喻是他们的生命,但是'远取譬'而不是'近取譬'。所谓远近不指比喻的材料而指比喻的方法,他们能在普通人以为不同的事物中间看出同来。他们发现事物间的新关系,并且用最经济的方法将这关系组织成诗。所谓'最经济的'就是将一些联络的字句省掉,让读者运用自己的想象力搭起桥来。没有看惯的只觉得一盘散沙,但实在不是沙,是有机体。"③这种比喻所起的效果近似于暗示,或者说就是象征主义那种主观性很强的象征,它使作品变得更加晦涩。如李金发的"我的灵魂是荒野的钟声"(《我的》),"粉红之记忆,/如道旁朽兽,发出奇臭"(《夜之歌》)。第四,省略意象或观念之间必要的联络字句,使诗歌内在结构看似松散,但其间的跨度、空白给读者想象留下开阔的空间,进一步扩展了诗的歧义性,如《弃妇》。第五,通感也会强化诗的晦涩与歧义性。

可以这样说,晦涩与象征主义诗歌的所有法则相关,这些法则是进入象征派诗歌的秘籍。不过所谓进入不一定是进入诗人当时的真实心境,很可能是进入文本所引导的读者自己的内在世界。感到晦涩是正常的,真的读不懂也不意味着你没有水平,而主要表明你与诗人之间的心境、情感等距离较大,意味着你不习惯诗人的那种象征、暗示方式,你的世界无法与诗人所暗示的世界接通。所以,象征主义诗歌有一定的神秘性。晦涩与文本品性相关,同时又取决于读者,同一文本在不同读者那里可能晦涩,也可能不晦涩,这是需要特别注意的问题。

六、象征主义诗歌研究中的本末倒置现象

长期以来,关于象征主义诗歌的论述存在一种本末倒置现象,就是将注意力主要集中于诗歌外在形式上,而忽视了象征是个体生命情感、思想之符号这一重

---

① 穆木天:《谭诗——寄沫若的一封信》,《创造月刊》第1卷第1期,1926年3月16日。
② 朱自清:《抗战与诗》,《新诗杂话》,广西师范大学出版社2004年版,第25页。
③ 朱自清:《新诗的进步》,《新诗杂话》,广西师范大学出版社2004年版,第1—2页。

要特征,也就是忽略了象征主义诗歌中个体生命这一核心问题。

以创作法则、方法命名诗人,本来就是一种权宜之策,因为诗人是个体性最强的人,他们之所以是诗人,一个重要特征就是与他人不同,而用某种创作方法将他们硬拢到一起,就存在无视其差异性的问题。在将李金发等人命名为象征派诗人后,人们又将关注点集中于他们诗歌的晦涩等外在现象上,对形式背后的个体存在缺乏足够的研究,其结果是只在表层滑行,较少进入诗歌内部,以至于不少人提到象征主义诗歌,首先想到的便是朦胧、晦涩。

重外在形式,忽略内在思想及其主体人,在根本上也就背离了象征主义,因为象征主义的一个本质特征就是以某种符号象征、暗示某种情感、观念,也就是暗示人独特的内在世界。以符号象征意义,以形式暗示内容,本身就具有朦胧性、晦涩感,晦涩是象征主义固有的特征。我们需要从形式去发现意义,发现其中的情感,不能纠缠于形式和晦涩本身。

第二部分 专题论述

李金发的"西方"——以《题自写像》和《弃妇》为考察对象

李金发留学法国,接受了地道的西式教育,对西方世界耳濡目染,有着切身感受与体验,西方文化是其知识谱系与思想结构的重要组成部分,在其观察现实、审视历史与拷问自我的过程中扮演着重要角色,或者说催生出了新的运思方式与眼光。其诗作中,"西方"俯拾皆是,毫不夸张地说,如果去掉那些若隐若现的西方性意象和色彩,其诗意便难以生成与完型。

在他的创作中有两首诗特别重要,一是《题自写像》,二是《弃妇》。前者是诗人的"自画像",诗中有画,隐现着彼时的诗人形象;后者书写了现代人眼中的弃妇形象,形神相生,彰显出新的文化观念。"自画像"与"弃妇"在诗人那里相互指涉,彼此暗示,这是笔者将它们放在一起讨论的重要原因;但本文的任务不是论证它们如何相互指涉暗示,因为这对读者来说点到即明,而是要揭示出活动在二者内部的那个第三者,即"西方"。某种意义上说,正是这个时隐时现的第三者左右着诗人的构思立意,推动诗人创作出这两首诗,绘制出具有现代意味的"自画像"和"弃妇"形象。换言之,"西方"以特别的方式存在于两首诗作中。

(一)

《题自写像》于1923年作于柏林,诗题交代了创作缘起、意图,框定了"叙事""抒情"之边界。所谓"自写像"就是自画像,即自己给自己所画之像,如梵·高自画像、达·芬奇自画像、毕加索自画像、伦勃朗自画像、朱熹自画像、潘玉良自画像等,画自画像是源远流长的文化传统,在西方尤甚;"题自写像"就是为自画像题词,且所题多为诗歌,即所谓的题画诗,它更是中国诗画相生传统的体现。李金发留学法国,专攻美术,由作品看他为自己画了一幅像,并以传统方式为之题诗。那么,他为自己描画了一幅什么样的像呢?

置身异国他乡为自我画像,从理论上讲,其画像一定不同于从未出过国的本土诗人的自画像,一定留有身在他国的经验与感受,即李金发的自画像是一种跨民族、跨文化现象,中国身份与西方文化感受一定在作品中留有痕迹,西方应是影响诗人自我画像的重要因素。是否如此?先看第一节:

> 即月眠江底,
> 还能与紫色之林微笑。
> 耶稣教徒之灵,
> 吁,太多情了。

该节既突出画像背景,又表现了诗人的外在表情和内在心理活动。"月眠江底"是典型的中国古诗意境,古代诗人喜欢将月亮与大江联系起来,以物写人,歌吟自我情怀,抒发历史感慨。如唐代张继的"月落乌啼霜满天,江枫渔火对愁眠",杜甫的"江月去人只数尺,风灯照夜欲三更",赵嘏的"独上江楼思悄然,月光如水水如天",张若虚的"江天一色无纤尘,皎皎空中孤月轮。江畔何人初见月,江月何年初照人"。这种传统的时空画面被李金发拿来作为自我画像背景,朦朦胧胧中生出一缕诗意,一种地道的中国诗意。

"紫色之林"也是画像背景,一般而言,紫色是一种高贵、忧郁的色彩,象征神秘、幽雅、深沉与权威,但在西方则意味着噩梦、恐怖、死亡、幽灵。在这里,"紫色之林"不单是画像背景,还是微笑注视的对象。月光朗照,月亮倒映在江底,如此时空下,诗人面向一片象征着神秘、深沉、恐惧的"紫色之林"微笑。这就是诗人的面部画像,其中背景不仅与人融为一体,而且影响着人的表情,二者在张力中对话,彰显人的主体性,艺术技巧上无疑超越了中国古典绘画模式,属于西方现代油画范畴。月光下尚有紫色之林,自然不是实写,而是心理色彩,所以这画像具有西方现代主义特征。

凝视西式自画面相,诗人犹疑了:"耶稣教徒之灵,/吁,太多情了。"这是一个转折,一种情绪上的微妙变化。画像中面对"紫色之林"微笑的自己俨然耶稣教徒,信仰基督。然而,自己是一个来自东方的青年,一个中国人,有自己的文化根蒂与信仰;而耶稣是西方的,是西方文化的重要象征,作为弱国子民的自己来到遥远的西方游学,于不知不觉中转而崇奉基督,好似耶稣之徒,这难道不是一厢情愿、自作多情吗?显然,这句诗吐露出诗人面对强势的西方文化时内心的挣扎与自卑感。换言之,"西方"让诗人崇仰,但置身其间,又无法获得一种文化身份认同,无根的孤悬让自己尴尬又自卑。

沿着画像面部往下看,第二节如此写道:

> 感谢这手与足,
> 虽然尚少
> 但既觉够了。
> 昔日武士被着甲,
> 力能搏虎!
> 我么?害点羞。

一双手,两只脚,再正常不过了,然而诗人使用了"虽然……但"这一转折句式,结构上承袭上节,表达看到自己手足时的心理感受,言说逻辑看似荒唐,但如果将手、足理解为自我力量的象征,那么思维上也就顺理成章了,即虽然自己力量有限,面对复杂世界能量不足,但换一个角度看则足够了,这里流露出诗人向后撤的文化心理。古代武士身披铠甲,力大无比,足以搏虎,而自己虽为现代人,受现代文明熏染,却手足无力,相比昔日武士真是羞愧难当啊!

如果说第一节是写诗人面对西方文化时的自卑,那这一节就是表现诗人作为现代人面对古人的羞愧之情,进而回过头来反思、重估西方现代文明。这种现代与古代的二元对比及诗人的文化感受,其实同样源于他思想深处的西方文化元素。在当时人们心中,东方意味着落后、愚昧,西方代表着科学、进步与现代,所以现代与古代的对比,某种意义上就是西方与东方的对比。诗人来到欧洲接受西方文化教育,一定程度上更新了自我知识系统,变成了一个西化的现代知识人,然而相比古人却没有力量,这无疑是对现代文明的一种反思,对远离民族传统、追寻西方式现代生活的一种反思。这种反思在中国现代知识分子那里相当普遍,如周作人、徐志摩、沈从文等均作过深刻的现代文化批判。对现代文明的反思,对诗人来说,就是对现代西方文化的质疑与重估。沿着这一诗思逻辑,第三节他写道:

> 热如皎日,
> 灰白如新月在云里。
> 我有草履,仅能走世界之一角,
> 生羽么,太多事了啊!

诗人在反省、反思中浑身燥热,心理活动引起生理反应,"灰白"是自画像的部分色彩,也可以理解为此时诗人的心理色彩。再往下看,画像上自己穿的是草履,草履自然没有皮鞋耐磨,没有皮鞋光鲜气派,只能在世界某一角落行走,这实际上象征着自我力量不足,无法在天地间自由翱翔,这是诗人对自身能量的认知。怎么办?"生羽么",就是让自己生出羽翼,获得自由飞翔的能力,然而诗人立马予以否定,那"太多事了啊"。这一节延续转折句式,表达出主体在焦虑、矛盾中的思考,即对人的生存本身的反思,并在反思中表达了对"草履"所代表的朴实生活的坚守。

全诗三节均为同一的转折语气,使全诗结构定型为转折式。转折很坚定但声音不足,烘托出主体的无力感与矛盾性;而那一系列色彩偏灰白的暗示性意象又使诗境不够明亮。所以,总体看来,诗人为自己描绘了一幅自卑羞愧、焦虑矛盾、迷惘反思的画像,这是一个置身西方、浸透着西方文化色彩而又深受中西文化夹击煎熬的中国现代青年形象。

(二)

1925年,《弃妇》刊于《语丝》杂志,它是一首表现弃妇无助、绝望的作品。在中国历史上,妇女地位极低,弃妇现象十分普遍,文学史上写弃妇的诗歌很多,如《诗经》中的《卫风·氓》《邶风·谷风》《王风·中谷有蓷》《郑风·遵大路》《小雅·白华》,汉乐府中的《上山采蘼芜》《孔雀东南飞》,魏晋时曹植的《弃妇诗》,唐代张籍的《离妇》、顾况的《弃妇诗》,等等,它们多书写弃妇的勤劳、善良及其被遗弃的事实,对弃妇的悲惨命运深表同情。

与古代弃妇题材诗歌相比,李金发的《弃妇》究竟有何不同呢?当然自由体形式是一大区别,但这不是最重要的,不是其现代特征的核心维度。所处时代语境,特别是游学欧洲的经历,使李金发具有与古代诗人决然不同的文化视野,他是以西方化的眼光审视中国传统土壤上所发生的弃妇现象,而不是简单地同情弃妇的命运,不是一般性地谴责男子如何不道德,而是对弃妇现象作了深刻的历史文化反思与批判。毫不夸张地说,是西方文化背景支撑了他的言说与批判,使其《弃妇》以现代社会理念为诉求、为诗思逻辑,从而真正区别于古代弃妇题材的诗歌。

对于这样的作品,空说其如何新、如何现代是没有意义的,只有细致的文本解剖才能揭示出其现代新意核心所在,才能有效地敲开其诗思依据,或者说彰显其与西方文化因子的关系。

> 长发披遍我两眼之前,
> 遂隔断了一切羞恶之疾视,
> 与鲜血之急流,枯骨之沉睡。

"我"自然是诗中弃妇自称,诗人开篇即以第一人称方式写弃妇,让被丈夫遗弃的女子自我表白,近似《诗经》里以第一人称身份出现的弃妇之倾诉。不少现代读者误以为"我"的大规模出现是"五四"以后的事,以为现代个性解放才催生了

"我"的自觉，才有第一人称叙事抒情的兴盛，甚至将之视为一种前无古人的现代文化现象。其实，中国早期诗歌中，"我"是主要的抒情主体，《诗经》中作为言说者的"我"比比皆是，单从出现频次看绝不少于"五四"诗歌。就是说，"五四"时以第一人称"我"叙事抒情的模式虽具有现代品格，但实为流行过的古典形式，是借现代思想之力复兴的早期诗歌言说方式。《弃妇》开篇这几行诗中，"我"出现在句中而不是句首，近似于《诗经》里那种"我"在句子中间的句式（《诗经》中"我"的使用方式很多），意味着主体性被裹挟、压抑，而不像"五四"时以"我"开头的那类诗歌中存在一个张扬甚至跋扈的自我。卞之琳曾认为李金发"对于本国语言几乎没有一点感觉力，对于白话如此，对于文言也如此"①。笔者难以认可这种观点。李金发以这种"我"在句中的诗句巧妙地写出了妇女被弃后因没有悦己者而不再打扮以致蓬头垢面的外在形象及其痛苦的内心感受。"鲜血之急流，枯骨之沉睡"暗示了生之无望，即弃妇濒临生命尽头的生存处境。

> 黑夜与蚊虫联步徐来，
> 越此短墙之角，
> 狂呼在我清白之耳后，
> 如荒野狂风怒号：
> 战栗了无数游牧。

"黑夜"是弃妇的主观感受，暗示了她的生存环境；"蚊虫"象征着不利于弃妇的社会舆论势力，它们发出嗡嗡声，对弃妇来说如同"狂风怒号"，令人不寒而栗；"短墙"指披遍两眼之前的头发；"清白之耳"可以理解为弃妇的自我辩诬。在旧中国，妇女被遗弃，原因多在男方，但男权社会中没有人追问丈夫的责任，而是将指责、辱骂的言语一股脑地抛向弃妇，认为被遗弃的原因就是妇女不好，这就是传统男权主义所遵循的话语逻辑，当然由男子们所创制与推广。从这层意义上讲，男子对妇女的压迫不只是身体暴力，还演变成更为隐秘的话语制服。所以，这几行诗通过进一步书写弃妇险恶的生存环境，将诗思引向了对古代男权主义话语暴力的揭露，而诗人的这种诗思暗示了其有别于传统中国人的视野与观念。是怎样的新视野与观念呢？

> 靠一根草儿，与上帝之灵往返在空谷里。
> 我的哀戚唯游蜂之脑能深印着；
> 或与山泉长泻在悬崖，
> 然后随红叶而俱去。

---

① 卞之琳：《人与诗：忆旧说新》，生活·读书·新知三联书店1984年版，第189页。

虽然中国文化中很早就有自己的"上帝",但李金发早年接受英国式教育,后来游学法国,受西方现代文化影响颇深,他这里的"上帝"显然不是中国的,而是西方基督教的"上帝"。其实,在现代绝大多数中国人心中,上帝指的就是西方基督教的上帝,而不是该汉词最初的语义,这是近代以来中西文化冲突的一个结果。在基督徒那里,上帝是安放灵魂的地方,信仰上帝就是将自我灵魂寄托在上帝那里,只有上帝才能给自己以宁静、安详与幸福。正是在这层意义上,当尼采宣布上帝死了以后,西方人惶惶不可终日。李金发拥有不同于中国传统诗人的西方文化视野,且借助西方文化意识来审视中国历史上的弃妇现象,"靠一根草儿,与上帝之灵往返在空谷里",表明弃妇仅靠一根草儿与上帝在空谷里相连,随时可能坠入深渊,这就是她的生活处境。在这里,诗人以信徒与上帝的关系来写中国传统社会里妇女与丈夫的关系,即男权社会里,男人就是女人的依靠,是女人的天、女人的上帝,男子休妻就如同上帝要抛弃信徒一般。诗人以自己的西方宗教文化知识,象征性地写出了妇女被抛弃以后那种由物质到心灵的无助。"我的哀戚唯游蜂之脑能深印着""悬崖""随红叶而俱去",进一步写出了弃妇所感受到的人世间的冷漠和生命的无望凋零。

> 弃妇之隐忧堆积在动作上,
> 夕阳之火不能把时间之烦闷
> 化成灰烬,从烟突里飞去,
> 长染在游鸦之羽,
> 将同栖止于海啸之石上,
> 静听舟子之歌。

此节进一步书写弃妇之痛苦与生存处境,但所达到的深度是古典"弃妇"题材作品所无法比拟的。古代诗人习惯让弃妇自我言说,倾诉在夫家如何勤劳、能干,如何操持家务,又如何在家境好转后被丈夫抛弃。李金发在该诗中也以第一人称形式让弃妇自我倾诉,但他未停留于此,而是变换表达主体,以第三人称角度审视、解剖弃妇的不幸。"弃妇之隐忧堆积在动作上"一句耐人寻味。现代文本里妇女通常是以言语表达心中苦楚,但诗人却说弃妇的隐忧苦痛堆积在动作上,为什么?众所周知,旧中国绝大多数妇女被剥夺了受教育的权利,她们没有能力借语言表达内在苦痛;不仅如此,即便是受过教育的妇女,也无以表达自己的不幸,因为传统男权社会的知识、话语、语法规则等是男子根据自己的经验与需要所创制的,是为男子的言说、表达服务的。就是说传统中国并未给女性创造一套言说自我的话语,她们的隐忧只能堆积在动作上,无法以恰切的言语加以呈现,或者只能像祥林嫂那样做病态的唠叨,而这种病态一定程度上就是无力言说的表征。"弃妇之隐忧堆积在动作上"看似简单,却深刻地暴露、批判了中国男权主义的罪恶,即它在文化的层面剥夺了女子自我表达的能力。艾略特认为:"从来没有任何诗人,或从事任何一门艺术的艺术家,他本人就已具备完整的意义。他的重要性,人们对他的评价,也就是对他和已故诗人和艺术家之间关系的评价。"①李金发对传统"弃妇"题材的处理、对弃妇不幸的理解超越了古代诗人,由朴素的人道同情进入文化反思、批判的通道,表现出一种深刻的文化历史感。在与古代诗人的比较中,李金发确立起了自己的重要性。而支撑其反思、批判的话语基础是其在欧洲留学时所接受的西方个性解放、男女平等思想。

"夕阳""灰烬""烟突""游鸦""海啸"这些意象均指向弃妇的不幸命运。从"二八佳人"之说推测,古代弃妇年龄不会太大,大都不会超过30岁,如此美好年华本应还有希望,但因古代男权社会中女性没有独立的生存空间,加之舆论压力,被遗弃即意味着生命走向尽头,所以诗人使用了"夕阳""灰烬"等加以暗示;乌鸦在中国传统文化里乃不祥之物,诗人以之比拟弃妇,非常准确,正如鲁迅笔下鲁四老爷眼中的祥林嫂。游鸦"栖止于海石","静听舟子之歌",象征性地写出了弃妇听到的其实是她自己的人生悲歌,凸显了其孤独无援的心境。

> 衰老的裙裾发出哀吟,
> 徜徉在丘墓之侧,
> 永无热泪,
> 点滴在草地
> 为世界之装饰。

本节沿承前节旁观审视的角度,书写诗人眼中的弃妇与世界之"装饰"的关系。"衰老的裙裾"即弃妇所着衣物,实为弃妇之象征。被弃即等于"衰老",这就是诗人所看到的妇女遭遇遗弃后的情形,她徘徊于墓地,被逼向生命尽头。在诗人看来,弃妇就是男权世界的眼泪,是男女不平等社会的"装饰"、见证与控诉。

(三)

近代以降,西方成为中国知识分子心中挥之不去的他者,不同程度地影响、改变着他们的思考与言说,促使中国文化创造发生了重大转变。在诗人那里,西方的面目与功能更加突出、多样:有时以异质于东方温柔敦厚文化的可怖面目出现,成为诗人维护中国传统的依据;有时则相反,代表着人类进步的先锋,是现代化的象征,引领诗人将批判的矛头指向自己的民族文明;有时被视为沟通古旧与现代的桥梁。有的诗中,西方是言说的中心与目的;有的只是零星地呈现西方物象;有的则图像模糊、若隐若现②。李金发被称为"诗怪",其作品多为个体经

---

① [英]艾略特:《传统与个人才能》,《艾略特文学论文集》,李赋宁译注,百花洲文艺出版社1994年版,第3页。
② 方长安:《1920年代初中国新诗中的"西方"》,《河北学刊》2011年第6期。

验呈现,具有唯一性;但《题自写像》和《弃妇》这两首相互暗示的诗歌中的"西方"却以鲜明的特征,体现了"五四"时期一部分具有西方留学背景的知识分子在对西方世界的阅读、理解中所建立起的一种关系及其诗性处理。

(1)西方是诗人崇仰的对象,又是令其自卑的存在。在李金发眼里,一些中国知识分子对西方的态度不再是简单的恐惧与妖魔化,不是盲目的蔑视与不屑,也不是恒定的"中体西用"原则;而是景仰,身体力行地学习、仿效,甚至转而信仰其宗教,也就是期望借以安放迷惘的灵魂。然而,中国身份又使他与西方文化之间存在着难以弥合的裂缝,这种缝隙不是缘于民族傲骨,不是自觉坚守的结果,而是因为自卑,"耶稣教徒之灵,吁,太多情了",体现了一种典型的崇仰而自卑的文化心理。这是那一时期游学海外的中国年轻人面对西方时的普遍心理,是西强中弱格局挤压下中国青年知识分子的自觉而无奈的反应。文化冲突转换成一种心理张力,进而凝结为对读者具有压迫性的意象与句子,就是诗。诗人释放越多,对读者的压迫性越大,诗性也就越强烈。

(2)西方激起西化的东方的自我无力感,并引领其反思现代化和人之存在方式。置身西方,感受现代文明的西方,学习西方,自己比从前强大很多了;然而这种变化却令人开始自觉地比较与反思,深刻地意识到现代的自己其实不及"力能搏虎"的"昔日武士",这可谓学习西方的中国青年所获得的新认识。这种令自己汗颜、羞愧的认识,相比此前那些一味地述说西方文化如何强大、如何优越的观点,无疑是一种改变与深化。沿着这种新的认识逻辑,诗人不自禁地吟道:"虽然尚少,但既觉够了。""生羽么,太多事了啊!"西化的主体深刻地意识到自我发展的有限性,意识到人生价值与幸福不只是取决于发展与力量,而是有着更为丰富的内容,或者说一味地追求发展与力量实际上剥夺了人之为人的完整性与意义,所以这几句诗不单是对近代以来那种盲目地学习西方现代科学的反思,也是对以西方为标杆的现代化本身的反思,对人之存在价值、生存形式的思考。

(3)西方文化被诗人话语所控制,成为其审视、言说中国文化时的修辞符号与象征。李金发不像"五四"时许多诗人那样直言西方如何现代、科学与进步,也不倡导如何学习西方文明,而是在深刻地反思西方文化后建立起自我主体性。在《弃妇》中,西方成为他信手拈来文化意象的语料库,"靠一根草儿,与上帝之灵往返在空谷里",并非真写教徒与上帝的关系,而是以之暗示、象征弃妇与丈夫的人身依附性,这种暗示揭露了中国传统社会男女关系的不合理性。正常的夫妻关系应是平等、自由的,只有这样才能真正相亲相悦,才可能体验夫妻之爱,然而中国古代妇女依附于丈夫,没有独立的政治权、经济权,更被剥夺了自我表达的权利,缺失自由人格,人生幸福寄放在丈夫那里,就如同西方教徒将灵魂安放在上帝那儿一样。在这句诗里,西方上帝不是高高在上的超验存在,而是一个言说修辞,失去了主体性。

(4)在更多的时候,西方是一个不直接现身却又无处不在的存在,参与乃至左右着诗人的叙事抒情,或者说化为其思与想的底色与力量。弃妇是中国自古以来的社会现象,引起一代又一代有良知的知识分子的忧思,留下了大量言说弃妇的作品。李金发无疑是有良知的中国知识分子中的一员,且有着异于中国传统生活感受的西方生活经验,耳濡目染过西方社会男女平等的夫妻关系、家庭生活,接受了西方自由、平等思想,所以对无视妇女尊严、人格的中国男权社会有着更深刻的认识。在《弃妇》中,他不是如古代诗人那样进行一般性的描写、同情女子的不幸,而是将诗思置于文化批判的层面,暴露男权主义社会中妇女更为深刻的不幸。诗歌前两节以第一人称"我"行文,如"长发披遍我两眼之前""狂呼在我清白之耳后""我的哀戚唯游蜂之脑能深印着",让弃妇自我现身展示苦痛,然而有意味的是"我"并非主语,不是行动的主体,而是受动者,被"长发""蚊虫""游蜂之脑"所影响。"我"出场了,这是作者的善意安排,但她在与周遭发生关系时没有力量,或者说被周围力量所裹挟,这是弃妇真实人生的反映,这种第一人称运用恰切生动而意味无穷;后两节以第三人称叙事,具有西方文化背景的诗人没有出场但发表看法,这是针对前两节里弃妇"我"出场而又无力情形的调整,诗人躲在诗行中尽情言说,以西方观念解剖弃妇悲剧,这种人称安排旨在将诗思引向深入,"弃妇之隐忧堆积在动作上"一类诗句看似普通,实则鞭辟入里,体现了文化透视的深刻性。

《题自写像》和《弃妇》中,除了"耶稣教徒之灵"和"上帝"各出现一次,没有其他西方意象直接呈现,相反存在着不少中国传统诗歌语词和意象,诸如"遂""之""徐来""唯""江底""武士""皎日""新月""羽""空谷""山泉""红叶""游鸦"等,然而反复阅读诗歌不难发现,组构这些语词与意象的力量却来自诗人思想深处的西方观念,是有别于古代诗人的西方生活经验和观念赋予李金发特别的力量,使他穿越古今中外,将单个意象串联起来,随心言说,左点右画,创作出特别的"自画像"和"弃妇"题材诗歌。在这两首诗中,西方作为中国文化的他者似乎不再是他者,而是化为诗人自我思想的有机部分,无处不在。这一现象存在于相当多的具有异国生活经验的诗人那里,具有一定的普遍性。

克林斯·布鲁克斯在谈到一首诗歌如何获取力量时说过:"它从自身产生的悖论情境中汲取了力量。"[①]在李金发的《题自写像》和《弃妇》里,传统的"自画像""弃妇"题材与掩藏其后的西方图案、西方文化之间存在着强大的悖论情境,或者说诗人就是在有形无形的悖论空间中言说,在悖论张力中激荡着无尽的文化诗意。

(本文作者 方长安)

---

① [美]克林斯·布鲁克斯:《精致的瓮——诗歌结构研究》,上海人民出版社2008年版,第8页。

第三部分　诗学文献与研究参考

1. [美]埃德蒙·威尔逊：《象征主义》，杨匡汉、刘福春：《西方现代诗论》，花城出版社1988年版。
2. [美]韦勒克、沃伦：《意象、隐喻、象征、神话》，杨匡汉、刘福春：《西方现代诗论》，花城出版社1988年版。
3. [爱尔兰]叶芝：《诗歌的象征主义》，杨匡汉、刘福春：《西方现代诗论》，花城出版社1988年版。
4. 李金发：《是个人灵感的纪录表》，杨匡汉、刘福春：《中国现代诗论》（上编），花城出版社1985年版。
5. 李金发：《食客与凶年·自跋》，《食客与凶年》，北新书局1927年版。
6. 梁宗岱：《象征主义》，杨匡汉、刘福春：《中国现代诗论》（上编），花城出版社1985年版。
7. 梁宗岱：《释〈象征主义〉——致梁实秋先生》，梁宗岱：《诗与真续编》，中央编译出版社2006年版。
8. 穆木天：《什么是象征主义》，《穆木天文学评论选集》，北京师范大学出版社2000年版。
9. 朱自清：《中国新文学大系·诗集·导言》，《中国新文学大系·诗集》，上海良友图书印刷公司1935年版。
10. 孙玉石：《中国初期象征派诗歌研究》，北京大学出版社1983年版。
11. 陆文绮：《法国象征诗派对中国象征诗影响研究》，四川大学出版社1997年版。
12. 金丝燕：《文学接受与文化过滤——中国对法国象征主义诗歌的接受》，中国人民大学出版社1994年版。
13. 吴晓东：《象征主义与中国现代文学》，安徽教育出版社2000年版。
14. 李金发：《序文两篇——序林英强的〈凄凉之街〉》，《橄榄月刊》8月号第35期，1933年8月5日。
15. 杜格灵、李金发：《诗问答》，《文艺画报》第1卷第3号，1935年2月15日。
16. 华林（李金发）：《烈火》，《美育杂志》创刊号，1928年1月。
17. 钟敬文：《李金发底诗》，《一般》12月号，1926年12月5日。
18. 黄参岛：《〈微雨〉及其作者》，《美育杂志》第2期，1928年12月。
19. 苏雪林：《论李金发的诗》，《现代》七月号，1934年第3卷第3期。
20. 龙泉明：《二十年代象征主义诗歌论》，《文学评论》1996年第1期。
21. 谈蓓芳：《由李金发的〈弃妇〉诗谈古今文学的关联》，《复旦学报（社会科学版)》2002年第1期。
22. 周良沛：《谈"诗怪"李金发的怪诗》,《文艺理论与批评》1992年第4期。
23. 吴思敬：《李金发与中国象征主义诗学》,《首都师范大学学报(社会科学版)》2003年1期。
24. 吴晓东：《李金发的现代性体验及诗学意义》,《嘉应大学学报》2000年第5期。
25. 陈希：《选择与变异——论李金发对象征主义的接受》,《中山大学学报(社会科学版)》2002年第5期。
26. 朱寿桐：《李金发与中国新诗的现代主义传统》,《嘉应大学学报》2000年第5期。
27. 姚玳玫：《从李金发的际遇看早期现代主义艺术在中国的困境》,《文艺研究》2008年第10期。
28. 龙泉明、罗振亚：《李金发诗歌成败论》,《中州学刊》2001年第5期。
29. 谢冕：《中国现代象征诗第一人——论李金发兼及他的诗歌影响》,《新文学史料》2001年第2期。
30. 姚玳玫：《李金发双重身份的考察》,《文艺研究》2001年第2期。
31. 臧棣：《现代诗歌批评中的晦涩理论》,《文学评论》1995年第6期。
32. 王毅：《题型置换：中国初期象征主义诗歌的历史意义》,《诗探索》2000年第Z1期。
33. 贺昌盛：《现代中国象征论诗学流变年表(1918—1949)》,《新文学史料》2003年第2期。
34. 邱文治、杜学忠、穆怀英：《论中国现代象征诗派之升沉》,《文学评论》1987年第1期。
35. 方长安、田源：《"诗怪"阐释史与现代主义诗学之建构》,《河北学刊》2019年第1期。

思考题
1. 我们能说中国古代有象征主义作品吗？
2. 中国诗歌内部是否存在推动象征主义诗歌发生的动力？
3. 辨识李金发诗歌里的中外诗歌因子。
4. 试阐述象征主义诗歌难懂之因由。
5. 论李金发《弃妇》相比古代"弃妇"题材诗歌其现代性表现。
6. 论李金发诗歌接受史与现代审美意识的生成关系。
7. 论"五四"象征主义诗歌的诗歌史价值。
8. 结合李金发诗歌,谈谈读者接受问题。

第十一章
新格律诗人闻一多

第一部分 现象与问题

一、新格律诗理论倡导语境

从胡适到郭沫若,新诗走了一条自由化道路。胡适主张,话怎样说,诗就怎样写,倡导以具体方法写诗,以文为诗,并身体力行之,追随者无数,致使以白话为诗成为一种风尚。郭沫若将胡适的白话自由诗主张以自己的方式进一步实践推进,创作路径虽异,但白话自由诗的方向是一致的,《女神》跨越了《尝试集》,达到了绝端自由的境地,这是白话自由诗主张的"胜利"。但在革除格律的同时,白话新诗摒弃了传统诗歌所凝结的诗性,只重"自然",随性而为,没有任何规范束缚,以日常口语为诗,诗句长度自由,章节没有统一要求,导致诗性的流失、诗意的缺失,引起不少人的忧虑。白话新诗如何继续发展成为新诗坛的困惑。

那时,胡适和郭沫若的周围,各自围绕着一批追随者、同道者,并推出了一批诗作,编辑出版了个人新诗集和多人新诗合集,形成了各自的势力。闻一多(1899—1946)就是在这样的新诗发展形势或曰语境中,思考新诗建设问题,倡导新格律诗,并调动自己的文学积累进行艰难的新格律诗创作实验。

二、新诗之格律含义

闻一多在《诗的格律》中认为,绝对的写实主义便是艺术的破产;诗之所以能激发情感,"完全在它的节奏;节奏便是格律"。格律是真正的诗人的表现利器,"棋不能废除规矩,诗也就不能废除格律",他大力倡导新诗之格律,主要观点如下[①]:

(1)"格律可从两方面讲:(一)属于视觉方面的,(二)属于听觉方面的。这两类其实不当分开来讲,因为它们是息息相关的。譬如属于视觉方面的格律

[①] 闻一多:《诗的格律》,《闻一多全集》(2),湖北人民出版社1993年版,第137—142页。

有节的匀称,有句的均齐。属于听觉方面的有格式,有音尺,有平仄,有韵脚;但是没有格式,也就没有节的匀称,没有音尺,也就没有句的均齐。"

(2)"所以新诗采用了西文诗分行写的办法,的确是很有关系的一件事。姑无论开端的人是有意的还是无心的,我们都应该感谢他。因为这一来,我们才觉悟了诗的实力不独包括音乐的美(音节),绘画的美(词藻),并且还有建筑的美(节的匀称和句的均齐)。这一来,诗的实力上又添了一支生力军,诗的声势更加浩大了。所以如果有人要问新诗的特点是什么,我们应该回答他:增加了一种建筑美的可能性是新诗的特点之一。"

(3)"律诗也是具有建筑美的一种格式;但是同新诗里的建筑美的可能性比起来,可差得多了。律诗永远只有一个格式,但是新诗的格式是层出不穷的。这是律诗与新诗不同的第一点。做律诗,无论你的题材是什么,意境是什么,你非得把它挤进这一种规定的格式里去不可,仿佛不拘是男人、女人、大人、小孩,非得穿一种样式的衣服不可。但是新诗的格式是相体裁衣。"

(4)"律诗的格律与内容不发生关系,新诗的格式是根据内容的精神制造成的。这是它们不同的第二点。律诗的格式是别人替我们定的,新诗的格式可以由我们自己的意匠来随时构造。这是它们不同的第三点。"

闻一多以深厚的旧诗功底,站在新诗的发展立场提出了新诗的格律原则,并以律诗为参照阐述新格律的表达优势。这在当时属于新诗发展的新思路、新方案,也产生了一定的影响。

三、自由与限制——新格律诗

如果说传统格律诗成为主体抒情言志、诗意表达的束缚,那闻一多所倡导的新格律诗能否成为主体诗意栖居之所在?是否有助于个体诗性言说?其生命力究竟有多大?对新诗发展意义何在?

从后来的新诗发展史看,新格律诗未能成为主流,为什么?这无疑表明多数诗人对新格律并不感兴趣,或有心尝试,心向往之,而无能为力,即一般新诗人难以创制出具有建筑美、音乐美、绘画美的佳构,新格律诗无法成为他们诗意栖居之所在。然而,问题都有几个方面,大体而言,新格律具有一定的束缚性,限制了个体情感的宣泄,束缚了人的自由诉求,成不了现代诗坛主流,但是也不能否认对那些习惯这种"束缚"与"限制"的诗人来说,对具有艺术驾驭能力能够在自由与限制之间找到一种平衡的人来说,它是一种诱惑,一种有意味的艺术形式,一种有效表达诗思的结构,"带着脚镣跳舞"[①]对他们来说就是一种艺术享受,在束缚与限制中体味什么是自由,享受限制中所达到的自由的艺术境界,就是一种独特的生命体验,就是一种诗意的栖居。新格律诗理论及其创作实践对纠偏新诗

---

① 闻一多:《诗的格律》,《闻一多全集》(2),湖北人民出版社 1993 年版,第 137 页。

极端自由化、散文化倾向起了重要作用。

回望百年新诗探索史,我们需要重新发掘被新诗史叙述的主流话语所遮蔽的闻一多新格律诗理论与实践的重要价值。新诗需要吸纳外来资源发展自己,但更需要发掘汉语自身的语言优势,发掘汉语诗歌资源,为新诗创作服务,在传统中写诗。闻一多显然发现了早期白话新诗创作远离民族诗歌大传统的问题,他将新诗放在民族诗歌大传统中进行思考与探索,而不是如刘半农、刘大白、周作人那样只强调歌谣这种边缘资源的重要性。在大传统中思考、探索新诗路径,对有着悠久诗歌创作历史与丰厚诗歌资源的中国来说才是正路,而这种声音却被抑制,一百年来,新诗诗性经营上的诸多问题与之不无关系。在这个意义上,今天应该给予闻一多新格律诗理论探索与创作实践更高的评价。

四、文人与政治——闻一多现象

闻一多以什么传世?他是爱国主义者、民主战士抑或诗人、学者?他以诗而崇高,还是因爱国主义而伟大?这些竟然成为问题了,何以如此?

1946年,因政治殉难,闻一多的历史命运发生了很大变化,此前他被认为是一个文人,即新格律诗理论家、"新月主将",是"西洋体诗"创作者,他的价值是与中国新诗演进逻辑联系在一起的。1946年后,文学史叙述逐渐淡化其文人色彩,"民主斗士""爱国者"形象开始取代"新月主将"身份;在20世纪50—60年代的文学史著中,闻一多的形象甚至演变为单一的民主英雄和爱国符号;到了20世纪90年代,"爱国者"的政治形象仍不可动摇,但对其定位又回归为诗人、文人学者。大半个世纪里,读者对其诗集《红烛》《死水》的阅读接受也不断变化,大体而言,经历了备受冷落、同仁热捧、褒贬共存、意识形态化阐释、回归学理性解读等多个阶段。

文人与政治、诗歌与意识形态是世界文学史上重要的话题,在中国更是如此,以诗参政或以政为诗,诗政互容或者相伤,是历史上的重要现象。古来多少文人在建功立业和价值实现过程中,自觉不自觉地处理着诗与政的关系,创作出不朽的名篇或者平庸之作。有人在人生缝隙中为诗,不经意间成就了诗名,流芳百世;有人苦念一辈子,却碌碌无为。在闻一多那里,政治与诗缠绕在一起,使其生前身后的沉浮看似简单实却很复杂,导致其身份定位变动不居。如此情景,也许是诗人始料不及的,解读这种现象对深入认识新诗历史是有价值的。

第二部分 专 题 论 述

闻一多的民族主义思想

在中国现代诗人中,闻一多无疑是"中国"意识最强烈者之一,他的诗歌、书信、日记、散文、文艺评论等的核心语汇是"中国""中国人""中文""五千年底历史""中华"等，它们是诗人一生关注的基本问题，是其思、诗之灵感与力量的源泉。正因此，长期以来人们称他为爱国主义诗人、中华文化的国家主义者或文化民族主义者等。爱国主义与民族主义在他那里其实没有多大区别，但考虑到当时的世界背景与其思想倾向，称其为民族主义者更合适一些。他的民族主义思想在现代中国极具代表性，是中西文化冲突、对话的产物。我的工作不是去回答为什么说"他是一位民族主义者"这个问题，因为这已经为许多研究者所论析，并基本达成共识。我关注的是他的民族主义思想的发生及其相应的特点，因为正是在这一点上他得以与现代许多作家区别开来，显现出自己的独特性，而长期以来学界对这一问题的看法又过于简单，以至于相当程度上遮蔽了闻一多在中国现代思想史、文学史上的意义。

（一）反西方现代文化

1912年，闻一多从外省来到北京，在清华学校接受现代新式教育。这是他人生的一大转折，陌生的一切令他兴奋，使他自觉不自觉地将在家乡所接受的知识、行为规范、价值理念与清华所传授的新知识、新道德进行对比，结果便是1922年去国前所作的《美国化的清华》中所概括的："据我个人观察清华所代表的一点美国化所得来的结果是：笼统地讲，物质主义；零碎地数，经济，实验，平庸，肤浅，虚荣，浮躁，奢华。""美国化呀！够了！够了！物质文明！我怕你了，厌你了，请你离开我罢！东方文明啊！支那底国魂啊！'盍归乎来！'让我还是做我东方的'老憨'吧！理想的生活啊！"①先在的传统文化经验使他无法认同、接受西方现代文明。1922年7月，他远赴美国留学，异域的一切给予他更大的刺激，使他强烈地意识到东方与西方、中国与美国的不同，这一年在致吴景超、翟毅夫、顾毓琇、梁实秋等人的信中，他说："西方的生活是以他的制造算的；东方的生活是以生活自身算的。西方人以 accomplishment 为人生之成功，东方人以和平安舒之生活为人生之成功。所以西方文明是物质的，东方的是精神的。"②东西、中西文化的自觉对比，也就是传统与现代的比较，加剧了他对西方现代物质文明的反感："我在美多居一年即恶西洋文明更深百倍。耶稣我不复信仰矣。'大哉孔子'其真圣人乎！"③他开始放弃原来想象中理想的基督文化，将视线转回中国的儒家文化。其《孤雁》如此揭露美国"现代"文明的罪恶："啊！那里是苍鹰底领土——/那鸷悍的霸王啊！/他的锐利的指爪，/已撕破了自然底面目，/建筑起财力底窝巢。/那里只有铜筋铁骨的机械，/喝醉了弱者底鲜血，/吐出些罪恶底黑烟，/涂污我太空，闭息了日月。"机械蹂躏着自然与弱者，破坏了人类自然和谐的生存环境与秩序。1923年，他在致梁实秋的信中如此写道："一个'东方老憨'独

---

① 闻一多：《美国化的清华》，《闻一多全集》(2)，湖北人民出版社1993年版，第340—341页。
② 闻一多：《闻一多全集》(12)，湖北人民出版社1993年版，第52页。
③ 闻一多：《闻一多全集》(12)，湖北人民出版社1993年版，第194—195页。

居在一间 apartment house 底四层楼上，抬头往窗口一望，那如象波涛的屋顶上，只见林立的烟囱开遍了可怕的'黑牡丹'；楼下是火车、电车、汽车、货车（trucks，运物的汽车，声响如雷），永远奏着惊心动魄的交响乐。"①他这里的"东方老憨"是一种自觉的文化身份认同，包含着对西方"现代"的抵御与厌恶，同时也流露出深层的文化不适感，甚至恐惧感。考察他此时的作品不难发现，这种抵御、厌恶、恐惧与对中国传统文化自豪感的言说紧紧联系在一起："我堂堂华胄，有五千年之政教、礼俗、文学、美术，除不娴制造机械以为杀人掠财之用，我有何者多后于彼哉，而竟为彼所藐视、蹂躏，是可忍孰不可忍！士大夫久居此邦而犹不知发奋为雄者，真木石也。"②他似乎在进行一种本能的文化自卫。"东方底文化是绝对地美的，是韵雅的。东方的文化而且又是人类所有的最彻底的文化。哦！我们不要被叫嚣犷野的西人吓倒了！"③他这里的东方文化指的就是中国文化，在自卫中，他将中国文化神圣化了。

　　长期以来，学界的一个基本共识是将闻一多的爱国主义、民族主义思想简单地归结为受美国民族歧视所致，这自然不能说完全不对，但起码是不准确的。当我们认真分析上面的引文便发现，闻一多的民族主义思想发生的根本原因是在文化方面。如何具体地理解这一点呢？他对西方现代科技特别是其结果——物质文明的反感、厌恶，暗合了现代以来全球性的反现代性潮流。如何反现代性？其资源在哪里？这与不同个体自身的文化经验相关。闻一多在抵御、反抗西方现代文化时，其背后有五千年的民族历史、传统文明，所以他很自然地将眼光转向了中国传统文化。在中西对比中，他深切地感到民族历史、传统文化的伟大，并以之自豪。民族历史与文化在他那里实际上构成了反西方现代文化的资源力量，所以闻一多的爱国主义、民族主义相当程度上是反西方现代文化的结果，与中西文化冲突直接相关，他曾说："我国前途之危险不独政治，经济有被人征服之虑，且有文化被人征服之祸患。文化之征服甚于他方面之征服千百倍之。杜渐防微之责，舍我辈其谁堪任之！"④在诗歌《园内》中，他直言："万人要为四千年底文化／与强权霸术决一雌雄！"他要以此维护中华文化的独立性，其诗作具有鲜明的反文化殖民主义特点。在评论郭沫若《女神》时，他说："我个人同《女神》底作者底态度不同之处是在：我爱中国固因他是我的祖国，而尤因他是有他那种可敬爱的文化的国家；《女神》之作者爱中国，只因他是他的祖国，因为是他的祖国，便有那种不能引他的敬爱的文化，他还是爱他。爱祖国是情绪底事，爱文化是理智底事。一般所提倡的爱国专有情绪的爱就够了；所以没有理智的爱并不足以诟病一个爱国之士。"⑤显然，他的爱国主义、民族主义主要是中西文化对话的结

---

① 闻一多：《闻一多全集》（12），湖北人民出版社1993年版，第175页。
② 闻一多：《闻一多全集》（12），湖北人民出版社1993年版，第50页。
③ 闻一多：《〈女神〉之地方色彩》，《闻一多全集》（2），湖北人民出版社1993年版，第123页。
④ 闻一多：《闻一多全集》（12），湖北人民出版社1993年版，第215页。
⑤ 闻一多：《〈女神〉之地方色彩》，《闻一多全集》（2），湖北人民出版社1993年版，第121页。

果,反西方现代文化是其发生的基本动力与中心主题。长期以来学界对这一现象的盲视,直接的后果是将问题简单化,未能揭示出闻一多所代表的这类民族主义者的独特性,特别是其精神走向的积极价值与消极倾向。

(二) 现代民族国家观念启蒙

在他那里,民族主义源自反西方现代文化,而民族传统文化、民族历史又是反西方现代文化的根本资源,构成其民族身份认同的基础和民族主义情绪表述的最有效的途径和支持。这样,民族历史、传统文化就成为其民族主义正面张扬的核心内容,以一个完美无缺的整体形象出现。在批判西方"现代"时,他总是自觉不自觉地道出民族历史、传统文化,1923年发表的《忆菊》如此抒写菊花:"你不像这里的热欲的蔷薇,/那微贱的紫罗兰更比不上你。/你是有历史,有风俗的花。/啊!四千年华胄底名花呀!/你有高超的历史,你有逸雅的风俗!"对历史、传统文化的赞美几乎成为他面对西方"现代"时的一种本能性行为,其结果是对民族历史、传统文化失去了应有的警觉与反思。

他虽然称爱国是一种理智的行为,但实际上当他以民族传统对抗西方"现代"时却未能始终保持清醒的理智,而是情绪化地将"现代"形象描述成"青面獠牙,三首六臂,模样得怪到不合常理"①;同时,将民族传统文化看成没有任何瑕疵的"绝对的美的",视其为希望所在:"我的唯一的光明的希望是退居到唐宋时代。""我们将想象自身为李杜,为韩孟,为元白,为皮陆,为苏黄,皆无不可。"②他完全陷入西方"现代"绝对坏、民族传统绝对好这种简单的二元对立的思维模式与言说逻辑中,其结果是未能清醒地审视民族历史与传统,没有揭示出历史、文化对个体人的压制,而只是凸显了历史文化对人之保护、协调的一面,也就是轻易地放逐了现代民族主义中应有的历史批判意识,这种民族主义也就无补于本土文化的良性循环与新生。然而,话又说回来,在当时的中国,这种绝对化的民族文化观的积极意义也不能低估。它是对西方殖民主义者想象、言说东方特别是中国时普遍遵循的西方代表进步、中国意味着落后这种已经被许多中国现代知识分子所接受的话语逻辑的反动,是对西方殖民侵略、统治合法性的质疑与否定,对"五四"以来思想文化界特别是文学领域过于西化的倾向起了反思与警醒的作用,如他对新诗去中国化的质疑与批判:"现在的新诗中有的是'德谟克拉西',有的是泰果尔,亚坡罗,有的是'心弦''洗礼'等洋名词。但是,我们的中国在那里?我们四千年的华胄在那里?那里是我们的大江,黄河,昆仑,泰山,洞庭,西子?又那里是我们的《三百篇》,《楚骚》,李,杜,苏,陆?"③经由这种文化观,诗人在进行一种现代"民族""国家"观念的启蒙,这种启蒙对长期以来民族国

---

① 闻一多:《现代英国诗人·序》,《闻一多全集》(2),湖北人民出版社1993年版,第171页。
② 闻一多:《闻一多全集》(12),湖北人民出版社1993年版,第140页。
③ 闻一多:《〈女神〉之地方色彩》,《闻一多全集》(2),湖北人民出版社1993年版,第119页。"泰果尔"即"泰戈尔"。

家意识不发达的中国来说,在当时的积极意义绝不亚于"人"的启蒙。而且,在当时,它在客观上确实起到了激励民族士气的积极作用,这也是长期以来人们很少谈论闻一多早期盲视传统文化弱点的重要原因。

(三) 重审民族传统文化

将民族历史、传统文化视为一个完美的整体这种观念使闻一多在20世纪20—30年代缺乏对历史、文化的批判意识,弱化了其民族主义的力度;但另一方面,这种观念却使他对民族领土被瓜分、失去完整性的体认与同时代许多知识分子相比要独特与深切得多,由《七子之歌》《长城下之哀歌》等诗我们能体味出其独特与深切之处,即内心的巨大悲痛与情感的微妙变化。《七子之歌》以"七子"的口吻抒写"失养于祖国,受虐于异类""孤苦亡告,眷怀祖国"之哀忱,目的在于励国人之志。"七子"口吻在这里极为重要,全诗的意义主要由它而生成,"七子"的倾诉既是诗人对历史所作的一种不同于西方殖民者和国内封建统治者的叙述,又体现了受殖民统治的人民要求由自己表述自己而不是由他人特别是殖民者代替自己说话的愿望,从中我们不难感受到诗人对受殖民统治的人民的同情,对统治者的不满。"七子"的情感抒写方式意味着一种新的民族主义话语方式的创造。自《七子之歌》《长城下之哀歌》等诗歌起,闻一多开始重新审视作为整体的民族历史、文化,而不再是将其看成没有问题的神圣化的理念,尽管这种重审的力度是微弱的,但它是诗人民族传统文化观发生转换的极为重要的一步,他开始对自己的民族主义思想进行调整,不过调整的过程相当长,直到20世纪40年代才真正完成,这种调整即对传统文化由一味地歌颂与赞美转换为鲁迅式的批判。

其实,早在20世纪20年代初他就对中国旧式家庭作过批判。1922年出国前他致信闻家驷说:"家里一般俗见,早不在我的心里,更不在我眼里。驷弟!家庭是怎样地妨碍个人底发展啊!""家庭是一把铁链,捆着我的手,捆着我的脚,捆着我的喉咙,还捆着我的脑筋;我不把他摆脱了,撞碎了,我将永远没有自由,永远没有生命!"[①]但出国后反西方现代文化成为他最重要的主题,而武器又是民族传统文化,所以他在相当长的时间里放弃了对传统文化的警惕与批判,这种放弃无疑是一种自觉的行为,因为他深知民族历史、文化是进行民族主义动员最有效的象征符号。回国后,他面对的中西对立不像在美国时那么直接与强烈,特别是现实中所见所闻的许多丑恶现象,使他意识到必须重审民族历史、传统文化。

为重审民族传统文化,他深入故纸堆进行爬梳。"我的读中国书是要戳破他的疮疤,揭穿他的黑暗,而不是去捧他。"[②]他此时阅读古代经文不是为了维护其正统性,而是要暴露其腐朽的本质,这就与复古主义者划清了界限。1943年11

[①] 闻一多:《致闻家驷》,《闻一多全集》(12),湖北人民出版社1993年版,第34页。
[②] 闻一多:《五四历史座谈》,《闻一多全集》(2),湖北人民出版社1993年版,第367页。

月,他在给臧克家的信中说:"经过十余年故纸堆中的生活,我有了把握,看清了我们这民族,这文化的病症。""你想不到我比任何人还恨那故纸堆。"①他对民族传统文化的看法发生了根本性的变化。从前,他以传统文化为旗帜去抵抗西方现代文化,现在他开始将民族积弱的原因归结为传统文化本身,对民族传统展开猛烈的抨击。他以为儒、墨、道就是中国文化的病根所在。"讲起穷凶极恶的程度来,土匪不如偷儿,偷儿不如骗子,那便是说墨不如儒,儒不如道。"②1944年他在《〈三盘鼓〉序》中说:"我在'温柔敦厚,诗之教也'这句古训里嗅到了几千年的血腥。"③这种批判在他那里是与民族主义思想探寻、反思同时进行的,1944年他在《家族主义与民族主义》中指出,中国传统文化是以家族主义为中心的,它在根本上阻碍着民族主义观念的产生,而中国"现在除了民族主义没有第二条路可走",所以必须彻底消除传统的家族主义。④ 针对自己原来的民族主义思想,他说:"五四以后不久,我出洋,还是关心国事,提倡 Nationalism,不过那是感情上的。"⑤他开始意识到自己原来的民族主义思想只是一味地为传统辩护、以之为自豪,缺乏理性精神的渗透与过滤,这种民族主义往往具有复古的倾向,而"复古倾向是一种心理上的自卫机能。自从与外人接触,在物质生活方面,发现事事不如人,这种发现所给予民族精神生活的担负,实在太重了。少数先天脆弱的心灵确乎给它压瘪了,压死了。多数人在这时,自卫机能便发生了作用"⑥。这种自卫性的民族主义是殖民历史的产物,但自卫不能自闭。"民族主义我们是要的,而且深信是我们复兴的根本。但民族主义不该是文化的闭关主义。我甚至相信正因我们要民族主义,才不应该复古。老实说,民族主义是西洋的产物,我们的所谓'古'里,并没有这东西。"⑦这既是对当时复古主义思潮的批判,也是对自己早期民族主义思想的反思与清理。显然,他的民族主义思想已发生了根本变化,理智而非情绪、开放而非闭关主义成为其基本特征。

反文化闭关主义使他对西方现代文化的态度完全不同于以前那种情绪性的抵制,而是相反,西方现代文化成为他重审传统、言说民族主义的基本尺度。在《从宗教论中西风格》中,他一方面从宗教角度论述、赞美西洋人"永不认输,永不屈服的精神",另一方面嘲弄、抨击了中国传统文化的种种劣根性:"中西风格的比较?你拿什么跟人家比?你配?尽管有你那一套美丽的名词,还是掩不住那渺小,平庸,怯懦,虚伪,掩不住你的小算盘,你的偷偷摸摸,自私自利,和一切的丑态。你的孝悌忠信,礼义廉耻,和你古圣先贤的什么哲学只令人作呕,我都看

---

① 闻一多:《闻一多全集》(12),湖北人民出版社1993年版,第507页。
② 闻一多:《关于儒·道·土匪》,《闻一多全集》(2),湖北人民出版社1993年版,第381页。
③ 闻一多:《三盘鼓·序》,《闻一多全集》(2),湖北人民出版社1993年版,第229页。
④ 闻一多:《家族主义与民族主义》,《闻一多全集》(2),湖北人民出版社1993年版,第356—359页。
⑤ 闻一多:《五四历史座谈》,《闻一多全集》(2),湖北人民出版社1993年版,第367页。
⑥ 闻一多:《复古的空气》,《闻一多全集》(2),湖北人民出版社1993年版,第351页。
⑦ 闻一多:《复古的空气》,《闻一多全集》(2),湖北人民出版社1993年版,第355页。

透了！你没有灵魂，没有上帝的国度，你是没有国家观念的一盘散沙，一群不知什么是爱的天阉。""除了你那庸俗主义的儒家哲学以外，不但宗教没有，旁的东西也没有。""你这没出息的'四万万五千万'！"①这段自嘲性话语包含着诗人的义愤、焦虑，同时也体现了一种民族主义的自信心。在中西对比中以西方现代性批判民族传统文化，这是典型的"五四"文化启蒙思路，在20世纪40年代民族救亡关键时刻，诗人重回"五四"话语，体现了思想的独特性与深刻性。

以民族传统反抗西方现代文化和以西方现代文化透视、批判民族传统文化是现代中国两类典型的民族主义思想，无论是倾向前者还是属于后者，知识分子均遭遇过传统与现代的紧张对抗与挤压，经受了心灵的痛苦煎熬与挣扎，而闻一多则经历了由前者向后者转化的过程，这一过程与"五四"以后中国现代主流文化思潮走向相反，或者说与中国多数民族主义知识分子的思想历程不同，它是一位特立独行的诗人留下的思想探寻的真实轨迹，也是一道痛苦的轨迹。

作为一位民族主义者，闻一多习惯或者满足于传统与现代的对立吗？答案是否定的。我们不能忘记闻一多出生于旧式的书香门第之家，是一位深受传统文化洗礼的诗人，传统文化的"中和"观念已化为其血肉，所以他内心深处并不喜欢对抗，在中西对抗最激烈的时候，他仍不时地流露出中西融合的想法。例如，20世纪20年代初期，在论述《女神》的地方色彩时，他说："我总以为新诗径直是'新'的，不但新于中国固有的诗，而且新于西方固有的诗；换言之，他不要做纯粹的本地诗，但还要保存本地的色彩，他不要做纯粹的外洋诗，但又要尽量地吸收外洋诗底长处；他要做中西艺术结婚后产生的宁馨儿。"②但当时他思想的主导倾向是以传统对抗西方现代文化，这样，"中西艺术结婚"的问题便被边缘化以至于后来完全被搁置。1946年，他在谈到大学院系机构调整时指出，绝大多数文、法学院的系是依学科分类的，唯一的例外是文学语言，仍依国别，分作中国文学与外国语文学两系，它们"各处极端，不易接近，甚至互相水火"，也就是中西对立，这"对于真正沟通融会中西文化的工作，大概不会起什么作用"，并将调整大学文学院中国文学、外国语文学二系机构上升到"民族复兴中应有的'鸿谟'"的高度。③可见他是多么渴望民族主义思想体系中的"中西兼通""沟通融会"。然而不久他惨遭暗杀身亡，其民族主义思想探索未能继续下去，留下永远的遗憾。

(本文作者　方长安)

---

① 闻一多：《从宗教论中西风格》，《闻一多全集》(2)，湖北人民出版社1993年版，第364—365页。
② 闻一多：《〈女神〉之地方色彩》，《闻一多全集》(2)，湖北人民出版社1993年版，第118页。
③ 闻一多：《调整大学文学院中国文学外国语文学二系机构刍议》，《闻一多全集》(2)，湖北人民出版社1993年版，第437—440页。

第三部分　诗学文献与研究参考

1. 闻一多：《诗的格律》，《闻一多全集》(2)，湖北人民出版社1993年版。
2. 闻一多：《律诗底研究》，《闻一多选集》(1)，四川文艺出版社1987年版。
3. 闻一多：《诗歌节奏的研究》，《闻一多全集》(2)，湖北人民出版社1993年版。
4. 闻一多：《〈冬夜〉评论》，《闻一多全集》(2)，湖北人民出版社1993年版。
5. 闻一多：《〈现代英国诗人〉序》，《闻一多全集》(2)，湖北人民出版社1993年版。
6. 闻一多：《诗与批评》，《闻一多全集》(2)，湖北人民出版社1993年版。
7. 闻一多：《谈商籁体》，《闻一多全集》(2)，湖北人民出版社1993年版。
8. 闻一多：《〈烙印〉序》，《闻一多全集》(2)，湖北人民出版社1993年版。
9. 闻一多：《时代的鼓手》，《闻一多全集》(2)，湖北人民出版社1993年版。
10. 闻一多：《艾青和田间》，《闻一多全集》(2)，湖北人民出版社1993年版。
11. 闻一多：《评本学年〈周刊〉里的新诗》，《闻一多全集》(2)，湖北人民出版社1993年版。
12. 闻一多：《泰果尔批评》，《闻一多全集》(2)，湖北人民出版社1993年版。
13. 何其芳：《关于现代格律诗》，中国作家协会、诗刊社：《中国新诗百年志·理论卷》(上)，中国工人出版社2017年版。
14. 林庚：《诗的韵律》，《新诗格律与语言的诗化》，经济日报出版社2000年版。
15. 林庚：《新诗的形式》，《新诗格律与语言的诗化》，经济日报出版社2000年版。
16. 林庚：《再论新诗的形式》，《新诗格律与语言的诗化》，经济日报出版社2000年版。
17. 林庚：《新诗的"建行"问题》，《新诗格律与语言的诗化》，经济日报出版社2000年版。
18. 林庚：《九言诗的"五四体"》，《新诗格律与语言的诗化》，经济日报出版社2000年版。
19. 沈从文：《论闻一多的〈死水〉》，《沈从文文集》(第11卷)，花城出版社、生活·读书·新知三联书店香港分店1984年版。
20. 武汉大学闻一多研究室：《闻一多研究丛刊》，武汉大学出版社1989年版。
21. 陈卫：《闻一多诗学论》，广西师范大学出版社2000年版。
22. 闻黎明：《闻一多画传》，河南人民出版社2005年版。
23. 王康：《闻一多传》，湖北人民出版社1979年版。
24. 陆耀东、李少云、陈国恩：《2004年闻一多国际学术研讨会论文选》，武汉大学出版社 2005 年版。

25. 易彬：《政治理性与美学理念的矛盾交织——对于闻一多编选〈现代诗钞〉的辨诘》，陆耀东、李少云、陈国恩：《闻一多殉难 60 周年纪念暨国际学术研讨会论文集》，武汉大学出版社 2007 年版。

26. 陈国恩、方长安、张园：《2016 年闻一多国际学术研讨会论文集》，中国社会科学出版社 2018 年版。

27. 朱湘：《评闻君一多的诗》，《小说月报》第 17 卷第 5 号，1926 年 5 月 10 日。

28. 苏雪林：《论闻一多的诗》，《现代》第 4 卷第 3 期，1934 年 1 月 1 日。

29. 陆耀东：《对闻一多研究的建议和期待》，《江汉论坛》2005 年第 7 期。

30. 程光炜：《闻一多新诗理论探索》，《文学评论》1998 年第 2 期。

31. 刘烜：《闻一多新诗观的发展》，《诗探索》1982 年第 1 期。

32. 陆耀东：《闻一多新诗与中国古代诗歌的联系》，《武汉大学学报（哲学社会科学版）》1999 年第 3 期。

33. 王泽龙：《闻一多诗歌意象艺术嬗变论》，《江汉论坛》2005 年第 9 期。

34. 龙泉明：《诗歌双重性格的展示："酒神精神"与"日神精神"的凸凹——郭沫若与闻一多诗歌比较论》，《社会科学战线》1988 年第 2 期。

35. 范劲：《歌德符号与浪漫主义者郭沫若的自我问题》，《天津社会科学》2010 年第 2 期。

36. 陈卫：《论闻一多诗歌中的生命意识》，《晋阳学刊》1998 年第 3 期。

37. 王富仁：《闻一多诗论》，《海南师院学报》1993 年第 1 期。

38. 汪剑钊：《"中西艺术的宁馨儿"——闻一多的新诗与异域影响》，《诗探索》1996 年第 3 期。

39. 陈国恩：《书信中所呈现的闻一多人格》，《江汉论坛》2006 年第 11 期。

40. 方长安、陈澜：《文学史著中的闻一多形象》，《人文杂志》2013 年第 11 期。

思考题

1. 简述闻一多的中国观与美国观。
2. 论新诗格律之必要性与不可能性。
3. 辨析闻一多诗歌形式结构之优劣。
4. 简述闻一多新诗实验的中外资源。
5. 论闻一多诗歌中的传统与现代。
6. 论闻一多编辑《现代诗钞》的诗学理念。
7. 简述闻一多形象嬗变史。
8. 如何重审闻一多新格律诗理论的新诗史价值？

第十二章
徐志摩论

第一部分 现象与问题

徐志摩(1897—1931)是中国新诗史上一位具有传奇色彩的诗人,他不是英雄,没有叱咤疆场、杀敌封侯,但却以柔弱之身搅动了当时中国文化界与诗坛,他所凭依的是对自由、爱情和白话新诗的热爱与实践,就是说他以一种浪漫方式高歌文坛,让人羡慕,也令人妒忌;诱人陶醉,也使人不悦;他被自己的"事业"所感动,也受其困,生命不能承受之爱,或许是他生前的一种体验。近百年来,关于徐志摩,众说纷纭,成为一个文学事件、一个人文故事。在读者心中,他的形象变动不居。他与当时诗坛的关系,与各色人物的交往,其身后不同时期读者对他的评说,构成一种诗歌文化景象,无疑具有文学社会学价值。那徐志摩究竟是怎样一个人?他对新诗史乃至文化史的贡献到底在哪?

一、评说举要

(一)胡适的徐志摩论

胡适在《追悼志摩》中如此评价徐志摩:第一,他是一个可爱的人,"我们新时代的新诗人"。"我们初得着他的死信,都不肯相信,都不信志摩这样一个可爱的人会死的这么惨酷。但在那几天的精神大震撼稍稍过去之后,我们忍不住要想,那么的死法也许只有志摩最配。我们不相信志摩会'悄悄的走了',也不忍想志摩会有一个'平凡的死',死在天空之中,大雨淋着,大雾笼罩着,大火焚烧着,那撞不倒的山头在旁边冷眼瞧着,我们新时代的新诗人,就是要自己挑一种死法,也挑不出更合适,更悲壮的了。"[①]伤痛、悼念与理智混合在一起。"可爱的人"是对一个人的最高评价,"五四"以来的新文化说到底就是为了塑造有尊严、个性、人格的人,就是要打造鲁迅所言的"真的人",所以胡适是以"五四"以来所

---
① 胡适:《追悼志摩》,《新月》第4卷第1期,1932年1月。

想象呼唤的"人"的逻辑与立场评说徐志摩的;"新时代的新诗人"是对一个诗人的定位,既具有新时代品格,又拥有新诗质素,就是真正的现代白话新诗人,这是以新诗逻辑考评与定位诗人。第二,他是一个拥有"单纯信仰"的人。"他的人生观真是一种'单纯信仰',这里面只有三个大字:一个是爱,一个是自由,一个是美。他梦想这三个理想的条件能够会合在一个人生里,这是他的'单纯信仰'。他的一生的历史,只是他追求这个单纯信仰的实现的历史。"①以"爱""自由"和"美"所构成的"单纯信仰"来概括徐志摩的人生,简练而较为准确,之所以称"较为",是因其中还是有作为朋友的溢美之词的成分。这个评价很高,也很抽象,对此后徐志摩的文化史、文学史定位影响颇大。结合其人生与创作,如何理解胡适这一评价呢?这是一个重要的论题。

(二)茅盾的徐志摩论

在《徐志摩论》中,茅盾如此评说徐志摩:第一,他是中国布尔乔亚"开山"同时又是"末代"的诗人。何以如此?他说:"《猛虎集》是志摩的'中坚作品',是技巧上最成熟的作品;圆熟的外形,配着淡到几乎没有的内容,而且这淡极了的内容也不外乎感伤的情绪,——轻烟似的微哀,神秘的象征的依恋感喟追求。这些都是发展到最后一阶段的现代布尔乔亚诗人的特色,而志摩是中国文坛上杰出的代表者,志摩以后的继起者未见有能并驾齐驱,我称他为'末代的诗人',就是指这一点而说的。"②茅盾这篇文章在指出徐诗形式"圆熟"后迅速论及其内容之匮乏与感伤无力。内容形式两分,在他看来,内容第一,形式第二,作品形式再好,如果没有积极向上的内容,就不是好作品。茅盾开了以无产阶级革命内容衡量诗歌优劣之先河,他通过分析徐志摩的《我不知道风是在哪一个方向吹》来论证自己的观点。他在文章开篇即引用了该诗的第1、2行,也是每节的第1、2行。

我不知道风是在哪一个方向吹

> 我不知道风
> 是在哪一个方向吹——
> 我是在梦中,
> 在梦的轻波里依洄。
>
> 我不知道风
> 是在哪一个方向吹——

---

① 胡适:《追悼志摩》,《新月》第4卷第1期,1932年1月。
② 茅盾:《徐志摩论》,《现代》第2卷第4期,1933年2月1日。

我是在梦中，
她的温存，我的迷醉。

我不知道风
是在哪一个方向吹——
我是在梦中，
甜美是梦里的光辉。

我不知道风
是在哪一个方向吹——
我是在梦中，
她的负心，我的伤悲。

我不知道风
是在哪一个方向吹——
我是在梦中，
在梦的悲哀里心碎！

我不知道风
是在哪一个方向吹——
我是在梦中，
黯淡是梦里的光辉。

　　对该诗，茅盾基本上持否定态度，他认为诗人不知道风是在哪一个方向吹，自我迷茫徘徊，逃避现实，所咏叹的只是"在梦的轻波里依洄"这一点点"回肠荡气"的伤感情绪，而这情绪是社会上某一部分人的生活和意识的反映，内容空洞。"不是徐志摩，做不出这首诗"，这是茅盾对徐志摩诗歌有选择性的批评，也是基本定位。

　　第二，他不认同胡适关于徐志摩"单纯信仰"的观点。他说："胡先生这解释，我不能同意。我以为志摩的单纯信仰是他在作品里（诗集《志摩的诗》和散文《落叶》《自剖》等）屡次说过的一句抽象的话：'苦痛的现在只是准备着一个更光荣的将来。'这就是他'曾经有过的'单纯信仰！他的第一期作品就以这单纯信仰作酵母。我以为志摩的许多披着恋爱外衣的诗不能够把它当作单纯的情诗看的；透过那恋爱的外衣，有他的那个对于人生的单纯信仰。一旦人生的转变出乎他意料之外，而且超过了他期待的耐心，于是他的曾经有过的单纯信仰发生动摇，于是他流入于怀疑的颓废了！他并不像 Brand 那样至死不怀疑于自己的理想。"①茅盾重新阐释徐志摩"单纯信仰"的内涵,以此敞开其怀疑颓废的缘由,以此解读其诗歌,认为那些所谓的恋爱诗其实是"单纯信仰"的表达,开了从人生信仰角度解读爱情诗歌的先河,将爱情诗政治意识形态化。

显然,茅盾基本上是从无产阶级社会革命角度谈论徐志摩的,尽管他也论到徐志摩诗歌的某些艺术性,但他感兴趣的、主要关注的是徐诗的思想性,认为徐志摩虽是一个诗人,但其诗政治色彩非常浓烈,而其政治意识又属于资产阶级思想范畴,是有问题的。

(三) 朱湘的徐志摩论

朱湘是"新月"诗人,个性特别,好评诗,如《评闻君一多的诗》《郭君沫若的诗》《刘梦苇与新诗形式运动》等,颇苛刻。在《评徐君〈志摩的诗〉》中,他认为哲理诗是徐志摩的败笔。徐志摩以为自己《志摩的诗》中哲理诗写得最好,朱湘则说:"但是不幸,我的意思刚刚同他相反,我以为徐君在诗歌上自有他的擅长,不过哲理诗却是他的诗歌中最不满人意的。""其实哲学是一种理智的东西,同主情的文学,尤其是诗,是完全不相容的。""诗家的作品里面固然也有不少的理智成分在其间,但是诗歌中的理智成分同哲学中的理智成分绝对是两件东西。"他认为泰戈尔的诗歌"不能叫作哲理诗,只能叫作宗教诗"。"在《志摩的诗》中,从《沪杭车中》起,一直到《默境》,除去几个例外以外,都是徐君的所谓的哲理诗。这些诗有太氏的浅,而无太氏的幽——因为徐君的生性根本上就不近宗教。这些诗固然根本上已属不能成立。"(此处"太氏"即泰戈尔。)其中最令人不满意的是《默境》,它"一刻用韵,一刻又不用,一刻又像旧词,一刻又像古文,杂乱无章;并且一刻叙事实,一刻说哲理,一刻又抒情绪,令读者恍如置身杂货铺中"。"《毒药》这诗,就本质上说来,就艺术上说来,可以说是这几年来散文诗里面最好的一首。""徐君是一个词人;我所以这样说的原故,就是因为徐君的想象正是古代词人的那种细腻的想象,徐君诗中的音节也正是词中的那种和婉的音节。情诗正是徐君的本色当行。走过了哲理诗的枯寂的此巷不通行的荒径,走过了散文诗的逼仄的一条路程很短的小巷,走过了土白诗的陌生的由大街岔进去的胡同,到了最后,走上了情诗的大街,街上有挂满了美丽幻妙的小灯笼的灯笼铺……"对徐志摩的情诗,他是非常欣赏的。然而,接下来,他就徐诗提出了六点意见,即徐志摩的诗歌艺术存在六个缺点:一是土音入韵,二是骈句韵不讲究,三是用韵有时不妥,四是用字有时欠妥,五是诗行有时站不住,六是欧化太生硬。朱湘太苛刻,但这种苛刻实出于对徐志摩的期待、希望过高:徐第一本诗集"已经这样不凡,以后的更是可想而知"。②

---

① 茅盾:《徐志摩论》,《现代》第2卷第4期,1933年2月1日。
② 朱湘:《评徐君〈志摩的诗〉》,《小说月报》第17卷第1号,1926年1月10日。

朱湘写了篇《翡冷翠的一夜》评说徐志摩同名诗集,主要观点:"翻开徐君志摩的第二个诗汇,第一首便是与书名相同的《翡冷翠的一夜》。看完这首诗,倒觉得满意。我心里想,要是这本书篇篇都是这样,那就也算得现今国内诗坛上一本水平线上的作品了。那知道看下去,一首疲弱过一首,直到压轴一首《罪与罚》,我看了简直要呕出来。""徐君没有汪静之的灵感,没有郭沫若的奔放,没有闻一多的幽玄,没有刘梦苇的清秀,徐君只有——借用徐君朋友批评徐君的话——浮浅。"①朱湘的诗评就是这么苛刻,尽管有肯定、赞美,但更多的是否定,这是他的风格。至于是否准确,我们只有认真阅读徐诗才能辨析与判断。

(四)陈梦家的评说

陈梦家,"新月"诗人,在《新月诗选·序言》中,他如此评论徐志摩:"从前于新诗始终不懈怠,以柔美流丽的抒情诗最为许多人喜欢并赞美的,那位投身于新诗园里耕耘最长久最勤快的,是徐志摩。他的诗,永远是愉快的空气,曾不有一些儿伤感或颓废的调子,他的眼泪也闪耀着欢喜的圆光。这自我解放与空灵的飘忽,安放在他柔丽清爽的诗句中,给人总是那舒快的感悟。好像一只聪明玲珑的鸟,是欢喜,是怨,她唱的皆是美妙的歌。山,海,小河,女人,马来人,诗家,穷孩子,都有着他对他们的同情的回响。《我等候你》是他一首最好的抒情诗。《再别康桥》和《沙扬娜拉》是两首写别的诗,情感是澄清的。《季候》一类诗是他最近常写的小诗,是清,是飘忽,却又是美!但是《不知道风是在那一个方向吹》,志摩的诗也正如此呢!"②他与茅盾不同,与朱湘不同,与胡适有重合的地方,指出了志摩早期诗歌的主要特色,即空灵、唯美、舒快、向上与抒情。这是新月同人的评说,揭示出徐志摩诗歌的基本品格。

(五)卞之琳的评论

卞之琳是现代派诗人,徐志摩的学生,1931年在北京大学听过徐志摩的课,时间不足一年;不过,早在上初级中学时,他就邮购阅读了《志摩的诗》。20世纪后期,在《徐志摩诗重读志感》中,他如此评说徐志摩:"徐志摩是才气横溢的一路诗人。""他给我们在课堂上讲英国浪漫派诗,特别是讲雪莱,眼睛朝着窗外,或者对着天花板,实在是自己在作诗,天马行空,天花乱坠,大概雪莱就是化在这一片空气里了。"在卞之琳看来,徐志摩的诗中"总还有三条积极的主线:爱祖国,反封建,讲'人道'"。这三条主线之说太泛,几乎可以用于所有的现代作家,它是20世纪80年代初期历史语境下为重新推出徐志摩的一种策略性言说。他以为徐志摩尽管翻译过惠特曼的自由体诗,翻译了波特莱尔的《死尸》,还给年轻人讲

---

① 朱湘:《翡冷翠的一夜》,邵华强:《徐志摩研究资料》,知识产权出版社2011年版,第292—293页。
② 陈梦家:《新月诗选·序言》,《新月诗选》,新月书店1931年版,序言第22—23页。

过未来派,但他的诗思、诗艺"几乎没有越出过十九世纪英国浪漫派雷池一步"。即徐志摩虽然接触过象征主义,接触过美国的惠特曼,但创作还是19世纪英国浪漫派风格。他认为"五四"新诗先行者"实际上都不懂西诗是怎样的,写起白话诗来基本上都不脱旧诗、词、曲的窠臼(其中有的人根本毫无诗的感觉,有的人相反,对诗决不是格格不入,那是另外一回事)。《女神》是在中国诗史上真正打开一个新局面的,在稍后出版的《志摩的诗》接着巩固了新阵地。两位作者都是从小受过旧词章的'科班'训练,但是当时写起诗来,俨然和旧诗无缘,而深得西诗的神髓,完全实行了'拿来主义'"①,以自由体新诗发展逻辑强调志摩与西诗的深刻联系,强调其新的品格。在《徐志摩选集·序》中,他如此说:"徐志摩不是思想家。他的思想,'杂'是有名的,变也是显著的。他师事过梁启超,求教过罗素,景仰过列宁,佩服过罗兰,结识过泰戈尔,等等,他搬弄过柏拉图、卢梭、尼采等等,杂而又杂,变来变去,都不足为奇。"在卞之琳看来,徐志摩不怎么讲为艺术而艺术,但追求"诗化生活",徐志摩诗歌的最大艺术特征是"富于音乐性(节奏感以至旋律感),又不同于音乐(歌)而基于活的语言,主要是口语(不一定靠土白)"②。该文也是20世纪80年代初中期所作,突出了徐志摩的"杂"与"变",强调其生活的诗化和诗歌的音乐性。

卞之琳的评论烙上了特定历史时期的痕迹,隔靴搔痒,未能真正揭示出徐志摩及其诗歌的特征,但它是推动徐志摩重新走向读者的一种策略性表达,其"圆滑"体现了经过"文革"洗礼后现代诗人的文学生存智慧。

(六) 陆耀东的评说

陆耀东是新时期评说徐志摩的重要代表,1979年,他就在《评徐志摩的诗》中综论了徐志摩诗歌,主要观点如下③:

"徐志摩的思想核心还是民主个人主义。民主个人主义思想是支配徐志摩的思维活动和实践活动的决定因素。徐氏认为:人类社会发展的根本原因,是在人们的性灵。徐志摩的理想,是个人性灵得到最大自由的发展(对爱、自由的追求和美的享受都包括在内)。"

"他对人热情,长于交际,好结识名士;他有文学、音乐、美术、戏剧的素养,爱幻想,有雄心,但又易陷于虚无、颓废;有时他想远离人间,忘掉苦恼,却又往往执着于世事;他不无图清高之意,但有时又流于庸俗;他有时很坚强,有时又很脆弱;他是花花公子,也是诗人。"

"总的说来,积极因素居主导地位的诗篇,在《志摩的诗》中占大多数。"

---

① 以上引文出自卞之琳的《徐志摩诗重读志感》,《人与诗:忆旧说新》,生活·读书·新知三联书店1984年版,第20—25页。
② 卞之琳:《徐志摩选集·序》,《人与诗:忆旧说新》,生活·读书·新知三联书店1984年版,第31—33页。
③ 陆耀东:《评徐志摩的诗》,《中国现代文学研究丛刊》1980年第2期。

"《翡冷翠的一夜》中的爱情诗,内容上存在的问题,一是有的表现出爱情至上的倾向,二是少数诗篇,有些较庸俗的感情。如果说《翡冷翠的一夜》标志着徐志摩的诗歌创作,还只是开始向离开现实社会的方向发展的话,那么,他在大革命失败后写的《猛虎集》和《云游》,就是明显地向消极斜坡滑下去了。""在写爱情的诗中,带着无聊的男女调情的东西也出现了。《别拧我,疼》,就是典型的资产阶级趣味。""在《猛虎集》和《云游》中,还有个别具有反动倾向的作品。"

"仅就徐志摩收进《志摩的诗》《翡冷翠的一夜》《猛虎集》《云游》四个诗集中的诗而言,艺术上也有少数系平庸之作,但大多数作品,艺术性较高。"

"总的说来,徐志摩的思想曾经历一个发展变化过程,他的诗作在大革命失败前后有显著变化。《志摩的诗》和《翡冷翠的一夜》中尚有不少具有积极意义的作品,《猛虎集》《云游》,消极因素较多,且有个别具有严重政治错误之作,但也不是没有一点可取之处,在艺术上,徐志摩的诗有其独到之处,不少地方值得我们借鉴。"

他一方面给徐志摩平反,肯定其诗歌成就,认为徐是一位民主个人主义者;但与此同时,又对《西窗》《秋虫》《别拧我,疼》等作品持怀疑否定态度。他肯定徐志摩诗歌的审美性,又从政治话语角度审视之,批评之,力求有所突破,相当程度上折中了胡适与茅盾的观点,但更倾向于认同茅盾的观点。他的观点在当时的历史语境中有一定的突破性,但又未能真正突破。

(七)徐志摩的自我言说

近一个世纪以来,关于徐志摩人生及其诗歌众说纷纭,我们不妨看看诗人曾经的自评。第一,"世界上再没有比写诗更惨的事;不但惨,而且寒伧。就说一件事,我是天生不长髭须的,但为了一些破烂的句子,就我也不知曾经捻断了多少根想象的长须"[①]。在他看来,诗歌写作是一种分娩、一种难产;但另一方面,他又谈到了创作与生命释放的关系,"生命受了一种伟大力量的震撼,什么半成熟的未成熟的意念都在指顾间散作缤纷的花雨。我那时是绝无依傍,也不知顾虑。心头有什么郁积,就付托腕底胡乱给爬梳了去,救命似的迫切"[②]。但他却自认为这些作品几乎全失败了。第二,"倾向于分行的抒写"[③]。分行与否,在那时是一个问题,一个与新诗艺术性、诗性表达相关的问题,他做出了自己的选择。第一本诗集《志摩的诗》是他回国后写的,他却自我评价:"大部分还是情感的无关拦的泛滥,什么诗的艺术或技巧都谈不到。"[④]第三,"我们信诗是表现人类创造力的一个工具,与音乐与美术是同等性质的;我们信我们这民族这时期的精神解

---

① 徐志摩:《猛虎集·序》,邵华强:《徐志摩研究资料》,知识产权出版社2011年版,第179页。
② 徐志摩:《猛虎集·序》,邵华强:《徐志摩研究资料》,知识产权出版社2011年版,第181页。
③ 徐志摩:《猛虎集·序》,邵华强:《徐志摩研究资料》,知识产权出版社2011年版,第180页。
④ 徐志摩:《猛虎集·序》,邵华强:《徐志摩研究资料》,知识产权出版社2011年版,第181页。

放或精神革命没有一部像样的诗式的表现是不完全的;我们信我们自身灵性里以及周遭空气里多的是要求投胎的思想的灵魂,我们的责任是替它们构造适当的躯壳,这就是诗文与各种美术的新格式与新音节的发见;我们信完美的形体是完美的精神唯一的表现;我们信文艺的生命是无形的灵感加上有意识的耐心与勤力的成绩;最后我们信我们的新文艺,正如我们的民族本体,是有一个伟大美丽的将来的"①。他把创格的新诗当一件认真的事做,强调诗与民族精神解放、个体情感释放的关系,重视新诗形与质的切合,对民族和包括新诗在内的新文艺充满信心。第四,《猛虎集》是他的第三本诗集,他认为之所以出版它,只是为告慰朋友,让他们知道自己还存在着。他如此自我辩护:"你们不能更多的责备。我觉得我已是满头的血水,能不低头已算是好的。你们也不用提醒我这是什么日子;不用告诉我这遍地的灾荒,与现有的以及在隐伏中的更大的变乱,不用向我说正今天就有千万人在大水里和身子浸着,或是有千千万人在极度的饥饿中叫救命;也不用劝告我说几行有韵或无韵的诗句是救不活半条人命的;更不用指点我说我的思想是落伍或是我的韵脚是根据不合时宜的意识形态的……这些,还有别的很多,我知道,我全知道;你们一说到只是叫我难受又难受。我再没有别的话说,我只要你们记得有一种天教歌唱的鸟不到呕血不住口,它的歌里有它独自知道的别一个世界的愉快,也有它独自知道的悲哀与伤痛的鲜明;诗人也是一种痴鸟,他把他的柔软的心窝紧抵着蔷薇的花刺,口里不住的唱着星月的光辉与人类的希望,非到他的心血滴出来把白花染成大红不住口。他的痛苦与快乐是浑成的一片。"②他言说了自我新诗观、人生观及其二者的联系。这是血与火的时代,诗人为个体存在的辩护,为诗人个体化存在状态的辩护,为社会化时代个人性诗歌争取一缕生存空间。

二、研究反思

　　徐志摩是一个说不尽的话题。文学意义上,他没有胡适那么开风气之先,没有郭沫若那么与时俱进,没有鲁迅那么冷峻、深刻,没有茅盾那么有社会性,也没有穆旦那么知性,但他绝对是文学天际的独特存在,或者说他本身就是一首现代性诗歌。时代的、阶级的、个人的立场与观念影响了人们对他的评说,我们对上述观点应清醒与警觉,不能盲从,当然也不能简单臧否。我们可由这些观点读出言说者所处的历史语境与其话语立场,进行一种社会文化分析,可以欣赏因徐志摩引起的话语冲突与融合的文化景观,可以看到诗人与读者之间心灵的对话与错位,可以弄清楚是什么力量让诗人形象变动不居,等等。

---

① 徐志摩:《〈诗刊〉弁言》,《晨报副刊·诗镌》第 1 号,1926 年 4 月 1 日。
② 徐志摩:《猛虎集·序》,邵华强:《徐志摩研究资料》,知识产权出版社 2011 年版,第 182 页。

那么,现在究竟应如何研究徐志摩呢？这涉及既有的学术观点和思维范式。我以为最重要的就是回到徐志摩诗歌本身,立足于我们自己的感受、体验进行审美阅读与判断,也就是抹去近百年里加在他身上的话语尘埃,尽量不受既有的话语观念左右,当然前提是要了解既有的学术观点。我们对徐志摩及其诗歌的评说可以与胡适、茅盾、陆耀东等前人重合,但必须是我们自己读出来的,是我们自己与徐志摩相遇的感受与反应,而不是盲目接受的。对于徐志摩这样的诗人,在研究思维上,主要考虑的应是他作为个体诗人的特点,应尽量少从社会政治历史角度打量他,当然不能完全不顾及社会政治维度对他的影响,因为这种影响有时还很大,但更多的时候,他是以一个真实的诗人身份存在着,诗真实地记载了他的魂灵。如果说政治对他有左右,那也是诗人的政治,不是政治家的政治,所以不要将诗歌文本政治化,不要将诗人政治化,而是看他作为一个诗人怎样思考政治问题,怎样取舍政治理念,怎样以诗的方式书写政治情怀,这是我们研究真正的诗人时应该持守的态度,一种不同于将诗歌研究政治模式化的思维范式。

三、另一个徐志摩

在人们的印象中,徐志摩是一位天真、浪漫的诗人,一个如"人间四月天"那样温煦的诗人,一个终日沉醉于雪花的快乐、唱着美妙的歌的诗人。但这只是徐志摩的一面,或者说是早期的徐志摩。徐志摩还有苦痛、颓废的一面,从他的不少诗歌中,我们读出的是一股透骨的悲凉,读出了另一个徐志摩,像鲁迅一样,他对现世有一种绝望的体验。将他与鲁迅联系到一起,大家马上会觉得不妥,但事实上也没有什么不当的,试看其作品。《问谁》以如此诗句开头与结尾:"问谁？啊,这光阴的播弄/问谁去声诉。""我更不盼天光,更无有春信:/我的是无边的黑夜！"再看《这是一个懦怯的世界》的第一节:

> 这是一个懦怯的世界,
> 　　容不得恋爱,容不得恋爱！
> 披散你的满头发,
> 赤露你的一双脚；
> 　跟着我来,我的恋爱,
> 抛弃这个世界
> 殉我们的恋爱！

在他眼中,这现实世界"容不得恋爱",只能抛弃之,为爱殉难。向往欢乐与自由,这是徐志摩的本色,是其灵魂；想象的世界那么美好,但毕竟是想象,于是最后一节写道：

> 顺着我的指头看，
> 那天边一小星的蓝——
> 那是一座岛，岛上有青草，
> 鲜花，美丽的走兽与飞鸟；
> 快上这轻快的小艇，
> 去到那理想的天庭——
> 　　恋爱，欢欣，自由——辞别了人间，永远！

为恋爱、欢欣与自由而辞别人间，这是怎样的苦痛与绝望啊，浪漫的想象与沉醉的画面中流露出诗人的沉郁与透骨的悲凉。

《为要寻一个明星》的第一节：

> 我骑着一匹拐腿的瞎马，
> 　　向着黑夜里加鞭；——
> 　　向着黑夜里加鞭，
> 我跨着一匹拐腿的瞎马！

干什么？寻一颗明星，骑着拐腿的瞎马寻找明星，给人一种凄凉与悲剧感。拐腿的瞎马已经累坏了，自己也疲累了，但明星还是未出现，最后一节诗人写道：

> 这回天上透出了水晶似的光明，
> 　　荒野里倒着一只牲口，
> 　　黑夜里躺着一具尸首。——
> 这回天上透出了水晶似的光明！

荒野里，黑夜中，马倒下了，人死了，可是天上依然透出水晶似的光明，这就是现实，是诗人的心理感受与生命体验，其中有追求、探寻的无据，人世生存的无助，荒诞与绝望纠缠在一起。

在《五老峰》的最后一节，诗人写道：

> 更无有人事的虚荣，
> 　　更无有尘世的仓促与噩梦，
> 灵魂！记取这从容与伟大，
> 　　在五老峰前饱啜自由的山风！

这不是山峰,这是古圣人的祈祷
　　　　凝聚成这"冻乐"似的建筑神工,
　　给人间一个不朽的凭证,——
　　　　一个"倔强的疑问"在无极的蓝空!

　　在《谁知道》中,他说:"啊,原来这遍地都是坟!"《哀曼殊斐儿》中有如此诗句:"非也!生命只是个实体的幻梦""我洒泪向风中遥送,/问何时能戡破生命之门?"《默境》写道:"生命即寂灭,寂灭即生命。"《在哀克刹脱教堂前》写道:"是谁负责这离奇的人生?"《秋虫》有如此诗句:"花尽着开可结不成果,/思想被主义奸污得苦!""到那天人道真灭了种,/我再来打——打革命的钟!"《西窗》《我不知道风是在哪一个方向吹》《别拧我,疼》《爱的灵感》等诗均表现了他的迷惘、苦痛以至于绝望。

　　徐志摩不仅是一位单纯浪漫的诗人,也是一位在绝望中苦痛中坚守爱情和诗的诗人。

四、徐志摩诗歌的文学史意义

　　徐志摩诗歌有新格律的特点,但不同于闻一多的整饬;浪漫中流溢出苦痛,自由中遵守着规范;语言优美轻灵,节奏和谐愉快,青春唯美,有时又有丝丝哀怨。它们不同于郭沫若的《女神》、戴望舒的《雨巷》、卞之琳的《断章》,不同于艾青的《大堰河——我的保姆》、何其芳的《预言》,更不同于穆旦的《诗八首》,就是说,他是他自己。《志摩的诗》《猛虎集》等延续了"五四"新诗的血脉,传承了"五四"精神,但又不同于"五四"新诗,其自由飘逸,轻灵曼舞,纯粹烂漫,低回苦痛,绝望而不甘,是独一无二的。没有人能够模仿他、重复他空前绝后的诗美,这就是他对中国诗歌史的贡献与意义。

第二部分　专题论述

读者视野中的徐志摩

　　徐志摩是一位有故事的话题性诗人,他的人生观念、阅历,尤其是独具特色的诗作使他与胡适、郭沫若、闻一多、朱湘、戴望舒、卞之琳、艾青等诗人区别开来。他似乎从未进入中心,但又好像永远被中心话语所关注。他曾自豪而又不无痛苦地说:"我只要你们记得有一种天教歌唱的鸟不到呕血不住口,它的歌里有它独自知道的别一个世界的愉快,也有它独自知道的悲哀与伤痛的鲜明;诗人也是一种痴鸟,他把他的柔软的心窝紧抵着蔷薇的花刺,口里不住的唱着星月的光辉与人类的希望,非到他的心血滴出来把白花染成大红不住口。他的痛苦与快乐是浑成的一片。"①这是一种辩白、一种苦诉,或者说自我定位。对于这样一个率真、浪漫、坚守而又苦痛的诗人及其作品,长期以来,读者或激赏,或不屑,或指责,以时代语境为言说空间,依据个体经验与趣味进行符合自己理念的阐释,使诗人、诗作在不同时代以不同形象现身。形象与读者观看视角直接相关,而视角后面的文化、诗学等话语则相当程度地决定了诗人如何现身,以何种姿态、面相现身。每个时代的主流话语不同,诗歌理想和诗学诉求也多不一样,它们融合、冲突抑或疏离,使近百年来读者视野里的徐志摩形象变动不居。本文中的"读者"主要指专业读者,多为诗人、理论家和学者等,至于大众读者的接受情况则可以通过出版市场进行考量②。专业读者通过批评阐释引领大众读者对徐志摩进行阅读理解与表达,近百年里徐志摩形象的生成演变史是新诗阅读史、诗学建构史上的动人篇章。

(一)

徐志摩的心性决定了其诗情、语调与文字组合等不同于胡适、周作人、沈尹默、刘半农、郭沫若,也不同于他所推崇的新格律诗人闻一多,作为现代新诗人,"不同"正是他对新诗探索、建设的贡献,或者说是其特别而又相对完整的现代性形式之表现。他的诗歌一问世就受到文坛同道和诗学异论者关注,推崇热捧、不屑调侃、批评否定之声可谓此起彼伏,在这个阅读阐释过程中,启蒙文化和现代诗学构建缠绕在一起,使那些批评言说话语具有了现代思想史、诗学建构史的价值与意义。

鲁迅是中国现代启蒙主义者,与徐志摩本属于新文学同道,对个性、灵魂的尊重是其共同特征;但两人家庭背景、生活环境、留学经历和人生阅历不同,生命感受体验不同,彼此性情、趣味差异很大,审美趋向、定位亦不同,鲁迅虽也关心新诗发展,早年写诗为新诗坛助威呐喊,但对徐志摩却并不欣赏,甚至不无反感。1924年,他调侃说:"坐起来点灯看《语丝》,不幸就看见了徐志摩先生的神秘谈——不,'都是音乐',是听到了音乐先生的音乐","只能恭颂志摩先生的福气大,能听到这许多'绝妙的音乐'而已。"③徐志摩就象征主义诗人波德莱尔的《恶之花》发表神秘诗论,鲁迅不以为然,加以讥讽。徐志摩那时读到鲁迅的讥讽话语,可能摇头无语,也可能报以不屑的微笑。后来,鲁迅回忆这事说:"我更不喜欢徐志摩那样的诗,而他偏爱到各处投稿,《语丝》一出版,他也就来了,有人赞成他,登了出来,我就做了一篇杂感,和他开一通玩笑,使他不能来,他也果然不来

---

① 徐志摩:《猛虎集·序》,邵华强:《徐志摩研究资料》,知识产权出版社2011年版,第182页。
② 余蔷薇:《徐志摩诗歌的文学史评价与读者基础》,《福建论坛(人文社会科学版)》2015年第7期。
③ 鲁迅:《"音乐"?》,《语丝》第5期,1924年12月15日。

了。"①经历、性情和文艺观的差异使鲁迅无法接受徐志摩浪漫主义的为人、为文，不喜欢徐志摩雪花快乐式的诗歌。鲁迅那时的资历名望、启蒙者身份，使他对徐志摩自然有种居高临下的姿势，这种姿势后面是否有种读书人狭隘的排他性呢？或者说潜意识中有种不容忍后来者无视自己的心理，其中是否有种文学话语强权味道？从鲁迅与创造社、新月社等的"酣战"也不难发现他对文坛话语权的看重②。鲁迅那"一通玩笑"之后也许畅快无比，但这对率真、浪漫而内心敏感脆弱的诗人徐志摩来说可能无异于一记闷棍，虽然徐志摩真实的心理感受不得而知，但"玩笑"对他的为人和写作自然是有影响的，如鲁迅所言"他也果然不来了"。从批评反馈角度看，鲁迅"玩笑"之后徐志摩的反应、自我重塑，无疑是一个有意味的话题，但对徐志摩的新诗探索恐怕没有什么价值，这也许是鲁迅所未意识到的。

与鲁迅的"玩笑"片语相比，诗人朱湘的批评则较为全面。1926年1月，朱湘发表《评徐君〈志摩的诗〉》，从自我性情、审美趣味和新诗观念出发，总体上肯定了徐志摩在新诗方面的耕耘，并对其未来发展寄予期望。文章开篇将《志摩的诗》中的作品分成散文诗、平民风格诗、哲理诗、情诗和杂诗五类。立足诗歌艺术，他认为徐志摩的散文诗"都还不弱"，其中《婴儿》"观察是多么敏锐"；《天宁寺闻礼忏声》"境地是多么清远"；《毒药》比喻具体、想象力丰富，写得"极其明显、亲切"，"就本质上说来，就艺术上说来，可以说是这几年来散文诗里面最好的一首"，这是一种个人化的审美判断③。他认为徐志摩平民风格的诗歌"可观"，其中《卡尔佛里》"想象细密，艺术周到"；《一条金色的光痕》"写得势利如画"；《盖上几张油纸》"情调丰富"，"在现今的新诗里面确算得一首罕见的诗了"。在朱湘看来，情诗才是徐志摩的"本色行当"，其诗想象细腻、音节和婉，是美之所在。与此同时，朱湘毫不客气地说哲理诗是徐志摩创作的败笔："哲理诗却是他的诗歌中最不满人意的"，"在《志摩的诗》中，从《沪杭车中》起，一直到《默境》，除去几个例外以外，都是徐君的所谓的哲理诗"。朱湘崇尚的是浪漫主义，置重的是情感的表达，视情感为诗歌生命所在，对哲理诗颇不以为然，因而瞧不起徐志摩所谓的哲理诗写作，作为"新月"同人，朱湘当时对徐志摩"期望实在太殷"，所以文章后面更是严厉地指出了其六大缺点，这在一般人看来无异于全盘否定。不过，毕竟是"新月"同人，朱湘还是肯定了徐志摩的"探险的精神"，并认为其"韵体上的尝试"足够引起读者"热烈的敬意"。文章最后说徐志摩这第一本诗集"已经这样不凡"，所以对徐充满"一腔希望"④。朱湘是诗人读者、同道人，个性特别，没有一

---

① 鲁迅：《集外集·序言》，《鲁迅全集》（第7卷），人民文学出版社1987年，第4—5页。
② 现代文学观念之争多与不同文学力量之间话语权争夺搅和在一起，致使言说往往偏离文学轨道，使争论的意义大打折扣。
③ 朱湘如此高地评价该诗，但它并没有因此被后来的读者高看进而传播阐释成为经典，这一现象耐人寻味。
④ 朱湘：《评徐君〈志摩的诗〉》，《小说月报》第17卷第1号，1926年1月10日。

般同道者的宽容,他的言说是其新诗观念的反映,但客观上讲,也不是没有问题的,例如他对《志摩的诗》的分类就有些混乱,对哲理诗的看法也值得商榷,但他在赋予徐志摩诗坛较高地位的同时,不回避问题,且都是从新诗艺术层面立论,应该说开了关于徐志摩诗歌接受言说一个良好的先例。从读者阅读心理看,朱湘特别的批评话语应能激起读者更大的阅读兴趣,扩大徐志摩诗歌的读者圈,提升其知名度。但从后来的情况看,受到朱湘高评的那些作品并未得到更广大读者的认可,它们并没有因此被遴选阐释成为徐志摩的"经典"。看来,朱湘的审美感觉确实与一般读者不同,他作为诗人的言说对后来读者的影响并不大,但他的批评对敏感的徐志摩本人及其诗歌写作和诗学理解是否产生了影响呢?从现代诗学培育建构角度看,这是值得思考的话题。

1926年,陈西滢以不同于鲁迅的背景与姿态,不同于朱湘的文化性格,对比言说郭沫若和徐志摩,认为从《女神》到《志摩的诗》体现了新诗的发展变迁,高度肯定了徐志摩的新诗,"志摩的诗几乎全是体制的输入和试验","虽然一时还不能说到它们的成功与失败,它们至少开辟了几条新路"。这是新诗同龄人的思路,是以新诗发生发展史为视野的观察,"开辟了几条新路"比写出几首诗更为重要。陈西滢眼光之犀利源于其中西融通的背景,他认为徐志摩最大的贡献在于"把中国文字,西洋文字,融化在一个洪炉里,炼成的一种特殊的而又曲折如意的工具"[①]。融合中西诗歌表达经验是当时中国新诗面临的难题,而徐志摩却找到了解决的重要途径,因此其作品里"有一种中国文学里从来不曾有过的风格"[②]。陈西滢以世界文学为背景,从中国诗歌发展史角度考量徐志摩,发掘其意义,将他解读成新诗艺术的开拓者、创新型诗人,这对徐志摩无疑是一种话语声援、一种创作激励、一种诗学探索的肯定,或许可以缓解鲁迅、朱湘对他的刺激,对大众读者则是一种阅读引导。

白话新诗对于有着深厚的古典诗歌传统的中国读者来说是一种阅读挑战,如何从中发现诗意以获得审美享受,始终困扰着人们。1930年,沈从文也思考过这个也许只有现代中国才有的新问题。土生土长的沈从文的艺术背景当然不同于鲁迅,不同于朱湘、陈西滢,但他是在"五四"启蒙主义文化熏染中成长起来的,其关于中国文学问题的思考与表达同样值得重视。他通过对新诗发展路径的回望,以及对新诗艺术演变规律的探索,找寻出阅读新诗的途径与方法。作为"新月"同人,他认为新诗发展可以分为三个时期,而第二个时期第一阶段的代表诗人就是徐志摩、闻一多、朱湘、饶子离等[③],不仅将徐志摩排在"新月"诗人之首,而且从新诗发展维度正面理解评价了徐志摩诗歌,发掘了徐志摩诗歌特别的

[①] 陈西滢:《新文学运动以来的十部著作》(下),《西滢闲话》,中国文联出版公司1993年版,第211页。
[②] 陈西滢:《闲话》,《现代评论》第3卷第63期,1926年2月20日。
[③] 沈从文:《我们怎么样去读新诗》,《现代学生》创刊号,1930年10月。

诗意与价值。沈从文以"乡下人"经验所进行的思考与批评,为当时读者提供了另一种阅读与表达经验,这在徐志摩的经典化历史上是有意义的。

围绕徐志摩的阅读批评,肯定、否定之声同在。朱湘在《刘梦苇与新诗形式运动》一文中说:"徐志摩是一个假诗人,不过凭借学阀的积势以及读众的浅陋在那里招摇。"讽刺徐志摩"读别字写别字"[①],一并否定了徐志摩和一般读者。在评徐志摩诗集《翡冷翠的一夜》时,朱湘认为它"一首疲弱过一首""简直要呕出来",朱湘是那种容易走极端的人、神经质诗人,说出这种极端言语并不难理解,其话语背后可能有种微妙的文人相轻心理。从鲁迅到朱湘都在张扬个性的同时,嘲弄揶揄徐志摩,这类批评言语不利于新诗艺术的探索与现代诗学总结。

现代中国诗坛,山峰连绵,山头错落,大家努力尝试,不断彰显艺术主张与成就。1931年9月,陈梦家编辑《新月诗选》,选录徐志摩作品8首,排在第一,也就是将徐志摩视为"新月"诗人的代表。"序言"说:"他的诗,永远是愉快的空气,曾不有一些儿伤感或颓废的调子。""这自我解放与空灵的飘忽,安放在他柔丽清爽的诗句中,给人总是那舒快的感悟。好像一只聪明玲珑的鸟,是欢喜,是怨,她唱的皆是美妙的歌。"愉快、欢喜、柔丽、清爽、舒快、美妙,这些是陈梦家的阅读感受,他不觉得徐志摩的诗歌伤感或颓废。"《我等候你》是他一首最好的抒情诗。《再别康桥》和《沙扬娜拉》是两首写别的诗,情感是澄清的。《季候》一类诗是他最近常写的小诗,是清,是飘忽,却又是美!但是'不知道风是在那一个方向吹',志摩的诗也正如此呢!"[②]既概括出徐志摩诗歌澄清、飘忽、抒情、美的特点,又点出了自己所喜爱的作品。这是"新月"诗人对同道者的言说,与沈从文相呼应,赋予徐志摩"新月"诗人一号的位置。陈梦家是诗人读者,真正懂得徐志摩的诗心,眼光柔和而又不乏犀利,《再别康桥》《沙扬娜拉》《我等候你》《季候》的确是徐志摩诗歌中的上品,属于诗人标签性作品,也是具有"新月"流派性质的诗歌。辑录留存它们并予以好评,使它们获得了被同代以及后世广大读者阅读的可能性,避免了被时间尘埃所湮没的命运,对它们而言,无疑具有历史意义。从后来的情况看,它们也确实被广大读者所认可,成为徐志摩的"经典",陈梦家与朱湘的不同乃至审美高下也就一清二楚了。

1931年11月,徐志摩遭遇空难,他不再写诗了,不再歌唱了,不再实验探索了,诗坛没有人能真正接续他的诗思与风格,他正在掘进的新诗路径中断了。不过,其诗的价值和诗意可以经由读者阅读传播,在再创造中不断增值。随后的几年里,追悼文章不断涌现,如1931年12月7日《北平晨报》第九版推出"北晨学园哀悼志摩专号";1932年7月陈梦家编辑《诗刊》第四期即"志摩纪念号",封面装帧漫画为徐志摩像,扉页铜版纸照片亦为徐志摩遗像照片,内容多为纪念诗作

---

① 朱湘:《刘梦苇与新诗形式运动》,《朱湘散文》(上集),中国广播电视出版社1994年版,第200页。
② 陈梦家:《新月诗选·序言》,《新月诗选》,新月书店1931年版,第22—23页。

及徐志摩遗稿。纪念诗文多为友人追怀之作、悼亡之文，其中特别值得一提的是中国现代文化启蒙者、新诗最初倡导者胡适的《追悼志摩》，虽然同样饱含悲痛之情，却有盖棺定论之势，影响深远。胡适以诗人的方式想象飞机空难的情境，渲染其悲壮感，"可爱的人"是值得回味的表达。胡适是在"五四"以来所倡导的也就是鲁迅所说的"真的人"的维度上为徐志摩画像的，"新时代的新诗人"是在"诗"的意义上强调其"新"的品质，突出其"新诗人"气质，突出其诗歌的现代品格，从而将他与那一时期守旧者、伪新派、半新不旧者区别开来。接着，胡适概括说："他的人生观真是一种'单纯信仰'，这里面只有三个大字：一个是爱，一个是自由，一个是美。"虽带有强烈的个人感情，但他所谓的"单纯信仰"还是极为准确地概括出徐志摩的为人为文，"爱""自由""美"是建立在"五四"启蒙理性基础上的一种新的人格标准，在胡适看来，徐志摩就是"五四"精神的化身，是新时代新人的典范，彰显了一种理想人格。自此以后，"爱""自由""美"三种品质，借助于胡适的权威话语通道，左右着许多年代里专业读者和普通大众对徐志摩的解读与认知，他的诗歌、人生际遇被赋予爱、自由与美的品质，经过后来不同时代读者的反复阅读、引用与阐释，"单纯信仰"话语不断累积叠加，徐志摩被塑造成"爱""自由"与"美"合而为一的"新时代的新诗人"形象。胡适该文是徐志摩及其诗歌传播接受史上一篇里程碑式的作品，为徐志摩描摹出一幅精美、雅致、浪漫的现代画像，无论怎样高评其传播价值都不过分。

穆木天是纯诗倡导者，一位由象征主义走向现实主义的诗人，1934年7月，他发表《徐志摩论》[①]，剖析徐志摩诗歌内在情感结构，梳理、揭示其诗艺探索演进轨迹，对徐诗独特的历史地位进行阐述，对徐志摩在现代诗学建构方面的贡献给予很高的评价。1935年，朱自清选编的《中国新文学大系·诗集（1917—1927）》出版，它是新诗史上第一个最为重要的选本，其中选录作品最多的诗人是闻一多，30首；徐志摩排第二，26首；郭沫若第三，25首；李金发第四，19首。无疑，朱自清心中新格律诗歌地位最高，闻一多是其理论倡导者与实验者，徐志摩则是代表诗人，他的诗入选数量排在第二，这是对其重要性的表达。朱自清在"导言"中肯定了徐志摩的诗歌艺术，"但作为诗人论，徐氏更为世所知。他没有闻氏那样精密，但也没有他那样冷静"；"他尝试的体制最多，也译诗；最讲究用比喻"；"他也写人道主义的诗"[②]。其实，朱自清心中的徐志摩作为诗人的地位比闻一多高，他用了"更为世所知""尝试的体制最多""最讲究用比喻"这种极致性话语表达自己的评说态度，在流派意义上肯定了徐志摩对新诗开拓、建构的价值，他实际上想说的话是：徐志摩乃新诗坛第一诗人。

进入20世纪40年代后，战争语境对诗歌宏大主题的热望使许多读者失去

[①] 穆木天：《徐志摩论》，《文学》第3卷第1期，1934年7月1日。
[②] 朱自清：《中国新文学大系·诗集·导言》，上海良友图书印刷公司1935年版，第7页。

了阅读徐志摩作品的耐心与兴趣,专业读者的评说文章也少了,但令人欣慰的是闻一多编选了影响深远的《现代诗钞》。闻一多有自己的诗学主张,心存民族大义,有古今文人情怀,《现代诗钞》乃其新诗观的呈现,是其诗学主张的体现,它收录徐志摩的作品最多,共 12 首①,承续朱自清的《中国新文学大系·诗集(1917—1927)》的观点,极力将徐志摩作品推送给读者,站在"新月派"立场上,在选本维度将徐志摩推到现代新诗坛第一人的高度。

鲁迅、朱湘、陈西滢、陈梦家、沈从文、胡适、穆木天、朱自清、闻一多等人,其人生阅历、知识背景、情感遭遇、文化立场、审美趋向、诗学观念等各异,但作为现代知识分子对徐志摩都有兴趣,他们持守的是"五四"启蒙主义,立足点是白话新诗,经由阅读评说张扬诗学理想,即便鲁迅那种揶揄之语里也包含着对新文学、新诗的理解与期许。从鲁迅、朱湘、沈从文到胡适、朱自清、闻一多,徐志摩的形象越来越明晰,徐志摩形象塑造与现代文化培育、诗学建构的关系也越来越密切。

(二)

20 世纪 20 年代后期,诗人们大都一定程度地卷入无产阶级文学论争旋涡,政治文化话语与诗学建构关系更为密切,深刻地影响着新诗的发展和传播,读者阅读作品时如何面对、理解二者的关系变得特别重要。总体看来,站在阶级立场阅读徐志摩诗歌,评说徐志摩,成为与启蒙主义阅读批评不同的又一重要倾向,使徐志摩及其诗歌的另一种精神面相与审美功能得以敞开,使围绕徐志摩的读者阅读史、塑造史在现代文化重建、诗学探索上的意义更加宽广。

1928 年 3 月 10 日,《新月》第 1 卷第 1 号发表《〈新月〉底态度》,它出自徐志摩之手,曰:"我们舍不得新月这名字,因为它虽则不是一个怎样强有力的象征,但它那纤弱的一弯分明暗示着,怀抱着未来的圆满。"并以感伤派、颓废派、唯美派、功利派、训世派、攻击派、偏激派、纤巧派、淫秽派、狂热派、稗贩派、标语派、主义派概括当时思想界现状,认为其中很多与他们倡导的两大原则——"健康""尊严"不相容。针对此文,创造社成员彭康同年 7 月在该刊发表《什么是"健康"与"尊严"——"新月底态度"底批评》予以回击,认为社会变革时代,被压迫阶级谋求解放,社会支配权要移向新的主体,而"新的主体"对一切事务和现象的评价当然要有其自身标准,从前"一切的价值标准,是颠倒了的","正是这种必然的现象……现在又使得'小丑'徐志摩,'妥协的唯心论者'胡适一班人不得不表示'新月'的态度"②。徐志摩和胡适被归类为"一班人",徐志摩开始被描述成为资产阶级"小丑",这是新兴的革命话语逻辑赋予徐志摩的一个崭新的形象标签。换言之,徐志摩作为一种负面形象符号进入当时正在建构的新文学又一新型话语

---

① 闻一多:《现代诗钞》,朱自清、郭沫若等:《闻一多全集》(全四册),上海开明书店 1948 年版。
② 彭康:《什么是"健康"与"尊严"?——"新月底态度"底批评》,《创造月刊》第 1 卷第 12 期,1928 年 7 月 10 日。

体系,他的另一面相被凸显,受"新月"话语所遮蔽的特征被发掘与阐释。

稍晚,创造社的另一成员钱杏邨站在自己所理解、想象的无产阶级文学立场,以一种新的话语理路审视、拷问徐志摩及其诗歌。在他看来:"我们的徐志摩先生彻头彻尾的是中国的资产阶级(外国的资产阶级的代言者的思想没有这样的贫弱可怜)的进步分子的代言者,他是彻头彻尾的一个进步的资产阶级作家。""徐志摩先生的诗的形式完全是资产阶级诗的形式",与其所表达的资产阶级内容相吻合,与其资产阶级情调相协调,"华而不实",①因而其新的诗歌体制探索、实验,其形式主义努力是没有多大价值的。钱杏邨以无产阶级话语透视徐志摩,解读徐志摩诗歌,将其定位为"资产阶级作家",文章里思想判断大于审美评论,徐志摩在他笔下同样成了"资产阶级的小丑"。

彭康、钱杏邨的文章彰显了一种新型的文学标准和言说文学的思维逻辑,具有中国性、现实性,同时又是世界无产阶级文学话语大潮中的一朵浪花,表明中国的新文学、新诗正自觉地与世界文学新潮接轨,体现出一种新的世界性,或者说一种新型的现代性。如果说20世纪30年代的左翼文学是一种现代的先锋文学,那么相对于胡适、陈西滢的立场和逻辑,彭康、钱杏邨的言说就体现为一种先锋批评,而1933年2月茅盾发表的《徐志摩论》则将这种先锋批评在逻辑上提升到了新的历史高度,使之具有更大的社会理性力量。茅盾的身份、地位,茅盾小说家的才情与大视野决定了这是一篇对徐志摩诗歌批评接受而言具有划时代意义的文章。如果说胡适的《追悼志摩》以自由主义、个性解放思想为立足点,将徐志摩定位为"爱""美""自由"的"单纯信仰"者,将徐志摩描绘、塑造成新时代的现代诗人形象,光芒四射,影响深远;那么,茅盾遵循新兴的社会学批评逻辑,以无产阶级观念审视、拷问徐志摩,重新发现、解读徐志摩诗歌,发掘出被资产阶级启蒙主义批评话语所遮蔽的内容,将他塑造成了另一形象。茅盾一眼就看出了在新的话语逻辑里徐志摩的本质所在,从阶级立场出发,解剖徐志摩,抹去胡适赋予徐志摩的"单纯"性,对其进行新的形象概括与指认。

在茅盾看来,以"内容"为标准评判诗人、作品,"写什么"成为判断的关键指标。茅盾向我们展示了徐志摩一步步走入怀疑、悲观、颓唐的"黏潮的冷壁"甬道的过程,认为徐志摩诗情枯竭"是因为他对于眼前的大变动不能了解且不愿去了解!他只认到自己从前想望中的'婴儿'永远不会出世的了,可是他却不能且不愿承认另一个'婴儿'已经呱呱堕地了。于是他怀疑颓废了"。② 他从创作主体与变动的外在社会关系维度言说其创作动力、思想与诗情。与此同时,茅盾不认同胡适关于徐志摩的所谓"单纯信仰"的观点,茅盾基本上是从无产阶级社会革命角度谈论徐志摩的,尽管他也谈到徐志摩诗歌的某些艺术特点,肯定其圆熟的

---

① 钱杏邨:《徐志摩先生的自画像》,邵华强:《徐志摩研究资料》,知识产权出版社2011年版,第217—218、232页。
② 茅盾:《徐志摩论》,《现代》第2卷第4期,1933年2月1日。

艺术及其在资产阶级诗歌史上的重要地位,但茅盾考量的是作品内容的社会价值,他认为徐志摩诗歌几乎没有什么内容,且那一点点微弱的内容又不过是资产阶级的感伤情绪的表达,对社会革命来说是没有什么积极价值与意义的。

茅盾该文解构了胡适关于徐志摩的"单纯信仰"的观点,也就是要打破胡适作为资产阶级自由主义者为徐志摩所描绘、确立的新时代新诗人的形象,从中国新诗历史发展角度将徐志摩解读成为"中国布尔乔亚'开山'的同时又是'末代'的诗人",这看起来包含正面的内容,其实根本上是一个负面形象。茅盾的观点,尤其是关于徐志摩爱情诗乃政治诗的认识,既是对此前钱杏邨等人从无产阶级文学观出发言说徐志摩诗歌之观点的总结与提升,又为此后倾向革命文学的读者解读徐志摩诗歌定了一个基调,提供了一种新的阅读与表达思路,具有承前启后的意义,影响了此后一些时期的读者对徐志摩诗歌的阅读理解与阐释,影响了一些选家对徐志摩作品的取舍,并左右了不少文学史著作对徐志摩的叙述与形象定位。

大体而论,胡适和茅盾为中国新诗读者建构出两大阅读言说逻辑,在这两大逻辑里,徐志摩作为个体的丰富性、复杂性得到了较为全面的敞开,他获得了"双面"形象,作为一个形象符号,在中国现代诗学话语建构过程中经由互文性传播阐释,其内涵不断生成、增值。

(三)

20世纪40年代末,社会主义和资本主义两大阵营之间的矛盾加剧,新的世界形势和文学使命决定了新中国进入文学秩序重建阶段,新诗传播接受也因此进入新的历史通道。1950年5月,教育部通过了《高等学校文法两学院各系课程草案》,要求运用新观点、新方法讲述自"五四"时代到现在的中国新文学的发展史,评述著名作家作品。这是一个开启文学新时代的"课程草案",重新讲述新文学发展史意味着重新遴选作家作品,意味着文学传播通道里被传播接受者将有大的改变,或者说一个新的传播接受与经典化时代即将到来。王瑶那时在清华大学讲授"五四"以降的新文学,便以教育部的这一草案作为"编著教材时的依据和方向",编撰出《中国新文学史稿》。他如此叙述徐志摩:"新月派"格律诗人中,"当时享名最盛的是徐志摩,他努力于体制的输入与实验,最讲究用譬喻"。"体制的输入与实验"是对此前陈西滢、朱自清等人观点的沿用。王瑶还援引了茅盾的观点,即"志摩是中国布尔乔亚开山的同时又是末代的诗人",认为徐志摩:"从高亢的浪漫情调到轻烟似的感伤,他经历了整个一个社会阶段的文艺思潮。到他对社会现实有了不可解的怀疑时,就自然追求艺术形式的完整了。在写作技巧上,他是有成就的,章法的整饬,音节的铿锵,形式的富于变化,都是他的诗的特点。"[①]王瑶以治史者的包容性综合此前陈西滢、朱自清和茅盾等人的

---

① 王瑶:《中国新文学史稿》(上),开明书店1951年版,第74页。

观点,既指出徐志摩布尔乔亚诗人的阶级属性,又肯定他在新诗"体制的输入与实验"上所作的努力,肯定其"最讲究用譬喻"等艺术追求。某种意义上说,《中国新文学史稿》是民国时期徐志摩论向 20 世纪 50 年代的徐志摩论过渡的桥梁,是一部具有划时代意义的文学史著作,承前论启后言,粗线条勾勒出新的徐志摩形象的大致轮廓。

  刘绶松的《中国新文学史初稿》相较于王瑶的《中国新文学史稿》,对徐志摩的评说时代性更浓,茅盾 20 世纪 30 年代观点的烙印与影响更鲜明。它将"新月"诗人和徐志摩称为新诗的"逆流",认为"新月社是一个代表中国买办资产阶级的思想和利益的反动文学团体",并参照鲁迅对"新月"诗人的评价,称之为"资产阶级的走狗";批评徐志摩诗歌思想内容空虚、颓废,"以貌似完整的格律形式来粉饰和遮盖诗的空虚的内容,这就是徐志摩和'新月派'人们努力提倡所谓'格律诗'的真正原因",认为他们以颓废透顶的诗歌"来麻醉着和消蚀着青年们的战斗意志"[1]。徐志摩被叙述成为资产阶级"走狗""逆流"诗人,其话语逻辑中政治文化和诗学的关系发生了巨大变化,"诗艺"成为重要问题所在。1957 年,陈梦家在"双百"语境缝隙里发表《谈谈徐志摩的诗》[2],一定程度上发掘和肯定了徐志摩诗歌的积极价值;但很快就遭到巴人的批驳,认为徐志摩的人道主义是虚伪的,本质上痛恨无产阶级及其文学,其诗歌创作源泉不过是动物式的性爱,并以《西窗》《为要寻一个明星》《残诗》等为例,否定徐志摩诗歌的思想、艺术价值[3]。至此,关于徐志摩的批评言说既不同于胡适的资产阶级自由主义论,也有别于茅盾 20 世纪 30 年代的社会学批评,基本上偏离了现代诗学轨道。1963 年吴宏聪刊文,批判徐志摩的《一小幅穷乐图》《秋虫》《西窗》《残诗》等诗歌,徐志摩被定性成为一个崇洋媚外的反动堕落的"资本家的走狗""猫样诗人"[4]。是非判断多于文本分析,诗人被贴上标签是这一时期诗歌批评的突出特点。这是以世界冷战为背景的言说,考虑两大阵营对峙的历史,立足社会主义文学话语建构的需要,不难发现这种倾向、特点产生和存在的必然性和社会意义。1966—1976 年,反动、堕落的资产阶级诗人成为徐志摩的身份标签,出版市场不再有他的作品,对他的传播接受也基本处于停滞和中断状态。

  1977 年后相当长的时期里,对徐志摩的批评接受延续着茅盾 20 世纪 30 年代的逻辑与观点。吴奔星在他的《试论新月派》中指出:"茅盾在三十年代初期对他的批评看来还未过时……以形式的反复掩饰内容的空虚,不仅是徐志摩大部分诗的特点,也是'新月派'大多数诗人的特点。"[5]艾青也给予徐志摩类似的评价,认为徐志摩具有纨绔公子的气质,常以圆熟的技巧表现空虚的内容,以他为

---

[1] 刘绶松:《中国新文学史初稿》(上),作家出版社 1956 年版,第 322—323 页。
[2] 陈梦家:《谈谈徐志摩的诗》,《诗刊》1957 年第 2 期。
[3] 巴人:《也谈徐志摩的诗》,《诗刊》1957 年第 11 期。
[4] 吴宏聪:《资产阶级诗歌的堕落——评徐志摩的诗》,《中山大学学报》1963 年第 1 期。
[5] 吴奔星:《试论新月诗派》,《文学评论》1980 年第 2 期。

代表的新月派是大革命失败后,"中国诗坛上出现的一股消极的潮流"①。吴奔星、艾青沿袭的仍是茅盾、王瑶、刘绶松等人的论说逻辑,以作品思想内容为考量依据评说徐志摩及其诗歌,忽略徐诗艺术上的价值。这一时期的文学史著作中也存在着类似的观点。林志浩主编的《中国现代文学史》在高度评价闻一多的同时贬责徐志摩,认为"在闻一多的诗里,我们一点也看不到徐志摩之流的那种媚外的奴化思想"。②"媚外与奴化"是1966—1976年间对徐志摩的定性,是徐志摩反动性的表征。该著第八章第一节的标题是"对买办资产阶级'新月派'的斗争",指出了新月派的买办性,对徐志摩的叙述虽也有一点肯定,如认为《志摩的诗》中也"有些较好的诗",但认为《翡冷翠的一夜》之后便滑向"形式和技巧的追求",作品"无非是悲观失望,显得阴森可怕",至于后来的《猛虎集》《云游》"则表现了世纪末的悲观、绝望和厌世的情绪,以及对于那异常虚无缥缈的所谓'理想'的追求"。林志浩基本承袭了茅盾20世纪30年代的话语逻辑与观点,认为"志摩是中国布尔乔亚开山的同时又是末代的诗人"③。同年出版的唐弢主编的《中国现代文学史》认为"'新月派'的真正代表诗人是徐志摩",肯定了其早期作品积极向上的倾向,认为《志摩的诗》虽流露着感伤、凄惘情绪,但也有一些"内容比较健康,格调明朗,表现形式活泼的诗";但后来的诗歌则走向神秘、朦胧、感伤、颓废,"侮蔑革命、辱骂无产阶级文学运动、美化黑暗现实、歌颂空虚与死亡","政治思想日趋反动,技巧的讲究也就愈陷入形式主义,成为对秾艳、晦涩的刻意追求,艺术上的长处也逐渐消失"。④ 这在一定程度上肯定了徐早期作品的积极意义,但还是没有走出茅盾的话语逻辑,甚至有过之而无不及。

在徐志摩诗歌传播接受、形象建构史上,卞之琳是一个重要人物,他策略性地为徐志摩诗歌重新面世提供了话语依据。卞之琳是徐志摩的学生,向新一代读者描绘出一位现代诗人的形象。不仅如此,卞之琳特别指出徐志摩的诗中"总还有三条积极的主线:爱祖国,反封建,讲'人道'"。⑤ 所谓"爱国""反封建""讲人道"应该说是现代中国人普遍具有的品格,是现代作家的共性,不是评说个性诗人的标准,卞之琳是现代著名诗人,创作经验丰富,诗学造诣很深,自然知道什么是真诗人的特别品格,但历史经验使他明白思想性更为重要,所以他以"爱国""讲人道""反封建"观点,在客观上为徐志摩重新面世、走向读者提供了合法的话语依据。

在卞之琳看来,徐志摩的诗思、诗艺"几乎没有越出过十九世纪英国浪漫派雷池一步"。卞之琳认为"五四"新诗先行者"实际上都不懂西诗是怎样的,写起白话诗来基本上都不脱旧诗、词、曲的窠臼(其中有的人根本毫无诗的感觉,有的

---

① 艾青:《中国新文学大系(1927—1937)·诗集·序》,上海文艺出版社1985年版,第3页。
② 林志浩:《中国现代文学史》(上),中国人民大学出版社1979年版,第205页。
③ 林志浩:《中国现代文学史》(上),中国人民大学出版社1979年版,第256—261页。
④ 唐弢:《中国现代文学史》,人民文学出版社1979年版,第215—216页。
⑤ 卞之琳:《徐志摩诗重读志感》,《诗刊》1979年第9期。

人相反,对诗决不是格格不入,那是另外一回事)。《女神》是在中国诗史上真正打开一个新局面的,在稍后出版的《志摩的诗》接着巩固了新阵地。两位作者都是从小受过旧词章的'科班'训练,但是当时写起诗来,俨然和旧诗无缘,而深得西诗的神髓,完全实行了'拿来主义'"。一方面,英国浪漫派在20世纪50—80年代初的语境里无疑没有未来派、现代派那么反动;另一方面,旧诗、词、曲相比西方诗歌在新中国成立后相当长时期的文学批评话语里更具有积极价值,所以卞之琳的言说似乎有意将徐志摩从西方诗歌传统里剥离出来,突出其民族性,并以中国新诗艺术的发展为考量背景,谈论徐志摩的作为与意义,突出其对新诗"新阵地"的贡献,实在是用心良苦。卞之琳作为20世纪30年代的一位现代派诗人,在新的历史时期自觉承担起发掘被历史尘埃埋没的现代诗人的责任,在当时社会文化语境里智慧地评说徐志摩,向读者介绍徐志摩诗歌,重造新诗阅读氛围,培养新诗读者,为新时期诗歌创作发掘资源,培育诗学土壤,以推进新诗创作,重建新诗秩序,可谓用心良苦,他无疑是一位成功的新诗探索者和播种者。

陆耀东是新时期较早评说徐志摩的代表,1980年发表《评徐志摩的诗》,认为徐志摩是一位爱国主义诗人,其诗歌张扬个性,书写纯真爱情,不满社会,同情底层人民;不仅如此,他认为胡适对徐志摩一生的历史用"爱""自由""美"的"单纯信仰"来概括并不准确,认为"这只是看到了事物的表象,徐志摩的思想核心还是民主个人主义。民主个人主义思想是支配徐志摩的思维活动和实践活动的决定因素"。[①] 民主个人主义观点是一个创见,相对于卞之琳的"爱国""反封建""讲人道"是一个发展,更切近诗人的本相。但与此同时,他对《西窗》《秋虫》《别拧我,疼》等诗歌仍持怀疑否定态度。他肯定徐志摩诗歌的审美性,又不时从社会学话语角度审视之,批评之,力求有所突破,但相当程度上又未完全走出既有的话语逻辑。

卞之琳、陆耀东的观点在此后较长时期里成为人们谈论徐志摩诗歌的共识,徐志摩被阐述为一位"爱国、反封建、讲人道"的现代诗人。

进入20世纪90年代,读者阅读阐述空间不断扩大,言说更趋开放多元。1993年,谢冕在《徐志摩名作欣赏序一·云游》中不再纠缠于其诗歌是否爱国、反封建、讲人道的问题,而是从诗艺角度切入,分析徐志摩诗歌艺术构成,认为从徐志摩开始,新诗将情感的咏叹作为重要目的,重视抒情的有效性,新诗人不再关心白话写诗是否合法的问题,而是将重点放在纯艺术的经营上[②]。蓝棣之认为以前许多人误读了徐志摩,其实徐志摩与闻一多、戴望舒、卞之琳都不同,他追求的是"诗化生活","他的诗是写给他爱的人和爱他的人看的","对于徐志摩,生活就是诗","他对诗歌特征的理解是'分行的抒写',是散文的分行书写"。他"把

[①] 陆耀东:《评徐志摩的诗》,《中国现代文学研究丛刊》1980年第2期。
[②] 谢冕:《徐志摩名作欣赏序一·云游》,中国和平出版社1993年版。

散文内容充分地带进了新诗,扩大了新诗的表现力,丰富了新诗的艺术风格",正是在这个意义上,他认为"徐诗是新诗史上一块里程碑,在新诗史上有自己的特殊的地位"①。孙玉石说:"徐志摩坚持自由民主的政治理想。他满腔热情为这一理想而歌。""徐志摩诗风飘逸潇洒,诗句轻盈多变,他努力于吸收西方各种诗体,进行中国现代格律诗的实践,他的诗显示了'五四'以后浪漫主义另一种风格新诗的实绩。"《雪花的快乐》《我有一个恋爱》《为要寻一个明星》《一条金色的光痕》《婴儿》《沙扬娜拉》《残诗》《海韵》《我来扬子江边买一把莲蓬》《半夜深巷琵琶》等是为人瞩目的佳作。② 这个时期,人们关心的不是徐志摩写了什么,而是其诗如何写的问题,将抒情艺术作为言说的中心,以此将他与同时代许多诗人区分开来,在诗艺探索、诗美建构维度突出他在新诗史上的独特性。

钱理群等主编的《中国现代文学三十年》(修订本)一方面认同胡适的"爱""自由""美"相统一的观点,认为徐志摩诗歌书写个体性灵,意象特别,"飞动飘逸",创造力、想象力突出,表现了一种"单纯信仰",飞扬着"五四"个性解放的精神;另一方面延续了陈西滢和朱自清的观点,认为《志摩的诗》几乎全是"体制的输入和试验"。"徐志摩总在不拘一格的不断试验与创造中追求美的内容和美的形式的统一,以其美的艺术珍品提高着读者的审美力:徐志摩在新诗史上的独特贡献正在于此。"③ 该著突出了徐志摩的"单纯信仰"形象,强调其对新诗艺术的追求、实验与执着,肯定他对新诗创作的贡献。1999年,龙泉明的《中国新诗流变论》高度肯定了徐志摩诗歌艺术上的探索性,并认为"他的《无题》《我等候你》《秋虫》《西窗》《命运的逻辑》等诗表现了明显的现代主义诗风"④,突破了长期以来对徐志摩诗歌的社会化解读模式,不仅为《秋虫》《西窗》提供了新的解读思路,而且揭示出徐志摩浪漫主义诗人形象之外的现代主义气质,彰显了徐志摩诗歌的现代性。

总体而论,20世纪90年代以后,徐志摩的诗歌是在一种开放自由的语境中被阐释与接受的,诗学话语成为取舍其诗歌的基本依据。苦闷就是苦闷,爱情就是爱情,不牵强附会地与身份立场扯到一起,不简单地以社会文化标准阐释其诗作;读者关注的主要是其作品的诗性现象,而不是思想内容是否积极进步的问题,诗歌解读回到了诗歌本身。布尔乔亚开山的末代的诗人形象开始褪色与模糊,"爱""自由""美"相统一的矢志追求艺术的诗人形象走向前台;换言之,这个时期读者视野中的徐志摩是一个快乐、愉悦、追求、失望乃至绝望的诗人形象,一个真切的"人"的形象。

(本文作者　方长安)

---

① 蓝棣之:《现代诗的情感与形式》,人民文学出版社2002年版,第39—42页。
② 孙玉石:《20世纪中国新诗:1917—1937》,《诗探索》1994年第3期。
③ 钱理群等:《中国现代文学三十年》(修订本),北京大学出版社1998年版,第132—134页。
④ 龙泉明:《中国新诗流变论》,人民文学出版社1999年版,第258页。

第三部分 诗学文献与研究参考

1. 徐志摩：《诗刊放假》，杨匡汉、刘福春：《中国现代诗论》（上编），花城出版社1985年。
2. 徐志摩：《猛虎集·序》，《猛虎集》，新月书店1931年版。
3. 徐志摩：《白朗宁夫人的情诗》，《徐志摩全集》（第3卷），商务印书馆香港分馆1983年版。
4. 陆小曼：《志摩日记》，上海晨光出版公司1947年版。
5. 徐志摩：《艺术与人生》，邵华强：《徐志摩研究资料》，知识产权出版社2011年版。
6. 徐志摩：《泰戈尔来华》，邵华强：《徐志摩研究资料》，知识产权出版社2011年版。
7. 徐志摩：《译菩特莱尔诗〈死尸〉的序》，邵华强：《徐志摩研究资料》，知识产权出版社2011年版。
8. 徐志摩：《翡冷翠山居闲话》，梁实秋等：《徐志摩全集》（第三卷），中央编译出版社2014年版。
9. 徐志摩：《我所知道的康桥》，梁实秋等：《徐志摩全集》（第三卷），中央编译出版社2014年版。
10. 朱湘：《翡冷翠的一夜》，邵华强：《徐志摩研究资料》，知识产权出版社2011年版。
11. 陈梦家：《新月诗选》，上海新月书店1931年版。
12. 钱杏邨：《徐志摩先生的自画像》，邵华强：《徐志摩研究资料》，知识产权出版社2011年版。
13. 卞之琳：《徐志摩选集·序》，《人与诗：忆旧说新》，生活·读书·新知三联书店1984年版。
14. 苏雪林：《徐志摩的诗》，《苏雪林文集》（第3卷），安徽文艺出版社1996年版。
15. 沈从文：《论徐志摩的诗》，邵华强：《徐志摩研究资料》，知识产权出版社2011年版。
16. 陈梦家：《谈谈徐志摩的诗》，邵华强：《徐志摩研究资料》，知识产权出版社2011年版。
17. 陆耀东：《中国新诗史（1916—1949）》（第1卷），长江文艺出版社2005年版。
18. 蓝棣之：《现代诗的情感与形式》，人民文学出版社2002年版。
19. 徐志摩：《〈诗刊〉弁言》，《晨报副刊·诗镌》第1号，1926年4月1日。

20. 徐志摩:《杂记·坏诗,假诗,形似诗》,《努力周报》第 51 期,1923 年 5 月 6 日。
21. 徐志摩:《波特莱的散文诗》,《新月》月刊第 2 卷第 10 期,1929 年 12 月 10 日。
22. 徐志摩:《〈诗刊〉序语》,《诗刊》创刊号,1931 年 1 月 20 日。
23. 胡适:《追悼志摩》,《新月》第 4 卷第 1 期,1932 年 1 月。
24. 茅盾:《徐志摩论》,《现代》第 2 卷第 4 期,1933 年 2 月 1 日。
25. 朱湘:《评徐君〈志摩的诗〉》,《小说月报》第 17 卷第 1 号,1926 年 1 月 10 日。
26. 穆木天:《徐志摩论》,《文学》第 3 卷第 1 期,1934 年 7 月 1 日。
27. 卞之琳:《徐志摩诗重读志感》,《诗刊》1979 年第 9 期。
28. 吴思敬:《风雨过后见彩虹——徐志摩的历史定位及其诗歌的经典化问题》,《廊坊师范学院学报(社会科学版)》,2013 年第 2 期。
29. 赵家璧:《回忆徐志摩和〈志摩全集〉——纪念诗人逝世五十周年》,《新文学史料》1981 年第 4 期。
30. 蓝棣之:《徐志摩的诗史地位与评价问题——从〈徐志摩诗全编〉出版谈起》,《中国现代文学研究丛刊》1988 年第 4 期。
31. 李怡:《古典理想的现代重构——论徐志摩与中国传统诗歌文化》,《江海学刊》1994 年第 4 期。
32. 宋炳辉:《徐志摩在接受西方文学中的错位现象辨析》,《中国比较文学》1999 年第 3 期。
33. 陆耀东:《评徐志摩的诗》,《中国现代文学研究丛刊》1980 年第 2 期。
34. 毛迅:《徐志摩诗艺的内在结构分析》,《中国现代文学研究丛刊》1999 年第 2 期。
35. 吴奔星:《试论新月诗派》,《文学评论》1980 年第 2 期。

思考题

1. 简述徐志摩的文化观。
2. 简论徐志摩人生与诗歌的关系。
3. 徐志摩诗歌创作资源有哪些?
4. 论徐志摩诗中的政治书写。
5. 论徐志摩的新诗观。
6. 简述读者视野中徐志摩形象演变史。

第十三章
废名论

第一部分 现象与问题

废名(1901—1967)是新诗史上一位特别的诗人,他个性突出,其诗文别具韵味,往往不易懂。周作人曾说:"废名之貌奇古,其额如螳螂,声音苍哑,初见者每不知其云何。所写文章甚妙……只是不易读耳。"[1]他是一个怪人。旧诗易于记诵,新诗则往往相反,但他说:"《尝试集》初版里的诗,当时几乎没有一首我背不出来的。"[2]新诗史上,他无疑没有郭沫若的狂飙突进,没有闻一多的激越深沉,没有徐志摩的浪漫飘逸,没有戴望舒的柔和婉丽,但在诗人群里,人们一眼就能发现他,就能注意到他那些发着幽光的诗行。他写诗、诠诗,以现代眼光打量传统,以东方思维想象西方,以现世瞭望彼岸,在都市书写乡野、参悟人生,令不少读者流连忘返。其诗与观是新诗史上的特别现象,值得深入探究。

一、废名的新诗学

废名的诗学主要集中体现在《谈新诗》中。《谈新诗》是诗人20世纪30—40年代在北京大学授课的讲义,前12章曾于1944年由北平新民印书馆印行。1984年人民文学出版社出版增删本。1998年,辽宁教育出版社出版《论新诗及其他》,主体部分是《谈新诗》。它点评《尝试集》《扬鞭集》《草儿》《湖畔》《冰心诗集》《沫若诗集》以及沈尹默、鲁迅、周作人的诗,言说自己的新诗学,见解独特。

(一)重要诗观摘要

"我以为新诗与旧诗的分别尚不在乎白话与不白话,虽然新诗所用的文字应该标明是白话的。旧诗有近乎白话的,然而不能因此就把这些旧诗引为新诗的

---

[1] 药堂(周作人):《怀废名》,废名:《论新诗及其他》,辽宁教育出版社1998年版,第144页。
[2] 废名:《论新诗及其他》,辽宁教育出版社1998年版,第1页。

同调。"①

"我尝想,旧诗的内容是散文的,其诗的价值正因为它是散文的。新诗的内容则要是诗的,若同旧诗一样是散文的内容,徒徒用白话来写,名之曰新诗,反不成其为诗。"②

"如果要做新诗,一定要这个诗是诗的内容,而写这个诗的文字要用散文的文字。已往的诗文学,无论旧诗也好,词也好,乃是散文的内容,而其所用的文字是诗的文字。我们只要有了这个诗的内容,我们就可以大胆的写我们的新诗,不受一切的束缚,'不拘格律,不拘平仄,不拘长短;有什么题目,做什么诗;诗该怎样做,就怎样做。'我们写的是诗,我们用的文字是散文的文字,就是所谓自由诗。"③

"等到他觉得他有一首诗要写,这首诗便不写亦已成功了,因为这个诗的情绪已自己完成,这样便是我所谓诗的内容,新诗所装得下的正是这个内容。"④

"胡适之先生于旧诗中取元白一派作为我们白话新诗的前例,乃是自家接近元白的一派旧诗的原故,结果使得白话新诗失了根据。我又说,胡适之先生所认为反动派温李的诗,倒有我们今日新诗的趋势,我的意思不是把李商隐的诗同温庭筠的词算作新诗的前例,我只是推想这一派的诗词存在的根据或者正有我们今日白话新诗发展的根据了。"⑤

(二)立足新诗,阐释传统,寻找出路

胡适认为白话诗古已有之,为自己的白话诗主张提供了合法性依据;废名则"在根本上否定了胡适之所说的白话诗自古有之,白话新诗是从传统的白话诗发展而来的理论,从而为新诗的生命的发展,或者说为新诗走上真正的现代性的道路,在传统诗歌中努力作新的寻求创造一种理论上的根据。新诗的真正的发展道路应该与旧诗,包括胡适之所说的旧诗中的白话诗道路不同"⑥。这不仅仅是一种挑战,更是一种探寻与开拓,是对胡适话语的反思,其意义不只在于话语本身,更在思维上使新诗坛破除对胡适的迷信。

废名的新诗学建立在自己的创作实践和对胡适以来新诗发展道路反思的基础上,他重视诗的内容,对"新月派"的形式追求不以为然,"在诗的内容的诗性特征重视方面,是对于新月派主张的注重新诗外在美的美学观念的超越"⑦。这也

---

① 废名:《论新诗及其他》,辽宁教育出版社1998年版,第3页。
② 废名:《论新诗及其他》,辽宁教育出版社1998年版,第4页。
③ 废名:《论新诗及其他》,辽宁教育出版社1998年版,第22页。
④ 废名:《论新诗及其他》,辽宁教育出版社1998年版,第5页。
⑤ 废名:《论新诗及其他》,辽宁教育出版社1998年版,第24页。
⑥ 孙玉石:《对中国传统诗现代性的呼唤——废名关于新诗本质及其与传统关系的思考》,《烟台大学学报(哲学社会科学版)》1997年第2期。
⑦ 孙玉石:《对中国传统诗现代性的呼唤——废名关于新诗本质及其与传统关系的思考》,《烟台大学学报(哲学社会科学版)》1997年第2期。

显示出废名的大胆与特别。

总之,废名的新诗观虽有偏颇,但其新诗、旧诗之说还是颇有道理的,他从"温李"诗词中找到了新诗进入20世纪30年代后如何解决早期白话新诗平铺直叙、过于直白、缺乏想象等所造成的诗意不足问题的资源,将诗歌问题与启蒙思潮分离开,立足新诗本体,从诗美角度发现传统,阐释传统,为新诗发展探寻新的路径。所以,其诗歌观念虽不周全,但在新诗史上是另类,且有价值。

二、废名诗歌创作的知识背景

（一）西方诗歌背景

20世纪20年代,废名在北京大学读预科,接触艾略特、波特莱尔、哈代等人的作品,与西方诗人、现代主义发生关系,西方诗歌成为他创作背景的重要构图。

（二）周作人的"渐近自然"观念

周作人在《怀废名》中说:"废名曾寄住余家,常往来如亲属。"[①]废名认为"渐近自然"可以概括周作人的特点,"自然"也许是废名和周作人相近的纽带,成为废名创作的重要底色。

（三）温庭筠、李商隐之诗歌传统

他认为中国诗歌有两个趋向,一是"元白易懂的一派",一是"温李难懂的一派"。他认为胡适取"元白"一派,"结果使得白话新诗失了根据";而胡适反对的"温李""倒有我们今日新诗的趋势,我的意思不是把李商隐的诗同温庭筠的词算作新诗的前例,我只是推想这一派的诗词存在的根据或者正有我们今日白话新诗发展的根据了"[②]。废名对新诗的理解、发展路径的思考与胡适大相径庭,他在"温李"那里找到了新诗的依据。

（四）禅宗

他生于禅宗五祖的故乡——黄梅,研究、推崇禅宗,时常打坐,禅宗文化化入其心。相传五祖大弟子神秀有诗云:"身是菩提树,心如明镜台,时时勤拂拭,勿使惹尘埃。"舂米和尚慧能则口吐一偈:"菩提本无树,明镜亦非台,本来无一物,何处惹尘埃。"于是得到五祖传下的袈裟,成为六祖。废名诗歌中涂抹了一层禅宗底色。

[①] 废名:《论新诗及其他》,辽宁教育出版社1998年版,第144页。
[②] 废名:《论新诗及其他》,辽宁教育出版社1998年版,第24页。

（五）老庄思想

废名骨血中流淌着老庄文化，取道法自然观，老庄之光投射于现代景象，化为诗境，化出诗意。

这些知识融入其心，化为声音，凝为诗句，"废名"有名，于笨拙中生长诗意，独行诗坛。

三、诗歌之思想空间和艺术表达

废名特别的知识背景、诗学观念使其诗歌创作在整个新诗史上别具特色，诗歌具有属于他自己的思想空间，其构成概而言之，主要有：① 超越现实的诉求；② 反思现代人存在价值与意义，对传统生存方式注目；③ 入世、出世的矛盾；④ 现代都市生活中的孤寂感。它们以诗的方式组构在一起，成为一片孤寂而风尘仆仆的现代风景。

诗歌表达与诗人的知识构造、思想倾向、个性特点、思维方式等有着直接的关系，废名独一无二的诗歌表达方式有三，即智性化、戏剧化、顿悟式。这些听起来在 20 世纪 30 年代诗人中具有共性，但具体到诗歌文本里则是特别的，与卞之琳、林庚、戴望舒、金克木等完全不同。禅宗的顿悟给废名的诗带来意象跳跃性，带来"远取譬"，带来哲理，带来主观心性。废名好说理，但其实没有逻辑性，他写诗也是如此，不讲道理，没有道理，或者说只是他自己的道理。也许正是这种认真而没有道理成就了他，使他获得了诗的逻辑，写出独一无二的作品。如果说 20 世纪 30 年代新诗里有所谓"晚唐的美丽"，如果说废名也参与了现代"晚唐的美丽"的创造，那他创造的原则就是"认真而没有道理"。这种"认真而没有道理"也许来自其骨子里的乡土文化。

四、废名诗歌与中西诗歌之不同

这是几个层面的问题，概而言之如下：

（1）与 20 世纪 30 年代其他现代派诗歌相比，废名之诗幽远，有禅趣、佛理、顿悟，这些是卞之琳、戴望舒、林庚等人的诗歌所无的，废名诗中还有他自己特别的"认真而没有道理"的写诗逻辑。

（2）与西方现代主义诗歌相比，其诗在表现现代中国人的苦闷、孤独与焦虑时，没有西方现代主义的荒诞意识与无根感，多了一份忧思，充溢着东方文化的寂寥、古趣与禅味，或许还有神秘的楚文化因子。

（3）与传统禅宗诗歌相比，废名诗歌虽然有禅宗的顿悟，延传了禅宗的内视与发现，但又多了一种对现代生命存在意义的叩问，多了一种现代性质疑，表现了现代热闹文化中个人的孤独、落寞，人与现代文化关系成为其诗的内在情绪线索,整体氛围凸显了个人漂泊感、文化失重感。

所以,废名是独特的,其诗是特别的,他使新诗流变史没有那么流畅,新诗白话里多了一份禅味,现代性里多了一点寂寞。换言之,他通过自己的努力找到了融通中西的一种方式,这是其特别的价值所在。

五、废名诗歌何以是现代主义的?

废名诗歌的定位问题值得思考。新诗史多将他划入新智慧诗人行列,归入现代主义诗潮。他的诗充满禅味,笨拙、古朴,那么为何称其为现代主义诗人?

他虽以禅宗思维写诗,以老庄思想入诗,作品具有禅味,但他是以禅宗之境写现代人的经验、困惑,表现现代人的寂寞,对现代文明进行理性反思。他诗中的禅接通的是人的现代感,而不是使人遁入封闭的内心。他打通了禅宗与人的现代体验,并以老庄思想反思现代文明。他的古朴、笨拙中透出的是现代气息。其诗思与现代主义相通,具有现代主义气质。这也许是将其归入现代主义诗潮的理由。不过,文学史在叙述其现代主义特征时,尤其应该指出其个人特有的品格,个人化诗性阐释比揭示其思潮属性更重要。

第二部分 专题论述

废名诗作解密

20世纪30年代,中国新诗进入一个多元发展时期,出现了一批以诗言志的诗人,一批重新思考新诗与旧诗、新文化与旧文化、中与西相互关系的诗人,相比于"五四"诗坛,高中低音复调共奏。其中,废名之诗在另一维度接续了李金发之"怪",禅宗思维、老庄思想与现代人的生命感觉相结合,对读者的审美意识、阅读能力构成挑战。我们将细读他的《飞尘》《十二月十九夜》和《灯》,展开其独特的诗思。

飞 尘
不是想说着空山灵雨,
也不是想着虚空足音,
又是一番意中糟粕,
依然是宇宙的尘土,——
檐外一声麻雀叫唤,
是的,诗稿请纸灰飞扬了。

> 虚空是一点爱惜的深心。
> 宇宙是一颗不损坏的飞尘。

朱光潜曾认为:"废名先生富敏感而好苦思,有禅与道人风味,他的诗有一深玄的背景,难懂的是这背景。"[①]废名既接触过西方现代主义诗歌,又深爱中国传统诗人李义山、温庭筠的作品;既推崇老庄哲学,又热衷禅宗等,这些因素构成他诗歌创作的知识背景,使其诗玄奥难懂。《飞尘》是一首参悟人生意义的现代诗,吐露了诗人内心的矛盾、苦痛。

全诗八句,起笔即以两个否定句——"不是想说着空山灵雨/也不是想着虚空足音"——表现诗人"此在"的心理倾向,即不是"想说着""想着"那种"空山灵雨""虚空足音"般的超尘脱俗的非现实情景。诗人尽管热衷于禅宗,向往"空山灵雨""虚空足音"的境界,却不能真正割舍现实,无法真正遁入佛的虚空,对现实有一种现代人的执着。此时,他直言不关心"空山灵雨""虚空足音",言下之意就是关注现实人生。

关注现实,结果却"又是一番意中糟粕"。"又是"表示不止一次,"意中"意味着对某种理想状态的向往,而向往的结果却又是一番"糟粕",就是说,对现实的热望、期待换来的是令人失望的"糟粕"。这种不断的期待与失望将诗人置于无可奈何的矛盾痛苦之中。"依然是宇宙的尘土","依然"渲染了诗的言说语气与情绪,进一步吐露了诗人对现实的失望感。意中的一切,从世俗眼光看,也许具有某种价值,但相对于无限的宇宙而言,不过尘土而已,又有什么意义呢?显然,诗人陷入了一种人生无意义的虚空之中。

写到这里,诗人无意中听到屋檐外麻雀的一声叫唤,由雀及人,虚空感更加强烈——人的一切努力、争吵包括自己写诗与麻雀叫唤又有什么区别呢?人与麻雀不是一样的渺小无意义吗?诗人何为?写诗何为?既如此,还不如将诗稿焚为纸灰,变为飞尘,让它在宇宙中飞扬。

然而,诗人又不甘陷入虚空之中,虚空感使他精神上焦虑、紧张,于是他开始对"虚空"这一颇具普遍性的人类心理进行追问。在追问中,"现实"作为一种心理背景,促使他将"虚空"理解为并非完全消极的否定性心理,而是源自灵魂深处的爱惜之心,即对他人、自己以及世界的爱。正是因为这种爱在无限的宇宙中无法实现,且在世俗现实中受阻,才引起人的虚空感。在这里,诗人不仅为人类的虚空意识,而且为自己此刻的虚空心理,从发生学角度,作了具有现实积极意义的阐释,从而使自己在精神上得以摆脱虚空感所带来的焦虑与痛苦。

如果说此前诗人是从人与宇宙关系角度审视人、事,意识到了人的渺小与虚

---

① 朱光潜:《文学杂志·编者后记》,《文学杂志》第1卷第2期,1937年6月1日。

空;那么到最后一句"宇宙是一颗不损坏的飞尘",诗人已突破了人与宇宙这种二元关系视角,站在更高的立足点上参悟人生,将无限的宇宙看成一颗"不损坏的飞尘"。此时,他的心智空间无限扩大化,超越了外在世界,并由此实现了对自我的超越。在这句诗里,我们虽仍能触摸到诗人的虚空感,但又绝不止于此,他似乎由虚空进入了一种超越虚空的永恒、无限之中,在这种永恒、无限的超越中,宇宙相对于他而言渺小得像一颗飞尘,人在超越世界、时空中获得了主体意义。

"飞尘"作为全诗的中心意象,既是诗人借以清净本心、言说自我、参悟人生的载体,又是诗思本身,具有本原暗示意义。诗中其他意象作为对现实非理性的直觉体验、表达均具有超现实的暗示性,正是这种非理性的直觉与暗示使诗歌朦胧、晦涩,仿佛是禅语,但又不是禅语,其间渗透了现代人执着现实的矛盾、苦痛与主体超越意识。

十二月十九夜

深夜一枝灯,
若高山流水,
有身外之海。
星之空是鸟林,
是花,是鱼,
是天上的梦,
海是夜的镜子。
思想是一个美人。
是家,
是日,
是月,
是灯,
是炉火,
炉火是墙上的树影,
是冬夜的声音。

1936年

《十二月十九夜》是一首充满禅味哲理的现代诗。诗歌起笔"深夜一枝灯"看似平淡,写十二月十九夜诗人室内的一盏灯。这盏灯照亮黑夜,给诗人以光明;但由全诗内容看,它又不仅仅是日常生活中的一盏灯,而且具有象征意味,即指照亮诗人灵魂之灯。这种象征意味使诗歌意蕴由现实层面进入精神领域,直逼人的灵魂,奠定了全诗参悟人生的哲理基调。

面对它，诗人的精神开始漫游，进入一种自由状态。"高山流水"既可解读为灯为诗人所敞开的极美世界，又可放在古代俞伯牙弹琴得知音这一典故中理解，琴声在知音听来若"高山流水"，在这层意义上讲，诗人将灯比作"高山流水"也就是将灯引为知音。诗人虽然由灯进入无限的内宇宙，神驰八方，但他不可能真正忘却现实人生。他清醒地意识到"有身外之海"，"身外之海"指相对于诗人内宇宙而言辽阔的外在世界。于是，诗歌自然地过渡到对屋外星空世界的描写，其实是一种感悟与想象。

"星之空是鸟林，/是花，是鱼，/是天上的梦，/海是夜的镜子。"外在世界因星星的照耀而明亮、美好，但诗人不直接说它美好，而是用"鸟林""花""鱼""天上的梦"来喻指它。这样，"星之空"便不再是客观的星空，而是一个充满禅趣、禅味的世界，一个诗人驰骋想象的世界，它是花而非花，是鱼而非鱼，丰富而复杂，具体而抽象。星星让天空变得明亮，而诗人则让星空着上人的色彩与记忆，变得丰富而生动，成为人的星空。"海是夜的镜子"是诗人由"星之空"而得的瞬间顿悟。"海"容纳百川，无边无际，深不可测，是一个未知的世界，正如丰富而具无穷可能的"夜"，所以诗人说"海是夜的镜子"。这"海"是禅宗所谓的身内之海，它映照着丰富多彩的"夜"，包容一切，鉴照一切，就是说个人有限的内心世界其实可以包容万象世界，映照一切。

这种禅悟使诗思由"星之空"自然转入第三个层面，即对人自身的思考。人因思想而获得力量，思想是人的镜子，所以诗人说："思想是一个美人。/是家，/是日，/是月，/是灯，/是炉火，/炉火是墙上的树影，/是冬夜的声音。"对"思想"，诗人不惜赞美，将它比作令人动容心跳的"美人"，其乐融融的"家"，给世界和人生以温暖与光明的"日""月""灯""炉火"，它们真实而富诗意。"墙上的树影""冬夜的声音"形象生动地表现了"思想"对人的价值与意义，它让人在世俗生活中获得诗意，在寒冷、孤寂中使灵魂得到抚慰与声援。那么，"思想"在诗人这里到底指什么呢？西哲云："我思故我在。"由这一命题看，"思想"意味着人的自我意识、人存在的标志，也就是人之为人的根本特性。所以，对"思想"的礼赞就是对人的肯定与歌颂，更具体地讲，就是对人的理性力量与精神的赞美。不难看出，在超时空的冥想中，诗人在自我这一层面上接通了传统禅宗与现代精神，彰显了人的意力及其诗性。

诗中意象"灯""海""鸟林""花""鱼""镜子""日""月""炉火"等都与禅宗相关，而将它们串联起来的语言大都为"是"字判断句，如"星之空是鸟林，/是花，是鱼"，主语与宾语按日常生活逻辑和语言习惯绝对不能相配，将它们联系到一起的是诗人的顿悟。这种顿悟性的诗思方式加之禅宗式意象，使诗境仿佛禅境，诗语仿佛禅语。越是指认"是"什么，越是朦胧，越不是什么了，诗人以这种非日常生活句式制造陌生感，生成诗意。

灯

深夜读书，
释手一本老子《道德经》之后，
若抛却吉凶悔吝
相晤一室。
太疏远莫若拈花一笑了，
有鱼之与水，
猫不捕鱼，
又记起去年冬夜里地席上看见一只小耗子走路，
夜贩的叫卖声又做了宇宙的言语，
又想起一个年青人的诗句
"鱼乃水之花。"
灯光好像写了一首诗，
他寂寞我不读他。
我笑曰，我敬重你的光明。
我的灯又叫我听街上敲梆人。

该诗传达了诗人超尘脱俗、摆脱现实羁绊的心理诉求。灯可照亮世界、他人，亦可照亮自己，本诗中的灯照亮的是诗人自己。那么，它是怎样的一盏灯呢？被照亮后的诗人如何看待自我与世界、他人的关系呢？

诗歌开篇写道："深夜读书，/释手一本老子《道德经》之后，/若抛却吉凶悔吝/相晤一室。"诗人挑灯夜读老子的《道德经》，为其思想所动，将书放下慢慢品味，心领神会，仿佛穿越历史隧道，拜谒老子，听其论道。现实孤灯使诗人找到了心灵之灯——老子的《道德经》。《道德经》乃道教原典，倡导"道法自然""绝圣弃智""无为而无不为"等。它如明灯照亮诗人，使他"抛却吉凶悔吝"，也就是放逐人世欲望、烦恼，超然物外，进入无为、无物的境界。

这种境界与禅宗强调的"无念为宗、无相为体、无住为本"相通，近似于"不立文字，直指人心"。所以，诗歌接着写道"太疏远莫若拈花一笑了"，这是一种佛境，相传在灵山会上，如来拈花，迦叶便微笑，心领神会。这句诗强调的是弃绝言说，以心相会。写到这里，诗人联想到鱼和水的关系，即他在另一首诗《理发店》中所言"鱼相忘于江湖"。

于是，诗人又想到道家倡导的"绝圣弃智""绝巧弃义""善利万物而不争""道法自然"的境界："猫不捕鱼，/又记起去年冬夜里地席上看见一只小耗子走路，/夜贩的叫卖声又做了宇宙的言语，/又想起一个年青人的诗句/'鱼乃水之花。'"猫不捕鱼，是因为无捕鱼的技巧，唯其如此，它才能从容地临渊观鱼，鱼也因此变成水之花。这是诗人所心仪的一种超越利害关系的审美态度、审美至境，也唯其如此，诗人才能从容地观赏小耗子在地席上走路，才能如此欣赏夜贩的叫卖声。

"灯光好像写了一首诗，/他寂寞我不读他。/我笑曰，我敬重你的光明。/我的灯又叫我听街上敲梆人。"灯将诗人带入一种审美的人生境界，的确像写了一首美的诗。诗人敬重灯的光明，敬重的方式是将灯看成有生命的存在，让它自由、自在地发光、发热，不再去打搅它，而诗人自己则遵循它的启示，"听街上敲梆人"，也就是超然物外地将街上的敲梆声看作宇宙的言语，细细品味。

诗人援佛入道，心灵之灯由道而佛，亦道亦佛，佛道相生，以致心与万物相会，得意而忘象，得象而忘言，进入无物、无为的审美境界。

废名曾说："新诗要诗的内容散文的文字。我再一想，新诗本来有形式，它的唯一的形式是分行，此外便由各人自己去弄花样了。"①《灯》在运思方式上重直觉、顿悟，不重语法逻辑，意象跳跃大，形式自由、散文化，而内蕴丰富，超然物外的想象体现了诗人的一种审美理想与心理诉求，耐人寻味。这些正是诗人诗学观点的体现。换言之，《灯》是一首以"散文的文字"表现"诗的内容"的新诗。

三首诗各自独立，但内在气脉相通，在畅与滞、明与暗、是与不是之间凸显了一个现代读书人的苦思与情怀，彰显了特别的诗风。

（本文作者　方长安）

第三部分　诗学文献与研究参考

1. 废名：《论新诗及其他》，辽宁教育出版社1998年版。
2. 废名：《新诗应该是自由诗》，杨匡汉、刘福春：《中国现代诗论》（上编），花城出版社1985年版。
3. 周作人：《谈新诗·序》，冯文炳：《谈新诗》，新民印书馆1944年版。
4. 药堂（周作人）：《怀废名》，废名：《论新诗及其他》，辽宁教育出版社1998年版。
5. 黄雨：《谈新诗·跋》，冯文炳：《谈新诗》，新民印书馆1944年版。
6. 卞之琳：《冯文炳选集·序》，冯文炳：《冯文炳选集》，人民文学出版社1985年版。
7. 李健吾：《李健吾文学评论选》，宁夏人民出版社1983年版。
8. 沈从文：《论冯文炳》，《沫沫集》，上海书店1987年版。
9. 朱英诞：《废名及其诗》，废名、朱英诞：《新诗讲稿》，北京大学出版社2008年版。
10. 陈建军：《废名年谱》，华中师范大学出版社2003年版。

---

① 废名：《谈新诗》，人民文学出版社1984年版，第166页。

11. 废名：《我认得人类的寂寞：废名诗集》，新星出版社 2018 年版。
12. 金宏达：《废名：从冲淡、古朴到晦涩、神秘》，曾小逸：《走向世界文学：中国现代作家与外国文学》，湖南人民出版社 1985 年版。
13. 王泽龙：《中国现代主义诗潮论》，华中师范大学出版社 1995 年版。
14. 废名：《已往的诗文学与新诗》，《文学集刊》1944 年 1 月第 2 辑。
15. 朱光潜：《文学杂志·编辑后记》，《文学杂志》第 1 卷第 2 期，1937 年 6 月 1 日。
16. 李俊国：《废名与禅宗》，《江汉论坛》1988 年第 6 期。
17. 冯健男：《废名与胡适》，《新文学史料》1991 年第 2 期。
18. 冯健男：《人静山空见一灯——废名诗探》，《文学评论》1995 年第 4 期。
19. 孙玉石：《对中国传统诗现代性的呼唤——废名关于新诗本质及其与传统关系的思考》，《烟台大学学报（哲学社会科学版）》1997 年第 2 期。
20. 吴晓东：《新发现的废名佚诗 40 首》，《中国现代文学研究丛刊》1998 年第 1 期。
21. 罗振亚：《迷人而难启的"黑箱"——评废名的诗》，《中国现代文学研究丛刊》1999 年第 2 期。
22. 邓程：《废名的写实主义诗论》，《湖南大学学报（社会科学版）》2003 年第 5 期。
23. 董乃斌：《废名作品的文学渊源——以与李商隐的关系为中心》，《文艺研究》2004 年第 4 期。
24. 张桃洲：《重解废名的新诗观》，《华中师范大学学报（人文社会科学版）》2005 年第 2 期。
25. 高恒文：《现代的与古典的——论废名的诗》，《文艺理论研究》2006 年第 6 期。
26. 高玉：《废名诗歌新论》，《河南师范大学学报（哲学社会科学版）》2010 年第 6 期。
27. 吴思敬：《新诗：呼唤自由的精神——对废名"新诗应该是自由诗"的几点思考》，《文艺研究》2010 年第 3 期。
28. 冷霜：《废名新诗观念的形成与 1930 年代中期北平学院诗坛氛围》，《中国现代文学研究丛刊》2011 年第 6 期。
29. 赵黎明：《废名新诗理论与中国"自然"诗学传统》，《湖南大学学报（社会科学版）》2011 年第 2 期。
30. 杨联芬：《归隐派与名士风度——废名、沈从文、汪曾祺论》，《北京师范大学学报（社会科学版）》2005 年第 2 期。
31. 张洁宇：《论废名诗歌观念的"传统"与"现代"》，《南京师大学报（社会科学版）》2008 年第 1 期。

思考题
1. 论废名诗歌创作的思维术。
2. 废名诗歌的诗性何在?
3. 论废名新诗与传统禅宗诗歌的异同。
4. 废名诗歌的现代性何在?
5. 论新诗史视野里废名新诗的独特性与诗学价值。
6. 论鄂东文化与废名文化心理的关系。
7. 论废名诗歌的句式特征。

第十四章
卞之琳论

第一部分 现象与问题

卞之琳(1910—2000),20世纪30年代的现代主义诗人,著有《三秋草》《鱼目集》《汉园集》(与李广田、何其芳合著)、《慰劳信集》《十年诗草》《雕虫纪历》等诗集,乃"汉园诗人";新中国成立后主要从事外国文学研究和翻译工作。在20世纪30年代的诗人中,他没有戴望舒哀怨,没有废名寂寞,没有林庚格律,但他有别具一格的"断章""距离""鱼化石",在非个人化追求中书写自我,在反思中拓展"五四"启蒙文化空间,以俗白语言传延早期白话新诗理念,创作出早期白话新诗中所没有的诗意。有学者认为,他是艾略特所谓的"能够把思想转化成为感觉,把看法转变成为心情"①的"思辨诗人"②,这是很有见地的看法。

一、诗创作资源

卞之琳的诗歌背景开阔,中西相会,诗学资源丰富。他曾说:"我前期最早阶段写北平街头灰色景物,显然指得出波德莱尔写巴黎街头穷人、老人以至盲人的启发。写《荒原》以及其前短作的托·斯·艾略特对于我前期中间阶段的写法不无关系;同样情况是在我前期第三阶段,还有叶慈(W. B. Yeats)、里尔克(R. M. Rilke)、瓦雷里(Paul Valéry)的后期短诗之类;后期以至解放后新时期,对我也多少有所借鉴的还有奥顿(W. H. Auden)中期的一些诗歌,阿拉贡(Aragon)抵抗运动时期的一些诗歌。"③这里提到了波特莱尔、艾略特、叶慈、里尔克、瓦雷里、奥顿、阿拉贡对他的影响,其实还包括魏尔伦、纪德等。阅读这些人的作品,

---

① [英]艾略特:《玄学派诗人》,《艾略特文学论文集》,李赋宁译注,百花洲文艺出版社1994年版,第22页。
② 张洁宇:《荒原上的丁香:20世纪30年代北平"前线诗人"诗歌研究》,中国人民大学出版社2003年版,第293页。
③ 卞之琳:《雕虫纪历·自序》,《雕虫纪历1930—1958》(增订版),人民文学出版社1984年版,第16页。

与之对话是卞之琳文学生活的重要内容,自然也成为其诗创作的域外背景。

不仅如此,卞之琳诗作与中国固有文化、民族诗歌传统之间的关系更为深厚,他曾说:"我写白话新体诗,要说是'欧化',那么也未尝不'古化'。一则主要在外形上,影响容易看得出;一则完全在内涵上,影响不易着痕迹。"①"古化"通过化古而实现,即将古资源转化为新艺。中国现代诗人与民族古典诗歌传统间的关系相当复杂,在创作中可能自觉借鉴,也可能不自觉化用,有意识和无意识情况都有。在卞之琳那里,《诗经》《楚辞》《论语》《孟子》《庄子》乃至唐诗宋词等无不如盐一样化为无形,化而有味,慢慢品鉴即可辨识出其"无形"和"有味",辨认出温庭筠、李商隐、姜夔等古代诗人的身影,这种身影虚虚实实、若即若离,赋予读者一种不可明道的诗味。唐祈曾说:"卞之琳既吸收了从法国象征派到英美现代主义诗歌的影响,又将中国传统哲学和艺术思想创造性地融会于一身,独辟蹊径,凝成了自己独特的诗的结晶。"②诚然,开阔的中西诗歌背景、诗学资源成就了卞之琳,他与西方文化的关系,与民族古典诗歌的联系,与日常生活实实在在的勾连,处理复杂思想与独特感觉的方法,等等,成为当日诗坛特别的风景与问题。

二、同代人评说

卞之琳是一位可以反复品鉴的诗人,通过他可以发现世间的新意,体味人间的多义性。他同时代人的批评言说是我们阅读、辨识其本相的重要参照。

刘西渭说:"从《尝试集》到现在,例如《鱼目集》,不过短短的年月,然而竟有一个绝然的距离。"新诗"终于走近一个旧诗瞠目而视的天地"③。

废名说:"我把他的诗重读之后,除了爱他的诗而外,我还有一个满足,便是,在我的讲新诗里头虽然没有讲徐志摩,并没有损失,卞之琳的文体完全发展了徐志摩的文体,这个文体是真新鲜真有力量了。""卞之琳的新诗好比是古风,他的格调最新,他的风趣却最古了,大凡'古'便解释不出。""卞之琳的诗又是观念跳得厉害,无题诗又真是悲哀得很美丽得很。""卞之琳诗里美丽的悲哀,温词是没有的,卞诗有温的秾艳的高致,他却还有李诗温柔缠绵的地方了。"④

李广田说:"卞之琳在技术上或表现方法上,比徐志摩该是又进了一步。"⑤

---

① 卞之琳:《雕虫纪历·自序》,《雕虫纪历 1930—1958》(增订版),人民文学出版社 1984 年版,第 15 页。
② 唐祈:《卞之琳与现代主义诗歌》,袁可嘉等:《卞之琳与诗艺术》,河北教育出版社 1990 年版,第 19 页。
③ 刘西渭:《书报简评〈鱼目集〉》,天津《大公报·文艺》第 122 期星期特刊,1936 年 4 月 12 日。
④ 废名:《论新诗及其他》,辽宁教育出版社 1998 年版,第 154 页。
⑤ 李广田:《诗的艺术:论卞之琳的〈十年诗草〉》,《诗的艺术》,开明书店 1946 年版,第 14 页。

沈从文说:"运用平常的文字,写出平常人的情感,因为手段的高,写出难言的美。"①

穆旦说:"《鱼目集》第一辑和第五辑里的有些诗,无疑地,是给诗运的短短路程上立了一块碑石。""自五四以来的抒情成分,到《鱼目集》作者的手下才真正消失了。"②

同代人的言说多为赞誉,但都包含着相关的文学史知识和现代诗学问题,如卞之琳与胡适、徐志摩的诗歌史关系,与传统诗学的联系,处理日常生活的方法等,值得追问。同代人可能是友人,可能是诗歌的志同道合者,其言语虽不乏溢美处,但可以参考之,由那些话语寻找进入卞之琳诗世界的通道;当然,我们也得警惕之,认真辨识之,不能全信。研究卞之琳,阅读其同时代人的批评,实乃我们作为后世的读者与诗人及其生前读者的三角对话,构成穿越时空的诗学碰撞,或者说是以诗为平台的文化活动。

三、新的智慧诗

诗人金克木1937年提出"新的智慧诗"概念,用以指称20世纪30年代新崛起的一批诗人,包括卞之琳、废名、曹葆华等的作品。所谓"新的智慧诗"不是旧式的"说理诗",不是用诗去说明道理,不是警句诗,也不是通常的哲理诗;其特色是"以智为主脑","以不使人动情而使人深思为特点",这些诗人本质上可能是感伤的、重情的,但正因如此,他们的诗"才极力避免感情的发泄而追求智慧的凝聚"。他们追求"情智合一",作品的内容是新的,必须是诗,使人深思,并且不好懂③。卞之琳作为新的智慧诗人,在致刘西渭的信里说:"算是'心得'吧,'道'吧,'知'吧,'悟'吧,或者,恕我杜撰一个名目,'beauty of intelligence'。"④显然,他对诗歌有自己的追求,对新兴的智慧诗有自己的理解,并试图道明其属性,但从语气、句式看,又没有说清楚。他杜撰出"beauty of intelligence"以概括之,但是beauty of intelligence并不是对诗内在特征的概括,而是指称诗的审美效果,而经由审美效果无法将新的智慧诗与旧的说理诗、警句诗、哲理诗等相区别。张洁宇认为该词准确的翻译应为"智慧之美",而所谓智慧"既包含着'理智''才智''理性''智力'等层面,同时又应高于它们之中的任何一个方面",认为卞之琳的诗歌所体现的"正是这样一种哲思与诗美的完美结合,而这种结合,又正是通过

---

① 沈从文:《〈群鸦集〉附记》,《沈从文文集》(第11卷),花城出版社、生活·读书·新知三联书店香港分店1984年版,第18页。
② 穆旦:《〈慰劳信集〉——从〈鱼目集〉说起》,香港《大公报·文艺综合》1940年4月28日。
③ 柯可(金克木):《论中国新诗的新途径》,《新诗》第4期,1937年1月10日。
④ 卞之琳:《关于"鱼目集"——致刘西渭先生》,天津《大公报·文艺》第142期星期特刊,1936年5月10日。

诗人的'智慧'感受并传达出来的"①。这种看法很有道理,揭示出诗人卞之琳未能言说出的新的智慧诗的内在属性。

四、卞之琳的造诗方式

卞之琳是现代新诗史上的中间代,上承闻一多、徐志摩,下启穆旦等更为知性的诗人,与之前后的诗人不同,与同代的智慧诗人也不一样,他有自己写诗的特别方式。他"总倾向于克制,仿佛故意要做'冷血动物'",还"总喜欢表达我国旧说的'意境'或者西方所说'戏剧性处境',也可以说是倾向于小说化,典型化,非个人化,甚至偶尔用出了戏拟(parody)。所以,这时期的极大多数诗里的'我'也可以和'你'或'他'('她')互换,当然要随整首诗的局面互换,互换得合乎逻辑"②。诗人坦言了自己的造诗方式和诗性追求。

（一）非个人化

卞之琳于1934年翻译了艾略特的《传统与个人才能》,并深受其影响。在艾略特看来:"诗不是放纵情感,而是逃避情感,不是表现个性,而是逃避个性。"艺术家"是不断地消灭自己的个性"③。瓦雷里亦认为诗歌不是自我的表现。卞之琳的创作明显地追求"非个人化"效果,如《断章》《寂寞》《古镇的梦》等。诗中没有自我经历、遭遇、情感的直接表达,诗人尽可能地隐退在"诗"后,书写具有穿越时空性,把自己藏起来。这与传统的抒情方式不同,情感被冷处理,以期实现诗歌空间的扩大。闻一多曾认为卞之琳不写情诗,与之有关。其实卞之琳后来写过情诗。《断章》《鱼化石(一条鱼或一个女子说：)》体现了其非个人化的诗歌追求。

断　　章

你站在桥上看风景,
看风景人在楼上看你。

明月装饰了你的窗子,
你装饰了别人的梦。

---

① 张洁宇:《荒原上的丁香：20世纪30年代北平"前线诗人"诗歌研究》,中国人民大学出版社2003年版,第294页。
② 卞之琳:《雕虫纪历·自序》,《雕虫纪历(1930—1958)》(增订版),人民文学出版社1984年版,第1—3页。
③ [英]艾略特:《传统与个人才能》,卞之琳译,[英]戴维·洛奇:《二十世纪文学评论》(上册),葛林等译,上海译文出版社1987年版,第133—138页。

鱼化石（一条鱼或一个女子说：）
　　我要有你的怀抱的形状，
　　我往往溶化于水的线条。
　　你真像镜子一样的爱我呢。
　　你我都远了乃有了鱼化石。

　　《断章》一诗有几点值得特别关注：一是人称"你"的所指及其在诗中所处的位置、诗性功能；二是人和景之关系突破了古诗的单向画面，意境多维化，形成多维叠合性空间；三是虚实相生的关系，虚与实构成现代互文关系，扩展诗意空间，暗示人的现代体验；四是言说主体的隐身性，他具有全知全能功能，俯瞰人与景，看透一切，而这种全知和看透带来的可能是超脱，也可能是虚无；五是掩藏情感，在冷叙述中展开生活景象，显在的"思"和隐在的"诗"形成潜在的对话关系。通过非个人化处理，该诗形成强大的召唤结构，打开了读者的阅读空间。

　　《鱼化石（一条鱼或一个女子说：）》，标题后面括号中的内容使诗歌中的主体可能是一条鱼，也可能是一个女子，具有主体多元性，生成非个人化功能；"你""我"的含义与关系使诗歌形成复杂的张力空间；"鱼"和"女子"各为主语，诗歌内容、含义的不同使诗歌空间多维化，拓展了诗歌情感意蕴空间，同时增加了理解难度；"你""我"之关系在一个层面上体现为男女关系，表达了诗人对理想情感关系的思考。诗人自己曾对该诗有一个解读，他想道明其中奥秘，但是其描述性解读话语显得很无力，无法抵达那个诗意的奥秘处。这里恐怕不只存在着诗意无法还原的问题，还有一个叙述话语和诗性话语相隔的创作问题，也就是说叙述性话语无法抵达诗性话语内部，二者之间无法真正对话。

（二）戏剧化

　　戏剧的突出特点是矛盾冲突，以戏剧特点入诗就是在诗中营造戏剧化场景，使人物作戏剧化独白、对话，营构或强或弱的矛盾冲突，创造戏剧化处境，进行间接抒情，《苦雨》《酸梅汤》《道旁》《鱼化石》《尺八》《白螺壳》等诗体现了这种诗性追求。

道　　旁
　　家驮在身上像一只蜗牛，
　　弓了背，弓了手杖，弓了腿，
　　倦行人挨近来问树下人
　　（闲看流水里流云的）：
　　"请教北安村打哪儿走？"

> 骄傲于被问路于自己,
> 异乡人懂得水里的微笑;
> 又后悔不曾开倦行人的话匣
> 像家里的小弟弟检查
> 远方回来的哥哥的行箧。

倦行人与树下人在道旁对话,构成戏剧化场景。倦行人将家驮在身上,"弓了背,弓了手杖,弓了腿",他为何而倦、倦的人生过程、倦之心理等被省略,这种省略就是一种诗化处理。树下人闲看流水流云,"闲"是其身份标签。他们是两类不同的人,是两个可以打开的象征符号,他们的对话简略而微妙,体现了两种不同的人生观、价值观,戏剧化心理关系中包含着诗人对"五四"以来逐步确立的现代性人生方式的反思,包含着诗人在迷失中对传统生活景象的回望。对这首诗的主题可作多重解读,但我更愿意将之看成是对"五四"启蒙话语及其所开创的现代生活方式的反思。

(三)俗白语言入诗

卞之琳的语言口语化程度高,不求警句,少绚丽,日常生活化,平淡而新鲜。单句易懂,连缀成节成篇则构成某种多维结构,或重叠性景象,或矛盾镜头,生成一种日常之外的力量,对读者有一种诱惑,但又不自我敞开,有心的读者、有素养的读者才有兴趣有能力去凝视、解读,嚼出其诗味。

距 离 的 组 织

想独上高楼读一遍《罗马衰亡史》,
忽有罗马灭亡星出现在报上。
报纸落。地图开,因想起远人的嘱咐。
寄来的风景也暮色苍茫了。
(醒来天欲暮,无聊,一访友人吧。)
灰色的天。灰色的海。灰色的路。
哪儿了?我又不会向灯下验一把土。
忽听得一千重门外有自己的名字。
好累呵!我的盆舟没有人戏弄吗?
友人带来了雪意和五点钟。

1935 年 1 月 9 日

该诗题目意为"距离"构成的组织体,或者组织起来的"距离",它是卞之琳对世界、人生的一种理解,一种思辨。整首诗书写了不同的距离,时间距离、空间距离、历史距离、人与人的距离、心理距离等,即世界是由各种距离组织起来的,距离是客观的,也是主观的,相对而存在。换言之,人世的喜怒哀乐都是距离引起的,距离决定了一切。

这就是诗人的小智慧,而这种智慧是通过日常俗白语言表达的,诸如:"报纸落。地图开,因想起远人的嘱咐。寄来的风景也暮色苍茫了。""哪儿了?我又不会向灯下验一把土。""好累啊!我的盆舟没有人戏弄吗?"这些诗句以朴实的口语书写、俗白的言语形成富有张力的诗境。

(四)具象词与抽象词巧妙搭配,造成陌生化效果

言语怎样表达才具有诗意,"诗"是如何生成的,这是古往今来的诗人们共同面对的问题。言语如何组合才会引起读者阅读兴趣?才会令人回味无穷,给人一种从未有的审美感觉?好的诗句往往令人觉得陌生但又熟悉,觉得内心有而未被说出,诗人说出了,诗人为我们打开了不曾被打开的世界。陌生化被归纳为诗意生成的有效途径还是有道理的,破除日常语词搭配规则是导致陌生化效果的重要途径,例如"友人带来了雪意和五点钟"(《距离的组织》),"我喝了一口街上的朦胧"(《记录》),"伸向黄昏的道路像一段灰心"(《归》),"听你的青春被蚕食"(《圆宝盒》),诗人运用通感手法打通各种感官经验,使具象词、抽象词相配,用非规范的语词组合造出陌生化的诗意。

卞之琳"造诗"这个提法也许让一些人觉得难受,但"诗"就是"造"出来的。心中有"诗",也需要言语去"造",需要特别的"句子"去"造",需要独特的意象、结构、意境去"造";其实,心中没有也可以"造"出诗意。这就是语词的力量,它可以调配出无限组合,生成出无限诗意,以对应芸芸众生。卞之琳"造诗"的方式总的看来是现代的,是世界性的,他不属于继承传统的诗人。非个人性对传统而言就是一种离经叛道。他通过不起眼的日常语句构造特别的言辞世界,构造方式看上去也有些笨拙,但往往令人熟悉而又无法轻易进入,而有办法进入的读者则发现处处珍宝,令人流连忘返。

第二部分　专　题　论　述

选本与《断章》的经典化

在卞之琳的众多作品中,《断章》也许不是最富个人气质、风格的作品。它耐人寻味,我们从中可以品味出自然的、人文的、古典的、现代的、时间的、空间的、实在的、梦境的等诸多韵味,其意与境令人流连忘返,但它们似乎又不是典型的卞之琳的诗意诗境诗味。卞之琳晚年谈到《断章》时说:"这首短诗是我生平最属

信手拈来的四行,却颇受人称道,好像成了我战前诗的代表作。"①文学创作乃个体心灵活动,个中玄妙是很难参透的,即便是创作者自己。"信手拈来"也许就是聚全部心力之一为,是一种灵感释放。《断章》不但在当时引起李健吾等名家关注,和作者反复讨论解读,在今天仍然是卞之琳知名度最高的作品,入选各种选本,被读者不厌其烦地解读阐释,成为不可多得的新诗"经典"。不过《断章》的经典化并不是直线发展的,而是经历了一个起伏、曲折的过程。

(一)

《断章》创作于 1935 年 10 月,收入 12 月出版的《鱼目集》。李健吾认为《断章》"埋着说不尽的悲哀",因为诗人对人生的解释便是"装饰",同时指出这首诗具有"文字单纯""情感凝练""表现精致""含蓄蕴藉"等特点。②李健吾阅读中所获得的悲哀感是诗中固有的还是他的自我投射和咀嚼,还真值得琢磨,不过笔者更倾向于认为是李健吾作为阅读者借《断章》文本,吟味自己心中的悲哀。卞之琳并不认可李健吾这种感悟式的解读,说他的意思着重在"相对"上③,也就是表现抽象的哲思。李健吾进一步澄清:"我的解释并不妨害我首肯作者的自白。作者的自白也绝不妨害我的解释。与其看作冲突,不如说做有相成之美。"④这是作者、读者对话的典型案例,是新诗接受史上动人的景象。不过卞之琳、李健吾往返讨论的主要是《圆宝盒》,《断章》只是一个附带内容。后来,朱自清《新诗杂话》对卞之琳《距离的组织》《淘气》《白螺壳》等诗作了细致解读,并未涉及《断章》。废名《谈新诗》一口气选讲《道旁》《航海》《倦》《归》《车站》《雨同我》《无题一》《无题二》《水分》《淘气》《灯虫》11 首卞之琳诗歌,同样未提《断章》。李广田颇有分量的解读卞诗的长文《诗的艺术——论卞之琳的〈十年诗草〉》对《断章》也只是简略带过。袁可嘉在讨论卞之琳诗歌创作"对感情透过感觉而徐徐向广处深处伸展的有效运用"时⑤,举的是《旧元夜遐思》《无题》《距离的组织》等例证,而没有举《断章》。反而是阿垅站在左翼文学立场批评卞之琳《断章》"故求炫丽,故作聪明,故寻晦涩",是"绝望的诗",是"愈艳愈毒"的"罂粟花"⑥。这一方面说明《断章》不属于那时读者心中卞之琳的标签性作品,另一方面表明在 20 世纪 30—40 年代,《断章》并没有引起人们特别注意,更算不上"经典"作品。

20 世纪 50 年代以后,卞诗的"晦涩"风格一再受到批评,而卞之琳在"新诗

---

① 卞之琳:《冼星海纪念附骥小识》,《卞之琳文集》(中卷),安徽教育出版社 2002 年版,第 208 页。
② 刘西渭:《鱼目集——卞之琳先生》,《咀华集》,文化生活出版社 1936 年版,第 149 页。
③ 卞之琳:《关于〈鱼目集〉》,刘西渭《咀华集》,文化生活出版社 1936 年版,第 155—156 页。直到晚年卞之琳谈到《断章》仍然说:"我着意在这里形象表现相对相亲、想通相应的人际关系,本身已经可以独立,所以未足成较长的一首诗,即取名《断章》。第一节两行,中轴(或称诗眼)是'看风景';第二节两行,诗眼是'装饰',两两对称,正合内涵。"《冼星海纪念附骥小识》,《卞之琳文集》(中卷),安徽教育出版社 2002 年版,第 208 页。
④ 刘西渭:《答〈鱼目集〉作者》,《咀华集》,文化生活出版社 1936 年版,第 175 页。
⑤ 袁可嘉:《诗与主题》,《论新诗现代化》,生活·读书·新知三联书店 1988 年版,第 72 页。
⑥ 阿垅:《人生与诗》,《希望》第 2 辑第 1 期,1946 年 5 月 4 日。

发展问题"讨论中,谨慎维护着新诗传统及"新格律"主张,也被指为"轻视民歌",受到了围攻。在20世纪50—70年代,卞诗和其他现代主义诗歌一起受到清算,但卞之琳不及戴望舒,不足以成为批判的靶子,包括《断章》在内的卞诗逐渐淡出人们视野。这一时期出版的几部著名的文学史著作对卞之琳只字未提。在这种高度政治化非诗性的接受语境中,卞之琳及其诗歌被强制"遗忘"。

表14-1统计了20世纪30—70年代主要诗歌选本收录《断章》的情况。

表14-1 20世纪30—70年代主要诗歌选本收录《断章》情况

选 本	编选者	出版机构、时间	有无《断章》	收录卞之琳其他诗情况
《新月诗选》	陈梦家	上海新月书店1931年9月	无	有
《文艺园地》(诗文合集)	柳亚子	上海开华书局1932年9月	无	无
《现代诗杰作选》	沈仲文	上海青年书店1932年12月	无	无
《抒情诗》(新旧体诗、译诗合集)	朱剑芒、陈霭麓	上海世界书局1933年3月	无	无
《写景诗》(新旧体诗合集)	朱剑芒、陈霭麓	同上	无	无
《现代中国诗歌选》	薛时进	上海亚细亚书局1933年版	无	无
《现代诗选》	赵景深	上海北新书局1934年5月	无	无
《中华现代文学选(第二册·诗歌)》	王梅痕	中华书局1935年3月	无	无
《注释现代诗歌选》	王梅痕	上海中华书局1935年6月	无	无
《现代青年杰作文库》(诗文合集)	陈陟	上海经纬书局1935年8月	无	无
《中国新文学大系·诗集》	朱自清	上海良友图书印刷公司1935年10月	无	无
《诗》	钱公侠、施瑛	上海启明书局1936年4月	无	无
《现代新诗选》	笑我	上海仿古书店1936年9月	无	无
《现代创作新诗选》	林琅编辑,淑娟选评	上海中央书店1936年9月	无	有
《新诗》	沈毅勋	新潮社1938年12月	无	有

续 表

选 本	编选者	出版机构、时间	有无《断章》	收录卞之琳其他诗情况
《诗歌选》	王者	沈阳文艺书局1939年8月	无	无
《新诗选辑》	徐志摩等著,闲云编	海萍书店出版部1941年7月	有	有
《古城的春天》	臧克家等著,赵晓风编	沈阳秋江书店1941年7月	有	有
《现代中国诗选》	孙望、常任侠	重庆南方印书馆1943年7月	无	无
《战前中国新诗选》	孙望	成都绿洲出版社1944年10月	无	无
《现代诗钞》	闻一多	开明书店1948年8月	无	无
《中国新诗选(1919—1949)》	臧克家	中国青年出版社1956年8月	无	有
《新诗选》第2册	北京大学、北京师范大学、北京师范学院中文系中国现代文学教研室	上海教育出版社1979年11月	有	有

以上统计至少说明两个问题:

首先,在20世纪30—70年代,卞之琳的诗名、地位并不显著,其诗作尚未能进入很多选者视野,很少受到选本关注。在23个选本中,选录卞诗的只有8个,约占1/3。造成这种情况的原因,主观方面是卞之琳诗歌独特的艺术追求确实带来接受、理解上的困难,连朱自清、李健吾这样的解诗名家解读卞诗都颇费脑筋,遑论一般读者;客观方面,动荡多变的时代造成新诗的"非连续性发展",也使得卞诗失去宽松自由的接受语境,失去彰显诗学价值的时空。卞之琳首出诗集在1933年,引起朱自清、李健吾解读热情已是1936年,他们相互讨论,但影响也仅仅局限在一个很小的圈子里。一年后全面抗日战争爆发,在十多年的战争岁月里,诗歌成为呐喊与号角,卞之琳尽管也创作出适应时代需要的《慰劳信集》,满足时代的期待,但他"小处敏感,大处茫然"的个性及其诗歌风格仍显得不合时宜①。在20世纪50年代以后由于政治话语需求与其艺术理念之间的矛盾,卞之琳及其诗歌更是受到质疑、批判,以至于被遗忘。

其次,在选入卞诗的8个选本中,有7个是《断章》诞生后的选本,所选数量

---

① 卞之琳:《雕虫纪历·自序》,《雕虫纪历(1930—1958)》(增订版),人民文学出版社1984年版,第3页。

很不稳定,所选篇目非常分散,尚未形成公认的卞诗代表作,《断章》更没有"脱颖而出"上升到"经典"地位。如《现代创作新诗选》(林琅编辑,淑娟选评)、《新诗》(沈毅勋编)、《战前中国新诗选》(孙望编)只选一两首卞诗,而到了《新诗选辑》(闲云编)、《古城的春天》(赵晓风编)却分别选 19 首、24 首,篇目大同小异,几乎囊括了《鱼目集》中所有作品。选录数量的悬殊反映出选者对卞诗看法有歧异,缺乏共识。《新月诗选》收录 4 首卞诗,陈梦家把卞之琳视为新月"后进"加以提携。臧克家编《中国新诗选(1919—1949)》收录卞之琳《远行》《给一位刺车的姑娘》《给西北的青年开荒者》3 首相对"思想进步""手法明朗"的诗歌,颇能反映 20 世纪 50 年代主流文艺规范对卞之琳诗歌的接纳情形及形象塑造。而北京大学等高校中文系合编的《新诗选》既收录能够代表卞诗艺术成就的《古镇的梦》《断章》《雨同我》等作品,又选《慰劳信集》等多首,体现出"学院派"面对卞诗努力平衡"政治"与"诗学"的苦心,也昭示出下一时期卞诗接受境况的某些新变。在 8 个选本中入选频次最高的诗歌分别是《黄昏》《寒夜》《断章》《墙头草》《叫卖》,每首诗入选频次不过才 3 次。显然,《断章》尚未受到选者特别的青睐,这意味着无论在怎样的视野中,《断章》都无法成为最耀眼的诗篇,究其原因,恐怕是它无法完全代表卞之琳的风格。

(二)

20 世纪 80 年代以来,现代主义诗歌重获好评,并成为新诗研究的"显学"。同时,随着作者和读者诗性意识的自觉,随着新诗"现代性"问题成为言说焦点,卞之琳的《断章》越来越受到重视,被不厌其烦地阐释,进入各种诗歌选本。虽然个别人依然认为《断章》体现出卞诗"怪异""神秘"的特点,对其给予负面评说,但绝大多数论者则对它赞不绝口。

在这一时期,《断章》被公认为新诗中"主智诗""哲理诗"杰作。余光中对戴望舒《雨巷》多有苛评,而认为《断章》是一首"耐人寻味的哲理妙品",他把《断章》增改为《连环》,别有意趣。[1] 还有人把《断章》演绎为现代版"人面桃花"般美丽、浪漫、伤感的爱情诗,甚至考证诗人情事来支撑这种演绎。[2]

《断章》创造性地吸收转化中西诗艺而又不露痕迹、有所超越的艺术成就也得到充分阐释、敞开。孙玉石指出张若虚的《春江花月夜》、李商隐的《子初郊墅》等诗"对举互文"特征给《断章》以影响,而诗中立桥眺望、月色透窗的意境与冯延巳《蝶恋花》词"独立小桥风满袖,平林新月人归后"有异曲同工之妙。[3] 解志熙

---

[1] 余光中:《诗与哲学》,《余光中谈诗歌》,江西高校出版社 2003 年版,第 50—52 页。余光中增改《断章》而成《连环》:"你站在桥头看落日,落日却回顾,回顾着远楼,有人在楼头正念你。/你站在桥头看明月,明月却俯望,俯望着远窗,有人在窗口正梦你。"

[2] 孙光萱:《卞之琳〈断章〉》,辛笛:《20 世纪中国新诗辞典》,汉语大词典出版社 1997 年版,第 272—273 页;曾一果、曾一桃:《爱情永恒,风景长存——卞之琳〈断章〉创作原意解读》,《名作欣赏》2001 年第 3 期。

[3] 孙玉石:《小景物中有大哲学——读卞之琳的〈断章〉》,孙玉石:《中国现代诗导读(1917—1937)》,北京大学出版社 2008 年版,第 233—234 页。

则认为《断章》是借鉴拜伦长诗《梦》的片段创造发挥而成。①

正如李健吾所说:"一行美丽的诗永久在读者心头重生,它所唤起的经验是多方面的。虽然它是短短的一句,有本领兜起全部错综的意象,一座灵魂的海市蜃楼。"②20 世纪 80 年代以来,《断章》在不断地解读与阐释中"重生",成为诗人与读者"灵魂的海市蜃楼"。反观这一时期新诗选本,《断章》成为多数选者青睐的作品,以下是抽取部分选本所做的统计(表 14-2):

表 14-2 20 世纪 80 年代以来主要诗歌选本收录《断章》情况

选　　本	编选者	出版机构、时间	有无《断章》	收录卞之琳其他诗情况
《中国现代抒情短诗 100 首》	上海文艺出版社	上海文艺出版社 1981 年 9 月	有	无
《现代诗歌名篇选读》	吴开晋	河北人民出版社 1982 年 5 月	无	有
《新诗选读 111 首》	周良沛	花城出版社 1983 年 7 月	有	有
《现代百家诗》	白崇义、乐齐	宝文堂书店 1984 年 11 月	有	有
《现代抒情诗选讲》	吴奔星、徐荣街	江苏教育出版社 1985 年 4 月	有	无
《中国新文学大系(1927—1937)·诗集》	艾青等	上海文艺出版社 1985 年 5 月	有	有
《现代诗歌名篇选读》	周红兴	作家出版社 1986 年 4 月	有	无
《中国新诗大辞典》	黄邦君、邹建军	时代文艺出版社 1988 年 4 月	有	无
《中国现代朦胧诗赏析》	章亚昕、耿建华	花城出版社 1988 年 4 月	有	无
《中国新诗萃:20 世纪初叶—40 年代》	谢冕、杨匡汉	人民文学出版社 1988 年 10 月	无	有
《中国新诗鉴赏大辞典》	吴奔星	江苏文艺出版社 1988 年 12 月	有	有
《现代诗歌百首赏析》	任孚先、任卫青	山东教育出版社 1988 年 12 月	有	无
《现代中国诗选》上册	杨牧、郑树森	台北洪范书店 1989 年 2 月	有	有

---

① 解志熙:《言近旨远,寄托遥深——〈断章〉、〈尺八〉的象征意蕴与历史沉思》,《名作欣赏》1986 年第 3 期。
② 刘西渭:《答〈鱼目集〉作者》,《咀华集》,文化生活出版社 1936 年版,第 174 页。

续 表

选 本	编选者	出版机构、时间	有无《断章》	收录卞之琳其他诗情况
《中国现代文学作品选》下卷	钱谷融	华东师范大学出版社 1989年11月	有	无
《新诗鉴赏辞典》	公木	上海辞书出版社 1991年11月	有	有
《现代著名诗人情诗精编》	伊人	浙江文艺出版社 1992年2月	无	有
《中国现代新诗三百首》	张永健、张芳彦	长江文艺出版社 1992年3月	有	有
《中外名诗赏析大典》	胡明扬	四川辞书出版社 1993年2月	有	有
《新诗观止》	高建群等	陕西人民教育出版社 1993年8月	有	有
《白话诗选读》	云惟利	（新加坡）教育出版私营有限公司 1994年	有	有
《新诗三百首（1917—1995）》上册	张默、萧萧	台湾九歌出版社有限公司 1995年9月	有	有
《百年中国文学经典》第2卷	谢冕、钱理群	北京大学出版社 1996年12月	有	有
《20世纪中国新诗辞典》	辛笛	汉语大词典出版社 1997年1月	有	有
《中国新诗300首》	谭五昌	北京出版社 1999年9月	有	有
《20世纪汉语诗选》第2卷	姜耕玉	上海教育出版社 1999年12月	有	有
《20世纪中国探索诗鉴赏》上册	陈超	河北人民出版社，1999年12月	有	有
《新诗300首》第1卷	牛汉、谢冕	中国青年出版社 2000年1月	有	有
《中国现代文学作品选（1917—2000）》第2卷	朱栋霖、龙泉明	高等教育出版社 2002年7月	有	有
《中国现代文学名篇选读》下册	夏传才	南开大学出版社 2002年9月	有	无
《百年百首经典诗歌(1901—2000)》	杨晓民	长江文艺出版社 2003年8月	有	无

续 表

选 本	编选者	出版机构、时间	有无《断章》	收录卞之琳其他诗情况
《中国新诗名作导读》	龙泉明	长江文艺出版社2003年10月	有	有
《现代诗选》	乔力	太白文艺出版社2004年5月	无	有
《现代诗经》	伊沙	漓江出版社2004年5月	有	无
《现当代诗歌精选集》	秦宇慧、王立	当代世界出版社2007年9月	有	有
《中国现代诗导读（1917—1937）》	孙玉石	北京大学出版社2008年1月	有	有
《旷野——中国作家的精神还乡史·诗歌卷》	林贤治、肖建国	花城出版社2008年5月	无	无
《新诗三百首鉴赏辞典》	上海辞书出版社文学鉴赏辞典编纂中心	上海辞书出版社2008年8月	有	有
《诗向梦边生——二十世纪中国汉诗经典》	不详，只显示"徐志摩等著"	中国国际广播出版社2008年7月	有	有
《中国朗诵诗经典》	陆澄	上海百家出版社2009年4月	无	无
《中国新诗总系》第2卷	谢冕、孙玉石	人民文学出版社2010年9月	有	有
《中国新诗（1916—2000）》	张新颖	复旦大学出版社2011年7月	有	有
《中国现当代诗歌名作欣赏》	《名作欣赏》精华读本编委会	北京大学出版社2012年8月	无	有

在表14-2所示的42个选本中，有40个收录卞诗。入选频次位居前列的分别是：《断章》35次，《尺八》13次，《距离的组织》12次，《古镇的梦》11次，其他作品都在10次以下。《断章》以远高出其他作品的入选频次成为卞之琳的"代表作"，成为新诗中当仁不让的"经典"。收录《断章》的35个选本大致分成以下几类：

第一类是鉴赏导读本，如《中国新诗名作导读》（龙泉明主编）、《中国现代诗导读（1917—1937）》（孙玉石编）等。这类选本旨在向学生推介名篇，分析诗歌的艺术构造，揭示它们的魅力所在。编者遴选作品，导读者按自己的诗歌观鉴赏作品，他们拥有无可争辩的话语权，充当了诗歌导师的角色。《现代诗经》值得关注，编者伊沙是一位站在"民间立场"倡导"口语写作"的激烈反叛"新诗传统"的新锐诗人，但其编选的态度却是传统的。在这位新锐诗人眼里，《断章》仍然是一个无法逾越的存在。《现代中国诗选》（杨牧、郑树森编）、《新诗三百首（1917—1995）》（张默、萧萧编）是两个台湾版选本，《白话诗选读》（云惟利编）是新加坡版本，也都收录《断章》，反映出20世纪80年代以来学界对这首诗的共同认可，体现出审美认知的趋同、诗意感的一致性，也意味着该诗具有穿越能力，满足了不同语境中读者的审美期待。第二类是《百年中国文学经典》（谢冕、钱理群编）、《中国新诗总系》（谢冕等编）这类"鸿篇巨制"，旨在遴选优秀诗歌，打造"经典"，为百年新诗"树碑立传"。《中国新诗总系》各卷主编汇集新诗研究名家，模仿《中国新文学大系》编纂体例，追求"史"与"选"的结合，为百年新诗"筛选经典""立碑定论"的意识十分明显。孙玉石主编第2卷共选入包括《断章》在内的卞之琳诗16首，能够反映卞诗整体艺术成就。换言之，以"总系"的权力赋予了它们"经典"位置。第三类是兼具"鉴赏导读"与"打造经典"两大功能的选本，如《中国新诗鉴赏大辞典》（吴奔星编）、《新诗鉴赏辞典》（公木编）、《中外名诗赏析大典》（胡明扬编）、《20世纪中国新诗辞典》（辛笛编）等，这些选本以"辞典""大典"的名义引导读者赏析《断章》，凸显其经典品性。第四类选本将已经"经典化"的新诗名篇进行"简化"与"通约"，打造成迎合大众趣味的"通俗读物"，如《诗向梦边生——二十世纪中国汉诗经典》（编者不详）等。浪漫气息十足的题目、时尚的封面装帧都在昭示着选本"流行""通俗"的价值定位。这种选本代表强势的大众流行文化对新诗经典的重新"塑造"与"消费"，借大众传播通道彰显其"经典性"。

经过20世纪80年代以来论者的阐释与选本的遴选，走过曲折历程的《断章》最终登上"新诗经典"的宝座，被誉为新诗中"耐人寻味的哲理妙品"[①]。如果说20世纪30—70年代《断章》的声名不彰与其本身在卞诗中的代表性不足有关，与卞之琳所归属的现代派同时代政治的矛盾有关，与主流的诗学诉求和读者阅读取向有关；那么，20世纪80年代以来《断章》被"推举"为新诗"经典"，则可理解为诗学话语与接受语境契合的结果。

首先，《断章》的"哲理性"所体现的新诗由"主情"到"主智"的转变成为有关新诗现代性想象的一个重要支撑。"抒情言志"是中国诗歌悠久的传统，"五四"以后某些新诗开始"表理"，但大都音浮意浅甚至是直白说教，而《断章》营造优美意境表达现代哲思，达到水乳交融、圆融无间的境界，为后来者树立了一个标杆，为新诗提供了一大"新质"，开辟了一条可行性路径。正是在这个意义上，许多论著将卞之琳与戴望舒并提，认为卞之琳在戴望舒"主情"的新诗路向之外开辟了"主智"的路向，为新诗提供了新的可能性，丰富了新诗的发展图景。

---

① 余光中：《诗与哲学》，《余光中谈诗歌》，江西高校出版社2003年版，第50页。

其次，相对于其他卞诗，《断章》短小精悍而意味隽永，类似格言警句，更有利于理解、记诵与传播。"诗是一部分具有同等智慧的人群心中小提琴最高旋律的回声"，对以"主智"著称的卞之琳诗歌而言，真正走进并非易事，因为"要寻找智慧凝聚的闪光，必须使自己思想贮藏同等智慧的光束"①。《圆宝盒》《鱼化石》《白螺壳》《距离的组织》等诗歌具有抽象哲思特征，属于卞之琳风格标签类作品，但让李健吾、朱自清这样的解诗者颇费脑筋，读解结果还被作者指为"错误"。卞之琳自己面对《鱼化石》都不知所云，说不清，对一般读者而言其接受困难可想而知。相比而言，《断章》融汇古今中外诗艺，在卞诗中既短小精悍又"浅显易懂"，能够满足不同背景读者的阅读需要，使他们由《断章》开启智慧、诗性的大门，进入审美的迷宫流连忘返。换言之，《断章》相比其他作品更具有成为经典的品格，虽然它不是诗人最具"代表性"的作品。

（本文作者　张文民、方长安）

第三部分　诗学文献与研究参考

1. 卞之琳：《哼唱型节奏（吟调）和说话型节奏（诵调）》，《人与诗：忆旧说新》，生活·读书·新知三联书店1984年版。
2. 卞之琳：《对于新诗发展问题的几点看法》，《人与诗：忆旧说新》，生活·读书·新知三联书店1984年版。
3. 卞之琳：《谈诗歌的格律问题》，《人与诗：忆旧说新》，生活·读书·新知三联书店1984年版。
4. 卞之琳：《与周策纵谈新诗格律信》，《人与诗：忆旧说新》，生活·读书·新知三联书店1984年版。
5. 卞之琳：《答读者：谈"新诗"形式问题的讨论》，《人与诗：忆旧说新》，生活·读书·新知三联书店1984年版。
6. 卞之琳：《今日新诗面临的艺术问题》，《人与诗：忆旧说新》，生活·读书·新知三联书店1984年版。
7. 卞之琳：《新诗和西方诗》，《人与诗：忆旧说新》，生活·读书·新知三联书店1984年版。
8. 卞之琳：《译诗艺术的成年》，《人与诗：忆旧说新》，生活·读书·新知三联书店1984年版。

---

① 孙玉石：《以理智之光穿透智慧的凝聚》，《中国现代诗导读（1917—1937）》，北京大学出版社2008年版，第207页。

9. 卞之琳：《说"三"道"四"：读余光中〈中西文学之比较〉，从西诗、旧诗谈到新诗律探索》，《人与诗：忆旧说新》，生活·读书·新知三联书店1984年版。
10. 唐祈：《卞之琳与现代主义诗歌》，袁可嘉等：《卞之琳与诗艺术》，河北教育出版社1990年版。
11. 王毅：《中国现代主义诗歌史论1925—1949》，西南师范大学出版社1998年版。
12. 江弱水：《卞之琳诗艺研究》，安徽教育出版社2000年版。
13. 朱自清：《解诗》，《新诗杂话》，作家书屋1947年版。
14. 卞之琳：《三秋草》，新月书店1933年版。
15. 卞之琳：《鱼目集》，文化生活出版社1936年版。
16. 卞之琳、李广田、何其芳：《汉园集》，商务印书馆1936年版。
17. 卞之琳：《雕虫纪历(1930—1958)》(增订版)，人民文学出版社1984年版。
18. 卞之琳：《卞之琳文集》，安徽教育出版社2002年版。
19. 李健吾：《李健吾文学评论选》，宁夏人民出版社1983年版。
20. 冯文炳：《谈新诗》，人民文学出版社1984年版。
21. 李广田：《诗的艺术：论卞之琳的〈十年诗草〉》，《诗的艺术》，开明书店1946年版。
22. 张曼仪：《卞之琳著译研究》，香港大学中文系1989年版。
23. 袁可嘉：《略论卞之琳对新诗艺术的贡献》，《文艺研究》1990年第1期。
24. 程光炜：《何其芳、卞之琳和艾青四十年代的创作心态》，《文学评论》1993年第5期。
25. 卞之琳：《关于〈鱼目集〉——致刘西渭先生》，天津《大公报·文艺》第142期星期特刊，1936年5月10日。
26. 卞之琳：《〈断章〉中的断章》，《少年读者》2005年第8期。
27. 刘西渭(李健吾)：《答〈鱼目集〉作者——卞之琳先生》，天津《大公报·文艺》第158期星期特刊，1936年6月7日。
28. 穆旦：《〈慰劳信集〉——从〈鱼目集〉说起》，香港《大公报·文艺综合》1940年4月28日。
29. 柯可(金克木)：《论中国新诗的新途径》，《新诗》第4期，1937年1月10日。
30. 张洁宇：《"智慧之美"：卞之琳诗歌的"智性化"特征》，《南都学坛》2004年第3期。
31. 江弱水：《卞之琳与法国象征主义》，《外国文学评论》2000年第4期。
32. 罗振亚：《"反传统"的歌唱——卞之琳诗歌的艺术新质》，《文学评论》2000年第2期。
33. 王泽龙：《论卞之琳的新智慧诗》，《文艺研究》1996年第2期。
34. 废名：《谈卞之琳的诗》，《诗探索》1981年第4期。

35. 王攸欣：《卞之琳诗作的文化——诗学阐释》，《中国现代文学研究丛刊》2015年第3期。
36. 西渡：《卞之琳的新诗格律理论》，《现代中文学刊》2011年第4期。
37. 陈本益：《卞之琳的"顿法"论》，《西南师范大学学报（哲学社会科学版）》1996年第4期。
38. 蓝棣之：《论卞之琳诗的脉络与潜在趋向》，《文学评论》1990年第1期。
39. 肖佳：《卞之琳研究文献综述》，《中国诗歌研究动态》2008年第2期。
40. 李怡、胡余龙：《慰劳信运动与〈慰劳信集〉》，《现代中文学刊》2019年第5期。

思考题
1. 简论卞之琳的翻译与创作的关系。
2. 结合作品分析卞之琳诗歌的"非个人性"。
3. 如何理解卞之琳诗歌里人称可以"互换"的现象？
4. 卞之琳如何处理俗白语言与诗性之关系？
5. 简述卞之琳20世纪后期的诗歌观。
6. 如何理解卞之琳诗中的"智慧"书写现象？

第十五章
冯至的诗

第一部分 现象与问题

一、时势与诗变

　　冯至(1905—1993)的诗歌活动贯穿大半个世纪,属于见证新诗发展史的世纪性诗人。"五四"以降,近一个世纪的风云裹挟着他,上下颠簸,霜风吹皱了他的肌肤,中国与西方、传统与现代、自我与社会、诗与生活等构成他的生存坐标,起伏变化成为他生命和诗歌的常态,暮年回望过来路,他书写诗歌体《自传》(1991):

　　　　三十年代我否定过我二十年代的诗歌,
　　　　五十年代我否定过我四十年代的创作,
　　　　六十年代、七十年代把过去的一切都说成错。

　　　　八十年代又悔恨否定的事物怎么那么多,
　　　　于是又否定了过去的那些否定。
　　　　我这一生都像是在"否定"里生活,
　　　　纵使否定的否定里也有肯定。

　　　　到底应该肯定什么,否定什么?
　　　　进入九十年代,要有些清醒,
　　　　才明白,人生最难得到的是"自知之明"。

　　这是一份值得拷问的"自传"——"诗"的自传、人的自传、时代的自传。随着年代的更替,诗人不断地自我否定,好像一生生活在"否定"里。从积极方面看,他一直不安于现状,不满于既有的诗歌风格,与时俱进,艰难探索,努力超越自我。从《昨日之歌》《北游及其它》到《十四行集》,再到当代的《西郊集》《十年诗抄》，由抒情进入智性，由个人到集体，诗歌创作在否定、变化里展开，《十四行集》是其标志性作品。从消极方面看，他的自我否定中也有被动跟从，这与其身上的某种依赖性人格不无关系，在世变中迷失。在诗歌意义上，否定之否定不一定是肯定，不一定是向诗敞开，而可能是晕眩中的诗性迷失，诗歌艺术可能并未随着世变带来的否定再进到新的审美境界，而是与诗美挥手道别。所以，晚年他说要"有些清醒"和"自知之明"。自知源于自问自省，然而人真能自知吗？"自知之明"乃自以为是（此处非贬义），可能是明，也可能是自我遮蔽。人也许永远在这种"自知之明"中否定与肯定、遮蔽与敞开，书写着自己的人生。

冯至的世纪是探寻与跟随的世纪、抒情与理性交织的世纪，刻画着诗与非诗的生命轨迹，沉积着新诗的变革演变历史，是值得研究的诗史个案。

二、进入冯至的一种路径

冯至是20世纪90年代以降新诗研究的热点诗人，他一生创作变化很大，如何进入其诗之世界是一个问题。有以《昨日之歌》为门的，有以《十四行集》为个案进行横断面式解剖的，有沿着鲁迅评说话语前进的，有依凭存在主义哲学通入的，还有以社团开篇的，条条道路通罗马，但我以为人称话语是进入其诗歌世界的又一途径。

从人称维度考察，冯至的创作经历了三个时期：一是第一人称单数"我"的时期，二是第一人称复数"我们"的时期，三是新型的第一人称复数"我们"的时期。每个时期，其诗学观念、文化心理、诗意的创造方式等都不同，人称内涵及其及物情况各异。大体而言，"五四"时期，其诗歌中的"我"是个性解放意义上的"我"，是被时代主潮所张扬的个体，体现了人的自觉与解放；20世纪40年代《十四行集》中的"我们"则是存在主义哲学意义上的"我们"，是理智的表达，体现了诗人对自我、世界的哲思，可以说是诗人为中国诗歌引入的新概念，体现了"向死而生"地思考自我与生命的价值；新中国成立后的"我们"虽然也是复数，符号能指没有变，但相比于20世纪40年代的"我们"所指完全不同，它是社会主义、集体主义意义上的"我们"，是复数"人民"之意。这个嬗变内在的话语依据与逻辑相当复杂。

这引发出一个重要现象：一些现代诗人的知识背景、思想观念相当复杂，其诗往往是其精神世界的表现，简单的诗句可能蕴含着复杂的思想，思与诗缠绕在一起，与特定时空中的感觉、情绪纠结在一起，例如冯至的《十四行集》与存在主义相关，李金发的诗歌与象征主义相关，这就要求读者应具备与之相应的现代知识储备、思想储备，欣赏新诗不仅仅是阅历、情感问题，而且与知识观念直接相关，即共享的知识观念构成读者与现代诗人对话、共鸣的基础。

三、"中国最为杰出的抒情诗人"问题

20世纪20年代，冯至以诗集《昨日之歌》（1927）、《北游及其他》（1929）在新

诗坛崭露头角,这两部作品奠定了他在20世纪20年代诗坛的地位。鲁迅赞誉他是"中国最为杰出的抒情诗人"[①]。这是近一个世纪里谈论冯至诗歌绕不开的话语。鲁迅写过旧体诗和新诗,也为新诗坛敲过边鼓。他自称是诗的外行,但他对诗歌有自己的看法,他说:"诗歌不能凭仗了哲学和智力来认识,所以感情已经冰结的思想家,即对于诗人往往有谬误的判断和隔膜的揶揄。""从我似的外行人看起来,诗歌是本以发抒自己的热情的。"[②]显然,鲁迅看重的是抒情诗,情是诗歌创作的内在动力与生命力。他高度评价冯至,虽未说明理由,但"发抒自己的热情"应该是他从冯至早年诗歌中所见之诗魂。

基于鲁迅当时的地位及其后世影响,从话语发生与作用看,鲁迅的评论留下了一连串的问题:鲁迅评说冯至的文本依据和目的何在?同时代人如何看待鲁迅的评说?冯至如何对待鲁迅对他这一至高无上的定位?该评说对冯至诗歌创作走向、诗坛地位乃至整个新诗发展历史产生了怎样的影响?无疑,这些均是审视冯至,解读冯至诗歌,清理新诗发展史、新诗批评与创作动态关系史颇有意味且极为复杂的个案问题。长期以来学界关于这些问题的思考与研究很少,我们可以史料为依据认真清理与研究。

第二部分 专题论述

冯至诗歌中的"我"与"我们"

《诗经》中有大量的"我","我"或是诗中人物,或是抒情主人公,可以出现在句中不同位置,承载着诗人的主体意志与情感。这一现象表明那个时代是一个有"我"的时代、一个自我能够诗性言说的时代。《诗经》以降,"我"在诗中出场率越来越低,位置越来越少,直至完全消失。有时是隐身性消失,有时则是肉体与魂灵都消失了。这一现象与独尊儒术的文化史相关,个体人被抑制,慢慢失去了话语权、表达权,"我"变成了奴、臣、草民、小民等。"五四"新文化运动中,人的解放、个性解放成为时代主题,新兴的诗歌中"我"重新出场,这是现代社会、现代文化出现的重要标准之一。新诗之"新"的重要表现就是诗中大量的"我"成为表达者、抒情者。

冯至于20世纪20年代初开始写诗,其诗的一个突出特点是第一人称言说者变成了承载主体观念与情感的话语,且现身频率高,在一定意义上,它是冯至诗歌中最重要的"意象",且这个"意象"的能指、所指不断变化。本文将考察其使

---

① 鲁迅:《〈中国新文学大系〉小说二集序》,《鲁迅全集》(第6卷),人民文学出版社2005年版,第251页。
② 鲁迅:《诗歌之敌》,《鲁迅全集》(第7卷),人民文学出版社2005年版,第246—248页。

用情况,清理出其变化过程,敞开其所指。

(一)

"五四"是中国几千年历史上一个重要的时间节点,一个历史文化分野的界碑。它以人的解放、个性自由为基本诉求,是中国现代化的起点,文学特质鲜明,正如钱理群等人所言,在中国文学史上"很少有哪个时期的文学像'五四'时期文学这样,出现那么多'个人'的东西。写个人的生活,个人的情绪,是普遍的现象"①。青年冯至在这样一个时期开始文学活动,时代决定了其个性与表达,在他1930年留德之前近十年的创作中存在大量以第一人称单数"我"为抒情主人公的诗歌。据统计,他这个时期创作的130余首诗作中,大约78%的诗篇中有"我","诗里抒写的是狭窄的情感、个人的哀愁,如果说它们还有一点意义,那就是从中可以看出'五四'以后一部分青年的苦闷"②。冯至早期的诗歌具有强烈的自我意识和鲜明的个性精神,以自我为中心,展现自我,表达自我,是"五四"精血的一脉,并在一定程度上体现了时代精神。

在这类以人称话语"我"为主导的诗歌中,诗人主要通过"我"记录他那个时期的情感历程。"他倾听着自己心灵的声音,唱出了他的理想、向往、苦闷与彷徨之情。"③对于生活,年轻的诗人曾以浪漫的遐想与美好的憧憬,虚构营造出一幅理想中的新的故乡图景:"灿烂的银花/在晴朗的天空飘散;/金黄的阳光/把屋顶树枝染遍。""我"期盼着被"驯美的白鸽"引领前去。但是这种虚幻的想象如同美丽的肥皂泡,一遭遇残酷的现实就被击得粉碎。面对现实之丑恶、未来之渺茫、理想之幻灭,诗人感到沉重的压抑和苦闷。苦闷就像"雄浑无边的大海"(《海滨》),尽管"我"曾无数次地对着这荒凉无爱的人间竭力呼喊:"爱!爱!爱!"(《"晚报"》)无奈"人间是怎样的无情,/我感受的尽是苦恼"(《你——》)。"我"似乎只有去那孤寂花儿哭泣的凄凉地方,"狂吻那柔弱的花瓣"(《夜深了》),长息在花儿身边,才能得到解脱。"我"如此孤独、苦闷和忧伤。

1927年秋,诗人从北大毕业,走出象牙塔,"他逆着凛冽的夜风,上了走向那大而黑暗的都市"④的艰难之路。在哈尔滨不到一年的遭遇给冯至上了一堂严峻的人生课。在那里,他看到了现实的丑陋与无情:"犹太的银行、希腊的酒馆、/日本的浪人、白俄的妓院,/……还有中国的市侩,/面上总是淫淫地嘻笑。"(《北游·4》)在诗人眼中,这是地狱一般的北国之城,诗人以激越而怒不可遏的句子控诉那些罪恶:"这里有人在计算他的妻子,/这里有人在欺骗他的爱人……"对于理智和清醒的"我"来说,"我既不为善,更不做恶","我"只希望这座可怕而可恶的城快快毁灭,"最该毁灭的,是这里的这些游魂!"(《北游·11》)"我"由早期

---

① 钱理群、温儒敏、吴福辉:《中国现代三十年文学》,北京大学出版社1998年版,第27页。
② 冯至:《冯至全集》(第二卷),河北教育出版社1999年版,第153页。
③ 蒋勤国:《冯至评传》,人民出版社2000年版,第68页。
④ 冯至:《冯至全集》(第一卷),河北教育出版社1999年版,第153页。

的幽婉沉郁变为慷慨愤激了。应该说,这种转变来自现实的赐予,是残酷无情的现实深深锥痛了诗人的灵魂,促使他跳出了对青春和爱情的浅吟低唱,从而转向审视自我,追问个体生命存在的价值,"我可曾真正地认识,自己是怎样的一个人?""我到底要往哪里走去"(《北游·8》)。经过反复的拷问,诗人认识到:"归终我更认识了我的自己,我既不是中古的勇士,也不是现代的英雄,我想望的是朋友,我需要的是感情。"①于是诗人"埋葬了"自己的"一切梦幻",开始回归真实的自我。

(二)

从《北游》始,诗人不再沉迷于爱情与青春的歌吟,而是转而批判现实、质问人生,踏上探寻生命存在本质与意义之路。这为他在 20 世纪 30 年代接受存在主义哲学和现代主义思潮影响埋下了伏笔。思想逐渐发生转变,他在艺术上也开始了新的更高的追求:创作雕塑似的诗。自此,诗人逐渐背离了浪漫的直抒胸臆式道路,转而走向智性冥想的诗歌之旅。1930 年他写的《等待》等诗便是这一转变的标志。同年 9 月,诗人赴德留学,在那里,他受到存在主义哲学的影响和里尔克、歌德等人的思想熏陶,写下了《无眠的夜半》《海歌》等具有现代主义品格的作品,表现了诗人的生命存在之思。这表明诗人开始形成对人生、社会、诗歌的新观念。应该说,这是冯至在海德堡最主要的收获,也是诗人人生道路上的一次重大转折和质的飞跃。

1935 年 9 月,诗人踏上归国之途。然而回国后,民族危亡之际的悲惨现实令其心碎。日寇的魔爪已伸至华北,大多数诗人走出象牙塔,投入现实生活洪流中,写出带有明显现实倾向性的作品。而冯至却作出了与此不同的选择——转向对个体生命存在的反思与追问,希图在艺术创作中把捉生命本身的价值。组诗《给一个死去的朋友》便是这一选择的结果,其诗不仅融合了里尔克的思想理念和艺术精神,表现出明显的现代主义倾向,显示了诗人日趋娴熟的现代主义诗艺,更重要的是,诗中出现了复数人称"我们",且这个"我们"显然异于 20 世纪 20 年代的那个"我"。"我们"表现了一种生与死的联系,是一个宏观的、集合性的人称主体,蕴含着丰富的生存哲理。不仅如此,这个"我们"也不同于诗人留德之时思想发生转变之后所作的诗篇中的人称"我们"(如《雪后》),因为当时其思想上的转变虽已发生,但还没有回到祖国,更没有目睹灾难深重的百姓和生活,也没有亲身经历恶劣污浊的现实环境,他的这种转变相对后来所写的《十四行集》来说,缺乏对等的外部环境条件,还没有达到完整意义上的转化。因此,《给一个死去的朋友》标志着冯至诗歌人称话语的转折。从此,冯至的诗歌中开始频现"我们"这一主体人称,频率很高,在《十四行集》中达 60％左右。那么,这个"我们"究竟意指什么?为何会发生这种核心人称话语的转变?这一巨大变化又

---

① 冯至:《冯至全集》(第一卷),河北教育出版社 1999 年版,第 124 页。

意味着诗人本身发生了怎样的变化呢?

"我们"是谁?具有怎样的本质特征?首先,"我们"是独立的生存者、承担者①。在《十四行集》里,"我们"首先是真实的生存者,是孤单独立的承担者。正如诗人所说:"谁若是要真实的生活,就必须脱离开现成的习俗,自己独立成为一个生存者,担当生活上种种的问题,和我们的始祖所担当过的一样,不能容有一些儿代替。"②自己"担当",独立"担当",谁也不能"代替",这是"我们"的实质,也是"我们"面临的本然处境。诗人在第一首诗中就明确揭示了这一点:"我们准备深深地领受/那些意想不到的奇迹,/在漫长的岁月里忽然有/彗星的出现,狂风乍起……"在人生的旅途中有许多艰难、坎坷,如同"狂风乍起,彗星的出现","我们"作为个体的人,应当主动领受、自觉承担,不能回避,更不能逃离,只有自己担当,才能领受那"意想不到的奇迹"。其次,"我们"是向死而生的涅槃者。面对人生,向死而生的态度是作为真实的生存者所应当持有的生死观,也是"我们"达到本真存在的途径之一:"我们把我们安排给那个/未来的死亡……"(《什么能从我们身上脱落》)在这里,"安排"是一个关键词,将自己"安排"给未来的死亡,也就是面对死亡设计生,积极坦然地面对死亡③,就像施太格·缪勒评价里尔克时所说的:"死亡是作为把人引导到生命的最高峰,并使生命第一次具有充分意义的东西出现的。"④有生命就必然有死亡,这是任何生命个体都必须遵循的自然法则,生与死不是对立而是统一的,死是生的延展,没有死亡就没有生存,只有真正明白了这一点,才能平静地面对死和更主动地投入生,使生存更精彩。再次,"我们"是交往于天地万物的联系者。"我们"作为独立的生命个体的集合体,就像"西方的那座水城","它是个人世的象征,……当你向我拉一拉手,/便像一座水上的桥"(《威尼斯》)。"我们"包括世上所有的人和物都是互相关联、彼此贯通的,"我们"不能脱离其他的存在而单独探求自我的生存,只有在相互交流的环境与过程中,"我们"才有可能达到本真自我。当"我们站立在高高的山巅"时,"我们"、他人和自然互相交融、密合为一体。"我们"通过与他人、社会、自然之间的交流,将之化为自己的生命,扩充自我的存在。最后,"我们"是虚心谦敬的发现者。这一点对"我们"很重要,"我们"只有"怀着纯洁的爱观看宇宙间的万物","虚心侍奉他们,静听他们的有声或无语,分担他们人们都漠然视之的命运"⑤,才能把握住一些从未被人注意到的世界的真相与本质。而且,"我们"为了把捉那些被人忽略、被人遗忘的但却是本质性存在的东西,往往把目光投向熟悉的、日常的事物。

从 20 世纪 20 年代跨越到 40 年代,无论是从人称代词的表面形式看,还是

---

① 参阅解志熙:《生的执著:存在主义与中国现代文学》,人民文学出版社 1999 年版,第 162—163 页。
② 冯至:《冯至全集》(第十一卷),河北教育出版社 1999 年版,第 283 页。
③ 参阅解志熙:《生的执著:存在主义与中国现代文学》,人民文学出版社 1999 年版,第 155—157 页。
④ [德]施太格·缪勒:《当代哲学主流》(上卷),王炳文等译,商务印书馆 1986 年版,第 184 页。
⑤ 冯至:《冯至全集》(第四卷),河北教育出版社 1999 年版,第 84 页。

从主体人称的实质内涵审视，冯诗核心人称话语均发生了显著变化。那么，在这一巨大变化的背后又隐藏着怎样的契机和因由呢？

第一，存在主义思想与感时忧国精神的驱使。雅斯贝斯实存哲学的目的就是"要实现对人的可能实存的呼吁"①，对于这一目的，冯至积极致力于它的实现，早在20世纪30年代初期翻译里尔克的作品时，他就明确指出："青年们现在正陷于错误和混乱之中，我的责任是翻译一些里尔克的作品，好让他们通过里尔克的提示和道路得到启发，拯救自己，以避免错误和混乱。"②这体现了一种存在主义式的关注人类整体命运的眼光和气度。而在《十四行集》中，这种眼光和气度得到了更为集中的表现。诗集期望通过对"我们"每一个生存者存在的勇气的呼唤，通过对"我们"每一个大写的"人"的呼唤达到民族复兴与自强。所以陆耀东曾如是评价："《十四行集》表明，冯至的思想，正在发生明显的变化，视野更加开阔，认识更加深刻，更加关注国家、民族、人民的命运和人类宇宙的发展。"③就在诗人对人类命运予以整体观照并力图呼唤真实的生存的同时，感时忧国的精神也如影之随形，相伴左右。具体而言，《原野的哭声》描绘农妇村童遭受战争祸害的悲惨画面，并扩大到对所有受难民众的抒写，明显体现了诗人感时忧民的热肠。《鲁迅》《杜甫》《蔡元培》和《画家梵诃》等诗则书写他们以各自不同的方式关注现实、忧时忧民，肯定他们的历史担当，从而折射出诗人内在的感时忧国精神。

存在主义的主体担当观和民族感时忧国精神使得诗人在关注个体生命及其存在的同时心系国计民生。所以才有《十四行集》里对"原野的哭声"的关注，对鲁迅等伟大形象的雕刻，也才有对"我们"每一个生存者存在勇气的呼唤，对"我们"每一个大写的"人"的呼唤。由此可知，《十四行集》中的主体已然是一个群体性存在，鉴于此，其核心人称话语转变为复数人称"我们"便理所当然了。

第二，雅斯贝斯的"爱"的交往观、里尔克的敞开理论与传统的天人合一思想的影响。关于"爱"的交往，雅斯贝斯是这样认为的："人只有在与其他的实存的精神交往中才能达到他本然的自我……在实存的交往之中，自己的自我存在和别人的自我存在同处于'爱的搏斗'之中。"④这就是雅氏"交往"理论的核心思想。简单地说，就是不发生交往，"我"就不能成为"我自己"，当然，这里的交往不是指一般的交往，而是本真的、契入生存境域并向无限的超越敞开的交往。这种"爱"的交往使得双方即真正的存在者之间彼此分享、相互承担，并"在对对方苦乐的承担中使自身存在获得重量和意义"⑤，使自我获得完善、得到充实。作为雅斯贝斯的学生，冯至深受其影响，他说："人生的意义在乎多多经历，多多体验，

---

① ［德］施太格·缪勒：《当代哲学主流》（上卷），王炳文等译，商务印书馆1986年版，第233页。
② 冯至：《冯至全集》（第十二卷），河北教育出版社1999年版，第147页。
③ 陆耀东：《中国现代四作家论》，武汉大学出版社1988年版，第160页。
④ ［德］施太格·缪勒：《当代哲学主流》（上卷），王炳文等译，商务印书馆1986年版，第235页。
⑤ 解志熙：《生命的沉思与存在的决断——论冯至的创作与存在主义的关系》（下），《外国文学评论》1990年第4期。

为人的可贵在乎多多分担同时同地的人们的苦乐。"①冯至的这一说法正是对雅氏"通过别的实存并与别的实存一起"达到本然自我的实存哲学的继承与通俗化阐释。里尔克的"敞开"理论对冯至来说影响更直接、更深远。实际上,里尔克的"敞开"理论与雅斯贝斯的"交往"理论甚为相似,只不过雅氏的"交往"理论侧重于人的交往,而里氏的"敞开"理论则针对所有存在物。里尔克认为:"我们必须观看许多城市,观看人和物……我们必须去感觉鸟是怎样飞翔,知道小小的花朵在早晨开放时的姿态……等到它们成为我们身内的血,我们的目光和姿态,无名地和我们自己再也不能区分,那才能实现,在一个很稀有的时刻有一行诗的第一个字在它们的中心形成,脱颖而出。"②可以将这段话目为里尔克关于他的"敞开"理论的经典阐释。对此,冯至甚为赞赏,铭记于心并亲身践行,如在《十四行集》中,他遍察与他生命发生深切关联的人、事、物的真实,体味其悲欢,达到了灵魂相遇往返的境界。中国传统文化中"天人合一"的观念也深深植根于冯至的思想中。这一观念恰好暗合于雅斯贝斯"爱"的交往和里尔克的"敞开"理论③。体现在冯诗中,平凡的小草、静默的树木、初生的小狗、飘扬的风旗等,无不是与人的生命世界相贯通、相交融的万物。正因为如此,冯至的弟子郑敏曾说,《十四行集》体现了"万物无不相通共存,万物又存于一,一来自'无'"的哲学观④。

实际上,不论是雅氏"爱"的交往也好,里尔克的生命个体向外界敞开也好,还是天人合一的观念也好,都是个体生命与外界之间的交往与联系,是一种典型的群体性行为,在主体范围和思想上具有"我们"性,从而导致其诗歌核心人称话语变换成"我们"。然而,由于冯至的思想里潜藏着深厚的传统文化底蕴,致使他在接受存在主义时形成一种误读。西方的存在主义,不管是雅斯贝斯的还是里尔克的,都是一种纯粹"形而上"的哲理性思考,而冯至却把它与中国传统文化和现实人生状况结合起来,使得原本十分抽象玄奥的存在主义中国化、通俗化,成为与现实保持若即若离关系的存在主义。因此,冯至诗中的人称话语"我们"与西方存在主义的"我们"的内涵又是有差别的。这也为他在20世纪50年代完全走向现实预留了一条通道。

第三,时代语境的作用。在当时,以救亡为目的的爱国主义成为主流话语,拥有对诸多事件的阐释权力,当然也包括对诗歌的阐释权力。体现在对诗歌创作的要求上——诗歌必须具有鼓动性、民众性。基于这种诗歌创作要求的规定性,很快便出现了以第一人称复数"我们"作为主体人称的繁荣现象。朱自清在谈论当时盛行的"朗诵诗"时就曾如是说:"朗诵诗中没有'我',只有'我们'……

---

① 冯至:《冯至全集》(第四卷),河北教育出版社1999年版,第55页。
② 冯至:《冯至全集》(第四卷),河北教育出版社1999年版,第86页。
③ 参阅王毅:《中国现代主义诗歌史论》,西南师范大学出版社1998年版,第247页。
④ 郑敏:《忆冯至吾师——重读〈十四行集〉》,《中国现当代文学研究》2004年第8期。

'我们'代替了'我'。"①其他一些诗体如街头诗、枪杆诗、传单诗等情形也大致相同,它们都不再是从前那种个人情感的抒写,而是要为大众代言,并影响大众与社会现实。在它们那里,"我们"成为一个核心语汇,扮演着主流话语主体的角色。在《十四行集》中,"我们"同样扮演着这一角色。在强大的时代主流话语面前,冯至虽然站在一个疏离于主流话语的边缘性立场,但他并未因此真正逃离时代主流话语的引力范围而获得完全自由的边缘性他者的地位。②集体性主流话语凭借复数人称"我们"潜入文本诗行,诗人并未获得纯粹的个人性。

（三）

虽然在1940—1941年,冯至找到了一条完全适合自己的艺术道路,并在这条路上树立起一座丰碑——《十四行集》,但是,外界的战火纷飞、炮声隆隆和强大的为抗战而写作的热潮使其创作难以为继。特别是在听了老舍为抗战而作的演讲之后,冯至深感自责和愧疚,他不得不开始考虑作出一些调整和新的选择。而此时冯至一家因为种种原因又从林场茅屋搬回城内钱局街敬节堂巷居住,使他有更多的机会接触现实。并且,此时冯至接触到歌德的"蜕变论",认为宇宙万物都是永久活动和变化的,蜕变是一切生命的必然过程,但也是生命的自我选择,每一次蜕变都可使生命获得新生。这种认识使得冯至找到了抛弃思考宇宙和人生、转向关注现实的重要依据。于是,在1942年以后,冯至开始转向现实。如《伍子胥》中诗人高度重视决断的观念表明诗人的思想在与过去决断,诗作《歧路》和《我们的时代》也透露了诗人朝向现实转变的信息,而此时杂文则更是成为冯至揭露丑恶现实、抨击社会不良现象的主要武器。

尽管如此,诗人一开始并没有完全丢失自我、失却个人性,而是在关注现实的同时坚持自我、卫护个性。如杂文《工作而等待》《论个人的地位》等文都集中表达了诗人对自我和个性的肯定与捍卫。诗人在转向现实的途中充满着矛盾、犹疑甚至痛苦,他经历了蜕变之痛。而正是由于有了这个痛苦的自我调整阶段,冯至后来的"突然"转向才能让人理解。

1949年以后,冯至诗歌创作发生了第二次转轨,《第一首歌》是其标志。这首诗是为北平解放后的第一个"五四"所作,它充满激情地赞颂了"五四"的开创性意义,完全失却了十四行诗内省式的哲理化抒情意味,而变为一种现实的、具体的情感抒发,虽然它"仍明显地保留了不过于直露的长处"③,但风格已经发生了质的变化。就抒情主体而言,"我们"这一复数人称再次进入诗歌成为核心的人称话语。此后冯至进入诗歌创作的第三个阶段,直至20世纪50年代末60年代初,在这一阶段,诗歌核心人称话语仍然是复数性人称"我们"。这个"我们"是

---

① 朱自清:《今天的诗》,《朱自清全集》(第4卷),江苏教育出版社1990年版,第502—504页。
② 参阅姜涛:《冯至、穆旦四十年代诗歌写作的人称分析》,《中国现代文学研究丛刊》1997年第4期。
③ 陆耀东:《冯至传》,北京十月文艺出版社2003年版,第240页。

指什么？它与20世纪40年代的"我们"相比又有什么不同？二者之间的差异又昭示了什么？

相比于20世纪40年代的抒情主体，冯至新时代诗歌中的核心人称话语"我们"的内涵以及整个诗歌创作发生了巨大的变化。从作品的主要内容看，他20世纪50年代的诗作不再是对宇宙、人生的沉思，而是转向对共产党、对新社会、对社会主义祖国发生的巨变的讴歌。对此，诗人自己也曾明确指出："诗里基本的调子和过去的也迥然不同，有信心，有前途，歌颂中国共产党，歌颂共产党领导下的伟大的事业。同时对于人民的敌人也给以讽刺和攻击。"①从情感和抒情人称来看，诗人抒发的既是当时个人的真情实感，更是那个时代的"大我"的感情，这种情感通过抒情主体"我们"传达出来，"我们"成为阶级的、人民的"大我"的化身。在"我们"那里，抒情主体的个性空间被泯灭或遮蔽，表现出鲜明的共性模式，往往仅止于粗线条的时代写意或拘泥于对热烈生活场景的平面刻写或停留在人物精神面貌的浮光掠影，远未触及生命本体的内心世界和个性化生活的复杂本质，流于肤浅和一般化的情感抒发。比如："我们正在做/我们的前人/从来没有做过的/极其光荣伟大的事业……我们要生产更多的钢铁，我们要发出更多的电力……我们给社会主义打好物质基础，让敌人在我们面前垂头丧气。"诗中的"我们"难免有些单调、直白、符号化，诗性不足。

由此可见，冯至诗歌中，20世纪50年代的话语人称"我们"与40年代的"我们"已经全然不同。20世纪50年代的"我们"作为阶级的、人民的"大我"的化身，再也不似40年代的"我们"那样个人化、内视性，而是具有了大众化品格，唱着现实的、整齐划一的颂歌，抒发着集体主义情愫，成为政治意识形态化的"我们"。抒情主体"我们"的内涵发生了变化，原有的诗性也随之弱化，原因主要有以下两方面：

一是客观形势的促成。从1950年到1966年前后，外在批判运动此消彼长，每次批判运动几乎都与文学界有关，作家和作品轻则受到"宣扬了资产阶级、小资产阶级情调"的批评，重则与国际政治运动中的"反帝反修"联系在一起。在如此语境中，诗性的流失往往难以避免。二是诗人本身的原因。首先，在思想意识方面，冯至作为一个典型的中国知识分子，在因新政权委以重任而产生的知遇意识、感激之情支配下，同时又陶醉于眼前的热闹景象，"对于社会的复杂，道路的曲折，前进中的困难，可能出现的问题，都缺少基本的思考。与此同时，又把个人的幸福，国家的强盛，民族的复兴，寄托在个人身上"②。在这种思想意识主导下，冯诗势必发生变化。其次，在表达方式上，诗人抛弃了固有的适合自己的诗歌艺术表达方式，采取一种直白的、简单的抒情方法，加之诗人对他所要表现的

---

① 冯至：《冯至全集》（第二卷），河北教育出版社1999年版，第133页。
② 周棉：《冯至传》，江苏文艺出版社1993年版，第302页。

新生活还不熟悉,因此,要用一种不适合自己的抒情方式来歌唱他并不太熟悉的新生活,作品在艺术上不成熟也难以避免。

(陈美霞初稿,方长安修改)

第三部分　诗学文献与研究参考

1. 冯至:《里尔克——为十周年祭日作》,《冯至全集》(第四卷),河北教育出版社 1999 年版。
2. 冯至:《冯至诗选》,四川人民出版社 1980 年版。
3. 袁可嘉:《论新诗现代化》,生活·读书·新知三联书店 1988 年版。
4. 冯至:《外来的养分》(《在联邦德国国际交流中心"文学艺术奖"颁发仪式上的答词》),《冯至全集》(第五卷),河北教育出版社 1999 年版。
5. 冯至:《读歌德诗的几点体会》,《冯至全集》(第八卷),河北教育出版社 1999 年版。
6. 冯至:《论歌德》,上海文艺出版社 1986 年版。
7. 冯至:《文坛边缘随笔》,上海书店出版社 1995 年版。
8. 李广田:《诗的艺术》,上海开明书店 1946 年版。
9. 陆耀东:《冯至传》,北京十月文艺出版社 2003 年版。
10. 蒋勤国:《冯至评传》,人民出版社 2000 年版。
11. 解志熙:《生的执著:存在主义与中国现代文学》,人民文学出版社 1999 年版。
12. 王毅:《中国现代主义诗歌史论》,西南师范大学出版社 1998 年版。
13. 冯至:《关于新诗的形式问题》,《文学评论》1959 年第 1 期。
14. 冯至:《诗史浅论》,《文学评论》1962 年第 4 期。
15. 郑敏:《忆冯至吾师——重读〈十四行集〉》,《当代作家评论》2002 年第 3 期。
16. 范劲:《冯至与里尔克》,《外国文学评论》2000 年第 2 期。
17. 王家新:《冯至与我们这一代人》,《读书》1993 年第 6 期。
18. 姜涛:《冯至、穆旦四十年代诗歌写作的人称分析》,《中国现代文学研究丛刊》1997 年第 4 期。
19. [德] W. 顾彬:《路的哲学——论冯至的十四行诗》,张宽、卫东译,《中国现代文学研究丛刊》1993 年第 2 期。
20. [斯洛伐克] 马立安·高利克:《冯至和他歌德风格的十四行诗》,《北方论丛》1999 年第 1 期。
21. 汪剑钊:《论冯至的"十四行诗"》,《诗探索》1997 年第 4 期。

22. 谢冕:《冯至先生对中国新诗建设的贡献——冯至先生周年祭》,《北京大学学报(哲学社会科学版)》1994年第4期。
23. 王攸欣、龙永干:《潜隐与超越——冯至〈十四行集〉之传统根脉发微》,《文学评论》2009年第2期。
24. 严宝瑜:《冯至的歌德研究》,《北京大学学报(哲学社会科学版)》2003年第4期。
25. 陆耀东:《冯至与里尔克》,《外国文学研究》2003年第3期。
26. 陆耀东:《冯至〈十四行集〉独特的思维方式》,《文学评论》2003年第5期。

思考题

1. 简述冯至早期诗歌的特征。
2. 简述冯至的诗变历程。
3. 简论存在主义与冯至诗创作的关系。
4. 论冯至《十四行集》对中国新诗史的贡献。
5. 如何理解鲁迅关于冯至乃"中国最为杰出的抒情诗人"的观点?
6. 论读者批评与冯至诗歌创作的关系。
7. 简析汉语十四行诗写作的难题。
8. 以冯至为例,阐述历史大势与个体诗人创作的关系。

第十六章
戴望舒的诗

第一部分 现象与问题

戴望舒(1905—1950),浙江杭州人。1926年起,参与创办《璎珞》《新文艺》《现代》等刊物,曾任《新诗》杂志主编。1941年因宣传抗战被日本人逮捕入狱。1949年从香港回北京。诗集有《我底记忆》《望舒草》《望舒诗稿》《灾难的岁月》等。20世纪30年代,新诗取得了突出成绩,涌现出卞之琳、何其芳、林庚、废名、田间、臧克家、艾青、冯至等一大批优秀诗人,但相对来说,戴望舒的新诗史价值特别突出,"他的诗歌中所内含的多种思想艺术质素,都显示着或潜存着新诗的发展与流变的种种动向,也就是说,他的诗歌创作的丰富性、综合性、典型性,是可以作为新诗从幼稚到成熟、从奠基到拓展阶段的标尺来看待的"[①]。为何如此,值得深入研究。

一、从李金发到戴望舒:新诗的一脉走向?

李金发的出现离不开法国生活经验,离不开西方象征主义启迪,是他将西方象征主义思潮引入中国,为"五四"新诗坛输入新的资源,丰富了"五四"新诗地图;但其诗作令时人如读天书,解诗仿佛猜谜,他也因此被人戏称为"诗怪",西方象征主义未能与中国生活经验、诗歌传统无痕对接。戴望舒大学期间就接触到法国象征主义,并"参与了成功地介绍法国象征派诗来补充英国浪漫派诗的介绍,作为中国人用现代白话写诗的一种有益的借鉴"[②],他在李金发之后努力寻找象征主义与中国诗歌传统的契合区域,《雨巷》《寻梦者》等诗里,古代与现代相遇合,象征主义与中国经验相结合,诗境是中国的,诗性被中国化。从李金发到戴望舒被史家认为是新诗发展的一脉,即与自由诗派、新格律诗派构成三足鼎立

[①] 龙泉明:《中国新诗第二次整合的界碑——戴望舒诗歌创作综论》,《中国社会科学》1996年第5期。

[②] 卞之琳:《戴望舒诗集·序》,戴望舒:《戴望舒诗集》,四川人民出版社1981年版。

局面的象征主义诗脉。诚然,李金发、戴望舒的新诗观都与西方象征主义有关,但他们的诗学背景又不仅仅是象征主义,诗歌风格也迥然不同,将他们阐述为前后相沿的一脉合理吗?如果说他们属于新诗史上的一脉,那他们共有的诗学基础是什么?如果说不属于同一脉络,那理由何在?

二、《望舒诗论》

戴望舒一边写诗,一边思考新诗创作问题,属于探索型诗人;换言之,他不只是蛰居一隅抒个人之怀,而是以新诗发展史、现代诗学建构史为视野从事新诗探索活动。在《望舒诗论》中,他阐述了自己的诗学观,主要有:① 诗不能借重音乐,它应该去了音乐的成分;② 诗不能借重绘画的长处;③ 单是美的字眼的组合不是诗的特点;④ 诗的韵律不在字的抑扬顿挫上,而在诗的情绪的抑扬顿挫上,即在诗情的程度上;⑤ 诗不是某一个官感的享乐,而是全官感或超官感的东西;⑥ 旧的古典的应用是无可反对的,在它给予我们一个新情绪的时候;⑦ 诗是由真实经过想象而出来的,不单是真实,也不单是想象;⑧ 诗当将自己的情绪表现出来,而使人感到一种东西,诗本身就像是一个生物,不是无生物[①]。这些观点回应了闻一多的新格律诗观,认为诗不能借重音乐和绘画,而是靠情绪的抑扬顿挫;认为古典资源如果有利于情绪表达是可以借鉴与利用的;将诗歌看成全官感的东西,看成有生命的生物;指出了诗与真实和想象的关系,回答了诗与现实主义、浪漫主义的复杂联系,等等。这些观点某种程度上既是对他自己早年诗作所追求的音乐性的反动,也是对新格律诗观的反动。诗论文字简练,所论内容都是当时中国新诗继续发展所面临的诗学问题。诗人论诗,真切而具有现实针对性。

以中国新诗史乃至中国诗歌史为视野,如何回到历史现场深入理解这些诗学观念的内涵与价值,是值得认真研究的问题。

三、从《雨巷》到《我底记忆》

《雨巷》作于1927年夏天。大革命时期,戴望舒曾与施蛰存、刘呐鸥等一起从事革命文艺活动,并加入中国共产主义青年团。大革命失败后,他遭到国民党通缉,避难当时的江苏松江,虽精神彷徨、迷惘,但不甘消沉,仍执着寻路。《雨巷》就是在如此心境下创作的,最初刊于1928年《小说月报》第19卷第8号。《小说月报》编辑叶圣陶接到戴望舒寄来的《雨巷》诗稿,极为欣赏,称它替新诗的

[①] 戴望舒:《望舒诗论》,《现代》第2卷第1期,1932年11月1日。

音节开了一个新的纪元。作品发表后戴望舒获得了"雨巷诗人"称号。《雨巷》艺术上的鲜明特点是音乐性,全诗7节,每节6行,每节第3、第6行押ang韵,一韵到底,对应于诗人坚贞不变的情感,而ang韵铿锵有力,内在地稀释了诗的低沉情绪。这种内在音乐性与诗情的契合正如龙泉明所言:"创造出迷离恍惚,低回杳渺的氛围,从而谱写出了一曲朦胧而神秘、轻柔而沉思的寻梦曲。"①就是说,它拓宽了新诗的表现空间与力度。

1927年,戴望舒的诗学观念发生变化,对新格律诗的"三美"主张不满,反对新诗借助音乐、绘画的长处,认为单是美的字眼的组合,不是诗的特点。在他看来,新诗最主要的是诗情合韵律而不是字句上的押韵,诗人不能离开诗的情绪去追求形式美,只应根据情绪要求去创造新的形式。《我底记忆》就是这种新的诗学观念的结晶。"这首诗没有《雨巷》那种铿锵的韵脚,华美的字眼,完全采用朴实无华的现代口语。"②它重视情绪的内在节奏感,舒卷自如,现代感觉表达强烈,所以相对于讲究音乐性的《雨巷》,诗人更喜欢《我底记忆》。

从《雨巷》到《我底记忆》,戴望舒的诗歌观念有一个大的变化。我们应该打开思路,在大历史中理解个案的价值,以中国新诗艺术探索史为视野,阐述戴望舒这种变化的诗学意义;同时也可以反过来通过研究诗人、诗作个案,重构新诗艺术发展史。

四、后期诗歌

全面抗战爆发后,戴望舒诗歌进入新的发展境界。《元日祝福》《狱中题壁》《我用残损的手掌》等诗中,个人身影变得模糊,民族国家成为书写对象。诗人与国家成为最重要的关系范畴,成为诗意生成源泉,爱国主义构成抒情主线。这些诗歌语言纯朴洗练、清新隽永,富有音乐感。龙泉明认为它们虽然仍是自由体,但又具备了某些格律体的特点,"在戴望舒尝试着'熔铸'新语的过程中,从开始追求格律美,努力使诗成为'可吟'的东西,到学习象征主义独特的音节,追求回环往复的'旋律',用朦胧的音乐暗示和创造迷蒙的意象,再到以口语入诗的自由体,最后到半格律的自由体,这个变化过程正可看出戴望舒对诗的语言美有了新的理解"③。语言问题,相当程度上说,是新诗的核心问题,戴望舒诗歌之所以能将"象征派的形式、古典派的内容"④统一起来,与其

---

① 龙泉明:《中国新诗流变论》,人民文学出版社1999年版,第336页。
② 龙泉明:《中国新诗第二次整合的界碑——戴望舒诗歌创作综论》,《中国社会科学》1996年第5期。
③ 龙泉明:《中国新诗第二次整合的界碑——戴望舒诗歌创作综论》,《中国社会科学》1996年第5期。
④ 杜衡:《望舒草·序》,戴望舒:《望舒草》,现代书局1933年版,第7页。

不断思考、探索诗歌语言问题,与其后期诗歌作品语言越来越自然和谐,不无关系。

王富仁认为:"中国现代的文学家的贡献却必须首先是对中国现代民族语言的贡献。"①戴望舒诗歌的语言在探索中发展,自然生动纯粹的言语与内在情绪的表达相统一,言与诗相互生成,纯化了现代汉语诗歌的语言系统,纯化了中国现代民族的语言,他因而成为一位有突出贡献的诗人。

第二部分 专题论述

选本与《雨巷》的经典化

诗人、作品的经典化是多重力量共同参与完成的,是一个系统工程,但其中有些维度的力量具有支配性,有时甚至决定了经典化的进程。某一文本刊发后被不断收录进不同的选本,构成该文本专门的传播接受史,其间传播和接受二重特点交互作用,反映了文本与读者、语境之间的关系特点。对于现代诗人而言,选本是传播接受最重要的载体和通道,一个文本进入选本的历史过程相当程度上反映了该作品走向"经典"的进程和特点。《雨巷》最初发表于1928年8月10日《小说月报》第19卷第8期,收入诗集《我底记忆》,戴望舒因此赢得"雨巷诗人"的美誉。现在的史家、专业读者以及一般新诗爱好者谈到中国现代诗歌都会欣然提及《雨巷》,将其视为百年新诗代表性作品或者说诗歌经典。从审美层面看,这当然没有问题,但当被问及《雨巷》的传播接受历史及《雨巷》何时被塑造成现代新诗"经典"时,他们要么摇头,要么想当然地以为其问世后便一直受到读者高看,一路走红地成为新诗"经典"。事实究竟如何?这里将统计两个重要历史时期主要的诗歌选本收录《雨巷》的情况,从选本维度考察《雨巷》的传播接受情况,展示其走向"经典"的具体旅程,通过对两个表格的细致分析,我们可以从不同层面揭示其成为"经典"的密码。

(一)从"名声大噪"到"销声匿迹"再到"备受批判"

我们通过阅读大量的史实材料发现,《雨巷》刊布后虽受到叶圣陶的高度赞誉,但它并没有因此被时人普遍接受认可,没有成为阅读场域中的流行作品。情况恰恰相反,它很快就受到专家和普通读者的冷落,在相当长时期里处于诗坛和阅读场域的"角落",其被读者广泛追捧是很晚的事情。表16-1所示为20世纪30—70年代主要诗歌选本收录《雨巷》的情况。

---

① 王富仁:《20世纪中国诗歌经典》,北京师范大学出版社2004年版,序言第8页。

表 16-1 20 世纪 30—70 年代主要诗歌选本收录《雨巷》情况

选　本	编选者	出版机构、时间	有无《雨巷》	收录戴望舒其他诗情况
《初级中学北新混合国语》第 5 册	赵景深	北新书局 1932 年 5 月	有	无
《文艺园地》(诗文合集)	柳亚子	上海开华书局 1932 年 9 月	无	无
《现代诗杰作选》	沈仲文	上海青年书店 1932 年 12 月	无	有
《抒情诗》(新旧体诗、译诗合集)	朱剑芒、陈霭麓	上海世界书局 1933 年 3 月	无	无
《写景诗》(新旧体诗合集)	朱剑芒、陈霭麓	上海世界书局 1933 年 3 月	无	无
《现代中国诗歌选》	薛时进	上海亚细亚书局 1933 年	有	有
《现代诗选》	赵景深	上海北新书局 1934 年 5 月	有	无
《中华现代文学选(第二册·诗歌)》	王梅痕	中华书局 1935 年 3 月	无	无
《注释现代诗歌选》	王梅痕	上海中华书局 1935 年 6 月	无	无
《现代青年杰作文库》(诗文合集)	陈陟	上海经纬书局 1935 年 8 月	无	无
《中国新文学大系·诗集》	朱自清	上海良友图书印刷公司 1935 年 10 月	有	有
《诗》	钱公侠、施瑛	上海启明书局 1936 年 4 月	有	有
《现代新诗选》	笑我	上海仿古书店 1936 年 9 月	有	有
《现代创作新诗选》	林琅编辑,淑娟选评	上海中央书店 1936 年 9 月	无	有
《新诗》	沈毅勋	新潮社,1938 年 12 月	无	有
《诗歌选》	王者	沈阳文艺书局 1939 年 8 月	无	无
《新诗选辑》	徐志摩等著,闲云编	海萍书店出版部 1941 年 7 月	无	无
《古城的春天》	臧克家等著,赵晓风编	沈阳秋江书店 1941 年 7 月	无	无

续 表

选 本	编选者	出版机构、时间	有无《雨巷》	收录戴望舒其他诗情况
《现代中国诗选》	孙望、常任侠	重庆南方印书馆1943年7月	无	无
《战前中国新诗选》	孙望	成都绿洲出版社1944年10月	无	有
《现代诗钞》	闻一多	开明书店1948年8月	无	有
《中国新诗选(1919—1949)》	臧克家	中国青年出版社1956年8月	无,1957年3月2版增收《雨巷》	有
《新诗选》第1册	北京大学、北京师范大学、北京师范学院中文系中国现代文学教研室	上海教育出版社1979年6月	有	有

表16-1透露出三个重要信息。第一,20世纪30—70年代诗歌选本中戴望舒的地位并不显著。在23个选本中,戴望舒缺席10个,其中一些选本如《抒情诗》(朱剑芒、陈霭麓编)、《写景诗》(朱剑芒、陈霭麓编)、《中华现代文学选(第二册·诗歌)》(王梅痕编)、《注释现代诗歌选》(王梅痕编)、《诗歌选》(王者编)、《新诗选辑》(闲云编)、《古城的春天》(赵晓风编)、《现代中国诗选》(孙望、常任侠编)等收入胡适、周作人、郭沫若、闻一多、徐志摩、朱湘、李金发、冰心、冯至、卞之琳、何其芳、李广田、徐迟、臧克家、艾青、袁水拍等众多政治立场不同、审美趋向各异的诗人诗作,几乎囊括了中国现代文学史上所有知名诗人。以今天的眼光看,戴望舒的诗歌成就应该高于上面的大多数人,但这些选本均没有选入戴诗。

第二,《雨巷》在戴望舒诗歌中知名度相对较高,但并非诗歌选本常选作品。23个选本中有13个选了戴诗,入选诗作统计:《雨巷》7次,《十四行》《我底记忆》各4次,《生涯》《残叶之歌》各3次,《烦忧》《夕阳下》《村姑》《夜行者》《狱中题壁》《我用残损的手掌》各2次,《二月》《小病》《山行》《深闭的园子》《灯》《前夜》《秋》《款步一》《款步二》《断指》《秋夜思》《元日祝福》《萧红墓畔口占》各1次。虽然《雨巷》入选频次最高,但在涉及戴诗的选本中只是勉强过半,在统计到的所有选本中不到1/3。由此可见,《雨巷》在20世纪30—70年代并没有引起选家(读者)特别注意,尚处于一个不起眼的"角落"。

第三,重要选本的取舍虽助推《雨巷》获取了"史"上的位置,但尚不足以改变其"角落"处境。朱自清编选的《中国新文学大系·诗集》收录《雨巷》等7首诗,影响到此后选本对戴诗的态度,如《诗》(钱公侠、施瑛编)、《现代新诗选》(笑我编)、《现代创作新诗选》(林琅编辑、淑娟选评)等所选戴诗篇目与"大系"相似。

但全面抗战爆发后形势逆转,戴诗又一次淡出选者视野。《现代诗钞》没有选《雨巷》,选其他戴诗3首,数量远低于其他知名与不知名诗人诗作①,在诗人兼学者的闻一多眼里,包括《雨巷》在内的戴望舒诗歌并不是很重要。《中国新诗选(1919—1949)》(臧克家编选)选《狱中题壁》《我用残损的手掌》,看重这些诗表达的"爱国主义"和"民族气节",而半年后的再版本补收受编者批评的《雨巷》,这种微妙变化显示出特定时代语境下政治评价与艺术评价在诗作择取方面的"矛盾"与"裂痕"。北京大学等高校中文系编选的《新诗选》尽管无法脱离政治评价,但已经体现出少见的艺术包容性,第1册选入包括《雨巷》在内的戴望舒10首诗,实为20世纪30年代以来选本所罕见,透露出"学院派"对戴望舒诗歌的重新认知与定位,也预示着《雨巷》命运的改变。

　　通过以上对诗歌选本收录《雨巷》情况的分析,我们可以得出结论:《雨巷》虽然问世不久即获得叶圣陶的高度评价,认为它"替新诗底音节开了一个新的纪元"②,但出人意料,在20世纪30—70年代,它并没有受到时人的普遍认可,没有被读者热烈追捧,没有因"开纪元"而获得诗坛核心位置,而是相反地被冷落,处于阅读传播的落寞"角落";换言之,没有进入新诗代表性作品行列。何以如此呢?

　　首先,戴望舒本人对《雨巷》的态度发生了转变。1933年8月,戴望舒出版第二部诗集《望舒草》时删掉《雨巷》,因为构成本诗魅力的"音乐性""古典性"恰恰是此时的戴望舒极力反对的。"诗不能借重音乐,它应该去了音乐的成分","诗的韵律不在字的抑扬顿挫上,而在诗的情绪的抑扬顿挫上,即在诗情的程度上","韵和整齐的字句会妨碍诗情,或使诗情成为畸形的"③,这些话几乎句句针对《雨巷》,贬抑其诗学意义。不仅如此,戴望舒批评林庚的"四行诗"是"拿白话写着古诗""新瓶装旧酒"④,体现出严守"自由诗"与"韵律诗"、"新诗"与"古诗"之"大防"的坚定态度,而《雨巷》的旋律、意境、节奏、辞藻等都更像是旧诗词的现代翻版:"雨巷""油纸伞""丁香"和"姑娘"构成黯然销魂的意境;一唱三叹,有优美婉转的音乐感;有错落有致的长短句排列。这一切无不唤起读者对于古典诗词的阅读记忆与审美体验。正是从《雨巷》中看出旧诗的"幽灵",立志作新诗的戴望舒才会弃之不顾。旧诗对照下新诗想象的焦虑是困扰戴望舒及其他现代诗人的普遍问题,由此导致《雨巷》地位的尴尬。

　　其次,在整个新诗坛格局中,《雨巷》难以定位。中国新诗是在彻底反叛旧诗的基础上诞生的,从不同角度、层面可以归纳出不同的发展倾向、潮流,但主体为两大诗潮脉络:一是积极介入现实的左翼诗潮,如20世纪20年代革命诗歌、30年代中国诗歌会创作、40年代解放区新民歌运动以及国统区讽刺诗、50年代后

---

① 《现代诗钞》选郭沫若6首,冰心9首,俞铭传7首,穆旦11首,艾青11首,田间6首,徐志摩12首,闻一多9首,陈梦家10首。
② 杜衡:《望舒草·序》,戴望舒:《望舒草》,现代书局1933年版,第8页。
③ 戴望舒:《诗论零札》,《望舒草》,现代书局1933年版,第112—113页。
④ 戴望舒:《谈林庚的诗见和"四行诗"》,《新诗》第1卷第2期,1936年11月10日。

的政治抒情诗等;二是吸收、化合西方近现代诗歌资源的现代主义诗潮,如20年代象征派、30年代现代派、40年代冯至与《中国新诗》群体等。而《雨巷》很难被划入这两大脉络:缠绵悱恻的才子佳人情怀不见容于左翼阵营,臧克家说在风雨飘摇的时代,"大言不惭的唱恋歌"简直是"罪恶"①,蒲风指责戴望舒像落魄贵族"回忆着自己的幽情韵事,发些伶仃孤寂的感慨,做着幻想的梦"②。朦胧婉转的古典诗词韵味在现代主义诗人眼中不免显得"守旧""落伍",戴望舒背叛《雨巷》诗风,专注于学习法国后期象征派诗歌,成为30年代现代派诗坛领袖,正好反证了现代主义诗歌阵营对《雨巷》的排斥。同时,它还与胡适、周作人为代表的早期白话诗不同,与郭沫若为代表的浪漫主义相异,与现实主义相左,无法在新诗整体格局中觅得一席恰当的位置,归属性不突出,因此《雨巷》只能蛰居"落寞角落"。

最后,动荡多变的时代没有为《雨巷》提供足够宽松从容的审美阅读语境。如果说20世纪20年代末至30年代初,《雨巷》因抒发一代青年的苦闷而引起他们强烈共鸣,那么,在30—40年代诗歌成为革命、抗日、解放等时代主题的怒吼与号角的"灾难岁月",在50—70年代主流意识形态猛批"封建"和"资产阶级"旧文学、重建胜利者乐观昂扬的"社会主义新文学"的政治语境下,《雨巷》所对应的时代情绪已不复存在,"雨巷"成为旧时代的象征,在读者那里备受冷落便势所难免。1956年,臧克家再次批判《雨巷》表达的"个人主义的没落的悲伤""逃避现实脱离群众的颓废的哀鸣",坚称对这类"萎靡颓废"的诗"不能给以肯定评价"③;艾青也认为强调《雨巷》的重要性是"不很恰当的",两位老诗人的定调颇能代表新中国文艺界对《雨巷》的态度④。此后,随着戴望舒作为"资产阶级诗人"被否定、批判,《雨巷》也被当作"反动的资产阶级诗歌"样本受到政治性批判,且越来越严厉,越来越上纲上线。与对《雨巷》的政治抨击相对应,有人反其意而用之,创作出另一首明朗、欢快的《雨巷》,歌颂新社会里"人间天堂"般的苏州雨巷:"往日的女郎早成了丝厂的工人,/日夜纺织着鲜丽的彩锦;/当车间运出一匹匹花软缎,/光荣榜上跳跃着她英雄的姓名。"这首诗可以理解为新的政治语境下读者对戴望舒《雨巷》的"改写"⑤,是一种特别的接受。

(二) 在诗学话语与流行文化交互运作下走向"经典"

20世纪80年代以来,《雨巷》的命运发生了改变。虽然仍有个别人认为《雨巷》内容、基调如"败叶秋蝉",但又不得不承认其在艺术上为新诗开拓了一条新的途径⑥。卞之琳说《雨巷》"在回响着中国传统诗词的一种题材和意境的同时,

---

① 臧克家:《论新诗》,《文学》第3卷第1号,1934年7月1日。
② 蒲风:《论戴望舒的诗》,《东方文艺》第1卷第1期创刊号,1936年3月25日。
③ 臧克家:《"五四"以来新诗发展的一个轮廓》,《中国新诗选(1919—1949)》,中国青年出版社1956年版,第22页。
④ 《沸腾的生活和诗——中国作家协会创作委员会诗歌组对诗歌问题的讨论》,《文艺报》1956年第3期。
⑤ 赵瑞蕻:《雨巷》,《人民文学》1963年7、8月号。
⑥ 凡尼:《戴望舒诗作试论》,《文学评论》1980年第4期。

也多少实践了魏尔伦'绞死''雄辩''音乐先于一切'的主张"①,即《雨巷》是戴望舒融合中国古典诗词与法国前期象征派诗歌的独特创造。此后对这首诗的解读大都围绕象征主义和朦胧美、古典诗词境界、音韵婉转等方面展开。经过众多论者的反复品评、阐释,《雨巷》在中国新诗中的地位日益凸显,渐从"角落"走向"中心",成为各种诗歌选本必选作品,并在2000年后3次进入中学语文教材。以下是从20世纪80年代以来难以计数的诗歌选本中抽取25个代表性选本所作的统计(表16-2):

表16-2 20世纪80年代以来主要诗歌选本收录《雨巷》情况

选 本	编选者	出版机构、时间	有无《雨巷》	收录戴望舒其他诗情况
《中国现代抒情短诗100首》	上海文艺出版社	上海文艺出版社1981年9月	有	无
《现代百家诗》	白崇义、乐齐	宝文堂书店1984年11月	有	有
《中国新文学大系（1927—1937）·诗集》	艾青等	上海文艺出版社1985年5月	无	有
《中国新诗萃：20世纪初叶—40年代》	谢冕、杨匡汉	人民文学出版社1988年10月	有	有
《中国新诗鉴赏大辞典》	吴奔星	江苏文艺出版社1988年12月	有	有
《现代中国诗选》	杨牧、郑树森	台北洪范书店1989年2月	有	有
《中国新文学大系（1937—1949）·诗卷》	臧克家等	上海文艺出版社1990年12月	无	有
《新诗鉴赏辞典》	公木	上海辞书出版社1991年11月	有	有
《现代著名诗人情诗精编》	伊人	浙江文艺出版社1992年2月	有	有
《中国现代新诗三百首》	张永健、张芳彦	长江文艺出版社1992年3月	有	有
《中外名诗赏析大典》	胡明扬	四川辞书出版社1993年2月	有	有

---

① 卞之琳:《戴望舒诗集·序》,戴望舒:《戴望舒诗集》,四川人民出版社1981年版。

续表

选本	编选者	出版机构、时间	有无《雨巷》	收录戴望舒其他诗情况
《中国新诗库》第3集"戴望舒卷"	周良沛	长江文艺出版社1993年12月	有	有
《新诗三百首(1917—1995)》上册	张默、萧萧	台湾九歌出版社1995年9月	有	有
《百年中国文学经典》第2卷	谢冕、钱理群	北京大学出版社1996年12月	有	有
《20世纪汉语诗选》第1卷	姜耕玉	上海教育出版社1999年12月	有	有
《20世纪中国探索诗鉴赏》上册	陈超	河北人民出版社1999年12月	有	有
《百年百首经典诗歌(1901—2000)》	杨晓民	长江文艺出版社2003年8月	有	无
《中国新诗名作导读》	龙泉明	长江文艺出版社2003年10月	有	有
《现代诗经》	伊沙	漓江出版社2004年5月	有	无
《中国现代诗导读(1917—1937)》	孙玉石	北京大学出版社2008年1月	有	有
《诗向梦边生——二十世纪中国汉诗经典》	不详,只显示"徐志摩等著"	中国国际广播出版社2008年7月	有	有
《中国新诗总系》第2卷、第3卷	谢冕、孙玉石、吴晓东	人民文学出版社2010年9月	有	有
《中国新诗(1916—2000)》	张新颖	复旦大学出版社2011年7月	有	有
《中国现当代诗歌名作欣赏》	《名作欣赏》精华读本编委会	北京大学出版社2012年8月	有	有
《中国新诗百年大典》第4卷	洪子诚、程光炜等	长江文艺出版社2013年3月	有	有

以上25个选本全部选录了戴望舒诗歌,统计如下:《雨巷》23次,《我用残损的手掌》15次,《我底记忆》13次,《萧红墓畔口占》11次,《狱中题壁》10次,《寻梦者》9次,《乐园鸟》8次,《断指》《村姑》(《村里的姑娘》)各7次,《秋蝇》《过旧居》《我思想》《印象》各6次,《古神祠前》《单恋者》《致萤火》各5次,5次以下的诗歌不再列出。《雨巷》以远高出其他诗歌的入选频次位居榜首,成为众多选家青睐的对象。

25个选本中只有两个没有选《雨巷》。《中国新文学大系(1927—1937)·诗集》(艾青等编)不选《雨巷》可以视为前一时期政治评价取代艺术评价的"时代遗留"。艾青之"序"流露出对"新月派""象征派""现代派"的不屑,对"革命现实主义诗歌"的偏爱。具体到戴望舒,艾青欣赏的则是《村姑》等诗的"纯朴""明快","没有一点'象征派'的气味"①。《中国新文学大系(1937—1949)·诗卷》(臧克家等编)为时段所限,不选《雨巷》在情理之中。当然,考虑到早在1935年朱自清编选的《中国新文学大系·诗集》已经"越界"收录《雨巷》,继之而后出的两个"大系"诗集不选《雨巷》再自然不过了。

收录《雨巷》的23个选本大致分为以下几类:

一是最常见的鉴赏导读本,如《中国新诗名作导读》(龙泉明编)、《中国现代诗导读(1917—1937)》(孙玉石编)、《中国新诗(1916—2000)》(张新颖编)等。这类选本由学者编选,配有鉴赏导读文字,侧重于具体诗篇的鉴赏分析,引导学生及普通读者感受中国新诗的艺术魅力。尤其值得一提的是,伊沙曾是一位激烈反叛"新诗传统"、标榜"民间立场"与"口语写作"的新锐诗人,但在编选《现代诗经》时却表现出对"新诗传统"的"敬畏",形成"激进的写作,保守的编选"风格②。在这位新锐诗人眼里,《雨巷》仍然是一首无法忽略的"经典"。《现代中国诗选》(杨牧、郑树森编)、《新诗三百首(1917—1995)》(张默、萧萧编)是两个台湾版选本,也都收录《雨巷》,反映出20世纪80年代以来学者对这首诗的普遍认可。

二是为百年新诗"遴选经典"的多卷长编,如《中国新诗萃》3本13卷(谢冕、杨匡汉编)、《百年中国文学经典》8卷(谢冕、钱理群编)、《中国新诗总系》10卷(谢冕等编),以及《中国新诗百年大典》(洪子诚、程光炜主编)等。特别是《中国新诗总系》模仿《中国新文学大系》编纂体例,前8卷为作品,后2卷为理论与史料,开头和结尾由总主编撰写长篇总序和总后记,每卷首尾由分主编撰写长篇导言、编后记,追求"史"与"选"的结合,为百年新诗"遴选经典""树碑立传"的意识十分明显。第2卷、第3卷共选入包括《雨巷》在内的戴望舒诗23首,数量之多为选本少见。

三是兼有"鉴赏导读"与"打造经典"两种功能的选本,如《中国新诗鉴赏大辞典》(吴奔星编)、《新诗鉴赏辞典》(公木编)、《中外名诗赏析大典》(胡明扬编)等,以"辞典""大典"的形式引导读者赏析诗歌名篇,并促进新诗"经典化"。

四是把"经典化"的新诗进行"简化"与"通约",打造成迎合大众趣味的"通俗读物",如《现代著名诗人情诗精编》(伊人编)、《诗向梦边生——二十世纪中国汉诗经典》(编者不详)等。浪漫气十足的题目及编者化名,俗艳的封面装帧,都在昭示着"流行""通俗"的价值定位。这种选本代表强势的大众流行文化对新诗的

---

① 艾青:《中国新文学大系(1927—1937)·诗集·序》,上海文艺出版社1985年版,第5页。
② 伊沙:《我们的来历》,《现代诗经》,漓江出版社2004年版,第3—5页。

重新"打造"与"消费"。

"导读本""大典本""总系本""辞典本""经典本"等无不反映了编者在新诗发展接近百年时的焦虑，反映了编者经典化新诗的理想，也可以说他们是自觉地对新诗历史负责；然而，这种以选本方式自觉遴选、打造"经典"的行为，属于新诗传播接受史上颇有意思的现象，一种不约而同的集体性行为，耐人寻味，其所打造出的"经典"属于我们这个时代的"经典"，但未来读者是否接受尚待历史告知。

总而言之，这一时期《雨巷》的"经典化"是历史记忆、新诗现代性话语与大众流行文化共同运作的结果。

尽管在很长时间里《雨巷》处境落寞，仍然有几个关键因素强化了后人对它的记忆，使其不被彻底埋没，并为后来其走向"中心"、成为"经典"构筑"前史积累"。其一，叶圣陶慧眼独具，称赞《雨巷》"替新诗底音节开了一个新的纪元"[①]，使《雨巷》出世不凡，为戴望舒赢来"雨巷诗人"的美誉。其二，杜衡《望舒草·序》对《雨巷》和戴望舒创作追求作了全面论说，叶圣陶的赞语也出自这篇序言，二者成为保留《雨巷》记忆的权威资料，被后人反复征引。其三，朱自清编选的《中国新文学大系·诗集》打破1917—1927年时间限制，将发表于1928年的《雨巷》收入其中，朱自清称选择作品依据创作时间而不是发表或出版时间，这种处理使《雨巷》借助"大系"实现初步"历史化"，为后来的"经典化"作了铺垫。其四，尽管臧克家对戴望舒和《雨巷》多有批评，但他编选的《中国新诗选（1919—1949）》（1957年3月第2版）还是补收了《雨巷》，这个选本使《雨巷》在新的政治话语、文艺规范语境里得以留存，即便是后来日趋激烈的政治性批判在客观上仍然强化了对戴望舒和《雨巷》的记忆。可见，《雨巷》自诞生之初，关于它的"历史记忆"便绵延不断，一旦条件成熟，这种"历史记忆"便会复活，助推《雨巷》由"角落"走向"中心"。

更为重要的是，《雨巷》以近乎完美的"中西合璧"艺术最大限度地满足了新时期关于新诗的现代性想象。20世纪80年代以来，伴随着经济、政治、文化领域的"现代化"主潮，包括新诗在内的文学的"现代性"（有时称"现代化"）问题成为一个引起持久讨论的话题，一个基本共识是：文学的"现代性"意味着对传统文学的变革与改造，对域外文学资源的选择、接受与转化，从而创造出新的文学品格；文学的"现代性"体现在"现代化"与"民族化"的矛盾张力之中。而《雨巷》几乎就是一个化合古今、融会中西的"新诗现代性"标本：当新诗经过大半个世纪的发展确立起自己的价值地位，旧诗不再对其构成"威压"，旧诗对照下的新诗焦虑逐渐退去的时候，人们反观《雨巷》，发现它古典韵味十足的主题、意境、旋律、辞藻等更能唤起关于诗歌的民族记忆，更符合"怨而不乱""哀而不伤""温柔敦厚"等民族审美传统；不仅如此，《雨巷》承接晚唐诗词朦胧混融艺术传统，汲取法国象征派诗歌营养而避免李金发等初期象征派的生涩不化，其不着痕迹的"化

---

① 杜衡：《望舒草·序》，《望舒草》，现代书局1933年版，第8页。

古"与"化欧"最终自成风格,这正是新诗孜孜追求的理想艺术形态。所以众多论者不厌其烦地从这两个向度阐释《雨巷》,以此支撑有关"新诗现代性"的想象。

此外,《雨巷》的浪漫抒情、朦胧多义使其具有"可化约性",极易超越诗歌阅读接受层面进入大众文化领域,成为可供消费的文化符号。在中央电视台2005年新年新诗会(首届)上,众多名嘴朗诵、演唱一批新诗,包括《雨巷》,传统诗歌朗诵与现代电视媒体相结合,实现了灯光、舞美、音乐对诗歌的全新"打造",堪称大众媒体对新诗的一次成功"消费"。将具有独特内涵的作品"简化"为被消费的文化符号是现代社会一大特征,前面已经提到两个收录《雨巷》的通俗读物性质的选本,此外有关戴望舒的书大都以《雨巷》为主打品牌,不时配以"伊人""蝶影""恋人"等柔媚字眼吸人眼球①。尤其值得一提的是所谓"全彩典藏版"《雨巷:戴望舒经典诗选》(浙江文艺出版社2012年版),粉红花色封面配以戴望舒小像和煽情的文字——"精美图文,心动典藏;全面展现诗人心曲恋歌,用爱和美温暖孤独灵魂;雨中邂逅丁香般的姑娘,演绎世间最美的相遇"。在这种接受语境中,《雨巷》被剥离具体历史情境和丰富复杂的内涵,简化为唯美、浪漫而又略带伤感的情诗,一剂小资情调十足的心灵鸡汤。诗人戴望舒成为风流倜傥的"大众情人",诗中丁香般的姑娘成为"梦中恋人"的化身,这是大众流行文化对《雨巷》的成功"解构"与"消费"。在"读秀"中文学术搜索的图书检索中输入"雨巷",检索到如下结果:1950年前6种,1950—1959年2种,1960—1969年无,1970—1979年3种,1980—1989年160种,1990—1999年253种,2000年至今866种。20世纪80年代以来的众多书籍当然不见得都跟戴望舒及《雨巷》有直接关联,但也说明《雨巷》影响之大。上互联网搜索"雨巷",除了《雨巷》赏析、朗诵、MTV外,还有"雨巷网""雨巷相亲""雨巷客栈""雨巷楼盘"等,戴望舒创造的"雨巷"一词已经超越一首诗的含义而成为一个传播广远的"意象",而这种大众传播无疑又反过来强化了《雨巷》的"经典地位"。

《雨巷》在20世纪30—70年代蛰居诗坛"角落",身影或明或暗,在传播接受通道里落寞;80年代以来逐渐走向话语"中心",被专业读者不断阐释发掘其诗学价值和新诗史意义,被广大普通读者阅读消费,逐步被遴选为现代新诗"经典"。这种变化固然有诗歌本身的品质、魅力作支撑,但更是经由诗歌选本连接起来的文本、诗人、读者、诗学话语、时代语境等多重因素交互运作的结果。《雨巷》由边缘向中心位移,由新诗坛的"路人甲"转身为光芒四射的主角,其实意味着新诗文本意义的生产与增值,它是现代新诗经典化的典型案例。

(本文作者 方长安、张文民)

---

① 如《雨巷诗人戴望舒传》(浙江人民出版社2003年版),《雨巷中的伊人:戴望舒诗歌全集》(西苑出版社2005年版),《雨巷蝶影》(中国对外翻译出版公司2005年版),《雨巷中走出的诗人:戴望舒传论》(商务印书馆2006年版),《戴望舒精选集:雨巷恋人》(北京燕山出版社2009年版)等。

第三部分 诗学文献与研究参考

1. 孙玉石：《中国现代主义诗潮史论》，北京大学出版社1999年版。
2. 蓝棣之：《现代派诗选·前言》，《现代派诗选》，人民文学出版社1986年版。
3. 施蛰存：《戴望舒诗全编·引言》，梁仁：《戴望舒诗全编》，浙江文艺出版社1989年版。
4. 卞之琳：《戴望舒诗集·序》，戴望舒：《戴望舒诗集》，四川人民出版社1981年版。
5. 艾青：《望舒的诗》，《艾青全集》（第3卷），花山文艺出版社1991年版。
6. 戴望舒：《望舒诗论》，《现代》第2卷第1期，1932年11月1日。
7. 杜衡：《望舒草·序》，戴望舒，现代书局1933年版。
8. 程会昌（程千帆）：《戴望舒著望舒草》，《图书评论》第2卷第3期，1933年11月1日。
9. 孙作云：《论"现代派"诗》，《清华周刊》第43卷第1期，1935年5月15日。
10. 戴望舒：《谈林庚的诗见和"四行诗"》，《新诗》第1卷第2期，1936年11月10日。
11. 蒲风：《论戴望舒的诗》，《东方文艺》第1卷第1期创刊号，1936年3月25日。
12. 程千帆：《再评"望舒草"因论新诗的音律问题》，《文艺月刊》第9卷第1期，1936年7月1日。
13. 叶孝慎、姚明强：《戴望舒著译目录》，《新文学史料》1980年第4期。
14. 阙国虬：《试论戴望舒诗歌的外来影响与独创性》，《文学评论》1983年第4期。
15. 王佐良：《译诗和写诗之间——读〈戴望舒译诗集〉随想录》，《外国文学》1985年第4期。
16. 余光中：《评戴望舒的诗》，《名作欣赏》1992年第3期。
17. 李怡：《论戴望舒与中西诗歌文化》，《中州学刊》1994年第5期。
18. 张林杰：《戴望舒研究综述》，《中国现代文学研究丛刊》1995年第4期。
19. 汪剑钊：《戴望舒：从"雨巷"到"我的记忆"——〈现代〉诗群研究之二》，《社会科学辑刊》1995年第3期。
20. 吴奔星：《中国新诗的韵律问题——兼谈戴望舒的诗论和创作》，《名作欣赏》1998年第4期。
21. 龙泉明：《中国新诗第二次整合的界碑——戴望舒诗歌创作综论》，《中国社会科学》1996年第5期。

22. 罗振亚：《戴望舒诗歌的特质情思与传达策略》，《文艺理论研究》2001年第3期。
23. 孙绍振：《中国早期新诗的象征派——从闻一多到戴望舒》，《福建论坛（人文社会科学版）》2001年第5期。
24. 董乃斌：《李商隐和现代诗人戴望舒》，《天中学刊》2002年第1期。
25. 王文彬：《戴望舒与纪德的文学因缘》，《新文学史料》2003年第2期。
26. 陆耀东：《戴望舒的诗论》，《中山大学学报（社会科学版）》2005年第6期。
27. 陆耀东：《论戴望舒的诗》，《世界文学评论》2006年第1期。
28. 陈太胜：《从"唱"到"说"——戴望舒的1927年及其诗学意义》，《天津社会科学》2007年第1期。
29. 方长安、张文民：《角落到中心的位移——选本与戴望舒〈雨巷〉的经典化》，《福建论坛（人文社会科学版）》2015年第7期。
30. 卢文婷：《论波德莱尔诗歌翻译对戴望舒诗歌创作之影响》，《吉林省教育学院学报》2007年第7期。
31. 严靖：《文本旅行中的情知纠结——谈戴望舒译纪德〈从苏联回来〉》，《中国现代文学研究丛刊》，2012年第1期。

思考题

1. 戴望舒诗学核心是什么？
2. 以戴望舒诗为例，解读中国现代知识分子形象。
3. 以作品为例，分析戴望舒诗歌的内在节奏。
4. 《雨巷》诗意何在？
5. 简论戴望舒诗歌翻译与创作的关系。
6. 论戴望舒诗中新与旧的关系。
7. 论戴望舒对中国新诗语言的贡献。
8. 简论戴望舒的新诗史地位。

第十七章
艾青的诗

第一部分 现象与问题

艾青(1910—1996),1934年发表《大堰河——我的保姆》,饮誉诗坛。他由绘画而为诗,民族传统画艺、西方印象派艺术以及象征主义诗学等影响了其创作观,波特莱尔、兰波、凡尔哈仑、普希金、叶赛宁、莱蒙托夫、莎士比亚、惠特曼、拜伦、雪莱等是他喜爱的外国诗人,"五四"以来的新文学尤其是新诗滋润着他,这些构成其创作的知识与艺术背景。他不是书斋诗人,而是立足苦难的中国大地,关注中国历史与现实,将诗创作与中国现实紧密联系在一起的诗人,土地、河流、旷野、荒原、北方、村庄、太阳、黎明、农人、士兵、乞丐、大堰河、少妇、老妇、战争、饥饿、巴黎、马赛、欧罗巴、维也纳、智利等,构成其诗的意象群与现实画面。他写诗、论诗,其诗歌人生绵延半个多世纪,是一位参与、见证新诗发展历史的诗人,其个人诗史可谓大半部中国新诗史。

一、吹芦笛的诗人

1933年,他以笔名艾青发表《芦笛》,因此获得"吹芦笛的诗人"称号[①]。《芦笛》是为纪念诗人阿波里内尔而作,诗人写道:"我从你彩色的欧罗巴/带回了一支芦笛。""我耽爱着你的欧罗巴啊,/波特莱尔和兰布的欧罗巴。"艾青的芦笛,来自欧罗巴,在那里,他曾饿着肚子,吹奏过芦笛,但"人们嘲笑我的姿态,/因为那是我的姿态呀!/人们听不惯我的歌,/因为那是我的歌呀!"一个中国青年用欧罗巴的芦笛吹奏自己的声音,被那里的人们嘲笑;但回到中国,他还得用它吹响"对于凌侮过它的世界的/毁灭的咒诅的歌"。这可谓那一代中国留学生共有的经历,是当时中国青年与西方文化之间的一种悖论性文化关系。艾青也许不经意间隐喻出不平等世界里跨文化接受中无可奈何的情形。"芦笛"是"他者"的乐

[①] 胡风:《吹芦笛的诗人》,《胡风评论集》(上),人民文学出版社1984年版。

器,用它吹奏自己的声音,遭遇"他者"嘲笑,但也只能用它表达自己的爱与恨,吹响对黑暗世界的咒诅之歌,这也许才是"吹芦笛的诗人"的真实含义。

二、"土地"诗人

艾青创作过《死地》(1937)、《复活的土地》(1937)、《雪落在中国的土地上》(1937)、《我爱这土地》(1938)等直接以"土地"为题的诗,还有《北方》(1938)、《乞丐》(1939)、《农夫》(1940)、《献给乡村的诗》(1942)、《大堰河——我的保姆》(1934)等书写土地及其人们的诗。在《死地》中,诗人看到"大地已死了","万顷的荒原"是大地的"尸体",可怜的无数的"地之子",在"龟裂了的土地"上觅食,但留给他们的是"千载的痛苦"。在这绝望的"死亡的大地"上,诗人猜想着"如有人点燃了那饥饿之火啊……"的情景,这是一种期待,是诗人的想望。在《复活的土地》里,诗人写道:"我们的曾经死了的大地,/在明朗的天空下/已复活了!"在《雪落在中国的土地上》里,诗人反复哀叹着:"雪落在这几个的土地上,/寒冷在封锁着中国呀……"人们流离失所,寒冷的冬夜"蓬发垢面的少妇""年老的母亲"无人保护;诗人呻吟着"中国的路/是如此的崎岖/是如此的泥泞呀";面对绝望的土地、苦难的中国,诗人眼里常含泪水,他将自己比着一只鸟,为之歌唱,高呼着"我爱这土地"(《我爱这土地》)。

中国农人有着土地一样的颜色与声音,生于斯,死于斯,歌吟于斯,但19世纪后,我们失去了对自己土地的管控能力,列强入侵,民不聊生,我们民族在自己土地上失去庇护,农人流离失所,贫病交加。诗人的调子忧郁了,文字忧郁了,他的心是忧郁的。毫不夸张地说,现代中国新诗直到艾青,才真正行吟出中国土地的哀音,记录了中国土地的悲愤,写出了农人的苦难。他不是为诗而诗,而是为苦难的大地、流离失所的农人而写诗,在这个意义上,他是现代中国具有史诗性的最伟大的诗人。

三、"太阳"诗人

艾青创作了一系列太阳主题的诗歌,例如《太阳》(1937)、《黎明》(1937)、《向太阳》(1938)、《给太阳》(1942)、《太阳的话》(1942)、《黎明的通知》等,它们表现了艾青置身"死亡的大地"、复活的大地里的另一种情感,一个发光发热的艾青。即便寒冷封锁着大地,诗人仍能感到"太阳向我滚来……"仍能听见"群众在旷场上高声说话"(《太阳》),仍呼唤着"请给我以火,给我以火"(《煤的对话》),"解散我的衣服,赤裸着,/在你的光辉里沐浴我的灵魂"(《给太阳》),这是真诗人的声音。在他心中,太阳是活跃的生命,渴望给人们以"花束""香气""亮光""温暖"与"露水"(《太阳的话》)。诗人将黎明拟人化,黎明通知诗人去告诉人类,"趁这夜已快完了,请告诉他们/说他们所等待的就要来了"(《黎明的通知》),夜快完了,黎明就要来了,寒冷的中国即将过去,诗人传延着千百年来我们民族生生不息的精神。

中国能从封建社会走向现代,是因为其文化深处、民族灵魂深处有一颗不落的太阳,而艾青则是现代中国可以称为"太阳诗人"者。

"土地"和"太阳"是艾青诗歌意象群落之核心意象,它们具有现实、浪漫与象征的品格,"土地诗人"与"太阳诗人"是艾青合二为一的身份。

四、从胡适到郭沫若再到艾青

从胡适到郭沫若再到艾青,这是一条中国新诗不断散文化的路径。胡适主张话怎么说、诗就怎么写,倡导诗体解放,将一部中国诗歌史阐释为诗体不断解放的历史,主张传承以文为诗的诗歌传统,这在理论上很彻底,但他的诗歌却未脱尽旧诗词痕迹。他是现代诗歌散文化的起点。郭沫若将胡适开创的白话自由诗推进到绝端自由的境地,《女神》作为自由体诗歌,在诗体、诗语和音节上完全超越《尝试集》,将自由诗推向高峰。在诗的范畴里,自由意味着散文化。自由体的诗性问题、散文化的诗性问题成为百年新诗难解的诗学命题。稍后,闻一多倡导新格律诗,以格律规范新诗形式,旨在改变新诗过于自由、散文化的倾向。艾青则更明确地主张新诗散文化[①],将散文化看成营造诗美的一种途径,而且身体力行地实践,写出了《大堰河——我的保姆》《雪落在中国的土地上》《北方》《吹号者》等散文化诗歌,它们是自由诗,是散文化诗歌,但具有诗性力度,散文化与诗化相融合,使白话自由诗的散文化在诗美意义上具有了存在依据,在诗学维度上实现了合法化。

五、艾青的诗论

1956年,人民文学出版社出版了艾青的《诗论》,它是在民国版本基础上修订完成的,摘要如下:

"凡是能够促使人类向上发展的,都是美的,都是善的;也都是诗的。"

"诗是由诗人对外界所引起的感觉,注入了思想与情感,而凝结了形象,终于被表现出来的一种'完成'的艺术。"

"诗是诗人的世界观的最具体的表现;是诗人的创作方法的实践;是诗人的全般的知识的综合。"

"诗人的行动的意义,在于把人群的愿望与意欲以及要求,化为语言。"

---

① 艾青:《诗的散文美》,《艾青全集》(第3卷),花山文艺出版社1991年版。

"节奏与旋律是情感与理性之间的调节,是一种奔放与约束之间的调协。"

"格律是文字对于思想与情感的控制,是诗的防止散文的芜杂与松散的一种羁勒;但当格律已成了仅只囚禁思想与情感的刑具时,格律就成了诗的障碍与绞杀。"

"假如是诗,无论用什么形式写出来都是诗;假如不是诗,无论用什么形式写出来都不是诗。"

"诗人一面形象地理解世界,一面又通过形象向人解说世界;诗人理解世界的深度,就表现在他所创造的形象的明确度上。"

"意象是纯感官的,意象是具体化了的感觉。"

"意境是诗人对于情景的感兴;是诗人的心与客观世界的契合。"

"明朗的语言,使语言给思想与情感完全的裸体,这场合,必须思想与情感都是健康而美的,她们的裸露才能给人以蛊惑(我们知道:一个萎缩了的女体,任何锦缎对于她都是徒劳的)。"

这一版《诗论》里,艾青删除了"诗的散文美"观点,为何删除,值得深思。

艾青的诗论相比于胡适的诗论、戴望舒的诗论、废名的诗论、林庚的诗论有一个大发展,是中国现代诗学发展史上一个重要的界碑,那这个大发展是什么呢?如何理解其诗学的诗歌史价值和实践意义呢?

六、读者对艾青形象的塑造

诗人的形象是由一代又一代的读者建构起来的。不同时代的读者所处的阅读、阐释语境不同,对诗人及其作品的品鉴、分析与定位自然有很大的差异,所以历史上诗人的形象并非固定不变,不同历史场域中存在着由读者所叙述出来的不同形貌、风格的诗人形象,折射出那个时代的文化、文学气质。

艾青是一个有争论的诗人,其形象变动不居,而变动虽与诗人自己的创作转向有关,但更与读者的阅读批评分不开。不同历史时期的读者对艾青诗歌的内在情感构造、审美价值等作了特别的阅读阐释,塑造出自己时代独特的艾青形象。20世纪30年代上半期,艾青初登诗坛,孙作云认为艾青是现代主义诗人[①];1937年,茅盾和胡风在《文学》杂志上发表文章肯定艾青的《大堰河》诗集,将其解读成为现实主义作品,认为艾青属于现实主义诗人[②];全面抗战爆发后,关于艾青的接受与阐释单向发展,其现实主义诗人形象逐渐定型[③];抗战胜利后,艾

---

① 孙作云:《论"现代派"诗》,《清华周刊》第43卷第1期,1935年5月15日。
② 茅盾:《论初期白话诗》,《文学》1937年第8卷1期;胡风:《吹芦笛的诗人》,《文学》1937年第8卷第2期。
③ 林林:《悲哀、复仇的诗人——艾青诗集〈北方〉读后》,《救亡日报》1939年2月3日;常任侠:《抗战四年来的诗创作》,《文艺月刊》1941年第7期;穆旦:《他死在第二次》,《穆旦诗文集》,人民文学出版社2006年版;吕荧:《人的花朵——艾青与田间合论》,《艾青专集》,江苏人民出版社1982年版;冯雪峰:《论两个诗人及诗的精神和形式》,杨匡汉、刘福春:《中国现代诗论》(上编),花城出版社1985年版;周扬:《诗人的知识分子气》,《诗》1942年第3卷第4期。

青的现实主义诗人形象不断受到挑战和质疑①；新中国成立后，王瑶的《中国新文学史稿》、刘绶松的《中国新文学史初稿》、丁易的《中国现代文学史略》等将艾青的诗歌创作史解读成现实主义演进史；1956年以后，艾青的现实主义品格受到质疑，1958年他被打成"右派"；1978年开始，艾青的现实主义诗人形象在回归中有所调整，被阐释成融贯中西的世界性和民族性诗人②。

20世纪30年代以来的艾青形象伴随着时代语境的变迁而变动不居，或光亮或暗淡，多像交相呈现；诗人艾青的形象生成演变史，实际上是20世纪中国场域里所发生的以艾青为言说语料的一波又一波的以现实主义、现代主义、民族性、世界性等为关键词的话语表达史，艾青形象里沉积着多重话语争夺所留下的尘埃。在这个意义上，需要重新研读艾青的诗作，努力还原艾青的真相。

第二部分 专题论述

《大堰河——我的保姆》经典化现象论

本文在论述艾青《大堰河——我的保姆》的"经典"地位时将"经典"二字打上引号，是基于这样的认识：在政治意识形态与文学关系过于紧密的20世纪，许多作品之所以被奉为"经典"，其原因除了其独特的诗质，还有历史的机缘。"经典"很可能是某一特定时空的阅读要求及延续下来的惯性所造成的，由于接受过程相对短暂，缺乏充分沉积，因此，在新诗范围内确立的"经典"，并非都是指向人类集体经验的审美意义上的经典。《大堰河——我的保姆》走向"经典"的过程是多种参与机制和权力话语共同作用的结果，是具有思想史意义的"经典"塑造事件。本文的目的不在于甄别"经典"和"伪经典"，而是在众多话语间隙中考察《大堰河——我的保姆》走向"经典"的过程，厘清此过程中各参与机制发生作用的方式与结果。

（一）左翼话语策略与《大堰河——我的保姆》的出场

20世纪30年代的现代主义诗歌在反拨既有新诗内容上的浅白平淡与形式上的和谐整饬两方面，建构起了自己的诗学品格；它以自由诗的形式和象征主义的艺术技巧表达独具现代性的个人体验，成为那一时期最具影响力的诗歌潮流。

1932年从"彩色的欧罗巴"归国的艾青就置身于这样的诗歌语境中。法国象征主义的熏陶和中国诗坛大势，促使早期的艾青以现代主义诗人身份登上诗坛。此间，他创作了《巴黎》《芦笛》《黎明》等大量带有象征主义色彩的新诗，并多

---

① 黄药眠：《论诗歌工作者的自我改造》，《中国诗坛》1946年第1期；周钢鸣：《诗人与人民之间》，《中国诗坛》1946年第1期。
② 黄子平：《艾青：从彩色的欧罗巴带回了一支芦笛》，曾小逸：《走向世界文学：中国现代作家与外国文学》，湖南人民出版社1985年版；钱理群等：《中国现代文学三十年》，上海文艺出版社1987年版。

发表在现代派刊物《现代》和《新诗》上。因此，在梳理当时的现代派诗人时，诗评家孙作云将艾青归入其类。在《论"现代派"诗》中，他指出其时的现代派诗人主要有戴望舒、施蛰存、李金发、莪珈、何其芳、金克木、陈江帆、李心若、玲君①等，其中莪珈就是艾青，并提及了艾青的诗作《当黎明穿上了白衣》《阳光在远处》和《芦笛》，同时给予《芦笛》极高的评价。

1936年底，艾青将1932年至1936年间所写的诗作汇编成集，选取《大堰河——我的保姆》《透明的夜》《聆听》《那边》《一个拿撒勒人的死》《画者的行吟》《芦笛》《马赛》和《巴黎》等九篇，以《大堰河》为名出版。《大堰河》的出版，对于诗人不仅有里程碑意义，也奠定了他在中国新诗史上的地位。最早为这本诗集宣传的是戴望舒等人主编的《新诗》（1936年12月第3期），它用四分之一的页面宣告了这本诗集出版的消息；而1937年的《文学》杂志（第8卷第1期）仅在《新诗集编目》里提到它，将《大堰河》湮没在大量新出版的新诗集里。但最早关注这本诗集的评论文章却刊于《文学》，论者是两位颇具影响力的左翼文学批评家——茅盾和胡风。

凭着茅盾和胡风在文坛的威望，其批评为《大堰河——我的保姆》提供了良好的舆论环境，并为此后该诗走向"经典"创造了条件。其中，茅盾在主题归纳（苦难主题的选择）与言说方式（内容情绪的深入）上，对《大堰河——我的保姆》作了肯定，认为它"用沉郁的笔调细写了乳娘兼女佣（大堰河）的生活痛苦"，与当时同主题的白话诗"缺乏深入的表现与热烈的情绪"②形成鲜明对比。胡风则采取左翼的话语策略将艾青的创作置于现实主义语境中进行考察，认为艾青的诗"平易地然而是气息鲜活地唱出了被现实生活所波动的他的情愫，唱出了被他的情愫所温暖的现实生活的几幅面影"，并且将艾青的诗歌作了具有阶级意味的解读：在《大堰河——我的保姆》中，看到了诗人对自己阶级的背叛；在《芦笛》中，看到了诗人对资产阶级的诅咒。关于诗中象征主义表现手法，胡风则称之为作者"心神的健旺"和"偶尔现出了格调的飘忽"，从大局上肯定艾青现实主义的创作潜力，即"虽然健旺的心总使他的姿态是'我的姿态'，他的歌总是'我的歌'，但健旺的东西原是潜在大众里面，当不会使他孤独的"③，从而委婉地道出了艾青诗歌创作应选择的方向。

从现代派诗人身份指认到受到左翼文学理论家关注和引导，这些固然与艾青的诗质相关，但正如杜衡所言："在形式的完整上，在情绪和思想的和谐上，在表现的充分上，我们无疑是应该举出这本薄薄的集子的第一首诗《大堰河——我的保姆》来做代表的……只是，这一种单纯的和谐却只限于《大堰河》这一首诗作，而并不能推而至于《大堰河》这整个的集子；这集子，里面所包含的长短篇诗

---

① 孙作云：《论"现代派"诗》，《清华周刊》第43卷第1期，1935年5月15日。
② 茅盾：《论初期白话诗》，《文学》1937年第8卷第1期。
③ 胡风：《吹芦笛的诗人》，《文学》1937年第8卷第2期。

虽然总共不过九题,但我们的诗人可就取了几种不同的姿态在里面出现。""于是,《大堰河——我的保姆》便只有对自己的调和,而对全集却成了独特的例子。"①简单说来,《大堰河——我的保姆》是这本诗集中唯一一首以现实主义手法创作的诗篇,与其他更具象征主义色彩的诗篇风格迥异,成为整部诗集的异彩。而一部诗集的命名应该是对诗集总体风格的指认,那么,诗人的命名选择是否也是出于某种现实策略的考虑?这里要提醒注意的是,在1933年前后直到1937年初,艾青都在创作和发表现代主义诗歌,写于1933年1月的《大堰河——我的保姆》只是他现实主义创作的偶尔尝试。这首诗在1934年《春光》第1卷第3号上的发表,既没有动摇艾青的一贯创作方式,也没有在评论界产生任何影响。而当艾青将前期作品汇编成集时,不但将其置于诗集第一篇的重要位置,还以此诗名称为诗集命名。这一做法产生的直接后果是凸显了这篇现实主义诗作,并且引导人们以现实主义的阅读经验来考量其他具有象征主义色彩的诗作,从而有效地实现了对这些诗作象征主义因素的弱化与规避,个中原因既与艾青个人思想转变有关,也与全面抗战前诗坛风气有关。这种命名策略可以看作艾青创作道路转向的一个暗示。

艾青的命名策略使诗集《大堰河》脱颖而出,并暗示着《大堰河——我的保姆》的重要性。而此诗真正引起左翼文学理论家关注,是因为它至少在两方面契合了左翼文学理论家对左翼文学的先期预设:一方面是现实主义的表现方法,《大堰河——我的保姆》是一首写实性很强的诗篇,这毋庸多言;另一方面是阶级意识的展现,"左翼"的阶级基础是无产阶级,阶级意识产生于无产阶级在反抗其他阶级压迫的过程中对自我利益的维护,因而强调在作品中以阶级的观念来划分人、理解人,并确认自我阶级身份的正义性。《大堰河——我的保姆》由于表现地主与农民的对立,成为阶级意识最好的载体:"艾青是'地主的儿子',然而却是吃着受了'人世生活的凌辱'和'数不尽的奴隶的凄苦'的保姆的奶长大了的,不但在'生我的父母家里'感到了'忸怩不安',而且'在写着给予这不公道的世界的咒语'。"②《大堰河——我的保姆》契合了特定历史时期的文化心理所形成的阅读期待,从而迅速地传播开来。

(二)文学史叙事与《大堰河——我的保姆》价值重估

《大堰河》出版不久,中国就进入了全面抗战及解放战争时期。战争改变了读者的阅读取向,人们期待从诗中看到能给人以新鲜刺激与强烈震撼的充满激情的形象。因此,在艾青的众多诗篇中,读者更青睐于反映对光明的向往和对战争的歌颂的诗篇,如《黎明的通知》《火把》和《雪里钻》,而前一时期较受重视的《大堰河——我的保姆》,在战争背景下则被边缘化,因为它流淌的脉脉温情与战时精神格格不入。

---

① 杜衡:《读〈大堰河〉》,《新诗》1937年第1卷第6期。
② 胡风:《吹芦笛的诗人》,《文学》1937年第8卷第2期。

然而，它并没有就此从人们的视野中消失。始于新中国成立后的一轮新文学史书写热潮，为《大堰河——我的保姆》提供了重新出场的机会。

新中国成立后的文学史叙事，旨在将新文学的发展纳入左翼文学、革命文学的轨道，以文学对革命的参与程度来判断文学作品价值的优劣。由于现实主义创作原则更加符合革命表达的需要，它成为当时唯一合理的创作方法和作家必须遵循的创作准则。因此，在考察艾青诗歌时，人们便有意识地在现实主义规约范围内寻找艾青诗歌发展的历史脉络，于是作为第一首备受关注的现实主义作品——《大堰河——我的保姆》就理所当然地成为艾青诗歌创作的开端。同时，一些文学史著作还采用就实避虚的处理方式，对艾青早期创作中的现代主义诗歌，有的予以否定（如王瑶的《中国新文学史稿》），有的作现实主义解读（如刘绶松的《中国新文学史初稿》），有的则直接从历史中抹去（如丁易的《中国现代文学史略》），它们选择性地将《大堰河——我的保姆》和他后来创作的一些现实主义色彩浓厚的作品纳入现实主义的审美框架，以勾勒出艾青创作的轨迹。这一轨迹以第一篇受到好评的现实主义诗歌《大堰河——我的保姆》为开端，于是该诗重新获得了重要性。可以说，如果没有文学史对艾青诗歌作现实主义倾向性的梳理，那么《大堰河——我的保姆》在完成第一次审美接受后，能否再次进入读者视野，则值得怀疑。

《大堰河——我的保姆》所具有的自传性也确证了它进入文学史的必要。文学史著作在叙述某个作家时往往先介绍作家的出身和经历。这首诗中的几句——"我是地主的儿子；/也是吃了大堰河的奶而长大了的/大堰河的儿子。/大堰河以养育我而养育她的家，/而我，是吃了你的奶而被养育了的，/大堰河啊，我的保姆"，暗示了阶级的对立和诗人的价值取向，成为史家多番引用以证明艾青诗歌风格之所以形成的证据。如刘绶松在《中国新文学史初稿》中评论此诗时说："它是一首带有自传性质的诗，作者幼年时的生活境遇和他的与中国农民之间所结成的第一道情感的纽带，作了这篇诗的最重要的主题。这是一首属于个人的诗，但又是属于时代和社会的诗。作者背叛了他所出身的地主阶级，以自己的思想感情完全呈献给了中国的勤劳朴质却又受苦受难的广大农民。"[1]丁易也在《中国现代文学史略》中说："作者的出身经历，和他的诗篇是多少有些关系的。由于他在农村里长大，受了农民的抚养，所以他虽然是地主阶级出身，但对于受着苦难的农民却有着真挚的热爱。"[2]新文学史家在关于艾青身世的诸多方面中，选取最能体现阶级对立的一点加以强调，赋予《大堰河——我的保姆》阶级立场和阶级意义，从而使它在左翼文学史上获得了重要地位。可见，此诗的重要性不仅在于被认定是艾青创作的开端，同时也是艾青表明阶级立场和价值取向的

---

[1] 刘绶松：《中国新文学史初稿》（上卷），作家出版社1956年版，第334—335页。
[2] 丁易：《中国现代文学史略》，作家出版社1955年版，第350页。

"自白书"。在以阶级性取代个性的"十七年",这点尤为重要。

而艾青的另一首自视甚高的自传性诗篇《我的父亲》却未获此殊荣,甚至从未获得在新文学史中出现的资格(只在近几年的艾青评论中,此诗才受到了一定的关注)。这首同样揭示艾青生活背景、更加注重"刻画典型"的诗篇为何无缘文学史[①]?原因在于《我的父亲》塑造的是一位典型的地主乡绅形象,如果文学史论述艾青时开篇就提及《我的父亲》,势必会混淆艾青的阶级立场,不利于维护艾青形象的纯洁性。左翼文学史家在艾青的众多作品中删除那些会引起误解的旁枝错节,遴选出《大堰河——我的保姆》等具有积极意义的作品作为论述的联结点,构成了一个封闭单一的系统,以确证艾青作为现实主义诗人的地位,从而成功地将艾青纳入时代的意识形态。

20世纪80年代,中西文学关系发生了新的变化,不少人开始在中国新文学的演进中寻找现代主义因子。钱理群等著的《中国现代文学三十年》是最具影响力的启蒙主义文学史,在叙述艾青时,给予了其早期象征主义诗作一定的关注,将其价值与20世纪80年代所强调的世界主义联系起来,但它并没有以艾青早期那些象征主义诗歌作为其创作的开端,而是和左翼文学史一样,肯定了《大堰河——我的保姆》为艾青创作的起点:"艾青(生于一九一〇年)在新诗发展的第二个十年的后期,即以《大堰河——我的保姆》引起了诗坛的注目,被称为'吹芦笛的诗人'。""艾青的诗在起点上就与我们的民族多灾多难的土地与人民取得了血肉般的联系。"[②]可见,尽管指导文学史书写的观念和人们的审美趣味发生了变化,但是以《大堰河——我的保姆》作为艾青创作起点的看法得到了延续。这一观点在近二十年的艾青研究中也相当流行,多数人在评论艾青时,赋予了《大堰河——我的保姆》极高的地位,如谢冕称此诗"奠定了他(艾青——笔者注)的诗创作基石"[③],杨匡汉、杨匡满称"《大堰河——我的保姆》是艾青的新纪元"[④],孙玉石也认为它是"不朽之歌"[⑤],此类说法不胜枚举。

随着现代主义影响的进一步深化,此后的文学史在重视艾青诗歌现实性的同时也加强了对其早期诗歌的探索。程光炜等著的《中国现代文学史》在《艾青与七月诗派》一章中分析了艾青的《会合》《透明的夜》和《芦笛》等早期诗作,以此弱化了《大堰河——我的保姆》作为艾青创作的开端意义;但是,它的重要性并没有因此消失,"1933年问世的《大堰河——我的保姆》,是艾青由'叛逆者'转向'吹号者',把思想感情和艺术个性真正融入民族生活大地的重要转折点"[⑥]。由

---

① 艾青曾说:"在刻画典型方面,我觉得《我的父亲》比《大堰河——我的保姆》要好些。"见叶锦:《艾青谈他的两首旧作》,《东海》1981年第4期。
② 钱理群等:《中国现代文学三十年》,上海文艺出版社1987年版,第493—494页。
③ 谢冕:《他依然年青——谈艾青和他的诗》,《中国现代文学研究丛刊》1980年第3期。
④ 杨匡汉、杨匡满:《艾青传论》,上海文艺出版社1984年版,第58页。
⑤ 孙玉石:《20世纪中国新诗:1917—1937》,《诗探索》1994年第3期。
⑥ 程光炜等:《中国现代文学史》,中国人民大学出版社2000年版,第312页。

此可见,不管是以现实主义眼光梳理艾青的创作轨迹,还是在宏大视野里考察艾青的诗歌,《大堰河——我的保姆》始终作为一个重要的历史联结点而受到重视。

(三)新诗选本与"经典地位"的确证

作品的"经典地位"往往是通过不同时代的选本共同参与逐渐确证的。选本是读者获知"经典"的重要渠道。但是,不同时代的选本对经典有不同的取舍标准,不同群体的读者对经典也有不同的认识。因此,在价值观念激变和多元文化并存的当代,要推荐公认的经典之作相当困难。然而一个值得关注的现象是,《大堰河——我的保姆》在新中国成立以来的新诗选本中却几乎成为一致推崇的"经典作品"。

20世纪50年代,臧克家的《中国新诗选(1919—1949)》选入艾诗5首,即《大堰河——我的保姆》《雪落在中国的土地上》《手推车》《吹号者》和《黎明的通知》。20世纪80年代的诗歌选本中,《中国新文学大系(1927—1937)》选入艾诗16首,即《大堰河——我的保姆》《透明的夜》《画者的行吟》《芦笛》《马赛》《巴黎》《铁窗里》《太阳》《春》《生命》《黎明》《煤的对话》《笑》《老人》《卖艺者》《死地》;谢冕、杨匡汉的《中国新诗萃》选入艾诗6首,即《大堰河——我的保姆》《太阳》《我爱这土地》《旷野》《冬天的池沼》《时代》;周红兴的《现代诗歌名篇选读》选入艾诗2首,即《大堰河——我的保姆》和《雪落在中国的土地上》。20世纪90年代的诗歌选本中,谢冕、钱理群的《百年中国文学经典》选入艾诗7首,即《大堰河——我的保姆》《雪落在中国的土地上》《手推车》《我爱这土地》《鱼化石》《虎斑贝》《互相被发现——题"常林钻石"》;谭五昌的《中国新诗三百首》选入艾诗6首,即《大堰河——我的保姆》《太阳》《雪落在中国的土地上》《我爱这土地》《时代》《黎明的通知》。2000年以来的诗歌选本中,杨晓民的《百年百首经典诗歌(1901—2000)》选入艾诗1首,即《大堰河——我的保姆》;张新颖的《中国新诗:1916—2000》选入艾诗4首,即《大堰河——我的保姆》《雪落在中国的土地上》《向太阳》《我爱这土地》;伊沙的《现代诗经》选入艾诗4首,即《大堰河——我的保姆》《我爱这土地》《雪落在中国的土地上》《乞丐》。

综观以上诗歌选本,我们可以发现它们的交集只有一个,即《大堰河——我的保姆》。这些选本产生于不同的年代,也产生于具有不同审美倾向和价值观念的编选者之手,所选篇目和数目也有很大的出入,它们为什么在对《大堰河——我的保姆》的选择上取得了惊人的一致?

第一个值得关注的诗歌选本是臧克家的《中国新诗选(1919—1949)》,这是新中国成立后对三十年来新诗创作的一个总结。20世纪50年代的臧克家对新诗的"选择"主要基于左翼文学价值观和作为诗人的诗学观,因此,他所选的艾诗都具有较强的现实性;同时,由于臧克家自己的诗人身份和对土地农民问题的一贯关注,他对表现农村和农民的诗篇格外青睐。臧克家在序言中虽然高度评价了艾青"沁透着诗人的真实的爱国主义的思想和情感"的《他死在第二次》《吹号者》和"革命诗人的丰满热情和美丽理想开出的花朵"的《向太阳》《火把》,但是作为诗人的臧克家还是对艾青诗歌中带有更多诗味和忧郁情调的诗歌感兴趣,"艾青写乡村的诗,是出色的。但也是有些忧郁悲哀味道的。但这忧郁,悲哀,艾青自己说是'农民的忧郁'的'感染',也是对中国农民在解放之前所遭受的悲惨命运的反映"[①]。在这本诗选中,他的选择都是基于此种认识。可以说,这是一个在左翼文学观指导下融入诗人个人诗美追求的诗歌选本。

第二个有代表性的选本是张新颖的《中国新诗：1916—2000》。这本出版于2001年的选本与二十世纪八九十年代的诗歌选本可以说一脉相承。在序言中,张新颖透露了自己的选择标准："所选的诗作,无疑应该还原到它们所从中产生的时代和文学史背景里去理解;以近一个世纪为时间跨度的选本,无疑也应该通过作品反映基本的文学史情形。在这一取向上,这个选本显然也有它的追求。"[②]这是一个实诚的说法,袒露了中国大多数文选编辑者的心理,即以"选"代"史","想尽可能地呈现出多元的诗观和诗作面貌",希冀自己的选本能够展现中国新诗发展的概貌。因此,一些占据重要历史联结点位置的作品不容忽视,至于其在当下所具有的审美价值和意义则不是编选者主要考虑的内容。在历史发展中理解诗人诗作,以选本呈现多元的诗观和创作面貌,体现了一种史与诗相结合的眼光。

第三个值得注意的诗歌选本是伊沙的《现代诗经》。伊沙是20世纪90年代"身体写作"的代表诗人,人们也许认为这位先锋诗人会以更具个人化的方式呈现一个独到的诗歌选本,其实不然。伊沙自陈："带着对诗人的我的写作的印象来评判我的这次编选,我知道,相当一部分对既成秩序急于打破的'激进分子'一定会说我怎么突然变得保守起来了,激进的写作,保守的编选——我乐于留下如此的印象。"[③]即使是个性诗人伊沙,在进行编选工作时也自愿采取了保守的态度,他说自己的编选是"凭借阅读",即站在读者的位置上的个人感受,但是读者的诗歌感受大多数并非来自对诗人全集的阅读,而是前人的诗歌选本。此时的伊沙混淆了作为被动接受者的读者和具有独立审美能力的选者之间的差别。

以上的分析透露了编选者在编辑选本时主要考虑的两大因素：一个是对"史"的轮廓的把握,一个是对读者的接受能力和范围的自我限制。二者妨碍了编选者以更具有个人性的、基于诗歌审美的价值观念来完成诗歌的编选工作。但是,选本的关键动作在于"选",它是编选者按照一定的选择意图和选择标准所进行的能动性活动。其选择范围必然包罗万象,而不是在某一既定标准之内的二次筛选。作品的"选"与"漏"(不选)这一价值判断行为暗示着编选者的文学批

---

① 臧克家：《"五四"以来新诗发展的一个轮廓(代序)》,《中国新诗选(1919—1949)》,中国青年出版社1956年版。

② 张新颖：《把住一些把不住的事体(编选小序)》,《中国新诗：1916—2000》,复旦大学出版社2001年版。

③ 伊沙：《现代诗经》,漓江出版社2004年版。

评观和审美价值观,可以说,编辑选本是一种主观性、个人化的文学批评方式。而以上列出的选本要么以"选"代"史",要么只是在读者期望值之内进行取舍,有意无意中,一定程度上放弃了选者的自主性。因此,作为重要历史联结点和读者最为熟悉的《大堰河——我的保姆》成为必选篇目。

而另外两个选本则体现了不同的价值取向:一个是闻一多于20世纪40年代在西南联大编订的《现代诗钞》,它选入艾青诗11首,包括《青色的池沼》《秋》《太阳》《生命》《煤的对话》《浪》《老人》《他死在第二次》《透明的夜》《聆听》《马赛》;另一个是香港文学研究社1980年出版的《艾青选集》,在30年代部分选入了《桥》《浮桥》《死地——为川灾而作》,40年代诗歌选入《古松》,50年代选入《鸽哨》《下雪的早晨》,70年代选入《回声》等10首。这两个选本独具一格,与我们常见的选本相比有很大出入。闻一多的《现代诗钞》完成于西南联大时期。在这远离战争和意识形态的西南一角,现代主义有了发展的空间,并且在诗艺上获得了极高的成就。此时的环境有利于闻一多撇开政治等外在因素,专注于诗美进行新诗的编选工作。在他的新诗选本中,艾青的现代主义诗歌受到了更多的重视,除了叙事诗《他死在第二次》写于1937年全面抗战后,其他的诗歌均写于全面抗战前。但是,闻一多并没有选录《大堰河——我的保姆》这首备受关注的诗歌。可见,这首诗的重要性——至少在闻一多看来——并不在于其诗艺的成熟。香港文学研究社出版的《艾青诗选》与内地流行的选本所选入的诗歌有很大不同,它所选入的很多诗篇在内地极少被提到。这可以说是两种不同的审美观念造成的差异,也可以说是编选者自主选择能力的体现。我们无意比较二者的优劣,但要注意的是此版本也没有选录《大堰河——我的保姆》。

综上所论,如果撇开历史运动中的具体因素,重新考量艾青的诗歌创作,则《大堰河——我的保姆》是否属于"经典作品"则值得怀疑。换句话说,《大堰河——我的保姆》的"经典"地位是特定历史时空所赋予的。

(本文作者　方长安、陈璇)

第三部分　诗学文献与研究参考

1. 艾青:《诗论》,人民文学出版社1956年版。
2. 艾青:《〈艾青选集〉自序》,《艾青全集》(第3卷),花山文艺出版社1991年版。
3. 艾青:《诗论掇拾》,《艾青全集》(第3卷),花山文艺出版社1991年版。
4. 艾青:《诗的形式问题》,《艾青全集》(第3卷),花山文艺出版社1991年版。
5. 艾青:《论抗战以来的中国新诗》,《艾青全集》(第3卷),花山文艺出版社

1991年版。

6. 艾青：《诗的散文美》，《艾青全集》（第3卷），花山文艺出版社1991年版。
7. 艾青：《我怎样写诗的》，《艾青全集》（第3卷），花山文艺出版社1991年版。
8. 艾青：《〈北方〉序》，《艾青全集》（第3卷），花山文艺出版社1991年版。
9. 艾青：《诗与时代》，《艾青全集》（第3卷），花山文艺出版社1991年版。
10. 艾青：《诗与宣传》，《艾青全集》（第3卷），花山文艺出版社1991年版。
11. 艾青：《诗与感情》，《艾青全集》（第3卷），花山文艺出版社1991年版。
12. 艾青：《为了胜利》，《艾青全集》（第3卷），花山文艺出版社1991年版。
13. 艾青：《不是诗》，《诗论》，人民文学出版社1956年版。
14. 穆旦：《他死在第二次（诗评）》，《穆旦诗文集》（第2卷），人民文学出版社2006年版。
15. 杨匡汉、杨匡满：《艾青传论》，上海文艺出版社1984版。
16. 黄子平：《艾青：从彩色的欧罗巴带回了一支芦笛》，曾小逸：《走向世界文学：中国现代作家与外国文学》，湖南人民出版社1985年版。
17. 龙泉明：《艾青：新诗的第三次整合》，《中国新诗流变论》，人民文学出版社1999年版。
18. 杜衡：《读〈大堰河〉》，《新诗》1937年第1卷第6期。
19. 胡风：《吹芦笛的诗人》，《文学》1937年第8卷2期。
20. 雪韦：《关于艾青的诗》，《中流》第2卷第5期，1937年5月20日。
21. 孟辛（冯雪峰）：《论两个诗人及诗的精神和形式（专论）》，《文艺阵地》第4卷第10期，1940年3月16日。
22. 汤波：《读艾青诗集〈雪里钻〉》，《新华日报》1944年12月18日。
23. 适夷：《〈北方〉（书评）》，《文艺阵地》第2卷第10期，1939年3月1日。
24. 谢冕：《他依然年青——谈艾青和他的诗》，《中国现代文学研究丛刊》1980年第3期。
25. 杨匡汉、杨匡满：《艾青诗歌艺术风格散论》，《文学评论》1980年第4期。
26. 陆耀东：《艾青研究十五年》，《中国现代文学研究丛刊》1995年第2期。
27. 杨匡汉、杨匡满：《艾青创作五十年纪历》，《新文学史料》1982年第3期。
28. 晓雪：《艾青的诗美学》，《文学评论》1991年第6期。
29. 吕家乡：《论艾青诗歌的语言艺术》，《青海师范大学学报（哲学社会科学版）》1991年第1期。
30. 陆耀东：《论艾青诗的审美特征》，《中国现代文学研究丛刊》1992年第4期。
31. 骆寒超：《论艾青诗的意象世界及其结构系统》，《文艺研究》1992年第1期。
32. 程光炜：《何其芳、卞之琳和艾青四十年代的创作心态》，《文学评论》1993年第5期。
33. 吴奔星：《艾青诗论的导向作用》，《海南师范学院学报（人文社会科学版）》

1994 年第 1 期。
34. 龙泉明：《艾青四十年代诗歌创作论》，《文学评论》1998 年第 5 期。
35. 张林杰：《艾青与基督教文化精神》，《烟台师范学院学报（哲学社会科学版）》1995 年第 3 期。
36. 汪亚明：《死亡与再生：艾青诗的宗教底蕴》，《诗探索》1996 年第 3 期。
37. 陈卫、陈茜：《神与光——论艾青诗歌及文学史形象》，《文学评论》2009 年第 6 期。
38. 方长安、陈璇：《读者对艾青诗人形象的塑造》，《福建论坛（人文社会科学版）》2013 年第 3 期。
39. 李怡：《艾青的警戒与中国新诗的隐忧——重新审视艾青在"朦胧诗论争"中的姿态》，《北京师范大学学报（社会科学版）》2011 年第 3 期。
40. 李润霞：《以艾青与青年诗人的关系为例重评"朦胧诗论争"》，《中国现代文学研究丛刊》2005 年第 3 期。
41. 王泽龙：《"新诗散文化"的诗学内蕴与意义》，《中国社会科学》2007 年第 5 期。

思考题

1. 反思从胡适到郭沫若再到艾青的新诗散文化历程。
2. 艾青诗学的核心是什么？
3. 简论艾青诗中"土地"意象与"太阳"意象的关系。
4. 论艾青诗歌语词与感觉的关系。
5. 论战争记忆与艾青的诗创作的关系。
6. 论艾青诗歌中的中国意象。
7. 论艾青与读者批评互动现象。
8. 简述艾青与朦胧诗的关系。
9. 论艾青对新诗语言与节奏的贡献。

第十八章
穆旦的诗

第一部分 现象与问题

穆旦(1918—1977),本名查良铮,祖籍浙江海宁。20世纪40年代出版《探险者》《穆旦诗集(1939—1945)》《旗》等诗集;新中国成立后,翻译出版普希金的《欧根·奥涅金》《普希金抒情诗集》《拜伦抒情诗选》《雪莱抒情诗选》以及《唐璜》等。他是40年代风格最为独特、成就最高的诗人,也是最具传奇性的诗人。

一、同代人评说

20世纪40年代初,闻一多编选《现代诗钞》,收录穆旦诗11首(将《诗八首》视为8首),在量上仅次于徐志摩,与艾青持平,而郭沫若仅6首,戴望舒3首。穆旦于40年代登上诗坛,身前身后都受到了同辈师友的高度肯定。

(1)王佐良:"他一方面最善于表达中国知识分子的受折磨而又折磨人的心情,另一方面,他的最好的品质却全然是非中国的。""穆旦的胜利却在他对于古代经典的彻底无知。"他的诗歌体现了"受难的品质"和"肉体的感觉","穆旦对于中国新写作的最大贡献,照我看,还是在他的创造了一个上帝"[1]。

(2)袁可嘉:穆旦诗歌是"现实,象征,玄学的综合"[2];穆旦的诗中"有一种新诗中不多见的沉雄之美"[3];他代表了"新诗现代化"[4]的方向。

(3)周珏良:"他特别对艾略特著名文章《传统和个人才能》有兴趣,很推崇里面表现的思想。""他的诗受西方诗传统的影响大大超过了中国旧诗词的影响。""穆旦为人外温文蕴藉而内深邃热情。诗如其人,他的诗结合炽热真挚的感情,深邃的沉思和完美的形式,成为一个艺术统一体。""穆旦的文字功夫很深,既

---

[1] 王佐良:《一个中国诗人》,北京《文学杂志》1947年8月号。
[2] 袁可嘉:《新诗现代化》,《大公报·星期文艺》1947年3月30日。
[3] 袁可嘉:《诗人穆旦的位置》,《穆旦诗文集》(第2卷),人民文学出版社2006年版,第326页。
[4] 袁可嘉:《诗的新方向》,《新路周刊》1948年第1期。

精练又简洁,他自己的诗如此,他译的诗也如此。"①

(4) 唐湜:"他的诗常常有一个辩证的发展过程,一个由外而内,由广而深,由泛而实的过程;而他的思想与诗的意象里也最多生命的辩证的对立、冲击与跃动,他也许是中国诗人里较少绝对意识又较多辩证观念的一个。"

唐湜还谈到了穆旦诗歌中的"丰富的痛苦"。"读完了穆旦的诗,一种难得的丰富,丰富到痛苦的印象久久在我的心里徘徊。我想,诗人是经历了一番内心的焦灼后才下笔的,甚至笔下还有一些挣扎的痛苦的印记。他有一份不平衡的心,一份思想者的坚忍的风格,集中的固执,在别人懦弱得不敢正视的地方他却有足够的勇气去突破……"

唐湜认为:其诗歌里面包含了"自我"的分裂,即"自然的生理的自我"与"心理的自我"的分裂,"他的努力是统一二者,以自然主义的精神,以诚挚的自我为基础,写出他的心灵的感情,以感观与肉体思想一切,使思想与感情,灵与肉浑然一致,回返到原始的浑朴的自然状态"。

唐湜:"他以全身心拥抱自我,也因而拥抱了历史的呼吸,拥抱了悲壮的'山河交铸'。他所表现的不是一个虚浮无根的概念,却是他的全人格,新时代的精神风格、虔诚的智者的风度与深沉的思想者的力量。"②

(5) 郑敏:"穆旦是一个充满对旧时代愤恨的诗人,他的诗以写矛盾和压抑痛苦为主。""穆旦的诗有着强大的磁场。它充分地表达了他在生命中感受到的磁力的撕裂。他的诗基本上建立在一对对的矛盾着的力所造成的张力上。""穆旦的诗,或不如说穆旦的精神世界是建立在矛盾的张力上,没有得到解决的和谐的情况上。穆旦不喜欢平衡。""也许有人认为他的语言不符合汉语的典范",但是"没有理由要求一个为痛苦痉挛的心灵,一个包容着火山预震的思维和心态在语言中却化成欢唱、流畅的小溪,穆旦的语言只能是诗人界临疯狂边缘的强烈的痛苦、热情的化身。它扭曲,多节,内涵几乎要突破文字,满载到几乎超载,然而这正是艺术的协调"③。

(6) 唐祈:"他创作的诗,抽象玄奥,意象繁复,沉郁凝重,风格独特,擅长运用现代形象表现现代生活。""他那抽象观念与官能感觉相互渗透,思象和形象密切结合的抒情方式,新颖大胆的构思和锋利奇谲的语言,确实比中国任何新诗人更为现代化。"④

(7) 邵燕祥于 1933 年出生,其诗创作受过穆旦影响(可谓晚于穆旦的一

---

① 周珏良:《穆旦的诗和译诗》,杜运燮等:《一个民族已经起来——怀念诗人、翻译家穆旦》,江苏人民出版社 1987 年版,第 20—29 页。
② 唐湜:《搏求者穆旦》,《新意度集》,生活・读书・新知三联书店 1990 年版,第 106 页。
③ 郑敏:《诗人与矛盾》,杜运燮等:《一个民族已经起来——怀念诗人、翻译家穆旦》,江苏人民出版社 1987 年版,第 30—33 页。
④ 唐祈:《现代杰出的诗人穆旦——纪念诗人逝世十周年》,杜运燮等:《一个民族已经起来——怀念诗人、翻译家穆旦》,江苏人民出版社 1987 年版,第 55—56 页。

代)。"诗人穆旦从浪漫派开始,到有意识地借鉴于英美现代派,艺术思维和表现方式受外来影响很深,但他诗作中的感情,无疑是中国的,是中国现代人的。"①

同代人的评说影响了对穆旦的文学史叙述与定位。今天关于穆旦的评价总体而言并未超出20世纪40年代的观点,诸如"现实,象征,玄学的综合"的观点,"他的最好的品质却全然是非中国的"观点等。今天重审穆旦,其同代人的论述是重要的参照,构成我们言说的基础。那些话语包含着论者对新诗未来发展的期许、对新诗现代化方向的想象,但因文化错位,那些期许和想象在其后的历史实践中可能落空了,留下了值得思考的诗学空间。

当然,其同代人的评价是否可靠也值得辨析。一是感情倾斜会带来失准性;二是受历史语境局限,当下文化现实、诗歌发展现状与那时完全不同,我们应站在今天的高度,并考虑发生时的具体情境,重新评估穆旦诗作的价值。

二、诗歌创作资源

穆旦在清华大学外国文学系英国文学科读书时,开始痴迷英国浪漫派文学,大量阅读雪莱、济慈、拜伦、惠特曼、布莱克等人的作品。在昆明西南联大期间,他直接受闻一多、朱自清、冯至、卞之琳、废名、沈从文、李广田等影响,与"五四"新诗传统建立起对话关系。他还同从长沙同行而来的英国讲师威廉·燕卜荪关系密切,燕卜荪著有《含混的七种类型》,后有人翻译为《朦胧的七种类型》,燕卜荪使穆旦对西方现代主义有了更为直接的认识,开始读奥登、艾略特、叶芝的作品,使他成为"中国最早有意识地采取叶芝、艾略特、奥登等现代诗人的部分表现技巧的几个诗人之一"。② 这些构成穆旦诗创造的知识背景和资源。

三、战争与诗

全面抗战爆发后,中国诗人被抛出正常生活轨道,炮火连天、流离失所、哀鸿遍野的现实成为诗创作的场地,他们开始在生死边缘写诗,或者不再写诗。1939年,穆旦创作了《防空洞里的抒情诗》,最后几句是:"我是独自走上了被炸毁的楼,/而发现我自己死在那儿/僵硬的,满脸上是欢笑,眼泪,和叹息。""独自""发现我自己"这样的语词背后是无法言表的战争记忆。1942年2月,24岁的穆旦参加中国远征军,任随军翻译,出征缅甸抗日战场。战争惨烈,几次失利后,杜聿明取道缅北密支那野人山,率部突围。中国远征军入缅总兵力10万人,伤亡6万余人,其中5万人死于野人山。这场与死神为伍的经历是其抹不去的记忆。

---

① 邵燕祥:《重新发现穆旦》,杜运燮等:《丰富和丰富的痛苦:穆旦逝世二十周年纪念文集》,北京师范大学出版社1997年版,第34页。
② 杜运燮:《穆旦诗选·后记》,《穆旦诗选》,人民文学出版社1986年版。

1945年9月,他写了《森林之魅——祭胡康河谷上的白骨》,其中有这样的诗句:"没有人看见我笑,我笑而无声,/我又自己倒下来,长久的腐烂,/仍就是滋养了自己的内心。""逝去的六月和七月,在无人的山间,/你们的身体还挣扎着想要回返,/而无名的野花已在头上开满。"最后一节是:"静静的,在那被遗忘的山坡上,/还下着密雨,还吹着细风,/没有人知道历史曾在此走过,/留下了英灵化入树干而滋生。"他将战争中的生死经历与体验化而为诗,民族之难、人民之灾与诗人之苦结合在一起。"国家不幸诗家幸",现代中国也只有穆旦等个别诗人"完成"了这个"诗家幸"。

四、"新的抒情"诗学

1940年,在《〈慰劳信集〉——从〈鱼目集〉说起》中,穆旦提出了"新的抒情"这一概念。那么,他所谓的"新的抒情"是一种怎样的抒情?与中国的抒情传统有什么不同,与"五四"时期的抒情有什么不同?

穆旦明确指出:"这新的抒情应该是,有理性地鼓舞着人们去争取那个光明的一种东西。""'新的抒情';当我说这样的话时,我想到了诗人艾青。《吹号者》是我所谓'新的抒情'在现在所可找到的较好代表,在这首诗里我们可以觉出情绪和意象的健美的糅合。""所以,'新的抒情'应该遵守的,不是几个意象的范围,而是诗人生活所给的范围。""强烈的律动,洪大的节奏,欢快的调子,——新生的中国是如此,'新的抒情'自然也该如此。"结合卞之琳的作品,穆旦认为"'机智'仅仅停留在'脑神经的运用'的范围里是不够的,它更应该跳出来,在指向一条感情的洪流里,激荡起人们的血液来。诗人的善于把'机智'放在诗里,也许有时是恰恰麻木了情绪的节奏的,然而也并不是所有的时候都是如此"。基于此,穆旦认为《慰劳信集》里"新的抒情"太贫乏了[①]。"新的抒情"是理解穆旦诗歌特征的一把钥匙。

五、穆旦诗中的"我"

穆旦写"我"的诗很多,以"我"为诗题的就有《我看》(1938年6月)、《我》(1940年11月)、《我向自己说》(1941年3月)、《我想要走》(1947年10月)、《我歌颂肉体》(1947年10月)、《我的叔父死了》(1957年)、《听说我老了》(1976年4月)、《"我"的形成》(1976年)等。这是一个值得关注的现象。"五四"诗歌中,"我"作为抒情主体大量出现,它是个性解放、人的文学观在诗创作中的体现。那么,与之相比,穆旦诗中这个"我"则不仅是抒情主体,而且是被审视的对象,是自

---

① 穆旦:《〈慰劳信集〉——从〈鱼目集〉说起》,《穆旦诗文集》(第2卷),人民文学出版社2006年版。

我反观的体现,在生命意义上回望"我",审视"我",揭示"我"的存在本质。例如《我》这首诗在生命发生意义上,回答了"我"的来路与生存处境的问题。

我

从子宫割裂,失去了温暖,
是残缺的部分渴望着救援,
永远是自己,锁在荒野里,

从静止的梦离开了群体,
痛感到时流,没有什么抓住,
不断的回忆带不回自己,

遇见部分时在一起哭喊,
是初恋的狂喜,想冲出樊篱,
伸出双手来抱住了自己,

幻化的形象,是更深的绝望,
永远是自己,锁在荒野里,
仇恨着母亲给分出了梦境。

1940 年 11 月

《我》是中国诗歌史上非常优秀的作品。"我是谁"是古代哲学问题,体现了人的自觉、自省;它更是典型的现代问题,现代人在迷失中对这个问题的叩问与文学表达演绎出了大量的现代主义作品。穆旦在战争语境中,从中国生存体验出发,对这个经典性问题作了超越时空的解答,由此凸显出一个特别的"我"。"我"来自哪里?对这个多数人喜欢从形而上超验层面寻求答案的问题,诗人作了形而下的生理性回答:"从子宫割裂"而来,即来自母亲,来自另一个生命,或者说是另一个生命孕育生长出了"我"。诗人将"我"从母体分娩出来称为"割裂",即一个痛苦的过程,其结果是"我"感到失去了"温暖",变为一个不完整的"残缺的部分",一个渴望着"救援"的孤独的"自己",仿佛被抛向荒郊野外,"锁在荒野里",这些就是"我"的生存感受。

于是,"我"不断地寻找,寻找"温暖",寻找"群体",寻找别的"部分"。当寻找到别的"部分"时,彼此在一起哭喊,那是"初恋的狂喜",但最终的结果却是什么也没有找到,什么也没有抓住,"伸出双手来抱住了自己",而不是别的。原来,"我"所想象的景象,所渴望的东西,等抓住后发现不过是"幻化的形象",带给自己的是"更深的绝望"。一切努力不过是徒劳,"我"不可能被救援,不可能依靠某种别的存在而获得温暖,不可能逃离孤独,永远被锁在荒野里,永远只能是自己——一个独特的生命存在,以至于诗歌最后写道"仇恨着母亲给分出了梦境",这是一种无可奈何的表达。

这个"我"所渴望的不是沈尹默《月夜》之"我"所需要的"并排立着",不是舒婷的"和你站在一起",那些话语所要建立的是人和人之间一种外在的理想关系,是关系之中人自身的独立性,且相信存在于这种关系之中的个体一定幸福;也不是郭沫若笔下作为"天狗"的"我"所体现出的向外扩张的力量,"天狗"所彰显的是独立的个体潜在的本质力量;也不是孙毓棠笔下那只绝望的鸟所渴慕的"北极";也不是戴望舒《雨巷》中的"我"所希望的"丁香一样的姑娘",因为那个"我"尚能从富有象征意味的"丁香姑娘"那里获得一种满足。穆旦笔下这个"我"来自肉体"子宫",来自另一个生命,他所思考的是生命本体层面的问题,而不是具体时空中现实的人际关系问题,不是人格独立意志问题,不是自我有多大潜力的问题,而是个体生命在彻底解决了一切现实困扰之后面对自己时的问题。就是说,这个"我"在解决了所有外在现实问题之后,回到一无牵挂的真实的自己时,发现自己原来是没有力量的,发现自己并不能追寻到某种东西让自己依靠,发现自己所渴望的某种情景其实是不存在的,就是说自己无法通过追寻获得拯救,没有力量将自己从孤独的荒原中解救出来,生命永远是孤独的,"我"永远是那个孤独的"自己"。

穆旦的这个"我"具有超越时空的特点,塑造出这样一个特别的"我"与穆旦在中国战争语境中的痛苦体验分不开,这个"我"是战争中生命无力感的另一种表达。穆旦由对现实苦难的体验进入了对生命存在的超验思考,进而将自己汇入了世界存在主义文学的潮流之中。

穆旦另一代表性作品《诗八首》中出现了我、我们、你、他等多重人称话语,"我"在与其他人称主体的对话关系中生成意义和复杂的人称结构关系,在解构原有的生存结构时,建构出新的意义结构,使"我"变得更为丰富,换言之,这是一个现实的、象征的、玄学的"我",甚至是一个"非中国"的"我"。

六、穆旦对新诗发展的贡献

在新诗史上,穆旦是独一无二的存在,他破除了既有的诗思体系与诗学原则,形成了独特的写诗方法,创作出全新的诗歌文本,改变了新诗的历史走向,让我们认识到新诗原来还可以像他那样写。正如钱理群等所言,穆旦诗歌实现了"对以'圆'为中心的传统哲学与诗学的'超越',与以'残缺'为中心的现代哲学与诗学的建立。于是,在穆旦的笔下,出现了中国诗歌史上从未有过的'残缺'的世界里的'残缺'的'自我'"。"穆旦的诗歌里,出现了站在不稳定的点上,不断分裂、破碎的自我,存在于永远的矛盾的张力上的自我,诗人排拒了中国传统的中和与平衡,将方向各异的各种力量,相互纠结、撞击,以致撕裂。""早期白话诗人所提出的建立现代新诗的现代思维方式与情感方式的历史任务,到穆旦这里开始得到了初步的落实。""诗人以怀疑主义的眼光观照现代生活所提出的思想(生命)命题,终于打破了一切乌托邦神话。"①换言之,穆旦在现代哲学与诗学意义上改变了中国诗歌的航向,将新诗推进到了一个新的境界。

他不写风花雪月,而以诗表现思想。在致郭保卫的信中,他说:"我觉得西洋诗里有许多东西还值得介绍进。还有一个主要的分歧点是:是否要以风花雪月为诗?现代生活能否成为诗歌形象的来源?西洋诗在二十世纪来一个大转变,就是使诗的形象现代生活化,这在中国诗里还是看不到的(即使写的现代生活,也是奉风花雪月为诗之必有的色彩)。"②他还以自己模仿现代派的《还原作用》为例,指出:"其中没有'风花雪月',不用陈旧的形象或浪漫而模糊的意境来写它,而是用了'非诗意的'辞句写成诗。""我们要求诗要明白无误地表现较深的思想,而且还得用形象和感觉表现出来。"③穆旦不吟诵风花雪月,不用模糊的意境,不追求传统诗歌那样的一团诗意,而是寻找生活中特别尖锐的感觉,以适当的形象表现出新鲜而刺人的思想。

穆旦的诗歌创作背景是广阔复杂的,他"借鉴了雪莱抽象名词拟人化的诗歌技巧"④;从惠特曼那里,他获得了以重复、排比和列举渲染情绪的修辞方式;从意象派那里,他感受到了隐喻的力量;从艾略特那里,他获得了"荒原"意识,体会到"非个人化"、戏剧化写诗的意义;奥登则启示他如何"发现"生活,如何以陌生化语言经营诗意。战争经验、中国新诗话语与这些西方资源相遇合,使穆旦成为一个"非中国的"诗人⑤、一个民族化的现代诗人。他开辟了一条远离中国传统诗学的以非诗意的词句营造诗意的诗思之路、造诗之道,他创作出了《野兽》《赞美》《我》《诗八首》《在寒冷的腊月的夜里》《森林之魅——祭胡康河谷上的白骨》等中国诗歌史上空前的诗篇,这就是他对中国新诗发展的贡献。

第二部分 专题论述

穆旦被经典化的话语历程

穆旦是20世纪80年代被中国文学界重新发现的现代诗人,是今天的新诗研究和文学史叙述绕不开的重镇。20世纪30—40年代,他创作了大量的诗歌,

---

① 钱理群等:《中国现代文学三十年》(修订本),北京大学出版社1998年版,第585—586页。
② 穆旦:《致郭保卫二十六封》,《穆旦诗文集》(第2卷),人民文学出版社2006年版,第183页。
③ 穆旦:《致郭保卫二十六封》,《穆旦诗文集》(第2卷),人民文学出版社2006年版,第190页。
④ 高秀芹、徐立钱:《穆旦:苦难与忧思铸就的诗魂》,文津出版社2006年版,第29页。
⑤ 王佐良:《一个中国诗人》,《文学杂志》1947年8月号。

且在当时读者中产生较大影响,那么后来的文学史著作何以对他要么避而不谈,要么视其为重镇呢?他是如何被"重新发现"而走进文学史,变为"经典"诗人的呢?这是一个与接受场域特别是不同时期人们对新诗发展想象相关的问题,是一场言说与被言说、阐释与被阐释的文学话语实践活动。本文将对这场许多人参与且富有历史意味的文学史事件进行清理,研究穆旦被经典化的历程,揭示穆旦被阐释而进入新诗史的内在话语逻辑,从而对新诗经典化问题进行反思。

(一)

穆旦在20世纪30年代读高中时就开始诗歌写作,40年代出版诗集《探险队》《穆旦诗集》《旗》等,受到关注,被誉为"宝石出土","放出耀眼的光芒"[1]。王佐良认为:"他一方面最善于表达中国知识分子的受折磨而又折磨人的心情,另一方面,他的最好的品质却全然是非中国的。"[2]王佐良强调了穆旦诗歌在中外文化挤压下的内在矛盾,善于表达中国知识分子的精神世界,而又具有"非中国的"特点。这里的"非中国"并非贬义话语,而是一种新诗质素、一种风格指认。王佐良还指出穆旦的诗具有一种"受难的品质"和"肉体的感觉",[3]也就是精神承担与身体书写。袁可嘉则以现代诗歌建设为视野阐释了穆旦诗歌所具有的"现实,象征,玄学的综合"特征及其意义[4]。唐湜认为穆旦诗中包含"辨证"的观念和"自我的分裂",以及"丰富的痛苦"体验[5],认为"他只忠诚于自我的生活感觉,不作无谓的盲目的叫嚣,一种难能可贵的艺术良心"[6],揭示出穆旦诗歌具有的独特的生存体验与诗学个性。

不仅如此,他们还站在20世纪40年代中国新诗发展高度给予穆旦高度评价。唐湜认为穆旦与绿原等人同处于"诗的新生代"的浪峰之上[7];袁可嘉则将穆旦看成"这一代人的诗人中最有能量的、可能走得最远的人才之一",认为他"追求艺术与现实间的正常的平衡",代表了"新诗现代化"的方向。[8] 40年代初,闻一多编选《现代诗钞》,收入穆旦11首诗,在量上仅次于徐志摩,与艾青持平,而郭沫若仅6首,戴望舒3首。可见,在闻一多心中穆旦的地位是很高的,这是最早从新诗史角度对穆旦的肯定。

值得注意的是,上述言说者多为穆旦的同学、诗友,其诗歌阐释传播空间因战时环境特别是他那独特的诗风而相当狭小,"只有朋友们才承认它们的好处;在朋友们之间,偶然还可以看见一卷文稿在传阅"[9],除同学、诗友外,他"很少读

---

[1] 林元:《一枝四十年代文学之花——回忆昆明〈文聚〉杂志》,《新文学史料》1986年第3期。
[2] 王佐良:《一个中国新诗人》,《文学杂志》第2卷第2期,1947年7月。
[3] 王佐良:《一个中国新诗人》,《文学杂志》第2卷第2期,1947年7月。
[4] 袁可嘉:《新诗现代化》,《大公报·星期文艺》1947年3月30日。
[5] 唐湜:《穆旦论》,《中国新诗》1948年第8—9期。
[6] 唐湜:《穆旦论》,《中国新诗》1948年第8—9期。
[7] 唐湜:《诗的新生代》,《诗创造》第8辑,1948年2月。
[8] 袁可嘉:《诗的新方向》,《新路周刊》1948年第1期。
[9] 王佐良:《一个中国新诗人》,《文学杂志》第2卷第2期,1947年7月。

者,而且无人赞誉"①,穆旦,包括他那些诗友尚未进入当时文学的中心地带。

不过,王佐良、袁可嘉、唐湜等人的言说对后来穆旦的"重新发现",特别是对文学史叙述意义深远。他们的许多观点,诸如"非中国的""现实,象征,玄学的综合""丰富的痛苦",以及"艺术与现实"的平衡等,被后来的言说者不断引用、延伸,成为今天许多文学史、新诗史解读穆旦的重要基础与立场。

20世纪50—70年代,在新的社会历史语境中,穆旦屡受冲击,几乎停止了诗歌创作,其诗歌也因"非中国的"现代主义倾向而失去了相应的传播空间。穆旦在文学史上处于缺席状态。

(二)

20世纪80年代初,随着思想解放话语的展开,穆旦重新进入读者视野。不过,这一时期,他是作为"九叶派"诗人中的普通成员而被接受和阐释的,时间大致是1980—1986年。

其实,早在1978年,司马长风就在《中国新文学史》中对穆旦作了简要介绍,称其诗歌:"意境清新,想象活泼,又善于用韵,因此累赘的散文外衣,阻不住她的情意飞翔。"认为《诗八首》虽为情诗,但风格独异,"把热爱浓情都化作迷离的形象",令人回肠荡气②。该文学史以独特的体例和另类的述史话语对当时学界产生很大冲击,穆旦能重新进入读者视野与它的正面评述不无关系。

1980年,《文艺研究》第5期刊发了艾青的《中国新诗六十年》,文中写道:"在上海,以《诗创造》《中国新诗》为中心,集合了一批对人生苦于思索的诗人:王辛笛、杭约赫(曹辛之)、穆旦、杜运燮、唐祈、唐湜、袁可嘉以及女诗人陈敬容、郑敏……他们接受了新诗的现实主义传统,采取了欧美现代派的表现技巧,刻画了经过战争大动乱之后的社会现象。"③显然,艾青是以新诗六十年历史为背景谈论他们的,给他们的定位是"接受了新诗的现实主义传统,采取了欧美现代派的表现技巧"。在当时,现实主义尚与无产阶级政治革命联系在一起,是作家革命身份的重要标志;而现代派则仍与政治腐朽、没落话语相关,所以艾青只能在技巧层面谈论穆旦等人与现代派的联系,将他们在本质上与现代派剥离开来。艾青对穆旦等人的定位——"新诗的现实主义传统"和"现代派的表现技巧",为穆旦等诗人的出场提供了合法的话语依据,这是艾青该文的历史价值与意义,日后相当长时期内的文学史著述就是在现实主义和现代派技巧层面指认这批诗人的。

1981年7月,江苏人民出版社出版了上述9位诗人的合集《九叶集》,赋予他们"九叶"称号。袁可嘉撰写的《九叶集·序》非常重要,它同样为这批诗人的重新出场提供了话语依据。他说:"九位作者作为爱国的知识分子,站在人民的

---

① 王佐良:《一个中国新诗人》,《文学杂志》第2卷第2期,1947年7月。
② 司马长风:《中国新文学史》(下卷),昭明出版社1978年版,第227—228页。
③ 艾青:《中国新诗六十年》,《文艺研究》1980年第5期。

立场,向往民主自由,写出了一些忧时伤世、反映多方面生活和斗争的诗篇。"他们"反对颓废倾向",虽然在艺术上吸收西方现代诗歌的某些手法,但"没有现代西方文艺家常有的那种唯美主义、自我中心主义和虚无主义情调"①。在政治上赋予他们爱国主义的人民立场,艺术上则将他们与西方唯美主义、自我中心主义和虚无主义区别开来,强化他们重新出场的话语依据。"九叶"这个称号后来受到不少人质疑,它确实不够准确,因为那批诗人远不止9位,但在当时却很重要,因为名正才能言顺,命名是进入文学史的关键一步。袁可嘉该文的最大贡献就是为那批诗人进入文学史命名。《九叶集》按姓氏笔画顺序排列诗人,并没有突出穆旦的地位,但是借助《九叶集》,穆旦开始为人们所熟悉,并逐渐出现在一些评述文章中。

1981年11月,以衡的《春风,又绿了九片叶子——读〈九叶集〉》为"九叶"诗人的辩护更具体:"他们共同的思想倾向是不满于国民党的黑暗统治反对内战。同时对共产党、对解放区怀着热烈的憧憬。他们的创作,应当说也是共产党领导下的国统区广大人民群众反内战反饥饿反迫害争民主运动的一个部分。""'九叶'诗人并没有染上西方资产阶级'先锋派'那种虚无主义与怀疑主义。""没有采取西方现代派中不少人用'为艺术而艺术'来否定文学反映现实的职能的立场。""只不过吸收了一部分现代诗歌的技巧。"②艾青和袁可嘉的观点、立场在他那里被进一步展开,这既是一种认同,亦是一种传播。林真、骆寒超、严迪昌、杜运燮、王佐良等亦对"九叶"诗歌进行了论述。与新中国成立前相比,这一时期的言说者不再仅限于穆旦的诗友、同学,言说载体也发生了变化,不再只是一些"很快就夭折的杂志"③,而是《文艺研究》《文学评论》《诗探索》等重要刊物。

随着影响的不断扩大,穆旦作为"九叶派"的一员开始进入文学史著作。1983年,许志英等编的《中国现代文学史简编》和1984年唐弢主编的《中国现代文学史简编》均专门谈到"九叶派",提到穆旦。他们的观点基本上来自袁可嘉的《九叶集·序》,强调的是"九叶派"诗人忠于时代、忠于人民、反黑暗统治的爱国思想和现实主义精神,将他们与西方现代派在实质上区别开来。9位诗人的排序均为辛笛、陈敬容、杜运燮、杭约赫、郑敏、唐祈、唐湜、袁可嘉、穆旦。它们叙述的重点是"九叶派"作为一个流派的总体特点,穆旦位列最后。1984年初,诗人公刘著文分述"九叶派"诗人,他最为欣赏的是唐祈,给予唐祈三分之一以上篇幅,原因是唐祈在政治上"旗帜鲜明地站在革命方面",在9位诗人中"现实主义成分最多";而穆旦所占篇幅最少,且被置于文末,因为穆旦"未必看清了人民的旗",所以他"不怎么喜欢穆旦的诗"④。这一时期,穆旦的独特性并未凸显出来,

---

① 袁可嘉:《九叶集·序》,《九叶集》,江苏人民出版社1981年版,第3—5页。
② 以衡:《春风,又绿了九片叶子——读〈九叶集〉》,《诗探索》1982年第1期。
③ 王佐良:《一个中国新诗人》,《文学杂志》第2卷第2期,1947年7月。
④ 公刘:《〈九叶集〉的启示》,《花溪》1984年第6—8期。

甚至被当时占主导地位的现实主义话语所湮没。

20世纪80年代初,穆旦及其诗友被"重新发现",进入文学史,这是当时特定的思想文化语境所决定的。"文革"结束后,伴随着思想解放思潮的发展,西方现代派作品被大量译介进来,具有现代主义特点的"朦胧诗"也开始浮出历史地表,在一定范围内受到肯定,这些为具有现代主义特点的"九叶派"的出场创造了条件。然而,思想文化界毕竟刚刚"解冻",不少人仍将现代派文学看成资产阶级腐朽没落的产物,对"朦胧诗"仍持批判立场。对现代派这种矛盾性语境决定了"九叶派"诗人虽能被重新发现,但对他们的阐释只能在爱国主义、现实主义话语框架内进行,对他们的评说首先强调的也只能是其政治立场上的进步性与现实主义精神,现代主义只能是在"技巧"层面被指认,于是穆旦这位现代主义色彩极浓的诗人便不可能在"九叶派"中脱颖而出,而只能作为流派中的普通成员进入文学史。

（三）

20世纪80年代中期以后,文学界对穆旦的阐释发生了新的变化。诗人、学者不再仅仅把他视为"九叶派"的一员加以介绍,而是开始充分注意其诗歌独特的现代主义话语品格与价值,凸显其新诗史地位。这一时段大致是1986年至1993年。

1986年1月,人民文学出版社推出《穆旦诗选》,这是新中国成立后出版的第一本穆旦诗集,它表明穆旦独特的诗学话语和价值开始为人们所关注。1987年11月,江苏人民出版社出版纪念文集《一个民族已经起来——怀念诗人、翻译家穆旦》,收录了这一阶段穆旦研究的代表作,其作者包括王佐良、袁可嘉、郑敏、杜运燮等穆旦当年的同学、诗友,以及蓝棣之、梁秉钧、王圣思等当代学者。1988年5月25日,英国文学研究会、江苏人民出版社与北京欧美同学会联合举办了"穆旦学术讨论会",重新阐释穆旦的意义。邵燕祥在会上发言,从继承艺术经验角度提出了"重新发现穆旦,重新认识穆旦"的命题[①]。

这一时期关注的重点不再是穆旦诗歌思想的进步性与现实主义艺术倾向,而是其个性化的诗学品格,尤其是其内在的现代主义意蕴,其在新诗史上的地位得到彰显。王佐良在《穆旦：由来与归宿》中认为,《诗八首》使爱情从一种欲望转变为思想,"这样的情诗在中国的漫长诗史上也是从未见过",认为穆旦带着新的诗歌主题和新的诗歌语言"到达中国诗坛的前区了"[②]。袁可嘉在《诗人穆旦的位置》中则从新诗现代化建设高度指出："穆旦是站在40年代新诗潮的前列,他是名副其实的旗手之一。在抒情方式和语言艺术'现代化'的问题上,他比谁

[①] 邵燕祥：《重新发现穆旦》,杜运燮等：《丰富和丰富的痛苦：穆旦逝世二十周年纪念文集》,北京师范大学出版社1997年版,第35页。
[②] 王佐良：《穆旦：由来与归宿》,杜运燮等：《一个民族已经起来——怀念诗人、翻译家穆旦》,江苏人民出版社1987年版,第4—5页。

都做得彻底。""他就在40年代新诗现代化的前列"①。他们强调了穆旦诗歌的现代主义特征及其在中国新诗史上的意义,凸显了穆旦在文学史上的位置。

1987年由钱理群主编、上海文艺出版社出版的《中国现代文学三十年》在现代文学研究史上具有划时代意义。它对穆旦的叙述相对于上一阶段许志英、唐弢二人主编的现代文学史有一个重要变化,那就是不仅将"九叶派"看成20世纪40年代最重要的诗歌流派,用5页的篇幅加以叙述,而且认为穆旦是"《九叶集》诗人中最具特色、成就也最高"的诗人,并以1页的篇幅对其进行专门介绍,这意味着穆旦的个体地位已经得到了权威文学史的承认。在具体谈到其诗歌艺术时,它一方面认为穆旦是"最接近西方现代派的",另一方面又说"他仍然是我们中国民族的诗人:不管外在形式多么逼似西方现代派,骨子里的思想、感情,以至思维方式、情感表达方式和诗的意象都是东方式的"②,着意凸显穆旦那些现代主义诗歌的"民族性"。同一时期,富有代表性的研究也认为:"穆旦的诗是最现代,最'西化'的,但发人深省的还在于:这种现代化、西化同时又表现为十分鲜明的现实性、中国性。"③可见,本时期关于穆旦诗歌的现代主义品格阐释是在充分肯定其时代性、人民性、战斗性,特别是民族性前提下进行的,行文中着意将他与西方现代派在本质上区别开来。

1990年,上海文艺出版社出版了臧克家作序、孙党伯编选的《中国新文学大系1937—1949·诗卷》,收录穆旦的《在寒冷的腊月的夜里》《诗八章》《自然底梦》《赞美》《旗》5首诗歌,数目上与"九叶派"诗人中辛笛、陈敬容二人相等,而多于其他6位诗人。《中国新文学大系》是对新文学运动各个时期的创作、理论的系统总结,具有经典性、权威性,是鲜活的文学史,它收入穆旦5首诗歌,将他从"九叶派"诗人中凸显出来,无疑是对其新诗史地位的肯定。

(四)

20世纪90年代以后,随着研究的不断深入,穆旦在新诗史上的地位得到进一步巩固和提高,并被逐步"经典化",时间大致是1993年至今。

1993年6月,时代文艺出版社推出谢冕主编的"二十世纪中国文学丛书",其中谢冕的《新世纪的太阳——20世纪中国诗潮论》在谈到20世纪40年代中国现代主义诗潮时指出,"他是四十年代重新萌发的中国现代诗的一面旗帜",认为穆旦的现代主义诗歌创作无疑有着重大的历史价值。中国新诗的现代运动将永远"默念这可敬的小小坟场"④。"二十世纪中国文学丛书"是一套以20世纪文学为单位,试图对这一百年的文学进行总体性观照的丛书。谢冕将穆旦放在

---

① 袁可嘉:《诗人穆旦的位置》,杜运燮等:《一个民族已经起来——怀念诗人、翻译家穆旦》,江苏人民出版社1987年版,第17—18页。
② 钱理群等:《中国现代文学三十年》,上海文艺出版社1987年版,第528—529页。
③ 李怡:《黄昏里那道夺目的闪电——论穆旦对中国现代新诗的贡献》,《中国现代文学研究丛刊》1989年第4期。
④ 谢冕:《新世纪的太阳——二十世纪中国诗潮论》,时代文艺出版社1993年版,第223—229页。

整个20世纪中国现代主义诗潮的背景上进行论述,给予他"旗帜"的评价,而且把他与"新诗的现代化"运动相联系,这无疑是对其文学史地位的充分肯定,是将其"经典化"的开始。

1994年出版的《二十世纪中国文学大师文库·诗歌卷》以"诗歌文学的审美价值及对诗史的影响"为评价标准①,将穆旦置于20世纪中国各派诗人之首。1996年,李方主编的《穆旦诗全集》被列为《二十世纪桂冠诗丛》中的一辑出版,谢冕在诗集序言中指出,穆旦是"最能代表本世纪下半叶——从他出现以至于今——中国诗歌精神的经典性人物"②,明确地称其为"经典性人物"。1997年,谢冕、钱理群主编的"百年中国文学经典丛书"收入穆旦诗歌《赞美》《诗八首》《冬》《停电之后》等,将它们称为中国百年"文学经典"。这样,穆旦不仅被叙述进了文学史,而且变成"经典"性人物,也就是"不朽"的存在。

与经典化话语相呼应,1998年钱理群等撰写的《中国现代文学三十年》(修订本)由北京大学出版社出版,它进一步提高、强化了穆旦在文学史上的经典地位。1987年的初版本称穆旦等诗人为"《九叶集》派",而修订本则以"中国新诗派"取而代之。新命名显然与该派1948年创办的《中国新诗》月刊相关,但更表明他们不满于"《九叶集》派"这种临时性称谓,而是努力返回历史现场,在"中国新诗"建构的高度言说他们,赋予他们"中国新诗"代表者身份。与此同时,修订本开始将穆旦的名字放在一节的标题中,并用3页多的篇幅加大叙述。它不再纠缠于穆旦是否属于现代派的问题,也不再着意以时代性、人民性、民族性(虽仍承认他具有民族性)等话语为穆旦进行身份辩护,而是将其置于中国诗歌现代化历程中进行考察,强调他对民族传统诗学话语的"反叛性""异质性",而不是初版本所讲的"继承性";剔除了初版本文学史叙述中那种政治意识形态因素,主要在诗学层面谈论穆旦,肯定他对中国诗歌自身发展的贡献:"穆旦不仅在诗的思维、诗的艺术现代化,而且在诗的语言的现代化方面,都跨出了在现代新诗史上具有决定意义的一步,从而成为'中国诗歌现代化'历程中的一个带有标志性的诗人。"③至此,穆旦被文学史正式升格成为中国诗歌现代化过程中的"标志性诗人",也就是剔除政治因素后真正文学审美意义上的经典性诗人。

与此同时,本期出版的各种文学史、新诗史都以重要篇幅介绍穆旦,如1999年洪子诚主编的《中国当代文学史》将"穆旦最后的诗"作为一节,专门予以介绍;2000年程光炜等主编的《中国现代文学史》出版,穆旦的名字出现在一章的标题中,并用一节的篇幅进行评述,认为穆旦身上显示出现代主义诗歌的高度成熟④。较之上一时期,这些文学史著作包括一些评论文章,对穆旦的阐释更多地

---

① 张同道、戴定南:《二十世纪中国文学大师文库·诗歌卷·序》,海南出版社1994年版,第3页。
② 李方:《穆旦诗全集·序》,中国文学出版社1996年版,第23页。
③ 钱理群等:《中国现代文学三十年》(修订本),北京大学出版社1998年版,第585—588页。
④ 程光炜等:《中国现代文学史》,中国人民大学出版社2000年版。

是从总结新诗发展经验、从新诗自身现代化建设出发的，没有纠缠于穆旦是否属于现代派、是否具有民族性这类具有浓厚政治意识形态色彩的问题，而是不约而同地在"纯文学"意义上赋予其经典性地位。

对于穆旦"经典化"现象，我们应持一种冷静的反思态度。穆旦由默默无闻变为"经典"是一次重要的文学史事件，是当代文化、文学话语在文学史叙述中的体现。它一方面表明20世纪80年代以来的文化思潮、文学阅读语境与穆旦诗歌之间存在一种内在的默契，知识分子从穆旦诗歌那里获得了一种言说角度，一种自我情绪、思想释放的途径，穆旦与他们之间构成一种互证关系，发现穆旦某种意义上是这个时代的自我辩护，穆旦诗歌那特有的西方化抒情方式和内在的西方文化话语提示、印证了这个时代所崇尚的文学西化道路的合理性。另一方面，中国新诗到20世纪末已有近百年的历史，虽然涌现出大量诗人，诗作更是无以计数，但对它的指责从未间断过，甚至它的合法性在20世纪90年代也受到许多人质疑，正是在如此情形下，一些新诗维护者、研究者为给新诗正名，便努力寻找代表性诗人，而他们对多年来文学史所公认的"经典"诗人又不满意，因为在他们看来，既有的"经典"诗人的文学史书写过程中渗透了许多非文学性因素，于是他们以百年诗歌发展为视野，站在审美的立场，尽可能地从诗歌本体角度重新盘点新诗，找寻新诗的代表者，正是在如此情形下，他们不约而同地发现了穆旦，共同完成了对穆旦的书写，将穆旦经典化。这是一个文学史事件，是世纪交替时历史的必然现象，诗歌研究者完成了他们对一个世纪诗歌的历史性总结，令人敬佩。

然而，从历史经验看，文学经典化是一个与时间相关的非常复杂的现象，同时代作家以及稍晚的批评者的言说固然非常重要，但并非决定性因素。穆旦"经典化"事件中存在的主要问题是时间短，言说者与穆旦之间没有足够的距离，加之为百年新诗寻找杰出代表者的现实使命，使得认同成为言说的话语前提，反思性话语被抑制；而且参与者圈子过小，基本上没有超出文学界，且主要是穆旦的诗友和文学史研究专家，多为大学教授，这样，他们的话语代表性便值得怀疑。众所周知，文学史上真正的经典性作家能为大多数读书人所接受，而穆旦实际上只是在极少数知识分子中受推崇，尚不能称为经典诗人。文学经典并非少数专家所能决定，它的评价尺度掌握在多数读者手中。

（本文作者　方长安、纪海龙）

第三部分　诗学文献与研究参考

1. 穆旦：《诗经六十篇之文学评鉴》，《穆旦诗文集》（第2卷），人民文学出版社2006年版。

2. 穆旦：《慰劳信集——从〈鱼目集〉说起》,《穆旦诗文集》(第 2 卷),人民文学出版社 2006 年版。
3. 穆旦：《他死在第二次》,《穆旦诗文集》(第 2 卷),人民文学出版社 2006 年版。
4. 穆旦：《关于〈探险队〉的自述》,《穆旦诗文集》(第 2 卷),人民文学出版社 2006 年版。
5. 穆旦：《评几本文艺学概论中的文学的分类》,《穆旦诗文集》(第 2 卷),人民文学出版社 2006 年版。
6. 穆旦：《谈译诗问题——并答丁一英先生》,《穆旦诗文集》(第 2 卷),人民文学出版社 2006 年版。
7. 穆旦：《普希金的〈寄西伯利亚〉》,《穆旦诗文集》(第 2 卷),人民文学出版社 2006 年版。
8. 穆旦：《漫谈〈欧根·奥涅金〉》,《穆旦诗文集》(第 2 卷),人民文学出版社 2006 年版。
9. 王佐良：《谈穆旦的诗》,《穆旦诗文集》(第 2 卷),人民文学出版社 2006 年版。
10. 袁可嘉：《诗人穆旦的位置》,《穆旦诗文集》(第 2 卷),人民文学出版社 2006 年版。
11. 郑敏：《诗人与矛盾》,杜运燮等：《一个民族已经起来——怀念诗人、翻译家穆旦》,江苏人民出版社 1987 年版。
12. 杜运燮等：《一个民族已经起来——怀念诗人、翻译家穆旦》,江苏人民出版社 1987 年版。
13. 杜运燮等：《丰富和丰富的痛苦：穆旦逝世二十周年纪念文集》,北京师范大学出版社 1997 年版。
14. 陈伯良：《穆旦传》,浙江人民出版社 2004 年版。
15. 高秀芹、徐立钱：《穆旦：苦难与忧思铸就的诗魂》,文津出版社 2006 年版。
16. 易彬：《穆旦年谱》,中国社会科学出版社 2010 年版。
17. 易彬：《穆旦评传》,南京大学出版社 2012 年版。
18. 王家新：《新诗"精魂"的追寻：穆旦研究新探》,东方出版中心 2018 年版。
19. 默弓(陈敬容)：《真诚的声音——略论郑敏、穆旦、杜运燮》,《诗创造》第 12 辑,1948 年 6 月。
20. 唐湜：《诗的新生代》,《诗创造》第 8 辑,1948 年 2 月。
21. 王佐良：《一个中国诗人》,《文学杂志》1947 年 8 月号。
22. 袁可嘉：《新诗现代化》,《大公报·星期文艺》1947 年 3 月 30 日。
23. 袁可嘉：《诗的新方向》,《新路周刊》1948 年第 1 期。
24. 袁可嘉：《〈九叶集〉序》,《读书》1980 年第 7 期。

25. 袁可嘉：《西方现代派诗与九叶诗人》，《文艺研究》1983年第4期。
26. 严迪昌：《他们歌吟在光明与黑暗交替时——评〈九叶集〉》，《文学评论》1981年第6期。
27. 龙泉明：《四十年代"新生代"诗歌综论》，《中国社会科学》2000年第1期。
28. 张同道：《中国现代诗与西南联大诗人群》，《中国社会科学》1994年第6期。
29. 李怡：《黄昏里那道夺目的闪电——论穆旦对中国现代新诗的贡献》，《中国现代文学研究丛刊》1989年第4期。
30. 李怡：《论穆旦与中国新诗的现代特征》，《文学评论》1997年第5期。
31. 王毅：《细读穆旦〈诗八首〉》，《名作欣赏》1998年第2期。
32. 王家平：《存在境遇和生命哲学的诗性传达——再论"文革"时期"流放者诗歌"》，《文学前沿》2000年第2期。
33. 张新颖：《学院空间、社会现实和自我内外——西南联大的现代主义诗群》，《当代作家评论》2001年第1期。
34. 江弱水：《伪奥登风与非中国性：重估穆旦》，《外国文学评论》2002年第3期。
35. 刘燕：《穆旦诗歌中的"T.S.艾略特传统"》，《外国文学评论》2003年第2期。
36. 龙泉明、汪云霞：《论穆旦诗歌翻译对其后期创作的影响》，《中山大学学报（社会科学版）》2003年第4期。
37. 刘志荣：《生命最后的智慧之歌：穆旦在一九七六》，《文学评论》2004年第3期。
38. 孙玉石：《走近一个永远走不尽的世界——关于穆旦诗现代性的一些思考》，《天津师范大学学报（社会科学版）》2006年第3期。
39. 子张：《穆旦：不合时宜的诗学——由"致郭保卫书"索解穆旦"文革"后期的诗学思考》，《文艺理论研究》2006年第2期。
40. 郑敏：《再读穆旦》，《诗探索》2006年第3期。
41. 王家新：《穆旦与"去中国化"》，《诗探索》2006年第3期。
42. 方长安、纪海龙：《穆旦被经典化的话语历程》，《南开学报（哲学社会科学版）》2007年第3期。
43. 王攸欣：《穆旦晚年处境与荒原意识——以〈冬〉为中心的考察》，《中国现代文学研究丛刊》2007年第1期。
44. 李方：《穆旦主编〈新报〉始末》，《新文学史料》2007年第2期。
45. 罗振亚：《专题研究：经典诗人穆旦的当下阐释》，《南开学报（哲学社会科学版）》2007年第3期。
46. 王光明：《"归来"诗群与穆旦、昌耀等人的诗》，《南开学报（哲学社会科学版）》2007年第3期。
47. 吴思敬：《穆旦研究：几个值得深化的话题》，《南开学报（哲学社会科学版）》

2008年第1期。

48. 易彬：《"穆旦"与"查良铮"在1950年代的沉浮》，《中国现代文学研究丛刊》2008年第2期。

49. 张桃洲：《论穆旦"新的抒情"与"中国性"》，《首都师范大学学报（社会科学版）》2008年第4期。

50. 王家新：《穆旦：翻译作为幸存》，《江汉大学学报（人文科学版）》2009年第6期。

51. 李遇春：《穆旦"地下"诗歌中的忏悔话语分析》，《中国政法大学学报》2009年第2期。

52. 李怡：《穆旦抗战时期诗歌的基本主题及其文学史意义》，《人文杂志》2011年第6期。

53. 王家新：《奥登的翻译与中国现代诗歌》，《中国现代文学研究丛刊》2011年第1期。

54. 王毅：《重读穆旦〈诗八首〉：原诗、自译和安德鲁·马维尔》，《文学评论》2019年第5期。

思考题

1. 简述西南联大语境与穆旦的诗创作情况。
2. 简述《含混的七种类型》中的基本观念。
3. 穆旦如何处理战争记忆？
4. 论穆旦的"新的抒情"观。
5. 论穆旦诗中"我"的精神结构。
6. 以穆旦诗歌为例分析非个人化诗学。
7. 论穆旦诗歌的人称话语。
8. 论穆旦诗歌与艾青诗歌之间的精神联系。

郑重声明

高等教育出版社依法对本书享有专有出版权。任何未经许可的复制、销售行为均违反《中华人民共和国著作权法》，其行为人将承担相应的民事责任和行政责任；构成犯罪的，将被依法追究刑事责任。为了维护市场秩序，保护读者的合法权益，避免读者误用盗版书造成不良后果，我社将配合行政执法部门和司法机关对违法犯罪的单位和个人进行严厉打击。社会各界人士如发现上述侵权行为，希望及时举报，本社将奖励举报有功人员。

反盗版举报电话　（010）58581999　58582371　58582488
反盗版举报传真　（010）82086060
反盗版举报邮箱　dd@hep.com.cn
通信地址　北京市西城区德外大街 4 号　高等教育出版社法律事务与版权管理部
邮政编码　100120

新

禮義